LOCUS

LOCUS

LOCUS

LOCUS

to

fiction

to 56
您忠實的舒里克
Искренне ваш Шурик
作者：柳德蜜拉．烏利茨卡婭（Ludmila Ulitskaya）
譯者：熊宗慧
責任編輯：丘光
校對：陳錦輝
法律顧問：全理法律事務所董安丹律師
出版者：大塊文化出版股份有限公司
台北市105南京東路四段25號11樓
www.locuspublishing.com
讀者服務專線：**0800-006689**
TEL：(02) 87123898　FAX：(02) 87123897
郵撥帳號：18955675　戶名：大塊文化出版股份有限公司

總經銷：大和書報圖書股份有限公司
地址：台北縣五股工業區五工五路2號
TEL：(02) 89902588　FAX：(02) 22901628
排版：天翼電腦排版印刷有限公司　製版：源耕印刷事業有限公司
初版一刷：2008 年 3 月

定價：新台幣480 元
Printed in Taiwan

Искренне ваш Шурик
您忠實的舒里克

Ludmila Ulitskaya 著

熊宗慧 譯

媒體讚譽

一本危險卻又擄獲心靈的小說。

——Galina Yuzefovich，俄國《每週雜誌》

這部小說結合了柏拉圖式與肉慾式的愛情，幸虧烏利茨卡婭能將兩者巧妙融合。

——Inna Bulkina，俄國《俄羅斯雜誌》

角色刻畫得彷彿是屠格涅夫筆下的人物重現，只是女主角更多了許多。

——Aleksandr Alekseyev，俄國《新新聞》

烏利茨卡婭刻意挖苦自己早期寫作的那種根植於十九世紀的感傷主義路線，她先去挑起讀者的感傷情懷，又在小說骨子裡連續批判那種感傷調子，這無論在小說內的角色或小說外的讀者身上，都造成一種情緒上的兩極變化，這是一大創新。

——Mikhail Zolotonosov，俄國《莫斯科新聞報》

必須要有很高的寫作技巧，才能將讀者的注意力緊緊扣住，尤其是扣在這個小說主角乍看之下是那麼不起眼的舒里克身上。

——Vladimir Yarantsev，俄國《書櫥》

1

孩子的爹亞歷山大・西吉斯蒙多維奇・列萬多夫斯基從很小的時候起就立誓要成爲一位音樂奇才。他有著惡魔般猙獰、醜陋的外型，外加一隻鷹勾鼻和一頭蓬鬆的鬈髮，對這頭鬈髮他後來認命了，五十歲以後就不再染。跟莫札特小時候一樣，他從八歲起就常被大人帶著參加音樂會，但十六歲那年他的天分忽然停滯下來，不再發展，彷彿天際間那顆原本屬於他的成功之星倏地熄滅，於是那些年輕優秀、但才能誠屬平庸的音樂家反倒追過了他，而以優異成績畢業於基輔音樂學院的他卻逐漸退居爲伴奏者的角色。就一名伴奏者來說，他相當敏銳、精確，甚至可以說是獨一無二，和他一塊演出的都是第一流的小提琴家和大提琴家，他們甚至還爲爭奪他而打過架。可是他終究只是一名二流鋼琴師。最好的情況是在海報上註明由他「鋼琴合奏」，最糟的狀況就只有「ак」①兩個縮寫字母。正是這兩個字母成就了他一生的不幸，像根針似地一直扎在他的肝臟上。按照古希臘人的觀點，似乎正是肝臟這部位最容易爲妒忌所苦。當然，現在不會有人相信希波克拉提斯②之流的愚蠢說法，可是列萬多夫斯基的肝確實處於隨時發病的狀態。他始終維持定時定量的飲食習慣，可是臉色仍是一天比一天變黃，長期患病，並為此痛苦不堪。

列萬多夫斯基是在薇拉・柯恩生命中最美好的一年裡和她相識。那年她剛進入泰羅夫③劇場，尚未獲得「天分最差的學生」頭銜，她沉浸在各種有趣的課程裡，夢想有朝一日會拿到重要的演出角色。那幾年間正是室內劇場沒落之前的燦爛期，就是在國內一位重量級的戲劇指導專家批評了室內劇場的「布爾喬亞④味道過重」之後，尚未說出他對戲劇界發展的神聖意見之前——好幾年後他才開了金口，所以這段期間裡阿莉莎・科寧⑤依舊叱吒舞台界，而泰羅夫還能夠放任自己搞很「布爾喬亞味道」的劇碼，把像是《埃及之夜》這類的胡鬧劇搬上舞台。

那年，即一九三五年，劇場按照傳統過俄國的舊曆新年（即新曆的一月十三日），在一堆很有創意的演員想出的餘興節目中，有一項「最美麗小腿」的競賽。這項遊戲的規則是讓女演員站在舞台帷幕的後方，然後拉起布幕一角，把她們一隻隻不具名、從膝蓋光到腳趾頭的小腿端端正正地伸到台前供人評比。

十八歲的薇拉在轉動腳踝時，小心翼翼不讓腳後跟絲襪上那道整齊的縫補線給露出來，而這刻意的動作反而讓她勝出，她被人從帷幕後方給用力拉到台前，罩上一件用銀色大字寫著「我有世界上最美麗小腿」的罩衫，讓她差點沒因此而樂昏了頭。此外，她還獲贈一隻由劇場工作室做的硬紙板高跟鞋，裡頭塞滿了巧克力糖。所有這些東西，連同那些已經變硬的巧克力，好長一陣子都妥善地保存在她母親伊莉莎白・伊凡諾芙娜寫字檯下方的抽屜裡，看來母親對女兒這項就她個人觀點來看是不合乎禮節的成就竟抱持著相當感性的態度。

列萬多夫斯基是因爲巡迴演奏才從彼得堡來到莫斯科，他應泰羅夫本人的邀約到劇場一起過舊曆新年，這位貴客整晚都沒有離開過薇拉身邊，因此留給她極爲深刻的印象，隔天早上宴會結束後，他還親手替那隻獲獎的小腳套上白色的細毛長統靴，一種俄羅斯式氈靴的大膽改良款，鞋後跟的部分特別高，之後還送她回到位在宮廷侍從巷的家。當時天色幽暗，石頭般大的雪塊不斷飄落，路燈閃耀著劇場一樣的昏黃光澤，這光景讓薇拉感覺自己像是巨大舞台上的女主角。她的一隻手緊緊抓著那雙用報紙包好的三十四號華麗糖果鞋，另一隻手幸福地伸進男方的衣袖裡，而他則爲她朗誦某個過氣詩人的過氣詩歌。

他在同一天裡啓程返回彼得堡，留給薇拉說不盡的心慌意亂。他承諾她會很快回來。可是一個星期接一個星期過去，他的身影依舊渺然，薇拉從滿心期待變成苦澀的殘破回憶。

薇拉在戲劇表演方面沒有任何突出的表現，而且那位用伊莎朵拉・鄧肯⑥的舞蹈精神教導學生現代舞動作的舞劇指導非常討厭她，從新年晚會之後就只用「最美麗小腿」來稱呼薇拉，而且不容許她有任何一丁點的差錯。可憐的薇拉只能抓著伊凡諾夫印花布料作的希臘長衫一角，擦拭忍不住掉下來的眼淚，還差點沒來得及跟上斯克里亞賓⑦狂亂樂曲的拍子。劇團放這種音樂讓女學生來作練習，要她們在甩拳頭和提膝蓋的同時表現出朝氣蓬勃的模樣，以便把狂放音樂之不可捉摸的精神行於肉眼可見的具體形象裡。

那年春天，在一個天氣非常糟糕的日子裡，薇拉在工作人員出入口遇到了列萬多夫斯基。他要在莫斯科停留兩個星期，替一位世界知名的傑出小提琴家錄製幾首協奏曲。從某種意義上來說這是他生命中最閃亮的時刻：小提琴家受的是老派教育，對待列萬多夫斯基非常尊敬，彷彿還記得他小時候的榮耀。錄音過程非常順利。這是鋼琴家自尊心長期受損以來首次獲得放鬆和喘息的機會。而眼前這位有著一雙灰藍色眼睛的可人兒又因為他而心頭小鹿亂撞——好運總是成雙作對地來報到……

年當芳華的薇拉在這一整年裡努力學習老師泰羅夫所謂的「飽含情感張力的表演方式」，就在那年春天她跨越了真實生活與舞台的界限，意即那一道戲劇界所謂的「第四面牆」崩塌、陷落了，從此以後她便只活在自己的戲劇世界裡，在自己的生活中演戲。泰羅夫要求演員要有全方位的表演能力——正如他本人所說，一個演員要能夠擔綱演出從宗教神祕劇到輕歌劇之類的各種角色，薇拉與她敬重的老師的戲劇概念正是不謀而合，就在那個春天薇拉在深受感動的情人面前把自己所有會演的純情的「ingenue dramatik⑧」的角色全部都展示了出來。

在大自然和藝術感染力的交互作用下，戀情如火如荼展開——深夜裡的漫步，高檔餐廳包廂的共進晚餐、玫瑰花和香檳的凌厲攻勢，再加上激情的愛撫，這一切帶給男女雙方歡愉的程度，甚至遠勝列萬多夫斯基離去前兩人共度的春宵，那一夜薇拉在男方武力絕對優勢的情況下，終於徹底解除了武裝。

幸福的戰勝者就這麼拍拍屁股走了，留下薇拉一人置身在鮮明回憶的甜霧中，而未來的實景也在這迷霧裡逐漸浮現。男人在離去前甚至向薇拉坦承自己有一個不幸的家庭：他有一位心理不正常的妻子，一個患有家族遺傳疾病的年幼女兒，還有一位個性和脾氣都很恐怖的強勢丈母娘，儘管如此，他依然不會拋棄他的家庭……男人的這番開誠布公竟讓薇拉滿腔的激情達到狂熱和窒息的地步：她的愛人擁有多麼高尚的情操呀！她下定決心要為他付出全部的生命。不管是長久的分離或是短暫的相會也好，也不管他只能為她獻出他全部情感、時間，或是整個人的一小部分也好，她永遠都不會後悔。

可是這已經是另一種角色了——不是在舞台燈光照射下，踩著玻璃鞋噠噠響的變裝灰姑娘，而是一個只能躲在暗處的情婦角色。起初她以為自己已經準備好扮演這個角色，也會一直堅持到她或他生命中的最後一刻：她可以忍受一年之中只有幾次久候的約會、始終低調的離別，還有千篇一律不曾間斷的情書。她就這麼苦撐過了三年——在這三年間，薇拉身上出現了所謂不幸女子共同的情緒症狀——乏味、孤寂。

薇拉的演員生涯很明顯地尚未開始，就可以說已經結束了——劇場請她走人。於是她只好離開舞台，但依然留在劇場裡擔任祕書。

一九三八年薇拉首次決定要擺脫那折磨人的愛情關係。列萬多夫斯基平靜地接受了她的心意，他吻了吻她的手，轉過身回到他的列寧格勒⑨去。然而薇拉熬不過兩個月，自己又開口把他給召了回來，於是兩人牽牽扯扯的關係又展開新一輪的循環。

薇拉整個人消瘦了下來，按朋友的說法是變蠢了。某種疾病的徵兆在她身上出現：瞳孔裡閃耀著金屬光芒，喉嚨間有時候像有東西卡住，還有就是神經衰弱，就連薇拉的母親伊莉莎白・伊凡諾芙娜也開始擔心起女兒的歇斯底里。

匆匆又過了三年。半是迫於母親的壓力，半是出於自己的念頭，若按她本人的話來說，是想改變失敗的人生，於是她再一次切斷了和列萬多夫斯基的關係。事實上，他也對這段感情感到困擾，可是又不想率先提出分手：他對薇拉用情很深，幾乎達到崇高的境界——不過這僅僅指他人待在莫斯科的時候。而薇拉的回應也很誇張，她每次只要一和列萬多夫斯基重逢就像和他重新熱戀一般，如此激情到近乎做作的方式眞是大大撫慰了伴奏者長期以來一直受損的自尊心。不過這一次薇拉提分手似乎成功了：二戰適時爆發，將他倆久久分隔開來。

大約此時，薇拉又丟了她那份微不足道的祕書工作，於是她開始上一些陳舊又刻板的會計課程，並四處跑彩排，又偷偷試了幾次鏡，她個人最中意的角色是包法利夫人。唉，要不是阿莉莎・科寧擋在她前面的話！那時她還天眞地以爲，一切還能重頭再來，她還有機會穿上飾有三束繡球花和葉子的巴樂吉紗羅連衣裙，在沃比耶沙爾莊園和無名子爵在舞台上跳卡德里爾舞曲。這就像是一種傳染病，只有得過的人才曉得箇中滋味。薇拉其實不想離開劇場，但也不想依賴它，她甚至還給自己找到了一名崇拜者，一個非常善良，但是實在呆到不行的猶太裔供應機構的工作人員。他向她求婚。而她則在哭了一整夜之後拒絕了他，還驕傲地對他說，自己早已心有所屬。這要不是薇拉本身有毛病，就是她無法捉住時代對女人的要求，她脆弱至極的溫柔、時時刻刻陷於狂熱的狀態，還有纖細敏感的內心，在在顯示出她屬於契訶夫筆下的女主角類型，然而在需要英雄和英雌的二戰時刻，在戰後社會主義建設的要求之下，薇拉這種弱女子的類型完全吸引不了觀眾……不過，吸引不了也罷……再怎樣也不能落魄到委身於勞工階級呀……

俄德戰爭爆發後，接下來就是塔什干⑩的大撤退。薇拉的母親是師範學院的副教授，她堅決要女兒辭掉劇場的工作，跟著她一起撤離莫斯科。

列萬多夫斯基則是撤退到庫比雪夫⑪，他那不幸的家庭來不及撤離，全數死於列寧格勒圍城⑫期間。待在庫比雪夫的日子裡他一度患了重病，肺部三次發炎，差點沒讓他進了棺材，不過當地的韃靼人護士索妮婭細心地將他看護痊癒。最後，他出於心靈的寂寞和身體的衰弱等幾項原因而娶了她。

戰爭結束以後列萬多夫斯基和薇拉又相遇了，一切又重新開始，只不過舞台布景有了些許變動。薇拉現在在一間叫做「戲劇劇場」的劇團裡擔任會計。而她崇拜的偶像從阿莉莎・科寧換成了瑪麗亞・伊凡諾芙娜・芭芭諾娃，她時常觀賞芭芭諾娃的演出，甚至在走道間和她相遇時，兩人還會相對微笑。薇拉這次和列萬多夫斯基的重逢又是在工作人員出入口，然後他們兩人沿著特維爾林蔭道漫步至宮廷侍從巷。他又再一次陷入不幸婚姻的枷鎖中，而且又多了一個生病的女兒。他變老了，身子也變得更單薄，對薇拉的用情也更深，其悲劇感也益發強烈。他倆的愛戀浪潮又以新的力道再次翻騰，將他們推到難以想像的制高點，再重重把他們摔落到無底深淵去。或許，這正是薇拉那顆永不饜足的心所想要的結局。那些年裡她時常夢到同一個情境：在一個平常的日子裡，比如說她和母親坐在橢圓形小桌旁喝茶時，她會忽然發現房間裡竟然連一面牆都沒有，取而代之的是無盡黑暗的包圍，而黑暗又是因為無聲無息的觀眾席位不斷往後退去所造成的……

生活和以往依然沒有不同，他一年來莫斯科三、四次，通常是投宿在「莫斯科飯店」，然後薇拉會過來來找他，和他相會。她已經不再抗拒命運的安排了，若非一次遲來的懷孕改變了她固定的生命流程的話，這模式應該還會繼續下去。

她的戀情持續了很久很久，正如她年輕時候對自己的預言——「直到死前的最後一刻……」

譯注：

①俄文字母縮寫「ак」，即 аккомпаниатор 伴奏者的縮寫。

②希波克拉提斯（Hippocrates, B.C.460-377），古希臘醫生，反對用不可知的神祕力量解決病痛，而認為行醫治病為一種專門技術。

③亞歷山大·泰羅夫（Alexander Tairov, 1885-1950），俄羅斯演員、導演，一九一四年成立「室內劇場」，致力於劇場革新，曾將福樓拜的《包法利夫人》和契訶夫的《海鷗》搬上舞台，一九三五年獲蘇維埃人民演員獎。

④在蘇維埃時期，這名詞意味著庸俗，不符合工農無產階級的普羅口味。

⑤為導演泰羅夫的妻子與劇場的首席女主角。

⑥伊莎朵拉·鄧肯（Isadora Duncan, 1877-1927），美國著名舞蹈家，強調自然主義，被譽為是「現代舞之母」。

⑦亞歷山大・斯克里亞賓（Alexander Nikolayevich Skriabin〔或拼 Skryabin〕），俄羅斯作曲家、鋼琴家，既是神祕主義者，也是無調性音樂的先驅。

⑧「ingenue dramatik」：ingenue 是法語，指純真少女，「ingenue dramatik」是戲劇專有名詞，指純潔、無心機、迷人的少女角色，其感情總是澎湃、激昂。

⑨列寧格勒，蘇維埃時期對聖彼得堡的稱呼。

⑩塔什干，烏茲別克的首府，中亞第一大城。

⑪庫比雪夫，新西伯利亞地區城市，位在歐姆河畔。

⑫列寧格勒圍城（1941-1943），指二戰期間希特勒下令要消滅列寧格勒這個「無產階級革命的搖籃」，之後納粹德軍包圍、封鎖了列寧格勒九百天，上百萬居民餓死凍死，最後甚至到了人吃人的地步，但是列寧格勒沒有投降，這城市堅強的意志鼓舞了蘇聯人民對抗德軍的鬥志，更消耗了德軍的戰力，一九四三年夏，列寧格勒圍城終於解除，二戰結束後該城被稱為「英雄城」。

2

懷孕的薇拉肚子呈現的是蘋果形而不是西洋梨形，和一般孕婦懷女兒的狀況一樣，她的臉頰變胖又變得柔軟，眼睛四周出現許多褐斑，而腹中孩子的動作平穩，絲毫不粗魯。種種跡象顯示，肚子裡的小孩準是個女娃沒錯。一向不迷信的伊莉莎白・伊凡諾芙娜爲即將出生的外孫女準備嬰兒用品，雖然沒有特別堅持要粉紅色，但不知怎麼她買回來的東西剛好都是粉紅系列，像是嬰兒服、包巾等等，甚至連羊毛上衣也是粉紅色。

這孩子其實就是個私生子，加上薇拉那時也不年輕，三十有八了。然而這些事情絲毫沒有影響到伊莉莎白・伊凡諾芙娜爲即將出生的孫女感到高興。她自己也很晚婚，生下唯一的女兒薇拉時已年近三十，而守寡的時候身邊還帶著三個孩子：七個月大的薇拉，以及丈夫和前妻生的兩個女兒。她自己一人掙活並養大了三個女孩。只是到了後來，死去丈夫的大女兒在一九二四年離開了俄羅斯，從此不曾再回來過。至於二女兒則一心向著蘇維埃新政權，把伊莉莎白・伊凡諾芙娜視爲舊時代的人物和危險的落後分子，和她完全斷絕了關係。後來二女兒嫁給了一位蘇維埃中階官員，在二戰爆發前夕死於史達林的勞改營裡。

生活帶給伊莉莎白・伊凡諾芙娜的經驗是既要忍耐也要勇敢，對薇拉的女兒，這意外跑出來的家庭新成員她滿心期待。女兒是家庭的核心，女兒是朋友和幫手——她一生都是這麼認爲。

然而當孩子生出來的時候不是預期中的女孩，竟是個男孩時，母親和外婆這兩個女人全慌了手腳：一直以來的計畫全被打亂掉，原先設想好的全家福照片也弄不成了：照片中伊莉莎白・伊凡諾芙娜原本會站在一座非常棒的荷蘭式壁爐前，而薇拉坐在椅子上，肩膀上放著母親的雙手，而膝上坐著一個滿頭鬈髮、非常可愛的小女孩。這根本就像是小孩玩的猜謎遊戲：兩個母親、兩個女兒，還有外婆和孫女……

薇拉在醫院時已經端詳過孩子的小臉蛋，可是第一次打開孩子的包巾整個身體看一遍卻是回家以後的事了，她甚至被孩子身上那一對跟他袖珍的小腳丫比起來顯得巨大的鮮紅色陰囊給嚇到，又對他那模樣不客氣的小雞雞感到全身發抖。就在她對這個一般人不以爲意的生理特徵感到驚慌失措時，她的臉被一道激濺而出的溫暖水柱給噴個正著。

「唉呀，好一個小淘氣。」外婆輕輕一笑，摸了摸完全乾爽的尿布。「小薇呀，事情總是這樣，乾尿布也是從溼尿布裡來的呀……」

小男嬰不斷擠眉弄眼，讓他的臉像是用各種表情拼湊在一起似的：一會皺眉，一會露出微笑。他沒有哭，可是也不清楚他究竟舒不舒服。最可能的是，他對眼前的一切都感到驚奇……

「眞像他外公，根本是一個模子印出來的。他將來會是一個眞正的男人，漂亮又強壯。」伊莉莎白・伊凡諾芙娜很滿意地下了結論。

「他身上某些地方實在是太像了。」薇拉就像是有了重大發現一般。「跟他爸爸根本一模一樣……」

而伊莉莎白・伊凡諾芙娜立即擺出一個很輕蔑的表情：「不不，小薇，妳不懂……這是柯恩家族男性的特徵。」

這兩個女人以各自擁有的男人經驗將嬰兒到底像誰的問題分析完畢後，終於進入到關鍵問題：她們兩個弱女子如何才能培養出眞正的男子漢。而基於家族傳統以及女性善感等因素，這個小男孩命中注定要被取名爲亞歷山大（小名即爲舒里克）。

從孩子誕生那一天起，母親和外婆的責任區就已經劃分完畢，薇拉只負責哺育母乳，其他事情一概交由外婆包辦。

運動、男孩子的遊戲，再加上不可以放縱的管教方式——這幾項被外婆列爲首要任務。的確，從臍帶傷口痊癒的那天起，她便負起鍛鍊孫子體能的任務：她叫來按摩師幫小嬰兒按摩，並且每天用涼開水澆淋小孩子的身體。而爲了確保小男孩喜歡玩男孩子的遊戲，她很早就跑到「兒童世界」去買木頭工具、玩具兵，還有滑輪木馬。外婆想要藉助這些不需要花腦筋的玩具，把一個沒有父親的小男孩（這件事情在稍後眞的成爲了事實），調教成一位頂天立地的男子漢——意即有責任心、有果斷力又有自信，簡而言之就是他死去丈夫的翻版。

「妳得秉持和小孩保持最大的距離、不干涉他的教養原則……」從她們離開醫院第一天起，外婆就像是趕進度似地教導自己的女兒該如何養育小孩，而且她的聲音充滿了爲人師表的威儀。「當小孩漸漸長大，終於放開了妳的手，自己向前邁出一步時，這時妳應當要相對地往後退一步。對所有沒有父親的單親媽媽來說，把小孩和妳自己融爲一體是非常可怕的做法。」作外婆的殘酷又不留情地把教育原則先講定。

「媽媽，妳幹嘛這樣說，」薇拉不高興地反駁母親。「這孩子又不是沒有父親，他也會參與孩子的成長過程呀……」

「妳想要他負責，就像是要從公羊身上擠出奶水一樣不可能。關於這點妳盡可以相信我。」伊莉莎白・伊凡諾芙娜再給薇拉澆上一盆冷水。

對薇拉來說，事情這麼早就被下了定論讓她感覺不悅——因爲再過幾天，孩子幸福的父親就會抵達莫斯科，並將與他深愛的女人廝守在一起。可是在這一件事情上，深愛彼此的母親和女兒觀點恰恰相反：伊莉莎白・伊凡諾芙娜根本瞧不起薇拉的男友，多年以來她一直希望女兒能夠遇到一個比這個神經質又失敗的鋼琴師要好上很多倍的男人。但是她依據自身的經驗也十分清楚，女人家孤身一人生活是件非常困難的事，尤其像薇拉這一類藝術天性傾向的女人，在當前充滿俗陋的雄性特質的社會裡就更是無法適應了。所以她也只好睜隻眼閉隻眼算了，釣不到魚有蝦充數也好……因此她不無深意地嘟囔了一句：「唉呀，不管是哪家的黃花大閨女，反正最後也是要讓人給開了苞……」

伊莉莎白・伊凡諾芙娜非常喜歡諺語和俗語，而且知之甚詳，就連拉丁諺語她也知道得很多。儘管對俄語的用詞遣字非常嚴格，但是她偶爾也會冒出幾句非常不雅的話出來，只要這些話有被收錄在成語辭典裡面……

「媽，妳知不知道妳這樣說……」薇拉驚訝萬分。「妳實在太那個了……」

伊莉莎白・伊凡諾芙娜忽然驚覺自己說錯話，趕緊住了嘴：「唉，對不起，對不起，我原本不想讓妳這麼難堪的。」

雖然是母親講話太粗魯，可是薇拉似乎也要為自己辯解：「媽，妳又不是不知道他現在在巡迴演出嘛……」

看到女兒臉上的委屈，作母親的還是捨不得，心軟了下來：「願上帝與他同在，薇拉……我們就自己把孩子養大吧。」

她這話眞是一語中的……列萬多夫斯基在舒里克出生一個半月後就死了。他在「莫斯科」火車站附近的起義街上被私家轎車撞倒，而且是在他見了新生兒子一面，返回列寧格勒沒多久之後的事。可歎呀，垂垂老矣的父親不久前才終於下定決心，要跟頭腳始終都健壯的第二任妻子宣布他要離開的消息，列寧格勒的公寓他會留給妻子和女兒，至於他自己則要搬到莫斯科去住。這三件事情的前兩項他眞的都做到了，只是搬家這第三個願望還來不及實現就死了……

薇拉是在列萬多夫斯基下葬一個星期之後才得知他的死訊。之前因爲一直沒有他的消息，薇拉便打電話給一位知道他們的曖昧關係的友人，可是那人剛好不在家。如此一來薇拉只好強壓住內心的恐懼，打到情人位在列寧格勒的家去。而妻子索妮婭把他的死訊告訴了薇拉。

身爲一位很晚才生頭胎的高齡產婦，醫院裡都這麼稱呼薇拉，以及一個資歷很長的情婦角色——和列萬多夫斯基的關係從開始到男方死去有二十年，而現在她又多了一個新寡的頭銜，可是終究沒來得及嫁出去。

黑髮的男嬰把緊握的小拳頭塞進嘴裡，用力地吸吮著，他咿啞地叫，把尿布尿溼了，身體處在大人忽略檢查的不舒服狀態中。小嬰兒完全不了解母親的悲傷。他現在已不再吸日漸稀少的淡藍色母乳，改用奶瓶喝微甜的即溶奶粉，而這一點他適應得好極了。

3

尋根熱在二十世紀中葉忽然蔚爲風尙，箇中原因當然很多，而其中一個重要因素是大眾逐漸產生想要塡滿身後歷史空缺的心理。

社會學家、心理學家，以及歷史學家越來越熱中探討那些可以振奮人心，又可以吸引許多人進行尋根之旅的原因。可是並不是所有人都能如願以償地追溯出自己祖先擁有貴族的血統，可是任何千奇百怪的事蹟，像某某人的祖母是楚瓦什人的首位醫生或是首位荷裔德國人的門諾派信徒，或等而下之，在彼得大帝時期擔任拷問室的執行官等的事蹟依然具有家族史的價值。

對舒里克來說，家族傳奇完全不需要憑藉任何想像力的幫助——他的姓氏傳奇早就由好幾份一九一六年的剪報做了確認，而且還有一份用厚厚的，不像外行人以爲是薄薄的日本帛紙記載的卷軸，此外還有一張黏貼在淺灰色纖維紙板上的照片爲證，而照片的高品質至今仍難以趕上。照片裡他的外公亞歷山大·尼古拉耶維奇·柯恩，身材高大，留有一大把堅硬的落腮鬍，身上穿著一件華麗的高領襯衫，站在明治天皇的堂弟載仁親王⑬的身邊，那是親王在一趟由東京到彼得堡穿越西伯利亞鐵路幹線的漫長旅程之後的合影留念。舒里克的外公當時是帝俄鐵路局的技術總監，一位受過歐式教育而且有著無私崇高德行的人，他是這次特別行程的負責長官。

照片攝於一九一六年的九月二十九日，在涅夫斯基大街上一家由約翰遜先生所開設的照相館裡拍攝的，照片背面的藍墨水藝術簽名可以為證。至於親王本身，令人遺憾的是，看起來一點也不起眼：既沒穿著傳統日本服飾，也沒帶武士刀。他一身普通的歐洲服裝，圓臉上嵌著一雙細眼，再加上一雙短腿，和任何一間洗衣店的中國人看起來沒有兩樣，這種洗衣店在當時的彼得堡已經有了。順便一提，在洗衣店工作的中國人可都是一副到死都不變的笑臉，而日本親王卻是一副深不可測的高傲神態，即便他的嘴唇微微上揚也絲毫無助於緩和其高傲。

家族傳奇的口述部分是由外婆來負責：她跟舒里克描述親王在普爾曼式火車上緩慢的飲茶習慣，一連幾日背景都是西伯利亞的苔原風景，然後窗外景致逐漸轉變為歐俄地區明亮的金秋色彩以及暗綠色的濃密松針。

死去的外公高度讚賞日本親王，認為曾經在法國索邦大學留學過的親王是一個聰明人，一個思想開放的上流紳士。所謂思想開放首要表現在親王容許自己和柯恩先生進行互信的交談，這對一般的日本貴族來說是不可能的個人意志，畢竟柯恩先生嚴格說起來只能算是僕役階級，儘管是位階很高的僕役。

載仁親王在巴黎待了八年，是法國新繪畫流派的超級崇拜者，尤其喜歡馬諦斯，親王把舒里克的外公視為知己，是他在日本尋尋覓覓多年卻一直無法找到的談話對象。外公並不知道馬諦斯有一幅畫叫做《紅魚》，不過對親王所講的話他全都相信，親王認為，馬諦斯在這幅傑作中將自己一心學習的日本藝術精髓表現得淋漓盡致。

外公最後一次到巴黎是在一九一一年，那還在第一次世界大戰爆發之前，當時《紅魚》的概念還停留在一堆魚子醬的初始階段裡，因此那年的秋季畫展上馬諦斯展出的是他的另一幅傑作——《舞蹈》……接著外婆對外公的回憶不知不覺就變成外婆自己與外公一起到外國旅行的回憶去了，輕易就相信死去的外公真的有跟日本親王認識的舒里克，內心裡自然而然便將這件事拿來與確實有在巴黎住過的外婆作比較，而巴黎這個城市的存在對舒里克而言，與其說是生活中的一項事實，還不如說是故事裡傳述的真實。

外婆從這些故事裡獲得極大的安慰，自然，她的故事裡有某些部分也是有加油添醋。舒里克總是靜靜聽外婆講故事，雙腳因為不耐煩而抖動，等著早已知道的結局。他從來不曾向外婆提出任何問題，而外婆也不需要。隨著時間流逝，她那些生動而美麗的故事已經冷卻、硬化，而且似乎變成肉眼看不見的千絲萬縷，靜靜躺在寫字檯的抽屜裡，與一疊照片和那一份日本卷軸擺在一起。那份卷軸可真是一份光榮的物證，裡頭記載著外公獲頒日本國崇高的國家日昇勛章。

一九六九年舒里克一家人搬了家，他們從宮廷侍從巷——外婆頑固地，可也不失遠見地堅持用這麼一個古老的名稱來稱呼它⑭——遷移到布列斯特城門附近的一條叫做新林街的地方，這條街按名稱來看，早年應是一處市郊森林。舒里克的新家就位在新林街的一條小巷子裡，這巷子通到一條火車支線的斜坡堤，而支線連接的是白俄羅斯到里加以及從布列斯特到溫達夫的兩條鐵路線。新家是一間三房公寓，有著讓全家人都感到難以置信的寬敞空間和美好環境，搬新家以後，外婆馬上就把一件傳家寶拿出來給十五歲的孫子看：它放在一個三層的套裝盒裡，最外面的一個盒子看得出不是本土製品——它是用極爲名貴的卡累利樺木所製，光滑表面上沒有任何繁複的花紋雕飾，只有一個凸起的拱形盒蓋，而另外兩個內盒則是純粹的日式風格，一個是蘋果綠的玉石盒，另一個是會不斷變換有如冬日海水一般色澤的灰綠色絲綢布匣。而那個傳家寶就置於匣內——一枚日昇勛章。這件珍寶已經完全失去昔日的生氣和光彩，只剩下一副鐵骨架，構成勛章核心部分的好幾顆寶石，嚴格說起來也是這枚勛章最有實質意義的部分，早已經全部不見，只剩下一副空蕩蕩的框架。

「所有的寶石都被我們吃掉了。最後幾顆就用在我們現在這間公寓上。」外婆把寶石的去向告訴十五歲的孫子，那時的他看起來就像隻足歲的德國狼犬，有著已經抽高的身軀和一雙大手大腳，只有胸膛的部分還不夠強壯，而且也不夠寬闊。

「妳是怎麼把它們弄出來的呢？」年輕人對問題的技術部分感到興趣。

「用髮針，舒里克，用髮針弄的哪！一顆一顆挖得都很順。就像在挖蝸牛肉一樣。」

舒里克從來沒有吃過蝸牛肉，但外婆這種說法非常具有說服力。他把勛章殘餘的軀殼在手上翻過一遍，就還給了外婆。

「自你外公過世到現在已過了五十年。這些年以來他一直都在幫我們過活。這棟公寓就是他最後送給我們的禮物。」她一邊說，一邊把勛章放回到內匣裡，再把內匣收進第二個玉石盒裡，然後又把玉石盒放回樺木盒中。跟著再用一把繫在綠色亞麻帶上的小鑰匙把盒子上了鎖，再把小鑰匙放進一只舊茶葉鐵盒裡。

「要是他已經死了，又怎麼能幫我們呢？」舒里克想弄清楚這是怎麼一回事。他那雙琥珀色的眼睛在彎彎的眉毛下瞪得老大。

「眞是的，你怎麼只有五歲小孩的想像力呀。」外婆生氣地說。「怎麼幫，從那邊的世界幫哪！當然就是我把寶石一顆一顆地變賣掉啦。」

她動作熟練地把髮針插回髮髻裡，並蓋上寫字檯的蓋子。

舒里克回到他那間尚未完全適應的新臥房去，把收音機打開。音樂立時響了起來。

他必須把這件新得知的訊息好好思索一番，因爲這訊息一方面極爲重要，可是另一方面又完全沒有意義，而在音樂的幫助下他總是能夠想得比較透徹。

新房間和他以前住的那間在大小上並沒有差別，只是舊房間不是獨立的一間，是用兩個書櫃和一個小音樂間隔出來的。新房間有一扇附喇叭鎖的門，這門闔得很密，還會發出喀噠一聲上鎖的聲音，他非常喜歡這感覺，甚至爲了增強效果，他還在門上掛了一張「進來前請先敲門」的字條。不過根本不會有人進來。不管是母親還是外婆，從他生下來的那一天起就已經開始尊敬他身爲男人的私生活。男人的生活對她們兩個女人而言實在是一個謎，甚至可以說是神聖的祕密，她們兩個女人迫不及待地等著她們的舒里克會在某個風和日麗的天氣裡轉成一個大人，變成成熟的柯恩先生——嚴肅、負責，留著一把堅硬的落腮鬍，一派威儀地挺立在被愚蠢環抱的世界上，這世界將一直持續崩解，向四面八方飛散開來，並且完全毀滅殆盡，而只有男人的手可以將它修復、克服，然後再創造出一個新世界來。

譯注：

⑬閑院宮載仁親王（1865-1945），明治天皇的堂弟，昭和天皇（即裕仁）的叔叔，一八八二年前往法國留學，畢業於法國騎兵學校、陸軍大學，回日本後長期在軍中任職，曾經參與中日甲午戰爭、日俄

戰爭，一九一二年升為陸軍大將，一九一六年負責策劃暗殺張作霖和侵略中國東北，一九一九年晉升元帥，一九三一至一九四〇年間任陸軍參謀總長，手握大權，對日本侵華戰爭負有重要責任。晚年仍在昭和天皇身邊操持軍務，高齡八十一歲時病死。明治天皇四十一年（一九〇八）載仁親王來台參加過在台中公園舉行的縱貫鐵路通車儀式。

⑭這是市中心特維爾街旁的一條小巷子，名稱從十八世紀一位宮廷侍從官的住家處得名，一九二三至一九九二年間該巷一度改名為藝術劇院巷，後來又改為宮廷侍從巷。

4

外婆伊莉莎白・伊凡諾芙娜出身於一個富有的商人家庭，家族姓氏爲穆卡謝耶夫，這姓氏雖不若葉里謝耶夫、菲利波夫，或是莫洛佐夫那般赫赫有名，但在俄羅斯南方一帶城鎮上也是搬得上檯面的。

伊莉莎白・伊凡諾芙娜的父親叫做伊凡・波利卡爾波維奇，他從事的是穀物種籽的買賣，幾乎一半的南俄種籽批發交易都握在他的手上。伊莉莎白・伊凡諾芙娜是五個姊妹中的老大，是最能幹的女孩，也是最不漂亮的一個：她有一雙外暴的兔寶寶牙，嘴巴因此不能完全閉合，下巴很短，而額頭的部分卻又太高、太凸，像懸掛在整張臉的上方。從很小的時候起她的命運就已經確定——必須肩負起撫育自己姪兒外甥的責任。這是家族長女的命運。她父親非常愛她，疼惜她的不漂亮，同時也重視她的機智和聰明伶俐。

相對於女兒一個個地蹦出來，可是繼承家業的兒子卻沒半點消息，於是父親越來越把注意力放在伊莉莎白身上，不過這和代表俄羅斯家法的《治家格言》裡提到的那類教條約束的關注不同，後來父親還打發她進女子學校唸書。伊莉莎白是家中唯一受過教育的女孩。父親的看法是，就讓妹妹們發展她們的美貌，讓老大去增長她的智慧吧。

生完了第五個女孩之後，伊莉莎白的母親生了一場重病，此後便不再生育，父親於是把全副注意力都放在伊莉莎白的身上。女子中學畢業以後，父親決定讓她去唸唯一一所收女生的商專，地點在下諾夫哥羅德。儘管穆卡謝耶夫家族當時已經是莫斯科人，但是並沒有忘記他們家族祖先最早是以牲口販子起家，開始經營糧食種籽的生意之後，才特地從下諾夫哥羅德遷移到莫斯科居住。

伊莉莎白．伊凡諾芙娜聽從父親的意見離開莫斯科回到下諾夫哥羅德求學，可是沒多久就跑回家，並且堅定地跟父親解釋，學校裡所教的一切都沒有意義，他們除了講白痴也聽得懂的事情之外，什麼都不教，而父親如果眞的希望她是一個好幫手的話，就應該送她到蘇黎士或是漢堡就學，那邊才會眞的傳授實際有用的東西，而且不是用舊得不能再舊的教科書範本，是用配合當前經濟學趨勢的課程來上課。

伊莉莎白的二妹杜妮雅當時已經出嫁，三妹娜塔莎也已經許配給人，另外兩個小的女孩確定不會久待閨中：她們的嫁妝豐厚，而且兩個女孩本身長相就是甜美可人。杜妮亞大著肚子隨時準備要生，最後結果仍然讓老父親失望，她生的頭胎又是個女娃。所有情況都顯示一件事實，在女兒們沒生出一個繼承人之前，伊莉莎白還是得一肩扛下家族事業。總而言之，他同意把大女兒送到國外去求學。而她選擇前往瑞士，那樣子就像是要去嫁人似的——凡事對她而言都再新奇不過了，帶著兩只散發著皮革味的手提包、一堆字典和滿滿的祝福她啓程迎向未來。

蘇黎士求學期間她對時髦的新行業充滿了興趣，儘管出發前加諸在她身上的期許和祝福是那樣地沉重，她還是將先祖的信仰很快就拋在腦後，非常輕鬆也完全不勉強，就像雨後天青遺忘在電車上的雨傘。於是在走出了家門以後，她也走出了家族信仰，她現在視東正教就像一個膨脹發過了三次以上的餡餅，又乾又硬，在舊信仰的身上除了《聖經》紙張的顏色、聖像上的金箔衣飾和全然的迷信外，她看不出半點的吸引力。同自己那一代許多不壞的年輕人一般，她很快就轉向全新的信仰，新信仰有自己三位一體的認知——內容貧乏的物質主義、進化論，以及尙未受到社會主義烏托幫思想汙染的「純淨的」馬克思主義。一言以蔽之，她擁有了人們口中所謂的進步觀點，儘管如此，她對於在她少女時代算是時髦的革命行動卻是保持距離，沒有任何接觸。

在蘇黎世一年的學業結束以後，伊莉莎白沒有立即返回家門，反而到法蘭西做了一趟旅行。不過旅遊時日並不長：巴黎太讓她著迷了，以致於連蔚藍海岸都還沒來得及去。她寫信給父親，告知他說她不會回蘇黎世去了，她要留在巴黎學法文和法國文學。父親發了一頓脾氣，但是並不嚴重。因爲那時家裡頭期待已久的孫子終於誕生，而且父親在內心深處把「莉莎」(譯按：伊莉莎白的小名)心血來潮的突發奇想」視作是女人不可靠的驗證，眞是枉費他把大女兒視爲例外的一番苦心。

「哼，娘兒們就是不中用，當不成個男人。」他下了結論。啐了一口，他命令女兒返家，同時終止對女兒的金錢補助。雖然如此伊莉莎白仍舊是不急於返鄉。她一邊學習一邊工作。說來奇怪，她在一間規模不算大的銀行會計部門工作。也就是說在蘇黎世學得的東西看起來的確有用。

伊莉莎白回到俄羅斯已經是三年後的事了，在一九〇八年年底，返鄉後她堅決不依靠家裡幫助，過起自力更生的生活。那時候的她已經完全是一位歐洲的解放婦女，甚至還學會抽菸，不過法國女人講究的那一套時髦的誘惑魅力，她並沒有照單全收，因此她的解放行爲還不至於太惹人注目。她想要教授法國文學，但是公立學校沒有錄用她，而她個人又沒有意願前往鄉下省城的學校教書。在花了好一段時間尋找適合自己的工作，卻又飽經失望的過程之後，她接受了一項出人意外的建議：她中學同學的先生安排她到道路交通部門的統計處工作。

那幾年正是私人鐵路移轉到公家機關去的最後幾年，而舒里克的外公亞歷山大．尼古拉耶維奇．柯恩則在這件重大的國家多年計畫中擔任執行者。伊莉莎白加入這項工作時正逢這項計畫的初始階段，即最渺小的統計和清查工作。經她手處理好的文件按照公家機關上呈的方式，不忙不亂地轉到了亞歷山大．尼古拉耶維奇的辦公桌上，而半年後，計畫進入到最複雜的一環——按每俄里收回經營權的費用問題上，外公將此重責大任全部託付給伊莉莎白來處理。因爲除了她以外，沒有人能淸楚地將俄里數換算成盧布。

老穆卡謝耶夫其實沒有看錯自己的女兒，她的辦事能力確實非常出眾。外公當時是個相貌堂堂的四十五歲鰥夫，他總是帶著與日俱增的好感和敬意看著伊莉莎白這位自告奮勇又迷人的女同事，在相識的第三年裡他就向她求婚。這是連伊莉莎白那幾個相貌姣好的妹妹們也不敢奢望的一樁好姻緣。在嫁給了柯恩先生之後，伊莉莎白將年輕時學得的所有哲學思想全拋諸腦後，從師範學院畢業後，她順利展開教育工作。結婚後的幾年裡她並非對自己年輕時的信仰感到失望，只是這些信仰對結婚後的她來說顯得不甚合宜，在她身上已經看不到年輕時立下的宏大理想的痕跡，只剩下一些生活準則：比如說人應該要心甘情願並且大公無私地努力工作、不要做愚蠢的行爲、絕對要按良知來評判事情的好壞，還有要公平對待周遭的人。最後一項對她來說尤其重要：不能只關心個人的利益，還要關心他人。若不是伊莉莎白本人的態度總是那麼眞誠又自然的話，所有這些準則說起來眞是無聊到家。丈夫和前妻所生的兩個女兒都很愛伊莉莎白，她們之間的關係非常和諧。兩姊妹對待自己同父異母的妹妹薇拉也滿是疼愛。

外公死得非常突然，在一九一七年夏天。對伊莉莎白而言，一個女人所有的喜悅和悲傷在這之後永遠停在最高點——那些美滿的婚姻歲月會永遠留下來和她在一起。丈夫死後隨之接踵而來的苦難、貧賤和無依無靠她都歸咎於丈夫不在身邊的結果。她甚至把已經發生的十月革命視爲是先生死亡所導致的一個不好的結果。無怪乎外公總是笑她實在太單純又太天眞了。可是這些人格特質在她漫長的生命裡一直被保存了下來。

就像一個幽默感不足，卻又意識到自己這項缺點的人一樣，伊莉莎白一直以來都會準備一些固定的笑話和俏皮話。舒里克小時候常聽到外婆發表一種很做作的宣示：

「我是一個異教徒。我教授外語⑮。」

作爲一名老師她的魅力十足，很有自己一套獨特的教學方式，對小孩子來說非常具有吸引力，對成人而言又非常有效果。伊莉莎白個人比較喜歡給小孩上課，儘管她一生都在高等師範專校講課，還寫了一輩子枯燥又無趣的教科書。

通常她的家教課程是由兩到三個小孩子所組成，而且小孩間的年紀都不盡相同，因爲她非常明白，兄弟姊妹們一起學習是件非常棒的事。她自己小時候在雙親家裡面就是這樣——爲了省錢全部小孩就只請了一位家教來上課。

小朋友們的第一堂法語課她一般是從「噓噓」、「大大」和「嘔吐」開始，也就是說從那些在好家庭裡面被認爲是不雅的話語開始教。從第一天開始法語課就變成了某種神聖工作的祕密溝通語言。特別是伊莉莎白總是耗費一整年的時間和孩子們一起準備年底聖誕節的法語話劇，這更凝聚了孩子們的向心力。這一種戲劇類型在當時的政權底下並不能算是家庭戲劇，而是不能公開的地下戲碼：俄羅斯政府總是習慣性地干擾民眾生活，甚至不放過任何細微末節，二戰之後的中期共產政權是如此堅定地意圖掃除人們心中的基督教思想，一如它在戰前和戰後的不遺餘力。伊莉莎白用這類聖誕話劇來顯示她與生俱來的自主性和對文化傳統的尊敬。

舒里克在這類聖誕話劇裡幾乎演遍了所有的角色。他的第一個角色是演聖嬰基督，是在他三個月大的時候，這角色通常是被一條棕色毛毯裹得跟個洋娃娃一樣。而在外婆死前半年的最後一次話劇裡他飾演的角色是老約瑟夫，那一次他很搞笑地出了錯，讓飾演東方三博士、牧羊人和驢子的小朋友都笑翻了天。

法語課是在外婆家裡進行，因此舒里克注定學得會法語，甚至就算他沒有很好的語言天分也一樣學得會：因爲外婆位在宮廷侍從巷的房子儘管很大，但是卻是單間套房。連不想聽法語課都沒地方躲——於是他只能一而再、再而三地反覆聽到那些一年級、二年級和三年級上的同樣課程。快七歲的時候，他已經能夠輕鬆地說法語，到了更大年紀時他甚至記不得，究竟是從什麼時候開始學法語的。「Noël, Noël...」（譯按：法語，意即「聖誕節」）對他而言這可比「В лесу родилась ёлочка...」（譯按：俄語，意即「森林裡長出了一棵小雲杉」）還要來得更親切。

當他一上小學的時候，外婆開始幫他上德語課，和法語不同，他視德語爲外文，而課還眞是上得不能再好的了。舒里克在學校裡學習良好，下了課後他會在社區宅院裡玩足球、運動，甚至還去上拳擊課，因而把媽媽嚇到花容失色，可是仍舊看不出來他對什麼事情有特別的興趣。直到十四歲之前他最喜歡的夜間活動就是家庭朗誦。理所當然，朗誦的人是外婆。她唸得很棒、鏗鏘有力而且簡潔生動，而舒里克就躺在沙發上貼著外婆舒服的身體上，半夢半醒、迷迷糊糊地聽完果戈里、契訶夫和外婆最愛的托爾斯泰。俄國文學之後是雨果、巴爾札克和福樓拜。所有這些選項都是外婆偏好的品味。

媽媽自然也沒有在教養孩子上缺席：她帶他看遍所有的好戲、聽遍所有的好音樂會，甚至連難得的國外巡迴表演都沒錯過——所以他在很小的時候就看過保羅・斯科菲爾德⑯演的哈姆雷特，而這件事若不是薇拉一而再、再而三提起的話，舒里克早就忘得一乾二淨。所以說囉，全莫斯科最好的聖誕樹在哪裡呀——在莫斯科演員之家，在全俄戲劇協會，在電影之家。一言以蔽之，舒里克有個幸福美滿的童年……

譯注：

⑮俄語中，「異教徒」與「語言」兩詞出自同一字根。

⑯保羅・斯科菲爾德（Paul Scofield, 1922-），英國演員，主演過《女英烈傳》、《良相佐國》等片。

5

媽媽和外婆就像兩個羽翼寬闊的守護天使，總是站在他身旁，像是左右護法。這兩位天使不同於一般無形體又無性別之分的概念天使，是可觸可感的眞實女性，因此舒里克從很小的時候起就不自覺地認爲，女性的本質就是善良，這種女性本質總是站在外緣，環繞著位在中心的他。這兩位女性從他一出生起就張開翅膀庇護著他，只是偶爾也會用手心撫摸他的額頭，好確定——有沒有發燒呀！每當遇到害羞或是不好意思的時候他總是躲進她們兩位衣裙的下襬；而睡前總是伏在她們的胸口上，軟綿綿的胸脯是外婆的，而嬌小硬挺的胸部是媽媽的。這種家庭之愛從不知什麼是吃醋妒忌，也不知憂傷難過：兩個女人以全部的心力來愛護他，輪流服侍他，儘管方式不同，可是也不會讓他左右爲難，相反的，她們兩個同心協力地聯手把舒里克所需要確定的世界加以鞏固。她們總是發自肺腑又出自善意地稱讚他、鼓勵他、以他爲榮，並爲他的成功感到高興。他也是全心全意地回應她們的愛，因此任何無聊的問題，或像是她們兩人中他最喜歡誰之類的話，他從不在她們面前說。

媽媽和外婆有段時間曾擔心沒有父親一事可能造成孩子心靈的陰影，但是看來完全多慮。從他開始學會說「媽媽」和「婆婆」起，她們就讓他看照片，然後對他說「這是爸爸」，而照片上死去的列萬多夫斯基對他露出一抹不確定的微笑。將近七年裡這樣的做法讓孩子感到滿足，只有在進了小學以後他才注意到這一項家庭缺憾。於是他開始問：「爸爸在哪裡？」然後獲得一個非常眞實的答案——他死了。舒里克知道他爸爸是一個鋼琴家，因此很自然地認爲家裡頭那架老舊的鋼琴是爸爸存在於這個家庭裡面的證據。

如果說要讓孩子擁有均衡和諧的成長過程，那麼來自男女雙方的教養確實有其必要性，在這一點上外婆堅毅的個性和沉穩內在的特質是除了那架象徵男性的鋼琴外，唯一能平衡陰陽失和的力量了。

這兩個女人一邊愛憐地看著自己一手養大的個性溫和的小男孩，一邊好奇地等待他生命中出現第三個——也是最重要的一個女人的出現。不知爲什麼，她們兩個一直堅信她們的小男孩會很早婚，家族會因此壯大，新的幼芽會跟著生長。這樣的念頭讓兩個女人帶著焦躁不安的好奇心看待「舒里克的同班女同學」，她們在舒里克生日那天跳著讓人神經緊張又不顧忌男女有別的扭扭舞，而媽媽和外婆一個勁地就只是在猜：「是不是這個女孩，還是那一個？」

舒里克班上的女生數量遠多過男生。因此舒里克先天上就占有優勢，在他生日的那天，九月六號，他幾乎全班同學都邀請了。這是因爲在暑假過後大家正想好好聚聚聊個天，此外這是在學校的最後一年了。

皮膚晒得黝黑的女孩們吱吱喳喳說個不停，不時放聲大笑，還夾雜著尖叫，男孩子們則是不斷跳舞，又一直跑去陽台抽菸。外婆和媽媽不時側著身子走進其實是外婆大房間的待客室，端來一道又一道的菜餚，一邊又用作賊般的目光緊盯著人家女孩看。然後再趕緊跑到廚房裡交換彼此的印象。最後她們達成一致的見解，這群女孩子實在是太沒家教了。

「她們一叫起來，聲音就像在火車站裡排隊買票一樣吵，可是看起來還蠻斯文秀氣的。」外婆說時還嘆了一口氣。然後她沉默了一會，把玩了一下皺紋很多的手指頭，跟著像是不甘願似地承認道：「有一些還算不錯……挺可愛的……」

「妳在說什麼呀，媽媽，那只是看起來罷了。那些女孩眞是俗氣得可以了。我不知道妳在她們身上找到什麼可愛的地方。」薇拉甚至帶著點憤怒反駁媽媽的意見。

「像那個穿深藍色洋裝、皮膚很白的女生就很可愛呀，她好像叫做塔妮雅・伊凡諾芙娜是吧。還有那個有著波斯濃眉的東方美人，身材纖細的那個，眞是漂亮，我認爲……」

「妳在說什麼呀，媽，皮膚很白的那個不叫塔妮雅・伊凡諾芙娜，她叫古列耶娃，她是安娜斯塔西亞・瓦西里耶芙娜，那個歷史老師的女兒。她那口牙，哼，縫隙那麼大，鬼才叫她那是可愛，而妳的那位東方美人，我不知道，我眞不知道她究竟美在哪裡，她有鬍鬚呀，像警察嘴上的一樣……她叫什麼伊拉・格里哥里揚，怎麼，妳不記得她了嗎？」

「唉，算了，算了。妳呀，小薇，簡直就像一個養馬員那般挑剔。好吧，那麼那位娜塔莎，娜塔莎・奧斯特羅夫斯卡雅又是哪點讓妳不滿意呢？」

「我還正要說咧，妳的那個娜塔莎，從八年級起就一直在跟基亞・基克納茲交往。」薇拉帶著一點像是自己遭到羞辱的聲音說。

「基亞？」外婆驚訝地說。「妳是說那個可笑的胖子？」

「顯然，娜塔莎不這麼認爲……」

薇拉其實知道一些外婆不知道的事。舒里克從五年級起就瘋狂地愛上娜塔莎，可是她卻鍾意那名懶洋洋又可笑的基亞，這男孩總是沉默不多話，偏偏一開口就會讓大家笑翻：說到機智和反應快那他可眞是無人能比。

簡而言之，整體看來舒里克班上的女生外婆都不喜歡，可是從個別來看，有一兩個讓她覺得還蠻可愛的；而薇拉這廂卻剛好相反，她堅信舒里克唸的學校已經算是本市最好的一所，他的班級也很棒，除了那群精英父母的小孩之外，這話的意思是說，如果從整體來看的話她大致滿意，然而每位女孩身上偏偏就有那麼一兩個讓她討厭的缺點……

至於舒里克呢他是全都喜歡——整體看來也喜歡，個別探究也不錯。去年他就學會了扭扭舞，而且也喜歡這種可笑的舞步：那是一種彷彿要把潛水服從身上給扒下來的動作。還有他喜歡古列耶娃，也喜歡伊拉・格里哥里揚，甚至連娜塔莎，他也原諒了她的「背叛」，誰叫基亞是他的朋友呢。同樣的，他也喜歡外婆做的鮮奶油水果蛋糕，還有那台新的收音機，他滿十七歲的生日禮物。

十年級時舒里克已經確定了未來的方向——他要進語言系，羅曼語組。除了那個系以外，他又能到哪裡？

6

中學的最後一年舒里克為自己買了莫斯科大學文學課程的聽課券，那些課程全是由最好的大學老師來上。每個星期天他都往位在青苔街的莫斯科大學舊校區跑，坐在名為「共產黨」，前身是「契赫米羅夫斯基」教室的第一排，努力地抄寫趣味橫生的課程內容，這堂課是由一位瘦小的老猶太人來上，他可是俄羅斯文學方面的專家。課程確實精采萬分，但對應屆考生全無助益。講課的人可以整整一個小時和學生講述俄羅斯文學中的決鬥：關於決鬥的規則、決鬥用的槍和稜形槍管的構造，關於沉重的彈藥是如何藉由一根填彈藥的短桿和小槌子而裝進槍管，關於用投銀幣決定開槍順序的籤，關於一頂裝滿粉黃櫻桃的軍人制帽和決鬥的故事，關於那些櫻桃子先發制人地延緩了子彈的發射……還有關於詩人先知般的洞察力以及按虛構形象創造的文學生命，簡而言之，全是和「托爾斯泰是俄國革命的一面借鏡」或是「普希金是沙皇專制政權的揭露者」等講課主題完全無關的事情……

坐在舒里克右手邊的是一個叫做瓦金．波林科夫斯基的男生，左邊是一位叫做莉莉雅・拉斯金娜的女生。他從第一堂課起就和兩人成為朋友。

嬌小又醒目的莉莉雅穿著一雙尖頭皮鞋和一條讓所有保守的老太太、開放的女大學生和冷漠的過路人看了都會為之側目的迷你皮裙，她不斷晃動著剪得短短的、摸起來毛毛的頭髮，好像一個玩具娃娃那般，然後講話像連珠炮似地沒有間斷。她細蔥鼻的鼻頭一當發音部位上下閉闔時，會有肉眼難以捕捉到細微顫動，眼睫毛隨著時常眨來眨去的眼皮而跟著上下搧動，而小小的手指頭，如果不是在搧著手帕或是筆記本，就是在對空舞動。此外，她尚未擺脫兒童時期的習慣，三不五時飛快地摳一摳鼻子。

舒里克崇拜她簡直崇拜到無以復加，他如此深深愛上了她，以致於把之前微不足道、又多到數不清的愛情全都抹殺掉。這種情感激盪的經驗他自小就很熟悉，每當一有新感情產生時他就覺得連電燈泡都提高了亮度。對於談戀愛這事他總是偏好按順序一個一個來——他先是愛上外婆家教班的學生——女孩和男孩他都愛，然後是媽媽的女友，接著是同班女同學和班級老師，不過現在莉莉雅以其愉悅的光芒把一切過往都掃進了昏暗的陰影裡去……

舒里克一直把波林科夫斯基視為情敵，直到有一次剛上課時他用眼光指著莉利雅的空位，用不算太小的聲音說：「今天我們那隻小猴子沒來上課……」

舒里克驚訝到說不出話來：「你說什麼小猴子？」

「不然是什麼？長得和猴子一樣，還O型腿咧……」

聽完這話之後舒里克花了一個半小時思索何謂女性之美，一邊隱約聽到講課老師用細微的聲音說起托爾斯泰小說中的次要角色——這位性格有點古怪的老師總是有辦法把上課內容從學校的教學大綱盡可能地偏離到爭議文學作品的採石場上……

那一次由於不需要送人回家，所以舒里克便和瓦金一塊從青苔街一直走到「白俄羅斯」火車站。舒里克比平常更沉默，內心因為瓦金對他的完美姑娘莉莉雅一句無心的評語而陷入紛亂中。而瓦金則不時地把雪花從他的鬈髮上拍落，一邊打算要和舒里克一起解決自己的問題：他一直無法決定到底要走哪條路，是要報考他父親任教的印刷專校呢，還是去考大學，或者根本什麼都不要管，就去地質探測學校唸也好……到「白俄羅斯」火車站時舒里克向瓦金提議到他家玩，於是他們兩個又轉到布提爾斯基土牆路上去。走過一座架設在一段半廢棄路基之上的鐵路橋時，瓦金忽然想到，沿著這條路走，穿過鐵路橋，就可以走到他爸爸的小工廠，於是他向舒里克提議一起去看他爸的工廠。但是舒里克急著回家，於是兩人改約明天。瓦金把工廠地址寫在一張小紙條上，然後他們在宅院裡逗留了一陣之後，再到舒里克家去。外婆招待他們吃晚餐，然後兩人就待在舒里克的房間裡，聽他用錄音帶錄下的音樂。瓦金在抽完一根進口香菸之後離去。

剩下的夜晚舒里克一個勁地盡是煎熬，不曉得到底要不要打電話給莉莉雅。他有抄下她的電話號碼，但是一次也沒打過，他和她之間僅止於禮貌性地送女方回到位在清水巷的老家。

隔天是星期一，莉莉雅還是盤據在他的腦海中，但他仍遲遲下不了決心打給她，儘管電話號碼都自己浮上了他的心頭……到了傍晚他實在想得太累了，忽然憶起瓦金昨日那不必要的邀約，於是他在晚間出門——照他跟媽媽的說法是，散步去。

記電話地址的那張小紙條早就丟了，不過他還記得地址，是幾個數字三串在一起的簡單地址。

結果工廠並沒有距離鐵路橋很近，他花了很久的時間找瓦金描述的那間有很大窗戶的房子。終於他找到了，門牌號碼是對的，於是他敲了敲半掩的門，然後就走了進去——隨即他就被眼前的景象給震懾到。在他面前一個不高的托架上坐著一位全裸的女人。她身上若干重點部位是有遮著，但是一對雪白中泛著粉紅、青色靜脈隱隱浮現的酥胸在那副美不勝收的軀體上閃閃發亮，就像聚光燈一樣吸引所有的目光。約有二十位藝術家圍繞在那女人身旁坐著。

「門！把門關上！有風呢！」一個怒氣沖沖的女聲對著舒里克叫。「您怎麼遲到了呢？坐下來開始工作吧。」

那位美女穿著一件男用黑色襯衫，額前一綹烏黑閃亮的瀏海，垂到了眼睛，她不是很明確地往自己身後揮了揮手。舒里克順從她的手勢，坐到屋子遠處角落一座梯子的底階上。每個人都在作畫，炭鉛筆粗獷的沙沙聲此起彼落。舒里克直到這時還搞不清狀況。他猜想他的新朋友瓦金應該就在這屋裡的某處，可是他無法把目光從眼前那兩顆如食指般巨大的深褐色乳頭上給移開。舒里克實在害怕那女人只要一抬頭，立時就會發現他的不對勁。因爲他確實有不對勁的反應產生了……他明白自己應該要起身離開。可是就是走不了。他把手伸向一疊放在地板上的淺灰色紙張，然後用一張紙把自己給遮住。他出現在這裡是近乎違法的行爲，他等著別人來檢舉他，把他趕走。可是要他自己從位置上站起來卻是不能。他的嘴巴裡一會乾得不得了，一會又充滿大量溼鹹的口水，而他就像在牙醫那裡一樣慌忙不迭地把那口水給拚命往下吞。就在他狂吞口水之際，他還按奈不住地幻想，想著他向那位坐著的女人走去，把她從檯子上拉起來，並把自己的手探向那陰影特別深濃的部位去……舒里克感覺這一場甜蜜的惡夢簡直長得沒有止盡。終於那位模特兒站起身來，穿上一件暗紅色中帶黃色的絨布罩衫，而這會她看起來卻像是個年紀已然不輕的短腿女人，有著豐滿的雙頰和徹底消失無蹤的魅力——她就像任何一位舒里克以前住在公共公寓時的女鄰居一樣。要怎麼說呢，這眞是讓人難以置信……難道說那些總是穿著絨布罩衫，提著水壺到公共廚房煮開水的女鄰居，她們當中任一個都是這樣，在罩衫底下都有這麼一對巨大的乳頭、勾魂的動人身軀和這麼濃密的陰影部位嗎……

那群畫畫的人，當中有老有少，開始收拾紙張，然後帶著一副認眞的表情各自散去。瓦金沒有在那群人當中。那位穿黑色男襯衫的漂亮女人老遠地就向他親切地點了點頭，並說：「你留下來，幫我收拾東西。」

他留了下來。他按照女人的指示把一部分椅子放好，把一部分移出到走廊上，然後把檯子推開，而當他做完事情之後，她讓他坐到一張不太穩當的小桌旁，把一杯茶遞給他。

「德米特里・伊凡諾維奇最近怎麼樣呀？」她問。

舒里克羞得不得了，哼哼哈哈地也不知道講什麼好。

「你是伊格爾，不是嗎？」

「我叫亞歷山大。」他好不容易才把話擠出來。

「我還以爲你是伊格爾呢，德米特里・伊凡諾維奇的兒子。」她笑道。「那你是怎麼會找到這裡來的呢？」

「我不小心的……我在找瓦金・波林科夫斯基……」舒里克還是語無倫次，滿臉漲得通紅。眼淚直在眼眶裡打轉。「她可能以爲我是故意跑來看裸體模特兒的……」

女人笑了起來。她的嘴唇不斷顫動著，上唇一抹深色短鬚也隨之拉長又縮短，狹長的眼睛已經瞇成一條縫。舒里克眞是羞愧欲死。

後來她停止了笑，把茶杯放到桌上，走向他，抓住他的肩膀，用有力的雙手把他拉向自己：「唉呀你喲，眞是個小傻瓜……」

即便是隔著粗毛外套，舒里克依然感覺得到她抵在他肩膀上那顆巨大而堅硬的乳頭，接下來他便陷入她肉體無盡而黑暗的深淵裡。當他躺下來時隱約還聞到有貓咪的味道……

不過最奇怪的事情是舒里克從此未曾再見過瓦金。從那次之後他就從課堂上消失。或許，在舒里克的生命劇碼中他扮演的純粹是功能性的次要角色，完全沒有自主性的意義。多年以後，當瑪蒂爾達．帕夫洛芙娜回想起那詭異的一晚以及她的一時興起，順便就跟舒里克提說：「根本就沒有叫做瓦金．波林科夫斯基的人。這是我自己的惡魔和它的鬼使神差，你懂嗎？」

「我對他沒有特別的意見，瑪蒂爾達。」舒里克不快地哼了一聲，說這話時的舒里克早已不是當年那個春風少年兒，而是個臉色有點蒼白、身材有點發胖的三十歲男子，但是看起來呢，唉呀，甚至還更老了些……

7

在跟瑪蒂爾達發生關係之後的兩個月裡，舒里克的生命彷彿全面改觀。可是從一方面來說，他仍然跟以前一樣：他望著鏡子中的自己，看見的是一張粉嫩的橢圓形臉頰，帶著每到晚上就會冒出來的鬍渣；他看著自己稍嫌太大，但是很挺直的鼻子，上面的毛細孔清楚可見，還有彎彎的眉毛以及紅潤的嘴唇。他的肩膀寬闊，但是身材仍嫌瘦削，手臂肌肉尚未完全發育，不過小腿肌肉發達。還有他光滑的胸部沒有長毛。他有練拳擊，因此知道如何讓身體處於備戰狀態，也知道如何集中力量在肩膀和雙手上，以及一擊而出時如何運勁在拳頭上，他同樣也知道在跳躍之前要先收緊雙腳，還知道整個身體一直到最小的肌肉組織是如何參與既定目的的動作——像打擊、往前衝、跳躍……可是從另一方面來說，所有這些事情眞是白痴得可以了，因爲他已經從肉體獲得了前所未有的滿足經驗，而這是沒有任何一種運動所能比擬的。因此舒里克帶著敬意望著被浴室蒸氣弄溼的鏡子，看著自己光滑的胸部，還有平坦的腹部，在那中央之處，略低於肚臍眼的地方，有一條由柔軟的細毛往下延伸而去的小徑，跟著他恭恭敬敬地把手置於自己的神祕寶貝上，這可是讓他全身直到最後一個細胞都爲之臣服的寶貝。

沒錯，是瑪蒂爾達啓動了他這具非凡的裝置，可是他預感到，從現在起他這具裝置已經停不下來，他生命裡再也沒有比這更好的事了，從那晚之後他看待所有的女孩和所有的女人的眼光已迥然不同：因爲基本上，她們之中任何一個都可以啓動他這具無價之寶，一想到這裡，他的手便眞像有一副沉重的軀體在抱，他因此皺了皺眉頭，因爲昨天是星期一，才剛過，到下個星期一還要再等五天……

可是跟莉莉雅的約會卻因此只剩四天了。這兩種情緒他從來不會搞混。也對，怎麼可能把個子瘦弱又生性愉快的莉莉雅和豐滿、寬廣、沉靜如山丘母牛的瑪蒂爾達搞錯呢？對莉莉雅，他每個星期天下課後固定送她回去，和她在老房子前很高的入口磨蹭個幾小時，把她如孩子般的小手握在自己滾燙的手心裡取暖，卻始終不敢去親她。而每個星期一他則是整個人，不留丁點剩餘地沉入瑪蒂爾達的身體裡。每個星期一他都會在素描課結束後到工作室去找她，幫她把椅子歸位，再送她回到位在不遠處的單身套房去，在那裡等她回家的是一家子貓咪——三隻有血緣關係的黑色大貓。瑪蒂爾達先拿魚餵食貓咪，再去洗手，就在貓咪靜靜地、不急不緩地，但津津有味地吃著自己的食物時，瑪蒂爾達則藉由這位有天分的年輕人的幫助，進行一場提振精神的身體運動。

這個年輕人應該只是她一時性起和放縱任性下的偶然過客，她其實完全沒想過要和他發生一次以上的肉體關係。可是不知怎麼，在那次之後她就是沒法和他斷了。瑪蒂爾達和他的關係完全不是出於放蕩和無恥，更不是出於一個熟女對少年郎生澀的擁抱技巧所衍生出的貪婪肉慾。她過於冷靜的個性和自年輕時起對工作的過度投入影響了她獲得作為女人的幸福。她曾有過一段婚姻，可是她趁著失去第一個孩子、自己也差點跟著送命的機會，讓自己那位酒鬼丈夫離她而去，這個男人不知怎麼正巧就被瑪蒂爾達發現他在她女友的床上，她對此並沒有感到太難過，轉而在屬於男人手藝的領域內為自己掙生活：她開始做起雕塑，和石頭、銅鐵、木頭打交道，後來她打進了以承接政府案子而發財的雕塑家圈子中，完成了一整系列兵、工人物的雕塑品。她就像她那位來自特維爾省一個叫做二水高地的農家母親，每天從日頭升起工作到隔天的日頭升起，這其實不是出於實際需要，而是由於內心的要求。多年下來瑪蒂爾達身邊出現過許多男人，都是些藝術家和雕塑工，其實也就是石匠和鑄工。不知怎麼，她總是和酒鬼男人特別有緣，而和他們的關係到後來總是轉變成千篇一律的折磨。她發誓不再和他們往來，但總是切不斷關係，她其實很清楚和這群在她身邊磨來蹭去的酒鬼男人繼續搞下去的結果，所以她已經準備好，打算在他們一大清早跑來找她，要求一瓶解宿醉的伏特加作為分手條件之前就先行把他們趕走。

她和這個年輕人之間根本沒有任何約定，但他卻總像按照約定似地在星期一跑來找她，而她總是抱持著這是最後一次的心態來接納他，可是他仍舊是一次又一次地來找她。

快過年前瑪蒂爾達得了重感冒。她有兩天陷於半昏迷的狀態，貓咪擔憂地圍在她身邊。舒里克沒在工作室找到她，於是跑到她家按門鈴。那天當然是星期一，晚上八點剛過。

他到仍有營業的藥房去了一趟，買了一種沒有任何效用的感冒藥水和一種叫做「安必靜」的藥，幫忙把貓咪收拾乾淨，髒水盆拿出去倒掉。然後再把廚房和浴室清洗一番。貓兒們在她生病期間把房間弄得亂七八糟。瑪蒂爾達病得實在不輕，她甚至沒注意到舒里克有在屋子裡打掃清洗。隔天他又來了，帶著麵包和牛奶，還有給貓咪吃的魚。舒里克臉上始終掛著微笑，沒有說任何對瑪蒂爾達來說顯得無聊的話。

到了星期五她的溫度終於降了下來，而星期六卻換舒里克倒下——他也被病毒傳染了。於是星期一他就沒出現在瑪蒂爾達的家裡。

「這眞是個很棒的沒人打擾的星期一。」瑪蒂爾達心裡想，甚至還感到滿意。可是之後她就開始想念起他來。當他隔了一個星期以後出現時，他們的碰面顯得格外眞誠，瑪蒂爾達從嘴裡輕輕吐出「親親小男友」，而這個神奇的字眼立即恢復了兩人間無語的床笫交歡。

8

新年過後舒里克開始全心準備莫斯科大學的入學考試。退休的外婆費了很大的心血和他一起準備法文。所有她自己年輕時喜歡看的的書籍，現在她重新幫孫子再上一遍。而外婆對舒里克的進步感到很滿意。他對法語的掌握比外婆許多師範學院教出來的學生都還要好。可是不知道爲什麼，外婆總是要舒里克把雨果寫的那些長得不得了的詩句都要背下來，還要他閱讀古法文詩歌作品。舒里克在逐漸習慣這些東西之後，倒也從中尋得了一些樂趣。

多年以後，當他從師範學院畢業，在莫斯科舉行奧運期間，他認識了一位來自波爾多的年輕法國女孩，這是他畢生中遇到的第一位活生生的外國女人，可是舒里克使用的那種老式法語竟讓她完全抓狂。起先她笑到眼淚差點掉下來，後來又熱烈地吻起他來。顯然，舒里克唸起法文來就像十八世紀的羅曼諾索夫出現在二十世紀七〇年代的科學院作演講一樣。舒里克很勉強才能聽得懂這位法國女孩混雜了年輕人流行的無厘頭式以及大學生省略式的用語，而且他還得不斷向女孩求證她話裡的意思究竟是什麼。

儘管年紀很大，可是外婆還是繼續上家教課，只是她的學生已經不像以前那麼多了。她依然沒有取消聖誕節的話劇演出。的確，一月初的時候天氣變得異常寒冷，迫得話劇得延後到寒假結束前一天才上演。

大房間的中央原本屬於聖誕樹的位置現在擺著椅子和凳子，至於聖誕樹則被移到邊角去了，像是一個被罰站的小朋友。不過這顆聖誕樹可是不折不扣眞的聖誕樹，上面掛滿外婆細心收藏多年的古老吊飾：一架四輪小馬車、穿著亮片舞衣的芭蕾女伶，還有她最喜歡的阿姨在一八九四年聖誕節送給她的一隻水晶蜻蜓，在聖誕樹下方有個箱子和一個很舊的嚴寒老人玩具擺在一塊，箱子裡頭是穿著紅色綢衫的聖女瑪利亞、穿農家無領上衣的約瑟夫，以及其他硬紙板做成的寶貝……

招待客人的食物都是精心製作而成，專爲聖誕節所做的餐點。整間房間，連同樓梯間都聞得到一股散發著樅木香的蜜糖餅味道：在一個由白色餐巾紙墊在下方的大托盤上，擺著一塊一塊個別包好的蜜糖餅。這是外婆用一種特製的蜂蜜麵團所烘烤出來的餅乾，那一塊一塊的蜜糖餅看起來乾乾的，味道嚐起來帶點辛辣，表面還有用白色糖膏畫上的圖案，有星星和聖誕樹、有天使和小兔子，每塊餅乾旁都放著一張紙條，上面用工整的法語寫下各種親切好笑的話，像是「大吉大利」、「夏日旅遊會帶來意想不到的喜悅」，或是像「提防蠢蛋」之類的句子。所有這些句子稱爲聖誕節的占卜。

蜜糖餅實在太漂亮了，吃掉它們實在可惜，於是在話劇表演之後的茶點上便改用普通的餡餅和餅乾來配茶……每一位來賓都可以帶一位自己的朋友來作客，通常大家帶的是自己的姊妹或是兄弟，有時候也會帶同班同學。

薇拉在跟外婆咬過耳根子後，向舒里克建議，何不把他那位在大學裡認識的女孩子帶到家裡認識一下，畢竟他每個星期天都花那麼長的時間送她回家。舒里克和媽媽的關係恰好親密到只能向她報告莉莉雅的事，而不能提到瑪蒂爾達。

接下來一個星期舒里克都在找藉口不邀請莉莉雅到家裡作客。他當然十分願意和她一起到像是「年輕人」這類的咖啡館，或是參加同學家的晚宴，但是他實在很不想請她到家裡過這個兒童節。實在是迫於母親相逼，他才無奈地跟莉莉雅囁嚅地提到外婆籌畫的一齣兒童劇，沒想到她出乎意外地興奮大叫：「噢，要要要，我想看！」

這下可好，沒有退路了。兩人約好，舒里克不用過來接她，因為戲上演前他會非常忙碌。

他差不多從一大清早起就忙著照料孩子，先幫一個笨拙的天使調整移位的翅膀，跟著安撫哭個不停的提摩沙，因為他忽然發現自己的角色微不足道，所以堅決不肯把外婆用灰色毛襪縫製的驢耳朵戴在頭上。所有這些「圓肚子的小鬼頭」——舒里克如此稱呼這群外婆的學生，都非常崇拜舒里克，有時候當外婆的血壓忽然升高，後腦杓劇烈疼痛的時候，舒里克會代替外婆幫孩子們上課，而這總是讓他們高興得不得了。

莉莉雅一個人按圖索驥找到舒里克的家。應門的人是薇拉，她一開門就嚇了一跳：一位個頭嬌小的小不點就站在她面前，戴著好大一頂白帽子，一雙用深濃的黑眼線描出來的、像玩具和毛茸茸小野獸一樣的小眼睛，正隔著一頭幾乎蓋到下巴的凌亂毛髮迅速地把她眼前的女人打量了一番。她們兩人彼此打了聲招呼。小女孩把那頂大帽子從頭上取下，而薇拉此時再也忍不住，脫口說出：「哎呀，您簡直就像是菲力波克⑰的翻版哪！」反應機敏的小女孩把嘴角拉出一道長長的微笑：「嘿，還好他不是俄羅斯文學裡最可怕的人物！」

她穿著一件明顯很不適合隆冬的薄外套，進門後她拉下外套上時髦的紅色拉鍊，露出裡頭的黑色小禮服，那上頭沾滿了從那頂大帽子掉下來的白毛。禮服的後背開口開得很大，幾乎直到腰際，將她整個纖瘦的背部都裸露出來，那上面同樣也覆滿了細毛——不過是她自己的體毛。看著這片泛著淡藍色的兒童裸背，薇拉的心被一種既可憐又嫌惡的感覺弄到都絞痛了起來。

「您坐那邊，那個角落，那個位置很舒服。圍巾不要拿下來，窗子有漏風。」薇拉說。可是莉莉雅卻還是把圍巾解了下來，塞進外套的袖子裡。「舒里克馬上就來，他忙著應付孩子……」

說完後薇拉從一堆圍在外婆身邊的孩子中間擠了進去，附在她耳邊小聲說：「那個就是舒里克的小女朋友——根本就是演希羅底⑱的料……」

外婆此時早已把目光死死盯在那女孩身上，還把薇拉的話作了些許修正：「嗯，比較像是莎樂美⑲這角色……不過呀，小薇，妳知道嗎，她舉止相當優雅，相當……」

「妳眞是夠了，媽。」忽然間薇拉的脾氣爆發開來。「她就是一個小蕩婦……可能只有上帝才知道她是來自何種家庭……」

薇拉心裡頭對這個剪短頭髮的妓女湧上一股極端厭惡的情緒。

可是莉莉雅這廂完全沒有感受到這股厭惡，相反的，從她座位的角落來看這屋子，所有一切都讓她覺得非常喜歡：包括那種混合著蜜糖餅的樅木香，非常有鄉村風味的家庭戲劇，她常在俄羅斯文學裡看過這類描述，還有舒里克那兩位「很可笑的婆婆」，從她一看見她們的時候，她心裡頭立即決定要這樣叫。舒里克的媽媽薇拉模樣纖弱，有一個長長又滿是皺紋的脖子，上面圍著一條皺巴巴的花邊緞帶，淺灰頭髮束成一個樣式老氣的髮髻；而身形比較寬闊的是舒里克的外婆伊莉莎白・伊凡諾芙娜，脖子上同樣圍著一條花邊緞帶，可是花式不盡相同，滿頭花白又有帶點波紋的頭髮束成一個樣式更老氣的髮髻。

薇拉太過用力地敲擊鋼琴堅硬的琴鍵，使得法國聖誕歌曲動人的旋律中都聽得到她指甲擦碰琴鍵發出的一種乾乾的聲音，不過孩子們唱得還是非常感人，而且演出過程非常順利，沒有人忘詞，也沒有人半途掉了衣裳或是穿錯，就連聖約瑟夫全身都閃耀著即興創作的光芒：當來到出奔埃及一幕時，他一把抓起灰耳驢和顫顫巍巍懸在年輕小驢子背上的聖女瑪利亞的手，還有那條用來假裝是小嬰兒基督的棕色舊毛毯，這一幕讓全部的人都尖叫起來，捧起肚子大笑，還興奮地跳來跳去。最後舒里克脫下了披風和用合成纖維作的光頭套——這是唯一一件眞正的劇場道具，是薇拉爲了這次表演特地去道具間借來的——他把剩下來的服裝捲成一堆，然後拿走。戲演完後接下來是茶點時間，大家喝著從電茶炊泡出來的茶，平靜地吃著手工餡餅，期待著即將登場的猜謎遊戲。

外婆紅通通的臉上盡是汗水，像剛洗過澡一樣，她把手伸進餐巾紙底下，從裡頭輪流抽出夾著紙條的蜜糖餅給小朋友。接著大人們也起身排隊。莉莉雅走過去把手伸給外婆。而「婆婆」親切地看著她，嘴裡頭用法語喃喃自語了不知什麼，然後把最大的一包拿給她。莉莉雅把它打開，裡頭蜜糖餅的表面是用白色糖膏一圈一圈繞出的小羊造型。而那張紙條上寫的是「改變住處，改變生活，改變命運」。莉莉雅把紙條拿給舒里克看：

「嘿，你看我的籤……」

譯注：

⑰托爾斯泰童話裡的農家小男孩。

⑱希羅底為大希律王之女，先嫁給自己叔叔腓力，後又引誘安提帕，後又帶了女兒一同嫁給希律王，又慫恿女兒莎樂美跳舞，誘使希律王砍下施洗者約翰的頭。在《聖經》裡希羅底被認為是壞女人榜首。

⑲莎樂美，《聖經》中的人物，傳說貌美善舞，她以七重紗之舞向希律王換施洗者約翰的頭。

9

莉莉雅的雙親都是猶太人，都是三十八歲，也都是數學家，還都喜歡玩皮艇、滑雪板和吉他。媽媽說起話來喜歡帶髒字，而爸爸則嗜好杯中物，只是酒量並不好。儘管如此他還是拒絕不了這項全民族都深愛的普遍嗜好，於是媽媽總是一次又一次地把喝到臉發白、吐得渾身臭味的爸爸從客人當中給拖出來，帶到浴室裡去沖水，然後不慍不火地，甚至還有點好笑地責罵起他來，跟著再把全身赤條條只裹著一條浴巾的爸爸拖到房間裡去，把他安置到床上，把被子蓋好，再倒上一杯熱檸檬茶，加上一顆阿斯匹靈，接著開始數落他：「只要是對俄國佬有益的東西，就會要了猶太人的命……」

這純然是剽竊他人之話，老作家列斯科夫就曾經把這則諺語用在自己的作品裡，不過它聽起來就是很好笑。

就在他們遞交了申請出國的文件時，兩人也同時辭了職，因此這個家連著好幾個月都處於興奮、狂喜，又覺得恐懼的歇斯底里的狀態。他們還無法掌握全盤狀況，不清楚當局究竟是會批准他們全家離境，還是會拒絕他們的申請，又或是把他們抓起來關進監牢去。眞要追究的話，父親身上是有些小辮子可以抓的：他在某處發表了一些作品，還在一些文件上簽署了自己的名字，又說了一些不該說的話。已經整整一年了，這一家人都在忙著和俄羅斯以及親朋好友做最後的告別，他們會一忽兒跑到列寧格勒去，一會又中斷莉莉雅的學業，把她帶往烏茲別克的撒馬爾罕，或是忽然間發現到原來在烏克蘭還有個未曾謀面的親戚，於是趕緊把人請到俄羅斯來作一番道別，跟著一整個禮拜他們家裡都聽得到兩個鄉巴佬模樣的猶太胖婆婆在屋子裡走來走去的聲音，那情境眞是難以想像——彷彿是舍隆姆・阿萊辛⑳的故事與反猶諷刺作品裡形象的混合體。

莉莉雅始終無法決定到底要不要進大學。她會不會被錄取，這操之在別人的手上，可是畢竟得要試一試才知道過不過得了關。可是眞要被學校錄取的話呢——那其實更愚蠢……媽媽一直勸她放棄，說去學語言還比較重要。媽媽所謂的語言指的自然是希伯來語。但是爸爸卻認爲莉莉雅應該去唸大學，因此他在深夜時分背著莉莉雅和媽媽溝通：「妳就讓她自己去試試吧，她活得太安逸了。讓她失敗一次，這樣也可以加強她的猶太人意識……」

新年過後莉莉雅卻變得頹唐起來，她根本懶得準備考試，只是在學校裡遊蕩，還酷愛在早晨的莫斯科市區漫無目的地閒晃。可是舒里克卻相反，他積極加強自己在代數和物理兩科的實力，對入學考試的指定項目更是磨刀霍霍地準備。

春天快到的時候薇拉向上班地點請了假，以便花更多的時間幫孩子準備功課。事實上這根本多餘：舒里克展現出高度的自主能力，他非常用功，而且很節制地聽艾拉・費茲傑羅㉑的歌。現在會固定有一位俄文及俄國文學的老師到他家來上課，另外他還會一個禮拜去聽兩次歷史課。他的畢業考成績幾近完美，連數學和物理老師都感到驚訝。中學課程已經全部結束，只剩下這最後的衝刺，可是有一點讓薇拉覺得不滿，就是每個晚上舒里克都要跑出去，然後混到不知道幾點才回家。事實上，大部分的夜晚他都是和莉莉雅一起混，有時候則是和瑪蒂爾達。只是這些事情他全沒和家人提起。

莉莉雅有時也會到舒里克家作客。從種種神祕的跡象顯示，莉莉雅一家確定會拿到獲准出國的公文，而這件事讓兩個年輕人陷入一種非常特別的關係中：再清楚不過了，他們就要永遠分離。這段時間裡薇拉對待莉莉雅的態度有和緩的傾向，可是依舊認爲她是一個任性而且不正經的女孩，但是卻很有魅力。

舒里克和莉莉雅兩個人幾乎是每天晚上都在莫斯科市區裡散步。有時候他們也會到一些比較不熟悉的，像是東邊的萊福特區或是偏東北方的瑪麗亞小樹林等地區走走，而觀察力敏銳的莉莉雅，這時就會用她即將離去之前特別有洞悉能力的眼光教舒里克看待周遭的景致，這對她自己而言也是一項全新的感受：比如說一棟倒塌的房子看起來像是一條用後腳站立的老狗，比如說街道變窄的轉彎處很像一個死角，還有老樹的枝椏像一個女乞丐伸出的一隻手……他們在莫斯科河南岸市區裡的巷弄宅院間迷了路，可是一會又走出迷陣來到河岸邊；要不就是在模樣單調的兩棟房子之間發現一座可愛的小教堂，它有一扇半地下室的窗，窗裡還亮著燈光，這時莉莉雅便會因爲一股不明確的預感，或是一種在漫長等待之後、離開之前無法解釋的恐懼感而啜泣起來，於是兩個人便倚著老舊的籬笆，或是坐在一張行人椅上甜蜜又激烈地接起吻來。而莉莉雅的表現遠比舒里克要來得放肆，就這樣一路不停地直達那即便不是最後的階段，至少也是相當親密的程度。舒里克的性經驗已經足夠到讓他能夠克己地不踰越那最後的一步，可是少女的愛撫讓他感到一種迥異於瑪蒂爾達那種熟女所給予的快感。不過說實在的，不管是少女或是熟女的愛撫都很棒，這兩種經驗完全不會相互干擾，也不會彼此抵觸。纖細又平胸的莉莉雅其實完全不是瘦骨嶙峋的一類，她還挺有肉的，舒里克手指所探之處盡是緊實的肌肉。他知道該如何撫摸女孩子那溼潤之處，避開表面，直探內部，而當他一碰到那個部位時莉莉雅便像隻小狗似地呻吟了起來。

兩個人一直廝磨到深夜他才送她回家。通常這時莉莉雅位在二樓的家還亮著燈，而莉莉雅總是在發出最後一聲滿足的尖叫後，揩了揩黏溼的雙手，調整一下裙子，才趕緊衝上樓去，而等著她的總是媽媽責備的目光，以及爸爸含糊不清的嘟囔。通常那時他們家裡還坐著最後一批直到早上還賴著不走的客人。

六月初考季開始。莉莉雅連報名都沒有去報——她整個人彷彿已經看見了新的河岸，多瑙河、台伯河、約旦河……舒里克的作文考試拿到很好的「四分」，歷史科目則拿到滿分的「五分」。這樣的成績非常好，因爲一般來說，幾乎從來沒有人在作文上得到「五分」的。這麼一來關鍵科目就只剩下語言了。如果他的法語能拿到「五分」的話，那他毫無疑問就能通過莫斯科大學的入學考。

法語考試當天舒里克發現他的名字不在應考生的名單之中。於是他跑去找應試委員會去詢問，那裡早就有一堆激動又不安的考生將凶惡的祕書給團團圍住。舒里克查了以後才知道，原來他被列到應屆考生的德文組考生名單去了，這是因爲中學的結業文憑把德文列爲他的第二外語。這下子舒里克慌了手腳，急忙解釋他在遞交入學考試申請函的時候就有要求過把他列在法語組，對方也答應了他，因爲他本來準備的就是法文……儘管他這樣解釋，可是滿頭白髮的祕書只是輕輕動了動她那排新裝的尚不靈活的假牙，自顧自地在嘴巴裡進行起假牙柔軟操來，完全不聽舒里克的解釋。也難怪，她要操心的事情一大堆，多到淹過了頭，而嘴巴裡又酸又痛又很緊，於是她聽也不聽舒里克什麼搞錯了的說法，對他大吼了一聲，要他到名單分配的德文組去應考，不要再來煩她了。

當然，要是媽媽或是外婆那天有去陪考的話，那麼這一切烏龍就都不會發生。因爲她們一定能夠說服委員會祕書把舒里克的名字放到法文組去，或者就是押著舒里克，強迫他去德文組應考也成。哎呀，舒里克沒有特別準備德文哪！沒錯，但外婆不也是一直和他複習德文動詞了嗎……然而事情就是這麼巧，當天舒里克對想陪考的家人說了聲「不需要」，於是就只好讓他一個人去考試了，說來說去總歸一句話，外婆和媽媽會這麼做，還不是爲了表示尊重他的大丈夫之言的緣故。

就這樣他離開了青苔街那棟充滿魅力的莫斯科大學，心裡百分百確定他永遠不會再回到那裡。那眞是一個美得不得了的六月天，空氣裡充滿花香和在陽光中翻飛的塵埃。一隻瘋狂的城市蜜蜂不斷繞著舒里克那顆不幸的頭轉，他揮手把牠趕走，可是指甲卻狠狠刮破了他鼻子的皮膚。一切都讓人沮喪得不得了。他轉到沃爾宏卡街走去，經過普希金博物館，一直走到公共游泳池㉒附近再轉到莫斯科河岸街，然後沿著略彎的河岸街一直走到莉莉雅的家去。拉斯金一家昨天終於拿到期待已久的出國許可文件，舒里克昨天和莉莉雅通電話時也知道了這項消息。他上樓到莉莉雅家去。只有她一個人在家，如果不算那些在豪飲狂歡之後杯盤狼藉的餐具的話。爸爸媽媽趕著到各個機關去辦理手續：他們必須在很短的時間內把各式各樣不計其數的文件都準備好。這一部分同樣也算是出國之前的準備程序——通常取得出國許可的過程都會很久，有時甚至長達數年，然而一旦取得離境許可後卻又只給你一週的時間收拾細軟，然後滾出去。

舒里克站在門口，不讓莉莉雅有發問的機會，自己就把這意外被搞砸的事情說給她聽。她舉起手一揮，發起抖來，打斷他的講話：「快點，我們一起去，一定要想點辦法才對，打電話給你媽，讓外婆現在到委員會去一趟……你怎麼這麼笨，這麼笨呢，為什麼你不去參加德文組的考試呢？」

「我沒有準備德文哪。」舒里克聳聳肩。

他把她擁入懷中。什麼話都不用再說了，她於是哭了起來。直到這時舒里克才明白，他失去的不止是一所大學，他失去的還要更多，他失去了莉莉雅，他失去了一切……一週之後她就要離開，永遠離開，跟這比起來，他有沒有進大學反而變得不怎麼重要。

「我再也不會打電話給別人，我哪裡也不要去了。」他貼著她小小的耳朵旁說。

莉莉雅的耳朵早被流下的淚水給沾溼了。舒里克的眼淚實在流得太多，整張臉都是淚水。這滂沱的淚水自有其因，無須贅述。不過可以知道的是，原因雖然眾多，但是沒有去參加應考的這一項原因絕對是這次山崩的最關鍵的一塊石頭。

「不要走，莉莉雅。」他喃喃地說。「我們結婚吧，妳留下來。幹嘛要離開呢……」

可是舒里克還要再三個月才滿十八歲，而莉莉雅還要半年。

「唉，天哪，你應該早點說，現在已經太晚了。」莉莉雅哭了起來，把臉緊貼近舒里克的胸膛，把自己嬌小的身軀投進他的懷裡。兩顆縫得很不牢的釦子從她那件用兩條披巾縫成的白色罩衫上掉落下來。他手指清楚感覺到她小小背部上纖細的肌肉。她堅決地把他往沙發方向拉過去，嘴裡頭仍不斷地唸著一堆沒意義的話：「應該要打電話給薇拉，應該到委員會去一趟，一切都還有可能……」

「完了，一切都完了，莉莉雅！」舒里克緊緊握住她那雙小手，那手背上到處都是貓咪的爪痕，還有被她啃得禿禿的指甲，以及從去年冬天開始到現在都還沒有好的凍裂傷，而他無法用語言表達出對她那雙到處都是傷的小手、纖細的O形腿，還有那對從她毛燥的硬髮中外凸的招風耳的感覺。他只能不斷喃喃重複著同樣的話：「妳是那麼的……那麼的不一樣，妳的小手、妳的腿，還有妳的小耳朵都是妳身上最棒的部分……」

她抹了抹眼淚，笑了起來：「舒里克！這幾個地方正是我最糟糕的缺點哪——O形腿，還有招風耳！我因爲這樣而恨死了我爸，這都是遺傳到他的緣故，而你竟然說那是我最棒的部分。」

可是舒里克沒去聽她的抱怨，他輕輕撫摸她的小腿，合起掌心捧起她的小腳掌，往自己的口貼去：「我會想念妳的手、妳的腳，還有妳的耳朵。」

就這樣，在完全偶然的情況下，舒里克解開了愛情中最神祕，也是最偉大的一項法則：順從心的選擇時，缺點往往比優點更具有吸引力——因爲那才更能彰顯個人特色。順道一提，舒里克本人並沒有意識到自己的這項發現，而莉莉雅則要用一生的時間去理解這一個法則……

莉莉雅把兩腿蜷縮起來，轉過身，把背靠向舒里克的胸膛，而他則把兩隻手掌環握在她的脖子上，感覺她頸間左右兩邊脈搏快速又變換迅速的跳動，像一條潺潺流動的溪流。

「別走，莉莉雅，別走……」

就在兩人濃情繾綣之時，下班回家的鄰居卻敲著莉莉雅家的大門叫：「莉莉雅！莉莉雅！妳睡著了是嗎？妳們家的水壺燒開了呀！」

水壺！眞是好笑。這兩個年輕生命都熾烈到著起火來，哪管得著水壺有沒有燒開……不過鄰居這麼一打岔，考試的事情就沒再提起……

那天之後事情的進展是如此之快，以致於舒里克日後回想起來，只能非常用力地憑藉蛛絲馬跡的線索才能把事情還原拼湊起來。

舒里克的外婆，一個那麼堅強撐過丈夫過世、疼愛繼女的離去、自己姊妹的陸續死亡，還有戰時的大撤退，以及數也數不清的生離死別等人生悲苦的女人，她竟然承受不起外孫一次微不足道的考試失利。就在那個晚上她心臟病發作，被送進醫院裡。而心臟病之後竟變成心肌梗塞。

舒里克的母親薇拉，一個活了一輩子只爲感受纖細情感和激盪熱情的女人，這下子陷入極度憂慮之中。她完全慌了手腳，不知道該怎麼做。她想爲母親熬一鍋高湯，就這麼一直呆呆站在湯鍋前等湯煮好，然後出門到醫院前才想起，她忘記要買一瓶香水。於是她又坐車到市中心買了一瓶很好的香水，卻因此錯過病房的探訪時間，然後她只得付一大筆錢買通那討人厭的存衣間女工讓她進到病房去看媽媽。可是這並非單一事件，是她每天都會犯的重複錯誤……

外婆躺在病床上吊著點滴，她一臉慘白、不言不語，但是也不想死。應該這麼說吧，她心裡非常清楚，她不能夠把她那既親愛卻又無助的女兒（她朝薇拉那碗忘了放鹽巴的混濁高湯看了一眼），還有舒里克獨留在人世間，那個孩子因爲這次愚蠢的考試而完全嚇傻了——從這個角度來看的話，外婆對這件事情的判斷完全錯誤。她認爲她的外孫現正處於極度沮喪的心情。否則的話，她實在無法跟自己解釋一件不可置信的事，就是舒里克竟然連一次也沒有到醫院來探望過她。

舒里克這一個星期都在忙著幫莉莉雅收拾東西、道別和送行的種種事宜。最後一天他一路送她到舍列梅捷沃國際機場，幫忙提送行李。終於到了最後別離的時刻，莉莉雅踏上非乘客禁入的樓梯，而他在二樓隔著門縫向她揮手，這其實已經算是越界了，終於莉莉雅走了，把她那雙O形腿和招風耳帶離了他的身邊。

送走莉莉雅的那個晚上，他回到家後，這才終於把一整個禮拜都沒法傳進他耳朵裡的消息給聽了清楚——外婆心肌梗塞，病危。舒里克對自己鬼迷心竅的失魂狀態感到害怕：他怎麼能夠在過去的一個禮拜都沒找時間去探望外婆呢？可是已經是晚上了，探病時間早就結束。那個晚上他熟睡得像個死人，這是連續幾天沒睡覺的結果。隔天早上八點鐘病房打電話來通知他們，說伊莉莎白·伊凡諾芙娜死了，在睡夢中過世。

從此以後莉莉雅的離去便緊緊地與外婆的過世連接在一起，甚至當他站在外婆的棺材旁，他都要很努力地才能拋卻腦子裡一個奇怪的念頭：他總感覺躺在棺材裡等著被安葬的人不是外婆，而是莉莉雅。

譯注：

⑳舍隆姆·阿萊辛（Sholom Aleichem〔本名Solomon Rabinovich〕，1859-1916），俄裔美籍猶太作家，出生於基輔附近的一個猶太家庭，一九一四年以後到美國，是一位世界知名的幽默作家，他全部的作品都是用意第緒語發表，舞台劇和電影《屋頂上的提琴手》就是用他的短篇故事改編而成。

㉑艾拉·費茲傑羅（Ella Fitzgerald），美國著名爵士樂女伶。

㉒蘇維埃時期的莫斯科公共游泳池即位於現在的救世主大教堂位址上，這個游泳池前身就是原先的救世主大教堂，建來紀念沙皇亞歷山大三世，一九三五年蘇維埃政府決定拆毀教堂，改建公共游泳池，蘇聯瓦解後，莫斯科政府又把游泳池拆掉，重建救世主大教堂。

10

外婆下葬後的隔天早上，追悼的葬後宴完畢後，鄰居太太幫忙把所有的鍋碗瓢盆都洗乾淨，借來的椅子也都還了回去，整個家乾乾淨淨的，彷彿已經不在世的外婆又回來了一樣。

薇拉在玄關的一把椅子下找到一只包包，是從醫院帶回來的。裡頭裝著茶杯、湯匙、衛生紙，以及其他零零碎碎的東西。還有一副眼鏡，那是在一家專門的地點花了兩個月的時間特別訂製的一副眼鏡。這副眼鏡非常適合外婆那雙因爲老年而變昏花的眼睛——同樣的，這世界上再也找不到另一雙眼睛更適合這副灰色鏡框凸鏡片的眼鏡了。薇拉握著這副眼鏡呆呆地想：該拿這眼鏡怎麼辦？衣櫃架上的衣物——羊毛披巾、罩衫，還有一副也是特別訂做的超大胸罩，全都充滿了母親的味道；還有一頂黑色的包巾編織帽，帽底除了媽媽的味道以外，還沾著幾根細細的銀絲——所有這些東西都該怎麼處理才好呢？她很想把這些東西全都丟得遠遠的，如此一來就不會睹物思人，也不會暗自神傷，可是她又根本不能捨棄這些東西，因爲裡面保存著媽媽的溫暖。

房間裡的空氣似乎都凝聚在那些被外婆身體給坐凹、磨凹、壓凹、踩凹掉的凹洞裡。這是她坐出來的凹洞，這是擱著她胳臂的扶手椅把手。她的一雙舊高跟鞋把紅色地毯的毛都磨平了：半個世紀以來她都用腳踏地板打節奏的方式教導學生正確的發音。可是後來他們搬家，這張地毯也跟著改變了原來放的位置，它被移到桌子旁，而伊莉莎白・伊凡諾芙娜依舊用她那沉重的雙腳有節奏地踏著地毯，只是新地方尚未被完全給踏平。

一個恐怖的念頭驀地浮上薇拉的心裡：原來一直以來她都是媽媽的女兒，就只是個女兒而已。媽媽幫她把人生中所有的災難全都擋掉，還幫她教導並撫養她的兒子。所以她自己的兒子才會一直以來都叫她是薇拉，而不是媽媽。她現在五十四歲了，可是她內心裡眞正的歲數是多少？還只是一個小女孩，一個涉世未深、不懂人生的小女孩而已……他們一個月的生活費要花多少？用什麼錢付房租？牙醫的電話在哪裡？這些事情以前總是由媽媽來預約的。還有最重要的是，舒里克該怎麼辦？要讓他進專科學院去唸嗎？媽媽死前在得知舒里克那倒楣的考試後，就打算讓他進自己的師範學院唸書……

薇拉無意識地把弄手中的眼鏡。眼前的電報已經堆成了一座小山。都是來弔唁的。有些來自媽媽的學生，有些則發自以前的同事。又該拿這些電報怎麼辦？不能丟掉，可是收藏起來又很愚蠢。應該要問問媽的意見才是——這習慣性的念頭瞬間掠過薇拉的腦海裡。而其實她內心深處隱藏著對母親的懊惱：爲什麼偏偏就在她過世了以後，她的存在才變得格外重要……很快的考試就又要開始了。得趕快打個電話到系上去，打給安娜・梅福季耶芙娜或打給加拉也可以……她們都是媽媽以前的學生……還有，舒里克怎麼怪怪的，像個鄉下土包子似的，整天躲在自己房間裡也不出來，還那麼吵地放那些悲情歌曲……

此時舒里克心中的罪惡感卻不是再大的音樂所能遮蓋住的，這種罪惡感甚至勝過失去的感受。他整天都處於一種痲痺的狀態，好像一個蛹在即將破繭而出、羽化成蝶之前的蟄伏狀態。

早上十一點薇拉到劇院上班，舒里克一個人在家，讓憂傷的貓王艾維斯・普里斯萊和無可挽救的低潮情緒陪伴他：就是他，舒里克・柯恩，沒有去考試，因為膽怯，跑去找莉莉雅，而沒有先去阻止那些長舌的瘋女人把沒去應考的消息說給外婆知道，可是老實說，害外婆心肌梗塞發作的不是別人，正是他，而更愚蠢又讓人不能理解的是，他竟然沒有去醫院看外婆，現在她死了，這一切都是他一個人的錯。他在道德方面的強烈反應甚至達到某種生理層次去了——他內心發生了某些變化，可能是血液成分改變了，也或許是發生物質交替作用。他就這麼一直坐到薄暮時分沒有動過，一直反覆聽著貓王的歌，直到〈Love me, baby〉這首歌堅定不移地深植他的意識層中，在他往後的生命裡不斷浮現，和對外婆的印象，以及在她呵護下長大的愉快童年的回憶連繫在一起。

他是外婆最疼愛的孫子和學生，不過也是她這種單線教育方式下的受害者：從很小的時候起他就被灌輸了一個觀念，他，舒里克，是一個非常乖巧的孩子，守規矩，不會做壞事，而一旦做了壞事，那大人會立刻告訴他這樣做不對，他就請求大人原諒，這樣一來他又是一個好孩子了……可是現在，現在他卻沒有了能夠請求原諒的對象……

薇拉晚上從劇院回來，兩人把昨天葬後宴剩下的飯菜吃了，然後他說：「我出去走一走。」

那天是星期一。薇拉其實想要求他不要出去。她感覺自己是那麼的不幸。可是爲了滿足自己想要徹底不幸的心理，她就得讓舒里克出去散心，讓自己一人在家。因此她沒有提出請求。

舒里克跑去找瑪蒂爾達去了，好巧不巧卻遇上她一臉憂愁的模樣：今天早上她收到一封電報，通知她說她的一位鄉下姨媽過世了，所以她打算明天前往二水高地一趟。瑪蒂爾達從小就和這位姨媽不親，所以現在她對自己之前不夠愛姨媽一事感到難過，想爲她盡最後一份心力，辦一場體面的葬後宴。一大早她就跑到附近的超市，買了「首都」香腸和美乃滋醬，還有伏特加、煙燻鯡魚和俄國人最愛的美味水果——古巴進口的柳橙。

舒里克一走進瑪蒂爾達家的大門時，迫不及待就跟她說外婆的死訊，她舉起兩手對空一拍：「怎麼會這樣！眞是禍來躲不過，沒辦法的事！」

可是當她看見舒里克那張愁眉不展的臉孔時，自己終於也忍不住爲死去的姨媽哭了起來，爲那位不幸、善妒、又看不開的女人難過一番。舒里克同樣也哭了。直爽的瑪蒂爾達立即把溫暖的酒瓶鐵環蓋打開，往兩只酒杯裡倒酒。

眼淚、伏特加，再加上切得很難看，又處理得不很乾淨的鯡魚，要是外婆還在世的話看到這樣的鯡魚一定很生氣——可是這幾樣倒是彼此很搭。他們一杯接一杯地喝著伏特加，然後舒里克心甘情願地做完自己身爲男人的任務，而且帶著異常熾烈的激情，不知爲什麼，這樣做帶給他一種模糊的感受，好像這是好孩子才該有的乖巧舉動——這眞是怪得不能再怪的想法了……

瑪蒂爾達爲別人流下一大堆眼淚後，整個人也獲得解放。現在她眼前最棘手的問題是貓咪一家子怎麼辦：可以把牠們暫託給誰來養呢？她的一位女鄰居是個人很好、孩子一堆的工程師，她有時候會過來幫她照顧貓咪，可是這段時間她剛好帶著孩子們度假去了；另外一位女友，是個藝術家，她有氣喘的毛病，只要一接觸到有貓的空氣就會立刻引發她的氣喘發作。其他可能的人選偏巧在這段時間裡不是這個生病，就是那個住太遠，來不及送去。至於舒里克，瑪蒂爾達一開始完全沒把他列入考慮的名單裡，可是他卻自告奮勇接下了照顧貓咪的責任。

這幾隻貓分別叫做杜霞、康士坦丁和小蘿蔔，最後一隻貓和自己的媽媽有著既是母女，又是祖孫的複雜關係，這三隻貓共同的特點就是憎恨人類，但是不知為什麼卻對舒里克開了例外，牠們對待他的態度非常友好，坐在他的膝蓋上時，甚至還會對他伸出貓爪示好。一聽舒里克自願幫忙，瑪蒂爾達立刻把自家鑰匙交給他，還教導他幾個對貓的簡單指令。

隔日一大早，舒里克在瑪蒂爾達的請求下，送她到車站去，之後再到莫斯科大學去把自己的文件拿回來。他打算把這些申請文件轉到師範學院去，那裡目前還接受入學考報名，可是當他把文件握在手中時，他忽然間明白了一件事，就是他完全不想再看見外婆之前的同事，也完全不想進什麼師範學校去唸。不可能。他決定把自己的報考文件交付到目光所及的第一所專校。雀屏中選的是門捷列夫化工學院，離家只有五分鐘的路程。

報完名後他走到高爾基街上的「魚」商店，買了兩公斤的鱈魚肉。三隻聰明的貓咪像三根黑得發亮的柱子一樣，動也不動地坐在玄關，看起來就像埃及雕像一般。康士坦丁一看到舒里克就向他走去，低下牠造型優美的頭，用前額的部分輕輕地頂舒里克的腳摩擦。

11

對入學考完全不報任何興趣的舒里克結果卻考得卻相當好。沒什麼準備的他竟然在數學、物理和化學三科都拿了高分。他的運氣實在好到難以想像：所有考題他在考前一天的複習裡全部猜中。八月二十日放榜那天他在榜單上找到自己的名字。

他唸的學校有個不太稱頭的別名，叫做「門捷列夫學鋪」。這所學校一直以來被認爲比石油工專或是精細化工學院，甚至比化學機械製造學院都要來得差。雖然如此，它卻擁有自由主義學院的美名：行政權力薄弱、共青團組織也不強大，另外像是在莫斯科大學擁有很大勢力的社會科學系，它在這裡卻很吃癟，同樣吃不開的還有黨派來的領導，當然它依舊統領學校，可是並未將所有科系和部門完全控制在它的腳下。

舒里克由於年輕，缺乏經驗，並不能了解自由主義到底好在哪裡，他只是夾在一大群學生當中跟著上課、抄大綱並東張西望地環顧四周，一會看看自己的同學，一會又把注意力放回到跟他之前在中學裡學到的是完全不一樣的課程上。

龐雜的課程從無機化學開始，內容包括上課、小組討論，還有作實驗。舒里克非常喜歡實驗室。一開始老師只教他們簡單的東西：像如何使用試管，怎樣在煤氣燈裡把玻璃管弄彎，如何傾倒溶液，又要如何過濾沉渣。還有更神奇的是，把某兩種涼涼的溶液倒在一起時，試管會立即變得溫暖，或是改變顏色，又或是某種透明液體突然變成很冰涼的深藍色稠狀物。當然所有這些神奇事件都有一套嚴格的科學解釋，但是舒里克認爲，即便有科學的解釋，其背後依然隱藏著物質之間獨特屬性的祕密。搞不好眞的是有哲學之石或是某種中世紀煉金術的夢想所留下來的沉渣也說不定。

實驗室裡舒里克是最笨手笨腳的一個，因此沒有人會跟他一樣，對手上時常發生的小小化學奇蹟感到驚奇或是高興。

大部分進這所學校唸書的同學都和舒里克的「學校離家很近」的唯一理由不一樣。他們基本上對化學科目已經非常熟悉，做過分組實驗，也參加過奧林匹克化學競賽。除了許多化學愛好者之外，學校裡還有很多猶太人，他們當中有些是帶著大學文憑來這裡再唸一次，有些則是事業雖不成功，但智商卻很高的化學家或是數學家，另外就是一些不能滿足的野心家。順道一提，門捷列夫化工學院的風氣開明就在於說，這所學校肯收猶太人。舒里克那曖昧的姓氏「柯恩」常常會讓人誤以爲他是猶太人，而他本身對這種誤認早習以爲常，甚至連駁斥都懶得做。

學生在實驗課被分成兩組，因爲有些課程要在晚上進行。舒里克被分到的二組當中成績最好的同學是阿麗婭·塔古索娃，她是哈薩克人，有著一雙發育不很完整的細鳥腳，從大腿到腳踝處整隻腿最後好像架在一個支點般的小腳掌上。不過上天雖然欠她一雙好腳，卻賜給她一雙靈巧的小手，讓她在實驗室裡像變魔術一般迅速完成指定作業，當其他同學尚未弄清楚實驗程序，她已經把所有東西全都準備妥當。進學校前她已經先在化學工廠的實驗室裡待過兩年，這兩年的工作經驗對她確實幫助很大——可是這也表示阿麗婭是「有主」之身，因爲她唸書的獎學金全由位在哈薩克的阿克莫林斯克化學工廠支付。阿麗婭很快就掌握了實驗室的課程，一點就通，實習課老師馬上就注意到她和其他同學不同——就像一個有實戰經驗的老兵處在一堆菜鳥當中那般明顯。

第二號的同學是一個叫做蓮娜·斯托夫芭的女生。她的姓氏和她那張充滿野性美、大半個額頭被栗色瀏海蓋住的臉龐顯得格外搭調，也和她那副海豚般飽滿的身軀以及勻稱結實的大腿和大腳非常配合。蓮娜沉默寡言，很少主動和人打招呼，一到下課時間她就跑到樓梯下方的空間一根接一根地抽著昂貴的「費明」香菸。關於她的事情同學知道的不多，只知道她來自西伯利亞，還有她父親是黨部的重要長官。這兩個女孩子都來自外地，但是個性南轅北轍，阿麗婭熱情洋溢，蓮娜卻是一臉陰鬱又滿肚子狐疑。她總是懷疑莫斯科人都在暗中搞鬼，並極力想把這些勾當給弄清楚。除這些不同點以外，兩個女孩同樣都是住宿舍。

二組的第三號人物終於是個莫斯科人，他叫做熱尼亞・羅森茨威格，開學沒多久他就和舒里克結爲朋友。這位新朋友從小就是一個神童，但他由於種族背景（猶太人）的關係而沒有上過數學力學的課程。他有著一頭淺褐色的頭髮，加上滿臉的雀斑，尙未完全定性，待人很親切。大家把數學這一科的希望都寄託在他身上，因爲對學生來說，第一季考試最困難的科目不是毫無規則又任性的化學，而是淸晰又合乎邏輯的數學。

數學老師個頭小小，但是出手冷酷，毫不留情，他有著一頭蓬鬆又濃密的頭髮，眼鏡低低地掛在鷹勾鼻上。大家都曉得考試的時候千萬不要落到他的手上——他給的成績都非常難看，只有代表及格的「三分」，而且不只一次是這樣。羅森茨威格自認是名數學大師，於是負起教導夥伴的重責大任。這四個人就擠在舒里克那間小房間裡，由羅森茨威格幫大家惡補這狡猾的數學。

薇拉不時會探頭進來表示關心，用溫柔的聲音問大家需不需要喝點茶……問完後她就把茶端進來，托盤上擺著四只附盤子的茶杯，而另一個刻有花葉圖案的盤子上放著麵包乾，至於糖罐可以肯定是銀製的，只是色澤已經變黑——如果薇拉肯用牙粉去擦拭的話，它馬上又會變得跟新的一樣……

12

阿麗婭·塔古索娃是一個遭流放命運的俄國女人和一個喪妻的哈薩克男子所生的女兒。她的母親加琳娜·伊凡諾芙娜·洛帕特尼科娃在二戰之前就已經來到哈薩克，那時她還只是一個四歲大的孩子。在著名的基洛夫遭暗殺的事件當中，加琳娜的父親，一個黨的最低階活動分子，受到了波及。他最後的下場是死在監獄裡，而加琳娜的母親很快也跟著過世。對於自己的雙親加琳娜只剩下很模糊的記憶，整整七年的時間裡她被安置在特別育幼院裡，而她的一生就是在一個接一個的苦役和了然無趣的日子中度過。整個童年她都在生病，但奇怪的是，強壯的小孩陸續死去，而她這麼一個體弱多病的小孩卻撐了過來。彷彿侵襲她的疾病在這具單薄的身子上也搾不出所需的養分，結果自己先行死去，而小女孩卻這麼活了下來。從育幼院出來後她被送到手工藝學校就讀，分到的組別是粉刷工，可是在這裡她卻染上了肺結核，她又再一次面臨到死亡，可是很顯然地，就連死亡也嫌棄她弱不禁風的身子骨，結核病的發作過程後來停頓了下來，肺裡的空洞也逐漸結痂。痊癒出院以後她就到火車站當清潔女工，住在宿舍裡，和另一個同樣也是遭到流放的女孩子睡在同一張單人床上。

在阿克莫林斯克鐵路機房工作的鐵路連結員塔古斯・塔古索夫當時四十歲，妻子過世後他就把加琳娜帶回自己的住處，直到那時加琳娜的生活才獲得些許改善：她獲得了在哈薩克的永久居留證，可是除此以外生活和以前也沒什麼不同，依舊是飢餓和寒冷，還有工作量也增加了。塔古斯帶回來的這位俄國老婆結果是個笨手笨腳的女人，對持家很不在行：這也難爲她了，在育幼院的童年只教會她要習慣簞瓢之量的食物配給，也養成她對一切事情逆來順受的忍耐態度——她甚至連煮個湯都不會。加琳娜會的事只有一件，就是用抹布在被唾液和濃痰弄髒的火車站地板上磨來蹭去，至於如何管教塔古斯的幾個日漸長大的兒子，她則是完全不在行，不得已之下塔古斯只得把幾個兒子送到遙遠的穆戈札爾斯基地區的老父親來代爲管教。

塔古斯的親戚都認爲他是一個既無趣又沒腦袋的空心草包，從他會去娶一個俄國女人就可以證明這種看法。就連塔古斯自己也有點失望：這位新太太沒有照他的預期給他生出一個金頭髮的女娃娃，反而是一個黑頭髮、細長眼睛、不折不扣的哈薩克姑娘。他們把女娃喚作阿麗婭。雖然阿麗婭的外貌讓塔古斯失望，可是卻帶給他好運氣——阿麗婭出生後沒多他就被調去擔任列車員的工作。這是個油水很多的肥缺。自從土耳其斯坦到西伯利亞的鐵路㉓開通後，頭幾年裡吸引了很多的哈薩克人投入這門工作，因爲它被認爲是從游牧生活轉爲定居的理想職業。

塔古斯在自己的工作崗位上如魚得水，還拜這個位子之賜時常夾帶伏特加、食品或是紡織品，他甚至因此而致富，於是他在塔什干又另外組了一個新家庭，並在自己固定往返的路線上包養了幾個臨時小情人。他很少回到阿克莫林斯克的家去，可是只要回去的話就會給加琳娜母女留下半頭羊，或是一塊昂貴的絲綢，又或是送女兒一些不曾見過的精緻糖果，然後就連著好幾個月消失蹤影。當然，若說塔古斯拋棄了加琳娜，這樣講也沒錯，不過前提是要加琳娜也會這樣想才算數。但可惜的是，加琳娜是個不能思考的女人。說到思考，它需要一股源自於內心的力量，然而這股力量對加琳娜而言只夠顧得上最低階的層次：像是食物的著落在哪裡，壞掉的鞋到哪裡修，還有寒冬暖氣的問題等等。所以，對於愛不愛這個大哉問，加琳娜其實是顧不上的，更何況她的周遭，還有她一輩子從來都沒有遇到過需要去思索這愛或不愛的大事。即便是女兒阿麗婭也只是喚醒她內心深處非常微弱的一點感動。還有，這女兒不像母親，她實在是太活潑又太麻煩了，帶著女兒讓加琳娜覺得更是疲累，讓她更是厭倦愛或不愛的問題，它早隨著女兒那雙緊抓住她的小手給全部擠光掉。

在塔古斯還算有固定回家的最後兩年間，阿麗婭被送去她哈薩克祖父那，祖父一生都在穆戈札爾斯基和阿爾泰山山脈間遷徙過生活，他循著前人的神祕游牧路徑，配合著季節變化、風的方向，以及被大批羊群踩踏過後的牧草生長動向而遷徙移動。那段日子裡，阿麗婭總得忍受著穿刺一般劇烈的腹痛、因腹瀉流血而變得粗糙的內衣、臭氣沖天的帳棚、刺鼻的燻煙味，還有父親那些邪惡又醜陋的大兒子們，他們總是毆打還戲弄她……關於這些事情阿麗婭從未向任何人提起過，就像她的母親加琳娜也從未告訴過女兒自己在育幼院的童年……

史達林死後，遭流放的人開始一點一點地被放了回來。加琳娜本來也可以返回列寧格勒，只是那地方已經沒有任何她的親戚在了，而就算有她也已經都不認識了。更何況她回到那裡幹嘛？在哈薩克的日子裡她一點一滴地把生活弄得相當舒適：她在阿克莫林斯克的郊區有一棟十一坪大的房間，還位在鐵路平交道口，屋子裡有床，有桌子，有地毯——全是丈夫善心的賜予，當然還多虧了火車站的清潔工作，這工作本身也有其好處——來來往往的乘客總是把手上的空瓶慷慨地遺留下來。

阿麗婭尚未入小學之前，母親就帶著她一塊到火車站上班，阿麗婭就在候車室裡等媽媽下班，她總是半蹲著腳，貪婪地張望如潮水般湧入又瞬間不知去向的人群。一開始她只是睜大著眼睛瞅著乘客看，在她眼裡這群人就跟她之前在哈薩克草原上看到的羊群差不多，逐漸地她學會分辨個別的臉孔。在她而言，最有魅力是俄國人，他們的面孔和哈薩克人不一樣，穿著也不同，手上拿的不是布包或麻袋，而是公事包和手提箱，他們腳上穿的鞋子是皮革製的，閃閃發亮，像是套上了擦得很乾淨的橡膠鞋套。在絕大多數都是男人的人潮裡，偶而會出現一兩位女性的身影——她們不是圍頭巾和穿棉襖，而是戴著帽子和穿著漂亮的外套，外套的衣領上還縫著一圈狐狸皮，腳上穿著高跟皮鞋。她們也是俄國人，不過跟她母親完全不同。

小阿麗婭待在火車站的許多個小時裡都處在一種深不可測的出神狀態中，像佛教裡所說的靜觀。她什麼也不問，什麼也不答，只是蹲在火車站候車室的垃圾桶旁，在自己內心裡懷抱著一個念頭：總有一天她要穿上高跟鞋，手裡提著手提包，從這裡上車離開，到任何一個地方去……過另一種她放任自己想像的生活。或許這是她體內不安分的血液在呼喚她，一如她父親體內的血。父親在縱橫交錯的鐵道支線上來來去去，在三教九流的擁擠乘客之中周旋，在混雜著鍛鐵、潮溼煤球和車廂間汙穢廁所的臭氣裡討生活，所有這些本事就像專門訂製似的非常契合他的脾胃，這樣的生活充滿了各種可能性——例如他會和軍人一塊喝著昂貴的伏特加，或者把沒有買票就坐霸王車的女人給揪下車來，又或是他口袋裡常會有一些來路不明的外快，還有就是要天花亂墜地扯謊，而有時候又要對那些沒有證件的乘客擺出傲慢的姿態……塔古斯·塔古索夫在自己一帆風順的火車生涯裡整整歡度了十年，卻在第十一年裡被兩個凶狠的惡人給灌醉、扒光了錢財，再從火車上給摔出去。那是在一列從烏爾根赤（即玉龍傑赤）到科日錫爾特的夜間區間車上，塔古斯把這兩個人帶上車，還將他們安置在自己的列車長室過夜，而最後自己卻落得如此下場。他死後，阿麗婭將近十年之間沒再看過昂貴的進口糖果。

書是媽媽帶阿麗婭去唸的，在學校的第一年裡還她搞不懂那些她不甘不願抄在筆記本上的蝌蚪文和阿克莫林斯克火車月台上那些幸福又特別的人們之間有什麼關聯，一直到二年級快要結束之前她才忽然明白，的確是有關係，於是她開始狂熱又積極地學習起來，而她的才能——不論高低，沒有影響——總是盡其所能地被發揮到極限，而所謂極限又有再向上發揮的空間，於是她的課業一年比一年進步，後來她甚至直接跳到十年級去唸，儘管那裡的女孩子在七年級以後都分配到工廠去當學徒或是進手工藝學校去唸。

阿麗婭中學畢業時獲得銀質獎章。化學老師葉夫根尼婭·拉札列芙娜，也是他們的班導師，一個遭到流放的莫斯科人，最終也落腳哈薩克。她一直想說服阿麗婭到莫斯科去，進莫斯科大學的化學系繼續學業。

「相信我，妳擁有非常罕見的天分，像鋼琴家或是數學家那樣。妳看得見那肉眼看不見的物質結構。」拉札列芙娜近乎狂熱地和阿麗婭說。

阿麗婭十分清楚自己頭腦的聰明，還有過目不忘的本領，這種本領讓她的祖父能在一眼之間，就能從一大群不斷變換形狀的羊群中認出哪一隻是走失的羊，而這種本領遺傳到她身上卻是迅速掌握化學公式的特徵、複雜的結構，和原子連結跟變動的情形……

「不，現在還不是時候，我兩年以後才會去。」阿麗婭堅定地對老師說，沒有多加解釋。

而拉札列芙娜聽了只是搖搖手：兩年裡什麼機會都可能不再，一切都會隨風而逝……

阿麗婭的母親在她求學的那些年裡卻成了殘障人士：她一隻腳的膝蓋不能彎，另一隻腳則跛了。阿麗婭進到生產部門去，不過不是到車間，而是進了實驗室裡。她的老師拉札列芙娜安排她去找自己以前的學生。在工廠的兩年間阿麗婭像苦刑犯一樣地埋頭做事，一天工作十二小時。終於她存夠了錢，買了一張單程火車票、一件深藍色的毛衣、一條黑裙和一雙高跟鞋。另外她還藏了一百盧布以備不時之需。可是最重要的不是這些：這兩年的工作除了給了她實習的經驗之外，也讓她確定未來要唸書的地方不是莫斯科大學，而是門捷列夫化工學院的工藝學系。她現在的身分不同以往，已經是「國家儲備幹部」了。才剛因爲骨結核而領到「第二級」殘障人員證的母親求她留在哈薩克，而既然她這麼喜歡唸書的話，在阿克莫林斯克找個師範學院唸唸就好。母親知道自己來日不多，跟女兒保證不會牽絆她太久，然而這些話阿麗婭全沒聽進耳裡。

足蹬高跟鞋，裡頭沒穿襪子，手拿著一只塞滿課本的手提包，阿麗婭坐上了邊境火車。她的腳後跟在還沒到車站之前就已經被新鞋的硬皮給磨出血來，可是這些根本算不了什麼：她對自己比對媽媽其實還要更無情。

還在火車上的時候她已經確定了一件事，就是她絕對不會再回到哈薩克。莫斯科她現在還沒看到，可是她已經知道她會永遠待在那地方。

首都繁華的氣象就連在夢裡或是想像中也無法描繪。阿麗婭終於抵達「喀山」火車站，這裡是莫斯科白天人潮最洶湧的地方，無數往來的人潮和隨之而來的可觀垃圾量讓這裡成爲莫斯科市民最厭惡的城市角落，然而站在這裡卻讓阿麗婭覺得自己就身在天堂的大門前。當她走到車站外的廣場上，向四周張望——這城市的偉大壯觀立時將她震撼住。搭手扶梯去坐地鐵，她又再一次受到驚訝，原來天堂不在天上，而是在地面。她搭地鐵一直搭到「新村站」，在她來說，站裡頭用彩色玻璃鑲嵌出的那些難看又糟糕的圖案卻是這輩子看過最藝術的作品了。在她走出地下宮殿來到上帝的國度前，她滿含淚水地站在那些鑲嵌畫前駐足觀賞了整整半個小時。然而當她一走上地面，眼前的景像卻讓她失望：從地鐵站那座白色大理石宮殿向四面八方延伸出去的是一排矮小又沒有任何特色的房子，並沒有比她家鄉好多少。而當她環顧著不怎麼漂亮的十字路口時，鼻子裡忽然聞到一陣陣教人垂涎欲滴的麵包香，就像那彩繪玻璃一樣令人不可思議。

麵包店就位在地鐵站的斜對面。一幢古老的單層樓房。阿麗婭順著味道走了進去。裡頭牆面上深藍色和白色相間的琉璃瓦溫潤閃耀，那感覺實在太美好。這家麵包店本身就是一座幸福工廠，老闆最早是叫做菲利波夫，直到現在還保留著當時烤麵包的火爐，就連烘培麵包的老師父也是從革命前的年輕學徒一直工作到現在……

整間麵包鋪裡都是麵包香味，那味道濃到彷彿可以呑下肚子裡去咀嚼。而麵包種類多到連眼睛都塞不下。一開始由於看不到麵包價格，阿麗婭心想它可能很貴。而事實上麵包的價錢並沒有特別貴，就跟她家鄉賣的一樣。於是她立刻買了心型麵包、高熱量白麵包和黑麥餅，還顧不得形象就當場咬了麵包一口。那心型麵包上面撒著一種非常細緻又雪白的麵粉，是她在哈薩克從未見到過的。那麵包的滋味眞是她這一輩子從未嚐過的美味……

每走十步就得停下來喘息一下，阿麗婭終於把沉重的手提包提到了學校。她的入學手續很快就辦好，還發了住宿證明。然後她又費了好大一番功夫才終於找到宿舍——它位在「麗水」區，離地鐵站非常的遠。辦好住宿手續，取得四人房的一張床位後，她把痛恨至極的手提包塞進鐵床下，然後立刻奔往紅場，她去逛了克里姆林宮一圈，看了列寧陵寢，這些景點是這個地方的麥加聖地和克爾白清眞寺，是朝聖者必到之處。

這眞是她生命中最值得記憶的一天：世界三大奇景同時展現在她面前。這藝術瑰寶照亮了她的心，但她不知道它其實是由一群醉醺醺的工人按著黑心又敷衍了事的設計師的草圖用彩玻璃所貼成；這品味獨特的瑰寶顫動了她的身，可是她不知道那其實是一群遭流放的農夫和急於建功的共青團員所建構出來的一塊灰沉沉、潮溼、又多泥味的石頭；而躺在棺槨裡不死的靈魂（指列寧遺體）則帶著她升空，讓她貼近那偉大的教堂和鋸齒狀城牆上的神聖高空。噢，哈利路亞！

所有一切她想要的東西全都到手了。她考試的成績比入學考所需的分數還要高出很多很多。她有了四分之一的房間、一張單人床和一個床頭櫃，這層樓還有廁所和洗澡間，以及一間公共廚房和瓦斯爐。所有這些都是因努力而合法取得的。她從試管和蒸餾瓶的上方來觀察她的同班同學。他們看起來都好棒，像外國人一樣——漂亮、會打扮、營養充足。最棒的一位同學就是舒里克．科恩。後來她還到他家去拜訪。那真是天堂的頂峰。現在，阿麗婭百分之百確定，這世上沒有不可能的事。只要你肯工作的話。所以她拚命工作，同時也準備好獲得一切。

譯注：

㉓這是史達林五年經濟計畫第一期的一項重大建設方案，鐵路建於一九二七至一九三一年間，連接了西伯利亞到南哈薩克及其他幾個中亞共和國，將中亞的產棉區和西伯利亞糧食、森林和煤礦區連結起來。

13

自從伊莉莎白・伊凡諾芙娜過世後薇拉就迅速衰老了下去，同時她在內心裡感覺自己像個孤兒，儘管孤兒的定義最主要是指失去親人的兒童，可是她似乎自動地將她自己和她唸大學的兒子調換了位子，把長者的身分讓給了他。伊莉莎白・伊凡諾芙娜在世之時生活上的大事小事都是由她負責，而現在則落到舒里克的肩上。對此他無怨無尤，溫馴又認命地接下重擔。媽媽總是由下往上仰著臉看他，用白皙的手輕輕撫摸他的肩膀，漫不經心地對他說：「舒里克，午飯要吃什麼呢……舒里克，擺在這裡的電費帳單哪裡去了……舒里克，你有沒有看到我那條藍色圍巾……」

媽媽對兒子說話的語氣永遠是疑問句和未完成句。

薇拉一如往昔把她的會計薪資放在外婆桌上的一只花紋小盒子裡。舒里克是第一個注意到母親微薄的薪水根本不敷日常開銷，所以從九月中旬起他開始替外婆以前的學生上法文課，賺取一點家教費。此外他還有獎學金補貼。

每日從學校返家的途中，舒里克會先到附近的商店購物，買媽媽生活必要的餃子、馬鈴薯和蘋果，然後把瓦斯和電費帳單繳清，再把滑落到牆壁和鞋櫃縫隙間的圍巾找出來給媽媽。

除了照顧母親，舒里克的例行工作還有每星期買一次鱈魚塊給瑪蒂爾達的貓咪吃……然後等待莉莉雅寫信來。然而信始終沒有來。

新年就快要到了，這是第一次沒有外婆、聖誕話劇、蜜糖餅猜謎和一堆外婆讓人驚喜的慷慨贈禮的節日，甚至很可能連聖誕樹也不會有……至少薇拉就不知要到哪裡買聖誕樹，她也不知道要叫誰幫忙把聖誕樹搬回家，又要怎樣把聖誕樹弄成像外婆手中的古十字架造型，其實就連固定聖誕樹的那一套楔形工具外婆也都是固定放在一只盒子裡，只是所有這些薇拉全不知情。

一個星期又一個星期、一個月跟著一個月過去了，失去外婆的感覺不僅沒有沖淡，反而越來越強烈，尤其在新年前一週更是明顯，以往這段時間是舒里克家裡最喜悅和忙碌的時候，外婆的學生幾乎天天到家裡來準備話劇演出，加緊練習法語詩歌，而薇拉在下班後的晚上會坐到鋼琴前，一邊幫忙伴奏，一邊回憶她那位永恆的情人列萬多夫斯基，還在每一節音符結束前刻意地把頭甩那麼一下，就像她情人以前習慣的那樣。孩子們則是張大著嘴巴胡亂唱歌，而外婆緊緊繃著鑲著一排不穩假牙的上唇，不時用鞋尖輕點地毯幾下，屋子另一邊溫度很高的烤箱裡正在烘烤柳橙皮和蘋果皮，整間房都是肉桂和柳橙香，不時還聞到因爲過節而新打的地板蠟。

「對了，舒里克，阿列克謝·西達羅維奇的電話在哪？」

阿列克謝·西達羅維奇是地板打蠟工，不知多久以前起外婆每年在聖誕節和復活節這兩個節日都會邀請他一起過節，可是他家沒有電話，而人則是住在托米利諾這地區，所以外婆都是用寄明信片的方式通知他，在上面註記作客的日期。至於地址外婆把它記在腦袋裡，因此電話簿裡不會找得到……

莫斯科的十二月既陰暗又漫長，薇拉從兒時起就對這個月份感到特別的煎熬：她總是不斷感冒、咳嗽、心情低落，在當年大家管這叫做憂鬱症。外婆從十一月起就開始加強對女兒的照顧，讓她喝一種用蘆薈的葉子加上蜂蜜的飲料，或是熬煮一些車前草或是旋覆花等草藥，每天早上還會在薇拉的床前放一小杯卡戈爾紅葡萄酒……

可是今年是薇拉五十多年來第一次沒有母親的十二月，對她來說這更不好過。她總是哭，就連在睡夢中也哭。爲了這些不受控制就流出來的眼淚，薇拉每天早上醒來以後都要花費好大一番功夫才能強打起精神。上班時間她又會無緣無故流下淚來，喉嚨間彷彿有一團東西梗住，讓她差點沒因此窒息。她一直不斷消瘦下來，裙子在沒有屁股的腰間轉來轉去，讓年輕的女演員也忍不住要問她是在哪裡做的節食課程。問題當然不在於她有沒有節食，問題出在她的甲狀腺。從年輕時候起她的甲狀腺已經有腫大的現象，現在更嚴重到甲狀腺把大量的腺素拋進血液裡，才會讓薇拉感覺自己身體虛弱、想哭，而且手足無措。正因爲甲狀腺腫大的症狀和薇拉好哭、多疑和容易倦怠的性格恰巧相符，所以才會在這麼長的一段時間以來都沒有被發現到。薇拉的朋友們有提醒過她，說她看起來氣色不佳，一副過度倦怠的模樣。

很可能只有舒里克一個人會覺得母親薇拉那種沒有光澤、缺乏活力的蒼白是一種仿若古瓷的美，又像是過完自己短暫一生的蝴蝶翅膀，是那般的纖弱、動人……

舒里克崇拜母親。一直以來他那位傑出又卓越的外婆都在灌輸他一個觀念，就是他的媽媽是一個非常有才華的人，一個天生的演員，卻讓一個庸庸碌碌，完全配不上她天分的渺小工作給消磨掉一生，而箇中原因只有一個，就是創作需要一個人完全的奉獻和付出，而她母親選擇了另一種命運——就是把他，舒里克，給生下來。薇拉是爲了他才犧牲掉自己的演藝事業。所以舒里克必須珍惜母親爲他所做的犧牲。外婆的話舒里克確實銘記在心。

外婆過世後，舒里克幾乎是以驚恐不安的心情來守護著媽媽。母子兩人的角色於是完全顛倒過來——薇拉把舒里克放到自己死去母親的位置上，而舒里克則甘之如飴地接受照顧母親的新角色，這情形就算不能說是父親照顧孩子，也可以說這是大哥在照顧小妹，而且舒里克對薇拉的照料絕非只是隨便說說而已，是非常實際，也很消耗精神和時間的關注和照護。

舒里克陷入一種進退兩難的處境。儘管他輕鬆考進化工學院，但是學校課程對他來說其實非常困難。他這孩子毫無疑問是要走人文科系路線，對於外語他總是能迅速掌握要領，但是除此以外就別無所長。在化工學院的第一學期結束前，他在各項科目已經累積了許多問題，非常勉強才通過平時考，而且得一直藉助阿麗婭和羅森茨威格的幫忙才行。這兩個人一直敦促他要用功，要不就是乾脆幫他寫功課。儘管期末考他還沒完全搞砸，但他心裡充滿了不祥的預感。眾多科目當中他只有一門學得最好，就是英文。間接造成外婆之死的搞錯魔咒似乎再度發威，舒里克又被分錯了語言組，只是這次是英文。當舒里克看到自己的姓名出現在「英語進階組」的時候，他甚至沒有到系辦去解釋名單上的錯誤。他乖乖去上課，一直到學期末了英文老師才發現到她班上有一位學生被編錯了組，而這位學生竟然在短短三個月的時間裡就把中學英文的課程，連同大學一年級的新課程全一古腦兒吸收進去，而且學得很好。

薇拉以前總是在舒里克的陪伴下觀賞最好的戲劇首演，或是一同去聽很棒的音樂會，可是現在當她向舒里克提議時，舒里克偶爾會以沒時間來拒絕她。沒辦法，他必須多花點時間用功，特別是化學這一科，這門科學在他看來非常拐彎抹角，又喜歡多生枝節，而且沒有邏輯可言……

一次考試的結果讓舒里克的一切全都改觀——不論是眞實生活或是細微末節，總之全變了。只有一件事還是跟以前一樣——就是星期一和瑪蒂爾達的約會。順道一提，除了固定星期一外，有時還會擴展到其他天。由於薇拉非常害怕晚上一個人待在家，所以舒里克會假裝埋首用功，實則不時打盹，一直等到深夜十一點媽媽上床睡覺後，他在自己房間留一盞微弱的燈光和小聲的音樂，然後他腳上穿著襪子，把鞋提在手上，小心翼翼地打開特別上了潤滑油的房門扣眼，不出聲地轉動門鎖，然後再輕輕打開大門，等一到樓梯間就立刻把鞋穿上，然後三步併作兩步急奔下樓、穿過公共庭院、跑過鐵路橋，一路不停地往瑪蒂爾達的住處飛奔而去……

他是用自己的鑰匙打開她家的大門，從瑪蒂爾達把貓咪留給舒里克照顧的那一天起，她就給了他鑰匙，可是這並不是作爲兩人愛情的標記，只是友情的見證而已。舒里克從打開的門縫裡看去,進入眼簾的是一張白色大床,床上蓬鬆的枕頭上躺著瑪蒂爾達，她穿著一件寬鬆的白色村衫，肩膀上垂著一條綁得很鬆的髮辮，手上拿著一本用報紙當作封套的書，身旁圍著三隻黑貓，分別以極不可思議的姿勢睡癱在她舒張開來的身上。瑪蒂爾達向站在門邊紅撲撲臉頰的少年微笑，他穿著一件短運動上衣，濃密的頭髮上沾滿了白雪。她知道他是一路不停地跑來，像野獸衝向飲水處一樣;她還知道他可以跑上不只二十分鐘，而是整晚，甚至整個星期都可以，而這一切只爲了將她緊緊擁住，因爲他的飢渴還是如少年般的生猛，如野獸般的狂野，而她已準備好回應他的需求。

有時候她也會想要稍微教導一下這個年輕人，因爲他在床上依然用同樣的猛勁朝她橫衝直撞，完全不留片刻時間作和緩的溫存和輕柔的愛撫。但問題是他常在衝到頂點之後就突然就起身離開她，看著手錶並發出「哎呀」一聲，然後迅速穿上衣服，轉身就跑。她起身走到窗前，看他飛也似地穿過庭院來到街上，然後身影便消失在樓房的間隙中……「趕著回去找媽媽啦。」她善良地微微一笑。「還是不要跟老女人扯上關係的好。」

瑪蒂爾達害怕牽扯不清的關係，害怕報應和懲罰。她總是習慣性認爲，任何一件事情都有它的代價要付出。

14

薇拉打算把這個新年過得悲情一點。她忽然想要彈奏一些優美的小調，於是就把孟德爾頌的唱片拿出來，並預先選定了第二號奏鳴曲。她對自己的演奏水準並沒有太大的期許，可是這場新年音樂會唯一的聽眾必須是由她本人精挑細選出來，也是這個世界上她最死忠的聽眾。

她那顆伶人之心尚未死去。她生命裡的老戲碼還在繼續上演，企圖扳回一城，可是她卻已經從自己手邊的材料裡著手準備下一齣新戲，就像劇場界稱之爲汰舊換新的那樣。黑色禮服很適合孟德爾頌，樣式可以保守點，但是衣袖的部分可以透明，對演奏者來說也很得體。更何況黑色本來就適合她的膚色。至於傳統上認爲黑色不宜出現在大過年的日子裡，對這種庸俗的看法薇拉完全嗤之以鼻。餐桌上的擺設要盡量簡約：不要有外婆以前做的那種小豬造型的餡餅，它們全長得一模一樣，讓人還以爲是工廠的製品；也不要什麼銀質小桶裡裝自製的柯琉霜雞尾酒……咦，對了，要問問舒里克，那桶擺哪裡去了……我們的餐桌只要擺上一些切成小片的三明治……嗯，酥皮小點心到全俄戲劇這樣協會的小吃部去買就行。另外還要買一些柳橙，再加上一瓶不甜的香檳就可以了。只要我們三個人就好。這是我和舒里克兩人的新年。

不過還是可以把外婆的披巾拿出來掛在扶手椅後，把斯湯達爾的著作打開來放著，像外婆被送進醫院後的景象，嗯，還有眼鏡也要擺出來……就來個三人餐會吧。只要我們三個人就好。

薇拉完全沒有考慮到一件事，就是舒里克也可能有自己的計畫呀。顯而易見的是，他在這即將到來的新年裡又得跟以前一樣，扮演多重角色：一會是服侍女主人的僕人，一會是陪人聊天的談話對象，一會又是激動不已的聽眾甲。當然，從更高層次的觀點來看，他還扮演著「男人」的角色。而這正是最高層次的看法。

至於舒里克，他完全沒想到新年的事。十二月三十一號一大清早他跑到學校準備考那個毫無邏輯又無組織性的化學。他敲了敲哈巴羅夫的研究室，恰巧這時他和助教正一起用一百公克的量杯享用公家分配的實驗酒精。

這已經是舒里克第三次補考化學了，若今天再考不過的話，他就別想參加接下來的期末考。他忐忑不安地站在門外。而一直以來都在替他補習、十分關心他的阿麗婭就站在他的背後，默默地看著他。

「阿麗婭・塔古索娃，妳在這裡幹什麼？」哈巴羅夫問。他早就給了阿麗婭非常高的分數，不明白她在這裡要做什麼。

「沒幹什麼。」阿麗婭發窘地答。

「唉呀，眞拿你們這些傢伙沒輒。」哈巴羅夫好心腸地嘆了一口氣。一百公克的酒精此時已經進入他的血液組織裡去，整個身體裡裡外外都舒暢起來，人也變得很和善。哈巴羅夫是一個初期酒癮患者，而舒里克就這麼碰巧地撞見了他情緒起伏最大的時刻。舒里克沒有把哈巴羅夫給他的題目解對。哈巴羅夫看著他的解題，心裡覺得好笑，也眞的哈哈笑了出來，然後他又出了另一道試題，就起身到隔壁房間找他忠貞的助教再去喝一杯。十五分鐘過後他回來了，發現被他遺忘的舒里克的試題上有阿麗婭解題的答案，儘管如此，他還是在試題上簽了字，然後向舒里克眨了眨眼，還用手指搖了搖，對他說：「唉，舒里克，你其實啥個鬼也不懂！」

舒里克來到走廊，一把舉起阿麗婭並抱住，還把她辛苦吹好的髮型都弄亂了：「萬歲！他簽字了！」

阿麗婭也高興得衝上了天——走廊裡頭都是人，他們全都看見了舒里克是怎樣把她給抱住的。這正是她努力征服他的心所結出的第一顆勝利果實的最佳證明。舒里克的高興是對著她，她一頭亂掉的髮型正好告訴大家，他倆之間有非比尋常的關係。她和舒里克愈來愈親密了，她已經完全準備好要盡一切的努力來贏得她的第一白馬王子。

阿麗婭用她瘦得跟枝枯柴似的手調整了一下被舒里克稍微弄歪的髮髻，然後用很急促又很慌忙的動作去拍了拍她藍色外套上的衣領和裙子下襬，再把滑落到小腿上的襪子往上拉了一拉。

「哪，恭喜你過關了。」她裝模作樣地聳了一下肩膀。

說老實話，那一瞬間她看起來還蠻可愛的，隱隱約約有點像那年流入到俄羅斯的一大堆銅版紙月曆上的日本姑娘。

「眞是太謝謝妳了。」舒里克的臉上依然閃耀著考試過關的光芒。

「他一定會邀請我到他家去的。」阿麗婭在心裡面很肯定地偷笑。

不知道爲什麼，阿麗婭就是死死認定，只要舒里克能通過考試，就一定會邀請她到家裡過新年。最近這幾天學校裡的學生全都忙翻了，好幾個人聯合起來湊幾個錢，買一些過節應景的東西，討論著要到誰家過新年。這問題對住宿生來說尤其重要，因爲舍監在過年期間會更嚴格巡察喝酒鬧事的情形。還有，所有非莫斯科籍的學生都希望到莫斯科本地的同學家裡過一個眞正的莫斯科新年。

舒里克把一張張寫滿字的小紙張從口袋裡拿出來再放進書包裡，而阿麗婭站在一旁，努力想找出一些話題來說。但是她想來想去，卻只找到一句沒有任何新意的話來：

「你新年要在哪裡過？」

「家裡。」

對話就這麼結束了，舒里克的嘴裡沒再吐出任何一個字，可是死纏爛打的戲碼阿麗婭又還拉不下臉去做。

「我得去買棵聖誕樹，我答應過媽媽了。」舒里克像對信任的老友那樣對阿麗婭說，然後又加了一句斬釘截鐵，但字數簡短的話：「阿麗婭，謝謝妳。沒有妳我一定過不了關。就這樣囉，我走了……」

「也是。我也該走了。」阿麗婭高傲地點了點頭，轉過身立時就走，她額前一排烏黑粗糙的瀏海隨著她的步伐富節奏感地一上一下，吃了敗仗的苦澀眼淚則在她眼眶裡英勇地強撐著不掉下來。

回到宿舍，那裡正經歷一場混仗：阿麗婭的室友們不是在燙衣服，就是在縫縫補補，或是用一起合買的德國牌子的化妝品上妝，把腮紅和眼影一會全擦掉，然後又重新補上。這幾個女孩晚上要到派特李斯・盧姆布學院過新年晚會，但是她們沒打算找阿麗婭一起去。阿麗婭倒在床上，用被子把頭蒙住。

「妳怎麼啦，生病了嗎?」蓮娜・斯托夫芭問，一邊看著鏡子裡自己圓得跟雞蛋一樣的眼睛。

「肚子痛。我本來要到舒里克・柯恩家去過節的，不過看樣子去不成了。」

阿麗婭微微皺起眉頭。如果專心聽她肚子的話，那裡頭還眞有些古怪。「噢。」蓮娜答了一聲，一邊專心用口水把眼影筆稍微沾溼，想弄軟筆毛。「他也有叫我去他家，可是我不想。」

阿麗婭很認眞地在聽自己的肚子，那裡頭現在眞有些痛了起來。如果這樣反而更好。眞是奇怪，蓮娜幹嘛要扯這種謊？但也有可能她沒有說謊？

蓮娜穿著一件前面開衩的連身襯裙，把她一雙渾圓的美腿勾在椅子腳上，她努力地睜大著雙眼避免眨動，以免沾到眼影。她是一個有錢人家的女孩，家裡面不時會寄一些翻譯書籍給她，一學期裡媽媽就來看了她兩次，帶了一大堆在莫斯科也不曾見到過的東西……

九點一過全寢室的人都走光了，留下一地的紊亂，洋裝從衣櫃裡掉了出來、熨斗插頭忘了拔，還有一桌子沾了胭脂和黑點的化妝棉。直等到這會人去樓空之際，阿麗婭才終於放聲大哭了起來。

哭了一陣後，阿麗婭採取老辦法來安慰自己，她開始小小地愛撫自己一番。她的胸部很小，摸起來硬硬的，像顆還未成熟的西洋梨。她的肚皮在以前還是凹的，因此顯得關節部分外凸，而現在在菲利波夫麵包店的餵養下，小肚子已經平坦不少。還有她的腰枝也很纖細，至於剩下的那一部分也不比別的地方差——表層覆蓋著柔軟的黑絨皮革，內裡摸起來是柔滑的絲綢觸感。

愛撫完自己後她站起身來，從蒙塵的鏡子裡看著自己：她的五官如果拆開個別來看的話還可以，但是合起來的話就不怎麼樣，無法吸引人——她的眼睛又細又長，其實還可以再更長一些，只是兩隻眼睛靠得太近。她的鼻子像她爸爸一樣有點塌，不過那沒什麼。主要問題出在她鼻尖和上唇的距離實在太短。如果她能夠把上唇往下拉一點，把舌頭再往嘴裡頭塞一點的話，那看起來就會好一些……桌上的德國牌化妝品沒有收好，阿麗婭拿了起來，幹嘛可惜別人的東西呢，她把眉毛畫彎，還畫上黑色眼線……不滿意，擦掉再重畫。可是不管再麼畫，阿麗婭看起來就是不像月曆上圓臉的日本姑娘，反而像她的黑武士老爸……

化妝完畢，阿麗婭開始試穿起室友們的洋裝。我們這裡一度非常盛行交換衣服來穿，要不就是穿公用或是合買的衣服。女孩子們的衣服其實少得可憐，沒什麼可挑，但是對阿麗婭來說已經綽綽有餘。就拿蓮娜的衣服來說吧，不管大小尺寸或長度都完全不合阿麗婭的身材，但那都不是問題。阿麗婭用冷靜、不帶絲毫妒忌的眼光挑了一件上衣和一件洋裝。如果可以的話她也會給自己買件像蓮娜那樣的櫻桃紅和絲綢質料的衣服，至於條紋樣式——門都沒有，只有市場上的烏茲別克女人才會穿這種條紋服。還有靴子她也會買，而且是高跟的。哼，新年過後她就會拿到清掃系辦的工作，努力工作就會有錢，有錢就可以買她要的東西……

鏡子裡映出來的身影實在稱不上是個美女，但也不是阿麗婭・塔古索娃就對了。那是一張全新的面孔。阿麗婭好不容易才認出鏡中的自己。床頭櫃裡頭有打公用電話的零錢。她後來又發現了一小瓶香水，她把香水先稍微搖晃了一兩下，再往自己身上噴了一噴。這是一種叫做「Maybe」的香水。最後她拿了兩戈比的零錢下樓打電話去……

15

晚上十點一過，薇拉終於把自己設想的、有禁欲主義傾向的新年餐桌擺好。她花了好久的時間把外婆還在去年就已經漿過的餐巾摺出複雜的「鳥尾」樣式，可是最重要的是要把蠟燭固定在冠狀的紙燭台上，這些紙燭台還是她用金色跟黑色的彩紙在很短的時間裡倉卒摺出來的。整間房在這種燭光映照下變得十分陰暗，不過也顯得隆重。舒里克那棵好辛苦才買到的新鮮聖誕樹，上面的雪尚未融化，下方則擺著薇拉要給兒子的新年禮物——一件高領羊毛薄衫，這不是一件新衣，多年來薇拉已經把這件毛衣修補了好幾回。薇拉把禮物擺在樹下才沒一會，馬上又改變了心意，她朝舒里克喊：「早點把禮物拿走吧！大過年的最好穿件新衣！」

舒里克立刻把禮物打開並欣喜地叫出來：「正點！好棒！」

他親了親母親，然後把舊的淺藍色毛線衣脫下來換上新的。新毛衣的顏色比較暗沉，是高貴的灰黑色，舒里克非常喜歡這件禮物。他也爲媽媽準備了一份禮——是花掉他僅剩的獎學金所買的一件華麗的睡衣，材質是可怕的粉紅色尼龍絲。他在百貨公司排隊買禮物時，有兩位大嬸爲了這件睡衣大打出手，而舒里克就趁機把它買下。這幾年裡，舒里克養成了一個很奇怪的送禮模式——他總是買那種昂貴又不合適的禮物，給人一種像是擱在家裡很久，想藉機把禮物給出清的印象……不過薇拉沒有因爲收到這樣的禮物而感到難過的心情，她把禮物擱到一旁，沒再去注意……

餐桌一擺好，薇拉立刻躲進浴室裡去，她要好好地梳妝一番，即使年華老去，但起碼也要相信自己有盡力去維持自己的青春。就在這時電話鈴聲響起。舒里克走去接，原來是薇拉的上司法茵娜·伊凡諾芙娜打來的。當法茵娜一確定薇拉在家，而且新年夜裡就只有母親和兒子兩人的時候，她馬上當機立斷地表示：「太好了！太好了！我待會再打過來。」

但她所謂的待會是一個小時以後，而且是直接按薇拉家的門鈴而來。身材高大，又是一張紅臉的法茵娜穿著一襲卡拉庫爾羔羊皮大衣，上頭沾滿了雪花，頭上戴著也是同款的毛皮帽，她大剌剌地走進薇拉家，活像一位少了鬍子的嚴寒老公公㉔，只是她把應該揹在背上、裝滿禮物的紅色大袋子，變成兩只超重的購物袋。

薇拉忍不住驚訝地叫：「法茵娜·伊凡諾芙娜，這眞是好大的驚喜呀！」

法茵娜慌忙不迭地把自己笨重的毛皮大衣交到舒里克的手上，一面把自己的大腳丫從撐得變形的靴子裡拔出來，一面又忙著回話：「我就是要給你們一個出奇不意的驚喜！

你們應該很高興我這位不速之客的到來吧！」

她顯然對自己的冒險之舉感到十分得意，以致於完全沒注意到舒里克那雙因爲驚訝而挑高的眉毛，也沒有注意到薇拉向兒子輕輕做出「算啦，又能怎麼呢……」的手勢。法茵娜壓根沒想到，她的下屬根本不歡迎她來訪。她彎下腰來，用手在自己的袋子裡摸索了一陣，然後像隻鴨子似的呱呱叫了起來：「我這是腦袋不清了！我忘了帶鞋了！我那雙全新的、好看又可以秀給別人看的鞋呢……」

「舒里克，你去拿雙大一點的拖鞋來。」薇拉吩咐舒里克。

「小薇，妳說是哪一雙呢？」

穿著一件新毛衣、人高馬大、長相俊俏、剪得一頭整齊短髮的舒里克站到大門前，他寬闊的雙肩把整個門縫都給遮住了……

唉，要是這年輕人的肩上配有肩章，而且再長個十歲該有多好呀……

法茵娜有一個致命的弱點——她總是無法自拔地被軍人所吸引。雖然如此，婚姻路上她卻始終沒能爲自己覓得一位軍人伴侶，來來去去遇到的軍人都只是個過客，短暫又靠不住的情人。而軍人的魅力到底在哪？不就是他的可靠嘛。可是妳從情人的身上又能找到什麼可靠呢？就拿她現在的情人來說吧，她總算給自己找著了一位肩膀上鑲了顆大星星、戴著高筒毛皮軍帽的上校級情人，可是這位出眾的人才和法茵娜的關係就像上班打卡，固定一星期兩次到她那裡報到，除此以外，就沒一件事能讓法茵娜掌控得了。拿今天來說吧，他原本是講妻子會帶著孩子到住在斯摩稜斯克的娘家過新年，一連幾天的春假都會在那裡，可是晚上八點鐘的時候他卻打電話來，用冷冰冰的語氣跟她說：女兒生病了，原本和她一起過節的計畫全部取消……他不會去找她了……

法茵娜一聽完電話，氣得把盤子往地上摔，還流下四、五滴激憤的眼淚，然後抓起電話就打給薇拉，跟著把採購好的年貨、年夜菜，包括烤餡餅一古腦全塞進袋子裡去（這些可是道道地地的食物，不是薇拉那種藝術劇場，只有幾粒橄欖和幾片香芹菜擺擺就算了的假料理），然後就這麼出現在下屬家門前。反正她一個人在家裡坐不住，就來給可憐的薇拉一個驚喜。但結果卻是舒里克給了法茵娜一個大驚喜，想想才在不久以前，舒里克還穿著一件繫著蝴蝶結的絲襯衫，由大人帶到劇院來看戲，而有時則是和氣質高尚的外婆牽著手一起來，可是如今他既不是乖兒子也不是好孫子：外婆已經過世了，而一臉害臊的大男孩也長成爲一頭壯碩的小牛。他身上還聞得到乳臭味，可是身材不折不扣已經是個男人：要身高有身高，說肩膀有肩膀……提到這點法茵娜又是一肚子哀怨——她本人身材高大，體型也很勻稱，可是偏偏遇到的男人都是矮個子，即便是上校大人也不例外……

法茵娜從袋子裡拿出好幾個罐頭和一大包食物，然後把它們擺滿在狹長的餐桌上，接著像宣布判決書一樣說：「瞧，多麼棒的一個主意呀！我是這樣想的，你們只有兩個人，我則是碰巧一個人在家。我今天送我們家的維克到魯扎的冬令營去了！其實我們又哪裡需要人來陪伴呢？咦，你們家的大盤子在哪裡？」

舒里克本能地就起身到廚櫃找盤子。對他而言所有這一切都很新鮮：不管是媽媽那種沉浸在悲情回憶中的過年方式，它氣氛嚴肅但是很崇高，或是法茵娜這種刻意把過節搞得非常盛大又豐富的方式都好……

正當他們忙著將法茵娜帶來的餡餅一一擺上桌時，電話鈴聲又再度響起。這次是阿麗婭．塔古索娃的聲音：「舒里克嗎！我在學校附近。你一定想不到，我的室友都離開了，她們拿走了房間鑰匙，還有管理員也不在。我回不了家……唔，你不會介意我到你家去吧？」阿麗婭不是很有自信地嘻嘻笑了起來。

「那當然，阿麗婭，幹麼說得那麼見外？要我去接妳嗎？」

「難道我會不認得你家的路嗎？我自個會去……」

阿麗婭的電話其實不是在學校附近打的，而是從地鐵站。十分鐘以後她就站在舒里克家的大門前。這次換薇拉「唉呀」地叫出聲，因爲一瞬間她還以爲站在門口的阿麗婭是舒里克以前的猶太女同學莉莉雅．拉斯金娜：一樣是身材嬌小、妝化得很濃，還有一雙幾乎開縫開到耳朵去的細長眼睛……舒里克一看到阿麗婭，腦袋裡沒多想什麼，反射性就叫了出來：「唉喲，妳眞的是妝化得太濃了，都認不出妳來……」

阿麗婭很快就把自己那件舊外套給脫了下來，露出那件未經人同意就穿上的櫻桃紅洋裝，腰際的部分是用一條在匆忙中打洞的寬皮帶給束得緊緊的，然後她稍微整理了一下綁成髮髻的粗硬頭髮。

「嘿，妳看起來就像個日本女孩嘛，根本就是……」舒里克實在想不出還有什麼更好的話來說。然而對哈薩克女郎阿麗婭來說，看起像日本女生這句話本身就已經是最好的讚美了。

正當舒里克和阿麗婭在玄關處講話，薇拉也沒閒著，她忙著跟法茵娜咬耳朵：「她是舒里克的同班同學。他們都一塊唸書。那女孩是優等生，從哈薩克來的。時常到我們家來，和舒里克一起準備考試。」

「唉呀，看在老天爺的份上！我可要求求您！那些女生肯定是會對他糾纏不休的，多麼漂亮的年輕人呀！薇拉，您的任務是這十年間都不能對兒子放手，千萬不能讓他太早結婚。我的兒子也是，才十三歲，可是身高已經一百七十公分。到十八歲的時候，他肯定會長到兩百公分。現在女孩子已經不斷打電話給他。而我的想法呢，就讓他們彼此認識認識、玩一玩也沒什麼不好，趁現在還年輕……」

法茵娜是個聰明的女人，甚至可以說很有才華。她本來只是個售票小姐，卻一路爬升到出納組長的位置。在劇場裡她擁有很大的權威，不管是劇場總監或是藝術總監都怕她三分。她曾涉及一些不法勾當，而薇拉因爲層級太低，再加上循規蹈矩的個性，因此沒有被牽連進去，可是她私底下猜測，應該是盜用公款之類的事情……可是不管麼說，薇拉還是對自己的上司懷著敬意：當然囉，法茵娜這人是很庸俗、也沒教養，可是腦子像計算機一樣精準，而且人就是很聰明。比方說她現在的見解就非常正確：太早結婚是會毀掉一個人的。幸好上一個姑娘莉莉雅離開俄國了，要是她不走的話，搞不好舒里克還眞的就會和她結婚，這小笨蛋……

「男孩子其實比女孩子更需要細心呵護。」法茵娜把舌頭彈出「得」的一響，而薇拉心裡對這話實在是再同意不過了……

舊曆新年大家還是按照傳統規矩來過——用香檳舉杯祝福。

「啊，電視！趕快打開電視看演說！」法茵娜焦急地喊，一邊用眼睛搜索電視機。可是卻沒看到。

「這是怎麼一回事？都什麼時代了竟然還有人家裡頭沒電視機的！」法茵娜不能置信地說。

沒辦法，今年就只好不聽赫魯雪夫的新年演說了，也沒法看「藍火」和「嘉年華會之夜」這幾個節目了。午夜十二點牆上那面外婆的掛鐘響了起來，大家於是舉杯互碰。

法茵娜帶來的大餐終於登場，可是薇拉卻只用叉子輕輕碰了一下——她精心設計的新年之夜完全被破壞殆盡。蠟燭變得毫無意義又很愚蠢地燃燒，聖誕樹上的小燈泡也黯淡無光，就因爲法茵娜說了一句「我最討厭烏漆抹黑的！」，就把家裡所有的電燈全都打亮。她強壯的背部把外婆那條珍貴的披巾都弄皺了，還「咚」的一聲就坐到外婆的那張扶手椅上。不只這樣，她還把餐桌上象徵外婆出席的餐具給毫不客氣地挪到一旁去。法茵娜吃得津津有味，不時聽到她嘴裡的春雞骨頭「喀滋喀滋」給咬斷的聲音。

「我做的春雞總是特別柔軟，因爲我都把它們先醋漬過……」

「她眞像一頭母獅子。」和法茵娜相識二十年的薇拉這時才第一次注意到。「怎麼我以前都沒有發覺呢？額頭上兩道擡頭紋，眼睛分得這麼開，鼻子這麼大，還是個蒜頭鼻……就連往後梳的頭髮看起來也很像野獸的鬃毛呀……」

「小女孩，妳多吃點，多吃一點。」法茵娜並不擔心記不得這位個子嬌小的哈薩克女孩的名字。她對上校的氣還沒生完，甚至還更厲害了些，不過相對地心情也就越痛快。隨後她心生一計。「你們家電話在哪？」

她走到玄關，拿起電話撥下號碼。她從來沒有打到上校家裡過，因此上校甚至不知道她有他家的電話號碼。一個女人接起電話。

「喂？是柯羅波夫上校家嗎？國防部有電話公函通知……」

「托利！托利！」從電話裡聽得到女人緊張地喳呼喳呼地叫。「是國防部的電話公函哪！您等會！」

可是法茵娜完全不管電話那頭女人的焦慮，自顧自地繼續說：「司令部祝賀柯羅波夫上校新年快樂暨升官快樂。自今年一月十五日起他被任命爲馬加丹㉕軍區司令。祕書波特馬哈耶娃祝賀通知。」

話一講完，法茵娜「啪」地立刻把電話掛上。怎樣？人生不就是在演戲嘛！這會她心情明顯好轉起來。

「咦，怎麼你們都沒在吃呀？」她忽然感到飢腸轆轆起來，往舒里克的盤子裡放了些冷盤菜和一塊魚肉。「薇拉！唉呀妳怎麼都沒動口呢？盤子都空的呀！舒里克，幫你媽媽夾些菜去！」

舒里克起身開了第二瓶香檳。

「不，不，不，我們改喝白蘭地。」

不管是白蘭地或是過年的糖果法茵娜全自備帶齊了來。

「眞希望她們快點離開。」薇拉已經被折磨到痛苦不堪。「眞希望就我和舒里克兩人而已，靜靜地一起懷念媽媽。現在計畫全被破壞了，全完了。她臉皮眞是厚到不行，沒有受邀就自己跑來，還帶了一大堆噁心的食物，如果把這些東西吃下去，沒有拉肚子也一定會胃脹和打嗝……」

聽不到薇拉內心的抱怨，阿麗婭卻是高高興興地跟所有人都乾了杯。噢，她感到自己飄飄然升上了空！眞希望她那群室友看到她此刻的幸福……我人在莫斯科，我來到這麼棒的家庭，啊……還穿著絲綢洋裝……還有舒里克、鋼琴、香檳……

在這之前她從來沒有喝過酒。以前每次有人跟她勸酒，她都會拒絕。工廠裡頭喝醉酒的情形非常普遍，她一直非常害怕那些喝醉酒的臭男人，也知道酒後亂性是怎麼一回事：把人壓倒在地，把裙子掀到頭上，跟著就插進去……童年時她有幾次被她那位同父異母的哥哥，還有簡陋木房子裡的年輕人抓到過。在實驗室裡面也一樣，去年在五一勞動節那天他們有辦晚宴，之後總務主任卻和實驗員佐特金在存衣間裡頭搞了起來……這一切都讓她感到不舒服，可是現在的她感覺是這麼的好，這麼的甜蜜。

「這就是我肚子在叫的原因。」她這樣猜。「原來如此，怪不得大家都要藉酒助性。」她作了一個不甚正確的結論。「我室友說這樣很有幫助，說不定她們眞沒騙人……眞巧，這天就讓我給碰上了。我也要得到我的初體驗……」阿麗婭下定了決心，然後就死死往舒里克那方瞧過去。

可是舒里克卻是一派平靜地吃著自己的東西：他對任何人的計畫都不感興趣……他有自己的盤算——從深夜兩點到隔天早上，其實已經算是今天了，這段時間他已經和瑪蒂爾達約好了。今天一大早瑪蒂爾達會先去拜訪女友，傍晚時她應該已經返抵家門。回家的原因當然是因爲貓咪囉。此外還是因爲舒里克要過來，在他跟媽媽過完那悲情又壯麗的新年夜之後。

「要不要來跳舞？」阿麗婭小聲地向舒里克建議。

「可是收音機在我房間。妳要我去拿來嗎？」舒里克少根筋的程度跟阿麗婭的愚蠢眞是同一個等級。

「不，不用拿過來。」阿麗婭在法茵娜半嘲笑的注視下紅了臉頰。

「這樣也好。」舒里克同意了，並用漿過的漂亮餐巾把嘴拭淨，阿麗婭卻是連碰這餐巾都不敢碰。

「讓年輕人去跳舞吧。」法茵娜語氣下流地說，可是卻沒人注意到。

於是年輕人離開了，而法茵娜這會也變得坦率起來，開始和薇拉講起和劇場藝術家們簽約的事，以及年度劇場創作項目的支出費用又是多少——但問題是，這些事情薇拉連聽都不想聽。

舒里克的房間其實沒有地方可供跳舞：一個沙發、一張書桌、兩個書櫃就占滿了空間，剩下的只有一條狹窄的走道，就在這丁點大的地方，在隱隱約約流洩的爵士樂聲中，阿麗婭把自己那副乾癟的身軀整個投入舒里克的懷中。舒里克感到驚訝，她摸起來的感覺怎麼跟莉莉雅一樣：脆弱易斷的肋骨、硬硬的胸部……只是莉莉雅跳舞的時候像個吉普賽女郎，而這個阿麗婭跳舞像在踏步，自己踩自己的腳。可要是把她往自己身上再靠緊一點，就會發現一項更驚人的事情：她那雙纖細的雙腳彷彿是向外固定住了一般，中間地帶是一塊誘人的空隙，一條康莊大道，而那個部位，恥骨的地方，彷彿懸在半空中，甚至還有一些外凸。他輕輕碰了一下阿麗婭衣服的下襬，沒別的意思，只是出於好奇，想知道這究竟是麼一回事，卻驚訝地發現：她的內褲一下子就移了開，結果手指頭就這麼巧地落在她那溫暖的洞穴上。然後阿麗婭非常敏捷地，彷彿只是輕輕往上一跳，整個人就緊緊纏在舒里克身上。她是那樣的輕盈，跟莉莉雅一樣沒讓他感覺到重量。舒里克呻吟了起來：莉莉雅……根本沒有大腿，根本沒有任何多餘的肉。只有所需要的那個部位存在而已……和瑪蒂爾達的不一樣，那完全是另一種感覺……爵士樂沒有妨礙到他們，薩克斯風的音符繼續抖落。就在舒里克把阿麗婭輕盈的身體貼近書櫃，然後解開綳緊了的釦子，眼看事情就要順水推舟一般進行下去……忽然這時從房門外玄關上傳來呼喊的聲音：「舒里克，過來一下！」

叫他的人不是媽媽，而是媽媽的上司法茵娜。

「馬上來。」舒里克答，他霍地起身，停止動作，把女孩從身上放下來。她暗紅絲綢般的裙襬因為靜電的緣故還貼在她的胸上，於是他生平第一次對造物的奧妙感到驚訝：在面向牆壁的檯燈發出的微弱光線下，落入他眼簾的部位宛如綻放花朵的紅色花瓣……

「我馬上回來。」舒里克嘶啞著聲音說，然後把新褲子的釦子扣回到還很僵硬的扣眼上。

玄關處法茵娜已經穿好外套，正在把腳塞進靴子裡。東西都拿了出來之後的袋子此刻溫馴地躺在地上，像依偎在主人腳旁的狗。

「舒里克，你幫法茵娜叫個計程車。」媽媽要求道。

「哦。」舒里克點點頭。沒辦法。

「我家那邊的公共庭院很暗。就讓他送我到家門口，然後再坐原車回來好了。」

「當然，當然。」終於擺脫掉麻煩的薇拉高興地說。

這正是新年夜最熱烈的時刻，第三波高潮開始。他們立刻就叫到了車子。一個很有意思的巧合是，法茵娜的家剛好就在阿麗婭宿舍的對面。法茵娜付清了車資並打發車子離去，這讓舒里克感到不解，他人此刻尚未從那暴露在暗紅色裙襬下的女性性器官的神奇魔力中清醒過來。

法茵娜的家附近根本沒有她所謂的黑漆漆的公共庭院，但是舒里克沒留意到這與事實不符的部分。他一隻手提著兩只輕輕的袋子，另一隻手則托著法茵娜那隻卡拉庫爾羔羊皮大衣的衣袖。他們兩人一起進入電梯。法茵娜打開了門。她讓舒里克先進屋子裡，然後喀噠一聲鎖上了門。她的新計畫裡有兩個重點，首先就是打電話。

「你先脫掉外套，幫我一個忙。」她迅速脫掉毛皮大衣，當舒里克還在把沾滿雪水的鞋子在地毯上踏乾的時候，她已經撥下電話號碼，並把話筒塞進舒里克的手裡。「叫安納托利亞・彼得羅維奇來聽電話，並且說：『法茵娜・伊凡諾芙娜請你轉告說，兩張《虛無中的喧囂》的票已經確定了……』你懂了嗎？《虛無中的喧囂》的票已經有了！」

話筒那邊傳來一個男聲：「喂？」

「請問是安納托利亞・彼得羅維奇嗎？法茵娜・伊凡諾芙娜要我轉告，兩張《虛無中的喧囂》的票已經確定了。」

「你說什麼？」那個男聲吼了起來。

「兩張戲票……」

舒里克話沒說完，法茵娜的食指輕輕一壓，電話斷線了。憤怒的警報終於解除。她神祕地露出微笑。

「現在呢……」法茵娜接著展開新年節目的第二個高潮。「現在呢我要給你看看我的一個小把戲……」

她抓起舒里克的手，緊緊握住他的大拇指，並把它塞進自己嘟起來的嘴巴裡，然後用堅硬的舌頭去舔他的大拇指。

「不要害怕，你會喜歡的……」

母獅子果然有一招，連舒里克這位每個禮拜接受一次性愛訓練、饒有經驗的戰士也未曾見聞過這樣的把戲。舒里克的腦袋裡頭完全沒了想法：這遊戲算是開了他的眼界。整整半個小時裡，舒里克分不清東西南北是何方，說不出是什麼滋味和感受，他不斷感到一股灼熱感，脊椎像被通了電流一般。在他的正上方低垂著那個有著致命吸引力，而且筆墨無法形容的部位，和不久之前他拚命想獲得的那朵缺乏滋潤的私密花瓣完全不一樣，除了味道之外。女性氣味眞是無可言喩的迷人，直到這會他才曉得，原來那氣味也不盡相同。一直和他相依爲命、再熟悉不過的小弟弟這會卻全不在他的掌控之下，它在溼潤、鮮活的懷抱裡被輕輕地囓咬、被小口的輕啃、被吸吮……他感到心慌，像一位游泳健將在縱身躍進不諳的水域之前那樣遲疑。有一股力量把他稍微推了開來，於是他猛地往後抽身。似乎是他並不想往那裡面去。不知道爲什麼他感覺可怕。可是一陣柔和的低吼聲傳來……地球的另一端正發生某件難以描述的怪事，可是就讓它繼續下去，不要終止。沒有任何退路，他只能縱身投入漩渦的中心……氣味是那麼撩人：火辣辣還帶著優格的味道，綿密又純潔……

忽然間他終於明瞭，四年前他在普希金街和斯托列什尼柯夫巷交接處的一間公廁的牆壁上看了好久的圖案，還有那令人費解又很不眞實的內容究竟是什麼。那時候他一邊上廁所一邊猛看，而外婆就站在外頭等他。

舒里克回到家時已經是隔天早晨了。儘管心裡面非常厭惡說謊，但他還是臉不紅、氣不喘地跟媽媽說什麼在回家的路上，載他的計程車司機和別輛車發生擦撞，他被迫以證人的身分在警局裡待了三個小時，可是警局裡頭又不准人打電話回家……

「唉呀，你就是打也打不進來呀，我們整個晚上也是到處打，從停屍間到醫院一間一間地打去問你的消息。」幻想自己失去兒子而疲憊不堪的薇拉揮了揮手說。

舒里克的謊言沒有人懷疑。

薇拉因爲兒子失而復得而欣喜萬分。稍晚，經驗豐富、狡猾又詭計多端的法茵娜料想到事件可能的發展動態，於是就藉口電話壞了以表示自己的毫不知情。

薇拉和阿麗婭這位化學系的女高材生因爲新年之夜的擔憂和相濡以淚而拉近了關係，薇拉還因此原諒了阿麗婭抱歉的外型以及她的鄉下口音。

「眞是一個窩心的女孩。」薇拉想。「謝天謝地，事情總算圓滿結束。」

她瞄了鏡子一眼——即便在光線陰暗的玄關，她還是看得出鏡子裡的自己已經不成樣子：眼皮浮腫，眼睛下方有好大一塊黑眼圈，嘴角旁當年曾迷死老情人的那一塊圓潤又飽滿的部位，現在卻變成了鬆弛凹陷的皺紋。

「你送阿麗婭回去後就立刻回家。」薇拉說。

吃了法茵娜的東西以後，肚子就一直怪怪的，加上眼皮好重好想睡，可是終究還是很想和兒子兩個人安安靜靜地坐上一會，而且不要再有任何閒雜人等干擾。

舒里克這會又回到了那條他剛才好不容易掙扎著逃出來的一九〇五年大街。送阿麗婭回到宿舍，她房間鑰匙就掛在值班室的格架上。值班人員不在——這可是千載難逢的機會。

「到我房間去，好嗎？」阿麗婭嬌聲嗲氣地說。

「那妳室友呢？」舒里克試圖迴避麻煩。

阿麗婭的臉紅到耳根子去了，她差一點就要露了餡：連她自己都忘了昨天撒的謊，說室友把鑰匙帶走。但是眼看著只差一步就要達成心願，所以不管是地震、水災，或是火災都不能阻止她前進……她堅定地取下鑰匙，抓起舒里克的手。而他想擺脫也不能。兩人一塊走上三樓。阿麗婭的室友們還待在派特李斯·盧姆布學院非洲留學生的地盤上交換彼此的生活經驗。情況逼得舒里克不得不投降。於是乾燥缺水的哈薩克女郎的祕密花園又在他面前綻放了幾分鐘，對這樣的結果兩人都感到滿意：就舒里克來說，他因爲自己沒有辜負阿麗婭的期待而心安，而阿麗婭則是錯以爲她獲得了空前的勝利而心花怒放。

唯一一個不需要欺騙的人是瑪蒂爾達，新年夜裡她一個人躺在自己的大床上看電視睡著了，隔天早上起來才想到，舒里克怎麼沒來……兩天後他現身，對自己的因故爽約感到有些不好意思，而她只是一個勁地好笑：「唉喲，我的小傻蛋，這事就別再說了！」

譯注：

㉔類似西方的聖誕老公公。

㉕馬加丹（Magadan）：蘇聯時期遠東地區的集中營管制中心城市。

16

新年過後寒冬的威力更顯強大。這個冬天罕見地沒有雪，風把乾燥的冰霰掃到屋牆和圍籬上，到處都看得到光禿禿、沒有花草覆蓋下的花壇和空地上的黑土。薇拉喜歡冬日的白雪皚皚以及髒汙被白雪覆蓋住的乾淨假象，可是卻忍受不了寒冷，還有始終陰沉的、不因降雪、積雪、鑲了白邊的樹木而變得明亮的天色。母親過世之後的第一個冬季薇拉病得比以往還要更久：感冒和扁桃腺發炎接踵而來。外婆還在世的時候彷彿能跟這些疾病打交道，用一些像是蜂蜜牛奶、加碘牛奶、千葉草或是百金花等祖傳祕方來驅退它們。其實，這些祕方不過就是印在《健康》雜誌最後一頁上的保健指南罷了。可是現在薇拉除了那些老毛病之外，又多出了幾項怪症狀，像是心悸、大量盜汗，像工匠在高溫的打鐵間流下的汗一樣多，還有一些早就不是她這把年紀應該會有的奇怪潮紅和發冷等症狀。不只這樣，她還零零星星有一些說不出原因的古怪疼痛，不是太陽穴痛，就是胃痛，要不就是腳上的大拇趾痛……彷彿她整個身體的機能都失調了，任性地發脾氣，又吼又氣地大叫：媽媽！我要媽媽！

外婆生前建立的人脈關係多還保留著，舒里克在媽媽的要求下，翻閱外婆那本大記事簿裡貼有記號的幾頁，在字母「A」開頭的「分析化驗」欄找到一位叫做瑪琳娜・葉菲莫芙娜的人，她是生化實驗室的主任。她是透過女兒才得知舒里克外婆的死訊，因為她女兒曾是外婆很久以前的學生，瑪琳娜和舒里克以及薇拉的關係談不上親近，不過她還是決定幫薇拉做檢查……隔天舒里克帶著媽媽來到這間十分寬敞、非常明亮、到處都是玻璃的實驗室時，個頭嬌小、有著一張默片時期老明星臉孔的瑪琳娜非常仔細地詢問了薇拉在早、午、晚間的所有感覺，還檢視了她的眼皮，碰了碰她的手指頭。之後她就著光線觀察試管裡從薇拉靜脈裡抽出的血液，並輕輕攪動了一下，像一位品酒員那樣，還滿意地點了點頭。

抽血檢驗之後幾天瑪琳娜打電話來，告訴薇拉說沒有發現任何不好的東西，但是有些數據超出標準值，所以最好還是到內分泌醫學院一趟，做個諮詢……

然後這位瑪琳娜開始幫薇拉打起電話、約時間、找關係。她就跟外婆一樣喜歡助人，朋友很多，人脈非常廣。後來約到的那位內分泌科醫師也同樣熱心，於是總是伴著媽媽到醫院來檢查的舒里克，被迫得不斷跟一大堆外婆的老朋友、朋友的朋友見面——感覺很像古時候的祕密會社或是僧侶會，這些組織通常只是聽聞了不相干人的某事，卻會義不容辭地拔刀相助。從某方面來看，這些人也算是「自己人」，外婆的記事簿上除了他們的名字外還加註了一兩行字，還有這些人的名字在記事簿裡頭並不是按字母分類，而是隨機分布：有些按職業，如藥房的「藥」，理髮店的「髮」，別墅房東的「墅」；有些卻是按照姓氏或是名字的第一個字母來分，還有一些像是女裁縫塔吉雅娜．伊凡諾娃等人則是用住址的街名歸類……或許外婆腦子裡自有一套分類密碼，只是舒里克沒有解開它……而這些被外婆記下來的人顯然也有一本像外婆這樣的簿子，也像外婆這樣按密碼打電話尋求幫助，而且沒有被拒絕過，於是就這麼一個接一個地建立起一整套龐大的互助系統也說不定……

這些電話號碼的大部分是由字母開頭——這是二戰爆發前使用的一種文字碼，在五〇年代以後才被阿拉伯數字取代。舒里克按照這些古老的電話號碼一一打去，就跟前面說的一樣，他找到了好幾位未曾謀面，但熱心幫忙的善心人士。比如說有一位叫做「藥房蓮娜」的女人，她不斷嘆氣，發自肺腑地跟舒里克哽咽地稱讚外婆是一位多麼不平凡的女性，她甚至還親自把藥送到舒里克家來，並送了薇拉一條琥珀鍊子，說是對甲狀腺的病很有幫助。

順道一提，瑪琳娜幫忙約到的那位內分泌科醫生布魯姆施坦茵其實不像其他電話簿裡的人那樣親切。儘管如此，瘦巴巴、頭髮幾乎掉光、表情很有威儀的布魯姆施坦茵還是讓薇拉免排隊就進她的診療室，她把檢驗報告看了好久，聽了聽薇拉的心臟，量了量她的脈搏，摸了摸她的脖子，然後露出一副很不滿意的表情，要求薇拉再作另一項只有她們醫學院才有的稀有檢驗。

離去前，就在薇拉已經要把門關上時，她才陰鬱地說：「您脖子有個硬塊，甲狀腺腫大，特別是左邊……無論如何您都得開刀做治療。剩下的問題是手術要多快進行……」

這一次薇拉展現了難得一見的堅定意志，她拒絕了醫生的建議。她決定先試一試俄國民間非常流行的順勢療法。順勢療法在當時並非完全不合法，但一直有爭議——就像抽象藝術、前衛音樂或是猶太籍這幾件事在蘇維埃時期的命運。順勢療法師的名字同樣也是在外婆的那本大記事簿裡頭找到的，然後母子兩人跑到遙遠的伊茲麥洛夫地區，在一棟原木別墅裡找到一位留著落腮鬍、神情憂鬱的大師，大師在聽到伊莉莎白・伊凡諾芙娜這個名字之後，態度立即顯得親切。他在一張只有四分之一大小的舊黃紙上寫下一些很神奇的字，還畫上幾個十字架，然後收下一百盧布——眞是好高貴的酬金哪！——最後吻了吻薇拉那隻向他道別的手。

隔天舒里克就在一間專門藥房裡買了一整套白色藥盒組給媽媽，不久後薇拉臉上出現了一種全新的表情——常看到她嘴裡含著好幾粒大小不一的白色小藥丸，把嘴唇微微嘟起，牙齒稍稍半張的模樣。家裡面到處擺的都是什麼崖柏、茴芹、顚茄的藥盒……薇拉用兩隻手指拿著藥盒，先輕輕晃動一兩下——裡頭的藥丸和藥丸間會相互黏貼——然後她再把藥丸輕輕倒在她的小手掌裡，一顆、兩顆、三顆……薇拉的手彷彿跟西班牙肖像畫裡的一樣，尖尖的手指頭，指骨造型優美，還戴著兩枚心愛的戒指——一枚是小鑽戒，另一枚是大珍珠戒……

慢慢地薇拉占據了舒里克小時候的位子，而長成大人的舒里克，臉頰還是跟小時候一樣紅撲撲的，十分努力地扮演外婆當年的角色。舒里克無微不至的照顧甚至比外婆對薇拉的那種母愛還要甜蜜：他可是一個男人呀。他的臉不像爸爸列萬多夫斯基，反而像外公亞歷山大．柯恩，可是他頭髮又鬈又密，和爸爸的一樣，還有一雙大手，指甲很漂亮，每當他環抱著母親的肩膀時，動作總是那麼溫柔愛憐……看來，待在舒里克身邊當一位不幸的女人，感覺遠比有母親在身邊還要棒……

外婆根本不知道什麼叫做不幸，或許是因爲她本身積極進取的幹勁不讓她有時間思索像是幸福這類抽象又不切實際的問題。不過毫無疑問，她深愛自己的女兒，對於女兒老是感到憂傷的情緒，還有對她遭受的委屈外婆總是慎重以對，她認爲這是女兒心思纖細和才華不得發揮帶來的負面影響。那個列萬多夫斯基不也是同樣爲心思太過敏感所苦嘛。總之，對薇拉而言，心靈受苦是最重要的事，它擁有特權，並應該給予尊重，即便在戰時大撤退的艱苦時日裡，在塔什干寒冷又骯髒的嚴冬裡，薇拉對於民生物資的窘迫毫不在意，渾不若她對演員生涯的結束以及和她崇拜至極的情人列萬多夫斯基永遠的，其實只是暫時的別離要來得那般重視……

只有外婆一人了解薇拉的犧牲有多大，讓一個女人將大半生的精華歲月消耗在無意義的算帳工作上。可是這犧牲是爲誰？又爲了什麼事？這問題不需要提——答案顯而易見。外婆還在世的時候曾用溫柔的、略帶責備的語氣跟舒里克提到過這點——沒有特別的意思，只是加強兒子對母親的愛。現在外婆死了，舒里克對這種母親爲他犧牲的感覺又更加深了。一頂輕巧的光環於是顯現，並高懸在薇拉逐日蒼老但依然梳理整齊的半希臘式髮髻上方。

晚上，薇拉總是會抽空到前廳坐坐。她將身子蜷縮在那張被外婆身體給壓凹了的大扶手椅裡，然後打開書桌抽屜，把一些不同時間的舊信件、收據和一大堆主要是她自己的照片拿出來欣賞。最好的照片都已經在書桌上，都是薇拉著戲服的照片，只是相框已經不太穩當，禁不起碰觸。照片裡的她是她一生最美好，可惜太過短暫的黃金歲月……

每當舒里克看見她這副憂傷的模樣，他的心便會陷入一股溫柔又苦澀的同情裡：他知道，是他妨礙了媽媽偉大的演員事業……於是他一把抱住媽媽纖弱的肩膀，在她耳邊低聲說：「唉，小薇呀，唉呀，媽媽……」

而薇拉則跟著重複他的話：「媽媽，媽媽……這世界上就只有我們兩人相依爲命了……」

17

舒里克一直認爲外婆的死和他忙著送莉莉雅回以色列，以致於把家人拋諸腦後一事有直接關聯。他在花樣年華一開始心靈就蒙上了恐懼的黑色陰影，讓他在每個夜晚都驚嚇得醒過來。他內心裡的敵人，那受創的良心不時在深夜裡向他投送眞實到幾乎讓人喘不過氣的夢境，夢裡最主要的情節就是他無能，或者說是無法幫助他那位非常需要他幫助的母親。

可是有時候他作的夢又非常奇怪，很需要有人來幫忙解析。比如說他夢到阿麗婭一絲不掛、光溜溜地躺在宿舍的鐵床上，可是腳上卻穿著一雙莉莉雅去年穿的白色尖頭皮鞋，只是夢裡的那雙已經穿得很舊了，黑色的平行裂紋都已經出現。而他就站在床腳，同樣也是一絲不掛，他知道，他現在就要進入到她的身體裡面去，然後當他這樣做的時候，阿麗婭就會開始變身成爲莉莉雅，而阿麗婭非常渴望他這樣做，等著他進入自己身體，好完完全全變身成爲莉莉雅。在他們兩人身邊圍著好多人，有阿麗婭的室友，蓮娜·斯托夫芭也在其中，還有數學教授伊茲拉伊列維奇跟熱尼亞·羅森茨威格，他們就站在床邊，等著阿麗婭的變身。不只這樣，還有一事可以確定，就是一旦阿麗婭變身成功，那麼伊茲拉伊列維奇教授就會讓他的數學小考過關。這結果大家都覺得理所當然。唯一讓人感到奇怪的是，出現在這夢裡的還有瑪蒂爾達的那幾隻黑貓，牠們就蹲在阿麗婭的床頭櫃旁……阿麗婭用她那雙日本姑娘的細長眼滿心期待地看著他，而他已經準備好，隨時可以上場衝鋒，把他完美的莉莉雅從阿麗婭稍嫌醜陋的外皮裡解放出來。可是就在這時，電話鈴聲響起——不是房間的電話，而是外面玄關的電話，是要通知他到醫院接媽媽的電話，所以他一秒鐘也不能拖延，否則媽媽就會發生和外婆一樣的不幸……

可是阿麗婭不斷搖晃那雙破舊的尖頭鞋，圍觀的人看到他遲疑不決，臉上顯現不滿的神情，可是他非常清楚，他應該立刻跑去接電話才是……

這場夢境竟然變成了眞實——舒里克從信箱裡收到莉莉雅的信了。從以色列寄來。這是舒里克唯一收到的一封信，卻是莉莉雅寫好幾封信下來最新的一封。信裡她寫到，很感謝舒里克幫忙收拾行李。她其實早就知道他不會收到她的信，在以色列，沒人知道是按什麼樣的規則在做事，爲何有些人就會固定收到信，另一些人卻連一封信都收不到。雖然如此，她，莉莉雅，還是會不斷寫信給舒里克，因爲這些信就是她的移民日記。

「在我們家發生那次不幸事件之後，我更愛他們兩個人了。我父親一直有寫信給我，甚至還有打電話來。而我媽卻因爲我還一直跟父親保持關係而生氣，不過我沒有感覺他在這件事情上有對我感到抱歉。還有我也不明白，爲何我必須要表現出女人堅強的一面。總之我爲她感到難過，而對他感到高興。他聲音聽起來幸福極了，眞是奇怪。語言很有意思。英文——和以色列文比較起來無趣至極的語言。我將來要學阿拉伯文。一定。我在希伯來語言學習中心是最優秀的學生。沒有你在這裡的日子眞是可怕的醜陋。眞蠢，爲何你不是猶太人。阿里耶很生氣，說我人跟他睡，心愛的卻是你。這話倒是眞的。」

舒里克在信箱旁站著看完了信。這信就像從另一個世界而來。無論如何，這封信都不是寄給他的，而是寄給另一個人，另一個世紀的人。就像那美妙的城市夜間漫步，還有文學課都遺留在上一個世紀裡——它們美得太過火，無法變作日常生活的尋常事。只有刺鼻的化學才有辦法吧……留在過去的還有隨著日子流逝卻越來越清晰的外婆，在她的身影裡沒有炎熱、沒有寒冷，只有馨香的空氣。可是在這裡，在第一和第二級階梯間，在一排綠色信箱旁，他感到一種電擊火燎式的厭惡，對一切事物，首先是對他自己，然後是學校，再來是實驗室的大桌和走廊、對廁所的尿騷味和漂白水的味道、課本裡的教條和老師，最後是對阿麗婭和她那頭濃密的頭髮以及忽然間傳進他鼻子裡的酸味……他不禁一陣哆嗦，還冒了一身冷汗——可是也就只有這樣，厭惡之情瞬間過去。

他把信塞進口袋，帶去學校。考季轉眼就到，春天馬上就要降臨，他也再度荒廢沒有邏輯的化學，還有實驗室的課，他還沒去租別墅，以前外婆每年都會租來避暑，可能是因爲他沒有在外婆的記事簿裡找到別墅房東的電話，因爲時間來不及：一般說來，別墅都是在二月的時候就要先租好，等到三月時就連一間像樣的別墅都找不到。

他衝到學校，莉莉雅的信在他心裡，就像還留在肚子裡的早餐——沒有消化進到血液裡。對於莉莉雅在信裡面告知他的兩件事，一是她父母離婚了，二是她有了一個叫做阿里耶的男友，他對這兩件事都沒有任何感覺。讓他感動的是信件本身——它是那麼樣的踏實：這是信紙，上面寫了一些字，因此證明莉莉雅藉由這封信存在在這個世上，不會像外婆那樣消失無蹤。畢竟到現在他還一直有這樣的感覺，覺得莉莉雅和外婆是一起消失的。而口袋裡的信——我們是多麼喜歡欺騙自己呀——卻彷彿給了他一個希望，外婆可能會從她現在居住的地方捎信給他。

舒里克沒繼續多想，這種甜蜜的感覺是言語無法表達的，也無法跟別人解釋清楚。那麼難道媽媽會懂得他這種有些模糊卻又很舒服的感受嗎？可能她只會認爲他是因爲收到莉莉雅的信而高興的吧……

於是他推開所有這些縹緲又不切實際的想法，眼前還有許多事要做，他要到學校去，參加口試，然後賺錢——就是外婆遺留下來的法文家教課。外婆在世的時候他們家從不討論錢的問題，可是現在錢正以不可思議的驚人速度消失，迫使他必須想到它的重要性。舒里克非常清楚，金錢方面的擔子應該由他一肩扛下，完全不用考慮他那位身心都脆弱，又根本不食人間煙火的母親。

「明年起我要再多收一點學生。」他決定。他喜歡教小孩子學法語遠遠勝過自己學化學的興趣。所以他雖然偶爾有去上課，也做一些實驗，但是大部分的時間裡他還是依賴阿麗婭的幫助較多，而她則是盡力幫忙，甚至還幫舒里克抄寫他曠課的筆記。

阿麗婭在那個可資紀念的新年夜晚強邀舒里克到她房間，又因爲經驗不足，錯把舒里克對女孩子表示禮貌的行爲視爲是自己的一大勝利，可是她很快就了解到，她獲得的勝利其實並不那麼偉大，但再怎樣也不能讓新年的勝利付諸流水，相反的，若要讓幼苗長得高長得好，就得多花心思努力。這想法可不是最近才有，這是她自小養成的觀念，當她還是小女孩時，看到了這世界上竟然有些女人是穿皮鞋，而她們大部分，包括她媽媽在內，冬天穿的是土氣的氈靴，夏天穿的是不透氣的橡膠靴……總之一句話，生活就是一場鬥爭，而且爭的不只有接受高等教育而已。當然，她很喜歡舒里克，甚至可以說她愛上了他，但所有這些羅曼蒂克的情懷都無法減緩她加諸在自己身上的壓力：包括完成高等教育，得到舒里克，在舒里克的故鄉莫斯科定居等這一項項開出來的使命。阿麗婭覺得自己一方面像一頭追蹤獵物的野獸，一方面又像獵人，遇到了一輩子可能只會看到一次的稀奇動物……

還有另一件事也讓阿麗婭備感壓力，就是她的室友蓮娜在那個新年之夜也找到了自己的眞命天子：她認識了一位古巴人，叫做恩力克，一個黑皮膚的帥哥，是派特李斯・盧姆布大學的學生。他邀請她跳舞，然後就在〈Besame mucho〉的歌聲中那個叫做愛神或是邱彼特的胖嘟嘟還帶著翅膀的小男孩就向這對大人射出了愛之箭，於是一向率性的蓮娜隔天早上醒來，發現自己一絲不掛的雪白身軀就面對著整身器官彷彿都在跳舞的古巴人時，不禁嚇了一大跳。如果換作別人，戀情加溫可能要花好一段時間，可是在這兩人身上卻是勢如破竹地進展，從新年午夜前一小時到初一凌晨兩點，從一壘進到本壘的所有程序就在強壯的黑色手臂的擁抱中順利完成。

儘管這位二十二歲的年輕人是古巴人，很明顯在情場上也不是生手，不過他還是被眼前這位俄羅斯金髮尤物給煞到。兩個民族的友誼確實可以鳴砲大肆慶祝——因爲三月時蓮娜確定自己懷孕了，熱戀中的恩力克於是開始四處打聽和俄羅斯公民結婚的事宜。

可是要如何維繫定時的愛情快遞？蓮娜和恩力克兩邊宿舍距離遙遠，這可眞是要大傷腦筋的事情。在蓮娜宿舍外站崗的刻耳柏洛斯㉖、守衛和凶惡的舍監都不是好商量的對象，更何況恩力克那一身黑亮的皮膚在白裡透紅的住宿生裡頭顯得更是與眾不同，而且每天晚上十一點一到就會有人用力敲門，接著秉持著高道德標準的舍監就會把閒雜人等一一請出女生宿舍。於是蓮娜趕緊套上卡拉庫爾羔羊皮大衣，這件高級禮物是她那位思慮有欠周全的高官母親送的，在寒傖的學生宿舍裡顯得非常刺眼，然後她把愛人一路送到地鐵的「麗水」站，並在那裡上演離別前心碎的感人戲碼……至於恩力克的宿舍管得比較鬆，來訪者只需要出示身分證就可以，但是這種就又容易惹來事端，甚至叫警察或鬧上警察局的情況都有可能。

每天在宿舍被這齣激情戲碼刺激到不行的阿麗婭，不得不對同樣有能力、但卻沒表現的舒里克和她之間的關係感到不安。更何況舒里克沒有像恩力克這樣的宿舍時間限制的問題。他竟一次也沒有請她到家裡面過。像恩力克跟蓮娜之間強烈的黑白激情在阿麗婭生命中一次也沒有嚐過。眞讓人難過。阿麗婭的生活還是跟往常一樣，和舒里克在實驗室裡一組實驗、在學生餐廳裡面一起用餐、一起準備口試科目，還有上課的時候坐在舒里克的右手邊——通常是她自己跑去占座位的。還有，阿麗婭對於舒里克輕忽的學習態度感到有些驚訝——拿她自己來說，學校成績不僅超前，她還有打工：一開始幫忙打掃系辦，後來又增加了實驗室。工作時間在晚上，所以說她連看電影的時間都沒有。不過舒里克也沒有邀請她就是了：大部分的晚上舒里克都是跟媽媽在一起。阿麗婭也不時提醒自己舒里克的晚上禁令，然而就算想要在晚上到他家去拜訪的話，也得先想出一個特別的理由才行：比如說，問他明天是要帶課本還是參考書之類的問題。有一天晚上她從系辦打電話給他，跟他說錢包掉了，她想過去他那裡借點錢，結果呢，他卻自己跑過來，把錢拿給她。

阿麗婭的不斷努力似乎有效，她和舒里克的關係有一點增溫的趨勢：有一次她拜託他把一個三公升的顏料桶從學校搬到宿舍。那次剛好是午後，房間裡都沒人，於是阿麗婭逮到機會把自己黝黑的手臂環抱住舒里克的脖子，接著閉上眼睛並張開了唇。於是舒里克吻了她，然後把一切男人該做的事都執行完畢。她對這次的結果滿意得不得了。

又有一次阿麗婭來舒里克家，那天薇拉剛好到醫院作檢查，於是阿麗婭又再次獲得證明，她跟舒里克的關係是愛情進行式，才不是什麼同學同志或是共青團式的情誼……

當然，她不是看不出自己和舒里克之間屬於那種克己復禮式的拘謹愛情，這與戀愛後個性一百八十度大轉變的蓮娜和她那位深巧克力膚色的愛人恩力克之間乾柴烈火似的熾熱戀情是有很大的差別。不過舒里克畢竟不是從古巴來的黑人，而是來自莫斯科新林街的白人。可是這又讓阿麗婭忍不住想，古巴儘管是外國，可是跟哈薩克好像也有點相似……真的，恩力克已經打算結婚，可是舒里克卻是毫無動靜。從另一方面來說，那是因為蓮娜懷孕了……要這樣說的話，阿麗婭也是可以的呀……一想到這裡她馬上心慌意亂起來：怎麼辦？是學業還是結婚比較重要呢？

四月初，蓮娜通知大家她和恩力克要去辦理結婚登記手續。

宿舍裡的女孩都興奮得不得了：因為之前大家都很擔心恩力克會不會甩掉蓮娜，還一直勸她要把小孩拿掉，可是她卻只是眨眨眼睛，摸摸頭髮，什麼話也不說。她相信他。

她是那麼樣地有自信，甚至打算在家書裡把自己要結婚的事情告知雙親。女友們還擔心一件事，怕小孩生出來會是個黑人。可是蓮娜安慰大家說，恩力克的媽媽皮膚非常白，而恩力克同母異父的哥哥根本就是一個金髮白人，因爲他爸爸是波蘭裔的美國人，只有恩力克的爸爸是黑人，而且是卡斯楚的好友，和卡斯楚一起出生入死作戰過……所以說，小孩很有可能是一個白人，因爲他是四分之一個白人。女友們點點頭表示認同，但心裡面卻很是替她可惜：唉，要是嫁一個俄國人就沒這些困擾了……大家都很喜歡恩力克這個人，他是一個愉快又善良的大孩子，儘管他的家庭來自黨高層，和蓮娜的家世背景一樣。可是他走起路來總是蹦蹦跳跳，跳舞的時候也是輕輕哼著歌，完全不像他那位愛擺架子又死氣沉沉的女友蓮娜，她在第一天上課時就因爲傲慢的態度差點沒把大家都惹毛了。可是現在受了恩力克的影響，不再擺臭架子，也不再吝嗇，爲了這一場驚天動地，但是從朋友角度來看卻是很令人懷疑的戀愛，她變得隨和許多。

一個月後，就在他們要辦理結婚登記手續沒多久前，恩力克被叫到大使館，受命要立刻趕回古巴去，這件事讓蓮娜感到非常不安。恩力克已經是大學最後一年了，再過幾個月他就可以領到畢業證書，所以他想延遲回古巴的日期——更何況他還有一位有孕在身的未婚妻……他打算和古巴駐俄大使見個面，大使當然知道他父親在古巴的崇高地位，以前恩力克還常常獲邀參加大使的宴會，而大使有時候還會向他走過來，開玩笑地用拳擊手的短拳垂他的心窩……可是這一次大使沒有接見他。

四月底恩力克回哈瓦那去了。他打算一個星期後再回到莫斯科。可是一個月、兩個月過去了，恩力克沒有回來。大夥這會於是都明白了，原來他騙了一位愚蠢的女孩，對蓮娜的同情心大起，而她則是對這樣的憐憫懷著滿腔的憤怒：她堅信恩力克不可能丟下她，只有非常特殊的情況才可能迫使他留在家鄉不回來。宿舍的憐憫無須介意，恩力克的訊息全無則讓人奇怪。可是就一方面來說這也不足爲奇，古巴寄來的郵件總是不很固定，有時候寄出去五天就收到，有時卻又要等上一個半月。

蓮娜的父母不久前才獲知他們家裡即將會有一位黑人孫子誕生的消息。母親一知道時眞是難過得不得了，至於父親則因爲未來親家公的權勢地位而稍感安慰，但這會可憐的未婚妻又面臨得通知嚴厲的父母說未婚夫不見的可怕消息。

整個一年級裡謠言滿天飛，只有蓮娜一人還保有堅定的信心。五月連續假日來臨前，有一位禿頭、長相討人厭的年輕人到蓮娜的學校找她，這人也是古巴人，恩力克的朋友，是大學研究生，只是不知是搞動物學還是水生生物研究的。禿頭男把蓮娜帶到校外，在一座小公園的一張長椅上告訴她，恩力克的哥哥從古巴逃到邁阿密去了，恩力克的爸爸已經被逮捕，至於恩力克現在人在哪裡，沒人知道，可以確定是他不在家中。很有可能是他在大街上已經遭人逮捕了……

對蓮娜這麼一個自尊心強的女生來說，她倒寧願自己成爲受政治因素牽連的犧牲品，而不是一個被男人拋棄的未婚妻。只是對她的父母而言，可能比較傾向另一種的結局……想想看，原本是古巴人民政治領袖的第二代，這一點還頗爲可取，可是現在卻成爲了一個普通的混帳傢伙……

化學系的學生們意見分歧，自由派的學生打算籌錢，幫即將出生的孩子準備成長基金，認爲孩子應該要被承認是俄國人；持保守意見的人則認爲學校應該開除蓮娜，共青團也應該撤銷她的名字，所有團體都應該如此；而激進的學生則認爲最好的解決辦法就是把小孩拿掉……

阿麗婭由於自己一半俄國一半哈薩克的血統，再加上父親早逝的緣故，對之前還是幸福又順遂的蓮娜滿懷同情。她於是跟這位驕傲的室友變得親近起來，成爲無話不談的密友，而舒里克則多虧了阿麗婭，對這段波折起伏、高潮迭起的故事情節一清二楚，也對可憐的蓮娜同學非常非常地同情……

譯注：

㉖守衛冥界大門的三條惡犬。

18

薇拉的甲狀腺腫大在順勢療法的助力之下，出現了驚人的成長：她開始感到呼吸困難、不斷有窒息的感覺。醫院又提出動手術的必要性，而薇拉則是鼓起最後的勇氣拒絕。有一次她的症狀發作，嚴重到要叫救護車。到醫院後趕緊打了一針，呼吸困難的情況立刻獲得改善。薇拉於是馬上自欺欺人地說：「舒里克，你看到沒，打一針就好了。幹嘛讓人隨便用刀子在身上劃一刀呢？」

她實在很害怕動手術，怕的其實不是手術本身，而是被刀子劃開這件事。她總覺得，手術刀一下去之後，她就再也無法醒來。

第二次薇拉發作的時機非常不巧，正逢舒里克悄無聲息從家裡溜出，跑過鐵路橋，找瑪蒂爾達嘿咻去的時間。

深夜兩點，薇拉起身敲舒里克的房門，那時她幾乎已經說不出話來。舒里克沒有應門。她打開房門發現：他甚至連自己的沙發床都沒有鋪上被子呢。

「他跑去哪裡了呢？」薇拉不解，然後她走到陽台，看看他有沒有可能在抽菸。她很清楚，年輕人哪個不抽菸呢……又過了十分鐘，醫院開的藥和家庭祕方，比如說把臉放到熱水上方以暢通呼吸的方法都沒有幫助，窒息的情況沒有好轉。情況變得極度危急，於是她用非常微弱的聲音，自己叫了救護車……

二十分鐘後救護車迅速抵達，而且來的人竟然和上次一樣。嘴唇上有鬍鬚的中年女醫生在上次就要求薇拉住院治療，這次她一看到薇拉就罵，要她立即進醫院。可是身邊沒了舒里克的薇拉完全不知所措，只是不斷哭泣和搖頭。

「既然如此那您就簽名具結，我拒絕急救。一切後果自行負責！」女醫生說。

當舒里克在大門口看到救護車時，他心臟差點沒停止跳動。他一個箭步衝上五樓。家門微微打開著……

「完了！媽媽死了。」他感到一陣恐懼。「我幹了什麼事呀！」

大廳傳來很大的聲響。活生生的薇拉半躺在外婆那張扶手椅上，呼吸已經逐漸順暢。當她一看到舒里克，眼淚忍不住又湧了上來。她自己覺得很不好意思，竟當著醫生的面流眼淚，可是又拿自己的眼淚沒辦法，這其實是甲狀腺本身有問題所導致的……

舒里克像頭野獸般一個大躍步躍到薇拉面前，沒去管女醫生，也沒注意到另一位只有上半身穿制服的男人，他只管一把抱住薇拉，馬上就往頭髮、臉頰和耳朵上親下去……

「小薇，對不起，我下次再也不敢了！我眞是白痴！對不起，媽媽……」

舒里克其實並不知道自己「下次再也不敢」什麼，只是這是他從小以來就養成的對事情的直覺反應：「我再也不做壞事了，我會乖乖，我要當一個好孩子，不要讓媽媽和外婆失望……」

原本又要開罵的女醫生看到這番情景，態度頓時軟化下來，她被感動了。畢竟這樣母子情深的動人場景不是常常看得到。瞧他親媽媽的模樣，也不害臊……還像撫摸小孩一樣撫摸媽媽的頭……他到底是去幹了什麼，才要這樣來回地拚命……

「您母親需要住院。您最好說服她這樣做……」

「小薇！」舒里克開口了。「如果眞的需要住院的話……」到了這個地步薇拉早就放棄任何堅持了。唔，當然，也還不到全部放棄的階段……

「太好了，太好了！那我們就去布魯姆施坦茵醫生的醫院……」

「不可以再拖延了。打針的效果只能維持幾小時，您母親隨時有可能再發作。」女醫生用比較和緩的語氣跟舒里克說。

救護車走了。接下來的解釋必不可免。在薇拉尚未提出質疑之前，舒里克已經清楚一件事，就是什麼話都不能說，死也不能說。他無論如何都不能對媽媽說，當她發病的時候，他在另一個女人的床上。

「我散步去了。」他語氣堅定地對媽媽說。

「怎麼可能？三更半夜？一個人？」薇拉一肚子懷疑。

「我忽然想出去走走。於是就出去走走了。」

「走到哪裡？」

「那裡。」舒里克往瑪蒂爾達住處的方向一指。「到提米梁澤夫卡。過鐵路橋那裡去了。」

「算了，算了。」薇拉投降，不想再過問。她心裡面已經感到輕鬆，儘管對舒里克深夜忽然不見蹤影的解釋不盡滿意。不過她已經是習慣性地認爲舒里克不會對她說謊。

「我們去喝杯茶，然後試著再睡一會吧。」

舒里克於是趕緊把茶壺擺上。天色已然明亮，麻雀嘰嘰喳喳叫個不停……

「你下次出去前要先告訴我一聲……」薇拉說。

不過這個下次發生的時間不會太快：頭髮掉光的布魯姆施坦茵醫生休假去了，安排薇拉住進病房的是布魯姆施坦茵的副手，也是她的代理人柳波芙·伊凡諾芙娜。

由於手術的急迫性，因此動刀的人也將不會是醫學界的巨擘——布魯姆施坦茵博士，而是柳波芙·伊凡諾芙娜。她人看起來很親切和藹，儘管唇上有一道兔唇開刀後留下的淡淡疤痕，但那並不造成妨礙，整體說來是一位說話有一點毛病的中年金髮女士。

「您一向都是在哪作的健康檢查呢？」柳波芙醫生一邊摸著薇拉鬆弛又腫大的脖子，

一邊謹愼地問。

「全俄戲劇協會附屬診所。」薇拉驕傲地答。

「噢，這樣呀。你們那裡是有很好的發音矯正師和外傷包紮專家的。」女大夫很鄙視地回應了薇拉。

「照您的看法，手術是非得進行的嗎？」薇拉膽怯地問。

柳波芙醫生一聽到她這樣問，臉色立即漲紅，甚至紅到嘴唇上的那道疤都充血了：「薇拉・柯恩小姐，您的手術非常緊急，是刻不容緩的……」

薇拉感到一陣噁心想吐，她用壓低了的聲音問：「我得了癌症是嗎？」

柳波芙眼睛定定地盯著洗手台洗手，然後用方格毛巾慢慢擦手，沒有說話。

「爲什麼您會認爲自己得了癌症呢？您的血液檢驗結果沒問題。但是您的甲狀腺腫塊有擴散的情形，而且增大的情形非常嚴重。妳脖子左邊腺體的旁邊有一個腫塊，像是良性腫瘤。可是我們現在不會去做活體組織檢驗。已經沒時間了。您實在太不注意自己的病情了。布魯姆施坦茵醫生馬上就有建議您開刀。您看，這上面有她寫的：茲建議……」

「可是我有找順勢療法的醫生治療呀……」

女大夫嘴上那道不甚明顯的疤又再度鮮活了起來：「要是我是您的話，我早就去告那個什麼順勢療法師了……」

薇拉聽完這話後感覺脖子變得更腫、更壓迫了。

「要是媽媽還在世的話，一切就都會不同……根本就不會發生這些事了……」

之後柳波芙大夫把舒里克叫到辦公室去，而薇拉則坐到那張被舒里克身上的熱氣給弄到溼的椅子上。

柳波芙大夫把和薇拉講過的話再重述一遍給舒里克聽，然後又加了一句，說這是一次相當重大的手術，但是更讓她擔心的是手術後的觀察期。所以不建議離開醫院，最好找一位助理護士，特別是在最初的幾天裡。

「要是外婆還在世的話，一切就都會不同……根本就不會發生這些事了……」兒子和母親的想法都一樣……

手術在三天後進行。薇拉那些不好的預感似乎有部分成真。雖然手術本身根據後來的轉述，進行得非常順利，但是麻醉部分卻讓她一度陷入危急。手術開始四十分鐘以後，她的心臟停止跳動：年輕的麻醉師差點沒嚇到也心臟停止跳動。醫生趕緊幫薇拉注射腎上腺素。手術室裡大家都緊張到汗流浹背。手術進行了三個多小時，接下來兩天薇拉都沒有清醒過來。

她在恢復室裡躺著，情況雖然危險，但不至於完全絕望。舒里克一直待在正常情況下不准人進來的恢復室裡，連著兩天他陷入一種深沉的悲哀和巨大的罪惡感之中，別人跟他說的話他完全都沒有聽到。

他不斷沉溺在和薇拉一起生活的點滴回憶裡。他努力回想，努力讓薇拉一直出現在自己面前，讓她身上的每一個細節都浮現在他的眼前：她的頭髮，他記得非常濃密，他想著她在洗完頭以後是怎樣梳理頭髮，又是怎樣坐在暖氣管旁的一張小椅子上弄乾頭髮的……後來她的頭髮變少，後腦杓上的髮髻變小了些，深栗色的頭髮逐漸褪色，起初是在鬢角的部分，之後變成灰灰髒髒的一綹一綹，看起來好像是別人的頭髮……還有她的眉毛，又長又漂亮，從三角型的眉頭開始延伸到眉尾的一條線……還有脖子上一顆棕色的痣，就像一個釘帽那樣圓……

他近乎絕望地，用全部的力氣來擁住她一切：他最喜歡的手，手指指尖部分有點彎曲；她細長的雙腳，內側腳趾頭的骨頭有點突出來，不是很好看……他無法放開她，他無法不想她……

護士走了過來，問要不要幫他倒一杯茶。

「不要，不要。」他一個勁直搖頭。彷彿覺得只要不那麼用力地抱住她，不那麼努力地想著她的話，她就會離他而去……

他記不得有多久的時間他都像根木頭似地坐在樓梯間一張護士好心拿來的椅子上，沒有吃、沒有喝，甚至連廁所也沒有上。一直到第二天很晚的時候，柳波芙醫生向他走來，給了他一件白袍。

他沒有馬上把她認出來，沒有立即明白自己應該要穿上那件白袍。過了一會他才會意，把那件袖子和衣服都黏在一起的袍子套上。

「塔瑪拉，把腳套拿來。」柳波芙・伊凡諾芙娜命令護士，於是護士趕緊把兩只紅白相間的塑膠套子塞進舒里克手裡，而他則笨拙地把自己的鞋子連同那雙麻掉的腳塞進塑膠套裡。

「你只能進去一會。」女醫生說。「然後就回家。不需要一直坐在這裡。去睡一覺，買一些礦泉水和檸檬……然後明天再過來……」

舒里克沒有聽到她講的話。他從病房打開的門裡看到媽媽。她鼻上插著管，胸部包著繃帶，另外還有一些管子從手上連到儀器台上。蒼白的手露在被子外。她的脖子被某個白色東西給貼住，上面也連著一條紅色的細長橡膠管。眼睛是睜開著，她看到了舒里克，朝他輕輕微笑了一下。

舒里克站在那道隔開他和媽媽的門外，感覺就要窒息：都是他的錯，都是他的錯。當外婆躺在醫院的時候，他這個白痴竟然跟莉莉雅在逛街購物，買什麼煙燻火腿，後來卻留在海關沒帶走，還有買俄羅斯套娃娃，最後又讓她給丟在羅馬近郊的一個叫做奧斯提亞的小鎮上……

當外婆在醫院裡要死的時候——他內心又湧上那股無法撫平的罪惡感——你卻在拱門下和黑暗的角落裡抱著莉莉雅，跟她親熱……可憐的媽媽，那樣的纖弱，彷彿就要活不下去，可是他卻是像隻臭豬玀、公羊、畜生那樣的強壯……她瀕臨死亡邊緣，他卻還在搞瑪蒂爾達……他把對自己強烈的厭惡感甚至轉移到無辜的莉莉雅和瑪蒂爾達身上。

「噢，我再也不要了，」他對自己發誓。「我再也不會這麼做了……」

他在薇拉病床前跪下，親吻她乾枯如薄紙般的手指：「小薇，妳感覺如何？」

「好。」她的聲音微弱到幾乎聽不見，其實她還不能開口說話才對。在普羅梅多爾止痛劑的作用下，她的確感覺很好，手術的痛——管它去，在她面前是又哭又笑的舒里克，她這個可愛又善良的孩子。她甚至不懷疑自己竟然能戰勝病痛。對打從心底就是個理想主義者和演員的薇拉來說，從年輕時候起她就已經想像過各式各樣的愛，然後認爲最高一等的愛是柏拉圖式的愛，並且把任何一種沒有發展到床上關係的愛都錯誤地認爲是柏拉圖式的愛。很容易相信人的舒里克，從小時候起就被灌輸了這樣的觀念，一直以來他都是以外婆和媽媽這兩位大人的觀點來認識世界。也就是因爲這樣，才會在這個現今非常少見的家庭裡看到這種崇高又犧牲的愛，所謂「柏拉圖式的愛」。

舒里克這時猛然一驚，他怎麼會爲了「低俗」的肉慾而背叛了這種「崇高」之愛呢。舒里克不像大部分的人，特別不像也有跟他類似遭遇的年輕男人那樣，他甚至不想試著築起一道心理上的自我防禦，不會小聲地跟自己說：對，他或許有錯，可是他並不是全部都錯。相反的，他甚至會故意抽出一張不利於自己的牌，好讓他的罪能夠更具有說服力，更不容懷疑。

回家的路上他逐漸清醒過來，從兩天兩夜一直處於的蟄伏狀態、一種魚類無感知的狀態中恢復正常。這段時間以來讓人受不了的炎熱也收斂下來，天空落下平淡無趣的雨滴，空氣中瀰漫一股枯燥的自然景色才有的歡愉氣味：路旁小公園裡新冒出來的嫩葉氣味混雜著從去年起就堆在那裡的破棉被發出的霉味。舒里克吸了一口這個骯髒城市裡的複雜氣味：有一點點衝鼻的青草味、一點點落葉的枯朽味、一點點潮溼的棉毛味……

「說不定上帝此時就在這裡？」這個念頭忽然出現腦海裡，同時眼前真的出現一座小教堂來，彷彿是從地下冒出似的。而或許是教堂先冒出來，然後他才會有這樣的想法也說不定？他停下腳步想：要不要進去看看……教堂側面一扇隱密的小門打開著，一位手裡拿著一只盆、看起來忙碌的村婦從門後往另一棟外接的小房子跑去。

「不，不能在這裡。」舒里克決定不進去。「要是在這裡的話，說不定外婆就會知道了。」

舒里克加快腳步，幾乎是跑了起來。在他心裡面升起一股未曾有過的幸福感，最主要是不知該向誰表達的感激——媽媽還活著，親愛的媽媽，我祝您生日快樂、三八婦女節快樂、勞工團結日快樂、十一月七日快樂，我祝、我祝、我祝……紅藍色卡片、黃綠色卡片、暗藍色底面印著紅色星星的卡片，這一張一張從他四歲起就開始寫給媽媽和外婆的祝福卡片，已經累積有好幾百張了。生活眞是太美好了！我要祝一切都快樂！

一回到家後，他就洗了一個冷水澡——熱水不知道爲什麼停了，流出來的水是從地底深處尙未加熱的冰水。他趕緊洗了一下，冷得要死，然後走出浴室，這時電話鈴聲響起。

「舒里克嗎！」電話筒那邊大叫。「謝天謝地！沒人知道發了生什麼事，我連著第三天打電話來。到底是什麼事？什麼時候發生的？在哪家醫院？」

打電話來的是法茵娜·伊凡諾芙娜。舒里克想儘可能地解釋淸楚，可是卻一直不斷結巴。

「我現在可以來嗎？需要帶什麼過去？」

「醫院方面說可以帶幾瓶『波爾諾』礦泉水。」

「好好好。我會帶『波爾諾』礦泉水來。我現在人在劇場裡，一會車子過來，我就出發。」

然後就聽到「啪！」的一聲，電話就掛斷了。緊跟著下一通電話又馬上響起。這次是阿麗婭打來。她也問了跟法茵娜一樣的問題，只差她那裡沒有「波爾諾」礦泉水，還有她晚上有夜校生的課——實驗室兼差工作，要到十點半才下課。

「我一下課就去找你。」她非常開心地跟他約好時間，而他甚至沒來得及跟她說：或許明天再來比較合適？

一小時後法茵娜就殺到了舒里克的家，而他才剛喝完一杯茶，吃了一片黑麵包，以及一罐從廚櫃深處挖到的罐頭燜肉。法茵娜把裝著四瓶「波爾諾」礦泉水的漂亮進口袋子放在門邊。

「我們倆可得好好地談一談。」她慢條斯理地說，一邊把自己淫蕩的紅唇往舒里克貼過去。

「不，不，不要。」舒里克堅定地跟自己說。

大嘴還是靠了過來，而且攫住了他的嘴，甜甜的又帶點肥皂味的舌頭將他帶往了天空，而且非常有彈性地顫動著。

舒里克完全無法招架——每次一遇到這位珠光寶氣的厚臉皮大媽，他就拿自己沒辦法。

快十一點的時候，門鈴響了，然後又再響了一次。一會過後電話鈴聲響，之後門上又傳來怯怯的敲門聲。只是門裡的舒里克，即便是耶利哥的號角㉗恐怕也無法將他吸引開。

隔天他跟阿麗婭解釋，內容大致如下：「我兩天兩夜沒睡覺了。我一倒在床上，馬上就睡死了過去。」

你眞是很難再找到比舒里克更厭惡說謊的人了。

譯注：

㉗據《聖經》記載，以色列軍圍攻耶利哥城不下，士兵吹號角，城牆塌落，遂陷，今喻非常響亮的聲音，驚人的嗓門。

19

炎炎夏季的幾星期裡——醫院六週，出院後又好幾週——舒里克以飛快的速度和簡化版的方式將一門類似養育新生兒的學問弄懂並且上手：從餵奶、吃粥、吃凝乳到熬煮葵花籽油、照顧傷口、冷敷熱敷和洗滌全數學會。這一門學問裡最重要的一點就是專心，它考驗著每一位剛生頭胎的母親。舒里克唯一不會的事情大概就只有洗尿布了。

舒里克晚上變得很淺眠：只要薇拉一將腳從床上放到地下去，他就立刻衝到她房間裡問：「發生什麼事了？」當她躺在床上翻來覆去時，他也聽得到彈簧發出的輕微聲響；當她拿杯子發出「噹」的一聲，或是咳嗽，所有這些聲音都逃不過他的耳朵。這是一種屬於母親和小孩之間的特殊關係，而這種關係嚴格說起來，薇拉本人並不清楚，因為外婆為了照顧因生產而虛弱，加上情人過世而悲傷的女兒，所以接下了作母親的大部分職責，只把餵奶的部分留給薇拉。當然這一部分工作的重要程度絕對不只是裝飾性質而已，薇拉的奶頭很小，乳汁流得不順，只得每幾個小時就擠一次，胸部因此疼痛不已……不過和孩子睡在一個房間裡的還是外婆，孩子每哇哇哭喊一次，她就要起來看一次，還要不時地重新幫孩子包包巾、洗澡，然後在固定的時間把用乾淨包巾包好的孩子送到薇拉的胸前。

所有這些事情因爲舒里克當時太小，沒有記憶，可是他的腦海裡忽然浮現出一種非常特別的音調，那是女人在照顧小嬰兒時才會有的音調。甚至就連他兩歲時叫媽媽時所用的特別名字他都記起來了，那時他還無法像外婆那樣叫媽媽「小薇」，他只會唸「薇，薇薇」的尾音……

錢的問題在薇拉出院後更是迫在眉睫。基本上說來，錢已經全部用光。學校已經不再提供舒里克獎學金了，春季考試他勉強算過關，可是數學這科卻沒過——補考安排在秋天。的確，薇拉在醫院開出的證明下可以領到將近全部的薪資，因爲她的年資很長……可是舒里克最重要的兼差工作卻停了：夏天一到，學生都到別墅度假去了，沒人想上課。舒里克知道，像外婆在這段時間裡就會另外招收一班報考大學的應屆考生……

有一次舒里克不在家，法茵娜卻跑了來，給薇拉帶來一筆工會基層委員會發下來的錢。當工會的錢用光時，薇拉在外婆書桌抽屜底部被一張紙蓋住的下方找到兩本存摺。這兩本存摺的錢加起來足夠買一輛車——這在當時可是一筆大數目。兩本存摺裡一本用孫子的名義存，另一本則寫上女兒的名字。

薇拉一邊用鼻子吸住那些忍不住要流出來的鼻涕和淚水，一邊用手術後就沒有恢復的微弱聲音跟舒里克說他曾經也聽外婆說過的話：「外婆在那邊的世界裡保佑我們活下去……」

這筆意外冒出來的錢完全改變了這個家庭原本黯淡的前景。舒里克這時想起外婆很久很久以前說過的故事，想起外祖父那枚日昇勳章的鐵製框架和沒了寶石裝飾的黑色空洞。說起來這很符合外婆的個性——她一向認爲講話時提到錢是很不禮貌的事，每當她朋友一提起那個誰誰誰賺多少錢的廚房最愛話題時，她就會像患有潔癖的人一樣，趕緊把話題帶開。其實外婆本身是很愛花大錢的，她按照一種只有她自己才曉得的方式來區別這是需要還是不必要的支出，是迫切或是奢侈的浪費，最後不聲不響地爲自己的孩子們留下這麼一大筆財產……從他們搬進這個家以來才只三年的光景。不，將近四年有了……而當初買下這間公寓的時候應該是投下了所有的錢，一點不剩，否則不至於到變賣外祖父勳章上的最後幾顆寶石才是……這一切眞是很難理解。

隔天舒里克拿了自己的身分證，跑到銀行櫃檯前，提領了自己財產的第一筆——一百盧布。他決定用這筆錢買所有想要的東西。然後他也眞的在季申斯基市場裡買了一大堆的食物，把錢花得一戈比也不剩……薇拉對他的公子哥兒作風覺得好笑，還幫忙把一半的梨子都吃光。

總之薇拉現在的心情好極了——她最近這幾年來一直揮之不去的陰影，原來全是因爲甲狀腺體失調所產生的有害分子。而現在的她，在母親過世以後首次感到精神振奮，還時常想起自己年輕時候在泰羅夫劇團學習的幸福歲月。她開始做起很久以前列萬多夫斯基教她的手指運動——像拔瓶蓋一樣地拉手指的最後一節骨頭，把每隻手指頭壓過去又壓過來，然後轉腕和轉腳踝，結束前再甩甩手、甩甩腳。

出院兩個星期後有一天，她叫舒里克從天花板下的擱架上取出一只舊皮箱，皮箱側邊掛有一個外婆親手寫的標籤，標籤上清楚列出箱子的內容物有哪些。薇拉從皮箱裡頭拿出一件深藍色麻布材質的寬大衣裳，還有一條頭巾，然後就著德布西和斯克里亞賓的音樂翩翩起舞，她的舞步有些斷斷續續，也有些錯誤，不過看得出是混雜了雅克－達爾克羅茲和鄧肯的舞蹈體系——這兩種體系是一九一〇年代舞蹈的革命課程……她擺出奇怪的姿勢，定住不動，很高興自己的身體還能聽從二十世紀初現代主義音樂的旋律。

舒里克有時候會從打開的雙扇門的門縫裡探望，欣賞媽媽纖細的雙手和雙腳像白色的細枝椏一般從寬大的衣裳裡伸出來，而頭髮，現在沒法包成一個髻，因爲住院期間被剪得很短，只能稍微將之收攏在脖子後，然後隨著薇拉的每一個舞步翻飛，一會平穩，忽而又很急促。

薇拉一輩子都沒有胖過，而最近幾年更因爲甲狀腺荷爾蒙失調的緣故，體重瘦到只剩四十四公斤，皮膚於是變得有些鬆弛，還出現了皺紋。現在儘管她也有在做運動，但體重還是逐漸增加，一個星期一公斤。等體重上升到五十公斤的時候，她又開始擔心了。

一向照顧她照顧得無微不至的舒里克，總是將她的每一個需求掛在心裡。他開始幫薇拉準備特製的減肥早餐和午餐，陪她一起散步，替她到圖書館去借書，有時還跑到外國文學圖書館去借，這又要多虧了外婆的借書證還有保留之故。很多的時候都是兒子和母親兩人共度。薇拉又開始彈琴了。她在外婆的那間大房間裡練琴，而他則躺在沙發上，手裡拿著法文書籍，按照小時候的習慣看一些多半是外婆生前最愛看的書，像是梅里美、福樓拜……偶爾他會起身到廚房裡拿一些好吃的東西，像是他在季中斯基市場裡買的一些早熟的麝香草莓，還有薇拉又開始像小時候一樣愛喝的可可……

舒里克傾聽薇拉所有內心的需求，但是薇拉卻從不在意兒子的憂慮，也從未留心過沙發上梅里美的書旁還擺著一本法文文法課本……，甚至沒有注意過當舒里克的同班同學去上生產實習課的時候，舒里克卻待在家裡面，跟她一塊分享身體康復後的喜悅。

舒里克以照顧生病的母親爲由，免去了到工廠上生產實習課，他被分派到一間完全不需要他幫忙的學校實驗室去實習，他只需要記得每兩三天去那裡露一下面，詢問有沒有需要他效勞的地方，然後就可以拍拍屁股回家去。阿麗婭的生產實習課一樣也沒有在化學工廠上，可是她是在系主任辦公室裡待著。就是在系主任辦公室實習的時候，她找到一個適當時機，從公文櫃裡抽出舒里克的檔案夾，這才知道他連一個字都沒有跟母親講，就自行提出申請，要求轉到他外婆那間不怎麼樣的師專夜間部去，而且還是外國語文學系。他已經受夠了化學，再也不想看見或是聞到它的味道，至於那科沒過的數學要怎麼辦，只能說他完全沒有補考的打算。

20

就在此時，那位禿頭古巴男的不祥推測眞的成眞：恩力克的確遭到了逮捕，期待他會及早返回莫斯科的願望已經變成了不可能。

仲夏期間蓮娜的母親從西伯利亞飛來。她幫蓮娜帶來了一大筆錢，然後跟她解釋，她父親的名譽高於一切，以她現在懷孕的模樣回家是絕無可能的事。父親樹敵太多，現在全城到處都是關於他女兒的可怕流言……總而言之一句話，蓮娜得在莫斯科把孩子生下來，不只這樣，若她想要和私生子一起回家的話，簡單說這條回家的路對她是會永遠封閉的。所以最好就直接在這裡，在莫斯科租間房子或是公寓住，錢方面不成問題，會供給她生活費的。可是最好的辦法還是能夠把私生子交給育幼院撫養……

蓮娜早已經是烏雲罩頂，但對家裡會採取這般決裂的做法，她卻是完全沒有料到。她硬撐了下來：拿了錢，道了謝，沒跟母親再多說什麼。

她也有自己的一套應變措施，而且已經和阿麗婭討論過：她讀中學的時候也發生過一件大事，同樣引起城裡的人議論紛紛。那時她七年級，是許多男孩子想追的對象，一個十年級生叫做根卡·里佐夫的男生愛上了她，而且愛得要死，或者說差不多到了要死的地步。他一直不斷跟蹤她，而她那時另有心儀的對象，長得比根卡要帥，因此她便拒絕了根卡。拒絕什麼呢？就是拒絕他尾隨在她身後，從學校一直跟到家裡……於是這位陷入愛河不能自拔的可憐男孩就上吊自殺了，但是沒有成功。他生下來就是做什麼事都不會成功的那類型……總之家人及時把他從繩子上放了下來，把他救活，還幫他轉了學，但是他對蓮娜的痴狂並未因此而消止。根卡一直都有寫信給蓮娜，中學畢業以後他來到列寧格勒，進入海軍大學就讀。算來這已經是他第四年寫信給她，而且還隨信附上自己的照片，照片中的他不是戴著海軍帽，就是把頭髮整齊地梳攏在腦後，擺出一副驕傲又愚蠢的表情……根卡在那些信件裡一再表示，他深信蓮娜總有一天會嫁給他，而他本人正為了讓她成為一個幸福的女人而努力不懈。他還在信裡頭暗示蓮娜，他的軍旅生涯一帆風順，只要她稍微再耐心等待一下，未來的榮華富貴是指日可待……信末他附上一句：「我以前為妳而死，我現在依然只為妳而活……」

蓮娜的處境讓她不得不屈服於現實，她盤算了一下，便答應了根卡的提議——就照命運的安排吧。於是她寫了一封信給根卡，信裡面提到她那椿未竟的婚姻，還提到小孩，說預產期定在十月初。

根卡收到信以後，一到放假日立刻就從列寧格勒趕來莫斯科。挑在一大清早的時候，阿麗婭那時還沒出門到應試委員會去，因此便目睹了這兩人尷尬的會面場景。

根卡穿著一身海軍學員的制服，本人看起來根本不醜，很帥，個子也很高，可惜肩膀有點窄，又有點太瘦。他一雙眼睛是綠色的，要如何形容那種綠？就是碧波盪漾的綠囉……根卡兩手抓著手帕，不發一語，只是不時咳嗽個一兩聲。阿麗婭很快就喝完了早茶，留下他們兩人在家，自己出門到委員會去，儘管委員會開門是十點，距離工作時間還有整整兩小時。

阿麗婭走了以後，根卡又沉默了好長一段時間，蓮娜也是。所有該說的事情，信裡面都已經說清楚了，而沒有說的則可以趁現在瞧個清楚：她胖了好多，整個人都浮腫了起來，原本像牛奶一樣白皙無瑕的臉蛋，現在卻在額頭的部分，還有眼睛周圍以及上唇的地方都出現了紅褐色的斑點。只有她淺灰色的頭髮還是跟以前一樣，沉重地垂掛在兩頰旁。根卡陷入驚慌的情緒中。

「唉呀，阿根，就這些有的沒的事情了。」蓮娜微微一笑，終於這一抹微笑讓根卡認出了昔日的她，於是他平靜下來，自信又回來了，說到底他終於贏得了勝利，儘管這勝利算不上是完美，可是確實是他念茲在茲的一件事，而且像是從天上掉下來一般，完全出乎意料之外的勝利。

「別再說了，小蓮，人一生裡什麼樣的事情都可能遇到。妳既然相信了我，我就不會讓妳失望。我會永遠愛護妳跟小孩的。我只需要妳的一句話，永遠不再跟那個甩掉妳的男人見面。我知道這樣說不好，但是我是一個非常會吃醋的男人。我很清楚我自己。」他向她坦白。

這會換蓮娜陷入了沉思。她在信裡面沒有把所有細節講清楚，而這會她明白，最好就編個普通謊言隱瞞根卡，就說恩力克原本允諾要跟她結婚，沒想到卻騙了她……但是她做不到。

「阿根，事情沒有那麼簡單。我的未婚夫是古巴人，我和他的戀愛非常認眞，不是隨隨便便談的。可是他一被叫回古巴就被關進監牢裡，都是爲了他哥哥的緣故。他哥哥弄出一些麻煩事。現在所有人都說他是不可能再回到這裡了。」

「要是他獲准回來的話呢？妳會怎麼辦？」

「我不知道。」蓮娜誠實說。

可是這時海軍阿兵哥卻把她往自己懷中拉過去——只是那個大肚子有點礙事，同樣礙事的還有她那張很多褐斑的臉，可是不論如何她還是那個蓮娜・斯托夫芭，是他的太陽和星星，是世上獨一無二的人，於是他向她吻了下去，一任乾燥的嘴唇落在她身上的任何地方，首先是她夏季淺色的睡袍上，它是如此輕易地就滑落下來，裡頭是眞正可觸可感的胸部，再來是孕婦隆起來的肚子，跟著他身體猛然往前一挺，然後解開她裙子黑色下襬的側邊釦子，終於他就要達成長久以來的夢想了。而他夢想的可人兒在幫他把身體調整成適合和孕婦做愛的姿勢後，也溫馴地側身躺下，然後小聲地跟自己說：「沒什麼，這沒什麼，反正沒有其他的辦法了……」

完事之後他們便一起到紅場逛逛，然後坐公車到列寧山去看莫斯科大學：他是第一次到莫斯科，所以還想要去看一看全民經濟成果展覽中心，可是因爲蓮娜已經累了，於是便回宿舍休息。

他在深夜的時候返回列寧格勒，是坐「紅箭號」列車回去的。蓮娜送他去火車站。他們提早到了，他一直催促她先回宿舍，擔心時間太晚，路上不安全。而她卻不肯走。

「妳要自己保重，還有小孩。」他向她道別。

就在這時她想起還有一件事忘了跟他提：「阿根，這孩子有可能皮膚的顏色很深，甚至可能是黑皮膚。」

「妳這話是什麼意思？」新出爐的未婚夫不明就裡。

「因爲有黑人的血統。」蓮娜解釋道。她心裡對她即將出生的孩子會是一個漂亮寶貝其實感到很有自信……

就在這時最後一次催促旅客上車的鈴聲響起，火車緩緩動了起來，也帶走了根卡．里佐夫那張被嚇到了的臉孔，那臉愣愣地看著她背後穿制服的列車員，說不出任何話來。

是的，根卡是個死板的人，而且對任何事情都沒有轉圜的餘地——他痛苦了好久，始終提不起勇氣寫信給蓮娜，可是拖到最後還是寫了，他說：「我是一個脆弱的人，還有我是一名軍人，軍隊裡面所有事情都是一板一眼——我無法承受因為一個黑人小孩所帶來的嘲笑和蔑視……對不起……」

對於根卡的決定蓮娜還在月台上的時候就已經心裡有數。她把經過都告訴了阿麗婭，包括那最令人厭惡的部分：她沒有拒絕他，把自己給了他……兩個女孩子委屈得大哭起來。而最讓人感到難過的是，在這件事情上竟然沒有一個人有錯，也沒有誰必須為這件事情負責……事情就是這麼發展到現在這樣的結果。

21

這是外婆的備用方案。而原本一開始它是主要方案，但外婆認爲，要是舒里克考莫斯科大學語言系失利的話，她一定有辦法把外孫弄進自己的學校裡就讀。想要進這所師範學院的話，每一門科目都不可以不及格，至於達不到莫斯科大學語言系的分數對外婆這間二流師範學院而言，卻已經算是榮譽保證書了……舒里克在門捷列夫化工學院待了一年之後，心裡已經非常清楚，那間學校不屬於他。

舒里克把自己的文件送到了夜間部。他站在一排被莫大語言系刷掉的女孩子和戴著厚重眼鏡的男孩子中間等著，這當中有一個男生例外，他沒戴眼鏡，而是拄著枴杖，顯然是腿瘸了。把舒里克這位去年考過大學的有經驗學生和這一群三流學生放在一塊，實在是無法比較。

負責收件的女孩被炎熱的高溫和大排長龍的隊伍弄得頭昏腦脹，完全沒有注意到舒里克那個在這個學院裡可說是人盡皆知的姓氏，因此他反而鬆了一口氣：他喜歡獨立、不被打擾，之前一想到要來這裡考試，屆時外婆之前的同事像安娜・梅福季耶芙娜、馬莉亞・尼古拉耶芙娜和加琳娜・康士坦丁諾芙娜等，會一窩蜂向他跑過來，親吻他、摸他的頭，一想到這裡他就渾身不自在……

法語科口試是由一名上了年紀的女士來主考，她一頭頭髮染成黃色，還束成一個斜斜的髮髻。所有應考生都怕她：她可是考試委員會的主委，而且比其他委員都要凶狠。舒里克完全沒有想到，她就是那位伊琳娜・彼得羅芙娜・克魯格利科娃，整整十年的時間裡她用盡所有方法想要獲得外婆的教授職位。她飛快地瀏覽了一下舒里克的試卷，然後用法語問他：「伊莉莎白・伊凡諾芙娜・柯恩跟您是什麼關係？」

「她是我外婆。她去年過世了。」

這女人其實非常清楚這件事。

「是呀，是呀……我們都替她感到惋惜……她是一位非常傑出的女性……」

跟著她又問舒里克，爲何他要進夜間部就讀。而他答說：媽媽剛動完一場大手術，他需要一份工作，好讓母親可以退休在家休息。出於禮貌之故，舒里克整題都用法語回答。

「了解。」黃髮女士嘟囔了一句，跟著向舒里克提出一個相當複雜的法文文法問題。

「外婆認爲，這種文法形式是從莫泊桑時代起才有使用。」舒里克在回答完題目之後，用很高興的，甚至有點不合考試嚴肅氣氛的微笑加了這麼一句。

千百種思緒在伊琳娜．彼得羅芙娜的腦中起伏。她把鉛筆插進髮髻裡搔搔頭。伊莉莎白．伊凡諾芙娜一直是她工作上的頭號敵人。可是這已經是很久以前的事情了，而且敵人也已經過世。她之前用盡所有辦法讓伊莉莎白．伊凡諾芙娜退休，等到她終於占到了她的位置之後，這才發現，原來系上有很多人都愛戴伊莉莎白．伊凡諾芙娜，原因不是因為她是他們的長官，而是別的原因，但這原因卻讓她感到特別的不舒服……

這男孩子的法文非常好，他的未來掌握在她手上。伊琳娜．彼得羅芙娜陷入思索，她始終無法作出最後的定奪。

「您的外婆把您的法文教得很好……等您把所有考試都考完以後，到我的系上來一趟，我會在這裡一直待到三點。讓我們一起來想想您的工作要怎麼辦。」

她拿起他的試卷，用金色的鋼筆在試卷紙上寫下「特優」的成績，然後她明瞭到，她做了一個不僅正確，甚至可以說是非凡超群的行為。她像一個小學女生那樣朝試卷紙吹了一口氣，然後看著舒里克的臉說：「您的外婆是一位作風非常正派的人士，也是一位非常傑出的專家……」

兩個星期之後伊琳娜．彼得羅芙娜幫舒里克找到了一份工作——地點在列寧圖書館。想要進到那裡工作可比進入語言系還要難上加難。此外，伊琳娜．彼得羅芙娜在上課之前把舒里克叫來，告知他被轉到了英文組：「法文基礎班對您來說已經不需要。如果您願意，可以來上我們的專題課程。」

於是舒里克就這樣被分到了英文組，儘管這一組的名額早已經爆滿。

等到一切就緒，舒里克這才告知媽媽，說他已經轉學並且找到工作。薇拉驚訝地「啊」了一聲，繼而高興起來。

「唉呀，舒里克，我都沒想到你是這樣的一個孩子！竟然這麼會藏心事……」她把手指頭伸進舒里克的鬈髮裡去，亂撥亂弄，忽然間發出關心的聲音：「咦，你頭髮怎麼變少了呢！就是這裡，頭頂這裡。可要好好照顧這部分的頭髮呀……」

於是她爬到外婆專門收藏民俗療法的擱架上去翻找祕方，裡面除了民俗療法以外，還有從《女性勞工》雜誌上剪下來的剪報……薇拉在這一堆祕方剪報裡找出用黑麵包、生蛋黃和牛蒡莖來洗頭護髮的資訊。

就在這一天，舒里克擺出一個出乎母親意料之外、非常陽剛又有力的姿態說：「我決定了，妳應該要退休了，辭掉妳那份無聊的工作吧。我們有外婆的存款，還有我不是吹牛，我是眞的有能力可以養妳。」

薇拉呑了一口口水，感覺喉嚨間像是被一個東西給哽住，但事實上從她手術之後就不再有東西哽住她了。

「你眞確定？」薇拉只能找到這樣的話。

「我確定。」舒里克的語氣是如此自信，讓薇拉忍不住倒抽一口氣。

這實在是她遲來的幸福：在她身旁有一個男人，而且這麼照顧她。

舒里克也感覺自己很幸福：回想不久前在醫院的那兩天裡，他感覺自己就要失去媽媽，而現在她復原了，這麼健康；還有就是不管化學再怎樣蓬勃發展，都已經不關他的事了……

在這一個值得慶祝的夜裡阿麗婭打電話來，邀請舒里克到她宿舍來：「今天是蓮娜的生日。她的情況糟透了。大家都不在。你來吧，我烤了一個大餡餅。我很替蓮娜感到難過……」

已經是晚上八點了。舒里克跟媽媽說要到同學宿舍那裡去一趟，幫蓮娜過生日。他其實不是很想去，可是他是眞的爲蓮娜感到難過。

22

蓮娜滿十九歲了，然而這是她度過多少個幸福快樂的生日以來最悽慘的一次。她是兩個哥哥最疼愛、也是最漂亮的妹妹。她的父親，一個從來不知道怎麼跟人平等說話的大老粗，對家人和下屬總喜歡用不耐煩和羞辱人的語氣講話，可是對職位比他高的人卻又用近乎欣喜的謙卑態度來奉承。至於蓮娜，儘管是自己的女兒，他卻把她視爲最高等的生物。由於他把女兒放到如此崇高的地位，以致於一想到要嫁女兒就讓他感到老大不快。然而這並不意謂他打算把女兒送到修道院出家，才不是！可是在他那顆政治家特有的深不見底的內心裡存著一個很獨特的民間思維，或許這是受聖徒保羅的教誨的影響也說不定，就是說高等人不應該生孩子，而應該要從事更高尚的職務，以蓮娜的例子來說，就是從事化學研究才對……

當他的妻子用事先已經演練很多遍，但是還是很膽怯的語氣告訴他，女兒想要嫁人了，這讓他感到很生氣。當他還沒從這氣憤當中恢復過來，妻子跟著又加了一句：女兒選擇的對象非比尋常，是個黑人，這更讓他的憤怒加倍：在白種男人的內心裡，即便是完全不曾和黑人打過交道的白人也是，普遍都存有一種恐懼，他們認為黑人男性的身體裡存在著一股可怕的雄性力量，而這種力量遠比他們白種男人要強悍得多……這眞是一種非常特別的妒忌心理：它不會從表情上顯露出來，也不會在講話時洩漏出來，總是沉默在心裡。女兒要嫁給黑人，這麼一來，他那高貴、潔白又清純的女兒眼見就要被黑人給……那個了。唉喲，這空格裡頭要塡入的字眼可是連州委員祕書都心痛得用不下去，儘管他以長官的地位十分清楚從俄文字母開頭A到結尾Я所有這類髒字字眼，光這些字就足夠海扁那混小子一頓……什麼話，這裡沒有任何一個字可以用來聯繫他女兒和黑人的婚姻關係，只要一想到那男人敢碰他寶貝女兒的一根汗毛，他的太陽穴立即隱隱作痛了起來。

就在妻子才小心翼翼告知他女兒要結婚的消息後沒幾天，他妻子又面臨到得跟先生說女兒婚姻告吹的最新發展，同時還要提起女兒很快就要有一個孩子的訊息。不敢說還是得說。父親的反應一如預期。一開始先是如大熊一般吼叫，然後就用他強而有力的拳頭擊碎了一張無辜的桌子。可是他那隻手也不好過，骨頭裂了兩道縫，還得戴上石膏綁帶。可是在打上石膏之前，父親吩咐家人，從此以後不准在他面前提到蓮娜這個名字，他不想再看見她，也不想知道有關她的任何事……州委員祕書的太太很清楚自己先生的脾氣，過一陣子之後他火氣就會消下來，到時他就會原諒自己的女兒，可是她倒是不知道蓮娜會不會原諒父親在她這麼困難的時候選擇和她脫離父女關係……

一言以蔽之，蓮娜生日的悽涼場景就連愁雲慘霧也不足以形容。就看一張搖搖晃晃不穩的椅子上坐著雙腳浮腫、體型龐大的壽星，而阿麗婭烤出來的餡餅看起來也是一副慘狀，還有一些切好的乳酪火腿片跟水煮雞蛋，裡頭有塡餡，不過只是美乃滋。

來賓只有兩人——舒里克和熱尼亞·羅森茨威格，後者還特地從別墅度假中跑回來，幫孤單的蓮娜過生日。羅森茨威格還帶了一籃子的食物，是他那位好心腸的猶太裔媽媽在聽到蓮娜的狀況之後，打包好叫兒子帶來宿舍和同學一起分享。籃子裡的東西幾乎和童話故事裡的小紅帽送去給生病的祖母的東西一樣：兩公升長頸玻璃瓶裝的手擠牛乳、手工烘烤的莓果餡餅，還有一包跟火車站附近市場的巧手婦人買的自製奶油……籃子底部堆滿一種早熟品種的蘋果，這種蘋果顏色呈青白色，是從羅森茨威格家院子裡唯一一棵很會結果實的蘋果樹上摘下來的。羅森茨威格還寫了一首打油詩，詩裡面大膽地將「十九歲」和「國族民粹」作押韻，至於詩的內容則是故作悲悽，還加上一個熱情如火又來去匆匆的男主角，以及一位與世隔絕、消息很不靈通的女主角，看來這是詩人羅森茨威格對我們這個革命改造後世界的註解。

儘管來慶生的客人很少，但是蓮娜還是覺得開心，她很感激阿麗婭，在她詛咒自己的生日之時，阿麗婭卻還記得幫她慶生；她也謝謝舒里克，從家裡帶了一瓶香檳和「薩培拉維」的紅酒，並帶了一盒藏在媽媽小櫃子裡的綜合巧克力，他拿出來時還微微散發著外婆那歷久不衰的香水味……

同學幾個人一坐下來便開始吃了起來，享用包括那兩個餡餅、乳酪火腿還有雞蛋等食物。不知怎麼，大家都餓得跟條狗似的，所有食物全一掃而空，於是阿麗婭趕緊跑到公共廚房裡，再加煮了一些通心粉，但隨即又被掃盤……每一個人都很高興，甚至就連蓮娜自己也是幾個月以來首次想到，要不是因爲她所遭遇到的悲慘事蹟，她身邊可能不會聚集這些眞正的朋友，在她最困難的時刻伸出援手。不過要是公平來看待的話，恩力克的朋友，一個就是那個禿頭生物研究員，另一位叫做荷西·瑪莉亞，這兩位也很夠意思，沒有丟下她不管，而他們沒有來幫蓮娜慶生的原因是不知道她今天生日……

不管生日怎樣過，最後一定是爲友誼舉杯，而當通心粉也吃光，聊天的內容從高談闊論轉入現實生活時，他們幾個當中最不實際的羅森茨威格卻首先發難：「嗯，對了，妳房子找到了沒？」

對蓮娜來說，這問題正好踩到她的痛腳：九月一日起她就得讓出宿舍的床位，雖然她已經拿到產假許可，但卻一直沒辦法租到房子。一開始阿麗婭拔刀相助，陪著蓮娜在澡堂巷的租屋黑市裡找房子，但沒想到她的亞洲人外型卻造成了阻礙，一個女仲介很直接地跟她說：「我們不租給非俄羅斯籍的人。」

蓮娜幾乎每天跑到澡堂巷去看屋，但是一個女人挺著一個大肚子的，沒人想把房子租給她，只有一次例外，一個上了年紀、來自里昂諾佐夫地區的醉鬼女房東，除此以外，比較正常的房東大多拒絕，原因無他，就是不想收留小孩。有一個勉強算是同意讓蓮娜住進去，但卻跟她要身分證來看，她把身分證研究了好久，想在那上面找看看有沒有結婚登記的戳章，但是沒找著，最後那位女房東還是拒絕了蓮娜……

羅森茨威格哪壺不開提哪壺，就問到了蓮娜的傷心處，這下子她再也忍不住，淚水便潰堤了——這是她近兩個月以來首次的情緒崩潰：「要是那該死的結婚登記戳章蓋了也好，我也許就可以回家了。把小孩生下來以後再回來——我父親也可能因為習慣而接受孩子。可是現在對他來說這只是個天大的醜聞……他的地位讓他無法接受這樣的事情……」

舒里克對蓮娜同情不已，他眨著他那對正字標記的圓眼睛，一直想著要幫她解決問題，結果靈光一閃，他想到辦法了：「小蓮，既然如此我就和妳去辦理結婚登記吧。妳的事就是大家的事！」

蓮娜尚未會意舒里克的好心建議，阿麗婭這廂已經像被熱鐵燒穿一樣地急痛攻心：舒里克是她阿麗婭的人，就像一隻活蹦亂跳的年輕公羊，要用也只能為她所用，要跟舒里克結婚的人是她，和舒里克辦結婚登記的對象也應該是她……

但蓮娜瞬間過後已經把那不可思議的好意聽進耳朵裡去了——任何做法都可以被考慮。既然如此，既然如此，既然如此的話……一個念頭在她淺色髮的腦袋裡閃過：「舒里克，你媽媽會怎麼看待這件事？」

「蓮娜，她不會知道這件事情的。我和妳去辦結婚登記，再一起去租屋，然後妳把孩子生下來，或許可能的話，我們再把妳送回家去。等事情都辦妥了以後，我們再辦離婚……妳考慮一下，看要不要這樣做……」

「眞沒想到竟會有這樣的事。」蓮娜想。「那個根卡‧里佐夫，說什麼愛我愛到死，一出事卻又跑掉，可是這個一臉斯文的莫斯科男孩，像個長不大的乖兒子似的，卻這麼有男子氣概，願意伸出援手……」

她很感興趣地往阿麗婭看去——她還在妒火中燒，眼睛瞪得比平常還要大、還要斜。蓮娜肚子裡覺得好笑：在座當中，只有她一個知道阿麗婭心裡此刻的滋味，她感到一絲幸災樂禍的惡意——她並沒有打算要跟這位哈薩克來的勤奮向學的小人物爭什麼，可是事情就是發生了。就這麼一次——而且她全面大勝……

蓮娜停止流淚，她悲慘的命運此刻似乎有了轉機。

「那你會和我一起到澡堂巷去找房子囉，舒里克？」

「爲什麼不去？當然我會陪妳去的。」

羅森茨威格興奮地大叫：「萬歲！舒里克，你這人眞夠朋友！」

舒里克眞的覺得自己很夠朋友，而且是一個善解人意的好孩子。本來他就喜歡當別人眼中的好孩子。大夥說定明天一起到戶籍登記處遞交結婚申請書——羅森茨威格和阿麗婭必須隨行當證人。阿麗婭詛咒自己親手做的餡餅，詛咒她一手弄出來的慶生會，還想到自己未來一無所有，但卻一籌莫展……

到了隔天他們一行人果眞殺到了戶籍登記處去，當然不是到排場最講究的婚禮大廳，而是一般的地區登記處。他們遞交了申請書。然後在蓮娜那顆引人注意的大肚子影響下，戶籍登記處人員很快就接下申請書，並要他們一個星期後再來完成結婚手續的登記。然而舒里克很快就把這件事情拋諸腦後，直到蓮娜打電話來通知他，一個小時後和他在戶籍登記處見面，他才想起此事。於是他趕緊出門，及時趕到現場：他們順利完成了登記手續，暫時挽救了蓮娜的名譽，讓她可以用已婚婦女的合法身分回西伯利亞的家鄉去……

23

五月初瑪蒂爾達帶著貓回鄉下去了。她打算在那裡過兩週，把姨媽留給她的房子賣掉，儘可能不晚於六月初的時候返回莫斯科。然而事情的結果完全超過她的預期：姨媽的房子其實還很堅固，而且很暖和，她住在裡面感覺非常舒適，因此她決定不賣它了，要把房子當作鄉間別墅用。唯一美中不足的是這裡沒有工作室，瑪蒂爾達於是打算自己來建。而其實也沒需要——這房子附帶有一間很大的農舍，原本是用來養牲畜的，可是現在早就沒在養，因此只要把這農舍加強一番，再多開幾扇窗戶就會是一間很棒的雕塑工作室。但這會問題來了——當地的男人成天都是喝得醉醺醺的，想要找到一個懂得木工的工人都很難。瑪蒂爾達這時想起了舒里克，他現在若是在這裡的話，剛剛好就可以派上用場。不過跟舒里克有關的部分不是木工，而是日常生活層面的瑣事。瑪蒂爾達甚至有好幾次步行到八公里遠的郵局，打電話到莫斯科，但是舒里克的家裡始終沒人接電話。一直到七月中旬，瑪蒂爾達找到一個機會，她鄉下鄰居要開車到莫斯科兩天，問瑪蒂爾達要不要載她跟她的貓。於是她把東西收一收，搭了便車回莫斯科去。

城裡有一堆事情等著她處理，但是兩個月沒在莫斯科，這些事情感覺上已顯得無足輕重，反倒是鄉間的事情比較讓她掛心——要買釘子，還要幫鄰居買藥，買花的種子，還有砂糖起碼要買個十公斤才保險，她腦子裡面想的盡是這些事。可是等車子一進城裡——順利的話，大約五、六小時就到——其他事情又取代了鄉間浮上她的心頭。她想起還沒有繳交工作室的房租，還有朋友妮娜的女兒可能已經生孩子了，卻尚未給她打個電話……當然她也想到了舒里克，跟往常一樣，只要她一想到他，嘴角忍不住就會揚起一絲微笑，但又忍不住擔心。她一抵達住處，馬上拿起電話打到舒里克家去——接電話的人是他媽媽，用虛弱的聲音「喂」了一聲，而瑪蒂爾達沒出聲就掛斷了電話……第二次她再打來的時候已經十一點了，這次是舒里克接的電話，她跟他說她回來了，而他卻什麼都沒說，好一會才說了一句：「哦……很好……」

瑪蒂爾達立即對自己感到生氣，氣自己幹什麼打電話給他，還說了那麼一長串無聊的話。她掛掉電話，坐回到扶手椅上。一家之主的大貓康士坦丁走過來躺在她腳邊，而杜霞和小蘿蔔這兩隻則是舒服地一起擠在她的膝蓋上。瑪蒂爾達不喜歡一般女人非常擅長的自我分析：她剛才很難為情地打了個電話給一個小男生，而這小男生是她在偶然的情況下認識的，現在人家在電話裡很明確地表示，他不是很需要她，這讓她感到沮喪。她於是試著用其他事情來驅散這種沮喪，想想明天要辦的事情，像是買釘子、藥、砂糖，還有種子啦……，儘管夏天就要結束了，哪還需要什麼種子……

電視機的彩色畫面不斷閃動，她沒有開聲音，因此電視根本不妨礙她的思緒：她對莫斯科的一切感到厭煩，而那個位在二水高地旁的鄉間，她死去母親的家鄉，她自小就熟悉了的樹林、田野，還有小山丘，一切景象對她來說就像穿慣了的鞋子，是那麼合適、愜意又舒服。她觀察那尚未完全死寂凋敝的鄉間生活，多年來第一次感到，說不定她很適合待在鄉下，而那些鄉下老婦人、前集體農場的擠奶員，還有種菜的菜農，說不定比她的莫斯科鄰居還要親切和容易了解，這些莫斯科人滿腦子想的只有買地毯，又或者是想盡辦法給自己的家再弄一間空出來的公共房間使用。還有，她現在對死去的姨媽有了不一樣的態度：看樣子，姨媽的鄉下鄰居早就纏上了她，想要讓她把房子賣給他，或者是慫恿她立下遺囑，把房子贈給他，這房子可是鄉下裡最好的農舍之一，是十九世紀末由一組搞生產的阿爾漢格爾斯克農夫大隊所建。而瑪蒂爾達最討厭的這位姨媽對於鄰居的要求卻是堅定拒絕，她說：「我要把這棟房子留給瑪特蓮娜，而且要是我把這棟房子讓給外人的話，我們這一氏族在這裡就再也沒了根基。還有，瑪特蓮娜是城裡人，她很有錢，不是個笨蛋，她會保護這棟房子的……」在鄉下，人們都用瑪蒂爾達的眞名──瑪特蓮娜──來叫她，這名字從小就讓她感到不自在，她從搬到城裡住了以後就把名字改成瑪蒂爾達了……

瑪蒂爾達帶著微笑回想姨媽，看起來，姨媽也不是一個笨蛋，她把所有事情都考慮得很正確，而最正確的是——要是瑪蒂爾達立即愛上這棟屋子的話，那麼她會毫不猶豫地爲了房子而改變自己的生活……

深夜十一點半，瑪蒂爾達已經不再去想之前和舒里克打電話而感到的沮喪，她躺在床上，身旁圍著貓咪，就在這時門上響起敲門聲。

瑪蒂爾達完全沒料到她的小情人會出現在她家門前，但是他來了，跟往常一樣用跑的來，上氣不接下氣的，因爲一口氣跑了六樓，然後他衝向瑪蒂爾達，把她抱住，喘著氣只能吐出一句：「妳打電話來了，可是我不能說話，媽媽就坐在電話旁……」

直到這時瑪蒂爾達才知道自己有多思念他——身體不會騙人，而且這幾乎是她生平第一次發現到，原來她什麼都不要，只要像這樣的肉體接觸就好。這是最純淨的一種關係：我對他沒有任何利益，他之於我也沒有任何好處，我和他之間只有純粹的肉體歡愉——瑪蒂爾達如此想，而這種歡愉的力量是如此全面又強烈地翻騰起來。

可是舒里克什麼都沒在想，他只是喘氣、猛力往前奔、奔到最高點，然後再重新狂奔，再起飛，四處翱翔，然後俯衝，跟著再往上揚升……這樣的一種幸福完全不能缺少大自然造物的奇蹟——女人跟她的那雙眼睛、雙唇、雙峰和那道狹窄的深淵，你墜落進去只是爲了再要挺身飛起……

24

秋天降臨時生活又變了一個樣：舒里克開始上班，還進到本來就適合他的學校上夜間部；而薇拉剛好相反，她辭去了工作，過起另一種新生活。手術過後的她對自己的感覺更好了，儘管一直以來的虛弱感仍然無法完全消除，但是她的內心又復甦了，並感受到一種重生的樂趣：她彷彿回到自己的年輕歲月。現在的她多出了很多空閒時間，她開始重讀很久以前讀過的書，尤其喜歡看回憶錄。有時候她會出去散個步，到附近的小公園走走，有時候卻只是在公共庭院的涼椅上坐著，儘量遠離那些帶著吵鬧不休的小孩的年輕媽媽們，往年輕的楊樹和那些成功移植到戶外的銀白木犀欖靠近。她還會作一些簡單的健康操，並常常和一位叫做妮拉的老友講電話，她是一位著名藝術家的遺孀，膝下無子，隨時準備用電話和友人進行漫長的交談，談話內容包括討論契訶夫的書信，以及托爾斯泰夫人索菲婭的日記……這眞是很奇怪的一件事——人們對於上個世紀的生活遠比對現在的生活要來得容易理解，而且又覺得有趣得多。薇拉和另外一位叫做基拉的老友卻總是無法用電話長談，因爲對方家的爐子上始終有東西在煮……

舒里克還在母親退休前就買了一台大電視機。薇拉對他的這項舉動一開始有點吃驚，但是隨後就發現它的價值：電視裡常常播放連續劇，而且多數都是老片，可是薇拉在對愚蠢的科技藝術讓步之後，很快地就習慣定時收看《木箱》這個節目。

舒里克幾乎沒有任何空閒時間，他能和母親談心的機會遠比母親所期望的要少很多：她很晚起床，起床時舒里克早已經上班去了，留下一碗燕麥粥，蓋在毛巾裡面，這是舒里克照著他那位熱烈崇拜英國的外祖父的口味做成的。

不過星期天的早上他們一塊用早餐，然後舒里克會在下午上兩堂法文課，照薇拉的說法這課可是「碩果僅存」，晚上母子倆相互依偎。薇拉到目前爲止還是害怕一個人出門，所以趁星期天晚上舒里克休息的時後，他們一道去聽音樂會、看戲劇，要不就到基拉或是妮拉的家裡作客。舒里克有沒有從這類的社交活動中獲得樂趣？或許一般年輕人應該會想選擇其他的假日休閒活動吧？關於這些問題薇拉從未想過。就連舒里克自己也未曾懷疑過。他對媽媽的態度除了深厚的親情之外，還有無盡的擔心和掛念，另外還有《聖經》教義中孩子要侍奉父母的教誨，不過這部分的教育很淺薄，完全沒有刻意勉強㉘。

薇拉從未要求過任何犧牲——當然是指爲她犧牲，可是舒里克總是隨時準備好幫母親穿上靴子和大衣，脫下靴子和大衣，在進車廂時扶著她，幫她坐到最舒適的位置上去。這一切都是那麼自然而然，單純和親密……

薇拉會和舒里克分享自己的想法和觀察心得，把看過的書講給他聽，向他報告她朋友此刻的心境和肥胖身材的困擾。就連敏感的政治話題偶爾也會出現在他們的對話裡，雖然比起外婆來，薇拉更害怕政治，通常也不讓自己觸碰這類尖銳題材，寧願大聲對外宣稱自己對政治完全沒有興趣，她的興趣只在文化方面。她認爲舒里克在圖書館的工作很具文化性質，儘管她認爲這份工作比較不像男孩子該做的事。

可是舒里克喜歡這份工作，而且他是什麼都喜歡：喜歡「列寧圖書館」地鐵站，喜歡舊大樓的魯緬佐夫圖書館，喜歡書籍散發的各式味道——包括古書、舊書和新書，對鼻子靈敏的人來說這些書因爲上千種的封皮材質、棉布、膠水、書脊裡的織布和印刷油墨的不同而有所差異。他還喜歡圖書館裡親切可愛的女人，她們是非常獨特的圖書館專屬品種，安靜、有禮貌、年齡看不太出來，但都屬於中年女人的層級，就連年輕女人他也都喜歡。每到午休時間，大家就會坐到辦公桌後方喝起茶來，每一個人都會請他吃夾著乳酪和火腿的三明治，就連大家的三明治也是一模一樣……

唯一一位和大家不同的是舒里克的女上司——瓦列莉婭·阿達莫芙娜·柯涅茨卡雅，她在所有的長官群中也是獨樹一幟。圖書館其他部門的長官都是由比較年長又德高望重的人來擔任，甚至也有主管是圖書館的稀有動物——男人。可是舒里克的上司瓦列莉婭卻是主管階級當中最年輕的一位，她全身充滿活力，穿著比任何人都講究，甚至還戴鑽石耳環。她一頭濃密的頭髮比三位女館員加起來都還要多，而她總是用天鵝絨髮圈，或是黑色髮帶把頭髮束在脖子後面，當耳環不經意地從她濃密的頭髮裡露出來時，還可以看見鑽石折射出來的刺眼藍光。瓦列莉婭總是人未到，她的香水味老遠就先聞到，還有枴杖發出的嘟嘟聲響。這位美女長官的腿瘸了，而且瘸得很厲害——每走一步路她都像是先沉入水裡再浮上來一樣，一邊還揚起她的藍色睫毛……就她破壞群體的一致性這點來說，圖書館裡的人應該是會討厭她才對，但是大家都愛她，愛她的美麗，愛她的不幸，對於這不幸她選擇勇敢對抗，甚至大家還愛她的「扎波羅什」牌子的殘障汽車，她是自己開車，而且總是不打燈號，因而嚇壞其他的駕駛和行人。還有，大家也愛她開朗的個性，愛她所有這一切，所以原諒她的其他缺點，大家常掛在嘴邊的一句話就是：「唉，她是應該要被原諒的！」原諒什麼，原諒她喜歡道人長短，喜歡賣弄風情，喜歡和到圖書館的訪客調情。

舒里克欣賞她博愛的精神，當流行性感冒肆虐莫斯科時——圖書館一半以上的員工都生病了，而另一半人的工作於是變得加倍——他跑去找上司，請她准他為私事放三天的假。

「您是瘋了不成！我在圖書館最忙的時候准您的假，讓您去考試，而您竟敢再因為自己的私事跟我要求准假！這話沒得談！沒人像您這樣工作的！」

「瓦列莉婭·阿達莫芙娜！」舒里克哀求道。「我是不得已的……那我提辭呈好了！」

「沒幹幾天就想走，那您就走吧！現在您給我走開！多的是想要在這裡工作的人！這可是在列寧圖書館工作呀！我們這裡沒有人辭職！我們這裡只有退休！」女上司動氣地大喊。

「我必須到西伯利亞三天。否則我會讓一位女士很爲難的……」

瓦列莉婭藍色睫毛下的眼睛閃爍出異常的興趣：「是怎麼一回事？」

「是這樣的，她快要生了，而我好像是她的先生……」

「這什麼話！您的孩子就要出生了，而您還說您好像是她的先生？」瓦列莉婭驚訝到不行。

於是舒里克坐到椅子一角，簡單扼要地把蓮娜的故事說給上司聽，這故事至此還尚未結束，因爲在舒里克和蓮娜辦完結婚登記以後，蓮娜就回到西伯利亞雙親的身邊，現在她就要生了，她打電話來，請舒里克即刻趕來西伯利亞，因爲要是生下來的孩子只是皮膚顏色很深的話，那還不打緊，若是一個道地黑人小孩的話，那就不折不扣是一個家庭醜聞，因爲她那位具有黨職身分、像西伯利亞岩石一般的父親，肯定會把她從家裡面趕出去……所以必須請他出馬，來西伯利亞扮演古巴孩子的幸福爸爸的角色……

「您去寫請假條吧。」瓦列莉婭說，然後就在舒里克謙卑的句子上簽下自己漂亮而凌亂的簽名。

譯注：

㉘蘇維埃時期倡導無神論，基督教和《聖經》被禁止信仰，也不能掛在嘴上說。

25

舒里克準備出發到西伯利亞去。行前蓮娜請他在不麻煩的情況下，幫她購買兩件羊毛童裝。結果他眞的跑到他外婆在他生日時會去買禮物的「兒童世界」去，並且老實地站在長長的隊伍當中，最後買了黃色和粉紅色兩件童裝。站在他前面的中年婦女很有經驗地跟他解釋：「小孩衣服一件是要穿一年，另一件則要穿兩年。所以幹嘛買兩件大小一樣的衣服？這道理很容易明白。」

舒里克沒有買到一種特別的進口奶瓶，因爲這一天「兒童世界」沒有特賣。可是這一種稀有的捷克製奶瓶還是讓阿麗婭給弄到了。她尙未從舒里克帶給她的婚姻傷害中恢復過來，儘管舒里克本人根本不清楚這件事，不過她還是繼續假裝她和舒里克是情侶的關係。可是從油畫顏料桶之後，還有好幾次她藉口碰巧經過新林街，順道拜訪舒里克之外，舒里克並沒有主動邀請她到家裡，正確說是完全都沒有。甚至連電話都沒有打給她過。

這眞是讓人覺得難堪極了，可是在阿麗婭眼中，她只把它視爲是生命裡的新挑戰：

先前所有的困難和挑戰她都一一克服了，這次也不例外。她出於本能知道，必須和環境周旋，並將之納爲己用。

她在學校裡一切都很順利：她因爲最近一次考試的優異成績而拿到最高額的獎學金。說眞格的，這次考試是舒里克的最後一次，但是對阿麗婭來說只是升上五年級以後一次普通的秋季考試。她有兩份兼職工作，一份是在系辦，助教性質的打工；另一份是在夜間部系主任辦公室，祕書性質的工作。當她還在阿克莫林斯克化學工廠實習時，她就已經學會使用打字機了。不過這一段歲月幾乎已經完全從她記憶中刪除，她不會去回想，就連自己母親她也只寫過兩封信：第一封信是剛進學校時寫的，語氣充滿熱情，還寫到紅場以及宿舍的生活。第二封信是在春天的時候寫的，通知母親說，她放假的時候不會回家了，因爲有實習課，之後還要工作，要賺錢，否則沒錢買車票。她的母親沒有看懂女兒信裡的眞正意思，還以爲女兒只要一存夠了錢買車票，就眞的會回家來看她。

阿麗婭的確努力有成，不管是金錢，還是豐富的履歷表資歷。學校裡的人都對她很好，不管是同學還是同事。所有人都知道她認眞負責、努力向上，而且不怕超時超量的工作。但是美中不足的是，她沒有交到朋友。從來都沒有人邀請她到家裡作客過。順道說一句公道話，就算是有人請她到家裡作客，她也沒那個時間。但是沒人找她這件事還是讓她覺得難過。

她在結交對的朋友和有助益的人這方面一無所獲。不過她學會了化學，只是她還想要學會其他的事情。結果看來，唯一一個願意打開大門接納她的莫斯科家庭就是舒里克的家了。而唯一一位她願意用尊敬的語氣稱呼「女士」的人就是舒里克的媽媽了。阿麗婭端詳著薇拉，覺得她身上的一切她都喜歡：她的儀態、簡單但是富有餘韻的談話，還有她把外套披在肩膀和拉袖子的樣子，還有塗上粉紅色指甲油的指甲，以及她吃東西和喝東西時候的模樣——看起來有點漫不經心，但卻那麼不疾不徐，那麼漂亮優雅……薇拉眞的是阿麗婭可資模仿的對象，只是她不知道該拿袖子怎麼辦？阿麗婭無法忍受把袖子放下來，因爲它們妨礙她做實驗，也妨礙她在系主任辦公室的祕書工作……

不過她還是從薇拉身上選了一兩樣來學，比如說那個喝紅茶加牛奶吧。很英國式的風格。薇拉是從銀製的小壺，而不是從一般市售的三角形牛奶袋，往茶杯注入一道細細的牛奶，從那裡升上一縷輕煙，然後薇拉再用小匙子順時鐘方向地攪拌奶茶……

薇拉注意到了阿麗婭目不轉睛的神情，於是跟她說：「當舒里克還很小的時候，他以爲茶會變甜的緣故是因爲攪拌的關係，而不是因爲糖。他以爲只要他越攪拌，那麼茶就會越變越甜。很有意思，不是嗎？」

就是這個「不是嗎？」的語氣，聽起來格外吸引人。

阿麗婭是在舒里克出發的前一晚，沒有先告訴舒里克說她下班後會到他家的情況下跑來，她一邊等舒里克，一邊和薇拉啜飲著英國茶——這又是外公影響下的另一種家庭習慣。沒想到等舒里克回來真的是等了很久。

「我幫蓮娜帶這種捷克奶瓶來。」阿麗婭帶著陰謀家的微笑說。「你可以幫我帶給她，不是嗎？」

「怎麼不能。」舒里克嘴裡含糊不輕地嘟囔著，心裡頭對阿麗婭的故做優雅覺得很感冒。

薇拉把菜捲放到爐子上加熱。

「阿麗婭，您不排斥吃菜捲吧？」

阿麗婭拒絕了。吃她當然想吃，但是她擔心沒辦法把菜捲很正確地切開，也擔心不知怎麼用刀子和叉子來移動菜捲，叉子不能插進菜捲裡，她又不知怎麼得把叉子平著拿菜捲。在學生食堂裡她都是用湯匙來吃這種菜捲，而且吃得非常好，只是午餐時間叉子總是不夠用，沒法多練習……

舒里克跟他母親一樣，不疾不徐地吃著菜捲，而且動作非常準確。這麼困難的事情他都做得這麼好，怎麼在實驗室裡他就是沒辦法把兩種溶液倒進一根試管裡呢，而且也沒辦法正確地把材料裝好呢？阿麗婭覺得實在很驚訝。

吃完飯後薇拉就回房間看電視去了，阿爾布佐娃推出新劇《塔妮亞》，她可是不能錯過。

「怎麼，明天你會去找羅森茨威格嗎？」阿麗婭像是開玩笑地說。

「小聲一點，妳在幹嘛？我媽還不知道。」舒里克嚇到了。

「她不知道你要出遠門嗎？」阿麗婭很驚訝地問。

「我跟她說去出差。而且剛好就到蓮娜住的城市去。媽媽不知道我跟她登記結婚這件事。妳知道我還要把護照藏在她眼睛絕對不可能看到的地方。」

「你小孩衣服買了嗎？」

舒里克點點頭。

「一件是要穿一年的，另一件穿兩年。」

「給我看看。」阿麗婭策略性地提出要求。

不疑有他的舒里克於是帶她到自己房間裡，他準備帶上路的那只「編號一」的皮箱差不多已經收好，它是外婆所有收藏的皮箱當中最小的一個，它的每個邊角都鑲上了金屬外框。除了「編號一」以外，還有「編號二」和「編號四」，不過這些就不是阿麗婭能知道的了。

舒里克坐到皮箱上，皮箱又放在書桌旁。阿麗婭從脖子後面環抱住他。他看了看錶，已經十點半了，待會還得送她回宿舍，不然還能怎麼辦。明天一大早六點就要起床，因爲是早班飛機。

「我會很快結束。」舒里克事先警告。

這其實不是阿麗婭想聽到的話。不過到底事情的關鍵不在說話好不好聽上面，而在於總體路線的正確性上。阿麗婭從小就習慣男人在女人身上想得到的就只有性慾這種極端的看法，這是她單純至極的男女關係理論，而她也據實遵守，不認爲有需要詢問此時此刻的舒里克想不想做這檔子事。至於舒里克則完全沒想過需要因爲這件小事情而拒絕女孩子。就像一到了吃飯時間他就會想吃，上了床他就會想做，舒里克完成了必要的作爲，讓阿麗婭獲得滿足，她再次確認她和舒里克是一對戀人，從那個新年之夜成爲戀人開始到現在已經做了五次愛，這表示到目前爲止一切進展得都很正確，只要蓮娜不想牽絆他的話，那麼舒里克還是她阿麗婭的人，只要她耐心而且有信心地等待的話。蓮娜是因爲懷孕了，又沒有其他解救的辦法，更何況大家都知道她愛的是自己的黑人男友恩力克，想想誰會愛這樣的男生呢……

阿麗婭的結婚計畫表其實算是正確，不過它只適用於偏遠地區或是別的大陸。但是關於這點阿麗婭就想不到了，在她面前確實是還有很多時間是等待她去學習的。

舒里克帶著他買的童裝和阿麗婭的奶瓶飛了五小時，在此之前他已經在機場呆坐了四小時，等一再延遲飛行的班機。除了外婆的那只皮箱以外，他還從外婆的書架上拿了兩本舊小說。一本是很無聊的法國小說，他在登機前就已經中規中矩地讀完了；第二本整個都已經翻爛，他等上了飛機以後才拿出來看，是本很有趣的書。他一直看到書的一半才忽然注意到他讀的不是法文，而是英文。這時他回過頭去看小說封面，上面寫著作者是阿嘉莎・克莉絲蒂。這是他偶然之中讀完的第一本英文小說。

在機場等著接他的是蓮娜的母親——舒里克的假丈母娘，他生平第一次看到她，一身雪婆婆的打扮，頭上還戴著一頂樣子很像水桶的細毛氈帽，而嘴巴抿得緊緊的。舒里克比她要高，可是站在她身旁，感覺就像是一個小男孩站在氣沖沖的成年教導員旁邊。於是一個不經意的念頭忽然出現他的腦中：到底他是爲什麼要飛到這裡來，他其實有權說不。畢竟不是就爲了這兩件童裝的呀……

「我叫法茵娜・伊凡諾芙娜。」丈母娘按住自己的肥手，舒里克一瞬間當眞覺得這個法茵娜・伊凡諾芙娜和她媽媽那位也叫法茵娜・伊凡諾芙娜的前任上司有相似之處，這樣一來他感到全身上下眞的都不舒服了起來。

「我叫舒里克。」他握了一下對方的手並說出自己的名字。

「那父名呢？」丈母娘很嚴厲地問。

「亞歷山德羅維奇……」

「所以您叫做亞歷山大・亞歷山德羅維奇，那麼姓氏是……」丈母娘想起她翻看蓮娜的護照時在配偶欄看到的姓氏。這姓氏挺讓人懷疑的，不過名字和父名都很正常……

丈母娘一路走在前頭，舒里克跟在後面。機場出口處等著一輛公家機關的「伏爾加」牌黑頭車。

「這應該是她父親的車。」舒里克猜。司機當著女主人的面從車子裡走出來，他本想要打開舒里克的行李，可是一看到他帶了這麼小的一個箱子，於是轉而打開車門，讓他們上車。

「這是我們家的女婿，叫亞歷山大・亞歷山德羅維奇。」丈母娘把他介紹給司機認識。司機於是伸出手：「歡迎歡迎，山・山內奇先生。（編按：去頭截尾的簡稱名，帶有玩笑意味的不正式說法。）」司機先生咧嘴大笑，金色的假牙閃閃發光。「我叫瓦洛佳。」

舒里克和丈母娘坐進後車座去。車子隨即發動上路。

「您母親身體如何？」丈母娘忽然親切地詢問起來。

「謝謝您的關心，手術以後她變得比以前更好了。」舒里克答，但忽然想起來，丈母娘又從哪裡得知他母親的事呢？

「是的，蓮娜有說您母親剛動了一次大手術。謝天謝地，幸好沒事。她在醫院躺了很久嗎？」

「三個星期。」舒里克答。

「蓮娜她爸甘納季．尼古拉耶維奇那年也是在醫院裡躺了三個禮拜，就在我們那裡的克里姆林醫院。」丈母娘很表讚許地回話。「要是以後有要住院的話，最好還是來克里姆林醫院。甘納季．尼古拉耶維奇會幫忙處理的——就當作是家裡的一分子。」

舒里克最後才聽懂，這話不是對他說，而是在跟司機先生說話，他逐漸開始了解自己扮演的角色了……

「蓮娜等不及你到來。她在這幾天就要生了。」

「嗯。」舒里克用鼻子哼了一聲，於是丈母娘決定閉嘴，以免說錯什麼話。

「瓦洛佳，你不要把車停在車庫，停到你那裡去，以防萬一……」丈母娘在車抵達家裡以後，向司機下命令。

「當然。我已經多少天沒停這裡了。」司機點點車，從車子裡走出來，幫丈母娘和舒里克打開車門。

蓮娜住的屋子是史達林式樣很普通的那一種。電梯裡頭寫的不是俄文，而是從蒙古韃靼入侵俄羅斯之後移植進來的文字。整層樓裡只有一扇門，就位在樓梯間的正中央，而且房門大開。門前站著一位體型壯碩的人，有著一頭濃密的銀絲，向著來人咧嘴大笑：「唉呀，好女婿，請進請進！歡迎光臨！」

站在這人背後的是臃腫的蓮娜，她換了一個新髮型，穿了一件肥大的暗紅色連身裙，上面罩著一條奧倫堡樣式的披巾。蓮娜用親切感激的臉龐對著他微笑，而舒里克對蓮娜外型的巨大轉變感到驚訝不已。

老丈人握了握舒里克的手，又親吻了他三次，從他口中聞得到伏特加和古龍水的味道。接著換蓮娜把她那顆髮色很淡、髮線很直的頭向他靠過來。舒里克從未像現在這樣靠孕婦靠得這樣近，他被那顆隆起的肚子和純眞到有點奇特的臉龐感動了。蓮娜以前從未有過這樣的表情。於是他感到身體裡有某處在顫抖，低下頭他先親吻了她的頭髮，跟著才是嘴唇。她滿是雀斑的臉紅了起來。她已經不再是個美少女，可是渾身上下卻是那樣地有魅力……

「唉呀，小蓮，妳的肚子好大呀！簡直不知道要從哪邊才進得了門。」舒里克笑起來。

老丈人很讚許地看了看女婿，大笑起來：「別擔心！我們會教會你的！蓮娜她媽懷孕都懷了三次，門都沒事！」

玄關處有兩扇門，舒里克猜這棟公寓應該是由好幾間連接在一起。他被領到大間房，裡頭擺著一張有點被損毀的桌子。

這時老丈人忽然吼了一聲，隨即從三扇門裡走出一群人，看樣子他們應該是老早就在裡面站好，等著人一叫就現身。結果和舒里克一起上桌的總共有九人：一位身材高瘦的老人和一位駝背的老婦，他們應該是丈人的雙親，還有一位是丈母娘的妹妹，有一張古怪的臉，事後舒里克才知道她應該有些弱智，還有蓮娜的哥哥安納托利亞和他的妻子，再加上蓮娜雙親和蓮娜本人。

「這桌上的食物還真像劇場的模型食物。」舒里克心裡想。「好大的一條魚，還有野獸的後腿肉，餡餅做得跟雞一樣大，酸黃瓜和西葫蘆擺在一起……馬鈴薯泥盛在鍋子裡放在桌上，而魚子醬放在前菜盤子裡……」

蓮娜是舒里克班上最高的一個女生，可是當她站在自己家人當中，要是不考慮她肚子的話，她就顯得很嬌小。

「坐坐坐，大家都快坐下！」老丈人一聲令下，大家趕緊拉開自己的椅子。接下來餐會的進行一如委員開會一般，丈人一手主持，丈母娘管祕書職務，而丈母娘弱智的妹妹則是在廚房和餐廳間來回跑，然後拿了一個長頸玻璃酒瓶出來……

「倒酒！托立克，給你爺爺倒酒！瑪莎，妳怎麼像個外人似的？往杯子裡加酒呀！」丈人一邊命令，一邊忙著幫身旁的人斟酒，也就是說幫丈母娘、蓮娜和舒里克……終於所有人都整裝經武備好戰後，老丈人舉起自己的酒杯說：「我親愛的家人，請接納家庭新成員亞歷山大．亞歷山德羅維奇．柯恩。事情雖然有些不圓滿，他們兩個結婚的時候也沒好好慶祝，不過現在也不用再提。就讓未來一切順利，充滿愛心才是。讓我們舉杯祝新人健康！」

所有人都舉杯祝福。舒里克站起身，轉向爺爺和奶奶敬酒，這兩人年紀雖說很大了，可還都很熱烈地把酒一乾而盡。放下酒杯後，大家便開始吃將起來。

前菜完後接下來是正餐。舒里克雖然很餓，他還是按照外婆的教導不疾不徐地吃。可是除他以外，其他人吃東西的聲音都很大，甚至很用力地咀嚼，很像在軍隊裡吃飯的樣子。然後每人都一定淋湯汁，幫人挾菜。後腿肉原來是熊的後腿肉，魚是當地捕撈的，伏特加是祖國產品。舒里克喝了很多。這場飯局沒想到結束得很快。酒足飯飽之後，各自回到那三道門裡去。

蓮娜幫舒里克指路，走廊又拐了兩個彎之後，他們才來到蓮娜的房間。這裡不久前還是個小女孩的房間，裡頭的玩具熊和猴子都還來不及收起來，而蓮娜已經飛一般地長大，眞是女大十八變。牆上掛著圖片，一幅是母貓和小貓咪，另一幅是中國茶藝和瓷杯，還有一枝綻放的梅花，是前年的月曆，此外還有兩個小丑。貼著牆放著一張尚未收拾好的兒童床，感覺上好像一個孩子才剛剛長大，立刻就要把床讓給另一個新生兒似的……此外房間裡還有一張沙發床，床上有兩個枕頭和兩條被子……

「浴室和廁所在走廊盡頭右邊。我幫你掛了一條綠毛巾。」蓮娜說，但眼睛沒朝舒里克看。舒里克趕緊朝他老早就想要去的廁所奔去。

等他回房後，蓮娜已經穿著粉紅色睡袍躺在床上，正前方是她的大肚子。舒里克在她身旁躺下。她嘆了一口氣。

「怎麼在嘆氣？一切看來都很正常。」舒里克不很確定地說。

「謝謝你了，當然，特地爲我跑這麼一趟。我父親會帶你全部都看過一遍，什麼軋管工廠、狩獵經濟區、水泥廠……或者還會帶你去蘇格列伊卡，做做三溫暖……」

「幹嘛這麼費事呢？」舒里克驚訝地問。

「你難道不懂？當然是爲了要讓別人都看見你呀……」她鼻子倒抽一口，把手放到肚子上方的被子去，這讓舒里克以爲她的肚子好像在顫動。他輕碰了她的肩：「蓮娜，我要是去工廠的話……妳可要好好想想……」

蓮娜轉過身去，背對著他，小聲但是悲悽地哭了起來。

「妳怎麼了，蓮娜？妳幹嘛哭得那麼可憐？妳要不要我幫妳倒杯水？別難過了，好嗎？」舒里克安慰她，可是她還是一直哭一直哭，一會後她滿臉是淚地說：「恩力克給我的信寄到了。他被判決要關三年，理由是街頭鬥毆，可是事實上他是因爲他哥哥才被關的……他信裡寫說，要是他還活著，他就會回來看我，而要是他沒來，就表示他被殺了。還說他現在腦子裡完全沒有任何其他的想法，只是想要自由並且回到這裡……」

「那這樣很好呀。」舒里克覺得高興。

「唉呀，你怎麼什麼也不懂。我一個人在這裡是活不下去的。你要是知道我父親的爲人，你就懂得我的話。他是一個可怕的獨裁者。和他意見相左的話他一句也聽不進去。地方上的人都怕他。就連你也是。他想要你來，結果你還眞的就來了……」

「蓮娜，妳是瘋了不成？我來是因爲妳要我來的，關妳父親什麼事？」

「那是因爲他站在我旁邊，拳頭放在桌上……所以我不得不打電話求你……」

一股燃燒似的同情充盈舒里克的全身，就像他在走道上第一眼看到蓮娜的新髮型和大肚子時的感受一樣。他甚至燒到連眼睛都痛了起來。這是一種對弱小女性的同情，他內心裡如是認定。他從很久以前就認爲，同情是男人對女人最主要的感覺。

他撫摸著她的頭髮，頭髮已經沒有用紅色髮夾緊緊別住，現在它們又密又柔軟地鬆開來……他輕輕吻了一下她的頭頂：「可憐的女孩……」

她把她龐大的身軀轉向他，而他透過被子感覺到她的胸部和肚子。他抓起她的手，往自己胸膛上靠。他撫摸著她，而她緩緩地、很滿足地哭泣。他對這位體態龐大的淡髮孕婦感到難過，難過她失去深愛的未婚夫，現在又要帶著一個不知道有沒有機會見到親生父親一面的小孩在身邊……

「舒里克，你知不知道這信是他朋友帶出來給我的。他認爲恩力克很難有機會活命，因爲菲德爾這個人很記仇，像魔鬼一樣，總是對敵人作出最可怕的報復，躲到地底下也會被他找出來……」說到這裡舒里克才明白，原來蓮娜指的是菲德爾・卡斯楚。「這一切都是恩力克的哥哥搞出來的。他逃到邁阿密去了，用一艘小船划過去。恩力克跟這個哥哥是同母異父，他媽媽還在革命前就生了這個男孩。他叫做揚。可是卡斯楚卻逮捕他父親，就因爲這個不是他生的兒子逃跑了。還有恩力克根本無罪，現在卻要替他哥哥坐牢，而生命就此消耗掉，也完全不知道他究竟回不回得了這裡……可是我會永遠等他……因爲在這個世界上我再也不需要其他人了……」

蓮娜邊流淚邊斷斷續續地說，兩人的雙手彼此緊緊握著。這些哀悽動人的話完全沒有影響到另一件更重要的事：他們撫摸著對方，互相安慰似的，摸對方的臉頰、脖子和胸部，他們早因爲深刻的憐憫而頭腦不清了，只不過舒里克憐憫的對象是蓮娜，而蓮娜則是爲自己的遭遇而自憐自艾……

其中一條被子早就掉落到地上去，兩人身上現在蓋的是蓮娜的被子，他們緊緊靠著對方，只剩下黑色緞紋布內褲可做爲屏障，而她的手裡面已經握著舒里克做爲愛的表現和同情的工具……

「……因爲在這個世界上我再也不需要其他人……不會再有像恩力克那樣的人……可是我很可能永遠都見不到他了……嗚，恩力克，拜託你……」

舒里克此時背靠著床仰躺，幾乎快要窒息。他知道他撐不了多久，他一直忍到那位被關在古巴炎熱海灘旁監獄的恩力克的名字被叫出來時，他的雄性同情終於忍不住一股勁全湧出到黑色緞紋布內褲上。

「噢。」舒里克說。

「噢。」蓮娜也說。

接下來發生的事，舒里克可說是以恩力克之名而做——非常小心，甚至可說是用間接隱喻的方式……輕輕地……柔柔地……比較像是媽媽的前上司法茵娜的手法，而不是瑪蒂爾達那種單純又直接的辦法……

隔天早上老丈人開始發號施令。第一件事是發入場票，接下來到工廠參觀……再接下來一切都按照蓮娜昨晚預先告知的行程進行：從水泥廠到軋管工廠……

接下來的兩個晚上，舒里克跟蓮娜更是激烈地彼此憐憫。蓮娜已經不再哭泣。她愈來愈常把舒里克叫成恩力克。然而這卻完全不會讓舒里克覺得困惑，相反的，他甚至還覺得不錯，因爲他執行了某項男人共通的責任，非常大公無私，是爲了別人奉獻，也不負所託……

這裡人都把舒里克叫成「山·山內奇」。因爲他的「老丈人」就是這樣把他介紹給這地區的人，而這地區和比利時、荷蘭以及好幾個歐洲中部國家的領土一樣大……

到了第三天晚上，蓮娜告別恩力克的暫時代理人，被家人帶去生產。她迅速又順利地產下一名金黃小麥芽膚色的女嬰。要不是醫護人員事先被告知即將出生的嬰兒是個黑人小孩的話，他們可能完全沒有察覺到這個孩子是個混血兒，可是因為丈母娘事先已經跟鄰居大聲嚷嚷，說他們差點就要和卡斯楚結為親家，所以現在整個城市都幸災樂禍地等著看生孩子的這場好戲。

舒里克的假丈人不肯放舒里克先回莫斯科，除非等到他把妻子從醫院給帶回家。舒里克為此而緊張得不得了，拚命打電話給媽媽，說他還在出差……語意含糊地說有事拖延……終於，所有事情都按丈人意思做完以後，也就是說舒里克帶著蓮娜和包在粉紅色襁褓裡的小女孩從醫院出來之後，他才在當天飛回家去。隔天地方報紙上刊登了一張照片，標題寫著西伯利亞地區第一號大人物的千金與她的先生和孩子瑪麗亞在婦產醫院大門前攝影留念……

26

當舒里克在西伯利亞忙著處理他和蓮娜的事情的那十天裡，莫斯科天氣的變化莫測壓過了月曆上註明的季節順序，它急遽變冷了起來。整間房裡都很冷，窗戶裡不斷滲進強風，薇拉在外套上再罩上一件死去外婆的披巾，一面焦慮不安地等著舒里克回來：回來幫忙把窗縫糊上擋風的貼條。糊貼條這事舒里克以前沒做過，可是他知道可以在外婆的大記事簿裡找到芬妮亞的電話，她是以前舒里克一家住在宮廷侍從巷的時候打掃院子的人，很會糊窗子。自從舒里克一家搬到「白俄羅斯」站後，芬妮亞一年來新家兩次，一次是在秋天，幫忙糊窗子，一次是在春天，幫忙拿用小刀把塞進窗子縫隙裡的棉花取出來，再幫忙清洗窗戶。舒里克一回到家，連行李箱都沒來得及打開，一箱食物也沒拆，這是在機場時司機瓦洛佳代丈母娘交給他的東西，馬上就撥電話給芬妮亞，但是對方卻因爲肺炎住院去了。

薇拉又開始擔憂起來：那這會誰來糊窗子呢？

舒里克趕緊安慰母親，向她保證自己會處理好。他吩咐母親先到廚房坐，免得傷風感冒，然後馬上先從媽媽房間的窗戶開始忙起來。他決定今天只要先把棉花塞進縫隙裡面就好，明天他先搞清楚要怎麼調膠水，之後再來糊紙條，把提前侵襲的寒風止住。此外，他其實還沒完全準備好要怎麼回答母親的問題，例如什麼樣重大的事情需要他在烏拉山地區耽擱這麼久？現在藉著忙家務事，可以把問題擱置，不用對媽媽扯謊讓他自己大感困擾的謊言了……

當舒里克把家裡頭能找到的棉花都用到塞窗戶縫隙之後，滲進屋子裡的風差不多也全止息了。他走進廚房，才發現裡頭有客人。薇拉正在幫五樓的一位叫做米哈伊爾・阿布拉莫維奇・馬爾美拉德的鄰居倒茶，這位鄰居是樓層裡人盡皆知的健談者，他會定時向大家收公費，並在一樓大門口張貼荒謬的公告，像是「維護整潔，人人有責」、「禁止在樓梯間抽菸」，或是「禁止隨意把垃圾扔出窗外」，類似這些告示都是用已經退流行的淡紫色墨水寫在邊緣有刀割痕跡的粗糙包裝紙上。

舒里克以前在門捷列夫化工學院的同學羅森茨威格，他每次到舒里克家去的時候，都會把這些公告撕下來，到現在已經收集了一整堆這類千篇一律以「禁止」開頭的「上級交辦事項」。現在薇拉在廚房裡倒茶給這位老蠢蛋喝，而老蠢蛋瞪大著一雙從前曾經很銳利的鷹眼，用手指對空指著，爲人們不繳黨費一事氣憤不已。舒里克默默地幫自己倒了杯茶，而薇拉用痛苦的眼神看著舒里克。她本身跟有沒有繳黨費完全沒有關係，可是這位鄰居說他曾經是黨戶口調查退休人員組織的祕書，順道過來看看她，和她聊聊天，並用遮掩不住的意圖問薇拉有沒有興趣參與公眾活動。這位黨祕書光禿禿的小腦袋上戴著一頂服貼的油膩膩的繡花小圓帽，看得出它從前是紅色的，此外從黨祕書的鼻孔和耳朵裡還露出幾根新長出的鬚毛。

黨祕書一看到舒里克進來，馬上中斷先前激昂有勁的談話，沉默了一會，之後像是下定決心似的，依然用手指對著空氣，不過這會是朝著舒里克的方向指著，很嚴厲地說：「就是您，年輕人，每次都把電梯門弄得砰砰響……」

「對不起，下次不會了。」舒里克一臉嚴肅地回答黨祕書，而薇拉理解似地對舒里克微笑。

然後老人很堅定地站起身，還稍微踉蹌了一下，然後伸出他有點顫抖的手說：「再見。薇拉·亞歷山德羅芙娜，您請考慮一下我的建議。而您，別再那麼用力關電梯的門了……」

「晚安，米哈伊爾·阿布拉莫維奇。」薇拉站起身，送老人出門。

當門一關上後，舒里克和母親忍不住笑開了。

「你看他耳朵！從他耳朵裡露出的毛！」薇拉笑得很開心。

「還有那頂繡花小圓帽！」舒里克提醒她。

「還有電梯門……電梯門……」薇拉大笑起來。「別再那麼用力關門！」

當他們兩個笑完之後，又想起了外婆，她一定會爲此而笑到肚子痛……

然後舒里克想起那箱東西：「那裡的旅館送我這箱東西！」

打開紙蓋，從箱子裡拿出各式各樣稀有的物品和珍貴食材，這些可都是西伯利亞特產店裡的貨，專門供給眞正的黨祕書和他的親戚使用，而不是像米哈伊爾·阿布拉莫維奇這類說著好玩的黨祕書……不過對於能拿到這些東西的原委舒里克一個字也不肯跟媽媽解釋，只說了一句：「這是給我的獎賞來的……」

但是沒人對這玩笑話笑得出來。

27

瓦列莉婭真的是氣壞了：她那雙畫上藍色眼影的眼睛眯成了一條線，還有平常總是擦上粉紅色口紅的豐潤嘴唇，此刻卻是抿得緊緊的，只剩下兩條非常可愛的線條。

「亞歷山大・亞歷山德羅維奇，您可還記得自己的承諾嗎？」她用小指頭敲著桌面。

舒里克謙卑地站在她面前，垂著頭，擺出一副懺悔的模樣，可是內心裡對自己未來的命運卻是一點也不在乎。他已經準備好自己會因爲曠職而會被趕走，可是他心裡很清楚，他不會找不到工作，也不愁沒有兼差。還有，他是打心底完全不怕這位女長官，雖然他不喜歡讓人覺得難過，甚至在這位女長官面前還感到有點不好意思，畢竟是自己先違背了對她的承諾，因此他不打算替自己辯解。他壓低姿態說：「我任憑您的裁奪，瓦列莉婭・阿達莫芙娜。」

如果不是因爲這句話讓瓦列莉婭軟化下來，就是她的好奇心占了上風，她壓抑住自己嚴厲的態度，雖然手指仍繼續在桌面上敲，但語氣已經變得比較和緩，不再像是上司對下屬的咄咄態度：「好吧，你就說說你這幾天發生的事吧。」

於是舒里克把蓮娜家的事情一五一十全告訴了瓦列莉婭，唯獨他扮演蓮娜合法丈夫角色的那幾個汗水淋漓的春宵他避開了沒說，此外他還提到他像一件戰利品似的被丈人帶在身邊四處炫耀，而他沒能及時趕回來的原因也是因爲丈人沒事先告知，卻在蓮娜生了以後才要求他，一定要到醫院把小孩接回家後才能返回莫斯科。

「嗯，那小孩呢？」瓦列莉婭很感興趣地問。

「我沒注意小孩。我在醫院一接到她們後就立刻往機場奔去。但是無論如何那女孩都不是黑人，膚色非常正常。」

「她叫什麼名字？」瓦列莉婭又主動問。

「叫瑪麗亞。」

「就是說叫瑪麗亞．柯恩了。」瓦列莉婭很滿意地說。「名字取得好，不是隨便叫的菜市場名字。」

瑪麗亞．柯恩……這還是舒里克頭一次聽到女孩的全名，忽然間他感到害怕：怎麼這個蓮娜的女兒，甘納季．尼古拉耶維奇的外孫女竟會冠上他外公，還有外婆的姓氏……的確，在某些文件上確實是這樣註明的……一想到這裡他才有些不自在起來，而且對外婆感到不好意思……怎麼事先全沒把後果考慮清楚……眞是不負責任……

一陣沮喪明顯地爬上他的臉，輕易就可察覺。

「是呀，亞歷山大・亞歷山德羅維奇，婚姻有時是可以造假，但孩子造假卻不曾有過。」瓦列莉婭圓圓的臉頰上綻放出一絲微笑。

就在此時舒里克腦袋裡閃過一個有趣的想法：他的婚姻徹頭徹尾是一樁事先說好了的假婚姻，這事他知道，蓮娜知道，丈母娘也知道。可是他和蓮娜在那張沙發床上發生的事算不算是破壞了這樁造假婚姻的虛假性呢，那二又二分之一個夜裡他可是使出渾身解數來扮演一位失蹤情人的角色呀……

就在舒里克想著這事的當兒，瓦列莉婭也是靈光一閃，瞬間豁然開朗：不是別人，就是這位單純、可愛，外表也很吸引人的年輕男孩，他可以給她所有一切在兩次糟糕透頂的婚姻裡，以及無數的情史裡都無法得到的東西……

她坐在狹小辦公室裡的扶手椅子上，舒里克就站在她的對面，這年輕人在工作上毫無用處，但是做爲一個男人他很漂亮，此外他對她別無所求，而且出生在良好家庭，還通曉好幾種外語……她輕輕笑了一下。「這是他身上最清楚不過的特點了……」她露出她的招牌笑容，非常輕描淡寫，但是很有穿透力，成熟男人只要一看到這笑容，立刻明白當中意涵……

「坐吧，舒里克。」她停止和他打官腔，頭往一張椅子上點了一下。

於是舒里克把椅子上的雜誌擺到她辦公桌的一角，然後坐下來，等候她進一步的指示。他十分清楚，他不會被革職。

「不准再有下次。」她那樣子彷彿即刻就要從椅子上站起來，傾身往他靠過去，用胸部貼近他……不過事實上她無法這樣做，因爲要她從椅子上起身是一件頂困難的事，得一隻手拄著枴杖，另一隻手扶著桌子才站得起來……瓦列莉婭只有在床上的時候她才覺得自己自由自在，只有在床上她身體上的不便之處才會完全消失，那裡的她才是一個標準的女人，噢，是超出標準以上的女人！她飛翔、遨遊天際、飄飄欲仙……

「不准再有下次……你知道我待你不薄，當然你也知道我不會將你踢出去，不過親愛的，你知道這世上有一些規範是需要去遵守的……」她用喵嗚喵嗚似的嬌媚聲音說，講眞格的，當瓦列莉婭坐著的時候，她實在就像是一隻漂亮得不得了的大貓，只是當她一站起身、起伏前進的那時，這一切美景就此破滅。舒里克感覺到她溫柔的語調和說話的內容不是很契合，而他似乎領略到當中的意義。「去吧，工作去……」

於是他回到自己的部門，並對在這樣嚴重的曠職之後竟然還留在工作崗位一事感到滿意……

而瓦列莉婭卻陷入悶悶不樂之中，她想：要是我再年輕個十歲，我就可能和他談一場戀愛，也可以跟他生個小孩，就此我再無遺憾。可是現在的我卻只是一個又老又蠢的女人……

28

自從那個冬天，就是舒里克每次送莉莉雅從青苔街的舊莫斯科大學回到她位在清水巷的住處後——漫步只要十分鐘，但他們兩個常耗到半夜才到家，然後在大門前又吻得難分難捨，以致於舒里克錯過最後一班地鐵，只能用腳走回「白俄羅斯」火車站去。這一段短暫而影響深遠的冬日歲月已經遠遠地離兩人而去。從地理遷移圖上看，什麼地方也沒去的舒里克遭逢生命的巨變，將他從家裡面少不更事的乳臭小子蛻變成一個成熟大人，一肩扛起家中所有事務，還包括陪母親看戲、聽音樂等娛親事項。

至於莉莉雅，她則是在歐洲地區不斷遷移，起先落腳維也納，然後是羅馬附近的一個小城，叫做奧斯提亞，她在那裡待了三個多月，因爲父親在等一份很神奇的美國大學的邀請函，最後她才終於來到以色列。這不斷變化的地理軌跡塡滿了她的回憶。對於莫斯科老家的記憶只剩下舒里克一人，以非常特殊的方式保存在她生命裡。她一直不斷寫信給他，像在記日記一般，爲自己紀錄下所有發生的事情，並嘗試在旅途上思索事件的意義，用她手中的筆。如果不是因爲這些信件的幫助，那麼所有接踵而來、不斷變換的景物很快就會混淆在一起，分不清彼此。順道一提，她從某一刻起已經停止寄出這些信件了……

分別以後，她總共只收到舒里克一封信，而且內容非常枯燥，信裡頭有一段可以看出他並不完全符合莉莉雅心目中所想要的樣子。

「有兩件事情徹底改變了我的生活。」舒里克如是寫到。「一是外婆過世，二是妳的離去。當我收到妳的信以後，我明瞭箭已射出，像沿著鐵軌前進，不能回頭，只是我的火車已經改道。要是外婆還活著，我就還能當她的外孫，也可以從大學畢業，可能還會進研究所，大約三十歲的時候就會在系辦擔任助教，也可能是一名研究助理，然後就這麼過完一生。要是妳還在這裡，我們有可能結婚，然後我會一輩子照著妳認爲對的方式生活。妳很知道我的個性，我本性上喜歡有人告訴我該怎麼做。但是結果卻偏偏不是這樣，我感覺自己像一列掛錯車頭的火車，以驚人的速度前進，卻不知道該駛向何方。我幾乎不做任何選擇，有什麼我就吃什麼——剁碎的牛排也可，裹麵包乾的煎肉排也行。我永遠只爲今天而活，並且不做選擇……」

「他是一個多麼纖細敏感的人哪。」莉莉雅心想，把信放一旁去。

至於莉莉雅自己面臨的卻是必須獨立抉擇的處境，而且幾乎是天天都要抉擇，因爲生命中尖銳至極的成長感受迫使她如此。莉莉雅的雙親在抵達以色列以後沒多久就離異了。父親目前暫時住在以色列中部的雷霍沃特，快樂地從事他的研究工作，並且再度準備前往美國——他的新老婆是個美國人，所以現在他的全副心力都轉移到想在西方謀得職業上面。看他在一年半不到兩年的時間裡，由一位只懂研究的學者變成一個精力旺盛的實際主義者，這眞是一件很有趣的事。

可是莉莉雅的母親卻因爲這場無預警的離婚而完全被打敗——在她和先生共同生活的日子裡，照別人的說法是，都是由她帶著他過日子，她本來很相信，如果沒有她在身邊，那麼丈夫連怎麼吃早餐都不會，褲子也不會穿，就連上班也都會忘了去。現在莉莉雅的媽媽完全陷入慌張失措的絕望中，而這讓莉莉雅感到很生氣。她和母親冷戰，在特拉維夫的希伯來語言學習中心畢業之後，她進入技術學院就讀。這對於莉莉雅而言也是非常重要的一步，因爲她違背了當初想要進語言學系的願望，她努力學習程式設計，希望盡快藉由工作能獨立自主地生活。在技術學院裡她面對的是排山倒海接踵而來的數學課程，在以前她對這門學科一點興趣都沒有，可是現在她得強迫自己坐下來學習，讓自己的大腦有條不紊地運動——其實，這是一門非常艱難的課程。

她住宿舍，和一位來自匈牙利的女生同房，隔壁一間房住的是羅馬尼亞人和摩洛哥人，然而她們其實都是猶太人，她們之間唯一共同的語言就是希伯來語，並且是來到以色列之後才學會講。這四個人都因爲身爲猶太人而感到痛苦，而且上課的態度都很悲觀：

對自己、對雙親、對以色列這個國家都感到悲觀。

莉莉雅的男友阿里耶是她在進技術學院之後迷上的，他也讀同一所學校，比她高三年級。阿里耶年輕時服過兵役，現在是個成熟的男人。他從第一眼見到莉莉雅時就瘋狂地愛上她。他爲人可靠，在學業上幫助莉莉雅很多，也不會懷疑別人，是莉莉雅不熟悉的那種猶太人性格。阿里耶個子不高、身材笨重，雙腿結實，拳頭很大，腦筋遲鈍又很固執，但他同時也是一個浪漫主義者和錫安主義者㉙，是二十世紀初第一代從俄羅斯移民以色列的後代。

莉莉雅十分清楚自己對阿里耶的影響力，若是想要的話，她可以任意擺布他，但是她在這點上很節制。明年他們打算租房子一起住，而這對阿里耶來說就意味著結婚。可是莉莉雅卻有點畏懼這樣的人生前景。她非常喜歡他，而且所有她和舒里克沒達成的事情，她和阿里耶都完美地獲得了。這兩人之間的差異只是在於，舒里克就像莉莉雅的親人，而阿里耶不是。可是誰說選丈夫一定要選親人的呢……就拿莉莉雅的雙親來說，在這世界上再也找不到比他們兩個還要再親再相近的人了，想的和做的都像在唱雙簧，但最後還不是離了婚……

對於未來她還沒有明確的打算，眼前的事就已經多到忙不完。不過她還是持續寫信給舒里克——用俄文寫，隨著時間過去她俄文寫得越來越不好，但出於內心溝通的強烈需求她還是繼續用俄文寫。

譯注：

㉙就是猶太復國主義者。

29

轉眼之間新年又到了，又是舒里克和薇拉最感到無親無故的時節：外婆的過世剝奪了他們母子過聖誕節的權利，這個有聖誕樹、法文聖誕歌和蜜糖餅猜謎遊戲的小孩子專屬節日，少了外婆也就無法過。很顯然的，這項損失永遠沒辦法彌補，而沒有了外婆的聖誕節也成爲整個新年期間的核心重點。薇拉陷入憂愁的情緒裡，舒里克則選擇在晚上陪伴母親沉浸憂愁。有時候薇拉會打開鋼琴，憂傷而隨意地彈奏舒伯特，只是越彈越糟了……

除此以外，舒里克要上的課和要負的責任也越來越多，多到讓他開心不起來。眼見考季就要到了，不過讓舒里克傷腦筋的只有一科——蘇聯共黨史。這眞是非常難看又難以消化的一門科目，唸起來讓人覺得身在地獄之中。整學期裡舒里克只上過三堂課，講課的老師偏偏對學生出席一事特別關注，總是在聽取口試答案之前，先仔細地查看點名簿。舒里克其實也可以去上這堂空洞不實的課，只是課表上這堂課被安排在星期一的下午三、四堂，而舒里克卻總是在聽完第一、二堂的英國文學課之後就跑掉。教英國文學的老師是外婆最好的朋友安娜・梅福季耶芙娜，有著一張沒有一點英國味道的老太太面孔，看起來倒像是果戈里筆下的滑稽女地主柯樂波琪卡和普爾海里雅・伊凡諾芙娜的綜合體。舒里克從小就認識她，一看到她就會想起童年時看著她照著一本《用瓦斯爐做菜》的英文食譜做出來的那些難吃得要命的蛋糕和布丁。

舒里克翹課是去找瑪蒂爾達。他會選一星期裡的這一天來翹課，很可能是出於條件反射：他很少在星期一不去找她。他會順道去葉利謝耶夫斯基商店，它是唯一一家營業到很晚的蘇維埃國營商店，迅速給瑪蒂爾達的貓買了兩公斤的鱈魚塊。這鱈魚塊已經成爲瑪蒂爾達最必要的東西，其餘的對她來說都只是搭配主食的配菜而已……

找完瑪蒂爾達之後，舒里克再趕忙回家。儘管心裡面惦記著上次救護車在家門前的恐怖經驗，他還是從容不迫地享受躺在瑪蒂爾達被窩裡的時光，只是現在他準時在深夜一點就離開瑪蒂爾達的家，坐上最後一班地鐵，然後在一點十五分的時候跑過鐵路橋回到家，輕輕打開大門，以免驚醒熟睡中的母親。瑪蒂爾達這女人可眞該給她好好稱讚一番，因爲她十分尊重家庭倫理，總是不斷催促舒里克早點回家。

30

對於一場籌謀已久的攻勢，舒里克毫無所悉。的確，就連發動攻勢的一方，就是那位總是用熱切又旁若無人的眼神注視著舒里克的瓦列莉婭，就連她自己也遲遲無法決定正確的進攻策略，而她越是延緩進攻的節奏，就越是熱切地渴望舒里克。她想要讓這個臉頰紅撲撲的可愛小牛成爲她的情郎，而且上帝垂憐的話，她還能如願生下一個孩子，一旦她起了這樣的念頭，就此便陷入連她自己都無法預知的欲念中——這是她天性中不加考慮的激情把她拖往感性的古老密林裡，所以，不管是睡著還是醒著，她想的念的都是和舒里克的愛情，而且一直思索著該如何以最完美的形式來籌謀這場愛宴。

除了思索策略之外，瓦列莉婭還有祈禱。在她生命裡，只要一跟愛情扯上關係，她的宗教信仰也會跟著強烈起來。她成功地讓上帝——指的是天主教的上帝，參與她所有的情史。每次她愛上一個人，都會把他想像成是此生獲得的最後一件贈禮，然後爲這意外的喜悅而感激上帝，並把祂，上帝，想像成是她愛情中的第三者，不過不是見證人，也不是觀察者，而是能感受她喜悅的賞識者。只是愛情的喜悅總是很快就變成痛苦的折磨，於是她又改變和上帝的關係，認爲祂送給她的不是贈禮，而是痛苦……浪漫情史談到最後通常都是以她去找神父告解而終，他是一位年紀很大的波蘭天主教教士，住在立陶宛的維爾紐斯附近，只有在這裡瓦列莉婭才能夠盡情地表述她爲愛傷痛的心，而且是用波蘭母語，她哭泣、懺悔，並得到同情的教誨和甜美的安慰，之後她帶著一顆恢復平靜的心返回莫斯科——直到下一次的戀愛。

她澎湃激昂的戀情總是依循著一個固定的模式——她過度的慷慨和要求回報的方式總是把男人嚇跑，他們大多很快就離她而去。隨著年歲增長，她越來越能克制自己的熱情，同時戀情的數量也不像以往那樣頻繁……

瓦列莉婭身上五分之二的血統讓她擁有尖酸的幽默感和對自己解嘲的特點，而她這麼一個需要證明上天對她是很眷顧的人，到最後才終於明瞭，原來上帝是特意要讓她生病，好壓抑她奔放不羈的天性。

她是五歲那年得到小兒痲痺的，就在母親死後沒多久。起初她的病症非常輕微，家人一時沒有察覺。那時父親剛娶了一位友人的遺孀貝阿塔，這位貝阿塔曾經作過演員，是一個美人兒，還擁有男爵小姐的頭銜，父親再婚後全家跟著移居莫斯科，因爲他在全蘇聯部長會議中獲得了高職。瓦列莉婭的父親是一位木材加工專家，出身於一個波蘭—立陶宛的木材富商家庭，還在瑞典受過教育。他早在立陶宛還奉行資本主義時就成了一名森林學院的教授，而他擁有的知識不只是木材加工的技術而已，他還知道如何管理森林。因爲父親把所有心力都放在遷居新城市等瑣碎事情上，以致於忽略了瓦列莉婭。她的腳的毛病急劇地惡化下去。醫生替瓦列莉婭的腳動了手術，然後把她送到兒童療養院去療養，打了很久的石膏。但是她瘸的情況卻越來越明顯，直到十歲那年她自己也明白了，她永遠都不能夠再從事跑和跳的運動，甚至不能像正常人一樣走路。她從小就好動的個性開始不斷折磨她的心。她是那樣的美麗、感性，可是卻又是如此不幸。

男人總是不由自主地被她吸引，而她最害怕的事情就是當她得從桌子後方起身的那一刻，那些剛對她產生強烈興趣的男人一看到她原來是那個模樣，便立刻打退堂鼓。這樣的情況確實發生過。當她還是少女時就改用手杖取代拄棍行走，那根手杖通體都是黑色，把手部分鑲上一塊琥珀，樣子非常漂亮。而瓦列莉婭拿著它的時候，會故意把它先摔到自己面前，顯示出一種警告的意味。這意思是她不僅不要隱藏自己的缺陷，反而會刻意先把缺陷顯示出來——這是她從經驗中學到的應對辦法。

殘障者是蘇維埃社會裡最弱勢又不幸的一群，包括那些在戰爭年代裡爲國作戰而失去雙手、雙腳、遭到燒傷或是肢體變畸形的殘障者也一樣不幸，因爲他們的周遭都是一群雙手強健的石膏工、銅塑工，還有雙腿勇健的農夫，崇尚強健美感的蘇維埃社會讓這群不幸的人也鄙視起包括自身在內的所有病痛和虛弱無力。瓦列莉婭就是錐心刺骨地感到自己身體上的不方便所帶來的有失體面。她痛恨和殘障者在一起，也痛恨殘障者本身。

大概有三年多的時間，期間曾一度中斷，她都是在醫院和療養院裡來來回回，她很早就確定一條理論，就是身體上的殘障亦會造成心靈上的殘障。她觀察這群不幸、痛苦、憤恨不平的人，發覺他們總是要求周圍的人爲他們付出，而且總是充滿忌妒心，對於殘障者這樣的心態她完全無法忍受。她希望她自己是一個心靈健全的人。

中學畢業後，她前往一個遙遠的西伯利亞城市，那裡有一位外科醫生，他藉由自己發明的一套靈敏的儀器，聲稱可以把骨頭拉長。瓦列莉婭在那裡度過整整一年恐怖的時光，忍受著一連串的手術之痛，之後醫護人員給她戴上一個用來延展骨骼組織的裝備。後母貝阿塔飛過來看她，在她手術後最痛苦的那幾天裡待在她身旁照顧她，之後她搭飛機離去，然後再搭飛機回來看她、照顧她。貝阿塔認爲讓瓦列莉婭戴著這玩意痛苦地走路是無意義的事情，結果這玩意眞的是無意義。或許對別人來說這東西是有幫助，但是瓦列莉婭在經過一年的折磨之後，她腳的情況卻變得更糟了。她的髖關節承受不了這種拉力，金屬釘破壞了關節，於是她的腳，如果說以前只是比另外一隻腳要短了七公分，但起碼還是活的，可是現在的它完全死了，充其量只能作爲讓人感到難過的裝飾品。現在她用的不是她那枝漂亮的手杖，而得藉助一根粗大笨重的枴杖來走路了。

她返回莫斯科後沒多久她父親就過世了，家裡面現在只剩下她和後母貝阿塔兩人相依為命，貝阿塔在二戰爆發前就結束了自己的演員事業，從那時起到現在她一天也沒有再工作過。兩人的處境一下子劇烈轉變。貝阿塔希望回到立陶宛安度餘生，但瓦列莉婭卻阻止了她。貝阿塔這時才驚訝地發現，原來瓦列莉婭決定將命運掌握在自己手上，像一次重生的決定一般。

在可怕的西伯利亞經驗之後，瓦列莉婭不再嘗試用醫療手段來矯正自己的腳。她幫自己辦理了第二級殘障手冊，獲得了生平第一輛手排殘障車，開著這輛可笑、發出很大噪音的大玩具四處走，她從專科學院畢業後又繼續唸完了研究所。貝阿塔則是不斷資助瓦列莉婭——她會選擇性地賣掉一些家當，又買進一些東西，要不就是當人諮詢的顧問。貝阿塔的優點在於她有非常好的品味和生意人的嗅覺。在那些年裡這種做法可說是投機行為。而瓦列莉婭則是用她年輕的幹勁、無比的善良和無盡的感激來回報貝阿塔。

一年又一年過去了，瓦列莉婭已經習慣了自己的不幸，還學會了自我解嘲，而她最高興的是她還能夠幫助別人。幫助別人對她來說別具意義，證明她是一個完整而有價值的人，像她本來就該是的那樣。當她們家尚未有男主人住進來時，總是擠滿了年輕人，而貝阿塔只能驚嘆瓦列莉婭能把這喧鬧不斷的歡笑圍繞在自己身邊的本事。她的朋友們真的是都完全忘記了她身體上的缺陷，至於其他的人，他們對瓦列莉婭的態度多是憐憫，而如果是比較有教養的人還會裝作一副沒事的樣子，總之她美麗的外表加上身體的缺陷讓她比其他人都要更加顯眼。

當然她也有灰心喪志的分秒、時刻和日夜，不過她知道該如何應付這些心情的低潮期。當她還很小的時候躺在病床上，必須忍受一動也不能動的痛苦，還有石膏底下不斷的麻癢奇痛，從那時起禱告逐漸成了她始終不渝的儀式——對她來說，沒有任何事情會因爲永遠只是單方面的交談而被洩漏出去。她和上帝什麼都聊，而且很明顯的上帝對這些事情都沒有興趣。所以瓦列莉婭在禱告結束前總是會加這麼一句：「原諒我，我總是用這麼無聊的事情來打擾你。可是既然有了你，我又還需要誰呢？又有誰能讓我像對你一樣呢？」

不知怎麼，禱告對瓦列莉婭確實有幫助。

她在大二的時候嫁給了同校也是唸大二的男生，一個從外省來到莫斯科發展的年輕人，唸美術系，本質上就是一個壞透了的鑽營者。當他一搬進瓦列莉婭的豪宅裡，馬上就以最恬不知恥的無禮態度把房子據爲己有，迫使貝阿塔搬回自己位在莫斯科省克拉托沃的鄉間別墅去住。這個丈夫和瓦列莉婭一起度過了對瓦列莉婭來說堪稱是最幸福的四年歲月，順利從學校畢業之後，他便和瓦列莉婭離了婚，還從法院官司贏得公寓的三分之一所有權。後母貝阿塔此時一反常態，竟然把克拉托沃的別墅賣掉，用一棟位在扎戈爾斯克㉚的小屋從前女婿身上贖回那三分之一所有權的公寓，前女婿後來從公寓搬出，移居到扎戈爾斯克小屋住。他終於從這間公寓裡給除名了——但這可是貝阿塔代價高昂的勝利。

在莫斯科省的金環小鎮扎戈爾斯克的生活對瓦列莉婭的前夫來說是有益無害，他因為描繪扎戈爾斯克的古蹟而逐漸走紅，聲譽如日中天。瓦列莉婭出於虛榮心作祟，非常關注他的繪畫生涯，並且不放過任何一個可以在人前說他是她第一任丈夫的機會……

瓦列莉婭的第二任丈夫又是一個沒有莫斯科居留證的外省人，是她在結束第一次婚姻之後幾年，在一次專為圖書館人員上的課程中搭上的。他來自伊熱夫斯克城㉛，是一個健壯的男人，原本在輪胎工廠做事，按照他自己對外的說法，他差點因為「別人」的偷竊案而吃上官司，於是他趕緊從輪胎工廠逃到圖書館裡。這個叫尼古拉的似乎不像個正派人士：他大大方方地和瓦列莉婭結婚、辦理戶口登記，卻完全不在意因他而起的家庭風暴。理智又有洞察力的貝阿塔死守著她那位愚笨至極的繼女的權益，在這一次婚姻裡她沒有同意讓他入戶。貝阿塔這個閉口不談過去的男爵小姐與瓦列莉婭這位瘸腿美女，這兩位在個性和氣質上迥異的女人，卻都為了所愛而準備奉獻自己。

「妳將來會死在汙水坑裡都沒人知道。」後母預測了繼女的下場。而瓦列莉婭只是吻了吻她乾硬的臉頰，哈哈大笑了幾聲……

他們把房子分了戶。瓦列莉婭擁有三間房中的其中兩間，而且再度成為人妻。

第二次婚姻又讓瓦列莉婭付出了一間房間做為代價。這一段婚姻裡最醜陋的一面是在結婚一年後顯露出來，這位來自伊熱夫斯克城的尼古拉把前妻和小孩都帶到莫斯科來，說是為了在菲拉托夫醫院給小孩治病，他把他們安頓在同一個屋簷下，有一段時間尼古拉還兩邊跑，後來在合法妻子瓦列莉婭全然的困惑中，甚至到最後她還是完全不能理解的情況下，他跟她攤牌，說自己依然情繫舊愛，還有就是瓦列莉婭沒能給他帶來一個孩子，然而事實上她有十分努力想要懷孕。所以結果是他和瓦列莉婭離了婚，以便和自己的「前妻」再續前緣。

聰明的後母貝阿塔在瓦列莉婭第二次離婚的時候終於擺脫了她厭惡至極的莫斯科生活，在維爾紐斯的墓園裡，她緊靠著自己的第一任丈夫永遠地安息了，無法對瓦列莉婭再提供任何幫助。就連她之前住過的房間在那段時間裡也移進了新的住戶——瓦列莉婭結婚前她們就已經分好了房子。

就這樣，這間豪華公寓變成了多戶共住的公共公寓。瓦列莉婭從後母那裡繼承了一只難看的木頭首飾盒，裡面還有一顆鑽石。

瓦列莉婭認識舒里克時，她有的不只是一個首飾盒，還有公共公寓中最大的一間房，裡面擺滿了貝阿塔半出於無聊，半覺得機不可失的實際眼光買下來的法國博物館家具，因爲除了革命或是戰爭時期外，這些珍貴的東西再也找不到像現在如此低廉的價格了。除了法國家具，廚櫃裡頭還擺滿了瓷器，貝阿塔一輩子不是賣就是買這些瓷器，而到死前她還是無法決定，到底是俄國瓷器還是德國瓷器比較有價值……不知爲什麼，俄國瓷器價格較高，可是貝阿塔的品味比較傾向德國瓷器。至於瓦列莉婭，她就只喜歡俄國瓷器。

現在她坐在一張橢圓形鑲拼小桌前，桌上擺著一幅用蔬果花葉裝飾的畫框，框裡有兩位爲肥胖所苦的邱比特，瓦列莉婭就坐在桌前，下巴支在因爲沉重枴杖而酸痛不堪的手上。她面前放著一只很大的金邊已經褪色的僧侶茶杯、一個放便宜餅乾的小盤子、一枝插在燭台上的蠟燭，以及那本已經翻爛、有助於她溝通的《聖經》。公寓裡頭又熱又溼——浴室和廚房裡掛滿鄰居晾的內衣。水滴得到處都是，就連頭髮裡面也是溼的，跟投機小販買的藍色眼影在眼睛下方也因爲這種溼氣而暈了開來。

「好吧。」她面對自己最重要的聊天對象說。「我跟你承認，我想要他。像一隻母貓那樣想要。我又哪點比不上母貓了？牠只要出去轉一圈，哀嚎幾聲，馬上就會有公貓出現，而且未婚，牠們全部未婚，而且牠們沒有任何罪惡感可言……我是哪點比不上母貓了？這一切都是你造成的，給我這樣一副身軀，而且還是跛腳，我該拿它怎麼辦？怎麼，難道你希望我是一個聖女不成？如果可以的話，那你早就做了！不過我是真的可以生孩子的吧，一個女孩，男孩也可以。要是你能讓我如願獲得，那麼我就再也不去找男人了。我跟你發誓，絕不再找男人。你說呀，幹嘛把一切事情安排成這樣？」

瓦列莉婭之前也對上帝發過好幾次不再找男人的毒誓。對波蘭神父也哭著發過好幾次誓。最近的一次是在去年，她的對象是一位中年教授，也是圖書館的常客，她和他發生了一段不太成功的戀情。這段戀情最後以悲劇收場，因為他們兩個被旁人看見了，還告知了教授太太，教授因為過度驚嚇而導致中風，在那之後她只看過他一次——他變成一個衰老不堪的老人，一個殘廢……不過現在的情形又不同，而且不可能會有什麼不好的事情發生。

「我並不希望有誰不好。我想要的只是一個小孩。而且只要懷孕一次就好。」瓦列莉婭試著和上帝達成協議，儘管她沒有聽到任何一點回應，她還是叨叨絮絮不停地問，直到連自己都覺得不好意思才停止。然後她一口飲盡冷掉的茶，忽然決定去洗一個頭。她摸了摸頭髮——是呀，真是該洗了！她來到公共浴室，裡頭掛滿等著晾乾的尿布和一堆有的沒的小孩的東西——她的前夫跟他那位可怕的臭女人又生了一個小孩，原來是瓦列莉婭父親書房的地方現在住了他們一大家子，而且還想再生第三個，想用這樣的方法以保障自己取得單獨一間公寓的權利。浴室中央擺著一只盆，瓦列莉婭把它移開，再移來一張凳子。從很久以前開始她就只採用淋浴的方式，因為實在痛恨公共浴室。

明天就這麼說定：舒里克先陪媽媽到音樂學院聽音樂，然後用計程車把媽媽送回家，大約十點鐘的時候他再去找瓦列莉婭。從赫爾岑街到卡查洛夫街的距離很近。他要找瓦列莉婭做什麼？原來是要幫忙瓦列莉婭把書從上層書架上搬下來，綁成一纍一纍的，再放進車子裡。瓦列莉婭很早以前就想要把她父親的瑞典文書籍捐贈給外文圖書部門去。

譯注：

㉚即著名的謝爾基耶夫工商城鎮，屬於莫斯科近郊金環古城之一，有「金環上的珍珠」之美譽。該鎮是以聖謝爾基·拉東涅日斯基修道士為名，他在一三四五年創立謝爾基三一修道院，吸引大批修道士、朝聖者和農民進駐，該城鎮即以三一修道院為中心逐漸發展起來，由於宗教地位崇高，和沙皇關係又很密切，修道院享有大量的土地和免稅特權，居民日增，並發展成手工業和商業重鎮。一九一九年以前該鎮一直叫做謝爾基耶夫工商城鎮，一九三〇年改為扎戈爾斯克，一九九一年又改回原有舊稱，一九九三年列入聯合國教科文組織世界遺產的名單中。

㉛為烏拉爾經濟區烏德穆爾特自治共和國的首都。

31

這天一切都很順利。音樂會非常棒。演奏家是德米特里・巴什基羅夫。演奏曲目恰恰和列萬多夫斯基當年的內容一樣，所以薇拉感到無上的喜悅：音樂將她對死去情人的回憶和他們兩人愛的結晶結合在一起。還在彈奏之前，薇拉就趕緊小聲跟舒里克說，他父親在這些曲目上的演奏非常棒，無以倫比。巴什基羅夫同樣表現得非常不賴，不輸列萬多夫斯基。這天演奏會的聽眾都是千挑萬選出來的，由音樂鑑賞家和名人組成，還有很多音樂家也到此捧場。

「要是你父親還活著的話，今天的這場演奏會對他來說可是一場盛宴。」薇拉在存衣間說，舒里克有點驚訝，因爲他很少聽母親提起他的父親。

「看來，她是在外婆去世以後才比較常談到他。」舒里克想。只要事情一牽涉到母親，他的直覺立刻就會變得敏銳許多。

他們一直沒辦法叫到計程車：聽眾很多，而且似乎沒人想要搭無軌電車回家。他們只好步行走過特維爾街心花園。走到普希金劇院㉜時薇拉嘆了一口氣，舒里克立即明白母親要說的話。

「該死的地方。」薇拉神態倨傲地說，而舒里克對自己的未卜先知感到滿意。不過這一次薇拉沒再提起女演員阿莉莎·科寧了。兒子牽起母親的手，薇拉這才發現原來兒子和他父親一般高，當年列萬多夫斯基和她也常常在這裡散步，現在是舒里克，用跟他父親一樣尊重裡透著堅定的態度帶領著她走路。

「我何其有幸。」薇拉想。

他們來到高爾基街，在轉角的藥房旁舒里克攔到了一部計程車。薇拉對自己要一個人搭車回家甚至感到滿足，因爲此時此刻她只想一個人和自己的思緒相處。

「你不會很晚回家吧？」她從車子裡問他。

「小薇，當然會很晚，現在都已經深夜十一點鐘了。瓦列莉婭·阿達莫芙娜說有八十冊的書要搬下來，還要打包，再裝進車子裡去……」

薇拉揮了揮手。她清楚知道當她一回家後，要做的第一件事情是什麼。她會把列萬多夫斯基寄給她的信拿出來，重新回味一番……

來開門的瓦列莉婭穿著一件淺藍色日本和服，上面繡滿白色的鸛鳥，由左至右飛滿她的周身。這是後母貝阿塔很久以前送給她的禮物。她剛洗過的頭髮散發著斯拉夫人少有的核桃色，柔軟地垂在她肩上，髮尖微微捲曲。

「親愛的小鴿子，可真是謝謝你來這麼一趟啦！」當舒里克在玄關把鞋子踏乾時，瓦列莉婭一臉喜悅地說。「哎喲，不要不要，這裡不用脫鞋！到房間，到房間來！」

說完以後她把枴杖弄得嘟嘟響，一拐一拐地走進房間。而他跟在她身後進去。一進到房間他就脫下外套，環顧屋內陳設。大房間裡被家具隔出好幾個空間，就跟舒里克以前在宮廷侍從巷的老家一模一樣。這裡也是有好幾個大書櫃，還有青銅水晶鑲嵌的枝形吊燈……

「您這裡很像我以前在宮廷侍從巷的老家。」舒里克說。「我是在那裡出生的……」

「而我是在維爾諾，照現在的說法就是維爾紐斯。不過我小學時就搬到莫斯科住，唸俄國學校。我七歲以前不會說俄語。我的母語是波蘭語，還有立陶宛語。因爲我的後母俄語說得很糟糕，儘管她最後二十年是在這裡度過的。所以我和爸爸說波蘭語，和後母貝阿塔說立陶宛語，俄語就變成我第三順位的語言。」

「怎麼這樣？」舒里克驚訝道。「而我外婆從很早的時候起就跟我用法語交談……然後又教我德語……」

「再清楚也不過啦……這表示您跟我一樣，帶有資本主義的原罪汙點……」

「這什麼意思？」舒里克又感到驚訝。

瓦列莉婭笑了起來：「呵，早些年以前都是用這樣的稱呼來叫所有那些前……呃，喝茶好了，還是要咖啡？」

瓦列莉婭房間裡的那張單腳鑲拼小桌也和外婆的一樣，桌上早已事先擺好茶具。舒里克坐下來的時候發現他的靴子在滴水，地面留下鞋子的印痕。

「唉呀，對不起，我可以脫鞋嗎？」

「當然了，您怎麼方便就怎麼做。」

他又走回到大門前，解開靴子，把它從腳上拉出來。然後回房間從外套口袋裡拿出手帕來，擤了一下鼻涕，再把手在頭髮上掠了一掠。

一直以來瓦列莉婭叫舒里克是一會用「你」，一會又用「您」，有時像是上班時間，她還會正經八百地用「亞歷山大·亞歷山德羅維奇」來特別強調正式，而有時候她又乾脆叫他小名「舒里克」。現在她內心裡其實慌張得很，尤其在舒里克脫掉靴子以後，不過這樣不行，得立即停止慌張。

「你西伯利亞的事情有何進展？女兒的事有聽誰說嗎？」瓦列莉婭往私人領域踏一步試探。

「我不知道。」舒里克沒多想就回答。「她後來就沒再打電話給我了。」

「那你自己也沒打嗎？」瓦列莉婭微微一笑。

「我們沒有說好要打電話。畢竟我只是單純的幫她一個忙而已……唔，從複雜的困境裡脫身。除此之外就沒有其他的事情了……」

這招引蛇出洞的招數似乎不太管用。

「不是我變笨了，就是我失去了女人的吸引力。」瓦列莉婭內心裡想。事實上她企盼的是一位年輕男人對成熟女人的興趣，而他的表現雖然說是這麼有禮貌、自告奮勇，卻又是這麼全然事不關己的淡漠。

「噢！」瓦列莉婭抬起頭。「我有一瓶很棒的白蘭地。請您幫我打開那個小櫃子的門……不，不是那個，是另一個，有風景畫的那個。這可是法蘭哥納爾㉝的風格，不是嗎？我後母就愛得很……就是這，就是這，還要兩只白蘭地杯。有人服侍的感覺眞棒……我把一切都想得很周到，以免還要麻煩跑廚房。」她指著一個擺在酒精座上的小茶壺說。「那現在，舒里克，您來幫忙倒酒吧。我看得出，您喜歡有人命令您是吧？」

「好像是這樣沒錯。我自己也這樣想。」

舒里克往兩只酒杯裡倒白蘭地直倒到杯口。

「您倒得很好，可是不對。」瓦列莉婭笑了起來。「我來稍稍命令你該怎麼倒。您要知道，我可以教您的不只有圖書館的事情喲。很明顯的，還有很多事我可是知道得比您要強。」她停頓了一下，最後這一句話她講得很有說服力。「就比如說白蘭地吧，只能倒入杯子的三分之一……不過這是社交界適用的禮儀，而就我們的情況來說，卻是恰恰需要倒滿整杯啦。」

瓦列莉婭舉起酒杯，把它往舒里克的酒杯靠過去，很小心地碰杯，動作很輕。然後她慢慢地把酒給喝下，而舒里克則是一口飲盡。

「我有一位格魯吉亞朋友，他是做酒的。是他教我這方面的知識，要怎麼喝紅酒和白蘭地。他有一句名言，品酒是一門修感官的課程。它要求的是敏銳的感官觸覺。一開始我朋友會先暖一下裝白蘭地的酒杯，就像這樣。」

她用雙掌握住像電燈泡一樣圓的白蘭地杯底，輕輕搓揉著它，然後再稍微搖晃杯子，讓杯裡的白蘭地繞著杯壁旋轉。之後再緩緩地舉起酒杯靠近唇邊，輕輕觸碰一下嘴，將玻璃貼住嘴唇。

「這要非常溫柔，充滿愛意地做……」

瓦列莉婭在說明白蘭地喝法的步驟時，她手中其實已經沒在握著酒杯，而是往舒里克方向靠過去。她坐著的那個沙發是二人座的「裘塞斯」小沙發。

「來，坐到這裡來。」瓦列莉婭若有所思地命令舒里克。「拜託……」

他沒有坐過去。可是在這一瞬間他已經明瞭她在想什麼。他還明瞭她很心慌，而且需要他的幫助。她是這麼的漂亮、有魅力、成熟，又聰明。還有對他的需要又這麼的強烈……唉，看在上帝的份上！幹嘛說這些有的沒的呢？「老天，怎麼所有女人都是這麼可憐。」這想法閃過舒里克的腦海。「所有女人都好可憐……」

她又再啜了一小口，並且往沙發角再移過去一點。於是舒里克坐了下來。她把杯子放下，然後把自己灼熱的手放到他手背上。接下來的事就非常簡單，也相當稀鬆平常。唯一讓舒里克感到驚訝的地方是她的體溫。瓦列莉婭的體溫很高。她的體內彷彿有一團火在燃燒，而且是又溼又熱的火。她有一對漂亮豐滿的酥胸，堅挺的乳頭，還有她身上的味道眞棒，而通道又是那麼平滑、順暢：一點點緊而已，就好像是從山上……只是不是由上往下，而是由下往上爬去……非常陡峭，呼吸差點就沒了。一切都很完美。她似乎發了一身冷汗，於是他稍稍把她停住。如果換作是瑪蒂爾達，通常她便會結束動作，可是對瓦列莉婭來說這卻只是開始，她一層一層攀登高峰向上去，而舒里克從她臉上的表情看出，她已經離開他，越飛越高，而他是追不上她了。舒里克還想，他那一百零一招的簡單而沒有任何特別之處的動作，竟會喚起女人結構複雜的內部空間各種不同的回應。某個東西會搏動起來、打開又閉闔、被釋放出來，又復歸乾涸。她定住身子，將他拉近自己，然後又把他推開，而他越來越能配合她的節奏，計算她高潮的時間點，跟上拍子。

舒里克覺得自己應該要再撐久一點，而她半暈厥的停頓給了他這樣的機會。深夜一點，舒里克打電話給媽媽說他會晚一點回家：因爲工作出乎意料的多。這的確是實話，他一直工作到淩晨將近三點的時候才結束。

兩個人倒臥在溼透的床上。她看起來消瘦了一點，而且非常年輕。舒里克想要起身，但是她制止住他：「不能這麼快起身。」

於是他重新躺下來。親吻起她之前被壓在床面而發紅的耳朵。

她笑了起來：「你會把我耳朵弄聾掉。要這樣親才對。」

她把她的大舌頭伸進他的耳朵裡，感覺好癢好溼。

「我這輩子還沒有過這樣的經驗。」她把舌頭伸回去，在他耳邊輕輕說。

「我也是。」舒里克輕易就同意她的看法。他今年十九歲，的確，還有很多事情他沒碰到過。

譯注：

㉜普希金劇院的前身就是泰羅夫室內劇場。

㉝尚．法蘭哥納爾（Jean Honore Fragonard, 1732-1806），法國畫家，擅長人物和風景，代表作品為《讀書的少女》。

32

列萬多夫斯基寫給薇拉的信件有兩疊，一疊是二戰之前寫的信，另一疊是之後的信，薇拉一封一封地重讀。她對信的內容已經背得滾瓜爛熟，但是她要回憶的不只是信件本身，還有那個逝去的年代、地方，以及收信當時的情境。當然，還有感受。

「這或許可以寫成一部小說。」薇拉想。她把信件分別收好，綁上帶子，再放回原處。儘管過了那麼多年，青春歲月似乎依然鮮明，而且深刻。薇拉忽然發現，在信件盒的旁邊另外還擺著一個小盒子，是她母親的盒子。薇拉知道媽媽很喜歡收藏盒子，不管是首飾盒、小匣子，還是糖果盒她都收集。她還保存了好幾個洋鐵盒，有戰爭前裝茶葉和水果糖用的，還有瑞士和法國製的洋鐵盒……

「裡面不知道裝了什麼？」薇拉想，一邊把圓形帽盒稍微挪開，好把自己值得記憶的信件放回原位。

然後她把媽媽的盒子打開，驚訝了一下，跟著莞爾一笑。原來裡頭放了好幾條儲備用的抹布，是外婆用穿破的麻襪所縫製的。薇拉想起母親從舊襪子上裁下幾塊，然後把每四塊重疊起來，用十字針和斜針法縫成。她也用這種方式來做鋼筆的筆尖清洗布。有多少東西是可以用舊物做成呀……像香囊……小枕頭……鬈髮用的夾子……餐巾環……還有餐巾本身……

薇拉拿起兩條淺粉色的抹布（這種顏色的襪子現在已經看不見了），然後走了房間一圈，用抹布把那些構成她生命裡不變風景的小玩意都擦拭過一遍。

「可是媽媽爲什麼會用氨水來擦鏡子呢。」薇拉一想到這裡，便往鏡子裡瞧去。「再也不會有人認爲我是個美人了。」薇拉笑鏡子裡自己可愛的身影。「可能只有舒里克認爲我很漂亮吧。」

她對著鏡子左顧右盼。啊，眞的，我看起來的確很不錯。只有下巴稍微有點走樣，脖子中央有點凹陷。要是把衣服高領往下拉，就會看到一道手術疤痕，粉紅色、還有淡淡的縫線痕跡。線縫得算是很漂亮，看過別人更難看、更粗的疤。這縫線有修飾過……薇拉輕輕摸了一下她鬆弛的下巴。有一種可以收緊這部位的運動——她把頭三百六十度轉了一圈，然後聽到脖子後方發出一聲「喀啦」的清脆響聲。唉呀，這是日積月累下來沒運動的結果。該做做運動了……

從上次和舒里克一起到音樂學院聽音樂會以後，已經過了好幾天。前一天薇拉在沒有舒里克的陪伴之下——他在學校有事，自己一人到斯克里亞賓紀念館，館裡演奏的曲目是《狂喜之詩》，這首曲子的每個音符薇拉可以從頭背到尾，可是她從沒有試著彈奏過——實在太困難了。雖然如此，薇拉還是滿懷感動地回想起自己的年輕歲月，劇團的學生就是在斯克里亞賓充滿活力而又不時嘎然中止的音樂聲中精進芭蕾舞蹈的練習動作。還有，巴斯特納克的詩歌也和《狂喜之詩》這首曲子有關，因為作曲家斯克里亞賓在一段時間裡是詩人的偶像。這眞是何其有力，又充滿現代精神的文化呀——可是就這麼消失、散去，彷彿沒留下任何一點痕跡……現在在劇場裡除了經典戲碼，其餘皆乏善可陳。大家現在嘴裡最熱中說的就是那個叫做琉比莫夫㉞的導演……不過他用的都是布雷希特的那一套。要不就是梅耶荷德㉟的「生物機械論」的方式。眞是乏善可陳……當然，還有愛弗羅斯㊱的出現讓人驚喜。值得去觀賞一番……她坐了下來，手裡頭握著灰塵弄髒的抹布，腦子裡活躍奔騰都是崇高的文化課題，卻不想在此深夜時分大門上忽然傳來敲門聲——原來是那位黨祕書鄰居米哈伊爾・阿布拉莫維奇・馬爾美拉德來拜訪她……

「我散會後回家，看到您家裡還有燈光。」馬爾美拉德解釋。

「請進。我洗個手就來……」薇拉到洗手間去，把手放到水柱下清洗。髒抹布就留在洗臉盆上，晚一點再來清。

馬爾美拉德站在門前的小地毯上，一副因公前來商議的嚴肅模樣：「嗯，薇拉・亞歷山德羅芙娜，您考慮過我的建議沒有？地下室很快就會空出來！」

薇拉完全忘了，這人到家裡來煩過她兩次，爲的就是成立一個兒童休閒活動小組。「不行，不行，我以前的確是一位演員，可是我從來都沒有教小孩子的經驗，所以這方面沒有什麼好談的。」薇拉堅定地拒絕。

「唉，好吧，好吧……那麼，或許您來當我們的會計如何？我們合作社一樣需要會計。現在這個老會計就要走了。您應該適合我們的需求……」馬爾美拉德想了一下，又對薇拉說。「從另一方面來說，又有哪些是您不適合的呢？別再拒絕，別再拒絕了！您再考慮一下！我只是不自禁感到可惜，像您這樣一位年輕、漂亮的女士，對不起，那是當然的囉，卻完全不出席任何社會活動的場合，眞是可惜。」說完話後，馬爾美拉德婉拒了薇拉好意端給他的茶，匆匆告辭而去。

舒里克回來後，薇拉把自己對於當今文化貧乏現象的想法跟他說，也提到馬爾美拉德又來拜訪她的事，建議她應該對社會新生代做些有意義的事情。說完後母子二人相對一笑，然後舒里克出乎意料地忽然對薇拉說：「小薇，妳知道嗎，或許妳很適合給孩子們上課。妳總是非常喜歡講有關劇場和音樂方面的事情。我不知道，也不是百分百確定，可是這對妳來說是一件好事……」

幾天過後，馬爾美拉德又來找薇拉，還帶著一盒在盒蓋上用很醜的棕色字母寫著「巧克力口味」的水果軟糖。兩人坐著一塊喝茶。馬爾美拉德以住戶黨委的名義試圖讓薇拉上勾。而薇拉只是不斷跟他微笑和打趣。她很久以前就知道猶太男人喜歡她這型的女孩子。這個馬爾美拉德跟以前愛上她的那位供應機構的工作人員很像……只是有像這樣的崇拜者——還是不要也罷……從那天起薇拉就幫馬爾美拉德取了一個「水果軟糖」的綽號。

薇拉不時微笑，而且心情飛揚起來——十二月的事情儘管尚未定案，她還是建議舒里克幫他的家教學生辦一場不算很正式，可是很溫馨的聖誕表演茶會。

「那蜜糖餅要怎麼辦？」

「唔，可以用買的，就當作是採購清單上又加了一項……」

可是舒里克基本上拒絕了薇拉這項對他們家族來說算是一種侮辱的建議。但是他提前先去買了聖誕樹，而且這一次他買了一棵非常好的聖誕樹，然後把它放到陽台以備使用……

薇拉在找到那幾條抹布之後，忽然間發現自從母親過世後，他們家變得破舊又腐朽，失去了以往的光輝，儘管打蠟工人有來，用毛刷把鑲木地板擦得晶亮，待工人一走，地板就發出一股古早的打蠟味及動人的高貴亮光。然後薇拉又用母親的抹布來回把整間屋子又擦了好幾遍，把灰塵收進抹布的多層內裡之間。但是這屋子裡就是缺少了一個什麼……薇拉以她特有的憂鬱風格和舒里克說起這件事……

那是在晚上用過晚餐之後，母子兩人坐在桌前——不是像匆忙的早餐那樣在廚房的餐桌，而是在外婆大房間裡的那張橢圓形小桌前。布拉姆斯的音樂來到了最後一段，已經反覆多次聽過這張唱片的舒里克已經等著接下來的幾個音符……

「小薇，我想問題不在屋子。我們家很好，外婆若還在世的話，她也會感到滿意。只是，妳知道，我也想過這問題，我認爲是妳待在家裡面的時間太長的緣故……」

「你這麼認爲？」薇拉對舒里克這詭異的背叛感到驚訝。當初不就是舒里克要她辭掉工作、領殘障證明的嗎……可是現在卻突然說她待在家裡的時間太長……「你是要我到外面找工作嗎？」

「不是，我根本不是這個意思。我說的是另一件事。不是找工作，而是上課。我相信妳可以寫一些戲劇評論，妳對劇院和音樂是這麼有興趣，而且妳知道很多這方面的事……可以把這經驗傳授給別人……我還不知道什麼確定的項目適合妳，但是妳有很多都可以教……外婆總是說妳浪費了自己的天分，但是妳還是來得及做一些事情……」

薇拉把嘴唇抿得緊緊的：「舒里克，我有什麼天分？我見過眞正的演員，我知道阿莉莎．科寧、芭芭諾娃，這才是眞正的演員……」

似乎從來沒有人會像舒里克這般看重她的創造力。現在聽他這樣一說，薇拉心裡頭確實感到舒服。

譯注：

㉞琉比莫夫（Uri Lyubimov），俄國導演、演員，一九九一年獲頒人民演員獎。塔干卡劇院的創始人及藝術指導。

㉟梅耶荷德（Vsevolod Meyerhold, 1874-1940），二十世紀影響深遠的俄國劇場導演及劇論家，曾提出生物機械論（biomechanics）、戲劇性主義（theatricalism）及建構主義（constructivism）三大主張，認為戲劇的本質是演員的表演藝術，身體是最具表現力的舞台元素，因此要加以嚴格訓練，使它擁有可塑性、節奏感及即興能力。

㊱愛弗羅斯（Anatoly Vasilevich Efros, 1925-1987），蘇維埃導演及教育家，一九七六年獲頒藝術活動傑出獎。

33

一般人總有心情好、心情壞，還有憂鬱沮喪的時候，但是對阿麗婭來說全都沒差。因爲她實在太忙了，無暇顧及心情。可是新年前不久她收到一封從故鄉的阿克莫林斯克化學工廠寄來的半正式的信。實驗室主任以前同事的身分恭喜她新年快樂，然後寫到她以前的位置現在由兩位助教代替，可是這兩人加起來抵不過她一人厲害。這是這封信讓人愉快的部分。接下來主任就切入正題，她說全實驗室都在等待她學成歸來，而且特別要是她能夠學會石油裂化產品的質和量的分析方法就更好了，因爲這會是她未來工作的主要方向。還有：到了夏天，她會有一些生產實習課，工廠方面會向學校提出需求，要求她在夏天的幾個月裡回鄉工作，工作同仁已經同意支付她火車票的費用，在她實習期間工廠也會支付她薪水。

只有在此時阿麗婭才會有所謂的心情，而且是惡劣的心情，甚至是惡劣至極。她早就習慣，也認爲自己從門捷列夫化工學院畢業之後會永遠定居在莫斯科，但這會她明白了，要從阿克莫林斯克化學工廠逃開是一件高難度的任務，她一生會永遠被這間工廠給牽絆住。

解脫的唯一辦法就是結婚，而且唯一的未婚夫候選人就是舒里克，他是她的所有物，儘管這其實不是眞的。不知怎麼她就是認爲，既然舒里克對不怎麼熟的蓮娜都可以做到假結婚的服務，那麼就一定能跟她結婚。而且這次可不是什麼假結婚。她掐指一算：他們已經發生過六次的關係。這可不是一次、兩次的一夜情，這可是認眞的。但說眞的，舒里克對她並沒有特別的興趣，然而她卻以爲是因爲他實在太忙了：他媽媽生病了，還有一堆課業和工作要做，時間怎樣都不夠用。阿麗婭自己下了如此的結論。

她不打算屈服，而即將到來的新年正好做爲她發動例行攻勢的好時機。

從十二月中旬開始，她又以「碰巧經過」的方式好幾次到舒里克住的新林街去，但是都沒有碰上舒里克在家。薇拉用英式奶茶來款待她，態度客氣但卻敷衍，沒有熱情。阿麗婭的目的是讓自己受邀成爲舒里克家的新年座上賓，像去年一樣，和他們一起迎接新年到來——她腦袋不知怎麼，記憶全都搞混了，因爲去年根本沒有人邀請她到家裡過新年。

最後她好不容易聯絡上舒里克，跟他說，有急事必須立刻見他，而他完全不問她是什麼急事，深夜十一點時飛奔到門捷列夫化工學院，奔跑本身甚至帶給他一種快感，一如看到學校入口大廳時強烈的滿足感——他彷彿像一名被釋放出來的囚犯，以自由人的身分回到以前關過他的監獄。

阿麗婭穿著她那件經年不變的深藍色外套和綁著一個大包包頭站在樓梯上等他。然後她拉起他的手。舒里克環顧了周圍一眼：真是奇怪，怎麼都是生面孔，畢竟他在這裡也學了一年了呀……

他們來到樓梯間下方的吸菸區。阿麗婭從皮包裡拿出「費明」牌香菸。

「哦，妳會抽菸？」舒里克驚訝道。

「沒什麼，抽著好玩的。」阿麗婭回答，一面玩弄菸嘴上的金色邊條。

舒里克只要一有阿麗婭在旁邊，他就會覺得全身不自在。

「嗯，找我什麼事？」他問。

「想跟你討論過新年的事情。」儘管她想破頭，都沒有辦法想出更好的探詢藉口。

「要不我來烤一個餡餅或是弄一盤沙拉？」

他一臉不解地看著她，覺得她可能是想邀請他到宿舍過新年吧。

「我跟往年一樣，會在家裡跟媽媽一塊過新年。哪裡也不會去……」

他說得沒錯，只是沒供出全部實情。他打算深夜一點過後，和媽媽喝完必定要喝的香檳後，就去找中學同學基亞．基克納茲，以前的中學同學也都會到。

「是這樣的，我想到你們家去過新年，只是得做一些東西帶過去……」

「噢，那我要先問媽媽……」舒里克不很確定地答。

阿麗婭從口中吐出一縷輕煙。話已經談不下去，可是一定得找些話題來扯……

「你有蓮娜的消息嗎？」

「沒啊。」

「我有收到一封信。」

「寫些什麼？」

「沒什麼。寫說她研究所唸完後會回到這裡，還說會把孩子交給媽媽養。」

「這樣才對。」舒里克補了一句。

「加琳金娜要和捷姆欽科結婚了，你聽說了嗎？」

「加琳金娜是誰？」

「從頓涅伯彼得夫斯克來的排球選手。頭髮剪很短的那個女生……」

「我不記得了。要是我們那組除了妳以外，我一個也沒見過面的話，那我哪會知道這些事？我只有和羅森茨威格偶爾還有通電話……」

「可是羅森茨威格也有新戀情了！」阿麗婭近乎絕望地叫了出來。她再也想不出任何話題了。而舒里克對他以前唸過的二組卻是一點興趣也沒有。

「哎喲，差點忘了說！你還記得數學老師伊茲拉伊列維奇嗎？他心臟病發作，被送到醫院去，這下子他不會主考冬季考試，甚至可能還會領退休金退休去！」

舒里克對這位數學狂熱分子倒是印象深刻，他甚至還作夢夢見過他。因爲他，舒里克不得不逃出學校去：那次的秋季數學補考可是決定了舒里克的命運……

「他活該會有這樣的下場。」舒里克嘟囔道。「哪，妳是想跟我說什麼事情呢？什麼急事？」舒里克再一次想跟阿麗婭確定這次會面的主題。

「舒里克，就是新年的事呀，我想要早點說定……」阿麗婭慌張起來。

「啊，了。」他還是不確定地答。「嗯，就這樣了嗎？」

「唔，對。要早點讓我知道……」

舒里克送她到「新村」地鐵站，然後就折返回家，一回頭他便把她以及她帶來的那些微不足道的新聞全拋在腦後。他因爲忘得太徹底，以致於直到十二月三十一日晚上十二點的時候才忽然想起來，和阿麗婭有過這方面的對話。那時他和薇拉兩人坐在聖誕樹點亮的外婆房間裡，按照他們母子二人還在去年就想要過的除夕夜方式過：外婆的扶手椅、椅背罩上外婆的披巾、半明半暗的燈光、音樂，還有聖誕樹下的禮物……

「這會是誰？」當外頭傳來敲門聲，薇拉不安地看了舒里克一眼。

「哎呀，上帝呀！是阿麗婭·塔古索娃。」

「怎麼又是她。」薇拉痛苦地垂下頭來，嘆了一口氣。「你幹嘛要請她來呢？」

「媽！我自己都沒有想到呀！妳怎麼會認為是我請她的呢？」

母子兩人不作聲地面對三套餐具。其中一套是幫外婆擺的。門外又傳來膽怯的敲門聲。薇拉用纖細的手指頭敲著桌面：「你可知道，要是外婆碰到這樣的情況時會怎麼說？她會說，這是上帝派來的客人……」

舒里克於是起身，走出去開門。他心裡燒著一把怒火——對自己，還有對阿麗婭。她站在門外，手裡拿著冷盤和餡餅，帶著一副哀求又無恥的笑容看著他。於是他對她又深深同情了起來。

又一個新年被破壞了，只是他還想不到會被破壞到什麼樣的程度。

餐桌擺得很漂亮，但是很乏味。阿麗婭的餡餅表面烤得太焦，而裡面卻沒熟。舒里克吃了兩塊，沒發現異狀，薇拉也沒有，因為根本沒吃。她甚至連餐具都沒動過。舒里克看著她矜持的臉龐，心裡感到萬分痛苦。去年的荒謬劇，指法茵娜・伊凡諾芙娜和她的意外造訪，起碼還有一些戲劇效果。唉，就連阿麗婭自己都覺得不自在起來：她已經得到她想要的東西，就是和舒里克以及他母親坐在一起過新年，可是卻無法從中獲得任何喜悅。在他們家的結構中，第三者顯然是多餘的。時鐘敲了十二下。舒里克端來茶和四塊甜派餅，這是他早上到阿爾巴特街買的。十五分鐘後，薇拉起身，說自己頭痛，便離開睡覺去。

舒里克把用過的餐盤拿到廚房，放進洗碗槽裡。沒有一句話可說的阿麗婭馬上就把餐盤洗好。就像在實驗室裡清洗化學儀器——要完全去掉油脂，還要快速洗二十下，以免有殘餘的髒汙。

「我送妳搭地鐵。現在還有班次。」舒里克向她建議。

她用像小孩子受到懲罰的臉看著他，幾近絕望地說：「就這樣？」

舒里克只想盡快擺脫掉她的糾纏，好跑去找基亞。

「妳還要什麼？還要喝茶是嗎？」

於是她站到廚房門的一角去，雙手摀住臉，傷心地哭了起來。起先她小聲地哭，接著越哭越用力。她的肩膀也從輕微的顫抖變成劇烈的震動，然後聽到像是呼吸困難的咕嚕響聲，還有讓舒里克嚇到的奇怪敲擊聲：她開始用頭輕輕撞起廚房的門框來。

「阿麗婭，妳怎麼了，怎麼了嘛？」舒里克扶住她的肩，想把她的臉轉向自己，可是她的身體卻好像一棵抓地很深的樹，你無法將它拔起。

就聽到一陣一陣富節奏感的嘶啞聲，次數頻繁地，是只出不進的呼氣聲，從阿麗婭身上不斷傳出。

「怎麼很像給破掉的輪胎打氣的聲音。」舒里克想。

他把手伸進門和她的人之間，可是她身體的晃動依然沒有停止。而且呼氣聲還越來越大。於是舒里克嚇到了，他怕媽媽聽見她的哭聲。他很確定媽媽現在還沒睡覺，只是在房間裡躺著看書、吃蘋果……他稍微運起勁來，卻驚訝地發現阿麗婭脆弱身子下強大的抵抗力，好不容易他才把阿麗婭連腳帶身從地面拔起，然後帶進自己房間，用腳把門關上。他想把她放在沙發床上，但是她僵硬的雙手牢牢扣住了他，只是頭和肩膀還在不斷抽動。當他好不容易把她安置在床上，卻驚恐地發現她已經翻起白眼，嘴角歪斜地抽搐，雙手也不時痙攣，她顯然已經失去知覺了……

「叫救護車，救護車！」他衝到電話旁，可是一拿起話筒又停住：這樣一來媽媽會嚇壞的……於是他扔下電話，倒了一杯水就回到阿麗婭身邊。她握得緊緊的扭曲的拳頭仍然不斷痙攣，可是已經不再發出破輪胎打氣的聲音了。他扶起她的頭，試圖幫她灌水，但是她的嘴唇抿得很緊很密。他放下水杯，坐到她的腳邊去。這時他才注意到，原來她連腳也在抖。她的裙子被掀了起來，纖細的雙腳在粉紅色零碼襯褲下清晰可見。舒里克關上門，脫下她的襯褲，開始進行男對女復原保健療程，在舒里克的法寶庫裡其實沒別的方法，這是他唯一會的一招，而且確實有效。

半個小時後阿麗婭已經完全清醒。她記得自己洗了餐盤，後來不知怎麼就來到舒里克的床上，然後非常滿足地發現自己竟然「有了第七次關係！」他穿上褲子，很關心地問她感覺如何。她覺得自己很怪：頭昏昏的，而且很沉重。她下了結論，一定是香檳的緣故。

地鐵已經關了，舒里克用計程車把阿麗婭送回宿舍，吻了她的臉頰，再坐同一輛車去找基亞，他因爲解決了所有的麻煩，感覺很幸福，隨即他便將這樁不愉快的事件拋在腦後。

基亞家裡的歡鬧正達到最高點。他的雙親到格魯吉亞的首都提比利斯去了，把這個家和他妹妹留給他，他的妹妹是個矮胖子，有著蒙古症的外型，說起話來語意不清。通常父母親會把她帶在身邊，但這一次沒有，因爲她感冒了，而眾所周知，她一感冒就要非常小心。除了前中學同學外，基亞還邀請了自己技術學院的幾位同年級女生，所以基亞家裡頭，就像在我們社會常見的情形，女生數量總是過多，而且是一群一群的各自跳舞。舒里克很快就成爲一群亂七八糟跳舞的人的核心，他跳著搖滾舞步，熱情有勁地舞動身軀，只有到滿溢出來的桌前喝酒的時候才會中斷舞步。他不斷喝酒、不停跳舞，覺得唯有這樣才能驅散一種他之前不曾熟悉，卻是埋藏在內心深處，連他自己都不清楚的厭惡感。就好像是在自己再熟悉不過，從第一塊磚到最後一塊都知道位置的家裡面忽然發現了一間祕密地下室的感受……

用大型貯酒桶從提比利斯運來莫斯科瓶裝零賣的格魯吉亞白蘭地，有一部分分給了在莫斯科的格魯吉亞商人，一部分給了莫斯科白蘭地企業首長的親朋好友去了。這麼一桶二十公升裝的白蘭地贈品酒現在就擺在廚房裡。這酒不算特別糟，儘管離好酒的距離還很遠，但由於它的量遠遠勝過它的質，因此品質的要求就變得沒有意義。其實這就是瓦列莉婭招待舒里克喝的那種白蘭地，來自同一個源頭，出自同樣的手。但是舒里克這會是用大杯子豪飲，不是用只裝了三分之一滿的白蘭地專用酒杯啜飲，他拚命喝，想盡快忘記阿麗婭翻起來的白眼和不斷痙攣的手心。

一個小時過後他就達到了酒醉的巔峰境界，大約有四十分鐘的時間他處於極度幸福的狀態之中，爲了這幸福的四十分鐘，千年以來數百萬人是那麼心甘情願地投入這「燃燒之水」當中，因爲它能燒掉無以計數、晦暗模糊的過去，也能焚毀掉可怕又嚇人的未來。在這幸福而短暫的心理狀態下舒里克只記得基亞那位平板面孔的胖妹妹，她在他腳邊不按拍子地跳舞；他還記得有一位高個子、長頭髮、穿深藍色衣服的女孩子，她嘴裡含著一塊從舒里克嘴上咬過去的派；還有他以前暗戀過的女同學娜塔莎・奧斯特羅夫斯卡雅，她變胖了，手指上戴著訂婚戒指，而那只戒指死命地在舒里克面前晃來又晃去，然後又出現那個平臉的胖女生，一直抓著他的手，把他拉到某處去。

他還記得他在廁所裡面吐了，而且他很高興自己完全吐在馬桶中央，沒有漏一點在外面。可是他的記憶就到這一刻，接下來的事他全忘了，直到他在一個陌生房間的一張窄床上醒過來之後。這是一間兒童房，因爲裡面全是柔軟的玩具。他的雙腳上被一件東西壓著——基亞的胖妹妹，懷中抱著一隻毛絨絨的玩具熊熟睡在他腳上。

舒里克小心翼翼地把腳從這對人熊愛侶的身子下移開。胖女孩睜開眼睛，不很確定地朝他微笑一下，就又睡去。舒里克瞬間湧上一股模糊又隱約的懷疑，但是轉眼間他就把它拋開。他站起身，轉了轉頭，很想喝水。不知爲什麼雙腳痛得厲害。他來到廚房。那裡眞是髒亂不堪：黏不拉嘰的地板、打破的餐盤、隨地亂丟的菸屁股和殘羹剩菜……在大房間的地毯上，在大衣外套和雪白得很荒謬的被套底下睡著一大群徹夜未歸的客人。

舒里克抓起自己那件幸運掉在玄關的外套，拍了拍它。要趕快回家看媽媽去。

阿麗婭很滿意自己在新年裡獲得的成就。她醒來——房間裡只有她一個人。室友們各自到別人家作客去了。頭痛也停止了。

可是舒里克還是不到宿舍找阿麗婭。一開始她打電話給他，有一次她叫他一起上劇院，還有一次請他幫忙搬冰箱，因爲她系上的女同事把一台舊冰箱給了她。舒里克來了，幫了忙，然後就趕著離開……阿麗婭又開始擔心她的愛情不會有好結果。可是考季開始了，她想要打電話，但又怕把這辛苦建立的關係毀於一旦。

後來學校把她派到入學考試委員會裡工作。她開始幫忙收取應考生的文件，並用她經驗老道的眼神看著他們，幫他們登記宿舍，然後一邊回憶自己的當初——兩年前她是如何提著那口可怕的箱子，連腳都磨破出血才千辛萬苦把它帶了來，而一想到這裡她就對自己感到驕傲，因爲現在的她終於擺脫了那個地方和那段時間，就像天空擺脫了土地一般。

暑假的時候學校食堂沒有開，於是她便到麵包店幫全委員會的同仁買大麵包圈回來吃。有一次她闖紅燈過馬路，被一輛車迎面撞上。到底這是怎麼發生的，她完全沒有記憶，她只知道當她回神了以後，發現身邊圍著群眾。而那個撞了她的司機還留在車上沒下來。

她周身的骨頭全都好好的，只有側面在痛，還有左腳有破皮。兩名警察過來塡寫車禍紀錄。阿麗婭是受害者，但卻是肇事的一方。阿麗婭請求警察不要叫救護車，她跟他們說自己沒事。一位灰白色頭髮、身材乾癟的警察低下身子小聲跟她說：「如果有救護車來的話，對妳比較好。」

可是阿麗婭害怕她會在醫院裡面耗掉很多時間，這樣的話她的工作會不保。所以她跟警察說，她在大學入學考試委員會擔任祕書，她沒法在醫院裡面浪費時間。那個灰白頭髮的警察叫做尼古拉・伊凡諾維奇・克魯契科夫，最後他用警車載她回宿舍。他其實是一名警官，不是阿麗婭所想的交通警察，而是城市交通管理處的處長。

後來他們兩個比較熟識了以後，他才跟她解釋，爲什麼叫救護車來會比較好。這位尼古拉・克魯契科夫也是外地人，不過不像阿麗婭是從那麼遙遠的地方來的，他是從莫斯科省調到城市，住在警察宿舍裡。在服完兵役之後他來到莫斯科警察局，他認爲自己是一個幸運兒。上頭很快就會分配一間房間給他，而要是他有結婚的話，就會分到一間房的公寓。

結果房子沒有那麼快下來。兩年之後他們才分到一間公寓。有一年的時間他們常一起看電影，但是阿麗婭從不主動開口：現在她學聰明了。因此當他們結婚的時候，他已經是全心全意地愛上了她，就像恩力克愛上蓮娜那樣。有一年的時間他們兩個在不遠的佩荷維巷子裡跟人租了半間屋，湊合著住，後來又搬到薩沃洛夫工廠那一區去，換成一間單房公寓。事情的發展非常順利，你無法想像的好運：當阿麗婭回阿克莫林斯克的期限到時，她已經結了婚，並登記爲莫斯科市民，還懷了孕，也進了研究所。

阿麗婭只回過阿克莫林斯克一次，是在母親葬禮的時候。至於舒里克，她這輩子沒再想起過——何必回想那些不愉快的失敗經驗呢!?和舒里克的故事裡只有一件事保留了下來，就是英國奶茶。阿麗婭買了一只牛奶壺，喝起奶茶來，還用漂亮的盤子來裝餅乾。當她自己的女兒長大之後，她打算送她進音樂學校就讀。眞是一個好女娃呀！

34

這個夏天薇拉過得很愜意。這次，他們終於跟以前那位別墅女房東奧莉佳・伊凡諾芙娜・弗拉索金娜租到了別墅。打從舒里克一出生後沒多久，他們一家每年就在這裡度過炎炎夏日。這一次舒里克跟薇拉沒有租下附帶涼台的豪華兩房特區，反而選了整棟房子裡頭空間比較小、靠後院的單間房部分，可是這一區附有露台和一間獨立廚房。新地方比以前小，可是卻要舒適得多。從舊區移到新區之前，舒里克先到貯藏別墅家具的板棚裡搬東西過去，這些家具在那次從宮廷侍從巷搬到新林街的時候就已經先運到別墅來了。真讓人驚訝，當初究竟是如何把這幾件最後的家具，包括幾把維也納式的椅子、一對擱架，以及失去魅力的摺疊桌搬來的呢？這些遭遇兩次流放命運的家具被女房東完整地保存著，現在它們被安置在新地方和新位置上，卻又勾起母子兩人對外婆的回憶：這些家具都還不知道她的死訊，她那張在布套背面繡有矢車菊圖案的椅子彷彿還在等她歸來。然而現在，兩年過去了，失去外婆的感受就像繡在布上的矢車菊那般鮮明，沒有憔悴……

只是現在坐在外婆椅子上的人是伊琳娜．弗拉基米羅芙娜，薇拉的老友，和薇拉有遠房親戚的血緣關係。伊琳娜是一名商人之女，然而她一輩子都在掩飾自己的出身，孤單寂寞的她從遙遠的薩拉托夫遷移到莫斯科近郊的小雅羅斯拉韋茨城定居，和舒里克一樣是在圖書館工作，現在她已經退休，很高興地接受了薇拉的邀請，到別墅來和她同住。當薇拉還是一位年輕貌美的女演員時，伊琳娜就把她視爲人中之鳳，薇拉的任何挫折和失敗都無法動搖她心中對自己女友的深刻敬意，這種崇敬也和她個人的貧窮處境有關。

舒里克同樣對伊琳娜的到來感到高興，因爲媽媽有了一位女伴在身邊可是大大減輕了他的負擔，畢竟每日搭擁擠的電車來回跑，也是要花很多時間，現在多虧了伊琳娜，他可以不用每天回別墅過夜。他每隔一天，偶爾隔個兩三天才來別墅一趟，幫忙帶些糧食和補給品來。這位一輩子不是過得很窮困，就是過得很單調的伊琳娜非常著迷於烹調奢華的大菜：她東西總是做得很多很多，多到吃不完，而且不管是煎烤、水煮或是慢燉，她一律是要做得氣派非凡，跟外婆的風格一模一樣。薇拉一向習慣吃得少又吃得隨意，所以她得花好一番功夫才能將伊琳娜從廚房裡給挖出來，要她陪伴一塊散步，走到湖邊和樺樹林邊……不過通常伊琳娜都拒絕離開廚房，於是薇拉便一個人散步，在偏僻的原野上做些呼吸操，交替深呼吸，直達肺部最深處，再來幾個淺短的呼氣，然後感到自己非常健康，特別是開過刀的脖子部位。在這段時間裡伊琳娜則是動作遲鈍地擦擦洗洗、攪拌東西，還有忙著打泡沫。總是在舒里克抵達之前，她就把食物先擺上桌，像是覆在兩條毛巾下以致於變得溼軟的餡餅，放在冰窖底層而結冰了的肉凍，還有長時間放在密封蓋子裡的糖煮果汁。

舒里克都是在傍晚的時候到，在臉盆裡把手洗一洗，然後從板棚裡把腳踏車拿出來騎，這是外婆送給他的十三歲生日禮物。他想要騎車到湖邊游泳。他把蛇紋輪胎轉了轉，用小時候的睡衣，現在已經變成抹布來擦拭骯髒的擋泥板，心裡已經先感受到車子走在盤根錯節的紅棕色小徑上劇烈的顛簸情形，還有從小坡上凌空滑下去時的高速快感，以及緊繃的空氣擊打在額頭上帶來的摩擦感……可是伊琳娜用近乎卑微的態度請求他先用餐，因爲桌上的菜都還是溫的，不吃就會涼掉，於是舒里克只好屈服於她的好意，坐下來吃飯。而伊琳娜就站在舒里克的身後，露出一副母雞準備啄食的表情，不時地把小蘿蔔、鹽罐或是一塊雞肉塞給他。因此舒里克像一隻餓貓似的吃得太撐，幾乎就要趴在桌上睡著了。

「謝謝，阿姨。」舒里克嘟囔著，心裡面對腳踏車充滿抱歉，完全沒騎就又要把它牽回板棚去。他親了親兩位老太太，便倒在凹凸不平的沙發上，睡死了過去。

伊琳娜把盆子裡弄了一些溫水，很慢很慢地洗起碗盤，嘴裡頭不時唸唸有聲。她就連在自己嘴裡小聲唸也是很害羞：她孤獨慣了，不習慣身旁還有交談的對象，因此她總是習慣不停地喃喃自語。

如此，從一睜開雙眼起，她便開始早晨的自語之歌，說天氣眞好，牛奶味道眞棒，杯子沒洗乾淨，小碟子上的圖案眞是可愛等等之類的話。到了晚上，由於嘴巴講瘦了，她自語的速度變慢，可是還是不停地講、不停地講，說什麼太陽西沉，天色變暗，溼氣從地上冒出來，窗下聞得到菸草味、聞得到……然後像是忽然想起什麼事情一般，她問：小薇呀，是不是這樣啊？只是她早已不需要對話者，所以也不要求要有回應。

薇拉對伊琳娜的陪伴感到很是滿意。儘管伊琳娜還小她兩歲，但是薇拉非常熟悉她的生活習慣：彷彿是外婆特地派了伊琳娜來做她的代理人，幫忙這個家做飯、打掃、付出關懷……對薇拉來說唯一美中不足的是沒辦法和舒里克聊天：吃飽撐著的舒里克馬上就進入夢鄉，讓薇拉沒辦法和他討論一年裡發生爲數眾多的文化新聞，像是史考特・費茲傑羅的書有俄譯本了、羅伯特・司徒魯瓦把布雷希特的《高加索灰欄記》搬上舞台，還有世界知名的米蘭玩偶劇團即將來到莫斯科演出……儘管伊琳娜也是圖書館員出身，但是她的感官知覺已經被大量的食物塞滿，所以完全無法配合她遠房親戚對文化的高度興趣。

隔天一大早舒里克被鬧鐘吵醒，吃完了一份三道菜的早餐後，沒有驚醒母親就出門，搭電車上班去。晚上瓦列莉婭會穿著她那件從背部到胸部都飛滿鸛鳥的日本和服等他到訪，然後他會履行他對她的承諾——以他恪盡職守、勤奮不懈、誠懇負責的態度，一如外婆從小教導他對待自己所有的職責那般。

瓦列莉婭向他坦承，要不是因爲想生個小孩的夢想未能如願，否則她是不會跟一個比她年紀小的男生搞戀情的。但是瓦列莉婭的話讓舒里克感到困擾，因爲他已經有了一個小孩歸在他的名下。

「這是我最後的機會了。難道你眞忍心拒絕我生理上的自然渴求嗎？」瓦列莉婭熱切地在他耳邊呢喃。既然是女性生理上的自然渴求，舒里克當然是不便拒絕了。

於是整個夏天舒里克都在爲這生理上的自然渴求而努力奮戰，並且夙夜匪懈，到了八月底瓦列莉婭告訴他，他辛勤的努力終於有了結果——她懷孕了。婦產科醫生跟瓦列莉婭確定她已經懷孕六週了。瓦列莉婭想起自己立下的誓言，而這一次她決定要遵守自己向上帝承諾的話。她痛哭了一整晚：滿懷感激之情，可是對今後將永遠拒絕男性求愛的誓言亦充滿悲傷——這是她當時的承諾。她期待自己懷的是一個女兒，可是又擔心小孩，所有醫生都禁止她懷孕到足月……他們認爲以她的條件來看，她的身體狀況根本不適合懷孕和生產。這些紛至沓來的思緒全和淚水混在一塊，只是這流個不停的淚水嚐起來多是甜美和幸福的味道……

夏季別墅假期結束之後，瓦列莉婭跟舒里克表示，他們的約會將永遠終止，她送給他一幅父親收藏的版畫作為紀念——是丟勒㊲的作品《浪子回頭》。舒里克不明白這之間的暗示，不過他接受了她分手的提議，同時溫馴地、沒有太難過地收下了紀念品。從此以後瓦列莉婭不曾再找他回家過。

工作時間裡舒里克很難得有機會見到自己的女上司：大部分時間瓦列莉婭都待在自己的辦公室裡頭，而舒里克現在則換到目錄總覽室去……當他們在走廊不期而遇時，瓦列莉婭會用她那雙藍色眼睛饒富深意地看著他，嘴角閃過一絲微笑，彷彿他和她之間什麼都沒有發生過。而他感覺得到一股愜意的溫暖，以及一種順利達成任務而產生的滿足感：他知道，她是感激他的……

譯注：

㊲阿爾布雷特·丟勒（Albrecht Dürer, 1471-1528），亦翻作杜勒，北部文藝復興的代表人物，生於德國紐倫堡，著名畫作有《大天使米迦勒與惡龍之戰》等。

35

一個夏天過去，莫斯科公寓已經是一棟廢棄屋的模樣，到處都是灰塵，像是被人遺棄。伊琳娜和薇拉一塊從別墅回到莫斯科後，立即捲起袖子開始洗刷的工作。整整三天她用抹布在屋裡各個角落來回爬動，嘴裡不停地哼著歌：躲在角落裡的灰塵，我們現在就要把它抓出來……鑲木地板保養得很好，還是橡木材質，可是牆腳板下的縫隙裡可就……連抹布都要好好洗洗，整條都變成黑的……到底是哪裡來的灰塵這麼多……

薇拉下樓到公共庭院裡，坐在長椅上。書她不想看，待在陽光底下整個人顯得酥軟無力，脖子還是遵照醫生的囑咐圍上一條薄紗絲巾，以避免致命的光線照射。

「眞可惜，幹嘛那麼早就從別墅回來。」她半昏半醒地想。「這是媽媽當時養成的習慣。固定在八月最後一個星期天返回，好留一點時間準備學期開課的課程。眞應該住到天氣變壞前再回來才對……」

「歡迎回來！歡迎歸來，薇拉・亞歷山德羅芙娜！」薇拉的面前站著雄糾糾、氣昂昂的馬爾美拉德，他伸出他單純的手心作出黨員握手的手勢。薇拉從日光浴的酥軟狀態中驚醒過來，看到眼前鄰居穿著一條帆布褲子和一件烏克蘭民族風的斜領麻布衫，加上一頂經年不變的中亞地區風格的紅色繡花小圓帽。

「這好像是大戰以前的喜劇片才會有的人物造型呀。」薇拉心裡想。

「您可否准許我在您身邊坐下呢？」馬爾美拉德小心翼翼地在長椅的一角上坐了下來。

「過程都非常順利！」他想讓她高興。「非常棒的地點！七樓的鄰居瓦爾瓦拉・丹尼洛芙娜過世了，她女兒將一台非常棒的鋼琴贈送給我們住家管理委員會。鋼琴只需要稍稍調一下音就好，隨時可以上場讓人彈奏！時間表也已經排好：星期一是住管會的開會時間，星期三是我們的稽查會議，星期五布魯克醫師會免費為我們住戶義診。剩下的日子您隨便挑，挑那一天，那一天就是您的！然後您可以帶自己的小組——想要劇場小組，還是音樂小組，都可以——這是為孩子們上課！怎麼樣？」

他一副莊嚴隆重的模樣。

「我再想想。」薇拉說。

「還要想什麼？星期二給您了。還是說您想要星期四，或是星期六？」

他眞是一股打死不退的熱忱，再加上鰥夫面對風韻猶存又有文化素養的女士時所特有的一股勤快勁。

「珍珠寶貝，她可眞是貨眞價實的珍珠寶貝呀。」馬爾美拉德想。「要是我年輕時能遇上這樣的女人就好了……」

晚上用過很晚的晚膳之後，薇拉把碰到馬爾美拉德的事說給舒里克聽。她沒有隱瞞一個老男人對她的好感和欣賞，可是他讓她覺得很爆笑，光想到他那件繡著十字花的斜領衫，還有那頂被他禿頭分泌的油脂浸得油膩膩的繡花小圓帽就忍不住想要發笑……

但是這一次舒里克沒有像往常那樣聽到這人的事就笑。他若有所思地吃完伊琳娜號稱用豬、牛、羊三種混合絞肉做出的肉餅，把嘴巴抹乾淨，然後意外地以相當嚴肅的語氣說：「小薇，這想法其實很不錯呢……」

伊琳娜在過去三個月的陪伴時間裡從未發表過任何評論，但這會她忽然停下手中白抹布不停在爐子上來回擦拭肉眼看不見的灰塵的動作，首次說出了自己的意見：「對孩子們而言！對孩子們而言這眞是何等的幸福呀！小薇！以妳的文化素養！以妳的天分！」她一邊說，雙頰跟著泛起紅暈。「妳還可以在高等學院裡教書，甚至是研究所！畢竟妳知道那麼多關於藝術和音樂的東西，我還沒說到有關劇場的事情呢！像妳死去的母親伊莉莎白・伊凡諾芙娜就是一位偉大的教育家，她作育了多少的英才，可是妳卻浪費妳的才能。任才能隨風消失！要是妳不教的話，這可眞是罪過！」

薇拉聽了她的話後卻大聲笑了出來——她從來不曾在伊琳娜的身上看到像這樣火焰

一般的熱情。

「伊琳娜，妳說什麼呀！怎麼能把我媽和我放在一起比較呢！她是一位眞正的教育家，而我只是一位失意的女演員，一個半途而廢的不入流音樂家，以及一個中等會計，除此以外還是一個殘障人士！」最後一個詞她甚至以很挑釁的語氣說。

伊琳娜舉起兩手輕輕對空一拍，掩不住滿臉驚訝，手中的兩條抹布立即落下：「怎麼會這麼說！我一整個夏天聽妳說了多少有趣的事！妳是一個飽學之士！舒里克，你也說說話呀！妳是有專門知識的學者！現在有誰還知道那些古代的舞蹈呢！可是妳可以說得那麼栩栩如生，彷彿妳是親眼所見似的！而妳對舞蹈哲學一門叫什麼名字去的學科……」

「聲韻協調。」薇拉幫她接話。

「就是這個！還有妳是怎麼描述那些神聖的舞蹈來的！簡直就像有一座圖書館蓋在妳的腦袋裡似的！還有妳是怎麼講那位叫什麼伊莎朵拉・鄧肯的！」

伊琳娜拾起掉在地上的抹布，然後做出總結：「妳有責任！我就是認爲妳有這個責任要教導孩子們這方面的知識！」

隔天在樓下大門上以及公共庭院裡都貼上了用紫色墨水在包裝紙上寫的告示：「文化劇場小組開課，地點在管委會，每個星期二晚上七點。上課老師是薇拉・亞歷山德羅芙娜・柯恩。歡迎中年級的孩子來上課。強烈建議！」

馬爾美拉德就是沒辦法不在末尾放上高呼的口號，不過他捨棄了他最愛用的「禁止」命令句，這可是莫大的改變，只是仍免不了已經習慣性的威脅語氣。

肇因於一個愚蠢的黨委員一個愚蠢至極的想法——地下室的劇場文化小組——竟然成爲一個全新生活的開始。老實說，新生活眞正開始是始於動手術拿掉威脅薇拉身體和精神健康的甲狀腺腫大手術。而這個迫於集體施壓和馬爾美拉德愚蠢善意所產生的劇場小組是讓薇拉回歸她年輕時候的興趣，很像一個人在漫長離家後回歸故鄉的感覺。

新生活裡薇拉在音樂聲中不疾不徐地做完早操、用完早餐後，在鼻尖擦點粉，仔細換過衣裳後，便出門到圖書館去。她出門的時間不像舒里克那麼早，也不是到列寧圖書館，而是去劇場圖書館，不是每天，而是一星期三天。薇拉早就在劇場圖書館有登記，也認識裡頭好些個工作人員，但是現在她在閱覽室裡占了一個固定座位，在第二排桌子離窗的位置，完全沒有風。這個座位非常方便、舒適，而且只有在學生考季開始的時候才會被占走。不過薇拉總是避開考季的這三、四個星期，不想跟戲劇學校的學生擠在一起，聽他們焦躁不安的唸書聲，在這段時間裡她都使用借閱證把書帶回家看。只不過她最有興趣的一些舊雜誌是不能用借閱證外借，它們只限在閱覽室裡頭看。

有時後舒里克會到圖書館接她，於是母子兩人一塊到葉利謝耶夫斯基商店逛逛，買一些特別好吃的，或是以前外婆常帶回家的東西。然後在等公車的群眾裡耐心候車，他們要轉兩趟無軌電車才能到家，先坐到「白俄羅斯」火車站，穿過整條高爾基街，然後沿著布提爾斯基土牆路坐三站就到。薇拉無法忍受坐地鐵——她在裡頭總感到窒息而且神經緊張。

「當我一走進地鐵裡，立刻就感到甲狀腺的症狀復發。」她向舒里克這般解釋。不過對舒里克來說，他並不反對搭無軌電車慢慢地回家，因爲和母親在一起他從不覺得無聊。薇拉一路上都跟他聊自己在圖書館裡讀到的劇場歷史，而他則帶著對所愛總是有求必應的耐心聆聽她的話。

薇拉會在筆記本裡抄錄一些她認爲有意義的詞句，並且和女孩子們一塊準備上課的課程。來聽她課的孩子清一色都是女生。本來還有兩個在不同時間來聽課的男生，但是他們對薇拉一手築起的女性花園無法適應。唯一一位參與聽課的男生就是舒里克。一開始他出於道義上的支持和幫忙排聽課的座椅才來上課。後來就變成習慣：星期一的晚上，結束學校的課以後，時間跟往常一樣屬於瑪蒂爾達，而星期二剛好沒有課，於是他乾脆就來聽薇拉上課，加強陣容。

星期六和星期天的晚上是分給媽媽的時間，沒有任何異議，母子兩人都喜歡這樣的安排。偶爾舒里克會說他要參加生日宴會或是到朋友家作客——不是到羅森茨威格就是基亞的家。舒里克每一次都是用不好意思又很抱歉的語調求情，於是作母親的便很慷慨地同意放行。但是偶爾她也會做出修正，她會要求舒里克先送她到劇院，或者相反，在她看完戲以後來接她……對舒里克來說，這是母親專有的權利，他不曾拒絕過。

從第一堂課開始，薇拉即表示劇場是最高藝術的表現，因爲它將一切藝術形式綜合在內：包括文學、詩歌、音樂、舞蹈和造型藝術。聽課的女孩們也都深信不疑。在這種概念之下，薇拉進行自己的教導課程：和女孩們一起做練習，教導她們如何配合音樂來動、呼吸，還有大聲唸出台詞。她們表演啞劇，作出非常可笑的動作，比如說表演久別之後的重逢、爭吵，還有吃下難吃食物的表情……

女孩子們認眞表演、歡樂嘻笑、樂趣無窮。

這些上課的女孩子都崇拜薇拉，同時也愛死了舒里克。其中一個女孩子，十四歲、一臉悶悶不樂的卡佳・庇思卡列娃，她長得不漂亮又駝背拱肩，還加上眼睛外凸和一張歪嘴，是住房合作社主席的女兒，她是認認眞眞地愛上了舒里克，就連專心上課的薇拉也注意到這女孩子陰沉沉的目光總是死死盯在舒里克的人身上。不過幸運的是，這女孩子實在太害羞了，所以沒有對舒里克造成直接的危險。

或許這是有史以來頭一次薇拉能獲得她所想要的生活：在她身邊有一位始終忠於她

的男性，總是含情脈脈又無微不至地關心她，還有她現在從事的是她年輕時沒能得到的事業，而現在她並沒有努力追求，可是事情卻如此完美地自行降臨在她身上，而她的健康狀況，以往總感覺虛弱不穩，現在卻變得健康，而其他同她這年齡的女人或多或少都遭遇到荷爾蒙失調的困擾，不是有掉髮的問題，就是在鬆弛的下巴處亂長出一綹一綹的灰毛。

此外，外婆死後落到她肩上、身爲家長所會關心的舒里克的教育問題，卻自然而然就迎刃而解了：兒子唸夜校，而且也沒費多大的勁就有學校唸，還有他因爲撫養母親也免去服兵役的義務，總之一切都好極了。有生以來最順利的一次……

36

最難解決的問題是鞋子。衣服還能用買的、縫的、接的，逼不得已的話，用舊衣服翻改也行，但是鞋子的問題就大了，特別是對瓦列莉婭來說更是如此。她的左腳比較短，而且還比右腳小一號半，又因爲多次開刀而受盡折磨。瓦列莉婭的左小腿上戴著一副很醜陋的裝備——用硬皮、金屬和交纏的皮帶組成的一套複雜裝備。她的左腳從腳掌到大腿上布滿了不同年代和深淺程度各異的縫線疤痕——可以作爲她的病史和對抗疾病的奮戰史。另一隻健康的腳上雖然沒有那些醜陋的疤痕，但是由於它承受了身體所有的重量，因此整隻腳變得靜脈曲張，較之她光滑白皙的身體顯得是提前衰老許多。順道一提，瓦列莉婭從未在任何情況下對任何人展示過自己的雙腳。第二件不展示品就是鞋子。打從她一遷移到莫斯科起，超過三十年的時間裡她的鞋子都是由著名的鞋匠阿朗姆・基科揚來製作，這是她過世的後母幫她找到的專家。

「老師要德國人，醫生要猶太人，廚師要法國人，鞋匠要亞美尼亞人，而情人則要波蘭人。」瓦列莉婭的父親曾如此打趣道，而且只要情況許可的話，他總是盡力按照這樣的原則做。這位亞美尼亞鞋匠並非專門做矯形鞋的人，他多是幫上級長官的太太們以及出名的女演員縫製鞋子，幫小瓦列莉婭製鞋算是特例。他一年幫她縫製兩雙鞋，用最好的材質，每做一雙鞋就像造一艘船那樣，要事先計畫和畫設計圖，每次都要先仔細想過結構並修改舊的鞋楦子，盡力求新求變，這如果不是指鞋子本身，那麼也是針對自己的技藝的要求。他幫她做了一雙帆船鞋底的便鞋，加大左腳的鞋面——增加一公分半做內皮，另一公分半做鞋掌。此外他還放進一個特製矯正鞋墊，恰恰合她腳掌的形狀。這雙鞋眞是非常有紀念價值的珍品……

阿朗姆・基科揚是一個非常特別的怪人：他住在公共公寓裡，就在鐵匠橋的一間半地下室的房間裡，在這間充滿製鞋膠水和皮革臭味的豬舍裡，他有的是錢，但是穿得卻像個乞丐，每天中午固定到「阿拉拉特」㊳餐廳用餐，從不給小費，偶爾會送一些貴重禮物給領班。他時常玩牌輸錢，只偶爾會贏。他從未結婚，但以金錢資助兩位住在葉里溫㊴的姊姊的家庭，不過自己卻從未到過那裡，也不讓姊姊和姪子們進自己的家門。他的身高不怎麼樣，外貌也毫無助益，就是一個瘦小的亞美尼亞老人，大鼻子、粗眉毛。他喜歡斯拉夫品種的女人——淡金頭髮、高大豐滿、一雙湛藍眼睛，而如果那女人還綁了條辮子在頭上，那可會讓他發了瘋。人們說他和他的女客戶們睡，甚至是全工會都曉得的名字。但是沒有任何書面資料證實這種說法。年輕的妓女們公開到他那裡去，他和她們關係友好，給她們金錢花用，至於在那張蓋住長沙發的破毯子下面到底發生什麼樣的事情，沒有人知道……全部消息都僅止於聽這人說……聽那人說的道聽塗說的程度……

阿朗姆崇拜瓦列莉婭。她叫他做「小阿朗姆叔叔」，而他則喚她爲「阿達莫芙娜」。她非常合他的品味，儘管她沒有符合金髮這部分的標準。就像一般東方人的習慣，他尊重女孩子的童貞，只有在她出嫁以後他才對她顯露出男人的興趣。

有一次當他幫她殘廢的腳穿上紅色上等山羊皮革製的鞋子後，他對她提出一個請求：「阿達莫芙娜，我是一個老人，無法爲妳做些什麼，但妳行行好——給我看看妳那裡的東西。」

原來他想看她的胸部。瓦列莉婭一開始感到驚訝，繼之笑出聲來，然後她解開外套，把手伸到背後，鬆開胸罩。

「唉呀呀，多美的一對胸部呀！」阿朗姆叔叔讚嘆道，這位老人其時還並不很老，五十歲上下的年紀。

「我不給摸的，我怕癢。」瓦列莉婭說，一邊穿上胸罩，然後是外套。

從那時候起他對她的崇拜更是無以復加，但是沒再對她提出同樣的要求。阿朗姆的一位老鄰居卡嘉·托爾斯塔雅大嬸黏他黏得緊，還爲這件事發了一陣醋勁，因爲她對阿朗姆早有圖謀，而且就她的立場而言，這可是一個巴掌拍不響。而阿朗姆對她解釋道：「只有一個女孩子會讓我想結婚。可是她卻是一個跛腳，妳了解嗎，我是不能跟一個跛腳的女孩結婚的。人們會看笑話，會指指點點說：看，是阿朗姆跟他那個瘸腿老婆在走著呢。我是一個驕傲的人，受不了這樣的指指點點。」

上一個冬季的季末阿朗姆幫瓦列莉婭縫製了一雙冬靴，顏色是棕色，鞋背上還有環扣，環扣下有加墊，以免環扣傷腳。儘管這一個冬季的嚴寒正達到高峰，但是她卻沒有穿上她的新鞋——因爲從懷孕第三個月起她就躺在病床上安胎去了，而這段時間裡醫生們還是一直勸她不能生孩子，還有她無法自然產，只能剖腹產。更重要的是，懷孕期間孩子會從母體吸取大量的鈣，造成她原本就脆弱的骨頭嚴重流失鈣質，髖關節會支撐不住，那麼一來她接下來的一生就會完全失去雙腳。另外還有一個問題就是，她能否保得住孩子。

瓦列莉婭對所有的勸告都只是微笑以對，她依然堅持自己的立場：把希望寄託在和上帝的約定裡——她有了孩子後向祂發了誓，往後不再犯錯，然後她遵守諾言，和她的小情人立即分了手，接下來就看上帝的作爲了。因此她完全不想聽到任何關於墮胎的事，儘管醫生們不斷用沉重的後果來威脅她，但她依然微笑以對——有時是輕輕笑，有時略帶嘲諷地笑，而有時則完全像個傻瓜似地笑。

她在醫院裡躺了兩個月，然後出院在家休息，不過醫生囑咐還是要躺在床上。她的肚子大得很快。有些女人懷孕五個月了外觀依然看不出來，但是瓦列莉婭的肚子卻是直接從胸部以下就凸得跟個小山一樣。她還是想要出去散個步。於是她打電話給女友，而女友立即趕到，帶瓦列莉婭出去散步。那年是個嚴冬，新靴子好不容易套進浮腫的雙腳，可是腳仍立刻凍僵。瓦列莉婭打電話給阿朗姆，跟他說去年的靴子顯得有點緊，能不能楦寬一點。

「為什麼不能？為了妳什麼都可以。過來吧！」

於是她和女友一塊去找阿朗姆，並囑咐她在計程車裡等。她穿著貂皮大衣進屋裡找阿朗姆，前方頂著一個肚子。她還沒脫下大衣，他就已經注意到她的肚子了。他哈哈大笑起來，又哀哀哭了出來，然後他要求摸摸肚子。

「唉呀，好傢伙，阿達莫芙娜！妳又一次嫁人了！又一次不是嫁給我！」

瓦列莉婭不想讓他傷心，就讓他以為她是嫁人了吧……

她把一包東西打開，把新靴子放到桌上。

「妳把靴子給我看幹嘛，我是沒見過它們是嗎？妳把腳給我看呀！」

她坐到椅子上，阿朗姆彎下腰來，把就靴子解開，把溼溼的腳掌從鞋裡拉出來，像醫師一樣用手指按了按浮腫的腳背。

接著他從各個角度將新靴子仔細地看了一遍——用手壓了壓，又拉了拉，想著如何讓腳在鞋裡能更自由些。

「阿達莫芙娜！我幫妳弄鬆些，而這裡我把上面的襯毛拿掉一些。鞋還是跟以前一樣暖和，妳不會注意到有什麼不一樣。和小孩子散步，一雙暖和的靴子是必要的。靴子還是一樣保暖。妳下個禮拜打給我，就可以過來拿鞋。讓我親親妳吧。」

於是他們告別了。而且告別了不止一個星期，而是更久。因爲瓦列莉婭扁桃腺發炎，或許不是眞的扁桃腺發炎，但是就是喉嚨痛，而她被警告不能出門。朋友怕她無聊，一個一個輪番到她家，圍在她床前，瓦列莉婭躺在枕頭上，穿著一身漂亮的衣裳，還化了妝，彷彿像在過節一樣。她的確在慶祝過節，因爲懷孕已經進入第六個月，小女娃在肚子裡輕輕動著，乖乖待在肚子裡，她的心臟不斷跳著。所有這些都帶給瓦列莉婭無以言喻的幸福和感激。甚至在半夜裡她還會因爲喜悅而醒過來，於是她從床上起身，把擺在貝阿塔那副象牙製的基督受難十字架前、放在漂亮燭台上的蠟燭點燃，開始祈禱，直至疲憊睡去爲止。

過年前嚴寒的攻勢消沉下來，終於來到冬日裡最舒服的天氣，明亮、乾爽，白雪閃耀、發出清脆的聲音，空氣聞起來有新鮮黃瓜的滋味。一大早瓦列莉婭看著窗外，心裡想要去散個步，然後她想起靴子的事，於是便打了電話給阿朗姆。而他用羞惱的語氣說：

鞋早就改好了，怎麼一直不來拿呢？

「我現在就來，阿朗姆叔叔！」

「不必現在。差不多五點到，我請妳到『阿拉拉特』吃午飯。我請客，懂嗎？」

瓦列莉婭沒有人陪伴絕不出門，但是這一次她決定一個人出去：她實在不方便請女友送她到鞋匠那裡，然後丟下她一人，自己卻到餐廳吃飯。還有她要花好多時間解釋，爲什麼她會跟一個衣衫襤褸的亞美尼亞老人在一間昂貴的餐廳用餐。無法解釋……

她穿上一件漂亮的淡紫色新外套，上面有銀色鈕子——昨天才剛把它縫好。她戴上一對紫水晶耳環——就像雪青色的水滴落在粉紅色的耳朵上。這是貝阿塔不知道在什麼時候送她的禮物。瓦列莉婭看著鏡中的自己：如果不是女孩，卻是男孩麼辦？人們說，如果是懷女孩，那麼媽媽的臉就會變醜，會長斑點。可是瓦列莉婭的臉龐卻是膚色白皙，甚至是白得過分了。

「男孩就男孩吧。那我就給他取名爲舒里克。」她想。

她慢慢地準備出門，對待自己很溫柔。不時地還摸摸肚子。

終於穿戴妥當。她坐電梯下樓。眼前馬上停了一輛計程車，而她的手甚至還沒來得及舉起。司機幫她開了車門，這男人的年紀已經不輕，帶著微笑說：「準媽媽，妳要到哪呀？」

阿朗姆以一副嶄新的模樣迎接她，全無半點羞怒的神情。他鬍子刮得很乾淨，還穿了一件瓦列莉婭從沒看過的短外套，通常他在家裡幹活的時候都是穿著一件無袖坎肩。他幫她脫下大衣，把舊靴子脫掉，然後幫她把新靴子穿上。

「感覺如何？」

很棒。完全貼合，正是瓦列莉婭想要的，也不會覺得腳很悶很溼。

「有人幫我帶來一些料子，非常正點！是駝色的！我留著給妳做夏天的鞋用。」

兩人一塊出門，來到鐵匠橋。時間正巧是下班的尖峰時候，來來往往的行人很多，但大家都注意到這兩人，都繞路讓行，於是兩人便慢悠悠地在匆忙趕路的人群中行走，好像一艘大型船艦航行在爲數眾多的機動小舟間。阿朗姆的大衣是舊的，已經磨損，可是頭上戴的帽子卻是新的，還是昂貴的海狸皮，毛茸茸的，像一個枕頭。瓦列莉婭倚著枴杖走路，現在的她比以往任何時候都更依賴這工具。

她肚子裡感覺好笑，迎面而來的路人會怎麼看她和阿朗姆，或許會以爲她是這個乾瘦的亞美尼亞老人的妻子吧；而阿朗姆自己恐怕是感到無上的驕傲，能夠挽著這麼一位美女，還是個孕婦的手走路，而所有人都可能認爲她是他的老婆。還有，不時有人跟這位鞋匠打招呼——因爲他在城市的這一區是個老住戶了，從新經濟政策㊵的年代就搬到這來，在離這區不遠的一個隱密工作室工作，他擁有一副鎧甲，打過所有戰爭，不過全止於勞動領域的戰場，像是幫內務人民委員部工作人員縫製靴子或是幫他們的老婆製作便鞋這碼子事。

他們轉了一個彎，來到「阿拉拉特」餐廳。

「如何，靴子不會夾腳吧？」阿朗姆自豪地問。

瓦列莉婭覺得好笑又愉快，他們走上兩級階梯，然後她拿掉包在頭上的白色奧倫堡披巾，古色典雅的紫水晶於是閃耀光芒，阿朗姆馬上就注意到，發出讚嘆的詢問：「貝阿塔的耳環送給妳啦？好東西！」

瓦列莉婭用手晃了一下耳垂，讓鑲在大寶石周圍的碎鑽發出更亮的光芒：「我後母送給我的，願她升天！是十六歲的生日禮物。」

「妳第一次被帶來找我的時候是幾歲？」

「八歲，阿朗姆叔叔，八歲。」瓦列莉婭微微一笑，嘴角輕輕上揚，露出蒼白中泛著青藍色的牙齒，彷彿像是假牙。

態度恭敬的門房打開大門，他們走進餐廳，阿朗姆出於禮貌落後瓦列莉婭兩步，部分還因爲枴杖，因爲瓦列莉婭進門走下樓梯時，身體會整個壓在這根枴杖上。她踏出一步，身體跟往常一樣下沉，但接下來她便摔下樓梯去。

「難道我忘了黏上防滑墊？」阿朗姆驚恐地閃過這念頭。

但是他隨即想起來，他的確有在每一隻鞋底都加上一層薄薄的橡膠墊，以防止鞋底會滑。

餐廳的門房、阿朗姆，還有從走廊跑出來的領班立即衝過來要扶起瓦列莉婭，可是她重得幾乎拉不起來，而她的雙眼因爲恐懼而變得發黑。當扶她起來的人還在努力地幫她把腳立起來，她已經知道發生什麼事情了：她摔倒，是因爲她的腳自己斷掉了，並不是因爲摔倒的動作而造成腳斷……她不覺得疼痛，因爲她心中的世界末日之感早已超過任何一種疼痛。

大夥扶她坐到酒紅色天鵝絨的小沙發上，幫她倒了半杯白蘭地，同時叫救護車。她一直等到擔架被抬上救護車，前往斯克里弗索夫斯基醫學院的路上才開始叫出聲音來。醫院幫她照了X光。大腿骨斷掉，還合併大量出血。醫護人員幫她注射了普羅梅多爾止痛劑。一堆醫生圍繞在瓦列莉婭身邊，讓人無法抱怨說沒人關心。大家在等一位叫做李夫希茨的婦產科醫生，但來的卻是一位叫做薩爾尼科夫的醫生，他必須和外科醫生魯緬佐夫一起決定要怎麼處理這一起複雜的病例。

「老師——德國人，醫生——猶太人，廚師——法國人，鞋匠——亞美尼亞人……」瓦列莉婭不安地想起死去父親的話。只是她的情況危急到即便有猶太醫生在此，也使不上什麼力。

婦產科醫生認爲要立即進行人工生產，而外科醫生則認爲得緊急幫大腿動手術。瓦列莉婭流血的情況沒有停止，開始幫她輸血。在她躺上手術台上前，時間已經過去十二小時，兩組外科陣營——創傷手術和婦產科，聚集在因麻藥而失去知覺的瓦列莉婭身邊，決定按照醫學傳統倫理，先救母親，然後才是孩子。

最後仍然沒來得及救活小女孩。胎盤已經剝落，很可能在她跌倒的時候，胎兒已經缺氧，窒息而死。斷掉的大腿骨上沒有打上鋼釘，因爲她的骨頭已經脆弱到無法承受任何外加的工具。

這個新年舒里克和媽媽兩人一起過。原本住在小雅羅斯拉韋茨的伊琳娜還想來莫斯科，但是薇拉沒打算和親戚一起慶祝新年，正如她不想和別人一起過是一樣的，於是薇拉跟伊琳娜說，要是她能在一月一日來莫斯科的話，她會很高興。終於，母親和兒子按照自己的意願來迎接新年：就母子兩人，三套餐具，外婆的披肩覆蓋在她的扶手椅背上，薇拉親手彈奏舒伯特，還有特地從全俄戲劇協會買回來的酥皮小點心。舒里克送給母親一張巴哈管風琴演奏會的唱片，演奏的人是蓋瑞·高伯格，而母親送給兒子一條紅藍相間的安哥拉羊毛圍巾，接下來的十年舒里克都是戴著它到處走。

對瓦列莉婭發生的不幸舒里克是在一個星期之後才知曉，那時工作同仁正聚在一塊湊錢給瓦列莉婭，而瓦列莉婭在這段時間裡依然徘徊在鬼門關前。

「都是因爲我，都是我的緣故。」舒里克感到恐懼。這種罪惡感儘管不是第一次，但是仍然和之前他在死去的外婆和母親面前感到的一樣。他沒有把它說出來，卻十分清楚，他不好的行爲要以死亡作爲懲罰。只是死亡的對象不是他這個犯錯的人，而是他所關愛的人。

「可憐的瓦列莉婭！」他在遠遠一角的「工作人員專用」男廁所裡哭泣，把臉頰貼在冰冷的牆壁瓷磚上。「我眞是一個可怕的人！爲什麼有那麼多不好的事情皆因我而起呢？我根本不希望這樣的呀！」

他哭了好久，爲外婆的死，爲母親的病，爲瓦列莉婭的不幸，絕對是因爲他的罪過所致，他甚至還爲死去的胎兒哭泣，儘管這與他根本無關，但是他還是把孩子未出生就先死的罪攬在自己身上。

廁所門上有兩次轉動門把，但是舒里克在沒有流乾眼淚之前堅持不出去。當他用粗呢袖子擦掉臉頰上的淚水時，他也作出了決定：要是瓦列莉婭能活過來的話，他絕對不會扔下她不管，只要他還有一口氣在，他就會一輩子幫助她。這股由內而生的憐憫之情如此緊迫結實地壓迫著他的心，彷彿壓縮的空氣充溢在越變越薄的皮球裡。

他下定決心回家之後要告訴媽媽一切，可是越靠近家門他就越遲疑，懷疑自己是否有權利讓他脆弱、感性的母親再添上這麼一樁麻煩呢……

譯注：

㊳阿拉拉特山是亞美尼亞的聖山，有崇高象徵的意義，也是《聖經》〈創世記〉第八章中所記載挪亞方舟的最後停泊處。

㊴葉里溫，亞美尼亞的首都。

㊵新經濟政策，簡稱涅普，俄共（布）第十次全國代表大會決議通過，一九二一年三月二十一日頒布實施的一項政策法令，以徵收糧食稅代替餘糧收集制，施行結果有效恢復了第一次世界大戰和俄國國內革命戰爭給社會經濟帶來的破壞，一九二八年被史達林廢止。

37

春天將臨之際，醫院用擔架把瓦列莉婭送回家，舒里克也重新開始去找她——固定在星期三。星期一下課以後，時間屬於瑪蒂爾達，星期二是劇場小組，星期四和星期五的晚上依然忙學校的課業。星期六和星期天的晚上則屬於媽媽。

他幫瓦列莉婭帶一些食物和雜誌回家，但是最重要是幫她從胡思亂想的憂愁裡抽身而出。手術以後瓦列莉婭獲得了第一級的殘障手冊，意思是她從此可以不用工作。可是不工作她覺得無聊，所以她很快就替自己找到一份翻譯論文摘要期刊的工作。所有自己的翻譯她都是用舒里克的名字發表，但是舒里克本身也逐漸加入這項工作，於是乎他們成爲一個雙人翻譯小組，爲這本替不懂外文的研究學者而出版的奇怪刊物服務。

瓦列莉婭的人脈關係廣闊，可不止這本論文摘要期刊，因此她完全能以工作養活自己，儘管她足不出戶。她把她最愛的波蘭文翻譯成俄文，還有把其他一些因需要就能立即掌握的斯拉夫語系的語言也翻成俄文。翻譯的命運同樣也降臨在舒里克身上，但他是把歐洲語言翻成俄文。此外他還扮演信使的職責——幫忙把工作帶回家給瓦列莉婭。瓦列莉婭打字的速度之快和瘋狂，使得敲擊按鍵的聲音連成一道綿密不斷的尖銳聲響。

可是最近幾年，或許是因爲沒法習慣這麼大量的工作，瓦列莉婭的手開始劇烈疼痛起來。一開始舒里克幫她做了各種改良方法，比如說在床上放一個矮腳桌，桌上放打字機，好讓瓦列莉婭能夠半躺著打字，然後還在她背上塞了三個枕頭。但是坐對她來說仍是越變越困難。逐漸地打字工作就轉到舒里克的身上。

此外，舒里克在學校裡還修完了一門很奇怪的專利證照課程，把一些專利許可執照翻成法文、英文和德文——內容荒謬，不僅他本人不懂，而且依他之見，沒有任何一個讀者能懂。順道一提，這工作的稿費總是準時付清，而且從沒有任何額外的要求。

在中小學當外語老師，這是舒里克大部分夜間部的同學將來會從事的工作，它在各方面的條件都比舒里克現在的工作要差。在瓦列莉婭的幫助下舒里克的工作境遇不僅錢比較多，也比較自由。對舒里克而言，自由能讓他不受阻礙地到市場買菜，幫媽媽帶她打果汁要用的胡蘿蔔回家；到莫斯科城市的另一角去買一種特殊的藥，是薇拉從牆上撕下來的月曆或是《健康》雜誌上得知的東西；或是到郵局、找編輯，又或是圖書館，不是早上九點，而是下午兩點才去，還有坐下來翻譯無聊至極的文章，但可不是按照公家機關的朝九晚五的上班時間，而是在用完很晚的早餐，都已經過了中午以後才開始……

舒里克一位要好的朋友熱尼亞・羅森茨威格，在他家裡也常提到關於其他類型的自由的話題，這類話題多少帶有一些危險的政治色彩，這讓舒里克覺得羅森茨威格的猶太人家庭十分特別。這戶人家常常彼此親吻，還打打鬧鬧地嬉樂，午餐時候一邊吃塡餡的魚、糖醋肉、酥皮派餅，一邊大聲喧嘩，還不時打斷彼此的話——這可是外婆絕對不允許的事情。

對舒里克而言，他非常重視他所擁有的渺小又極爲私人的自由，更重要的是他的家教課，儘管錢賺得不多，但是這些課讓舒里克有接觸文化的歸屬感。這些家教課創造了一種或許可以說是虛僞的家族傳承的假象，還帶給他一種感傷懷舊的滿足感。當他用手撫摸這些老舊的課本，以及二十世紀初的童書時感覺很舒服，現在他仍繼續用這些書來教導新的學生。這些家教課完全不要求他要有任何創造性的努力：所有課程全部按照外婆生前訂下的標準進行，因爲這標準也是歷經數十年的改進才完成，而舒里克，一如他的外婆，把他的學生們都教導到能夠自由地唸出《戰爭與和平》裡用很長的法文句子寫出的片段，但卻都不能夠了解現代法文報紙裡寫的是什麼。可是他們又要去哪裡找法文報紙來唸呢？

總而言之，工作是絕對足夠的，只是它們分布得不均，而舒里克早已清楚這一陣忙一陣閒的起伏狀態：十一到十二月間工作超量，跟著一月的時候很清閒，等到春天時工作開始逐漸進入高峰期，然後是要死不活、波紋不興的清淡夏季。

一九八〇年的夏季眞是非常棒：在莫斯科舉行的夏季奧運替舒里克帶來了一份之前從未接觸過的全新工作——口譯。這份工作的酬勞非常好，但是它要求要跟外國人親自交談，而能獲得這份工作的人，通常都要是跟KGB有一點關係和背景的人才能擔當。然而一場奧運帶來的外國人的數量之大，以致於公家的口譯人員根本不敷使用，因此外國旅遊事務總局只好從外面又約聘了其他的口譯人員。舒里克接獲一項口頭指示，必須把他所負責陪同的法國人的一舉一動都記下來，並寫成報告。每一位客人都要視作是一名潛在的間諜，所以舒里克帶著高度的興趣注視著他從早帶到晚的旅行團，揣測他們之中哪一位會是祕密的奸細。

第一份讓他和活生生的法國人共處的工作帶給他最強烈的印象是，他直到這時才曉得，原來他講的法文距離現代法文的時差有五十年之久，他當下便決定，一定要將這中間的空白盡快補上。這樣一來，原本令人疲憊不堪的導遊工作，對他而言卻變成提升語言水準的進修課程。他甚至遇到一位「波爾多來的法國人」㊶，這個角色是由一位非常可愛的法國女人嬌埃里所扮演，而她也的確是波爾多人，是研究斯拉夫語言的大學生，她是第一個注意到舒里克幾乎是用像拉丁語那樣的史前法語在講話。現在的法國人早已經不那樣說話了，不僅使用的辭彙不一樣，就連發音也不同。他們現在都用小舌來發出彈舌音，這在死去的外婆看來是只有巴黎的平民階級才會有這樣的口音。原來，就連完美無缺的外婆同樣也會有錯誤。

對舒里克來說，這是一個令人不快的發現，他決定盡可能地糾正自己的語言。於是他把一星期裡唯一一個空檔的晚上排給了嬌埃里，而他唯一擔心的是，這樣一來他可能整個禮拜都沒法回別墅陪媽媽了。

事實上別墅那邊都已安排妥當。但是舒里克還是掛心：儘管伊琳娜是非常可靠的幫手，但她實在是個糊裡糊塗、腦袋不清的人——如果發生什麼突發事件的話，那該怎麼辦？

譯注：

㊶「波爾多來的法國人」出自十九世紀初俄國劇作家格里鮑耶朵夫在喜劇《聰明誤》裡的一個人物。

38

終於，在馬不停蹄的奔忙中舒里克找出幾個鐘頭的空閒，他打算把一些拖延了很久的事情去辦完，例如把上個月就翻完的雜誌論文摘要寄出去，然後幫瓦列莉婭拿一封從美國寄來的信。這封信老早就放在沃羅夫斯基街的一位不認識的女人家裡，原本舒里克拿到信以後還要轉寄到在療養院休養的瓦列莉婭，但是她下個禮拜就要回莫斯科，所以也就沒這個必要。

他趁著午休的兩個小時趕忙去拿信和寄自己的文件。法國人用在吃午餐的時間特長，是在下午兩點，而不是他們在法國時所習慣的七點，吃完午餐以後他們還需要花一個小時休息，以便在晚上能精神充沛地在大劇院裡慢慢消化《天鵝湖》。

舒里克從電話亭打了通電話給那位他不認識的女人，詢問她那封信的事，那女人早忘了有信在她那，找了好久才找到，然後她跟舒里克說，現在他可以過來拿信了。女人向舒里克解釋，他找到她家後，要摁她大門上五個門鈴中的哪一個，以及要按多少下鈴聲，她就會來開門。舒里克眞的找到了這門鈴，也照她的指示按了鈴，可是一直都沒人給他開門，等了好久才有一隻肥手穿過門鍊，把一封白色的長信封塞到他手裡。

「對不起，您可否告訴我，這附近最近的郵局在哪？」舒里克趕緊往黑漆抹烏的門縫裡問。

「在我們樓下大門口就有。」從門縫傳來一個低沉的女聲，還伴隨著隱約的狗吠。黑暗中顯出一張哈巴狗的臉，還聽到令人厭惡的汪汪叫，下一秒鐘大門隨即關上。

這棟大樓的一樓還眞有一個郵局，舒里克很驚訝自己竟然沒有注意到。上班時間裡郵局只有一扇窗口有開，而唯一一位民眾，從她的背面看來又高又瘦，還有一頭長髮，正和窗口裡的女行員互罵。罵的內容是這個女孩子怎麼這麼久都不來拿包裹，還說書面通知她都有三次了……瘦背女孩則用抽噎的聲音反擊郵局行員。舒里克溫馴地等著這一幕吵架的戲碼結束。終於，女行員用好鬥的聲音跟她說：「您自己過去拿包裹吧。我可不是雇來給您拖重物的……」

瘦背女孩走進工作人員區，相互的叫罵依然不停，只是舒里克沒再細聽下去。他拿著自己的那封信呆呆站著。好不容易那高瘦個子的女孩，這會她不再用背面現身，而是用她那副依然毫不迷人的正面風光，再加上一個長臉蛋，從小門裡走了出來，手裡提著一個重到她幾乎提不動的東西。只看她兩隻手拿著一個不很大的木箱，腋下夾著皮包，東張西望地想找個地方來放置這個重物。

女行員出現在窗口裡，這會她把好門的癖好轉移到下一位客人。「愛來就來，愛去就去，在我們這裡也是要來就來，要去就去。」她不停地碎碎唸，而站在舒里克背後的女孩也努力地讓箱子能拿得更順手些。

當舒里克把信、錢都交給行員，又拿回收據後，那女孩子還在跟那只木箱磨蹭來、磨蹭去。她的臉上露出一股孩童似的絕望神情，蒼白的臉上泛起紅點，看樣子隨時準備大哭起來。

「讓我來幫您吧。」舒里克對她說。

她狐疑地看了舒里克一眼。然後尖聲說：「我會付錢給你的。」

舒里克笑了起來：「您別說笑，這要什麼錢……要幫您提到哪裡呢？」

他拿起箱子——就外型大小來看的話，這箱子眞是重得驚人。

「到隔壁棟。」女孩遲疑地哼了一聲，一臉不滿地往前走去。

舒里克和她一起搭電梯到三樓。女孩笨拙地用鑰匙開門。他們走進一個有很多道門的走廊上。從距離他們最近的一扇門裡傳出一個男子的聲音：「斯薇塔，是妳嗎？」

女孩一句話也不回，沿著走廊自己一人走在前面。舒里克跟在她身後。而他背後的門打了開，鄰居從裡頭走出來，看是誰來了……

那個叫做斯薇塔的女孩走過一具掛在牆上的電話後停下，打開長廊轉角前的最後一扇門。兩把鑰匙，每一個鎖一把。

「請進。」她嚴厲地說。舒里克把箱子拿進門後停下來。這間房裡聞得到一股不怎麼舒服的膠水味道。女孩把鞋脫掉，並放到鋪著毯子的椅子上。

「請脫鞋。」她命令道。舒里克把箱子放到門邊，然後說：「我要走了。」

「我請您幫我打開它。那上面釘滿了釘子。」

「當然，當然。」舒里克同意。

這個斯薇塔眞是有點怪。舒里克把涼鞋脫掉，然後放到椅子上，跟女主人的鞋擺在一起。

「不，不。」那女孩嚇到了。「請放到地上。」

「那包裹要放哪裡？」

這問題讓她思忖了起來。房間裡有一張跟房間大小很不協調的大桌子，上面擺滿各種顏色的紙張和碎布零頭。舒里克想要把箱子放到桌上去，但是那女孩卻作出禁止的手勢，然後拿來一張凳子。舒里克便將箱子放到那上面去。

「我那位住在克里米亞的親戚眞是一個瘋子。他是我爺爺的堂弟。有時候他會寄一些水果給我。可能水果都壞掉了吧。那個郵局阿姨對我那樣大吼大叫，眞是可怕。」

她從床底下拖出一只箱子來，在裡面翻翻找找，然後拿出一把造型奇特並在握柄處附有拔釘鉗的榔頭給舒里克：「哪，榔頭。」

舒里克很輕鬆地就把釘子拔掉，然後打開箱蓋。但是裡頭沒有飄出水果味，更沒有腐爛的臭味。某個東西用紙包著，而且是一整塊。

「欸，拿出來呀。」女孩催促他。

舒里克把這一整塊東西拿了出來，然後打開看。這是一塊石頭，或是某種石化的東西，外型相當端正均勻，表面有一些波形紋路。

「看看有沒有信在裡面？」她指著箱子。

舒里克摸索了一下箱子，拿出一張備忘紙條。女孩拿走那張紙條，然後讀了好久，還把它翻面，又仔細把紙的各個方面都看過一遍。然後她嘻嘻笑了起來，把紙遞給舒里克。

「親愛的斯薇塔！妳姨婆拉莉莎和我要祝妳生日快樂，並寄給妳一份古生物學裡的稀有寶物——長毛象的牙齒。牙齒原本屬於當地的方誌博物館，但是現在博物館已經關門大吉，裡頭的展品便轉讓給刻赤的博物館，而人家那裡的寶物已經夠多了。我們祝妳身體健康，像長毛象一樣，並等妳前來作客。米夏叔公」

當舒里克在唸紙條時，女孩把古生物學的珍寶從桌上給拿了下來，然後很笨拙地轉動它，跟著它就掉了下來，不偏不倚正中舒里克的腳。舒里克大叫一聲，並跳了起來。

所有的疼痛——耳朵痛、牙痛、調皮搗蛋和打架而來的外傷，還有鏽鐵釘刺穿造成的大膿包，或是釣魚竿的魚鉤鉤住大拇指肉的痛——都沒有辦法跟這一種悶聲重擊在腳趾甲邊緣柔軟處的疼痛相比。他的眼睛瞬間閃過一道耀眼的光，隨即熄滅。呼吸差點停止。他倒在沙發凳一角上。那種痛的感覺就像是腳趾被切斷一樣。

斯薇塔尖叫了一聲，立即衝向一只雕花藥箱，把裡頭所有東西都拿出來——用她顫抖的手指放在桌上。她找到一瓶氨水，瓶口用一個金屬薄蓋塞得很緊，開了好久還開不開。終於她動作很不靈巧地，把半瓶氨水都灑出來的情況下打開了蓋子。整間房瀰漫著一股強烈而有鎮定效果的氣味。舒里克幾乎要昏倒過去。這女孩把這氣味強烈的鎮定氨水倒了一點在小酒杯裡，然後一口飲盡。

「您別擔心，別擔心……這只是一場噩夢——只要一有人靠近我，他就會遭殃……」她自言自語。「全都是我的錯……該死的長毛象……都怪那個笨拉莉莎姨婆……」

她蹲到舒里克面前，把他的襪子脫掉。而他坐著，彷彿凍僵了一般無法動彈。疼痛感傳遍整身，連頭都痛了起來。眼前的腳趾頭顏色從粉紅的肉色變成了青紫色。

「不要碰它。」舒里克警告她，全身依然籠罩在疼痛的白霧間。

「或者給它上一點優碘？」女孩膽怯地問。

「不要，不要。」舒里克回。

「我知道了，需要照X光。」女孩忽然想到。

「您不用擔心，我在這裡坐一下，然後就走……」舒里克安慰她。

「啊，冰！可以用冰！」女孩大叫，然後立即衝向門邊的小冰箱。她在裡頭括呀搜地弄得乒乓響，還掉落一地東西，幾分鐘後她把一塊冰放到舒里克那隻不幸的腳趾頭上。疼痛再以新的力道急速竄升。

斯薇塔坐到他的腳邊，小聲地哭了起來。

「爲什麼呀？爲什麼會這樣？」——只要一有男人靠近過來，他就會發生可怕的事。她抱住他另一隻沒事的腳，把頭埋進包覆在褲子粗糙毛料的小腿裡。

疼痛還是很強烈，只是尖銳感已經過去。女孩乾燥的頭髮弄得他很癢，而且頭髮還捲曲糾纏在一起，舒里克用手掌好生憐憫地撫摸著女孩蓬鬆的頭。女孩的肩繼續發出輕微的顫抖：「原諒我，看在上帝的份上。」她嗚咽道，於是舒里克的心裡隨即湧上一股悲傷，以及對這顆毛髮稀疏的頭、顫抖的肩和白色薄衫下清瘦骨架的一種特別的同情……

「她眞像一隻剛孵出來的小麻雀。」舒里克想，可是就算她像一隻鳥，也是一隻笨拙的白鷺，可不是什麼活潑敏捷又細緻的麻雀呀……

「爲什麼？爲什麼總是這樣？」她把她哭花的臉抬起來對著他，大聲用鼻子抽氣。

舒里克的憐憫之情往下體蔓延，以一種細微漸進的方式發生轉變，只是尚未變成清晰可辨的生理慾望，被女孩晶瑩的淚水、他手裡觸到的乾燥頭髮，以及腳趾劇烈的疼痛所挑起的慾望。舒里克無法動彈，努力想搞清楚在劇烈的疼痛和強烈的興奮之間奇怪但絕對相連的關係。

「所有人都不幸！都因爲我而不幸！」女孩繼續哭泣，用她緊緊扣在一起的雙手對空揮打。

「安靜點，安靜點，拜託！」舒里克求她，但是她的頭開始晃動起來，而且渾不按照手的節拍，於是舒里克猜測她應該是陷於歇斯底里了。他把她往自己身上靠。然後她便像一隻鳥那樣在他的雙臂裡顫抖。

「她簡直就跟阿麗婭・塔古索娃一模一樣。」舒里克想。

「爲什麼？爲什麼我身上總是發生這樣的事？」這悲情的女孩還繼續哭，可是已逐漸緩和下來，而且靠舒里克越靠越緊。她在他的手臂裡感覺安慰，但是她已經預知接下來會發生什麼樣的事，而且她決定反抗，因爲她很確定一旦放棄立場的話，就會招致什麼樣的後果。在她的生命裡總是這樣。已經發生過三次了……然而這個男生卻只是撫摸她的頭，同情她，了解她只是一個生了病的女孩，他一點也不粗魯和無禮。而且一當她的晃動停止下來，他立即輕輕地把身體移了開來。原本她已經等著有人要將她強暴的幻想落空了。如果這樣的話，她就可以抵抗，輕輕地，以免被鄰居聽見，她還可以叫，把膝蓋緊緊抱住……

「要不要給您倒一點水？」這個被長毛象牙齒弄傷的年輕人說。於是她嚇到了，怕一切就這樣什麼也沒發生就結束，她因而又晃動起頭來，把揉皺的上衣和輕薄如紙片的裙子從自己身上拉下來，盡其所能地，讓自己能在她所幻想的最後一刻前說出：「不要！」……可是他還是沒動手，還是很君子，簡直就像一個木偶，讓她沒辦法驕傲地說出「不要！」，最後她只得自己傻傻地把衣服抓在手上……

當然，如果可以的話最好還是照一下X光，或許還要打上石膏。他的腳真是痛死了，只是靠普通的「安乃靜」藥膏還是把痛楚減到了可以忍受的程度。不過暫時跛的情況依然很明顯，當他好不容易終於回到別墅時，一進門薇拉就注意到他腳跛了。

舒里克告訴媽媽一半的實情，只限於長毛象的部分，母子兩人大笑一場，就不再回到這話題。

他把伊琳娜一個星期前就做好、放在冰箱裡等他回來吃的一大堆食物全吃光，然後一上床就睡著，隔天早上他再衝回莫斯科。

奧運即將落幕，只剩下幾個瘋狂的日子。最後一個工作日恰巧是瓦列莉婭從療養院回來的那一天。

就是會碰上這麼一個荒謬的日子，當事情一大堆的時候，卻偏偏像是故意似的，就給你發生一些意外的插曲，讓舒里克在必須完成既定計畫和搞定意外事故之間忙得團團轉……這麼一個倒楣日就發生在瓦列莉婭從療養院回來的那天。爲了接她回家，舒里克早早就跟旅遊事務總局先說好要改變行程——早上九點半的時候他會把他的那組人送上車，跟別的懂法語的導遊一塊進行莫斯科的城市參觀活動，然後下午一點半的時候他再跟他們會合，直接就在餐廳。但是舒里克的這一個小組顯然非常任性：在文化參觀的部分他們並沒有難伺候，很配合地觀賞了博羅季諾之役㊷的環形全景圖，還到列寧山去，但是接著在餐廳時就開始以非常惡劣的方式，不斷支使服務他們的侍者以及舒里克：一直要求更改菜單，要不就嫌紅酒不好，不停地要求乳酪、水果，或是一堆莫斯科沒有聽過的東西。

直到晚上十點舒里克才擺脫這群觀光客，但還有一件事情沒辦——他得把一些食物帶去給生病的馬爾美拉德。

馬爾美拉德因爲患了癌症而在家裡頭等死，他拒絕留在醫院。黨提供了這位老布什維克黨員特別的醫療服務，但是他卻一口拒絕了這項優待的美意，認爲這對於共產黨老黨員來說是一件很不體面的事。這隻羸弱的長毛象，很可能是他所屬的瀕臨絕種生物裡的最後一隻，在虛弱中搖搖晃晃，全身裹在軍用被子裡，在充滿尿騷味的公寓裡度完他此生的最後幾天，或許是幾個月，而手上還抓著列寧全集。

沾滿灰塵的書占滿了開放式書架有兩排，用粗繩繫綁的硬紙板講義夾也有一堆，還有一疊一疊寫滿字的皺紙……然後是馬克思－恩格斯－列寧－史達林著作全集，此外還有毛澤東全集……眞是一個苦行僧和瘋子的住處。

舒里克早就習慣給這位老人帶些藥品和食物，但是無法忍受這些政治教育的書籍。老人恨透了，也瞧不起布里茲涅夫。他給他寫了好幾封信——發表他的經濟政治評論，或是從經典作品中擷取名句，但是由於他在這個世界裡的地位是那麼渺小，渺小到不僅沒人給他懲罰，就連回應也沒有……這個現象更讓他感到難過，他不停地抱怨，還預言有新的革命即將發生……

舒里克把從奧運餐廳裡買的食物放到桌上，有進口的柔軟乳酪、別出心裁的白麵包、紙盒裝的果汁和一盒水果軟糖。老人不滿地看了一眼：「你幹嘛浪費錢呢？我只喜歡單純的東西……」

「米哈伊爾・阿布拉莫維奇，老實說，這都是我在食堂裡買的東西。我來不及到商店去買。」

「算了，算了。」馬爾美拉德原諒了他。「要是你下一次來的時候沒看見我在家，那不是我死了，就是我向醫院投降。我決定到地區醫院去，如同所有蘇維埃人一樣……幫我向你母親薇拉・亞歷山德羅芙娜問好。老實說，我很想她……」

這位爲失眠所苦的老人一直不放舒里克走，直到凌晨一點半的時候舒里克才終於抽身回到自己的窩。

譯注：

㊷博羅季諾之役：指一八一二年拿破崙攻打俄國，進入莫斯科之前最主要的一場戰役，俄軍由庫圖佐夫率領，兩軍對陣一天，雙方互有損傷，俄軍為保存主力避走，後來更決定棄守莫斯科，留下空城給拿破崙。

39

原本時間表和細節都詳細考慮清楚了，但深夜時分舒里克還是接到一通意外的電話：是瑪蒂爾達從二水高地打來的。她現在一年裡有半年的時間都待在鄉下，不回城市。鄉村生活牽引著她，菜圃和果園比之前的藝術創作對她要更有吸引力。她越是看著老梨樹和鄉村裡蜿蜒小路旁的大圓石就越覺得愧疚：她怎麼能，又有什麼權力可以浪費這麼多的木材和漂亮的石頭在自己的雕塑練習上呢？現在她越看越多的是單純的鄉村景致，爲此她還種了好些錦葵，也養了一些雞。她甚至帶著妒意看著鄰居的那頭淺粉灰色、頭上長著灰色角的母山羊。這眞是一頭漂亮的羊，她考慮著要不要跟鄰居要母羊的一頭小羊來養呢……她還雇了一個勤快的人幫她整理水井。

在這裡瑪蒂爾達都穿著一件老舊的長裙，光著腳丫子，就連現在的鄉下女人也不這樣做了。於是大家都笑她：「瑪恰，妳怎麼穿得像個乞丐呀？」

在鄉下，人們不叫她作瑪蒂爾達，而是跟她媽媽一樣，叫她瑪恰。

那一年集體農場過來跟她交涉，他們認爲房子的建物部分她算是合法繼承，但是房子所在的土地以前屬於集體農場，現在他們想要把宅院旁的一塊地劃分開來。案子送到法院審理，一些機伶的人跟瑪蒂爾達建議，她可以用錢買下房子周圍的地。因此她急需要一份證明她是藝術工會成員的證件，用來說明她比一般公民有更多的權利去購買土地。所有這些根本都是再愚蠢不過的事，但是這裡的民眾已經被政府洗腦到習慣這樣的蠢事，而應付這種蠢事的唯一辦法就是用這類同樣愚蠢的證明文件來對付。瑪蒂爾達打電話給莫斯科藝術家工會，請他們幫她製作一份證件，但是收證件的祕書卻到南方度假去了，於是瑪蒂爾達才在深夜裡還坐在通訊轉接站，等著斷訊的電話線修好，讓她能和莫斯科聯絡上，她要打給舒里克，請他儘速幫忙，在今天晚上之前，到祕書工作的地點或是她的家一趟，取回證件……法院訂定後天開庭，因此人在二水高地的她明天一定要拿到這份證件。

「我一定辦到，一定辦到，瑪蒂爾達，妳別擔心了！」舒里克向他保證。

這會瑪蒂爾達已經完全不擔心了，因爲她打通電話給舒里克了，而他是一個眞正的朋友，從來不曾讓她失望。然後她又問了薇拉和瓦列莉婭的近況，但是對於這些禮貌性的問題來說，通訊效果實在很不理想……

「舒里克，你來吧！住久一點！」她對著電話筒大叫。「我們這邊一下完雨後就長出好多蘑菇呢！還有，別忘了帶我的藥來喲！」

「我會去的！我會去的！不會忘啦！」舒里克承諾。

他完全不關心蘑菇長不長的事。至於控制瑪蒂爾達高血壓的藥他早已經買了。冰箱裡放了有兩盒。他再確認了一次鬧鐘，免得睡過頭，錯過瓦列莉婭抵達的時間。

火車是早上十點到，但是舒里克得先到瓦列莉婭家的院子裡把她的「扎波羅什」殘障車從車庫裡開出來（他很早就得到信賴獲准開她的車），並把輪椅放進去。

這天一大早起來就不順利：先是僅剩的一件乾淨的襯衫上面的兩個釦子掉了，只得先縫釦子，然後是外婆的杯子掉到水槽裡打破了，跟著大門上又響起敲門聲，原來是馬爾美拉德。他站在門口，手裡拿著一只溼漉漉的瓶子，他請舒里克在上班前先幫他把尿瓶拿到天使報喜巷的一家醫學檢驗室去……他看起來是那麼面黃肌瘦，那麼不幸，舒里克於是一聲不吭，點點頭，把那只溼溼的瓶子包在報紙裡帶走。

檢驗室這時一個人也沒有。然後他花了十分鐘走到瓦列莉婭的院子，打開車門。車子在車庫裡鏽了有三百六十天，怎樣都發不動。於是他上樓去，請隔壁新搬進來的鄰居——因為瓦利莉婭的前夫搬走了——幫忙發動車子，這位新鄰居雖然答應下樓幫忙，但是嘴裡頭不停地嘮嘮叨叨。他是一個很有辦法的人，一個中年警察，對瓦列莉婭很好，但對舒里克就有點瞧不起。

只見鄰居打開車蓋，用一個神祕的動作，車子隨即發動，於是舒里克便順利駕車上路，只是他一時高興就忘了拿輪椅，走到半路又得折返，這樣一來便無多餘的時間了。偏偏瓦列莉婭坐的這班列車沒按以往遲到的慣例，這次卻是提前十分鐘到達，只見瓦列莉婭拄著兩根枴杖，孤零零一人站在月台，看起來既驚慌又不幸，腳邊的行李和皮包讓她哪裡也不能去……

舒里克帶著輪椅沿著月台急衝過來，他完全了解女友此刻的心情……

兩人順利地回到了家。舒里克分三次把瓦列莉婭和她的行李以及輪椅用電梯運上樓去，把所有東西都拖進屋內，跟著再衝回去找自己的那組「法國旅遊團」。他準時在下午一點半抵達餐廳，就在法國人因爲早上滿滿的行程而累癱，現在完全不聽命令，也無法自行各就各位的時候。接下來的吃飯時間舒里克沒吃。午飯過後舒里克帶著一群人到莫斯科大學參觀，順道去買最後一批紀念品。接著一位里昂大學的教授要求到藥房去，另一位馬賽來的胖太太則想去看天文館。但是照慣例的《天鵝湖》還是獲得多數票支持，參觀天文館的提議於是被排除。就在芭蕾舞者在布滿灰塵的地板上飛來又飛去的時候，舒里克趁機到葉利謝耶夫斯基商店跑了一趟：瓦列莉婭家裡頭一點吃的東西都沒有，要幫她買點食物。但是這樣一來就來不及到祕書那裡拿瑪蒂爾達需要的證件了。於是舒里克打了電話去，和對方說好隔天早上一大早過去拿，祕書早上八點半出門，不是去上班，而是到醫院看門診。

《天鵝湖》看完後的節目是離別晚宴。明天法國團就要飛回巴黎。舒里克把買回來的食物就放在旅館的櫃檯旁——看在老天份上希望沒人拿走。飢腸轆轆的舒里克幫大家翻譯了菜單，但是自己卻沒有吃，他還是想從宴會上溜走個幾分鐘，到擺在櫃檯旁的袋子裡拿自己最喜歡的火腿來咬幾口。可是沒多久一位旅遊事務總局的代表和一個長相討人厭的女職員向他走來，於是只得幫他們把一個難以想像是代表奧運友誼的「肥皂」翻成法文。跟著喝得醉醺醺的里昂教授帶著兩位妓女來找舒里克，看樣子是要他幫忙談價碼，可是這兩個女孩一看到有旅遊事務總局的正式代表在場，害怕起來，馬上就消失不見……

深夜兩點舒里克終於回到瓦列莉婭住處。她坐在輪椅上，臉色紅潤，整個人豐腴了些。她額頭上梳著很時髦的瀏海，其他濃密的頭髮則整齊地垂落肩上，精神奕奕地朝外翻捲。她身上穿的和服也是嶄新的，不是黯淡的鸛鳥飛舞，而是在大紅絲綢面上綴滿了稀有的菊花……餐桌已經擺好：俄羅斯的瓷器對稱德國貨。餐桌正中央擺著一個母雞造型的保溫布套，雞尾部分罩著一鍋希臘米粥。除了一些碎米粒和通心粉，瓦列莉婭的屋子裡再也找不出任何東西。她坐在輪椅上，手裡拿著一本書在看，一邊耐心等舒里克回來用晚餐。

他進門後把袋子放在門邊，走向瓦列莉婭，在她額上吧唧親了一下，然後整個人啪一聲倒在椅子上：「眞是瘋狂的一天！我現在吃點東西後就趕快回去……」

「你哪裡也走不了。」瓦列莉婭心想。

他從椅子上跳起來，從袋子裡把一包東西拿出，擺在瓦列莉婭身旁的餐桌上。她實在是把自己的生活打理得很方便又很舒適，讓自己可以完全不用從輪椅上站起來……她急速地把那包東西打開，拿起她要的東西，微微一笑。她的唇上抹了唇膏，大紅絲綢映照著她的臉龐，舒里克看見了她是多麼地漂亮，知道她想要取悅他，才會一整天都頂著鬈髮夾，又修了指甲——看，她的指甲上閃著一層水潤濃密的粉色指甲油，和她那兩根用舊了的枴杖、青筋以及那雙手本身顯得不太協調。

「療養院那裡供應的伙食都很好，很棒。只是菜色眞是千篇一律的無聊……好傢伙，好在你有買鱘魚……拿點粥到自己盤子裡呀……」

瓦列莉婭在陶瓷板上切乳酪片，把鱘魚放到盤子裡。她在輪椅上一切準備就緒，打開一只可愛的小櫃子的門，拿出一只小平鐽和專門夾魚的叉子。

「我去洗個手。」舒里克起身離座。

「我哪也不放你走。」瓦列莉婭下定決心，但馬上又糾正自己的態度，謙遜地祈求她那位至高無上的交談者。「就讓他留在我這裡過夜吧，好嗎？畢竟我要求的並不多……」

自從她的孩子過世，再加上她的兩隻腳徹底完蛋之後，她就不曾再到立陶宛找她的老天主教教士懺悔過，現在的她已經學會自己和上帝談判，不需要中間人。只是偶爾還會寫封信給老教士。當有什麼好事降臨，她會感謝上帝。而當她犯了錯，她會向上帝懺悔、痛哭、祈求原諒。至於當初因爲懷孕而向上帝作出的承諾，她已經自行取消。這是祂沒有履行自己的諾言在先，叫她這一個弱女子怎麼辦？於是就在她從那次可怕的斷腳事件之後，她用手指頭把舒里克勾過來（而他又能麼辦？），把他又帶回到自己的寢室去。

這一次他們之間才開始了眞正的友誼。所有占據過她生命的男人總是在開始同情她之時就被她嚇跑，而舒里克跟其他男人不同，彷彿正是爲此而生似的：瓦列莉婭早就留心到，舒里克對女人的憐憫和他自身的男性慾望剛好就是登記註冊在同一個地方。

按著本能和女性的習慣，瓦列莉婭努力讓自己看起來明豔動人，永遠維持好心情，總是笑得很大聲，不斷露出酒窩，然而不管她再怎麼努力，舒里克卻總是準時在深夜十二點半就從床上跳起，因爲想起自己心愛的母親尚未就寢，等著他回家。但是當她無法自己搞定身體的痛楚、心情陷於低潮，或是自憐自艾時，舒里克又總是待在她身邊，不讓她獨自一人承受。這時他就會打電話給媽媽，問她感覺如何？可否今天不回家睡覺。

獲得母親的首肯後他便留下來過夜，而這讓她高興得不得了，她不再可憐自己，而是自豪自己的美麗和女性魅力，同時又替他感到難過，難過他像個長不大的孩子，難過他的溫柔和讓人動心，難過他是這樣一個男人。難過他對自己的可悲一無所悉……

「你把紅酒打開。」瓦列莉婭把開瓶器遞給舒里克。「鄰居今天都不在家。我單獨一個人不太好……」

當然這是謊話。一個人在家裡其實好得很，又很安靜。

「瓦列莉婭，我今天不能留下過夜。我明天一早要到一個叫做二水高地的地方去，瑪蒂爾達急需一份證明文件，法庭要用的。」

「唔，就別去吧。」瓦列莉婭微笑說。她不討厭舒里克和瑪蒂爾達之間的情誼：瑪蒂爾達是個老女人，大她有十歲以上……

「我還要一大早先幫她拿那份證明，東西不在我身上……」

他正打算詳細說明這件事情的來龍去脈，還要說冰箱裡的藥，還有明天一早要送法國團到舍列梅捷沃國際機場……但是瓦列莉婭像是沒有在聽他的話，她臉轉向一邊，嘴角撇了下來。隨時準備要哭出來……

舒里克把她從輪椅上抱起來，放到沙發床上去。從母雞保溫套裡拿出來的米粥已經在盤子裡涼掉。眼淚總算及時止住……

舒里克有些匆促地撫慰著女友，不過依然秉持著真心誠意的態度。

然後他吃完冷掉的米粥之後就離去。他打算之後再補償她。清晨六點半的時候他已經在家，把藥從冰箱拿出來，再跑到很遠的切爾塔諾沃幫瑪蒂爾達拿證明，再從那裡去「國際飯店」接法國人，再從「國際飯店」到舍列梅捷沃國際機場，然後再從舍列梅捷沃國際機場到「列寧格勒」火車站。他順利趕上火車，也買到票，然後抵達二水高地。最後一班公車已經開走，不過他和當地人談好，讓他載他到鄉下去，就這樣他比搭公車還早到了那裡。所以瑪蒂爾達壓根沒有想過，這一次舒里克有可能是會壞了她的事……

滿頭灰髮、晒得很黑，又消瘦得很厲害的瑪蒂爾達準備了一瓶伏特加和滿桌的菜來迎接他。兩人互相親吻。然後舒里克第一件事就是把證明文件和藥擺在桌上。當她從燃著煤氣燈的屋子裡帶回一鍋煎馬鈴薯時，舒里克已經把他鬈鬈的頭垂放在像小學生那樣交叉的手臂上面，沉沉睡去。

眞是一個好孩子……

40

在一九八一年的新年前沒多久，舒里克的家裡接到一通電話。從電話裡一直傳來《頓河的羅斯托夫在呼喚！》的曲子，但是始終沒連上通話，跟著電話就斷線，就在舒里克跟薇拉解釋這應該是打錯的電話時，鈴聲又響起，這一次很快就連上了線，然後舒里克聽到一個語氣平靜又和緩的女子聲音說：「舒里克，嗨！我是蓮娜．斯托夫芭。我現在有一件緊急的事，如果可以的話我想見你。我十二月底會到莫斯科。可以和你見個面嗎？」

舒里克接到這電話時真是驚訝不已，不停地問東問西，但是蓮娜卻始終沒有作聲，隨後她才用沒有情緒起伏的辦公室語氣說：「旅館有人會幫我訂，你什麼也不用擔心。我現在不想講細節，不過我想你明白我需要什麼……這意思是關於某件要註銷的事。」

「是，是，我明白。」舒里克猜到了那件他不想多提的事。因爲薇拉就站在他旁邊。

「當然了，妳就來吧。我會很高興的……妳日子過得如何？」

「關於這事等我到了以後再聊。我現在手上還沒有機票。我一到的時候就會通知你。唔，拜。幫我問候你媽，要是她還記得我的話。」只聽到蓮娜不很確定地嘿了一聲。

自從西伯利亞地方報紙刊登了那張蓮娜親手把新生的女兒瑪麗亞交給他的照片之後，舒里克便沒再想過自己那個虛假的家庭的命運。

薇拉滿臉疑問地看著舒里克。而舒里克心中估量著情勢：薇拉不知道他結婚的事，而現在蓮娜打算和他離婚，這樣一來把實情告訴母親就太笨了。

「是什麼事？」薇拉注意到舒里克的慌亂。

「是蓮娜・斯托夫芭打來的電話，妳還記得她嗎？以前門捷列夫化工學院的同學。」

「我記得那個身材高大的金髮女孩，常到我們家溫習功課的那個。她和一個古巴人談戀愛了是吧，好像還弄出個醜聞什麼的……我不記得她有被學校趕出去嗎？那個哈薩克女孩，很棒的女孩阿麗婭有跟我說過這事。只是我不記得最後事情是怎麼結束的。」薇拉整個人活了起來。「眞是奇怪，你在那個門捷列夫化工學院上課的情景全變成了記憶，彷彿沒發生過一般……到那間學校就學眞是很奇怪。那眞是一個恐怖的夏天。」薇拉想起外婆的過世，心情惡劣了起來。

舒里克抱住母親纖弱的肩，親吻了一下她的鬢角。

「媽，妳別這樣，拜託妳。事情是這樣的：蓮娜打電話來，說她十二月底會到莫斯科，想要和我碰個面。」

「太好了，就讓她來我們家呀。舒里克，那她到底是沒能和那個古巴人結婚，是吧？

我不記得這事最後是怎樣了？」她問。

直到這時舒里克才終於知道自己犯了一個不應該的錯。現在他不能和蓮娜只在外頭碰面，把她帶到隨便一個咖啡館去談問題而不讓家人知道了。

「當然，小薇，她會來我們家的。至於她的故事，就我所知，是尚未落幕。她生了一個女兒，之前住在西伯利亞，現在看來是住到頓河的羅斯托夫去了。這些年裡她的事我一點都不清楚。」

「但是她能打電話給你真是很好呀……」

舒里克只能點點頭。

蓮娜在那通預告電話之後幾天抵達莫斯科。她帶著一束山茶花要送給薇拉，還牽著一個小女孩，小女孩的大衣外頭還包著一條鄉下人的大披巾。當小女孩把圍巾和大衣都脫掉後，出現眼前的是一個帶有異國風味的小美女。她的臉孔和眼睛都是蜂蜜色，而皮膚從裡頭透著光，像成熟的水梨那樣。她的眼睛，形狀像是果核，只是要更長一些，而眼角邊緣的眼皮有一點點帶拋的曲線，這雙眼睛閃爍著棕色鏡面的光芒。

「唉呀，好漂亮的小傢伙。」薇拉讚嘆。

小女孩從腳上脫下氈靴。往母親嚴厲的目光看了一下，然後說了句「你們好」，跟著就大叫了起來：「我就跟您說呀！這裡會有好多雪，還有街上會有聖誕樹跟很多玩具！還有火車上有玻璃杯的杯架，金色的，金色的喲！」

小女孩整個人高興得發光，像烤箱一樣暖烘烘的，而她一笑起來，嘴裡還缺了兩顆門牙。只是牙床上已經露出兩個白點。

「她整個人都好新鮮，像她那些剛長出來的牙齒一樣。」薇拉在心裡頭說。「簡直就像另一個星球來的人……」

「我們來彼此認識一下吧。」薇拉向女孩彎下腰。「我叫薇拉・亞歷山德羅芙娜，那妳叫什麼名字？」

「我叫瑪麗亞，但是別叫我的小名瑪莎。我受不了別人這樣叫。」

「我完全了解。瑪麗亞，眞是很棒的名字。」

「我比較想叫做葛洛莉婭。我長大以後就要變成葛洛莉婭。」小女孩解釋。

舒里克看著蓮娜。她變得完全認不出來了。整個人身上好像多出了某個全新的、宛如電影情節一般的東西。在她生完小孩之後的幾年裡她整個人徹底脫胎換骨——之前圓圓潤潤和憂柔寡斷的模樣全不見了。她變得很瘦、輪廓分明，而且敏捷靈巧。原本厚重的淺髮，曾在某時讓恩力克想到就心痛，現在剪得很短。她也不再瞇起眼睛看東西，開始戴上了眼鏡。

「你認得出嗎？」蓮娜小聲問，用手指著自己的女兒，舒里克身體像被電到似的一顫，作出一個「不要說」的警告手勢，蓮娜馬上明白，於是立即修正自己的話：「我以爲你認不出我了……」

不過這兩人飛快間一來一往的話薇拉全沒留心。

「這小女孩的外貌，還有她整個型都屬於輕盈靈巧的一類。」薇拉想。小女孩臉部快速變化的表情，加上稀有動物的魅力激起了薇拉閱歷豐富的美感經驗中一股新的激盪。

「我們去喝茶吧，我買了『布拉格』蛋糕。」舒里克說，然後推開廚房的門。茶壺和茶點已經擺在桌上，不過並不很豐盛。

他們喝了英國茶，搭配香草乾麵包和蛋糕——而且是準下午五點的時候。瑪麗亞吃得很高興，不停地動手指，不時因爲滿足而晃晃頭。她吸吮著巧克力，像貓咪一樣舔嘴巴，當她轉動長長脖子上的頭部時姿態是那麼優雅，在半中間停住，在結尾處動作完美，下巴保持些微抬高，然後很憂鬱地跟薇拉說：「我們那邊都沒有這些東西。非常好吃。眞可惜，再也吃不到了。」說完後瑪麗亞哀傷地搖搖頭。

薇拉幾乎是機械式地重複起她的動作，當她一意識到如此，便微笑起來。「多麼有感染力的姿態呀！」

「走吧，我帶妳去看聖誕樹。」薇拉說，然後把瑪麗亞帶到大房間。

只剩下兩人時，舒里克和蓮娜便開始抽起菸來。因爲沒有「費明」牌的菸，於是舒里克便招待他法定的妻子「洛得」牌香菸。蓮娜在呑雲吐霧之際告訴舒里克，她住在頓河的羅斯托夫已經很久了，在一處很不錯的地方工作，日子過得很好。只是現在她急需跟他離婚，因爲跟恩力克聯繫的可能性忽然出現：恩力克找到一個要到俄羅斯的美國人，可以跟她辦結婚登記，然後再帶她離開俄羅斯。

「美國人，在古巴？」以舒里克單純的政治理解力來看此事也覺得可疑。

蓮娜則以他父親州委員祕書的眼光——定定地、深沉地看著舒里克說：「是的……我沒把最主要的部分跟你說。那個菲德爾——眞是惡魔一個。」

「哪一個菲德爾？妳現在不是在講恩力克嗎？」

蓮娜拿掉眼鏡，把臉貼近舒里克的臉看，然後再戴上眼鏡：「哪一個？有鬍子的那個！就是卡斯楚囉，還哪一個！恩力克的父親從一開始就跟他並肩作戰，從豬玀灣事件起！你了解他們是什麼關係了嗎？都懂了嗎？」

舒里克點點頭。

「就這樣，恩力克有一個哥哥，他父親是另一個人，波蘭人。他媽媽是個美人兒，來自開曼群島。所以他哥是波蘭人，然後從古巴跑掉了，而卡斯楚像鬼一樣喜歡記仇，就把恩力克的父親送進監牢，儘管原因其實不是因爲這個波蘭人，因爲他跟恩力克的父親一點關係也沒有，主要是他父親跟卡斯楚之間意見不一致。當他把他父親關進監獄後，接著就開始整恩力克，把他從莫斯科叫回去，同樣也關進監牢。恩力克被關了三年之後出獄。可是他父親沒能活著出獄，據說是在監獄裡死於心臟病發。這些你懂嗎？」

舒里克神態恭謹地點了點頭：只要是歷史都值得尊敬。

「然後恩力克從古巴逃跑了。他是坐小舟逃的，跟很多其他的古巴人逃跑的方式一樣。你有在聽嗎？他在邁阿密一年了。我們之間的聯繫很少。恩力克活得像個難民，不過那裡向他保證他會拿到綠卡。目前他哪裡也不能去。像鬼一樣拚命工作，並且還要參加大學考試，他仍然想要完成他的醫學學業。然後他找到這一個美國人，他跟他承諾會很快搞定這事——辦好結婚手續。現在你明白爲什麼我急需離婚了吧？否則我會被這只婚姻的章弄得不上不下……」

從她身上又散發出一股冒險電影的劇情和氣氛出來。

蓮娜變的不只是外貌，就連說話的語氣和方式也都變了——從前漫不經心和高傲的態度變成簡潔俐落又實事求是。

「你現在明白爲什麼我這麼急著跟你離婚了吧？」

「嗯，當然。只是蓮娜，妳要知道我母親還不曉得妳跟我有登記結婚，而我則是不希望她知道這事……妳明白，是吧？」

「當然，當然，我剛剛只是開了一個不恰當的玩笑話罷了。」她馬上改變話題。「你還記得瑪麗亞剛出生的可怕模樣嗎？可是長大後卻變成一個小美人。」

蓮娜驕傲地看著女兒。

「小蓮，妳的女兒眞是一個沒話說的美女，可是我不記得她當時的模樣了，好像是皮膚黃黃的，又皺巴巴的。」

「她長得像恩力克的母親，不過更漂亮。」蓮娜嘆了一口氣。

正當廚房裡蓮娜和舒里克在談話，瑪麗亞仔細地把聖誕樹下的玩具都看過一遍，各種小孩子喜悅的情緒一瞬間全部湧上，興奮、熱烈、激動、安靜、無意識，又像教徒一般虔誠。薇拉注視著孩子的情緒彩虹，這是多麼豐富的寶藏，多麼眞誠的心靈之寶！

薇拉從聖誕樹上拿下外婆的玻璃蜻蜓，然後用菸草紙把它包起來。瑪麗亞站在她面前，垂著雙手和她長長的睫毛。薇拉把捲成小包的玩具放進以前裝外公勛章的日本盒子裡。瑪麗亞兩手抓著盒子，把它緊緊貼在胸前。

「噢……」小女孩輕輕叫了一聲。「這是給我的嗎？」

「當然，是給妳的。」

小女孩兩隻手心交叉地掩住臉龐，抽噎地哭了起來。薇拉嚇了一跳。瑪麗亞把手放開，用淒切的聲音說：「我會打壞它的。」

薇拉撫摸她的頭髮，那髮絲摸起來如此柔順光滑。

「每個人都會打壞東西的呀。」

「可是我是常常打壞東西。」

「我也是呀。」薇拉安慰她。「想不想聽我彈鋼琴？」

她們走進大房間的時候，小女孩眼睛裡只看到聖誕樹，直到這會才注意到還有一架鋼琴。

「怎麼這樣光光的鋼琴，都沒有一塊布呢……」小女孩一邊說，一邊撫摸著上了亮光的木質琴身。

「妳在說什麼呢？」

「我老師瑪莉娜·尼古拉耶芙娜的鋼琴上都有一塊鉤花邊的布蓋著。」瑪麗亞解釋。

薇拉把小女孩放到外婆的那張扶手椅上，然後開始彈琴。舒伯特的曲子。一開始小女孩聽得很專心，可是忽然間她跑到琴旁，然後用小拳頭敲起琴鍵來。低音鍵發出狂吼。瑪麗亞瘋了一樣地旋轉，同時發出尖叫：「不要這樣！不要！不可以這樣！」

薇拉慌了手腳，她想：怎麼會有這麼奇怪的反應。

「孩子！妳怎麼啦？發生了什麼事？」

瑪麗亞一骨碌地跳上扶手椅，整個人在椅裡縮成一團。她靜了下來。薇拉小心地碰她的肩膀，花了好幾分鐘撫摸她的背。然後小女孩的頭部從蜷曲成一團的身體裡掙脫出，像蛇一樣。她的眼睛好大，黑幽幽的——彷彿只有瞳孔而沒有虹膜，而且兩隻眼睛又水汪汪的：「原諒我。我的行為這麼惡劣，因為我都不行。可是妳都好棒……」

「我的孩子，妳說妳什麼不行？」薇拉驚訝地問。

「我彈琴都彈不好。」

薇拉牽起她的手，坐到扶手椅上，然後把她放到自己身邊：外婆的那張大椅子放進她們兩個還綽綽有餘。

「這一對母女的命運多麼崎嶇呀！她是那樣一種感情豐富又纖細迷人的優雅，還有這身少見的膚色——就像是從殖民地社會小說裡走出來似的！」薇拉的這番評語與其說是出於思考，還不如說是源於感受。「好一個非比尋常、獨特出眾的孩子！」

「我也有很多做不好的事。妳要知道，如果想要有好成績，就要做很多的練習。」薇拉安慰瑪麗亞。

「知道，我整整一年到瑪莉娜·尼古拉耶芙娜那裡上課，可是還是彈不好。」

「妳再去從聖誕樹上選一個玩具！」薇拉向她建議。

瑪麗亞一躍到地板上，蹦蹦蹦跳到樹前，忙著挑起玩具，她忙得不得了，手和腳彷佛各多出一雙出來，薇拉再次驚嘆於這個小小的軀體裡蘊藏的情感能量。

舒里克和蓮娜走了進來。

「瑪麗亞，我們要準備走了。」蓮娜叫喚女兒。跟著她又補了一句：「我們住的旅館在弗拉金科，到那邊很遠。」

薇拉趕忙勸她們留下來過夜：如果她們可以待在外婆那一間舒適的房間過夜的話，又何必拖著一個小孩子跑過整個市區到一個爛透了的旅館去呢？

「跟聖誕樹一起過夜？」瑪麗亞高興地說。

「當然囉，我們就是讓妳們在這裡睡呀……」

隔天早上蓮娜接受薇拉的建議，將小孩留在舒里克家，自己一人到旅館拿走行李，接下來幾天到週末前她跑了一堆公家機關去辦事：除了離婚的事情之外，她還有一些業務方面的事情要辦。

薇拉則和瑪麗亞散步，一時興起就帶她到東方文化博物館參觀，然後又去紅場。薇拉自己都很驚訝散步會這麼愉快：她很高興和瑪麗亞一塊，又用孩童貪婪讚嘆的眼光來看這個從她原本的角度看是越來越糟的城市。

舒里克則和蓮娜來到戶籍登記處。辦事人員跟他們解釋，如果要離婚的話還差一份文件——瑪麗亞的出生證明。蓮娜當時帶著四個月大的女兒從雙親身邊逃開的時候，把文件留在家裡。如果要取得這份文件的話，蓮娜要不就是拜託和她還私下保持通信的奶奶幫忙，要不就是跟西伯利亞那邊的市政府提出請求。可是不管哪一種方式，都需要時間，於是蓮娜只得離開，但說只要一取得文件，她就會再回來辦離婚手續。

薇拉建議她們母女倆待到過年前再走，但是蓮娜不顧女兒哭得稀里嘩啦的，還是在十二月三十一日午間離開了。

薇拉非常非常傷心，因為她腦中已經在設想，要怎麼為這可愛的小女孩來籌畫一場很棒的過年節慶，然而她人一走，計畫就全泡湯了……

41

舒里克的腳指甲，原本痛得要死，不僅發青、變紫，還腫起來，後來就完全不痛了，一段時間之後，在凹下去的旁邊長出了幾毫米肉色的新指甲，在指甲中間有一道奇怪壓痕的地方也長出新指甲。至於那件不愉快的事舒里克早把它忘了。

或許，那位擁有古生物象牙的女孩過了一段時間之後也會忘了這事，但是一件偶然的東西——郵局的收據，上頭寫著不完整的回寄地址和一個不完整的姓氏「柯」，不知是柯爾尼洛夫？還是柯爾涅耶夫？——卻讓她就此無法忘懷。斯薇塔拿著放大鏡，仔細勘驗無法分辨的地址——街名很清楚，是「新林街」，可是數字就很潦草，像這「7」寫得有點像「1」，這甩筆花的數字有可能是「2」和「5」……不過這些個不確定性卻讓斯薇塔心神激盪：畢竟他可不是隨便把一張寫有地址的收據留在這裡的吧？就算是不小心留下的，不也是命運的暗示，或是天意的安排嗎？

連續幾天斯薇塔都活在幸福的環抱中。她覺得他一定會再回來——就在這一兩天裡——因此她不斷彩排他倆重逢的情景：她會露出好驚訝的表情，而他會好困窘，然後他會說什麼，而她又會說什麼……可是他仍然沒有出現：是遲疑不決……害羞……還是某些情況阻礙了他前來找她……

一個星期後她腦袋裡浮出一個新念頭──他就此消失不見了。這樣一來，他回來找她的可能性越變越小，她就對他越生氣。她開始在自己的意識裡跟他交談，但這些交談讓人越來越憤怒，而最不舒服的是，這些談話一直沒完沒了。

深夜時分，她喝下一點安眠藥，熟睡了二十分鐘，然後和舒里克的交談又深入她夢中，干擾了睡眠。她在服用藥物後的睡夢中一直和他交談，一會是他請求她的原諒，一會是他們吵起架來，然後又合好，而這些交談有部分是按照她臆想的情節進行，而他則按照安排好的方向發展……這樣來來去去的把她弄得疲累不堪。最後她醒了，從床上起身……

她這個夢，受限於天性而顯得害羞又膽怯的夢被徹底破壞了，於是現在她晚上睡不著覺，喝熱檸檬水，坐到桌前，開始做起人造花來，白色和紅色的人造花，幫勞動組合站做的，用在葬禮的花圈上。她是這方面的好手，但卻從未獲得優良勞工的肯定，因爲她的動作太慢。也因此她用輕薄、上了膠的絲緞在鐵絲上做出來的人造玫瑰花就是比其他人的要更耐用。

她木然地坐在桌前折弄柔滑的絲緞直到清晨，然後她睡了二十分鐘，就又繼續坐在桌前工作。她幾乎不出家門，深怕一個不小心錯過了舒里克的到訪。

她知道自己已經脫離藥物控制的心理平衡狀態，在過去將近一年的時間裡都是靠著一位傑出的朱齊林大夫幫她撐著，這位醫生體型胖呼呼的、性格溫柔，像隻上了年紀又去了勢的公貓。

她就這樣子撐了一個月，然後才去找朱齊林醫生。他住的地方離她不遠，在小布隆街，而她從很久前就是到他家而不是到醫院就診。

朱齊林屬於高尚的受虐狂一類的大夫，性好深思又極易產生同情，因此他的許多病患都變成了他自己得背負一生的十字架。他總是不好意思收錢，逃避擺在眼前的錢，只收書籍和白蘭地之類的禮物。斯薇塔縫了一個小布娃娃給他女兒當作禮物，布娃娃身體的緞面上還繪了好幾張白色的小臉蛋，穿著紅色和淺藍的洋裝……

從大學時代起朱齊林就著迷於研究自殺，對某一群特定的人士來說自殺是一種無法理解又十分吸引人的嗜好，而且對這種精神疾病知識的研究多屬於人文學科，而非醫學範疇。斯薇塔正屬於那特定的一群，醉心於把自己帶往自殺的路上去。他是在她第三次嘗試自殺，所幸結果未遂的情況下和她認識。

朱齊林知道，按照醫學統計資料來看，第三次自殺的嘗試最有效果。要是依據他相當不穩當的看法，而這看法他還打算變成理論，以斯薇塔的例子來說，要是她第三次自殺沒成功的話，那接下來自殺的風險應當會隨著時間而越降越低，如果再加上正確的治療，她往後的人生只會遭遇自然衰老和相關疾病的侵襲。要真是這樣的話，那她有一天就會被排除在自殺風險的範圍外。所以，斯薇塔現在就成了他最關心和最感興趣的患者。

他會和自己這一類的患者談上好幾個鐘頭。對他來說談話十分重要，必須要談得深入，要達到自殺念頭產生的裂口處。他熟悉佛洛伊德的心理分析法，而且他勇於闖入他人的內心世界，希望藉由手的探觸來修復傷口，在沉靜無聲的黑暗處……

朱齊林的老婆妮娜・伊凡諾芙娜已經睡了，於是斯薇塔便和醫生兩人坐在廚房裡，一起整理她那株由紛亂思緒和奇特感受所灌溉出的病態植物。她把事情經過告訴醫生。這有趣的是，她告訴醫生的部分恰好是舒里克跟母親描述時刻意略去不提的那一部分。這麼一來，長毛象牙齒的故事薇拉是完全清楚，可是出現在斯薇塔版本裡的情愛細節她就毫無所悉，而醫生則除了長毛象牙齒的情節不知道以外，其餘部分全部曉得。只是沒了開頭的一段，這故事就變成是殘酷的誘惑再加上強暴的元素。儘管朱齊林提出幾個挑釁的問題，企圖讓斯薇塔把所描述的情景再貼近眞實，但都沒有得手。希望被人強暴——他對這情形下了如此的結論。

他喝了自己的濃茶，替斯薇塔那杯加了果醬的杯子裡再倒些熱水，而她則是越來越把自己的嘴往杯裡塞，於是醫生思索著，病人和正常人不一樣的地方，本質就只在於他對於扎入他心坎裡的那根刺的控制能力。病人可以把刺密密封住，可以築一道保護牆，不讓生病發炎的部位擴散，可是他就是無法將那根刺給拔出來。醫生聽著她可憐的愛情譫語，注意到她欲望中有幾處矛盾：她極度渴望自由和幸福的愛情，卻又因此成爲一些很糟糕的人，或是客觀環境下的犧牲品，而在這次的情形中特別重要的是，她是男主角的犧牲品。成爲一位不公正對待下的被欺凌者，非常醜惡又很罕見地不公正，沒有人有如此悽慘的遭遇，可是這正是她內心深處的渴求。

朱齊林醫生還知道，要是他把斯薇塔想要被人欺凌的病態渴求說給她聽的話，那他就會冒著讓她遭受再一次屈辱的風險，同時也破壞了她對他的信任，這樣一來，他就無法維持她相對說來算是在正常邊緣的心理狀態了……

大部分他的同事可能會把斯薇塔的情況診斷爲狂熱的變態心理，然後給她最強猛的心理治療藥品，把她所有的能力，包括她對無止盡受苦的耐力全部抹殺掉。

「我親愛的斯薇塔！」朱齊林在凌晨三點的時候開口。「讓我們根據發生的事件來作評估，並對它作出對等的回應。是不是該這樣呀？」

這樣的開場白總是讓斯薇塔的精神爲之一振。因爲她所希望的就是能雙向平等對待……她個人的行爲在她自己看來是很對等的回應，只是要如何對付舒里克呢？是他對她作出不對等的行爲——在她那麼樣地企盼他的時候，卻偏偏不來……

她點點頭。她實在好想睡覺，但是她知道，最終她還是無法入睡，於是便拖延告別的時刻……

「其實您不需要把自己推到這樣一個絕境。我們在這裡也不要分析這個年輕人的舉動。他是誰——是一個廉價的騙子，或者只是陷入一個對他自己來說是出奇不意的狀況，您記得布寧那篇《中暑》的故事嗎？說是太陽太大讓人中暑，其實講的就是那種出奇不意、沒有預先告知的一次強烈的情感衝擊？就是這樣，就把這當作是一次強烈的情感衝擊吧，而且人天性上並非傾向暴力，可能是忽然間做出的舉動……不會再有這個人了。就算我們想找到他，要他解釋爲何做出這麼不像樣的行爲，可這也是不可能的事……莫斯科有九百萬居民，裡頭叫舒里克的就有十萬！這根本是一個沒意義的數字！我們永遠也不知道他爲何要這樣做，但是調整您的睡眠卻是刻不容緩。而這部分是我們可以做的。我認爲到療養院去一趟是個不壞的建議，可以多考慮考慮這事。您消瘦了。就您的狀況來說，體重減輕是我們不樂見的。我認爲您有必要再檢查一次甲狀腺。我在這幾天裡會想出一個計畫，按這個新計畫我們來把傷疤癒合。這問題在我看來不特別嚴重，我想我們可以一起來解決它……」

朱齊林醫生其實什麼想法也沒有：情況在他看來嚴重得很，但是他認爲他要做最後一次嘗試，把斯薇塔從即將面臨的危機中帶出來，用最基本的方法。

從斯薇塔這一方面來說，她也做出了決定：郵局收據就在她的包包裡，她沒有跟醫生提到這事的一字一句，在她把這些話說完了以後，她就要按這上面的地址去走一趟。「一次強烈的情感衝擊」這幾個字可是給了她很多靈感。

他們兩個——醫生和病人——都非常滿意：他們都以爲自己騙過了對方……

這個晚上斯薇塔沒有睡。將近清晨的時候她回到家。鄰居們都還在熟睡，於是她到公共浴室，用刺鼻的、氣味久留不散的清潔劑開始洗刷浴室，然後在澡盆裡加滿了水之後再躺進去。她通常是很厭惡這間表面龜裂，像大象皮膚一樣的公共浴室，可是現在她想，這是她的澡盆，她死去的奶奶從一九一一年起就住在這間公寓，她的爺爺也是，還有她父親是在這裡出生的，這整間公寓都是屬於她的，從她一出生起就是，而現在這些鄰居，這些外來的掠奪者，移民，鄉巴佬——他們之中甚至沒有一個想到過，她才是這間公寓的眞正主人……一股苦澀又甜蜜的屈辱，她最喜歡承受的屈辱感霎時席捲了斯薇塔整個人，包圍住她的身和心……

一切都是潔白純淨，她的內褲、胸罩和上衣。彎彎的珍珠掛在銀鍊子上：金鍊子早變賣掉了。珍珠不全然是純白色的，比較趨近於灰白，但是它很古老，而且是眞正的珍珠，雖然已經沒有了生命。斯薇塔覺得自己又能吃東西了，於是她煮了一個蛋，吃了半顆，然後又煮了咖啡，喝掉了半杯。她覺得今天眞是太美好了。

「我們要針對事件做出相對應的回應。」她提醒自己，然後在早上七點半出門。她步行到「麗水」站，然後搭地鐵到「白俄羅斯」站，出站後找了很久才找到「新村」街，然後又花了更長的時間找屋子。那個數字「7」其實應該是「1」，因爲這條街上的房子沒有那麼多，她沿著走並沒走到有七十號的門牌碼……八點十五分的時候她坐在一張長椅上，把目光定焦在一棟磚造的新大樓的唯一出口處。

她在椅子上坐了三小時。她有很強烈的信心，直覺告訴她，她不會弄錯，那個年輕人一定就是住在這棟樓裡。第三個小時結束時，她從椅子上起身，走進大門，停在一整排分屬一樓和二樓住戶的信箱前。若干信箱上直接是貼著寫了名字的小紙張，有些則在上了綠漆的信箱鐵皮上用鉛筆寫下姓氏。斯薇塔在上面尋找，看有沒有叫「柯爾尼洛夫」或是「柯爾涅耶夫」的姓氏。然後她在「52」號的門牌下方看到一張貼著的紙，上面用古老又漂亮的簽名寫著「柯恩」。這姓甚至比「柯爾尼洛夫」還要來得妙多了……

斯薇塔帶著全心全意的滿足返回家門。她明瞭，現在這年輕人已經完全掌握在她的手心中。

斯薇塔其實完全沒有思考過任何戰略。九月之前她每隔一天就到那棟樓的大門前，準時在早上八點，然後在那裡坐上三個小時，十一點一到就離開。她深信舒里克遲早是會現身的，於是她像一位設下陷阱的獵人，專心一致、文風不動地坐著等，目光所及之處不放過任何一位從大門走出來的住戶。他們當中有幾位的面孔她甚至都記住了。有幾個她滿喜歡的，另外幾個她就很討厭：最引她好感的是一個戴眼鏡的男人，他手上提著一個公事包和從信箱裡抽出來的報紙，他還會立刻把其中一份報紙丟在大門旁。至於讓她反感的是一個胖胖的女生，有一雙跟柱子一樣粗的腿，有時候她還看到有車子停在外面等她。

有一次斯薇塔從例行的監視中返家，那天下著雨，她因此生病了。她得到嚴重的扁桃腺發炎，好久都沒有這樣過。這病來得正是時候，讓她可以從疲憊的狩獵活動裡喘一口氣，於是斯薇塔便努力地治病：她用各種漱口藥水漱口，在紅腫的咽喉部位抹上加了甘油的優碘，還喝了一些不傷身的藥丸——她反對抗生素，不過總的說來，她很喜歡給自己治病。這一次的扁桃腺發炎持續了將近兩個星期，然後在一個風和日麗的天氣裡痊癒。

當她一覺得自己痊癒，立刻把在生病期間做好的人造花收了兩箱，帶到勞動組合站去——天知道那有多遠——在柯布切夫斯基市場。然後她拿到上個月的工錢，還明瞭到自己迫切需要一件披風：穿著那件淺藍色的舊披風她那裡也不能約會。

對她來說，買一件披風可不是件容易的事。順道一提，她買其他東西也是。斯薇塔屬於那類永遠知道什麼東西才是自己想要的人。她心目中的披風——顏色得要是駝色，要有一頂風帽和挖開的口袋，另外還要有號角形狀的釦子——這樣的披風可能得花她一輩子的時間去尋找。

這下子每天早上，斯薇塔除了到「白俄羅斯」站監視外，就是去逛商店。她的個性是那種凡事都要弄得一淸二楚，而且不達目的絕不罷休，因此在第二個禮拜結束前她確定了一件事，就是她心目中的披風是不可能用買的方式獲得，它只能靠縫的。於是她立刻決定：自己縫。這樣的決定轉移了她的搜尋陣地——因爲她得去搜索所有的布莊。但是她很幸運，她在第一間店，就位在家附近，買到了一匹捷克製的進口披風布料。接下來披風構造的問題如第一團落下的雪塊一般隨之衍生：襯裡要怎麼辦？還有釦子呢？那衣領間襯的布料又是什麼？所有這些困難都是她想要的，而且困難度是越難越好——至於舒里克，這會他則退居到後段計畫去，在遠方的微火上慵懶自得。現在斯薇塔所有的心思全放在一件事情上——縫製披風……

朱齊林大夫打了好幾次電話來，他擔心她：按照他的判斷，斯薇塔現在正特別需要他的幫助，並且依賴他，像以往她處在危機點的時刻。可是這次很奇怪，這些事情都沒有發生。她跟他講電話的時候甚至有些心不在焉。她說她現在正忙著縫製披風……至於睡眠的事已經沒問題了……

「到底還是衣服對女性有強大的療效！這部分我可得多花時間想想。」朱齊林得到這驚奇的發現。他有很多很多的想法，其中之一是男人和女人在一些精神失常的表現上眞是非常的不一樣。他思索了一會，然後他確定斯薇塔短期內再次嘗試自殺的機率很低……

正當斯薇塔克服了所有披風構造的困難，把披風做得像是某一款知名的大衣之時，冬天的腳步也已經悄悄到來。披風已經做好，掛在衣櫃裡的木頭衣架上，外頭還套著一塊布罩。雪卻是已經堆在門邊，可是有關冬大衣的問題，完全沒得談——她所有的積蓄已經用盡。舒里克的問題再次顯示計畫的龐大。

於是斯薇塔跑到耶穌顯容街找她姨媽去。兩年前她姨媽想給她一件卡拉庫爾羊毛大衣，可是斯薇塔卻不要：大衣的毛眞是很漂亮沒錯，可是得花很大的功夫來整理和修復那些毛，所以她不要。這可把她姨媽惹毛了，所以這會斯薇塔便買了一個很貴的蛋糕，還從幾把自己做的人造假花中挑選了顏色最粉的一束：暗示她姨媽人老珠黃卻心不老，對恢復青春不遺餘力。

斯薇塔和姨媽合好了，甚至她還討了她的歡心。接著她開始抱怨天氣冷，想起姨媽那件卡拉庫爾羊毛大衣。可是姨媽搖搖頭：「妳應該要馬上拿的，我已經把那件大衣送給了維恰的老婆。」

當姨媽說這話的時候，她那隻長鼻子的臉上閃過一個神祕的表情……斯薇塔還來不及扼腕表示難過，馬上就明白那表情蘊含的意義，姨媽這會要發給她另一件東西作爲補償。她開口了！天哪！好棒的東西！好大一張鹿皮！野核桃色，還散發出激盪人心的野獸氣味。斯薇塔大叫一聲，親吻了姨媽一下。

「這是有人從北方帶給尼古拉·伊凡諾維奇的。拿吧，我不會可惜的。只是不要高興成那樣子。這張獸皮是夏季用的，妳看，有個裂口……妳沒法戴著它很久。我本來想把這張皮放在沙發上，可是要怎麼坐在那上面呢，整個屁股都會沾到毛。拿去吧，給妳我就不覺得可惜……」

爲了不要徹底失去舒里克，斯薇塔進行了好幾次的監偵突襲。終於皇天不負苦心人，她看到舒里克手裡挽著一位身材嬌小、戴著一頂灰色貝蕾帽的女士從大門出來，然後就往這棟的側邊走去，而不是沿著主要道路走。斯薇塔按奈住幾分鐘的時間，然後跟上前去，想走在他們身後，但是這兩人已經失去蹤影。這是舒里克送媽媽去上劇場小組的課，他們兩個走進通向地下室的小門去了。

她另一次看到舒里克是在院裡住戶一塊送別他們的人民委員的時候：馬爾美拉德過世了，大夥出來到巴士前送行，這輛巴士要開到馬克思主義白騎士的頓河修道院旁的火葬場去。舒里克跟一位掃庭院的，以及兩位戴帽的黨內人士抬著棺槨從大門走到車子。

然後他從大門把那位之前看到過的可愛女士帶出來，這一次那位女士改戴黑色的貝蕾帽，她手裡還拿著一束白色的菊花。舒里克態度恭敬地把女士送上車，再把其他送葬者老太太和老先生也一一送上車，然後自己才坐上巴士去。

這一天斯薇塔從電梯小姐那裡得知住房管理委員會的電話，然後她假裝是從郵局打來的電話，從管委會那裡再打探到五十二號住戶的電話。

直到第三次斯薇塔才終於成功跟蹤上舒里克。那是在一個傍晚的時候——白日的值班活動她早已放棄了——只見他快速地從大門跑出來，獨自一人，腋下夾著一個講義夾，然後衝向無軌電車車站。可是不巧無軌電車剛好離站，於是他在車站旁站了一下，也給了斯薇塔平復激動心情並集中注意力的機會後，就邁開腳步步行到「白俄羅斯」車站去。她尾隨在他身後不遠處，但是他沒有發現到。

這正是一個上前去跟他攀談的好時機，但是斯薇塔忽然間緊張到一身汗，這也讓她明白自己還沒有準備好要跟他認識。同時她也了解到她現在面臨的最困難問題是什麼——如何在不失去女性尊嚴的情況下接近他．．她可不是到處追男生的花痴……直到現在爲止，她渾然沒想過，一旦她眞的看到他了，那她該跟他說什麼。她選了一些有的沒的打屁的話，可是全都不合適。

她有些落後了，但是尙未失去他的蹤影。她走下地鐵站。趕上和他坐同一節車廂，還來得及跟著他來到普希金街，沒在這人潮洶湧的地鐵站裡失去他……

即便是經驗豐富的跟蹤者也不總是像斯薇塔第一次盯梢那樣，能夠順利跟蹤並打探出目標的去處。總之她順利跟到了舒里克最後落腳的路線——他停在尼基塔城門那棟堅固的史達林式建築物的大門前，在卡查洛夫街轉角有一家「布莊」，她在店裡買到一件非常棒的披風。誰能想到會有這樣的收穫！她由於心情過於激動，以致於無法等到舒里克走出來，就先跑回家去了。回家的路程用走的頂多十分鐘。

回到家後她喝了一杯濃茶，暖了暖身，就開始忙著做起新的鹿皮大衣來。她無法想像自己穿著舊大衣站在他面前的模樣……新大衣的製作過程很慢。這鹿皮的內皮很厚，而且原始的工就很粗糙，於是斯薇塔在裁剪了鹿皮後，把剪下來的一塊一塊皮接成很密很實的一條。這眞是純手工、需要很大的耐心和細心，而且又很繁重的工作。不過就像所有的手工業一樣，這項工作給予人思索的時間。因此斯薇塔不停地向前跑，努力想把少女幻想的城堡蓋好……事實上，正是因爲大衣沒縫好才克制住她的不耐煩，以及潛藏在內心深處的恐懼：萬一大衣沒做成的話，她該怎麼辦？

所以當大衣完成的那個夜裡，她決定打電話給舒里克。比起在街上走到他面前來說，打電話要簡單多了。她把所有可能發生的情況都設想過一遍，包括最糟糕的狀況就是他完全不記得她……當她全部都斟酌過一遍，也預想完畢後，她在晚上十點的時候撥了一通電話給他。來接電話的是個女人。可能那位可愛的女士就是他的母親……斯薇塔沒說話就掛掉電話，之後決定，她會在每天這個時候打電話過去。

幾天後終於等到舒里克來接電話，於是她用非常輕柔和愉快的聲音，好像那不是她，是另一個女孩在跟他講話似的：「您好，舒里克！長毛象跟您問好，就是那隻牙齒讓您有不愉快經驗的長毛象！」

舒里克馬上記起那隻惹禍的長毛象——腳上大拇趾的指甲三個多月才長好，很難會忘掉這事。他笑了起來，甚至沒問她是怎麼會有他的電話號碼。他只是很高興，對著電話筒笑：「哪會忘，哪會呀！我記得您的長毛象！」

「而它也沒忘了您！不久前它讓我想起了您。我在擦鋼琴上的灰塵時，看到它就想起您了……它要邀請您來作客！」

這實在太神奇了，兩個人就這麼輕鬆又愉快地聊著天，斯薇塔還邀請了舒里克到家裡作客，而舒里克也答應了。只是他挑日子挑了好久——不要星期六，不要星期日，不能星期一。那麼星期三——好嗎？只是要給我地址，我記得妳家在郵局旁，可是號碼我忘了……

她家離瓦列莉婭家不遠，星期二他要去出版社找編輯，幫瓦列莉婭拿翻譯稿，然後星期三就可以帶去給她。他按照說好的時間，準七點到斯薇塔的家。

桌子正中央擺著象牙，它被上了一層人造顏料，還有所有前菜都加了超量的醋，而醋是舒里克不能忍受的味道，可是斯薇塔卻相反，她在每一道菜裡都加了醋，似乎沒有醋這菜就沒了味道。桌上還有一瓶伏特加，那是斯薇塔無法忍受的東西，可是舒里克卻剛好相反……兩個人在餐桌上聊得很愉快，彷彿他們是認識很久、也無利害關係的熟人，他們之間什麼都沒發生過，沒有歇斯底里，沒有在窄狹的小沙發上勃發的性慾。斯薇塔穿著白色上衣，太陽穴的地方還有青筋浮現，再加上一個長脖子，看起來很像古早以前小學時期的女友，只是這個女生說話很高調，淨說一些和命運相關的話題，實在是有一點那個太縹緲，可是從另一方面看卻也很熟悉：薇拉同樣喜歡說一些很不切實際的話。

九點半的時候舒里克看了看錶，「啊」了一聲，然後起身準備離去：「我要去找一位女友。她住的地方離這裡不遠。我幫她把工作帶過去。」

說完之後他立刻就走。斯薇塔整個人則癱在沙發上，哭得滿臉是淚——源於之前的緊張。一切都很順利。這的確是正確的，沒在大街上找他相認，假如那樣的話，她又能說什麼呢？一切眞是非常、非常的順利。只是美中不足的是，這不是一場男女的約會。從一方面看，這樣很好，表示他對她的尊重，可是從另一方面看，她又覺得委屈……接下來又該怎麼辦？他甚至沒跟她要電話……

當她盡情哭夠了以後，便開始籌謀新的計畫：比如說，買音樂廳的票，或者請他到劇院看戲，可是這樣做不對。提出邀請的人應該是男方。最正確的做法是請他幫忙……一些像是非要男生才能辦的事——比如說修東西，或是搬家具……可是要是他說不會修，然後就拒絕她了呢？所以說，得要是簡單的請求，讓他不方便拒絕……然後不知怎麼，她又高興了起來，因爲她還是知道了一些他的事，知道了一些他連想都想不到她會知道的事，比如說他的地址、他媽媽是誰、他家樓下的大門，還有他把工作帶到哪裡去……

鹿皮大衣早就做好了。可是忽然之間在她看來，鹿皮大衣也無濟於事。斯薇塔想了想，想出了一個辦法。她鬆開淺藍色帽子，圍上淺藍色羊毛圍巾。這圍巾很適合她的臉。整整一個星期她都在打掃她的屋子，還更換了窗帘，她把奶奶在世時就掛著的舊窗帘再掛回去，它們看起來不知怎麼，就是比現在的窗帘要好看。之後她又用冷水洗滌一條古老的亞洲風格的大幅繡花綵幔，這東西按照發音是叫做「蘇桑尼㊸」，奶奶卻頑皮地叫它做「修桑內」，洗乾淨後她把它掛起來當作門簾，用來隔開鄰居窺視的眼。當家裡終於變得美麗、清潔、一塵不染後，從晚上起她就倒在床上，然後跟自己說：明天我的扁桃腺又要開始痛了。隔天她果然開始扁桃腺發炎。

早上她梳洗完畢，穿上一件純白毛衣，又在脖子圍上淺藍圍巾。然後她打電話給舒里克，用溫柔的聲音問：可否請他幫一個忙，因爲她扁桃腺發炎，但找不到人幫忙買藥。

她人躺在床上沒力氣動。

她不能想出比這更好的藉口了：買藥可是神聖的事。幫媽媽買藥，幫瑪蒂爾達買藥，幫瓦列莉婭買藥……這樣的要求對舒里克來說簡直是再自然不過的事了，於是他趕忙吃完早餐，立刻去找斯薇塔，執行自己被交付的任務。在路上他買了「鈣克司」的藥。

斯薇塔是這麼樣的可愛又可憐，她整間房也都是哀憐的氣味，類似茉莉花香，再加上一點酸醋味，然後當她把舒里克那顆依然捲曲，只是在頭頂部分禿了的頭往自己瘦弱的胸部貼近時，她嘴巴上還沾到淺藍色圍巾的毛。而他用他的身體感覺到她整個人似乎是用彎曲的骨頭所構成，就像是雞的軟骨，於是乎憐憫，一種強者對像她這樣的弱者才有的旺盛的憐憫便成了非常好的催情劑。在同一時間他也立刻明白，她眞正需要的是什麼樣的特效藥。當她從毛衣、圍巾和汗衫中脫身而出，赤裸裸、青筋浮現又加上滿身雞皮疙瘩的她看起來就更可憐了，沒有胸部的排骨讓人很感動，還有她兩腿之間那撮泛白的棕色陰毛……

順便一提，舒里克可是沒忘了把「鈣克司」放在桌上。在他幫她做完「紓解壓力的療程」之後，他還幫她跑了一趟藥房，買了漱口藥水，又到起義廣場一家很好的食品商店給她帶回三顆檸檬。同時他也沒忘了在那家店裡的熟食區替薇拉買她非常愛吃的牛肝醬。就是在這個早上，舒里克知道了斯薇塔喜歡連皮吃檸檬，喜歡喝濃烈的錫蘭茶，她完全不服用抗生素，扁桃腺發炎的時候她唯一服用的一種藥是「鈣克司」。

「他完全不一樣，他不像謝柳扎・格涅茲多夫斯基那樣，是那種卑鄙的壞蛋，也不像阿斯拉瑪茲揚是一個負心漢。他絕對不會那樣對我……他不一樣……」她不斷想，不斷喃喃自語：「不一樣，不一樣……」

晚上朱齊林大夫過來看斯薇塔——像朋友那般來看看他的患者。她幫他煮了很濃的錫蘭茶——事實上她自己從沒喝過——在桌上放了一小碟果醬、餅乾，還有刨得細細的檸檬絲。她的脖子圍著圍巾。

「我又得扁桃腺炎了。」斯薇塔抱怨。她看起來一副完全放鬆、沒有任何壓力的模樣。眼睛閃閃發光……

「睡眠如何？」醫生問。

「完全沒問題。」斯薇塔答。

「這真是『百憂解』偉大的力量。」朱齊林很高興地想。上一次他沒給斯薇塔安眠藥而是給了這種藥丸。不過這裡偷偷提一下，這些藥斯薇塔一粒也沒有碰。

或許，扁桃腺炎在這裡有可能也起了某種作用也說不定？絕對有起。這幾乎是一種規律：身體的病痛在某一層意義上來說，有紓解精神壓力的作用。跟著他想起不久以前的一個病例，他的一個病患因爲得了重感冒，反而因此走出了嚴重的心情低潮期……

這一個晚上所有人都非常滿意：斯薇塔以爲她得到了一個與她之前所認識的壞男人都不一樣的好男人而雀躍不已；朱齊林大夫則以爲他幫助他的病患從再次自殺的危急狀況中帶出來而滿意不已；舒里克因爲買了牛肝醬讓媽媽很高興，所以他也很高興。還有他幫可憐的女孩斯薇塔帶藥，又應她如此感人的要求而給予她性愛的撫慰，也算是表示對她的尊重了……

舒里克這個人呀，想的事情從不超過今天晚上，而關於預感和預報之類的能力則只有薇拉擁有，至於比他們母子兩個都要有見地得多的外婆又早已不在人世，所以舒里克壓根沒想過，當他用那樣不花腦筋的慰藉方式對待一位長得既不漂亮又神經質的女孩子時，他是把什麼樣的十字架放到了自己的身上。

譯注：

㊸一種烏茲別克和塔吉克民族掛在牆上做裝飾用途的工藝品。

42

舒里克從走出斯薇塔家的那一刻起，就把她和她的小事全拋到九霄雲外。這實在是人與人關係中最悲哀的不對等方式：斯薇塔爲了舒里克一次的拜訪，從第一秒開始到最後一秒結束前一口氣都沒換過地演完全場，極盡所能地記住他的每一個動作，彷彿這樣能保存一輩子似的，又幫他把說過的每一個字都做不同的詮釋，還替這場約會加些微醺，好永遠陶醉，可是舒里克卻依然活在沒有她的世界裡。

斯薇塔整整四天沒有出家門一步：她等舒里克打電話來。但其實她完全清楚，他根本沒有她家的電話號碼。到第五天時她走出家門，可是擔心錯過舒里克的電話，於是拚命用跑的在超商和藥房間來回奔走。

「沒人打給我嗎？」她問胖鄰居，像隻老豬公的胖鄰居冷嘲熱諷地說：「怎麼沒，打來了呀。但沒接到就斷線……」

隨著一星期過去，她堅持舒里克今天就會打電話來的信心已經變成舒里克這輩子都不會打來的徹底絕望。衣櫥裡架子上掛著那件用舊布蓋住的有帽兜和格子襯裡的完美披風，還有那件新做的鹿皮大衣，正確一點的說法應該是長的薄外套，全都沒穿過。斯薇塔認爲自己對每一個細節都做了充分的準備：第一次講電話是如此順利，第一次實質的男女約會也有了——長毛象牙齒的事件她沒有把它算做第一次。可是現在這些事情都顯得既沒幫助也無意義，就像高掛在衣櫥裡的那些漂亮衣服一樣。

一個星期後，她開始每天撥電話給舒里克。可是一聽到那位年紀很大的女士的聲音時，她就趕忙掛掉電話。隔天終於是舒里克來接電話，可是她喉嚨卻好像哽住似的，一個字也說不出來。而她又要說什麼呢？整整兩天她不睡又不吃，整夜坐在桌前做她的人造花。她明白她自己應該要去找朱齊林大夫看病，卻遲遲不去。

第三天傍晚，她穿上新大衣去找朱齊林大夫。可是等她回神的時候，人卻已經站在「白俄羅斯」火車站。她走到舒里克家門前，站了一會，沒有期待他會出現，只是站個一會。然後她就轉身回家。每一天她都想到朱齊林大夫那裡，可是卻總是走到舒里克的家。終於有一天她看到他從家門走出來。於是她跟在後頭，很敏捷又小心地不被發現。她就跟在他身後送他到「紅門」地鐵站，感覺自己疲憊得要死，便轉身回家。又過了一天後她祕密送他到「老鷹」地鐵站，他從那裡出地鐵，然後又轉往波羅的海巷裡去。

她在兩個星期內弄清楚他的生活時刻表：每天他不會早於下午四點出門。有一次她送他到劇院，而他本身則是送媽媽才去的。現在她知道了很多他活動的「路線」——例如「老鷹」一站，卡查洛夫街。她還知道他在哪些圖書館用功。她甚至已經確認出卡查洛夫街公寓的門牌號，他在過去兩個星期裡有兩次在這裡待到很晚的時間，因爲她沒等到他走出來就先回家去了……

她沒有一次讓他看到她。她體內狂熱的密探細胞都甦醒了，並打探出他所有的祕密，除了瑪蒂爾達一個以外，那是因爲她在這段時間裡都住在二水高地。她有一本筆記本，裡頭仔仔細細記下了所有舒里克的活動行程。

斯薇塔還是沒有去找朱齊林醫生，儘管她淸楚自己應該要找他才對。後來她偶然間碰見醫生的太太，她把她拖回家作客。朱齊林跟斯薇塔談不到五分鐘就建議她要到醫院做治療，而她出人意外地馬上表示同意：她實在是被自己的偵探活動弄得好累好累了。

朱齊林醫生的那一科裡有一間六個床位的女性病房，他總是盡可能地把自己最心愛的病人往裡面送。通常住在那裡的都是知識分子階級，狂熱的喪志者，但又尙未達到最嚴重的狀況。朱齊林本人有時候會來幫這一病房上課。斯薇塔上一次自殺未遂後就是待在這裡，所以這一次大夫又把她安置在自己精挑細選的病人之間。她在這裡認識了一位四十歲出頭的東方學家，她叫思拉娃，她是一位經驗豐富的自殺者，有八次從醫學角度來看是非常成功的自殺嘗試。

她們兩人結成了好朋友。思拉娃把自己從波斯文翻譯過來的詩歌唸給她聽，而斯薇塔在一塊布面上繡了火柴盒大小的一束丁香花，她是用非常特殊的凸針織法，讓那丁香嬌豔欲滴，彷彿要從布面上躍出來似的，這束花贏得了詩歌的頌讚。

「再一點點，這花就綻放了芬芳。」輪到自己時，思拉娃大力地稱讚了新朋友的天才手藝。

病房第二個禮拜的交流是將自己的心事向對方做告白，思拉娃於是知道了斯薇塔羅曼史當中的男主角，外文譯者舒里克，和媽媽一起住在新林街，原來竟是薇拉・亞歷山德羅芙娜・柯恩的兒子，而薇拉正是她媽媽的老朋友。兩個病人都因爲這意外的關係而感到高興。

思拉娃從舒里克小時候起就認識他了，也記得他那位卓越出眾的外婆伊莉莎白・伊凡諾芙娜，童年時就是她教她法文的，於是思拉娃便把她所知道的這個很棒的家庭的所有事情全說給斯薇塔聽。思拉娃的母親基拉，是薇拉特別珍惜的一位朋友，因爲她是唯一一位還記得舒里克父親的人，那位讓薇拉愛了一輩子的列萬多夫斯基。

朱齊林醫生讓斯薇塔在病房待了六個禮拜，終於把她帶出鑽牛角尖的狀態。思拉娃則比斯薇塔提早了一個星期出院，因爲一直緊追著她、纏著她不放，催促她去自殺的可怕聲音終於消失了，還給了她一個安靜。

朱齊林醫生的病人們幾乎變成了姊妹淘，有時候她們會約在「布拉格」咖啡館碰面，一起吃巧克力蛋糕、喝咖啡。斯薇塔把之前繡的丁香花上了框，送給思拉娃，而思拉娃回贈她一本波斯翻譯詩歌選集，裡頭有她的四首譯詩。此外她還送給好友另一份童話般美妙的禮物：她邀請她參加她母親的生日。受邀的客人不多，只有她的大舅，一位退伍軍人，他會和自己妻子一起來，還有姪女以及兩位女友，而其中一位就是薇拉・柯恩。通常的情況是舒里克會陪著母親一起來。而這正是斯薇塔夢寐以求的希望：和舒里克相遇，但不是在街上，還假裝弄成像是偶然的樣子，而是在受邀的夜晚，在受人尊敬的家庭裡，似乎是無意間遇到的那樣……出於女性自尊的心理，她不敢打電話騷擾他，可是像這樣在一戶好人家的家裡，她就能放一些正當的誘餌來釣他。

她想了十幾種方案，但始終不滿意。她透過一位在藥房工作的朋友拿到一種法國新藥的說明。這恰好是她需要的東西。這下子她可知道要用什麼藉口請他到家裡來了——翻譯藥品……

他們在基拉・瓦西里耶芙娜家裡相遇。舒里克立刻認出斯薇塔，儘管自從上次扁桃腺發炎之後到現在已經過了半年。他把她介紹給媽媽，跟她說就是這位可愛的女孩把長毛象的牙齒砸中了他的腳……他們坐在一塊，而舒里克殷勤地服侍兩人……一會倒酒，一會幫忙夾魚……

他們之前因為那個鬼象牙而相識的方式是不對的，好像走路時起錯了腳。而那種白痴一般、裝做是在街上偶然相遇的簡單方式她也不要。至於扁桃腺發炎的約會因爲不明原因也懸在半空中，沒有結論。現在他們的相識彷彿重新來過：在受人尊敬的家庭裡，在豐盛的筵席間，有媽媽在場的時候，這一次他們之間的發展應該會朝完全不同的路上去才是。現在斯薇塔終於打進了舒里克的生活圈：她和他母親好友的女兒是好朋友。其實還可以提的是：斯薇塔的奶奶跟舒里克的外婆是同一間女子中學畢業的，在基輔市。還有她爺爺也是。她媽媽也是文化圈的人，管理一家俱樂部。至於爸爸則是軍人……

斯薇塔恨死了母親，她跟爸爸的長官跑了，留下她跟爸爸兩人，而弟弟卻被母親帶走。父親幾年後開槍自殺，所以她就歸奶奶照顧。她和奶奶的關係不好，她們兩個彼此嫌隙，可是又少不了對方。可是現在她對死去的奶奶，這位既壞心眼又吝嗇的老太太卻是很感激，因爲她幫了她一個大忙，把她帶進這一體面的圈圈裡……斯薇塔覺得自己給所有人都留下了好印象，她也對所有人微笑，然後她對舒里克說：「我病了好久，所以一直沒有打電話給您，謝謝您幫我買藥。不過我現在又有一個請求……您看，有人從法國寄藥給我，可是上面的說明是法文。您可否幫我翻譯呢……」

「當然可以了，斯薇塔。我常常要翻譯法文的文章。希望我能勝任您的要求。」

於是斯薇塔順水推舟地從皮包裡拿出她早就寫好的家裡電話：「請打給我，我們再約時間……」

這一招藥品戰略儘管已非新鮮，但還是很有效。舒里克眞的打了電話，人也來了，幫她翻譯了，也喝了茶。然後她又是同樣要再推他一把，他才又明瞭了她的渴求……

「原來一切都是因爲他太害羞了。」斯薇塔自己下了這個結論。當她自以爲明白了事情的癥結時，她便釋懷許多：現在她可以輕鬆地就打電話給他，邀請他來家裡作客，而他也總是赴約。偶爾才會拒絕，而且每次拒絕都有很適當的理由，像是突然有緊急的事，或是媽媽不舒服……還有，薇拉總是跟她問好。

43

一九八一年的冬天給薇拉的記憶就是疼痛，因為她的腳上長了骨刺，還有就是和瑪麗亞的通信。小女孩的字體寫得很小，而且錯誤出奇的少。還有讓她驚訝的是她孩子氣的信裡所顯露的哲學深度：「您好薇拉・亞歷山德羅芙娜為什麼我問您答然後就沒有其他人答為什麼冬天很冷為什麼雞蛋裡有蛋黃我愛您和舒里克其他人是別人告訴我我是笨蛋還是聰明？」

瑪麗亞在拼薇拉中間的父名亞歷山德羅芙娜時困擾了好久，她先是漏了字母，然後又加上去，不過最後是拼對了。而「是笨蛋還是聰明」這幾個字她寫得比其他的字都要來得大，所有的標點符號都漏掉，只有最後一個大大的圓圓的又彎曲的問號她沒忘，還特別用別的顏色的筆把它標出。

薇拉對瑪麗亞寫的每一封信都會思索良久，然後用背面是很漂亮的圖案的明信片回信。不過都不是那種貓咪和花朵的圖案，而是大藝術家著名畫作的複製畫。另外準備了一些玩具和書的包裹給她。然後打發舒里克到郵局，而他也馬上出門去寄。

整個冬天舒里克都帶著媽媽作復健，在她長骨刺的地方作療程，晚上舒里克幫她在腳上抹上一種叫做肥皂樟腦劑的順勢療法藥膏，還有另一種藥膏，是舒里克從外婆那本大筆記本裡找到的一間很有名的草藥店裡買回來的。

不過骨刺沒有影響薇拉給劇場小組的女孩子們上課，因爲她痛的時間都是在晚上和夜間。她有時候還會痛醒，雖然不是很痛，但是不舒服，也影響睡眠。不過總的說來薇拉的生活，不同於其他跟她一樣上了年紀的人，他們好像活在小丘陵上，沒有任何滋味，只是慣性地活著，現在的薇拉卻不一樣，在沒有預料的情況下她的生命開始變化，彷彿走上了一座小山的頂峰。沒想到死去的馬爾美拉德一個愚蠢的建議竟造成這出乎意料的結果，薇拉體內的創作能量，早年這才能在其他藝術領域裡表現得像是要死不活，而現在它似乎找到了眞正的源頭。看來她體內同樣流著她母親善於教導的才能，只是之前被她其他的天分給掩蓋住，終於等到她遲暮之年，這不算太大的才能終究顯露出來。所以她的班裡頭除了幾個不懂事的小女孩外，其餘的都非常安靜又溫馴地聽她教導。

每當夜晚唉唉呻吟的骨刺干擾她的睡眠時，她便睜著眼睛躺著，想著等夏天一到，蓮娜就會帶著瑪麗亞來，然後她們會一起住在別墅。還有別忘了跟舒里克講，要他在三月初的時候到別墅房東那裡一趟，把外婆生前租的那間房再租下來。她所有的思慮都放在對她而言一向都不擅長的家務事上面：像她母親一樣，在即將到來的夏天裡把要過冬的糧食都先準備好，比如說做草莓果醬，還有把歐洲蔓越莓磨碎再加入砂糖醃漬，當然還有杏桃果醬。應當問一下伊琳娜，看她會不會像媽媽那樣把帶核仁的杏桃一起和糖煮……薇拉想的不只這些，她還絞盡腦汁地要想出一個讓蓮娜不方便拒絕她把小孩帶到別墅度假的建議。還有當然了，最主要的是舒里克會是她最好的幫手……而且她對舒里克深具信心，在她的計畫裡，自己的兒子當仁不讓會扮演一個最重要的角色。

薇拉總是不斷地和舒里克討論瑪麗亞寫給她的信。一個六歲的小孩和一位老太太之間產生了一種完全獨立自主的關係，與舒里克和蓮娜都不相干。而與此同時，蓮娜的事進展得非常不順利，只是這一部分薇拉當然全不知情。正當蓮娜拿到了辦離婚手續必要的文件時，這份文件的急迫性卻忽然間失去，因爲她得到了一個消息，她的第二次假結婚確定弄不成了，因爲那個卑鄙的美國人，那位被指定爲她的第二任假丈夫的美國人，在一拿到恩力克給他的一筆錢之後馬上就落跑了。這下子離婚又變得不那麼急迫了，於是蓮娜把這份必須的文件寄給舒里克，讓舒里克自己拿去先辦離婚的前置手續，然後她在指定離婚的當天再到就行。

薇拉在準備跟兒子提出邀請蓮娜和瑪麗亞母女夏天到別墅度假的說辭時，心裡面一直很篤定舒里克一定會附和她的意見，可是出乎她的意料之外，舒里克對這項提議的反應非常冷淡，而他對一個那麼可愛的女孩子要來她們別墅度假的那種可有可無的態度讓薇拉很是失望。

「小薇，我不會反對，只是我認爲這會很累人。不過妳想要就邀請吧。我今年夏天沒辦法很常到別墅去，說到底這對妳也是加重負擔……」

薇拉還是寫了信給蓮娜，並得到一個不甚明確的答覆。

蓮娜不論如何都要來莫斯科辦理離婚手續，儘管已經沒有了之前的迫切性，但是她明白，她遲早也是得從這一種無意義的婚姻關係中解脫出來。她從未跟女兒分開過，因此薇拉的提議對她來說顯得有些奇怪，可是瑪麗亞倒是高興得不得了。這是她入小學前最後一個暑假，儘管頓河的羅斯托夫是一個南方城市，有一條很大的河流，但是它是一個工業城，空氣裡常常都是灰塵。此外蓮娜的工作地點從來都不放她假，所以最後她決定讓女兒去找薇拉。但不是整個暑假，只是一個月而已。

五月底當舒里克把外婆在世時就列好的長長的採購單上的東西都差不多準備好時，包括糧食和物件他就收拾了好幾箱，內容從砂糖到夜壺應有盡有，這時蓮娜也帶著瑪麗亞來到了莫斯科。伊琳娜同樣也到了，於是舒里克便浩浩蕩蕩地把大夥一塊都送到了別墅去。離婚申請他也已經送交出去，而離婚日期就定在八月底。這讓蓮娜的心裡產生一種感覺，就是她離見到恩力克的日子又再往前跨進一步。

蓮娜和女兒一起在別墅待了兩天。她非常喜歡那裡的環境，包括大自然、寧靜，還有她待的那一戶高尚的家庭。

「這眞是一戶貴族之家。」她陰鬱地想。

瑪麗亞也非常喜歡別墅，而且她無時無刻不黏在薇拉身邊，這讓一手帶大女兒，完全沒有任何助手和參與者的單親媽媽蓮娜感覺有點不是滋味，覺得她女兒實在太黏薇拉了，但是她跟自己說，這都是因爲小孩子在成長過程中沒有奶奶在身邊的緣故。像她跟舒里克一樣，小時候是被外婆或是奶奶帶大的，她愛奶奶勝於其他家人……

她帶著一種奇怪的感覺離開，覺得女兒完全不在意她的離去。行前她和薇拉說好，她一個月後再過來，到時她們再一起討論，是把瑪麗亞帶回羅斯托夫去，或是讓她繼續留下，直到夏天結束。從未跟女兒分開超過幾小時的蓮娜，忽然間卻果決地做出要和女兒分開這麼長一段時間的決定。她一方面擔憂，一方面又覺得獲得解脫，暫時擺脫她身爲人母的職責，這是過去七年以來一直由她一個人負擔起的責任。暫時擺脫女兒讓她感到一種不合法的自由……

三天後，當舒里克帶著兩大袋食物來到別墅時，他發現他母親和小女孩之間已經開始用「小薇」和「小瑪麗」互稱，而且往後一輩子她們都會這麼叫著對方。

瑪麗亞看到舒里克時非常高興，在他身邊跳來跳去，像一顆蹦上蹦下的球，一直想掛在他脖子上。他把袋子放到地上，忽然間把瑪麗亞的身體橫抓起來，然後丟到沙發上。小女孩幸福地尖叫起來，一骨碌地跳起身，然後開始和舒里克玩在一起。舒里克把她掛在自己脖子上，而她的手和腳大幅度地左搖右擺，舒里克在旋轉她的時候有一種奇怪的感覺，似乎在他生命裡曾有過這樣的情境發生……對，是莉莉雅！他曾經像這樣旋轉她又把她丟下來，因爲她就是很喜歡像這樣掛在他身上，然後不斷抖動著穿著尖頭靴子的雙腳……

「唉呀妳眞是的，小瑪麗！」舒里克叫了起來，然後把她丟在沙發上。

小女孩一躍到地，衝到袋子旁，把裡頭的東西全抖出來。然後她拿到一個小紙盒裝的櫻桃汁，那是舒里克透過瓦列莉婭的關係在某一個不對外營運的配給商那裡拿到的進口貨。舒里克把鋁箔包裝側面的吸管拿下來，然後把它插進果汁盒裡：「喝吧！」

瑪麗亞就著吸管喝這芬蘭的果汁，當吸管發出「唧唧」的喝光的聲音時，瑪麗亞抬起頭來，用充滿夢幻的聲音說：「當我長大以後，我發誓，絕不喝其他牌子的果汁！」

隨後她開始很專心地研究起果汁的鋁箔包裝，以免將來會跟別的牌子弄混。

喝完果汁以後舒里克便帶著小女孩一塊到湖邊。令人意外的是薇拉竟然也跟他們一道去。當舒里克和瑪麗亞在水裡面互相噴水時，她就坐在湖邊看著他們。回程的路上瑪麗亞一直趴在舒里克的背上，然後一直催他：「你是我的馬！走快點！快點！」

舒里克蹦蹦跳跳地揹著她回家，薇拉跟在他後面，對他們三個一起，而不是只有兩人的組合感到滿意。當舒里克揹著瑪麗亞跳著回家時，薇拉說：「孩子們，去洗手！」

這話讓舒里克跟瑪麗亞一樣，變成了一個孩子。

舒里克離開後，薇拉帶瑪麗亞又帶了兩個星期。伊琳娜跟她們始終保持一定距離，她能做的只是幫孩子清洗被單和內衣而已，其他事情像是餵飯、散步、安置就寢等事項，全由薇拉自己一手包辦。舒里克小時候這部分工作則是由外婆或是女傭負責打點。

薇拉在遲暮之年才嘗到了身為人母的樂趣，一大早孩子尚未完全甦醒時的呵欠、光腳走在地板上的活力、早餐時喝完牛奶後用小拳頭在嘴巴上抹掉一道白鬍子，還有跟小女孩只是十五分鐘沒見就讓她激動地蹦蹦跳跳，又緊緊把她擁住的親密感覺，這對薇拉來說都是初嘗的喜悅。舒里克在五歲時已顯露出是一個心地善良，但有點慢條斯理外加笨手笨腳的小孩，可是這隻蜂蜜膚色的小麻雀卻是跳來跳去停不下來，每天都高興得不得了，薇拉緊緊跟在她的後面，深怕錯過她的任何一個笑容、說出口的字，以及轉頭的動作。

薇拉幫瑪麗亞準備入學前的功課，和她一起唸書、寫字、做一些柔軟操或是拉筋的動作，以及其他一些以前在劇團裡學過的東西……而有時候則是和伊琳娜三個人坐在一起挑櫻桃子：伊琳娜用一枝髮簪就可以靈巧地把子挑出來，瑪麗亞用特製的用具，而薇拉則用小湯匙……大人還特地幫瑪麗亞圍上一條毛巾，以防她被櫻桃汁濺到，但是櫻桃汁照樣飛濺到她無袖的薩拉凡長衣（編按：俄羅斯傳統服裝）上，濺到她黝黑的皮膚和眼睛，讓她跳起來搖頭晃腦，於是伊琳娜趕緊拿些涼開水來幫她洗眼睛。

有一次薇拉把一只插了驢蹄草的花瓶放在桌上，然後她們兩個人一起坐著描繪花草，但是瑪麗亞一直畫不好，她生起氣來，不停抱怨，於是薇拉便稍稍幫了她一點忙，圖畫就變得很漂亮，於是瑪麗亞便拿起紅色畫筆，在畫面底下簽上大大的「瑪麗亞・柯恩」。

薇拉感到困惑：如何理解這事？她遲疑了一下，拿起她和瑪麗亞作練習的筆記本，然後她叫瑪麗亞再寫下自己的姓和名。

小女孩又是寫了「瑪麗亞・柯恩」。薇拉忍住，沒向孩子提出任何問題。她異常焦慮地等著舒里克到別墅，忍不住滿心荒謬的疑問：搞不好她眞是他的孩子？她把通常遇到這種情形該有的理性思考擺到一邊，反而急著找起兒子跟瑪麗亞之間的相似性，結果眞讓她找到許多相像的地方！所有猛烈迸發的愛意總是可以給自己找到理論的根據，薇拉內心裡深信，這女孩絕不是毫無來由就冠上她們家的姓氏。

其實舒里克早等著他假結婚的事會東窗事發，他淸楚自己不該遲遲不跟母親坦白這樁荒謬的婚姻，但是他就是鼓不起勇氣。此外他還期待，只要他一和蓮娜離婚，她把女兒帶回羅斯托夫或是古巴去，又或是隨便她想得出的任何一個地點都行，總之這件事就可以在不驚動薇拉的情況下，圓滿落幕。

當舒里克一回到別墅，履行完他和瑪麗亞固定玩的旋轉遊戲、把她丟回到沙發後，他立刻感覺到母親懷有心事。他沉默下來，等著母親隨時可能的問話。

等瑪麗亞上床後，伊琳娜也打發睡覺去，母子倆坐在涼台的燈罩下，跟著問題以非常不同於薇拉以往迂迴的風格被直接提了出來：「舒里克，你老實說，爲什麼瑪麗亞會用我們家的姓氏呢？她是你的女兒嗎？」

舒里克冷汗直冒，一副祕密被揭露的尷尬模樣。他滿臉通紅地坐著，好像以前考化學時完全不知道要麼回答老師的提問那樣，而他也想不通，媽媽怎麼會忽然間這樣想呢？之前不是已經告訴過她小女孩的父親是誰了嘛！

「對不起，小薇，我早應該要跟妳說的……」

於是舒里克終於跟母親坦白了他假結婚的事，還告訴她去西伯利亞就是爲了等瑪麗亞出世。

薇拉眞是驚訝萬分，也非常沮喪，但更多的是深深的感動。她自己就是一名單親媽媽，但是多虧了她那位聰明、有辦法，又是知識分子的母親的協助，薇拉所承受到的社會壓力和傷害有很大一部分相對說來都被抵銷掉了。

舒里克這一次的坦白其實並沒能讓薇拉多知道一些蓮娜的私生活，可是當她知道了舒里克高尚的行爲之後，她對蓮娜就更是同情，而且她是眞的非常希望瑪麗亞是她的女兒，或是孫女，或是隨便是誰都可以，只要她能留在他們家就好。而且這是她生平第一次遺憾她生的不是女兒，卻是兒子……不過舒里克眞的是一個非常好的孩子。他是那樣的高尚無私……在一個女孩子遭受危難之時，他挺身而出，願意跟她登記結婚，還把她女兒歸在自己名下，然後一個字也不跟他媽媽提，以免她失望……這和他父親列萬多夫斯基是多麼相似呀……

舒里克在陳述這件事情時，想儘可能地語帶幽默，他想起蓮娜的父親那棟很像迷宮的大房子，害他深夜時分找廁所時還迷了路，還有蓮娜那兩位弱不禁風的老奶奶和爺爺，一喝起酒來卻又是豪情四海，吃著眼前特大號的包子也是面不改色，這包子在一般普通人家裡可能都算是超大型餡餅了……

「舒里克，原來這蓮娜的來頭根本不簡單。之前我聽阿麗婭的描述，把她想得完全不一樣……」薇拉說。

「當然，蓮娜是一個很有個性的人。可是妳眞該看看她爸爸的模樣！」接著舒里克又說起她爸帶他參觀工廠，但是不是讓他看工廠本身，而是把他介紹給工廠的管理階級認識，像是作爲西伯利亞地區第一號人物最體面的證據似的。

「有這樣的父親眞的是沒話說！媽媽，妳無法想像那裡的風俗和習慣……懷孕的蓮娜要是我不跟她登記結婚的話，她連家門都進不去……」

「是呀，是呀……」薇拉點點頭。「眞是可憐的女孩……」

從薇拉的話裡很難確定，到底她是認爲蓮娜還是她的女兒瑪麗亞可憐。不過多虧了舒里克的故事，薇拉腦海中的畫面多少還是有了改變：在母親、父親和孩子，即蓮娜、舒里克和瑪麗亞組成的和樂家庭中出現了一道陰影……多出來一個看不見的父權象徵的陰影。可是這陰影似乎又根本不存在……

「舒里克，你說，對瑪麗亞而言，父親的意義是什麼？」薇拉順著自己的潛意識問舒里克。

「我不知道。」舒里克老實答。「這要問蓮娜，看她是怎麼跟她說的。」

舒里克眞的是一點也不在意瑪麗亞到底是怎麼去看待她父親的。

在蓮娜抵達別墅前夕，瑪麗亞自己向薇拉揭露了這一個巨大的祕密，她說她父親是一個眞正的古巴人，他長得很漂亮，人也很好，但是這是一個不可以對別人說出的祕密……瑪麗亞在一只保存她最珍貴物品的洋鐵盒子裡東翻西找，然後拿出一張人物照，照片裡的人漂亮得很有個性，但那卻是不同種族的美。那人穿著一件開襟的白襯衫，頭架在一個長長的、但很不細的脖子上，像一只花盆放在圍牆的柱子上——看起來似乎可以把花盆轉任何一方，就算是轉上一整圈都沒問題，他的嘴巴朝前外凸，但不帶有絲毫的貪婪。

瑪麗亞肯對薇拉揭密就意味著兩人的親密指數升到最高階段：蓮娜似乎早跟瑪麗亞提到她父親的事，但小女孩之前從沒對任何人說過，也沒把照片給別人看過……

蓮娜在六月底抵達莫斯科。舒里克帶她來到別墅。母女相逢的場面之熱烈動人，就連用想像的都很困難。瑪麗亞一直在媽媽身旁繞來繞去，像隻小猴子似的不斷在她身上爬來爬去，一分鐘也不放開她，沒有媽媽她也不肯睡——最後是在蓮娜身邊睡著的。

薇拉看待這幅激昂的母女情深的畫面並非說是不贊成，但是她認爲這般澎湃的情感應該要稍微抑制才是，而不是點火助燃。她本人說起來個性其實是比較矜持，而這一天她甚至連說話都比平常還要小聲，可是一到晚上她的觀感如何根本就不重要，於是她比平常還早就上床睡覺去。瑪麗亞在她房間胡鬧著，要求一個睡前的親吻。她嘴唇一觸到薇拉的臉頰，就急著問：「妳明天要不要跟我們一起到湖邊？」

薇拉立刻爲這種代名詞的用法感到受傷：「跟我們」，「跟我們」，那我已經被排除在外了嗎？

「再看看吧，小瑪麗。我們還有別的事要做呀——讓媽媽看看現在妳書唸得多好，字又寫得多漂亮！」

小女孩立刻大叫：「我完全忘掉了！我現在就去讓媽媽知道！」

隔天一大早舒里克就回去弄自己的翻譯，蓮娜則在別墅待了兩天。關於瑪麗亞要不要繼續再待在別墅一事，薇拉沒有開口。她遲疑不決。害怕她說的話不夠字斟句酌，反而弄巧成拙，讓蓮娜把女兒帶走。所以她一直保持沉默。直到第三天早餐之後蓮娜率先開口：「薇拉・亞歷山德羅芙娜，您這裡眞是很棒。比高加索都還要好，這是我的眞心話。如果可以的話，我眞想那裡都不去。眞是太謝謝您了。我和瑪麗亞明天就走。或許我們還能再來，要是您還會再邀請我們的話。」她嘿了一聲。

而薇拉甚至都還來不及把自己早準備好的話拿出來講，就聽到瑪麗亞尖叫：「媽媽啊！再多待一會嘛！我們再多待在這裡幾天嘛。小薇，妳邀請我們再多待幾天嘛！」

就看瑪麗亞一會從媽媽身上跳到薇拉身上去，又從薇拉跳到媽媽那裡去，抓緊她們的手，不停哀求。薇拉甚至沒料到會獲得瑪麗亞這樣大的支持。她先等了一陣子，然後請伊琳娜再去煮半壺咖啡，再整理了一下頭髮。蓮娜則是一副失了主意的模樣。瑪麗亞在她膝上動來動去，又在耳邊小聲說：「拜託啦，拜託啦！」

「我親愛的！您知道我將會非常高興。蓮娜小姐，或許您不妨就留下來住吧？如果眞這樣的話就太好了。我們這裡的鄰居非常好，他們只有星期六和星期天的時候有來，我相信他們會願意讓出一間房給我們，或者至少在週間的時候讓出一間涼台。」

蓮娜眞的是該走了。她下定決心要帶走瑪麗亞。公司承諾——差不多算是承諾吧——八月的時候會給她一張到阿盧布卡一個很好的少年先鋒營區的許可證。不過或許眞的是可以考慮把瑪麗亞再留在這裡一個月。

「唔，好吧，好吧……」蓮娜投降。「瑪麗亞，妳明白我需要回去工作。所以我得走了。還有，薇拉·亞歷山德羅芙娜，您或許因爲瑪麗亞而非常疲累了。您應該需要她離開，好讓自己休息。」

「蓮娜，您知道，要是妳們兩個都留下來的話，我是會非常高興。不過要是您把瑪麗亞留在我們這裡，我們也是很歡迎她！她可是我們最疼愛的女孩呢！」

瑪麗亞不斷從母親的膝前轉到薇拉面前，又回到母親膝前，然後再轉回到薇拉身邊。最後事情終於敲定——瑪麗亞在別墅待完整個暑假。

這個夏天眞是太棒了，彷彿像是特別預定似的：溫柔的六月、伴著午後大雨的炎熱的七月，還有拖著腳步慢吞吞、不願放走溫暖的八月。薇拉發現自己越來越像自己死去的母親。當然不是指外表——伊莉莎白·伊凡諾芙娜一直都是體型高大、胸部豐滿的女性，一張臉表情豐富，但不算漂亮，而薇拉早年外型纖弱，隨著年紀越大她變得越高雅——指她的內在——這是源於她內心的喜悅，而這部分正是外婆一直以來的特色。

這要不是隨著時間流逝薇拉對自己事業上的挫折越來越釋懷，要不就是她超越了它，但是她近來的確越來越常感到一種年輕時不曾感受過的自然而生的幸福：或許是眼前的一隻飛鳥，或許是開花的草莓叢結出的綠果，又或許是瑪麗亞吃早餐時偷偷把麵包藏起來的窸窣聲，她要把麵包帶去餵鳥：伊琳娜禁止她用麵包，只能用穀粒來餵鳥……所有這些事情都會讓薇拉感到幸福，她笑了起來，很驚訝自己的心情會一直這麼好。

「這應該是受了小瑪麗的影響。」她想，跟著思緒越翻越多：「到現在我才知道爲什麼媽媽那麼喜歡和孩子一塊做事，從他們身上會產生一種非常清新的喜悅……」薇拉腦袋裡早就生出一套嚴肅的計畫，只是她還在準備中，目的是將舒里克完全吸引過來。不過她最後總是能搞定他，可是還是得先跟他談談。

母子一塊坐在涼台上，瑪麗亞已經睡了。微弱的燈光在自製的燈罩下低映在桌面上。儘管下午天氣非常炎熱，一到夜晚又變得涼爽，薇拉在自己肩上披了一件外衣。整間屋子籠罩在一種特殊的情境裡——似乎是孩童的睡夢把原本稠密的空氣變得更濃郁，用一種肉眼看不見的輻射光把周圍空間的空隙全部塡滿，產生出一種非常深沉的寂靜……

舒里克本身的個性是非常大而化之的那一型，只要事情沒跟母親有關，他就會把所有細微末節的部分全部忽略或是不加以注意。可是因此他跟母親的緊密關係卻達到了風吹草動、極度敏銳的境界：他可以感覺到母親任何一點細微的情緒變化，對別的事情一

廣告回信
台灣北區郵政管理局登記證
北台字第10227號

10550

台北市南京東路四段25號11樓

大塊文化出版股份有限公司　收

地址：　　市　鄉／鎮　路　段　巷　弄　號　樓

縣　市／區　街

（請寫郵遞區號）

大塊 LOCUS 文化

讀者服務卡

謝謝您購買本書！

如果您願意收到大塊最新書訊及特惠電子報：

- 請直接上大塊網站 **locus**publishing.com 加入會員，免去郵寄的麻煩！
- 如果您不方便上網，請填寫下表，亦可不定期收到大塊書訊及特價優惠！
  請郵寄或傳眞 +886-2-2545-3927。
- 如果您已是大塊會員，除了變更會員資料外，即不需回函。
- 讀者服務專線：0800-322220；email: locus@locuspublishing.com

姓名：________________________ **性別**：□男 □女

出生日期：_____年_____月_____日 **聯絡電話**：________________

E-mail：____

您所購買的書名：______________________________________

從何處得知本書：1.□書店 2.□網路 3.□大塊電子報 4.□報紙 5.□雜誌
6.□電視 7.□他人推薦 8.□廣播 9.□其他

您對本書的評價：

(請填代號 1.非常滿意 2.滿意 3.普通 4.不滿意 5.非常不滿意)

書名______ 內容______ 封面設計______ 版面編排______ 紙張質感_____

對我們的建議：______________________________________

____

____

____

向漫不經心的他卻可以注意到母親衣服上的小花樣、臉上的氣色、動作，以及沒有說出嘴的願望。所以這會他明白母親有重要的事情要對他說：「唔，你的工作還好吧？」薇拉問，不過這很顯然是不用她操心的部分。

舒里克感到她話裡對他生活近況和細節沒有特別的興趣，所以也答得很快：「還不錯呀，媽媽。翻譯的確比我想像得要困難得多。」

五月初他就已先預估到夏季會很悠閒，所以拿了一本生化科學的教科書來翻譯，但這本書之前已有人先起頭翻了，可是卻翻得慘不忍睹。

舒里克從母親的坐姿、交叉在胸前的雙手，以及挺直的腰板感受到一股慎重其事的味道，預示她接下來談話的重要性。

「我有事要跟你商量。」薇拉神祕兮兮地看著舒里克。

「嗯？」舒里克帶著輕微感興趣的口吻問。

「你覺得小瑪麗怎麼樣？」薇拉提了一個有點沒頭沒腦的問題。

「很棒的女孩。」舒里克敷衍地回答媽媽。

薇拉卻馬上糾正他：「是獨一無二！她是一個獨一無二的女孩，舒里克！我們應該要盡我們所能來幫助這孩子。」

「小薇，什麼叫盡我們所能？妳跟她一起唸書，準備入小學的功課，還有什麼是妳能幫她做的呢?」

薇拉露出自己招牌的無力笑容,在舒里克的手上輕輕撫摸了一陣,然後才跟他解釋,爲什麼正是現在,在她花費了這麼多的時間和精力陪伴這孩子之後,她更確定一件事,就是這孩子應當要住在莫斯科,入莫斯科的小學就讀才對,因爲只有在這裡才能讓她不容懷疑的天才獲得發展。

所以薇拉希望在這個夏天之後,瑪麗亞可以完全搬到莫斯科來,從一年級起就在莫斯科讀小學。

舒里克完全不能理解薇拉的想法。他非常不喜歡這個點子,但是由於他向來沒有違逆母親的習慣,只好借助外在的論證來表示不贊成:「媽,蓮娜是不可能同意的。妳是已經跟她談過了,還是這只是妳個人的想法?」

「我有自己的道理!」薇拉說,還擺出一副神祕兮兮的表情。舒里克一向不習慣直接頂嘴,但這會他也忍不住想問母親,究竟她準備了什麼大道理要來說服蓮娜⋯⋯

薇拉莊嚴地笑了起來:「語言哪,舒里克!小瑪麗需要的正是語言!在頓河的羅斯托夫那裡有誰能給她良好的語言環境呢?蓮娜又不是一個笨女人!將來就由你來教導小瑪麗英文和西班牙文!」

「媽!妳在說什麼呀?我能教的只有法語!西班牙語我不行。寫論文摘要是一件事,教語言又是另一件事。我自己從來都沒有教過西班牙語！」

「這太好了！這樣一來你正好就有了動力不是嗎！我可是十分清楚你的能力！」薇拉既驕傲又略帶討好的意味說。

「是啦，我也不反對，只是我覺得蓮娜不可能同意妳的提議！」

薇拉露出一臉失望的表情——她期待的是舒里克的滿懷熱忱，因此對他的冷淡感到有一點受傷……

八月底，就在離婚當天，一臉陰沉的蓮娜直接從羅斯托夫飛來莫斯科的戶籍登記處。她和舒里克的離婚手續總共只花了五分鐘。本來想立刻回到別墅去，但是蓮娜買了一瓶香檳來慶祝他們離婚成功，於是決定先在舒里克的莫斯科公寓裡把香檳喝光。後來舒里克又開了一瓶他同學基亞家的格魯吉亞白蘭地來喝。

蓮娜看起來非常緊張——她一向都不是一個多話和頭腦簡單的女生，但是白蘭地的作用讓她卸除了心防，把心事都招供了出來。原來恩力克的美國證件依然拖延著沒有著落，可是他那位有一半波蘭血統的哥哥揚卻在這時跑了出來，他在了解了他們的問題之後，跟恩力克提出了一個很狡猾的點子，就是由他到波蘭去，而蓮娜則憑著事前就先弄好的邀請函也到波蘭去，然後他們倆個在那裡結婚，這樣一來她就可以用揚的妻子的身分到美國去，到美國後他們再想辦法離婚……另外，這項計畫必須在十一月進行。還有她完全不清楚羅斯托夫當地的簽證處會不會發給她到波蘭的許可證……

「就是這些事情了。你明白嗎，所有事情又要往後推遲，而且一直拖延下去。」蓮娜急躁地說。「這簡直可以耗上一輩子了！」

「或許事情會變得越來越好……」舒里克試圖安慰她。

「什麼會越來越好？」蓮娜凶惡地看著舒里克。「什麼呀？到那裡要花一個月的時間，我公司那邊絕不會讓我帶著瑪麗亞出去的，這下子你明白會有那些問題了吧！」

舒里克把剩下的白蘭地倒光在兩只小杯中——不知不覺他們把酒都喝光了，甚至還都有些醉意。

「還有，我媽想要跟妳談談……瑪麗亞沒事，她很好。只是我媽希望瑪麗亞能夠入莫斯科的小學，這裡有好的語言學習環境……妳可以把她留在我們這裡，前半年住我家，這樣她就可以入小學了，然後妳再來把她帶走。妳也知道我媽是多喜歡她。是我就會考慮……對吧？」

蓮娜把身體轉過一邊背對舒里克，不知道她面對牆壁的臉是什麼表情？

「我幹嘛這樣做？」舒里克腦袋裡掠過這樣一個念頭。「小薇可是會忙死了……」然後他沉默不語，驚訝自己對蓮娜氾濫的同情，也擔憂媽媽，擔憂她攬在自己身上的新責任，他感到不安，又害怕自己對於不相干的事情卻想要幫忙解決的愚蠢念頭……

蓮娜忽然又把身子轉過來面對舒里克，差一點沒打翻掉那只沒喝完的酒杯，她低頭抱住他的頸，眼鏡的鏡框正好壓在他的鎖骨上。她豎直的短髮弄得他的下巴發癢。蓮娜在哭。舒里克感到疑惑：平常一遇到這種情況他通常都知道該怎麼做。可是現在他卻慌了手腳。儘管七年前在蓮娜家裡也發生過那件不可告人之事——那是他們兩人間的浪漫之愛，看起來似乎是這樣的吧……

「我是個瘋子吧？你認為我是一個瘋子是吧？是個白痴！七年了，眞是瘋狂的七年，可是我眞拿自己沒辦法……」

「蓮娜，我沒這樣想呢……」他咕噥道。

她咚一聲倒在舒里克的單人床上。用喝醉酒的謎樣笑容朝他微笑：「根本不用想太多，舒里克。我們是在慶祝我們的離婚！對此你有什麼反對的意見？」

沒有什麼特別反對的意見。這次蓮娜沒有把她身邊的舒里克假裝當作古巴的愛人，所以一切都很好也很單純，完全沒有上一次她懷孕時跟她聊天所衍生出的麻煩。

隔天一大早他們連袂到別墅去。這次去還要準備從別墅返回莫斯科的搬遷行程。年復一年他們過著十分規律的生活步調，像退潮又漲潮那樣循環不已：從別墅搬回莫斯科準備過冬，跟著是過新年買聖誕樹，然後是外婆的聖誕節，再接下來又是從莫斯科搬回到別墅度過炎炎夏日……

又過了幾天，到了八月三十一日，薇拉到以前舒里克就讀的小學去，幫瑪麗亞登記入一年級。而她憑藉的出生證明，正是當時舒里克和蓮娜辦離婚時所缺的那張文件。

伊琳娜趕在九月一日開學前幫瑪麗亞縫了一件制服，因爲原本早就買好的棕色小學制服留在羅斯托夫的公寓裡，而小學開學前這幾個父母趕買制服的日子裡，想在商店裡買到制服根本是一件不可能的事。但是除了制服是趕製的以外，其餘像是書包及其他小學生需要的文具用品等等，全都無虞地放在薇拉櫃子裡那一層專門儲放外婆以前提早買好、用來應付生活各種情況的禮品區。

開學日那天，當瑪麗亞站在學校裡一堆頭上綁蝴蝶結、胸前別著鮮花，罩著白色圍裙的小女孩當中時，她那幸福的模樣確實筆墨無法形容。她像一隻小馬般活蹦亂跳，纖細的雙腳套在白襪子裡，蜂蜜色小臉蛋上方的蝴蝶結晃來晃去，她還不時咬一咬粉紅色紫苑彎彎的花瓣。

蓮娜牽著她的手，薇拉則把自己的手輕輕放在她的肩上，臉上的表情差不多跟瑪麗亞一樣幸福。舒里克作爲美滿家庭必要的一分子，站在三位女性的後方，他的頭微微低垂，嘴角掛著一絲不很確定的微笑。

儘管這是個重大而忙碌的日子，但是女校長還是撥了一點時間見他們。她恭喜舒里克，再摸摸瑪麗亞的頭，然後說：「唉呀呀妳喲，可眞稀奇。薇拉．亞歷山德羅芙娜，我都不知道舒里克有這麼棒的一個女兒……眞的是非常特殊的一個女孩！」

瑪麗亞對女校長微笑了一下，而女校長驚訝於她笑容裡露出的一種讓人看不慣的無禮態度：那不像是一般小孩在對大人該有的那種微笑，卻像是在跟平輩微笑一樣，彷彿她是來參加節日的來賓，在跟另一位來賓打招呼似的。

「這小孩眞是被大人給寵壞了。」教學經驗豐富的女校長閃過一個模糊的念頭。

薇拉感到女校長的反應不對勁，心裡一驚：啊，不知班上同學和老師會怎麼看待混血兒……她憂慮地往四周看。可是沒有人對瑪麗亞特別關注。這裡每一個孩子都是家裡唯一一個寶貝，都是第一天揹書包上學，都是像瑪麗亞一樣，集三千寵愛於一身的孩子。只是在薇拉的眼中，瑪麗亞跟別的小孩比起來就是不一樣，她擁有一種鶴立雞群的特質。

「這是新的人種。」薇拉恍然大悟。「這是混血而來的一種全新人種，是科幻小說裡描述的那一類人，他們應該會超越舊有的人類——不管是在外表的美貌或是才能方面。這是因爲他們是世界上最後的一種人類，當其他發展穩定的民族已經用光了所有遺傳學的方法，變得衰老之時，這群新人種會從前人身上汲取最好的部分供作己用。要是把文化這一層面放進來的話，那是更理所當然。是的，是的，瑪麗亞在這裡就像是阿列克謝．托爾斯泰筆下的火星女王阿艾里塔，或是火星人……」

晚餐後舒里克外出辦自己的事。瑪麗亞因爲第一天入學太過興奮，從浴室回到臥室的路上就已經睡著了。

之後薇拉和蓮娜兩人坐在廚房裡。起初蓮娜的姿勢好像是在開會。她用堅硬的指甲輕敲桌緣。從臉上的表情看不出她在想些什麼。

「您別擔心了，蓮娜。小瑪麗跟我們一起會很好的。對小孩子來說，第一間學校和第一位導師是一件很重要的事情。」

蓮娜還是一直敲桌子。然後她拿掉眼鏡，用雙手掩住眼睛，一動不動地坐著，一句話也不說。一會後從雙手間流下大滴大滴緩緩落下的眼淚。她拿出手帕，擦拭臉頰：「我是一個壞人，薇拉・亞歷山德羅芙娜。我也是在一群壞人當中長大。可是我不是笨蛋。我的命運讓我無法成爲一個笨蛋。我不知道未來會如何。或許，我和瑪麗亞三個月之後就離開，或許她會在這裡又待上三年。我從未遇見過像你們這樣的人。舒里克，他在我艱困的時候是如此大力地幫助了我，而我卻只把他當作是個笨蛋。我只有隨著年歲過去才逐漸了解，你們是不一樣的人，你們有著高尚的人格……」

薇拉感到驚訝：舒里克是個笨蛋？但是她沒有因此而說什麼。蓮娜擤了擤鼻涕。她一臉嚴肅的表情。

「我不知道世上還有這樣的人存在。我的家庭很可怕。父親和母親都很可怕……只有奶奶像個人。他們在我女兒才四個月大的時候把我和女兒趕出家門。我父親趕我出家門。他們是惡人。我本來也應該會變成一個惡人，如果不是有瑪麗亞在我身邊的話。我活得非常悲慘。我工作……該如何跟您解釋？那是一群中飽私囊的傢伙，一群只爲自己利益工作的人。我是他們的會計。要是所有財物都被那群人給吃乾抹盡的話，我很可能會被送去坐牢。但是如果我不跟他們同流合汙的話，我也活不了。我租了一間公寓，這些年裡一直請保母來照顧瑪麗亞。」

「我的天哪！這眞是會計室的邪惡那一面！所有我以前的長官法茵娜・伊凡諾芙娜幹的那些見不得人的勾當，現在蓮娜也在做。」薇拉嚇了一大跳。

「蓮娜，妳得趕快離開那裡！妳搬來莫斯科吧，已經刻不容緩，我一定能幫妳在這裡的會計單位找到一個職缺的！」薇拉立即向她建議。

但是蓮娜揮了揮手：「您說什麼呢？連想都不要想！我在那裡已經陷得太深，只有海角天涯才能擺脫他們的糾纏。」

跟著蓮娜嘆了一口氣：「不，我沒把所有實情都跟您說。這還不是全部。到時候您可會非常淸楚我這個人了。我還跟我的上司上床。不過次數很少，眞的。我沒法拒絕他，因爲我太依賴他才能生存。他是一個可怕的人。但是非常聰明，又很狡猾。說到這裡差不多就是全部了。」

「她幹嘛跟我說這些呢？」薇拉想，但隨即明瞭：蓮娜這人的個性其實相當耿直……眞是可憐的女孩……

薇拉站起身來，撫摸蓮娜的淡金色頭髮：「一切都會沒事的，蓮娜。妳等著看吧。」

蓮娜把臉埋在薇拉的側身，薇拉則不斷撫摸她的頭，蓮娜只是哭、哭、哭。

兩人離別的時候就像是親人一般：現在她們之間擁有一個大祕密，所有蓮娜的事情就只有薇拉一人知道，包括舒里克在內的其他人都沒一人曉得。薇拉此時感覺自己不全然只是自己，她還擁有部分伊莉莎白・伊凡諾芙娜的身分。她在這一刻變得成熟，顯現出長者應有的風範出來。

同時她也感覺到，蓮娜暫時會把女兒的教養權轉讓給她，而且不會干涉；還有，在她和小瑪麗之間也不會有伊莉莎白・伊凡諾芙娜擋在中間，所以當初原本應當由她負責，卻被母親給剝奪掉的媽媽職責，直到現在她才終於能完全由自己掌控。一切已經整裝就緒。一切都契合無間。一切都調適良好，不會有水土不服的情況出現。

44

十一月，共產主義十月革命紀念日即將到來㊹，熱尼亞·羅森茨威格的婚期也逐漸逼近——這是他和門捷列夫化工學院的大三女生阿菈·庫莎克在到克里米亞的古爾祖弗㊺一次成功的夏日度假時結出的果實。舒里克和準新娘子是在一次集體出遊的時候認識，這次出遊也成了羅森茨威格最後一次的婚前旅遊，準新娘留給舒里克一個非常好的印象。她的樣子很像音樂裡專有的高音譜號：她有一顆如埃及女王納芙蒂蒂一般昂揚的頭，還梳著一個栗色墊圈般的髮髻，長長的脖子，長長的腰身，所有這些長長纖細的部分終結在一個渾圓豐厚的大屁股上，然後從這個大屁股下伸出兩隻彎彎的小腳。舒里克就是這樣跟媽媽形容羅森茨威格的未婚妻，而她一直微笑著聽他用這麼好笑的形容語來形容一個女生。

這次婚禮認眞籌辦的態度讓舒里克很是感動。它看起來那樣眞實，那樣成熟，完全不像他和蓮娜那麼草率的假結婚。羅森茨威格的臉龐充滿天上人間般的光采，在他一從古爾祖弗回到莫斯科時，立刻迫不及待地告訴舒里克，說阿菈懷孕了。

「這到底是有什麼好高興的呢。」舒里克感到驚訝，想起瓦列莉婭歷經千辛萬苦才終於成功的懷孕，還有因爲和恩力克談戀愛而懷了孩子的不幸的蓮娜。

舒里克有好幾次到羅森茨威格家作客——未婚妻已經搬進他的家裡，於是舒里克便見證了猶太人家族是如何圍繞在懷孕的未婚妻身旁，悉心地將她照料。此一幸福輪舞中最特別的一段舞步是由羅森茨威格的奶奶領銜主跳：她幾乎每隔一分鐘就走進房裡，不是拿來李子，就是端上去蕪存菁的凝乳汁，再不就是送一塊派來幫孕婦進補。可是阿菈卻都說不要吃，奶奶很難過地走了，可是沒隔幾分鐘就又進來，重啓週而復始的噓寒問暖。

「我一直想吐，只想吃柳橙。」阿菈用她孩子氣纖細的聲音抱怨，於是羅森茨威格趕緊跑到廚房裡看看有沒有柳橙……結果是沒有。後來羅森茨威格他爹下班回來，手上就是拎著兩顆柳橙。

至於羅森茨威格他娘則是把全副精力都放在醫療方面，一會帶著阿菈做產前檢查，要不就是帶她遍訪婦產界名醫泰斗，請他們幫忙確認小孩沒問題，順便安個胎。

舉辦婚禮是全世界都會做的一件事。羅森茨威格在「謝蒙諾夫斯基」地鐵站附近找到一個辦喜宴的場地，跟著便開始採買起婚宴用品。就連舒里克也貢獻了自己的一份心意：瓦列莉婭把她殘障身分所得的兩罐紅魚子醬讓給了舒里克。舒里克自己也買了結婚禮物——一隻在脖子打了蝴蝶結的毛茸茸玩具熊。

「你瘋了是不是！怎麼會買這麼俗氣的禮物！」薇拉潑了舒里克一盆冷水，於是這個俗氣的禮物就轉送給瑪麗亞了。舒里克另外又買了一份禮物——林布蘭豪華畫冊集。他就帶著這份厚厚的畫冊去參加猶太人的婚禮。宴會裡人群黑壓壓一片：名單上邀請的賓客只有一百人，可是每兩位中就有一位又帶了自己的親戚或是朋友來。如此一來椅子根本不夠用，同樣不夠用的還有餐具。但是差堪安慰的是有樂隊以及一個叫做「塔瑪大㊻」的表演者作餘興演出。

婚禮的菜非常豐盛。餐廳把他們菜單上能有的最好的菜色全端了出來：涼拌前菜、烤馬鈴薯泥混蘑菇、蘋果餡餅，還有不知怎麼，竟然有葬禮追悼式才會出現的煎餅。同樣還有的是盡全力準備的猶太菜色，像塡餡的烤魚、加了碎肉和碎鹹魚一起烤的法爾什馬克薯泥餅，還有做成像是包牛肝泥的大餡餅、塡餡鵝脖子，以及四分之一隻大蒜雞，更不要說其他的夾心酥皮捲和罌粟仔蛋糕了。橄欖仁沙拉、鱘魚肉，還有煙燻豬肉火腿，這也是蘇維埃結婚喜慶時必不可少的宴客食物。喜宴外剩下的錢，是羅森茨威格家存了很久的一筆錢，原本想拿來買「莫斯科人」牌子的汽車，這會全用在買伏特加上。至於紅酒的品質則很差，甚至列不進費用清單上去……

舒里克從未被這樣豐盛的食物給寵壞過。他們家日常的飲食若是沒有伊琳娜在的時候都很簡單。看到眼前華麗的饗宴，舒里克忽然食指大動，於是他連著三個小時不停地吃，只有在需要乾杯的時候才中斷進食的動作。婚禮主持人講了一堆荒誕不經的廢話，可是沒人理會，因為就連這麼一位主持過大小筵席無數、經驗豐富的談話專家也無法制止會場上賓客喧鬧的叫聲。還有樂隊，不管他們再怎麼努力，還是無法蓋過會場的轟鳴。將近三點的時候，舒里克覺得自己有一點吃得太飽。接著大夥翩翩起舞，但舒里克已經吃撐到跳不起來。

可是他還是得上舞池。可愛的新娘子阿菈穿著一套非常成功的長禮服，將她纖細的腰身襯托得更像根柳枝條，而微凸的小腹和無法雙手環抱的豐臀卻又完全給遮住，她牽著一位小女孩到舒里克面前。這女孩是她的表姊妹讓娜，她看起來根本就像一位成人侏儒，模樣很是可愛，但是近看的時候卻發現她不像遠看時那麼年輕。

「讓娜非常喜歡跳舞，但是很害羞……」阿菈天眞地把怪胎親戚介紹給舒里克。舒里克只好離開座位。

讓娜的身高差不多剛好到舒里克的腰帶。這高度比瑪麗亞班上體型大號的一年級女生都要來得小些。但是她跳起舞來可厲害得很，舒里克勉強才跟得上她的腳步，當他實在跳不下去時，他抓住她的手，而她用孩子氣的聲音哈哈大笑。

熱鬧的婚禮逐漸接近尾聲。大家忙著收拾從家裡帶來的碗、盤、瓢、盆。讓娜不停地在舒里克身邊轉來轉去，好像工廠裡自轉的機器。舒里克得立刻離開宴席會場。他決定不驚動新人，悄悄地離去——到廁所去。他感到肚子有些不太對勁。

「現在可以到存衣間拿衣服走人了。」舒里克命令自己。但是讓娜已經在廁所門前等他出來——她穿好了大衣，頭上還戴著一頂洋娃娃的帽子。

「您要去搭地鐵嗎？」她問。

「是。」舒里克驚訝地答。

「我也正好要搭地鐵。到『白俄羅斯』站。」

舒里克高興得太早：那我們順路耶。

等他們人在「白俄羅斯」站時他才知道，原來讓娜是要到涅姆奇諾夫卡去，那得要搭電車才能到。

「我的爸媽住在莫斯科，可是我情願一整年都住在郊區別墅那裡。他們總是很擔心我晚上要如何回家。那您會送我回家的吧？」

自從瑪麗亞待在他家以後，媽媽就變得比較少操心舒里克的事。可是他想起來還沒有給媽媽打電話。

「到涅姆奇諾夫卡也不過才二十分鐘而已呀。」讓娜注意到舒里克不吭氣，於是便發起嬌嗔起來。

一路上讓娜用讓人神經緊綳又尖細的聲音不停地嘰嘰喳喳。講話的內容都是關於音樂的事，舒里克於是猜想她應該是一位音樂家。

「您演奏哪一種樂器？」舒里克對她不停的嘰喳終於露出一點興趣。

「所有樂器都會！」她笑了起來，從她的笑聲裡感覺得出另一層含意。

他們一塊走出電車月台。天氣非常冷，大地被嚴寒的空氣都給凍僵了。但是依然沒有下雪，儘管天空已經飄下細細的雪花。讓娜的屋子就在車站旁。舒里克送到籬笆外就停下腳步，打算就此告別。可是讓娜卻賊忒兮兮地笑了起來：「下一班電車是清晨五點半……看樣子您得跟我回家過夜了。」

舒里克沉下臉來不說話。

「您不會後悔的。」這位袖珍姑娘意有所指地向舒里克承諾。

舒里克的肚子又劇烈地痛了起來，他只想往廁所跑。於是他又再度陷入沉默。遺憾自己此時不是在家裡……

讓娜用套在連指手套裡的手指去勾懸得很低的籬笆門鉤，把它打開，然後沿著小路走上台階，把鑰匙插進鎖孔。只聽到金屬發出鏗鏘一聲。鑰匙在門鎖裡轉，但是沒有扣上鎖簧，她將鑰匙一拉，鑰匙沒拔出來。舒里克抓起鑰匙開門，鑰匙只是轉動著，還發出嘲笑的鏗鏘聲。舒里克猛力一拔，抽出已經變彎曲的鑰匙頭——鑰匙尖斷在裡面。

「這下子可好了。」他懊惱地說。

「這樣一來可得把涼台那邊窗戶的玻璃拆掉才行。那玻璃不難拆。」讓娜建議，然後帶著舒里克從台階左邊走。

「對不起，讓娜，您家的廁所在哪裡？」教養良好的舒里克不得不開口求救。

讓娜用手指著一間木頭搭的小亭子。

「對不起，我去一下就來……」

小亭子裡眞是黑得不見五指。舒里克才一跳上木頭馬桶，婚宴吃進肚子裡的東西瞬間便拉了出來。他用手摸到釘子上掛著一疊裁切下來做衛生紙用的小片報紙。現在他整個人輕鬆許多，雖然肚子還是有發出咕嚕咕嚕消化不良的怪聲音。

「天哪，我好不舒服呀。」舒里克想。「可是讓娜和阿菈爲什麼都沒事……」

「這片玻璃可以拿出來的，只要把釘子弄直就可以。」

舒里克不出聲地幹起活來。釘子是弄直了，可是玻璃還是拿不下來。舒里克再用力地一壓。玻璃發出裂開的一聲，舒里克的右手打破了玻璃。尖銳的碎片在他的大拇指和食指之間劃開了一道口子。鮮血噴了出來……

「唉呀！」讓娜驚叫一聲，然後從她玩具一般的小皮包裡拿出一條白色的小手帕。

舒里克用左手扯掉毛海圍巾，把它纏在右手上。讓娜很靈巧地把打破的玻璃拿掉。

「沒事的，沒事的，我有藥箱！」她安慰舒里克。「只是請您先把我弄進窗戶裡去。」

她脫下毛皮大衣，然後從少了玻璃的窗戶裡爬進去。

「我現在去把後門打開，那裡沒有鎖，只有一個鉤子。您從房子左邊繞過去……」

讓娜已經是從屋子裡往外頭叫。「不過請幫我把大衣先塞進來……」

舒里克把大衣塞給她，然後人從左邊繞屋子過來。她幫他把後門打開。他緊握著右手走了進來。她打開燈，舒里克這才發現，整條圍巾都已經染滿了血……

「馬上就好，馬上就好，一下就搞定！」讓娜非常幹練地喋喋不休。她看起來一點也不慌張……「這不是昂揚的大調！這是常有的事情！我們先搞定手，然後再點燃壁爐，一切都會沒有問題的……」

她人消失了，一會後她帶著一捆繃帶和一條毛巾回來。她把毛巾鋪在餐桌的塑膠布上。叫舒里克坐在桌前，然後打開圍巾。她小巧的手快速靈活地動著，而嘴巴還是不停地說。她把大拇指靠手心的部位結結實實地用繃帶紮好，還密實地塞了一堆消毒棉花。等到繃帶纏好，她把他的手往上抬。

「就維持這樣的姿勢，直到停止流血為止。我房間裡有一座荷蘭式壁爐，它熱得很快，一小時候以後這裡就會很暖和。我一個月沒來這裡，屋裡整個都冷透了……」

她不小心說溜了嘴，但是舒里克沒發現。事實上她不是住在別墅裡，是跟爸媽一塊住在市區裡，別墅是只有帶情人的時候才會來。其中一個她固定寵幸的對象是馬戲團的一位雜要員，她自己也在那裡工作，這個情人可是很愛吃醋又容易生氣。他早就跟她求婚了，但是她沒答應嫁他。大自然界對侏儒非常不公平，不僅讓他們在身高上吃虧，而且男侏儒的比例遠高出女侏儒，因此侏儒界的婚姻競爭激烈異常。讓娜在這一方面可謂左右逢源，甚至有侏儒跨國向她求婚。讓娜卻一直想嫁給身高正常的男子。的確有很多正常的男人喜歡她，其中有幾位幾乎愛他愛到瘋狂。可是不知怎麼結婚一事就是沒有著落。

當她在隔壁房間把劈下來的木柴弄得砰砰響，舒里克又去了院子廁所一趟。他腦袋裡只有一個念頭——盡快趕回家去。

當讓娜再度出現時，舒里克問她是否有整腸的藥。她馬上拿出一顆藥丸給他。他立即把藥吞下並靜待效果。讓娜建議他到隔壁房間去躺著休息。可是那裡跟外頭街上一樣冰冷。俄國人都曉得秋末時節寒氣的威力，儘管氣溫只有零下三度，但是它比隆冬的零下三十度還要冷得讓你難受。

舒里克和著外衣倒在矮床上。讓娜朝他身上丟去一條棉被，那棉被冰冷得很。壁爐裡劈哩啪啦地響，肚子咕嚕咕嚕地叫，寒冷凍徹了他整個身體。他睏得要死。

「要是現在是在溫暖的浴室裡該有多好。」舒里克幻想，隨後又得起身去跑廁所……

在這樣不舒服的情況下，他還是睡著了幾分鐘，但是馬上又醒，因爲感覺到自己身旁有一個溫暖的東西翻來翻去。讓娜沒穿大衣，整個人貼在他的肚子上，像一個暖水袋。這樣子很舒服。她解開他外衣的釦子，把外套打開，然後呼出熱氣。

「簡直就跟貓咪一樣嘛。」舒里克想。他身體裡湧出一股同情，不過力道非常微弱。貓咪的腳掌開始不安分地打擾起他的同情心來。他把手往下方遮，可是他的手心碰到的卻是一隻女性的小手，既光滑又溫暖。舒里克的同情心占了上風……

清晨五點他丟下熟睡的讓娜自己跑掉。五點半的時候他已經站在月台上等第一班列車。肚子還是痛，手也在痛。生平第一次他感到對自己的同情……

不到一小時他已經躺在熱呼呼的澡缸裡，抬起紮成厚厚的、變成暗褐色繃帶的右手，享受著溫暖、還在沉睡狀態的家，以及自由。

「今天我絕不出家門。」他下定決心，並直接在浴缸裡睡著。

當水溫變涼，他醒了過來，就再加入熱水，然後繼續睡去。第二次敲門聲將他吵醒：薇拉和瑪麗亞起床了，想要梳洗一番。舒里克穿上浴袍，試圖把沾溼了的繃帶拿下來，但是繃帶黏在一起，於是舒里克便用毛巾把手包住，不讓媽媽看到他的傷口，回到自己的臥室。

「婚禮如何？新娘子怎麼樣？」薇拉問，她對羅森茨威格很有好感，因爲他曾經在數學這一科上幫過舒里克。

「婚禮很棒，媽媽，可是我吃太多了，像蟒蛇那樣拚命吞，結果好像食物中毒。」

「我的天哪，你手怎麼了？」不怎麼有觀察力的薇拉發現舒里克受傷了。

舒里克已經沒有力氣想一個說辭出來讓媽媽安心。

「媽，我睏得要死。我晚一點再跟妳說。我現在去睡覺，有電話來也不要叫我，好嗎？」

他吻了吻在他身邊轉哪轉的瑪麗亞的頭頂，摟住她。她差不多到他的胸部，這意思是她比讓娜要高。

「這眞是一場惡夢，小可憐的讓娜。」舒里克想，然後把被子拉到頭上蓋住。「幸福的讓娜！可愛的阿菈！她身上有某種我很熟悉，像自己人的感覺……唔，啊，她像莉莉雅・拉斯金娜。對，當然，就連外貌也有些像，不過那種愉快的個性和眞實性最像……我哪來的這個眞實性呀？這關眞實性什麼事？嗯，對了，是手勢還有動作一模一樣的眞實性……我現在就寫一封信給莉莉雅，親愛的莉莉雅！親愛的莉莉雅……」漸漸地，他就睡著了，沒把信寫完，他睡得那麼沉，以致於醒來之後，他完全忘了莉莉雅，也忘了寫信的事。

譯注：

㊹所謂的紅色十月革命是按照俄國的舊曆來稱呼的，如果換算成新曆的日期就是十一月七日。

㊺蘇維埃時期著名的黑海度假勝地。

㊻「塔瑪大」的意思就是宴會主持人。

45

電話眞的是每十五分鐘響一次。這是十月革命紀念日過後一天——日期是十一月八號。薇拉以前的同事想起她，接二連三地打電話來問候，就連前上司法茵娜·伊凡諾芙娜也打了通電話，還詢問舒里克的近況：他結婚了沒……

「她沒忘了我，從她的地位來看，還眞是貼心。儘管她是一個滑頭騙子，但她的內心似乎還保有一點人性。」薇拉作出善良的結論。

死去的馬爾美拉德的兒子也打電話給薇拉。他叫做恩格爾馬克。眞是奇怪，像他這麼樣一個討人厭的人，在父親生前完全拋棄了他，卻在父親死後忽然對他產生興趣，而當他取得父親的合作社股份作爲遺產，拿走父親的書架和上面的書，以及他在黨裡的檔案之後，現在偶爾會打電話給薇拉，詢問她知不知道有誰曾經被他父親寫進記事本裡。薇拉每接一次電話就要跟他解釋，她對他父親知道的不多，而且和他是在他生命的最後幾年裡才認識的，但是恩格爾馬克卻認定薇拉和他父親之間一定有某種友情或是愛情之類的關係，而且她一定知道所有父親在黨裡的祕密，他不時地想從薇拉那裡搞淸楚一些事，甚至偶爾還會來拜訪她。

接完一堆沒啥意思的電話後，終於來了一通讓人舒服的電話：是老朋友基拉打來的，這下子兩個女人話匣子打開，一聊聊不停，內容都是彼此的近況：基拉講她的女兒思拉娃，薇拉就談她的小瑪麗。

從十二點開始就有一堆女生打電話給舒里克，她們之中有些人薇拉曉得，但有些人就是不肯報上自己的大名。

「根本就不懂得怎麼講電話嘛。」薇拉感到生氣。「既不自我介紹，也不跟人問好……」既不自我介紹，也不跟人問好的正是瑪蒂爾達，因爲覺得非常尷尬。儘管她和舒里克維繫了長年的多重關係，但是她還是完全不想出現在舒里克的母親面前。

同樣打電話來的還有斯薇塔。她在電話裡對著嚴厲的女士，即舒里克他媽，幾乎是一個字也講不出來。依據她在男人方面不幸的經驗，她確定了一個看法，就是丈夫的媽媽——永遠是敵人……不過大家都知道，她從來就沒有丈夫，那些或許能夠成爲她丈夫的候選人不知怎麼卻都有一位可怕的老媽。在外表親切又教養良好的薇拉身上，斯薇塔還是預見到敵人的陰影。

唯一一位能和薇拉親切又愉快地聊天，像一位讀書人那樣講話的就只有瓦列莉婭。能夠認識瓦列莉婭對舒里克來說，眞是他的福氣。她幫舒里克安排工作，還幫了他許多忙，可是說眞格的，舒里克對她也是知恩圖報。所以，薇拉很仔細地跟瓦列莉婭描述舒里克參加以前同學的婚禮，回到家的時間很晚，又吃壞了肚子，還割傷了手，現在他在睡覺。

「噢，好吧，就讓他睡吧。醒了以後，讓他打個電話給我。我在翻譯方面有些問題要問他。謝謝您了，薇拉・亞歷山德羅芙娜。」

舒里克在下午五點醒來，馬上就又感到肚子痛。他在蹲廁所的時候，媽媽叫他來接電話。打的人是瑪蒂爾達。電話裡的她差點就要哭出來。她從二水高地把她最愛的、也是年紀最大的那隻貓咪康士坦丁帶了來——貓咪只剩一息奄奄：「貓咪很不舒服，牠不吃、不喝，後腳的腳掌不對勁，好像癱了一樣……我求你，舒里克，幫我去請獸醫。你帶過他一次，那位伊凡・彼得羅維奇，他住在耶穌顯容街……我已經跟他打過電話了……」

這事無法推卸：「媽，我要出去個兩小時。」

「那神聖時段怎麼辦？」瑪麗亞叫了起來。

神聖時段指的是舒里克晚上幫她上的語言課：一天上英文，一天是西班牙文。

「瑪麗亞，我們晚一點再補，好嗎？」

「我們昨天就沒上了……」

瑪麗亞非常喜愛和舒里克一起用功的晚上時光，當然薇拉也有在後面盯著，不讓這些課給曠掉。可是這幾天過節嘛，就算了。

薇拉拿了一粒叫做「別撒洛」的藥和熱甜茶給舒里克服下，並在他亂七八糟的繃帶上再綁一條純白的新繃帶，然後囑咐他早去早回。

「還有，你自己決定是要還是不要來，我和小瑪麗會去看芭蕾，你可以不用來接我們，我們自己回得了家……」薇拉不滿地結束談話。

瑪麗亞越來越常取代舒里克，跟薇拉一同欣賞藝文活動。總之在薇拉的印象中，舒里克的生活完全就是擺盪在操持家務和應付繁重的工作，所以她有時候會覺得遺憾，說首都的藝文節目是如此活潑、密集又有趣，可是很大一部分舒里克全都錯過。

46

舒里克招計程車招了好久才招到，不過坐上去之後很快就抵達耶穌顯容街。放假日整個城都空了，因此城市兩端的車程——從家到耶穌顯容街，再從那裡到馬斯洛夫卡街——只花了一個多鐘頭就到。伊凡．彼得羅維奇是貓狗醫生，人有一點瘋瘋癲癲的，跟一般幫動物看病的人一樣。他的家裡面到處都是殘障動物，像有一隻老狗就戴上自製殘障輪椅，牠只要把前掌放到地上，就可以到處走。

醫生從很久以前開始就幫瑪蒂爾達的貓咪們看病，但是不跟她收費，唯一的條件就是她必須負責接送他去看診。伊凡．彼得羅維奇從來不坐大眾交通工具：他不是用腳走，就是坐計程車。他孤家寡人一個，不喜歡人類，勉強可以容忍的是跟他一樣熱愛動物的人。

當他抵達瑪蒂爾達住處的時候，貓咪只剩最後幾口氣。牠嘶啞地呼吸著，整張臉都沾上自己的口水。伊凡．彼得羅維奇在不幸的動物身旁坐下，把手放在牠溼答答的黑臉上，開始哼哼唧唧起來。他手摸了摸貓咪的肚子，叫人把貓咪的墊子拿來，不滿地看著上面黑褐色的斑點。

「我們出去。」他陰沉地跟瑪蒂爾達說，然後跟她一起到廚房去。

「唔，瑪蒂爾達，妳跟自己的貓咪告別吧。牠要死了。我可以打針讓牠快點過去，免得受苦……不過眼看牠也就要死了……」

舒里克站在門邊，心裡欽佩這位老人：他到另一間房說話，目的是不讓病患聽到可怕的診斷而難過嗎？眞不可思議！

「唉呀，我自己也已經在想，太晚送牠過來了……」瑪蒂爾達沮喪地說。

「不，這是自然現象。就算妳早點帶牠過來，我也做不了什麼事。牠已經十多歲了，不是嗎？」

「到一月就要滿十二歲……」

「所以說，我親愛的小鴿子，換算成人類的話，牠已經是八十歲的老人了。跟我一樣的年紀。還會有幾年好活呢？唔，想要幫牠打針嗎，我現在就來做？」

「可能是要吧。免得受苦……」

伊凡・彼得羅維奇打開自己的醫療包，把注射器、針頭和兩個安瓿放在白色布巾上……然後走到貓咪身旁，跟著搖了搖頭：「不用了，瑪蒂爾達。不用注射了。貓死了。」

瑪蒂爾達用白色的毛巾把貓咪裹住，忍不住哭了起來，抓著舒里克的肩膀說：「牠誰都不愛，只愛我一個。還有牠接納了你。伊凡·彼得羅維奇，您跟我們喝一杯吧。舒里克，你把伏特加拿來。」

「喝什麼酒呢……」

舒里克從冰箱裡拿出一瓶伏特加，但是纏著繃帶的手差點讓他拿不住瓶子而掉下去。瑪蒂爾達這時才終於注意到他手上臃腫的紗布。

「舒里克，你手怎麼了？」

舒里克揮了揮手表示沒什麼。獸醫則完全不表關心。大家坐了下來。伊凡·彼得羅維奇把桌上的器具都收拾掉。

瑪蒂爾達差不多沒哭了，只是眼淚還是不停地從臉頰上流下來……

「是呀，我已經將近半年的時間知道牠生病了。牠自己也知道。睡眠變得斷斷續續。我叫牠來，牠還是會來，撒一下嬌，頭在我手上蹭一蹭，然後就又回去趴在自己的枕頭上。我把牠的枕頭改放在小凳子上，因爲牠變得很難跳上床來。唉，就這些事了……」

他們乾了酒，還吃了一點罐頭魚——家裡沒別的東西，就連麵包都沒有。

「好像是動物死了，是吧？可是卻希望像人那樣追憶牠。」瑪蒂爾達小聲地說。

「唉呀，瑪蒂爾達！您說什麼呢！牠們可是會比我們早進入天堂的！俄羅斯著名的那位，當然，意思就是說被我們當局禁止閱讀的哲學家別爾嘉耶夫㊼，您知道當他的貓死的時候，他說了什麼嗎？他說，如果我的貓咪穆拉沒在天堂的話，那麼那裡對我來說又怎麼會是天堂呢？不是嗎？畢竟他是一個比您和我都要聰明得多的人呀！所以不用懷疑，我們的貓咪會來接我們的！唉呀，我曾經有一隻好棒的貓咪馬爾西克，牠卻在一九三九年過世！牠可是貓中之貓呀！漂亮，又好聰明！我對不起牠，害牠受到感染。而那時又沒有抗生素……」

獸醫開始說起他的公貓馬爾西克，說起他的母貓克桑蒂帕，然後換瑪蒂爾達講所有她以前養過的貓，跟著大家又喝了伏特加，自然還是佐那罐頭魚，最後彼此都感到安慰了些。當伊凡・彼得羅維奇打算要打道回府時，舒里克已經起身，要先去叫計程車，就在這時門鈴響了——是女鄰居的兒子來了。他就住在耶穌顯容街，到這裡來是要把一串鑰匙交給母親，卻沒碰上她在家，於是想把鑰匙留在瑪蒂爾達這裡。這實在是太巧了，因為伊凡・彼得羅維奇就住在他的隔壁棟，所以就由他來送這位喝醉了的老人，他還允諾會送老人到家門口。

可憐的康士坦丁，牠被裹在白色的毛巾裡讓獸醫給帶回去了。因為他在老鷹公園那裡有一處地方，是專門安葬他所有那些親愛的動物的……

至於舒里克，他沒有走。他不能不安慰親愛的、傷心的瑪蒂爾達一番就離去，畢竟她從來不奢求他什麼，只需要他的友誼……

彷彿回到中學時期，他準時在深夜一點的時候從瑪蒂爾達住處飛奔回家——穿過位在新林街上的鐵路橋。他跑得很快，二十分鐘以後他已經走進家門。他一進家門馬上就想起：今天沒給瑪麗亞上課，也沒打電話給瓦列莉婭，而最重要的一件事就是他忘了幫媽媽買按摩腳用的草藥酒……還有，斯薇塔也可能有打來找他。她也很需要他的關心……想起這麼些個事，他開始沮喪了起來……

譯注：

㊼別爾嘉耶夫，二十世紀俄羅斯最具影響力的思想家、宗教哲學家、文學家。

47

薇拉對瑪麗亞眞是愛她千萬遍也不厭倦。舒里克小時候也是一個可愛又隨和的小孩子，但是在他成長的過程裡，薇拉沒能感受身爲母親所能擁有的一份最大的快樂，那就是親子間相互回饋的教養。而這正是外婆伊莉莎白・伊凡諾芙娜最感到驕傲的事，每當她的學生，尤其是外孫舒里克，在舉止方面表露出她刻意在他們身上培養的特質，像是關心他人，富有同情心、慷慨大方，還有最重要的就是責任心……每當這時她就會感到身爲教育家的驕傲。當薇拉還只是一個依賴自己母親的大孩子時，她從未好好思索過，舒里克身上那麼早顯現出的優點是從哪裡來的。每當鄰居或是老師稱讚舒里克，薇拉只是開玩笑似地說：他有優良的遺傳……然而當眞是這樣嗎？外婆本身既是一個矛盾的功利主義者，也有一顆崇高的心，她只要一聊到遺傳的話題時，總是舉同樣的例子來說明：「該隱和亞伯㊽都是同一父母所生，爲什麼其中一個性格溫和善良，另外一個卻是殺人凶手呢？每一個人都是教育的果實，可是人一生中最重要的教養者不是別人，正是他自己！當老師的只是幫學生把他人格特質裡所需要的琴鍵部分打開，不需要的就關閉起來。」

這就是一位傑出的教育家簡單至極、沒有絲毫深奧道理的教育理論，她全憑一己之見來決定哪些琴鍵是需要的，而哪些又是不被需要。這樣的一種教育理論應當是要受到反對者的挑戰才是，如果不是因爲她無可指摘的教學成果的話。

現在，當薇拉把瑪麗亞抓在自己手上時，她便完全按照母親那一套教育方法來做。儘管她本身的演員特性相當微弱，但總是還有那麼一、兩個特點存在，薇拉在瑪麗亞身上看到了非凡的演員氣質。這個小女孩的精力無窮，根本沒法好好站著不動，上課的時候她總是要非常非常努力才能坐滿四十五分鐘不動，而爲了讓她好好坐著，薇拉想出了好多小動作來讓她練習，比如說她教會瑪麗亞在手心裡轉硬幣，還送給她一枚古老的五十元銀戈比拿來旋轉用。後來這枚「轉圈圈用的五十戈比」不見了，瑪麗亞還流了好多眼淚……

薇拉還教會瑪麗亞做一些不會讓周遭人發現的手腳運動，每當瑪麗亞在課桌椅上坐到不耐煩時，她就會開始做起這些手腳運動……薇拉從瑪麗亞一年級開始就帶她到少年先鋒之家做體操和技巧動作，她自己則和她一塊練鋼琴，至於學校課程方面的問題則全看小女孩個人的資質和造化了。瑪麗亞在閱讀方面名列前茅，算數方面也沒有任何問題。「在精確科學方面的天分應該是遺傳到她母親那一方。」薇拉想。「總而言之不可能是來自舒里克。」

薇拉眞是腦袋不清到奇怪的程度：她明明就知道瑪麗亞的父親是一個可疑的古巴黑人，但她總是習慣性地把她視作是舒里克的女兒。而舒里克對瑪麗亞的責任分配就是教導語言，一天英文，一天西班牙文。

薇拉依然有上自己的劇場教育課程，但是並沒有刻意讓內容變得適合瑪麗亞來聽。瑪麗亞到莫斯科住的第一年裡薇拉就停止跟自己的學生一起朗誦和練習，她只保留練習動作的部分……

薇拉的甲狀腺從開刀以後狀況就一直良好，但腳卻越來越痛，她腳的大拇趾周圍長出了一塊小骨，以前穿的窄頭的鞋現在都不能穿，所以她現在最大的問題就是買鞋……瓦列莉婭坐在電話旁，在國營百貨公司GUM裡頭數百家小店面裡找一家叫作「小樺樹」的熟人店家幫薇拉詢問鞋子的事，之後舒里克便三不五時帶著媽媽來試穿鞋子……最後薇拉買了一雙「莎拉曼德拉」牌子的靴子，又買了一雙「東多爾夫」的奧地利製的黑色女用便鞋。有了這兩雙鞋，她生活的品質便隨之提升……

家庭生活開銷增加許多。但是舒里克工作接得很多，所以完全能應付增加的家庭開銷。除此之外他們家還有一筆儲備金——外婆那筆尙未花光的遺產。

新年前夕蓮娜來到莫斯科。瑪麗亞開心又幸福，儘管之前看不出她非常思念母親。

但是這會她一直賴在媽媽的身上，一分鐘也不肯讓她離開。蓮娜給每一個人都帶了一份非常好的禮物，但是她的心情明顯低落，不斷抽菸又不說話。甚至連跟舒里克都沒談上什麼話。當舒里克問她是否順利搞定波蘭的事情，只聽她啐了一聲，生起氣來，這話便談不下去了。

「或許她又遇到什麼無理的事了。」舒里克想。不過這一次蓮娜完全沒有想從他身上獲得友誼的溫暖。或許這與她之前和薇拉懺悔過有關。

舒里克跟往年一樣有買新鮮的聖誕樹，而薇拉忽然決定恢復外婆過世後就不曾舉辦的聖誕戲劇演出。說來說去，這全是為了她心愛的小瑪麗才這樣做。可是舒里克反對，因為他現在只剩三名家教學生，而且現在才開始準備排演在時間上也太遲了。

可是薇拉卻天外飛來一個點子，她建議排演玩偶劇，而且不要用法語，用俄語就好。於是這家人開始忙著縫製玩偶。大家把碎布和花邊分了分，還準備了棉花作填充物。瑪麗亞分到最簡單也最重要的工作——她負責縫製一條用來包裹代表小基督的光溜溜的塑膠娃娃的被巾。薇拉要縫聖女瑪利亞，而蓮娜仍一臉陰沉地用一塊一塊漿過發硬的紗布來做天使……至於舒里克，除了買聖誕樹之外，他還要負責做一面演出用的屏風。

即便是這樣的忙忙碌碌，這次的新年仍舊是過得難看。根本沒有人準備年菜，就連過年的禮物，如果不算蓮娜早就送出去的那些的話，也都不怎麼令人印象深刻：像舒里克就送給媽媽一雙不怎麼好看的家居鞋，而薇拉送給舒里克一瓶他這輩子都沒打開來用的古龍水「Shipr」，還有一條他從來也沒打過的領帶。至於蓮娜，她獲得一條外婆生前早就買好備用的絲質手帕，還有一本她不怎麼欣賞的阿赫瑪托娃詩集。不過最高興的是瑪麗亞，她得到一大堆玩具和書，她實在是太高興了，讓旁人也都分享了她的喜悅。

然而她的喜悅依舊沒能延遲她哀傷時刻的到來。聖誕節前夕，當演出準備就緒，玩偶都縫好了，角色也都排練好了，這時蓮娜卻被上班地點緊急叫回去：某個檢查機關突擊檢查，身為會計的蓮娜必須在場隨行。而瑪麗亞的希望卻是媽媽能夠待到冬季假期結束之前才走，所以小女孩哭了整晚，雙手緊緊抱住媽媽睡去。隔天早上當蓮娜出發去機場時，小女孩又開始淚如雨下。

薇拉儘可能地安慰她。最後她把她帶到放玩偶的床前去。沒想到女孩的反應出人意料：瑪麗亞伸手把一個布偶扯爛掉，把所有的布偶都扔到地上，然後不停尖叫。她蜂蜜色的臉龐顯出灰白色，開始打起嗝來又不斷哆嗦。接著她全身抽搐。薇拉趕緊打電話找一位舒里克小時候看過的小兒科大夫，但是他不能來，因為大夫自己也生病了，但是他很詳細地詢問了瑪麗亞的情形，然後吩咐薇拉給小孩用一點擷草酊。

等瑪麗亞稍微平靜了些，當舒里克送走蓮娜並從弗努可沃國內機場回來時，他把瑪麗亞抱在手上。舒里克就這麼抱著一個相當沉重的小朋友繞著屋子走，嘴裡假哼著他最愛的唱片裡的一首歌〈My fair Lady〉。瑪麗亞笑了起來，因爲她聽得很清楚，舒里克是假唱，然後她以爲他是故意這樣開玩笑。當舒里克想把瑪麗亞放到床上去時，她又開始哭了起來。於是他就這麼一直用雙手抱著她，直到發現她在發高燒爲止。他拿出體溫計量體溫，瑪麗亞已經燒到三十九度。

薇拉完全慌了手腳：小孩生病的事以前她全部都交給她母親來處理。而這次換成由舒里克來叫救護車。

坐救護車來的女醫生幫瑪麗亞看了好久，後來才在她的耳朵旁發現了幾個小點，她判斷這是水痘，很快整個身體都會發起疹子。這陣子全城正是流行病蔓延期。醫生開了一些退燒的處方，囑咐多給孩子喝流質飲料，並在冒出的疹子上擦一點綠藥水，而且不可以讓她去抓。

不懂如何照顧生病的小孩，又驚慌失措的薇拉只能拿著一本食譜頹然地到廚房去煮小紅莓果汁給瑪麗亞喝。

幾個小時之後瑪麗亞從腳到頭的確覆滿了大顆大顆的紅疹。她不停地哭，一會小聲嗚咽，一會又像野獸那樣地嚎叫。

舒里克幾乎整天都把瑪麗亞抱在手上。當她睡著時，他試著將她放到床上，但是她人也不醒地就又開始號哭起來。最後舒里克自己躺下來，把她放在自己身旁，而她兩隻手緊緊抓住他的肩膀，安靜了下來。

隔日清晨她的情況變得更糟，全身上下都發起癢來，舒里克只得又把她抱在自己手上。他還要想盡辦法不讓她的手去抓疹子。

薇拉嚴厲的警告發揮了一點作用：「妳要是抓傷口的話，就會一輩子變成一個痲子。妳整張臉都會是瘢。」

「瘢，那是什麼？」瑪麗亞的注意力被轉移開。

「就是妳臉上抓過的地方都會留下疤痕。」薇拉殘酷又無情地解釋。

這下子瑪麗亞又狂哭了起來。但一會後她忽然停止哭泣，轉而對舒里克說：「抓癢很可怕。那麼你來幫我抓，可是你要很小心，不要留下瘢來。」

於是她用手指頭指她覺得比較癢的地方，而舒里克溫柔地幫她抓抓耳朵、肩膀，還有背部……

「這裡，這裡，還有這裡。」瑪麗亞蹭著舒里克的手發號施令，後來她乾脆用自己發燙的手指抓著舒里克的手，直接帶領他到她要去抓的部位。終於，她停止了啜泣……只是不斷地叫：我還要，還要……

舒里克因爲不好意思和恐懼而皺起了眉頭：這小可憐，她知不知道她拉著他的手要到哪裡去？可是他一抽回手，她就哭鬧，然後他就再抓抓她的耳朵，還有背部中央……

可是她卻拉著他的手，伸進被綠藥水染髒了的印花布睡衣裡面去，要他用手指去碰她孩童陰部的皺摺部位。

小女孩眞的是好可憐，而該死的憐憫心是不挑剔對象的，是沒有道德禁忌的……不，不，但是不能是這個，不能是這個……難道說她這麼小，根本還是個孩子，卻已經是一個女人了，已經在等待他男性的撫慰……

舒里克被這幾天來照顧瑪麗亞的事情弄得精疲力竭，而由於過度疲倦，現實面跟著變得扭曲，他感到自己漂浮到一個地方，那裡的想法和感覺全都變了樣，而他很明顯意識到自己的存在實在庸庸碌碌：他似乎總是照著別人的期望來做……可是爲什麼他身邊的女性希望在他身上得到的事情只有一件——就是沒有間斷的性服務？這眞是一件很棒的事情沒錯，但是爲什麼在他一生裡從來不曾由他來主動來挑選女人呢？他也希望能愛上像阿菈這樣的女人……或是像莉莉雅．拉斯金娜……爲什麼羅森茨威格，那個瘦巴巴又弱不禁風的羅森茨威格可以爲自己找到像阿菈這樣的女人？爲什麼他，舒里克，從來不挑人，卻只能用自己的肉體，再加上肌肉來回應每一個女人強硬又堅持的要求呢？從瘋瘋癲癲的斯薇塔到小不點讓娜，再到這個小瑪麗亞？

「或許我其實不想要？眞是蠢，最悲哀的事情就是問我自己想要什麼……可是我又想要什麼呢？想要安慰她們所有人嗎？她們只要我這樣的安慰嗎？爲什麼？」

他想像著她們是怎麼將他團團圍住，她們每一個他都認得出來，只是每個都有點扭曲變形，好像在一面哈哈鏡裡：阿麗婭・塔古索娃頂著一個歪掉的大包包頭；悲傷的瑪蒂爾達手裡抱著她那隻死掉的貓；瓦列莉婭和她那雙受盡折磨的腳，還有她那可佩的勇氣；瘦得跟竹竿一樣的斯薇塔抱著她的人造花；嬌小袖珍的讓娜戴著她那頂像玩偶一樣的帽子，至於蓮娜則是一副嚴厲的面孔，而蜂蜜膚色的瑪麗亞，儘管她還沒長大，但已經在隊伍中占有了自己的位置……在她們的後方遠遠聳立的是法茵娜・伊凡諾芙娜，一張野獸的面容，卻是遭受欺凌的哀悽模樣，於是巨大的憐憫包圍住他，將他完全吞噬其中……不只如此，遠方仍看得見一群陌生的、哭泣的女人的身影，她們都很不幸，甚至可以說是悲慘至極，所有女人都是悲慘可憐的模樣……還有她們可憐的、缺乏慰藉的陰戶……眞是可憐復可憐的女人……眞是可憐得不得了的女人……然後他可憐她們可憐到連自己都哭了起來。

這當然是因爲舒里克也被傳染到水痘的緣故，溫度燒得很高，薇拉趕緊打電話給伊琳娜，而她馬上就趕來他們家，儘管外頭天氣嚴寒，暖氣系統被冬天的冰雪已完全凍透。一天之後舒里克的全身都冒出了疹子。不過同一時間瑪麗亞已經停止哀嚎。現在輪她幫舒里克擦綠藥水，而她那過早甦醒的女性直覺將她導引到關懷他人的正途上。

薇拉的心情因爲這雙重水痘事件而沉重不已。瑪麗亞的病儘管非常嚴重，但是她生的不過就是一般小孩會得的病。舒里克的水痘卻讓薇拉驚駭不已：這可是外婆過世之後幾年間舒里克第一次生病。通常都是她薇拉生病，於是她把舒里克生的病，而且還是小孩子才會得的病，視作是某種對她不公平的待遇，破壞了一直以來只有她才可以生病的權利。

遠道而來的伊琳娜一進屋子就立刻動手打掃，煮了一大鍋雞湯，現在她們兩個女人四手聯合照顧病人。薇拉向伊琳娜下達語氣輕微的指令，接著照料行動便平順而正確地展開，就像外婆在世時的那樣。

譯注：

㊽該隱和亞伯，是亞當和夏娃所生的一對兄弟，個性差異大，兄該隱是一位農人，弟亞伯是一位牧羊人，上帝接受亞伯的祭品而拒絕該隱的禮物，該隱出於忌妒而殺死亞伯，他受到永久流浪的懲罰。

48

舒里克中學時期碩果僅存的朋友基亞・基克納茲和高等專科學院時期唯一剩下的朋友熱尼亞・羅森茨威格，這兩個人在舒里克生日那天終於相識，因爲兩人同時被壽星邀請到家中作客，但是兩個人的交流卻相當不良。羅森茨威格把基亞視作是敵人：就是這一類寬胸部、胖腿肚、擁有直射反應的幽默感，以及用輕鬆不在意的態度回應所有冷酷的年輕人在小時候都經歷過的不愉快的回憶。他太了解這一類的人了，甚至有些瞧不起他們，又有點害怕，而內心深處其實是忌妒。他忌妒他們的地方與其說是肉體方面的孔武有力，不如說是他們對生活和自身的心滿意足。

可是羅森茨威格對基亞感到有點困擾——因爲基亞並不粗魯，也不冷酷，他身上甚至還流露出一種高加索人才有的優雅和迷人，那正是格魯吉亞人基亞不可動搖的自信心的來源。

基亞同樣不喜歡羅森茨威格：這個人在他說有稍微性暗示的笑話時都沒有笑，還擺出一副高傲的姿態，彷彿他知道別人不知道的事情……另外，還有一點可以確定這兩個人南轅北轍的差異性：羅森茨威格是一個崇尚理想主義的失敗者，而基亞卻總是一個幸運兒。要是羅森茨威格跌倒了，他一定是跌在一灘水窪裡，而要是基亞摔跤了，他卻會在地上撿到別人的錢包……

這兩個人都不明白一件事，就是爲什麼舒里克竟然能跟對方作朋友。可是舒里克眞的是兩個人都愛，而且完全不是惺惺作態，也非虛情假意。他就是珍惜這兩人各自的優點，而且眞心誠意地不去介意彼此的缺點。

舒里克每次到羅森茨威格家裡拜訪的時候都很高興，因爲他在那裡可以聽到很有趣的政治和歷史話題，還有核彈、前衛音樂和地下繪畫。他就是在羅森茨威格家裡第一次聽到索忍尼辛這個名字，還迅速地偷偷讀完了《癌症病房》，但是這本書並沒有給他很深的印象，因爲他是在法國文學的環境中長大，他的品味趨向福樓拜之流。

在羅森茨威格家裡他似乎能感受到他外婆的精神和風格：這個家庭籠罩在一種「遵循端正品格」的俗世宗教情懷裡，意即這家人是無神論思想，反對任何迷信，家庭基礎確立在一套枯燥、難以評判的道德標準上。在羅森茨威格家裡關於這些事情都可以大聲、激動，而且非常明確地說出來，可是外婆良好的教養卻不容許她大聲地把自己贊成的事情說出來。

羅森茨威格的家也跟外婆家一樣，不是依照種族，而是依據社會出身來區分人類的等級，可並不是按照教育水準的高低，而是依據那套非常不明確的「遵循端正品格」的道德標準。但要是說羅森茨威格一家人就像猶太人那樣，總是對世界糟糕的秩序憂心忡忡，尤其擔憂的是蘇維埃這一塊地區的話，那麼舒里克外婆則是對世界上任何地方都沒有存著更好秩序的幻想：她年輕時遊歷過瑞士和法國，那時正是受過教育的進步階級對社會主義思想方興未艾之時，外婆深信所謂的不公正就是生命本身最重要的一項特徵，人所能做的，而且是力有所逮能實現的公正只限於個人一己的範圍……這樣簡單的概念在單純的羅森茨威格一家人腦袋裡卻從未想到過。

當舒里克試圖跟基亞解釋他爲什麼覺得羅森茨威格以及他們一家人很有趣的時候，基亞只是緊皺眉頭，揮揮手叫他住口，並故意用高加索人的腔調跟他說：「聽著，偶親愛的，不要跟偶縮什麼大道理，眼睛看過去，好辣的小姐！你認爲她要不要給偶把呀？」

舒里克忍不住笑了出來：「基亞，任何一個女人都願意給你把的！」

基亞把眼睛裝成鬥雞眼，裝作一副思索工作的模樣說：「你說的對，偶親愛的！偶也是這麼想。」

跟著兩個人笑得前仰後合，只是舒里克無法像基亞那樣笑得放肆開懷。

基亞是一位娛樂搞笑高手，隨著年歲增長，他把這項稀有的才能變成專業的生活方式。中學畢業以後他立刻進入一間不怎麼樣的高等工業技術學院就讀，那裡唯一一項優點就是有一張超棒的乒乓球桌。基亞在這張乒乓球桌前度過了他所有的上課時段，並且成為全校的乒乓球冠軍。然後他被邀請去參加校際乒乓球比賽，一年的時間裡他就成為了第一種子的運動選手。

他那時就跟舒里克說：「舒里克，你要知道，我們格魯吉亞人，這是有計算過的，不是王公貴族，就是一等一的運動家。可是因為我阿公到現在還在西格魯吉亞摘葡萄，所以我很難冒充他是王公，因此只好當一名運動健將了。」

他成為一名運動高手，而且造形以一件藍色西裝外套著稱，後來轉到體育學院就讀。這是一個很激進的決定，更何況運動員生涯根本不吸引他——他喜歡的是休閒娛樂，而不是愚蠢的、日復一日重複又重複的體能勞動，運動世界裡的榮耀只在於幾公分、幾公斤，或是幾秒鐘之間的差距。他在運動員的禁欲世界裡適應不良，要說他唯一了解到的事，就是運動員的世界裡沒有休閒和娛樂……

基亞勉勉強強從體專畢業，然後透過關係，正確一點的說法是透過數十瓶白蘭地的賄賂關係，進到地區的「少年先鋒之家」去當教練員，他在那裡立刻成為三門科目的教練——乒乓、排球和籃球。

空閒時間他都拿來從事非運動性質的遊戲——像是飲酒作樂、跳舞加音樂，當然還有愛情遊戲了。女人在他的遊戲活動中占有非常重要的地位。基亞在這幾項遊戲活動裡都不只是一知半解的泛泛之輩。拿他對酒精類飲料的認識來說，從字母「A」開頭的阿拉克酒㊾到最後一個俄文字母「Я」開頭的蛋酒，包括其餘字母開頭的酒類他統統一清二楚；對葡萄酒的特性他更是別有一番體驗——可以當作他的另一項專業。他生於法國，那是一個對味覺和嗅覺的細緻、對捕捉酸度和甜度不同層次的超極致感受，還有對鼻子敏銳度的看重幾乎高於對一位音樂家才能要求的地方。對舒里克而言，和基亞聊酒是很大的愉快，甚至跟他一塊去酒吧也是……

基亞會表演品嘗啤酒的各種表情，會假裝自己是某個大人物的兒子，然後把擺臉色的服務生趕走。在餐廳用餐的過程裡基亞可以就地取材，找出無數尋開心的小把戲，包括跟領班聊天，叫廚師出來，或是用像是從基輔肉排裡取出一張被小火慢燉細煮的盧布紙鈔的小魔術來取樂……有一次在等鱘魚肉大餐的時候，他把一只專程從家裡帶出來的、不很大但模樣很令人愉快的眞檸檬，用別針別在一棵全身覆滿灰塵、種在一個死氣沉沉的桶子裡像無花果一樣結不出果實的檸檬樹上。基亞的傑作甚至引起侍者們的注意，整間餐廳的服務人員，從淸潔女工到經理全都圍在神奇的檸檬樹旁，觀賞這一顆不知爲什麼之前都沒人發現的奇蹟果實。基亞在離開餐廳前把檸檬取下來放進口袋，不管舒里克怎麼求他讓那顆檸檬留在樹上他都不肯。

「舒里克，我不能把它留下來。這顆檸檬值三十戈比，還有待會我們又要用什麼來喝茶呢？」

舒里克從來不曾忽略基亞任何奇怪的提議或是邀請：不是和他一起去逛古蹟遺產，就是去觀賞展覽，要不就是去跑步……

有一個星期六，當舒里克才剛幫瑪麗亞上完西班牙語的課，電話鈴聲就響起：「舒里克，去洗一洗耳朵和脖子，然後趕快到我這裡來。我這裡馬上就要有好幾個只有在電影裡才可能看到的女孩子。你懂了嗎？」

舒里克當然懂。他穿上跟基亞一起出去時買的新牛仔褲，套上一件很顯眼漂亮的高領衫就出門去了。他在路上先到葉利謝耶夫斯基商店買了兩瓶香檳——漂亮的女孩總是喝香檳……

美女總共四位。其中三位在一張沙發上排排坐，第四位美女舒里克認識，她是基亞的女朋友麗塔，在國營百貨公司GUM裡當時裝模特兒，她不停地來回走來又走去，一面還搖晃著身體。

基亞把朋友介紹給大家：「這是舒里克，外表看起來非常斯文，是不？他是著名的翻譯家，所有語言都能翻。想要翻譯法文，或是德文，或是英文，都可以……只有格魯吉亞文他不會。他不想學，這混蛋。要不然肯定學得成……」

他們聚在一起的目的是什麼，不管是基亞或是舒里克都不知道：可能是交換經驗，也可能是創作方面的會面，也可能是全蘇維埃聯邦共和國流行時尚展示會也說不定，不過美女們的的確確可以堪稱是環球佳麗：有烏茲別克小姐阿妮婭，後來發現她原來是叫賈蜜拉，還有立陶宛小姐艾格蕾，以及摩爾達維亞小姐安潔莉卡。

「任君挑選。」基亞在舒里克耳邊小聲說。「同志要忠心，政治選擇要正確，道德行爲要穩重……」

「難道您連立陶宛文都會嗎？」臉色蒼白的金髮小姐問，眼睛上的假睫毛不斷地搧哪搧，於是舒里克便選了她。

唉，舒里克對選擇眞是很不擅長：四位小姐身材都很高大，還穿著很高的高跟鞋，都有一副水蛇腰，外加上長長的頭髮，以及化妝化得一模一樣的臉。不同種族的孩子光彩奪目地坐在沙發上，還統一把右腳翹在左腳上，也一致用左手拿菸，並且很友善地吐煙——很像芭蕾舞中坐著的群舞舞者。四位美女的衣著也是大同小異。當中的立陶宛小姐，要是仔細看的話，不如其他三位美女漂亮。她的臉蛋比較長，有點鷹鉤鼻，而嘴巴上的唇膏抹得有點隨便，口紅超出了她的薄唇外。但是不知怎麼她看起來比較有吸引力——或許是因爲她最讓人討厭吧……

餐桌上擺了葡萄酒和水果，沒有可以眞正果腹的食物。舒里克把香檳放到桌上，女孩們全都興奮起來。基亞一邊開香檳，一邊小聲說：「眞正的妓女都喜歡香檳……」

舒里克饒富興致地又把女孩再看了一遍：難道眞是這樣？這些美女眞的就是妓女？他對妓女有一種不正確的想像，他以爲妓女就是在「白俄羅斯」火車站附近喝得醉醺醺、穿得很破爛的流鶯……可是眼前這些女孩子卻是……事情早就變了樣囉……

大夥喝完香檳之後開始放音樂。烏茲別克小姐和基亞跳了起來，麗塔到玄關那邊講電話去了。舒里克遲疑了一下便邀請立陶宛小姐艾格蕾跳舞。這眞是一個非常有童話味道的名字呀。他擁著她的背——那背部光滑得如同從一塊金屬裡取出一般。她身上聞得到香水味，同樣也讓人聯想起金屬質感，琥珀在白皙的脖子上閃耀。拜很高的鞋跟之賜她身高比舒里克還高出了一點，這也很不尋常——舒里克有一百八十公分高，而他身旁從未有過這麼高的女子。在她身上舒里克感到一種足以凍結心靈的冰霜似的讚賞。

「您眞是一位皇后，眞正的雪皇后。」舒里克在她掛著抛光琥珀耳環的耳旁輕聲說。

艾格蕾神祕地笑了笑。音樂停了，基亞幫女孩們把剩下的香檳倒光。摩爾達維亞小姐卻要求要白蘭地。麗塔走進房裡，很大聲地跟烏茲別克小姐說：「賈蜜拉，拉希德翻遍整個莫斯科在找妳。」

那位賈蜜拉——同時也是阿妮婭，卻說：「關我什麼事？他恐怕還要再找上一年……眞拿他沒辦法。」

摩爾達維亞小姐又給自己倒了第二杯白蘭地，然後她的頭很不好看地垂了下來。這時門鈴響起。

「是你父母嗎？」舒里克感到驚訝。

「不是，他們到劇院去了。大約十一點的時候才會回來。是瓦金來了。」

瓦金走了進來，體型碩大、一臉傲慢。屋子裡的風景立時變了一個樣——彷彿加入了一位孔武有力的男性增援部隊。賈蜜拉和那位摩爾達維亞小姐變得活潑了起來，不過瓦金的目光立刻就釘在摩爾達維亞小姐身上。

「安潔莉卡，到妳出場了。」基亞下達命令，而摩爾達維亞小姐沒放下手中的杯子就黏到了瓦金的身上……

十點半左右大家準備走人。瓦金把完全喝醉了的安潔莉卡帶走了。

「女孩們有一間小套房。」基亞小聲對舒里克說。「我個人專屬，就在和平大道上。這次就由我招待你。計程車最好到對面叫。」

舒里克點點頭。基亞說招待的意思不知是什麼？難道是……儘管賈蜜拉很明顯是多出來的一個，不過似乎並沒人嫌棄她。

舒里克叫了計程車，把女孩們安置在後座。計程車司機是個中年男子，他帶著敬意看著舒里克。舒里克坐到司機身旁的位置上。

「一個不能滿足是嗎？」司機小聲地問。

「對不起，您說什麼？」舒里克不懂他的意思。

司機嘿了一聲：「去哪裡？」

車子抵達和平大道。他們在一棟非常體面的史達林式大樓前下車。步行上二樓。艾格蕾在皮包裡找了好久才找到鑰匙開門。她把舒里克帶進一間房後，自己就出去了。舒里克環顧這間房。這屋子並不奢華，是家庭式的住房。房間裡擺著一張雙人床，還有一個衣櫃。房門微開，門把上掛著衣架，架上掛著衣服。還有高跟鞋，有五雙，整整齊齊地擺在門邊。

這間公寓的深處一直響著流水聲。不久就傳來斷斷續續的女人談話聲：賈蜜拉似乎在抱怨什麼，而艾格蕾只是「嗯、啊、哼」地回應。一會過後她穿著一件淺藍色透明睡衣走出來，手上拿著一堆脫下來的衣物。接著她把手上的套裝一一放在衣架上：先是裙子，然後是外套。她臉上沒有一絲笑容，非常嚴肅。

「我在這裡幹嘛？」舒里克慌了起來，就在此時艾格蕾忽然說：「浴室和廁所在走道盡頭。毛巾用條紋樣式的。」

舒里克微微一笑，想起媽媽常在晚上跟瑪麗亞說：快到廁所去，刷牙洗臉，準備睡覺……這樣一想，驚慌之感頓時變得好笑。

舒里克溫馴地按照艾格蕾的吩咐用條紋毛巾擦洗。廚房閃過賈蜜拉拿著茶壺的身影。他返回寢室——艾格蕾也在那裡，頭上的髮圈已經換成家用式、有絨毛球的那一種，腳上也換上拖鞋，然後她一臉嚴肅地把報紙塞進窄緊的高跟鞋裡。她的臉有了某種變化。他趨近看去——厚厚華麗的睫毛沒有了……臉上的濃妝也卸了。不過部分的眉毛還保留著。

她身上的罩衫打開著。

「你能幫我脫嗎？」艾格蕾不帶任何挑逗意味地問，這讓舒里克有一種根本沒什麼大不了的感覺。沒有激動，沒有憐憫。他甚至還有點害怕。

他幫她褪下尼龍罩衫。除去罩衫的艾格蕾身上還穿著緊身衣，舒里克這會才了解，她要他幫的是什麼忙——原來這裡頭完全沒有女人要手段的成分。她身體發出一種金屬的冷酷質感原來是拜這套緊身衣之賜，內衣後背上有一整排小小的鉤子把這內衣繃得緊緊實實。這的確需要有服務人員來幫忙解開。他把鉤子一個一個拉掉，饒富彈性的女性第二層皮膚解了開來，裡頭閃耀的是細緻柔軟的背部，上面印著一道被鉤子和縫線久壓之後的紅色痕跡。那是一個如此白皙乾淨的美背……舒里克整身立即爲一種憐憫之情所席捲，而恐懼之心卻消失無蹤。

艾格蕾的指甲非常尖銳，她用這指甲劃過舒里克全身，她還用她放下來的秀髮輕撫他乳頭的周圍，再用豐潤的嘴唇輕觸。檯燈微微亮著，散放的光線完全沒有干擾到她。

相反的，她還藉著光線饒富興致地觀賞著他，之前在基亞家一整個晚上他都沒在她身上看到對他的這種興趣。他感覺，要是這種觀賞和觸摸再這樣沒完沒了下去，那麼他因爲背部的鮮紅印痕而對她產生的憐憫之心很快就要揮發散光，這樣一來的話他鐵定無法享受基亞對他的慷慨招待了。

因此他決定簡化這一道算是清爽文雅的前戲步驟，直接進入到不需要動腦的下半身行動。艾格蕾已經相當的醉，可以說已經完全冷感了。幾分鐘之後舒里克發現她已經睡著了。他笑了出來——憐憫之心全部揮發殆盡，一滴不剩。於是他把她翻過側身，稍微調整了一下她頭下方的枕頭，讓它更舒適一些，跟著自己便在她身旁溫馴地睡去，臨睡前再一次對她輕微發出的鼾聲，可以保證之後絕對會變成吵死人的打呼聲而笑了起來。

舒里克在隔天早上九點鐘左右醒來。艾格蕾還在睡，睡姿也完全沒變：一隻手壓在臉頰下方，纖細的雙腳微微彎曲。他發現到她腳趾頭的指甲長得非比尋常。沒錯，這眞的就是他唸給瑪麗亞聽的一篇叫做《艾格蕾——蛇后》的立陶宛童話故事中的情形。

他安安靜靜地穿好衣服，沒出聲地開門離去。

「謝啦，基亞，招待我享用美女。」舒里克微微一笑，想起瓦列莉婭，想起她對任何心靈和肉體的愛所感到的喜悅，還有她對他的每一次觸摸都以強烈的心跳和身體感恩的溼潤作爲回應。

當舒里克走出樓下大門來到拱門通道時被一位身材高大、穿皮短外套的亞洲男子給攔住，那時他嘴上依然還掛著微笑。攔住他的那人問：「你認識賈蜜拉嗎？」

舒里克停止了笑，態度禮貌但是漫不經心地答：「賈蜜拉嗎？認識呀……」

「認識，那好。」他齜牙一笑，這讓舒里克覺得這人的臉有點像日本浮世繪畫家葛飾北齋畫冊裡的人物——那種武士傲慢的臉，淺平彎鉤鼻。「現在你還要認識我拉希德。」

接著舒里克就聽到骨頭發出一個不怎麼愉悅的「喀啦」聲，跟著他人就飛到半空中去。緊接著第二擊是朝著臉部打來，而且對準鼻子。這個拉希德是個左撇子，所以他的第一記重拳打斷了舒里克右邊的下巴。不過舒里克對自己的右下巴被打斷一事是在他不醒人事被送到斯克里弗索夫斯基醫院以後才知道。除了右頷和鼻子被打斷，舒里克還被檢查出有中度腦震盪。

譯注：

㊾用穀類和耶子汁釀成的烈酒。

49

假如拉希德復仇以後心滿意足，把被打得慘兮兮的舒里克丟在柏油路上，轉過身立刻跑掉的話，那麼整件事情就會以一個倒楣鬼被一件不屬於他過錯的事情牽累，導致下巴被打斷，留下痛的記憶告結。但結果不是這樣，拉希德扔下滿臉是血的假想情敵，衝進舒里克不久前才帶著好心情從那裡出來的大門裡，他一路狂奔上二樓，狂按那裡的四戶門鈴。拉希德的一個眼線，也是一個時裝模特兒，說賈蜜拉就住在這棟樓裡，只是不記得門牌號碼幾號。這根本難不倒拉希德，只要稍微注意一下，就會發現有一戶根本不開門，第二戶是個蒼老的聲音，問他是誰，又要找誰，而開第三扇門的人正是賈蜜拉。從前男友發了瘋似的眼睛看來絕對不會有好事，賈蜜拉趕緊想把門關上，但是拉希德伸腳把門擋住，不讓她關。

她嚇壞了，以爲他現在就要殺死她，於是立刻扯開喉嚨大叫：「救命哪！殺人啦！」

當他一抓到她正準備要施暴時，執勤警察，他是被路過並看到舒里克倒在血泊中動彈不得的行人叫來的，已先一步被一個女人的尖叫聲引上樓——這是艾格蕾，她一醒來就衝出房間，跑到窗邊高聲呼救——警察馬上就制服發了瘋的拉希德。

舒里克此時則已經被救護車載走。他在到醫院的路上醒過來，舌頭幾乎動不了，勉強才說出要打電話回家，告訴媽媽他沒事。坐在他身邊的醫生被他的孝順感動得不得了，等把舒里克一安置好以後，就立刻打電話給薇拉，告知她事情的經過。

醫院在下午打了通電話來，通知說舒里克的臉部受了外傷，現在正在進行下頷骨碎的手術，今天家屬不需到醫院來，明天早上可以透過詢問台得知手術結果。

起初薇拉還試圖跟醫院解釋，說他們搞錯了，她兒子在家，現在正熟睡中。可是瑪麗亞聽到了電話的談話，便推開舒里克房間的門，然後大叫：「小薇！舒里克不在！他沒有在睡覺！」

這眞是一個讓人好奇的小細節：以前舒里克也有沒回家過夜的情形。不過他通常會先打電話回家，告訴媽媽他不回家的事，儘管中間有幾次他也沒有先告知，人卻消失的情形發生過。不過今天整個早上薇拉都沒發現舒里克不在家。

她坐在電話旁，反覆思索醫院的通知。瑪麗亞抓著她的袖子猛問：「小薇！發生什麼事情了？舒里克在哪裡？」

「他在醫院，他下巴動了手術。」薇拉把兩根指頭擱在下巴上，並感到那裡有一種麻掉的感覺。

「必須到醫院一趟。」瑪麗亞堅定地說。

「醫院要我們明天再去。」

「小薇，明天醫院會把他還給我們嗎？是用擔架抬他還是他自己走路？我們要用湯匙餵他吃飯嗎？可不可以讓我來餵？我們要幫他煮水果汁來喝嗎？」瑪麗亞提了一堆問題。

「怎麼可能跌倒跌斷下巴呢？」薇拉心想。「跌斷手，跌斷腳，這都還能理解——可是下巴？不，不，他們並沒有說他是跌倒呀！難道他是跟人打架了？當然，一定是跟人打架了！」跟著她就想像起舒里克被好幾個流氓痛毆的情境，而且起因一定是因爲他保護女生，或者最糟的情況是因爲保護弱小……

薇拉把瑪麗亞緊緊抱住——小女孩還在不停地問，而不知怎麼，這樣做確實有助於薇拉的鎭靜。令人不舒服的痲木感受從下巴蔓延到左右兩邊。薇拉於是摸了摸臉頰。應該跟瑪麗亞出去散個步、做功課，想辦法熬到晚上。

「明天我帶妳上學，然後我再到醫院。今天晚上我們先來熬水果汁好了。」薇拉親吻瑪麗亞的頭，可是後者一聽到這裡卻全身抽搐並撞到了薇拉的下巴：「妳說什麼，妳不帶我去？妳不帶我就一個人去醫院？」瑪麗亞尖叫，於是薇拉一邊用手撫摸被撞傷的地方，一邊笑了起來。

「好吧，好吧，我們一起去！」她同意了。

整個晚上薇拉都沒有睡：疼痛感蔓延整個臉部，下巴痛，上顴骨也在痛，甚至影響到太陽穴。

「或許是被瑪麗亞撞到引起的連鎖反應吧。」薇拉想。她想要服用「安乃靜」，可是爲了這藥她在藥箱裡面又翻找了好久，事實上這藥箱從外婆生前整理出一個順序來了以後就維持原樣不變，外婆死後舒里克依舊按老規矩排放。在藥箱裡翻找了好久，這讓薇拉更感沮喪。忽然有一個念頭從她腦海中浮出：我要叫舒里克幫我到藥房去一趟。但一瞬間她回神過來，幾乎就是要大哭了起來：舒里克在醫院，他人不舒服，而她卻神經質似的崩潰，怎麼樣都無法集中心力，振奮精神以對抗困難……這是外婆最擅長的拿手好戲，而薇拉也明白，這會輪到她要負起照顧舒里克和瑪麗亞的責任，她得把自己控制好，集中心力，振奮精神以對抗困難……一想到這裡她就眞的嚎啕大哭了起來——半張臉又酸又痛，還有一隻眼睛甚至都快看不見了。

她終於找到了「安乃靜」，立刻吞了兩顆，然後馬上睡著。

到了早上，薇拉收拾要帶到醫院的東西，可是整個過程眞是漫長又荒謬。她收拾了一組牙刷和牙膏、蘋果、手帕和糖果——全都是舒里克在這一個星期裡都不可能用到的東西：舒里克斷掉的下巴被打上了金屬釘，這東西會讓下頷固定不動，直到那裡的骨頭長好爲止。所以現在他的嘴巴能吃的就只有流質食物。薇拉帶了一堆不中用的東西，卻偏偏忘了帶昨天晚上煮好的水果汁，還有拖鞋。不過醫院方面已經給了舒里克一雙拖鞋穿……

瑪麗亞在這一袋東西裡又塞進一隻玩具兔子。

醫院的詢問台告訴她們，舒里克已經做完手術，他現在在外科部門的手術後病房裡躺著。醫院的人沒讓薇拉進病房，主治大夫也沒有出來跟她說明。不過他們答應代爲傳話。她們等舒里克的字條又等了好久。終於病人的訊息來了。他說他要爲這件他倒楣遇上的蠢事，以及造成她們的煩擾請求她們的原諒，他還開玩笑說這次他爲自己的愚蠢付出了代價，要完全跟修道士一樣長期吃齋和保持緘默。他還請她們幫他帶兩本法文書，書就擺在他的書桌上，還要夾子和紙張，紙要乾淨沒用過的白紙，另外還要幾枝鋼珠筆。

她們回到家時已經是晚上，兩人都累壞了。瑪麗亞的雙腳都溼透，而薇拉也開始疼痛了起來，若要確切說出是哪裡痛，那麼就是臉頰痛。晚餐時瑪麗亞大哭地走出房間來，說她想媽媽。而薇拉自己也隨時準備爲這亂七八糟的生活哭泣。「把自己控制好，集中心力，振奮精神以對抗困難」，薇拉不斷跟自己重複這句話。

十點鐘斯薇塔打電話來。這一次薇拉不再用一貫的「不在家」作答，反而巨細靡遺地跟斯薇塔描述了她一整天，從早上的鬧鈴響起到從醫院回來之間發生的波折變故。

「您沒立即打電話給我眞是可惜。」斯薇塔精力四射地說。「我醫院那裡有熟人，我明天就去一趟，把事情都搞淸楚。」

「若是這樣就太好了。」薇拉高興起來。「只是還得幫他帶一些書和紙過去。」

「我明天先到您那裡去拿，您別擔心……」

薇拉把家裡地址告訴斯薇塔，她光講一個地址也講了好久，想告訴斯薇塔，說從布提爾斯基土牆路過來很容易就會找到他們家的一條路，她卻講得亂七八糟。斯薇塔只是微笑不語地聽薇拉說。

通完話後斯薇塔眞是興奮得手舞足蹈：終於等到了讓舒里克，還有他那寶貝得不得了的媽媽知道她斯薇塔的能力在哪裡了。

她眞的也是走運啦。儘管她在斯克里弗索夫斯基醫院根本沒有熟人，可是手術都做完了哪還需要什麼熟人。隔天，也就是親屬會面日，斯薇塔跟舒里克的手術大夫談，大夫把舒里克的X光片給她看，並跟她解釋他幫病患進行的是什麼樣的手術，以及手術後患處的發展狀況。

「像這樣的傷口我們其實可以很快讓他出院，等六到八星期之後再進行第二次手術，這手術不困難。不過他還有腦震盪，所以還是讓他多躺一下比較好。」外科醫生說。

之後斯薇塔便走進病房，然後她在一堆纏著繃帶又打上石膏的男人當中好不容易認出了舒里克。他仰躺著，整身都插著管子：一隻插入嘴裡，兩隻接到鼻子，眼睛下方有很深的黑青。這副悽慘的景象還要再加上一個放在他被子上方的鴨嘴便壺來做一些點綴。

「天哪！是誰把你搞成這樣？」斯薇塔激動地大叫。

可是舒里克不能說話，他轉了轉手指，於是她便拿出便紙條和原子筆出來。

接下來他們的談話都是以筆談的方式進行。舒里克非常熱絡地謝謝她來看他。請她盡可能地去探望他媽媽。他還寫有一個高加索或是蒙古瘋子把他認錯了，差點沒因此殺了他。

斯薇塔把鴨嘴便壺拿到廁所去，把床重新整理一番，然後去找值班護士，給了她一筆出奇正確的觀照費，意思就是金額不多不少剛剛好的暗盤價碼，好讓護士多觀照舒里克，看看他是否一切正常。然後斯薇塔到商店去買了一罐酸奶、兩個小三角形袋裝凝乳，以及礦泉水，之後又回到病房去。當斯薇塔一離開後，一個上身套著白色罩衫的警察來到病房。找舒里克問昨天發生的毆打事件。警察問了舒里克一個很有趣的問題：他知不知道賈蜜拉・哈林諾娃這個人，他和她又是什麼關係……

舒里克把答案寫在紙上，但所幸斯薇塔並沒有看到那張紙，因爲警察立即就把紙給拿走了。雖然如此，對斯薇塔而言，只要一個問題就足以引發她腦中跟拉希德一樣的胡思亂想。不論如何，關於艾格蕾的事情警察卻沒有問，而舒里克也認爲沒必要提到她的名字。

斯薇塔對舒里克也有問題想問，但是她決定先擱置自己的追根究柢。簡單講，那位警察之後就沒再出現——關於拉希德痛毆賈蜜拉和舒里克的事情警察那邊隔天就結案了，因爲拉希德他那位在蘇聯某加盟共和國內擔任國家安全委員會首腦的老爸專程飛來莫斯科，這會變成莫斯科警察內部間都要釐清的大事，他們父子倆可是會把警察局給攪翻了屋頂不成……

舒里克在醫院的第三天換基亞衝進病房：「舒里克！我剛才得知你出事了……老傢伙，怎麼讓你碰上這倒楣事！我也有過相同的經驗……」

然後基亞就開始說起自己有好幾次必須要裝作被人打而住院的詭異經驗。不過他的話很難有安慰人的效果。沒隔一會基亞就從公事包裡拿出一瓶用報紙包起來的白蘭地，並把它打開，然後他把舒里克嘴上吸管的一端折彎放進白蘭地的細頸瓶裡。

「依我之見，這是一個不壞的主意。」他一邊說一邊從床頭櫃裡再拿出一隻吸管，把它插入瓶裡並吸了一口。「我要說，這眞是一個很棒的主意。接下來你要吃的東西……不是，當然不是酸奶，自然也不是凝乳。」

這一幕愉快的探病訪友流程正巧被斯薇塔撞見。

她對眼前不可置信的事弄得呼吸不過來。

「您在這裡幹什麼？」

可是基亞是一個不會讓自己受女人一點窩囊氣的人：「我們只是稍微喝一點點。腦震盪的時候很建議用這種方法幫忙治療。那您在這裡又是幹嘛？」

舒里克含混不清地說了一些沒人懂的話。

「我了，我了。」基亞譏諷地說。「她心地善良，這一看就知。不過只要是男人在喝酒的時候，女人就該乖乖閉嘴，懂嗎？」

斯薇塔眞是被這樣的說話態度給弄得氣瘋了，可是她在椅子上坐了下來，不打算屈服。於是換基亞悻悻然地離去，而酒就留在舒里克的被子邊，斯薇塔在椅子上氣得一直發抖。

舒里克盡可能地不讓薇拉到醫院來看他。也是，薇拉自己也是心情低落：從接到電話通知舒里克出事的那時候起她就開始不斷疼痛，這痛一會很厲害，一會又消失。於是她打電話給自費診所，從那裡叫了一名醫生來幫她看診——醫生幫她看了好久，然後診斷她是三叉神經發炎。給薇拉列了一份家庭生活作息表，要她保持溫暖，並開了一種很強的藥。

連著三個禮拜斯薇塔風雨無阻，像上班一樣到醫院探望舒里克，並每天打電話給薇拉，向她報告兒子健康的進展。

斯薇塔做的事情還不止這些：她有兩次銜舒里克之命到瓦列莉婭那裡去。他在開口求她之前曾有一些躊躇和猶豫，但由於這是一份緊急稿件，他手邊沒有打字機，能接這份簡介翻譯工作的就只有瓦列莉婭，所以他也只好開口請斯薇塔幫忙。第二次斯薇塔去找瓦列莉婭則是爲了把打好裝在信封裡的稿件拿到郵局去寄。

瓦列莉婭大大稱讚了斯薇塔的披風。斯薇塔則跟瓦列莉婭說，這衣服是她自己做的，衣料還是在瓦列莉婭家樓下的布莊店買到的。然後換斯薇塔稱讚瓦列莉婭家的古董家具，還說她無法忍受現代家具。瓦列莉婭覺得斯薇塔人很親切，但是非常的不漂亮。而斯薇塔這廂則是打心底同情這位身材肥胖、妝化得實在太濃的女殘障。畢竟舒里克這條活動路線曾給斯薇塔帶來多少憂慮和思索……

「白日聊天時她看起來就像是一個沒有腳的俄羅斯套裝娃娃一樣，眞是可憐。」斯薇塔想。

這兩個女人都沒有懷疑對方是自己的情敵。

薇拉完全沒有去醫院探視舒里克。開始下起寒冷的春雨，穿冬季的靴子已經感覺太熱，可是穿輕便的夏季鞋——時間又嫌太早。薇拉沒有適合這種潮溼多雨季節的鞋子。等舒里克從醫院回來後再來解決這問題。預計要買的新鞋最好是橡膠底，但是不要完全是平底，而是要有一點高度的帆船鞋……

薇拉寫了好幾封很有趣的長信給舒里克。舒里克把這些信按日期好好都收藏起來。瑪麗亞也有寫信，還畫了圖在裡面。而圖裡主要的內容是——海邊的舒里克和她。

斯薇塔會過去薇拉那邊拿寫好的信，並按舒里克的請求幫他拿字典，或是刮鬍刀，或是到郵局拿很大件的信。

薇拉非常看重斯薇塔：她認爲她是一位眞正的朋友，儘管她還沒叫她是一個好女孩，但是她認爲斯薇塔外型優雅，是一位有教養的女孩。而她身上最難能可貴的特點是——她是一位非凡傑出的手工藝者。要是外婆還在世的話，她一定也會贊成這樣的意見……

斯薇塔對待薇拉非常悉心注意：每一次她要去找她們時都會先問要帶什麼東西過去，還從「布拉格」餐廳美食部帶給她們各種好吃的食物，讓薇拉都忘了要問舒里克，他都是在哪裡買到好吃的馬鈴薯餅的……

舒里克很快就出院了。薇拉一看到他那可怕的模樣時整個人馬上陷入沮喪。他變瘦了，臉頰的部分多出一個金屬物。他說話時很勉強，什麼也不吃，只用吸管喝流質食物。可是他用筆紙寫了許多很好笑還附帶圖片的字條給她們。瑪麗亞馬上要求他不可以漏掉上外文課的「神聖時段」，甚至還跟他說，在他生病期間他總共欠了她多少小時。她算清楚了。而他承諾一定會全數奉還。

舒里克從醫院回來後最神奇的一件事就是薇拉的三叉神經發炎現象忽然就消失了——彷彿從未痛過。

很快地醫院就幫舒里克取下包在臉頰上的那副鐵具，爲了慶祝這麼一個大日子，他邀請大家，包括斯薇塔在內，一塊到「鐵錨」餐廳用餐，所有人都吃撐了。

對斯薇塔來說，這是慶祝她生命中最重大的一日：這可是一場家庭聚餐，在座的所有人都會認爲舒里克是她老公，而薇拉就像是她的婆婆，只有這個小女孩不知是誰家的女兒。一個多餘人。從瑪麗亞的角度來看，她也覺得這眞是很棒的一餐，只是她也覺得在座有一個多出來的人物——斯薇塔……

唯一讓斯薇塔覺得不舒服的現象只有一個：舒里克還是跟以前一樣沒有想到她家拜訪，也沒有對她顯露出任何男性的慾望。斯薇塔耐著性子等待她跟舒里克的情人約會。關於那個東方女孩賈蜜拉的事情她決定不問。可是難道那之後又有什麼進展了嗎……

現在她每天打電話來，可以稍微久一些跟薇拉聊生活之類的話題，偶爾還會提到舒里克。她總是在跟薇拉說完話之前請舒里克來聽電話，要是他不在家，薇拉會馬上跟她報告舒里克現在的位置。要是薇拉說是在圖書館，那斯薇塔就會立刻起身去那裡查證。總之整體印象合起來看，他沒有另外的女人……偶爾薇拉會說舒里克今天不會回來睡覺，他帶著一份很難的翻譯稿去找瓦列莉婭，而且應該是會在那裡過夜。

當時序又要換成春天時，舒里克有一次跟她說，他們很快就要搬到別墅去住。

「眞可怕。」斯薇塔馬上明白事情的嚴重性。薇拉和瑪麗亞要到別墅去了，這樣一來他肯定又不會打電話給她，那樣他就會徹底消失不見。而且這還是發生在她爲他做了那麼多事情之後的現在！她腦中不自覺又浮現出那個害他差點被殺掉的賈蜜拉。或許，他眞是有跟誰約會也說不定……

這樣的想法在斯薇塔腦中加深了印象。她又開始在他家門口進行監偵行動，還尾隨在他身後，保持一個不算大但精確測量過的距離——但是結果仍一無所獲：沒有什麼賈蜜拉，也沒有其他別的女人。但是不安和不解不斷折磨著她，她又開始失眠，整夜編織著白色的人造花，還若有所思地把花放在自己頭上……不，他不愛她，但是看重她，而且尊敬她，還感激她……要如何強迫一個男人愛上自己呢？難道非要用死的方法才能在他心中有所價値嗎？啊，要是能夠先把自己埋葬起來，好好享受他們對她的離去所流下的眼淚，在這之後才眞正死去的話該有多好。就像奧菲麗亞[50]那樣躺在棺材裡，在墓穴之中，周圍都鋪著鮮花，而愛她的男人在她棺槨前哀傷痛哭，然後拔出劍來將自己殺死……所有這些妳都可以親眼看見，也確定了他對妳永恆不變的愛，直到那時妳就能平靜祥和、心滿意足地死去……不行，舒里克，這個離不開母親的兒子，他無法做到這點。

要他這樣，也只可能是爲他的媽咪……她一想到這裡反而笑了出來，這顯示她尚未瘋狂到抹煞掉全部的幽默感……

她打電話給他，跟他說有急事要請他來一趟。而他早就等著她會這樣要求。他也知道她是爲了什麼叫他過去。他用一種注定逃不過災難的心情去找她，滿懷著憤怒，對自己完全的憤怒。

「最重要的是，什麼都不要解釋。」舒里克決定。

他在一進房間，身後的珍貴窗帘才一拉上，他就一把將她抱住，把手指插入她稀疏的頭髮間，而她虛弱地叫著不知什麼話，對自己被弄亂的頭髮和弄皺的上衣感到高興。她那飄飄欲仙的模樣，讓舒里克完全忘記了剛才對自己的憤怒，而以健康的年輕男子特有的一般熱情埋頭苦幹。斯薇塔處在幸福的頂端，整整二十五分鐘的時間裡，當舒里克在她正上方奮戰不懈之時，她不斷重複著問：「你愛我嗎？」

辦完事後舒里克馬上穿上衣服就閃人，嘴裡推說有今天有一大堆要翻的東西還等著他去做。儘管斯薇塔沒有得到男方對她的問題所做的明確回答，但是親密關係的事實應該可以視作是正面答覆了。

舒里克帶著輕微的良心譴責從樓梯飛奔而下：一切都順利搞定了，這會他眞是要趕到全蘇聯科學資訊與技術學院聯盟那裡去拿例行的翻譯稿，然後到外文書店去買一本西班牙教科書給瑪麗亞用，再到藥房幫瑪蒂爾達買藥。還有其他這個那個的事情一堆……不過讓人高興的是，今天他預定要做的事情已經辦完，然後就可以將它完全拋在腦後。

一絲不掛，而且完全被安撫了的斯薇塔躺在床上一動不動，身上蓋著奶奶的英國製方格毛毯，她腦袋裡一片空白——她終於感受到了那種寧靜祥和的幸福。她輕輕撫摸著自己的肚腹和胸部，對自己感到一種驕傲和感激。

她非常非常幸福，甚至很健康。一個把愛情視作唯一信念和全部生命的女人和一個不認為存在有這種純愛，認為愛只是構成生命眾多元素中一環的男人，這兩種人之間無法克服的巨大鴻溝在這幾分鐘的時間裡被短暫覆蓋上一層接合的薄膜。

譯注：

㊿莎士比亞的戲劇《哈姆雷特》裡王子的未婚妻。

50

奧運期間生平第一次到俄羅斯參訪的嬌埃里，負責他們法國團莫斯科部分的導遊的電話她還有保留在舊記事本裡。在那次參訪之後嬌埃里又有兩次到俄羅斯，不過兩次都是到列寧格勒㉛。最後一次她已經是以實習生的身分在那裡待了三個月。這次她預計在莫斯科待半年——完成學術論文。在她打電話給舒里克之前已經過了兩個禮拜。她記得他的原因不是因爲他是一個親切、高大、帶著小朋友才有的紅撲撲臉頰的年輕人——這是法語形容俄羅斯男人的三元素，即舒里克是一個非常典型的俄國男人——這是他們法國團對這位導遊一致的友善看法。嬌埃里記得他的原因是因爲他的法語——無可挑剔的二十世紀初法國人才使用的法語，現在早已經沒人這樣說，或許只剩一些活到九十歲以上的鄉下公證人還會這麼講話吧……

嬌埃里對俄羅斯文學的興趣還是在她到俄國之前就有了，她甚至還想要自修俄文。活生生眞實的俄羅斯很吸引嬌埃里，在法國她父親是一位富有的釀酒專家，在波爾多附近擁有廣大的葡萄園，而她這位家中的獨生女卻大大違背了父親的意願，跑去巴黎第四大學就讀，完全脫離家族事業。此外，她沒選會計或是實務貿易的科目，她選擇研究的是托爾斯泰的作品。當她讀《戰爭與和平》的時候，她發現到書中俄國貴族用法文交談的分量跟俄文相等，而看這托爾斯泰的法文就讓她想起那位俄國導遊，他就是用這樣的法文在說話。這種現象引起了這位剛起步的語言學家的興趣。之後她又在普希金的作品裡找到同樣非常大量的法文內容。所以這麼一來，〈普希金和托爾斯泰法語的比較分析〉——就成了她論文要鑽研的研究題目。

嬌埃里打電話給前導遊。舒里克那時已經沒在做導遊工作：旅遊事務總局的上級長官不喜歡他，所以之後他們都沒再找他，因此不管是數十人旅遊團或是數百人參觀團他都沒再看過，所以他對這位來自波爾多地區、幫他發現他用無可救藥的古法文在說話的法國小姐留下了非常深刻的印象。兩人見面了——地點約在普希金銅像旁，讓碰面顯得更具象徵意義。

見面時他們相互親吻了兩次，這是按照他們法國的禮節，可是舒里克又補上了第三次親吻——這就是按俄國人的習慣了。跟著兩人都笑了出來——就好像老朋友那樣。然後兩人手牽手，一塊去遊城。他們先到莫斯科大學老校區去逛，然後到莫斯科河的沿岸路散步，跟著舒里克像是不經意似的依照早先的習慣，他先把嬌埃里帶到清水巷的莉莉雅家的附近，像繞圈似的在那裡走了一圈，然後來到奧比金巷裡的伊利亞先知教堂。

他們遲疑了一下，跟著便走進教堂裡，在那裡站了一會，聽了一下晚禱，之後又繞回到沿河岸路，走大石橋穿越莫斯科河，然後在莫斯科河的南岸市區逛了許久。舒里克把位在皮亞特尼茨卡街上的托爾斯泰故居指給嬌埃里看，這讓嬌埃里更是深愛上這座城市，在她看來這城現在差不多就等於她的故鄉了。

嬌埃里屬於那一種對俄羅斯十分著迷的怪癖外國人之流，這種人在八〇年代其實還不少，這應該跟她本人有一顆率眞的心和容易相信別人的個性的緣故。舒里克在嬌埃里眼中就像是托爾斯泰小說裡的某個人物，比如說是彼得・羅斯托夫，也可能是年輕的皮埃爾・別祖霍夫。

舒里克在重遊這些他跟已經走出他生命的莉莉雅曾經一起逛的街道巷弄時，也同樣覺得他彷彿不是現在的他，而是回到了當年那個要去考莫大的中學生，他甚至還感到些許懊悔，爲何當初不進場去考那個白痴的德文考試：畢竟他有可能考過的呀，那麼一切都將會不同，比現在要好得多了……而且外婆還可能一直活到現在也說不定……

兩個人天南地北地聊得很愉快，從一個話題轉到另一個話題，打斷對方的談話，哈哈大笑對方語言上的錯誤：嬌埃里和舒里克法談話時法語和俄語不斷交替使用，因爲嬌埃里想用俄語聊天，但是她的俄文辭彙還不夠用。後來天空下起雨來，兩人跑到一間廢棄教堂的院子裡一處半傾頽的小亭子裡躲雨，然後就在那裡接起吻來，直到雨歇天青爲止。舒里克有一種很奇特的經驗重複的感覺：他十年前確實有在這石椅上坐過，但是不是跟嬌埃里，而是跟莉莉雅，他有好幾分鐘的時間裡完全陷入那個中學畢業的暑假回憶裡，考試、夜間散步、莉莉雅離去，還有外婆的過世。

雨停之後出現了幾位愛狗人士，其中一位放開了一條大型的德國牧羊犬。嬌埃里似乎從小起就非常怕狗，因此她怎樣都不敢走出小亭外，兩個人只好在亭子裡一直等到狗主人把牧羊犬牽走爲止。這兩人又爲此而笑開懷，四片嘴唇又貼在一起。

地鐵在這時候已經不開了，所以舒里克便招了計程車送嬌埃里回家——她住在列寧山㊾上的莫斯科大學研究生宿舍裡。

「宿舍裡有一個好可怕的女舍監哪。」嬌埃里在進宿舍前抱怨道。

「妳怕她像怕牧羊犬那樣嗎？」舒里克問。

「坦白說，更怕。」

「那妳可以到我那裡過夜。」舒里克建議。

媽媽和瑪麗亞在別墅。嬌埃里馬上就同意舒里克的建議，於是兩人又坐上同一輛計程車，穿過市區，經過普希金銅像到「白俄羅斯」車站。

「這眞是一個特別的地方。」嬌埃里看著車窗外說。「在莫斯科不管你到哪裡，都一定會經過普希金銅像。」

此話當眞不假。普希金銅像是這座城市的心臟：不是有歷史意義的克里姆林宮，不是紅場，不是莫斯科大學，而是這座紀念銅像，銅像詩人肩上的披風一年三百六十五天不是覆雪，就是停著一群夏季的鴿子，而從廣場上任何一個角度來看，這銅像都是莫斯科最主要的地標。從相會那一天起，嬌埃里和舒里克幾乎天天都在這裡相會——除了他到別墅陪媽媽的日子不算之外。

嬌埃里屬於那種小鳥型的女人：能夠迅速又吵鬧地從地上一飛而起，總是感到飢餓，可是又很快吃飽，每半個小時就要抓著舒里克的袖子說：舒里克，我需要「pour la petite」（小解）。然後他們就四處找公共廁所——在莫斯科這玩意還眞不多，有時候他們跑到院子裡一處隱蔽的地方，然後他就在她像小鳥在灌木叢間跳來動去方便時護衛著她。而當她一從灌木叢裡走出來時，又會迫不及待地問舒里克，知不知道有哪裡可以坐下來喝點東西——而這總會讓他們兩個大笑出聲。

她總是一邊笑一邊輕解羅衫；一邊笑一邊從床上起身，儘管沒什麼比笑更能破壞做愛的氣氛，但是她還是有辦法依偎在舒里克的臂彎裡時一直笑。當她一笑起來就會變得很醜：嘴巴張得很開，鼻尖往下墜，眼睛變成瞇瞇眼，而她自己知道這點，於是一笑起來她就會用手遮住臉。而這反而讓她的笑變得很有感染力。舒里克曾經跟她說，她可以被雇來訓練劇場觀眾，特別在那些不成功的喜劇裡，因爲只要她一放出她那花腔笑聲，觀眾可能就會跟著也笑出聲來……

兩個禮拜以後斯薇塔跟蹤起舒里克。就在普希金廣場。他在銅像的大理石底座旁站了約十分鐘，手裡拿著一束不知名的藍色花朵。儘管從廣場的另一頭根本無法看清楚那到底是什麼花，但是對斯薇塔來說，知道花的名字就是很重要。十分鐘後走來一位身材不高大的女人。就算是從廣場的另一頭看，也知道是一個外國女人：髮型一看就知道不是本地人，梳得一綹一綹的，雨傘背在後背，像阿兵哥背槍那樣，還有格子樣式的單肩包，總而言之——一俄里[53]外就聞得到外國女人的氣味……他們相互親吻，手牽手還一面笑地走在特維爾林蔭街道上。那笑容看起來尤其刺眼：彷彿是衝著她斯薇塔而嘲笑來的……

斯薇塔緊跟在他們身後，但是五分鐘後她就明白她就要撐不住跌倒了。於是她坐到一張長椅上，眼睜睜看著他們兩人消失在她面前。她在椅子上坐了半小時，然後拖著沉重的腳步回家。她打電話給思拉娃，跟她說自己無意中看到舒里克跟別的女人約會，而她無法再承受一次背叛。

「我現在就到妳那裡去。」思拉娃說。

斯薇塔沉默了一會，然後拒絕了對方的好意：「不了，思拉娃，謝謝妳。可是我需要一個人獨處。」

思拉娃是一個經驗豐富的自殺者，其經驗不比斯薇塔少。她隔天一大早就到斯薇塔的住處。還叫了一個鉗工。他們破門而入。斯薇塔在藥物影響下沉沉睡著：安眠藥她早就準備好，隨時可拿出來用。他們趕緊叫了救護車，洗了胃，並把她送到醫院。

兩天後斯薇塔醒了過來，跟著她就被轉到朱齊林醫生的診間，然後思拉娃打電話給舒里克，告知他斯薇塔出事了。

「謝謝您的通知。」舒里克說。

思拉娃尖叫起來：「拜託喲！你有水準一點好不好！你難道不懂這是良心問題嗎？你眞是一個食人族！難道你再沒有話說了嗎？敗類！你眞是一個不折不扣的敗類！一個無賴！」

舒里克靜靜聽完對方的話後只說了一句：「妳說得對，思拉娃。」

說完後他立刻掛掉電話。對於一個瘋子你又如何能擺脫她的糾纏？

嬌埃里已經把桌子擺好。叉子在右邊，刀子在左邊。水杯，還有酒杯也擺好了。

「嬌埃里，妳說，妳有可能嫁給我嗎？」舒里克問。

嬌埃里笑了起來，同時又用手遮住臉：「舒里克！你以前從未問過我這樣的問題。我已經結婚了。我還有一個兒子。他五歲了，住在波爾多附近，和我的雙親一起。你知道我很愛你。我還要在這裡待上五個禮拜！我要和你結婚！是喲？然後我再收你爲義子，是嗎？」

她臉上笑意盈盈。但是舒里克覺得自己馬上就要吐了。他知道他明天早上還要去找那個頭上長角的魔鬼（譯按：指思拉娃），幫她帶東西給瘋子斯薇塔，晚上還要去找瓦列莉婭，因爲多年來一直服侍她的娜佳到黑海的塔干羅格找她姊妹去了，會有一個月的時間不在莫斯科，而瓦列莉婭自己無法把夜壺搬出來……不止，晚上還要到別墅找媽媽，去看瑪麗亞，因爲他答應給她帶一個小籃子、線團，還有其他有的沒的東西——他都記了下來要等著去辦……

譯注：

(51)即現在的聖彼得堡。

(52)即現在的麻雀山，位在莫斯科西南方，是史達林時期新建的莫斯科大學校址。

(53)一俄里等於一．〇六公里。

51

薇拉命運中的兩條斷線以一種驚人的形式接合——她三十年的會計生涯彷彿沉入深坑裡去，不復蹤影，現在的她身分不是退休的會計人員，而是前女演員。住房管理委員會地下室的劇場小組將她帶回到泰羅夫劇校的歲月，只是對自己演藝生涯的發展她早已不存半點野心，能夠教導鄰居小孩基礎的劇場知識，這對她來說已經是很幸福了。

自從瑪麗亞出現之後她才開始明白，為了某種神祕的目的，命運才會把那位糾纏她不休的馬爾美拉德送到她們家來，強迫她接下她似乎早已忘得一乾二淨的劇場生活。若不是因為每個星期四和學生們一起上課，把已經忘得差不多的功夫逐漸恢復的話，她是無法教得動她那位好動又活潑的寶貝，而她深信這位寶貝是上天對她的慷慨託付。薇拉從不懷疑，她們家將來會出一位大明星。

在瑪麗亞讀普通小學的這兩年裡，薇拉和蓮娜之間形成了一種非常特殊的關係，這關係完全不需要依賴舒里克。以往家裡頭單純又清晰的關係配置——緊密相連的母與子——這會變成一種複雜的、流動式的關係。當薇拉、舒里克和瑪麗亞三人在一起的時候，各種不同的組合會輪流演出。有時候，像星期天早上他們一塊去博物館或是看展覽，舒里克會牽著薇拉的手，而瑪麗亞不是緊緊抱住舒里克，就是跑在前頭，要不就是緊挨著薇拉，而薇拉認爲自己就是瑪麗亞的母親，而舒里克——瑪麗亞的父親。舒里克呢，他比較把瑪麗亞視爲是被媽媽硬塞過來的一個妹妹。至於瑪麗亞，她本人並不會被這些復雜的想法所困擾：在她來說，小薇和舒里克都是她的家人。

可是只要蓮娜一來莫斯科，那麼她對於瑪麗亞來說就是最重要的人——而通常這只有幾天的時間。

蓮娜在莫斯科的日子裡薇拉會把家裡結構做些微調整，比如說她會安排蓮娜坐在舒里克旁邊，就像一對夫妻那樣。不過這樣做只有部分正確，因爲這樣一來就會多一個人出來，就是她自己，被排在圈外。還有另一種方式，就是把蓮娜視爲是一個獨立於家庭成員之外的個體，帶著她絕望的來回奔波、狂熱的企圖，以及和現實完全的脫節，所幸從空中還垂下一根眞實的繩線——就是瑪麗亞。只是她要如何，又要跟誰接在一起呢？然而正是多虧了她想要和一個她其實並不是認識很深的情人重聚的狂熱想法所驅使，瑪麗亞才會暫時被交付給薇拉和舒里克來養——這對雙方都好……

蓮娜總是和薇拉竊竊私語：現在蓮娜反而不是和舒里克，而是和薇拉講述她跟恩力克的碰面情形。她講到她去波蘭的那趟荒謬行程。她和揚，就是恩力克的哥哥是在華沙碰的面。他們兩人都是第一次到那裡，但不同的是，揚在那裡有很多素未謀面的親戚，而蓮娜則是一個認識的人也沒有。頭一個禮拜揚每天都很忙，和那些終於謀面的親戚們喝得爛醉。蓮娜一人在簡陋的旅館裡從早等到晚，才終於等到他從狂飲爛醉中爬出來找她，帶她到美國大使館——去結婚。

這兩個人都以爲公證結婚的過程應該是簡單又迅速。它本來應該是這樣，要是蓮娜是波蘭公民的話。結果大使館卻建議揚要先取得俄國護照，然後再和蘇維埃公民按照蘇維埃的法律結婚。這麼一來事情就又要拖著延宕下去了，不過至少沒有被拒絕。於是蓮娜便離開了波蘭，而揚則留在華沙等蘇維埃簽證。他等了一個半月才等到。恩力克寄了兩次錢給他，還已經在邁阿密尋找比較大的公寓等著蓮娜母女到。揚在這六個禮拜裡可沒白白浪費時間——他愛上了一個很棒的波蘭姑娘，愛得忘記所有的事，以至於當蘇維埃簽證下來的時候，他已經跟那位女子在天主教教堂裡成了婚，並在美國大使館裡完成登記，成爲另一位女孩而不是一直巴望著他來俄國的蓮娜的老公。恩力克爲這事跟揚吵了一輩子，但是依舊於事無補。

薇拉耳聽著蓮娜的故事——她那顆戲劇之心屏息不動——這實在是太不尋常、充滿冒險又值得激賞的故事呀。這會薇拉流下淚來。愛情，這是命運中會轉動很久很久的唱片……她的經歷就是這樣……多少年來她就這麼徒然地消耗在等待上……可憐的女孩……可憐的瑪麗亞……

薇拉一會想起自己也算失敗的女性人生，又可憐蓮娜不幸的命運，隱隱約約覺得女人就是缺少靈活變通的本事，又思索著在一個外貌和個性兼具的年輕女人面前應該還有其他的可能，還想到或許在世界上有另一個男人可能可以取而代之也說不定……她想了一堆這類的事情……

蓮娜的面容變得暴戾起來，眼睛發出鬱悶不樂的目光——她猜到薇拉心裡在想什麼，而她寧可要自己浪漫悲苦的不幸，也不要任何其他的可能。這其實跟薇拉自己早年在苦戀的時候一樣……不，她這一生再不會有別的男人了！

薇拉偶爾會和那位被她暗示爲可能取而代之的假設男子聊到說，他還不安定下來，當媽媽的都老了，很想看到他結婚，又說要爲小女孩多考慮考慮。

一向溫馴的舒里克卻嚇得頭髮直豎，趕緊用開玩笑的口吻說：「小薇呀，我已經試過一次了，可是結果是離婚……」

薇拉這時才驚覺到：自己實在想太多啦。

可是眞正重要的事是另一樁：蓮娜越來越常講到想要把瑪麗亞帶回羅斯托夫去。這件事她可是完全不能同意，於是薇拉當下就把瑪麗亞遠大的前程攬在自己身上。

沒有任何人能夠想像，對一位劇場的二流演員，又是退休的小會計來說，要讓她安排打一通電話給芭蕾學校，又是打給校長戈洛夫金娜本人是一件多艱難的事。

終於，這一天到了，晚茶過後，這是唯一瑪麗亞不會參與的家庭聚餐，薇拉鄭重地跟舒里克宣布：「我還沒跟你說，因爲覺得還不是時候……總之，大劇院的芭蕾藝術學校決定收小瑪麗爲學生了。」

薇拉停了一下，等舒里克激動喜悅的反應，但是他卻沒有。

「我打了電話給戈洛夫金娜……你懂了嗎？」

「懂。」舒里克點點頭。

「不，你不懂！」薇拉幾乎是要生氣地叫了起來。「這是世界最頂尖的芭蕾學校。那裡是一百個人裡面只有一個能雀屏中選。我帶小瑪麗去進行了兩次初步審查，她兩次都表現很好。」

「小薇，這有什麼好驚訝的呢，妳都跟她練習了多少遍了！」

「是，舒里克！我可以說我在最近幾年變成一個很有經驗的老師，有可能我的學生超過一百個都有！」薇拉有點誇大了——她的小組通常只有八到十個學生，這些年來總學生數不超過五十個。「但是我的學生裡沒有非常有才能的。可是她是如何掌握到這全部的技巧呢！不過才一年的時間，才一年！我能教什麼給這些學生呢——不過就是基礎韻律感、優美的姿態、劇場的入門知識……在學校裡上課的完全是另一群學生。按規矩來說，這些已經上過芭蕾課程的孩子們，她們有些已經用把桿在練習了。這些孩子的父母通常也是跳芭蕾舞的。可是小瑪麗不一樣，她的天分是與生俱來的。她的外翻動作非常完美，跳躍動作也是，還有音感也很棒。當然，還有她令人驚豔的內在優美。這對我來說都是毫無疑問的事。總之，她身上只有一項缺點——就是身高。對一位芭蕾舞者來說，她太高了一點。可是例如像拉夫羅夫斯基，他就喜歡高一點的舞伴……不過，第一點要注意就是，不知道她什麼時候才會停止長高。這可以先撇過不談，因爲講這還太早了。而第二點，就是那些芭蕾學生的工作量本身也會抑制生長。大家都知道芭蕾舞者會這麼瘦小的一個原因，就是她們從很小的時候開始就大量工作，可是卻又嚴格控制飲食。」

「小瑪麗的胃口可是好得很喲。」舒里克提醒她。

薇拉聽了卻生起氣來：「她很堅強，跟蓮娜一樣的個性。要是她有什麼個性是遺傳到她媽媽的，那就是這堅定的意志了。總之就是：她被錄取了。以後每天要帶她到那裡上課，至於以後再看著辦……那裡有提供給外地學生的宿舍……可是我不知道，我不想把孩子丟給學生宿舍去管。學校在『伏龍芝』地鐵站。當然，離我們家不近，可是從另一方面來看卻也沒那麼遠。從家裡到那邊大概一小時。說到底，」薇拉的聲音裡聽得出有一點威脅的意味。「我自己也可以送她去。」

舒里克的工作時間早就移到晚上去了：通常他都很晚才起床，然後才執行例行的家務事——到洗衣店、商店、市場——過了以後他才會開始工作，然後他會一直坐著工作好幾小時直到清晨五點……帶瑪麗亞上學的事情當然是由他來做沒錯，但是這樣也會大大影響了他的生活。

「那蓮娜呢？妳告訴她了沒？」

薇拉的臉又是一沉：「舒里克，你是怎麼想的，她應該不是自己女兒的敵人吧？這就好像贏了一百萬那樣呀！」

「不是，我只是想說，要是她忽然要離開了，那到時候學校要怎麼辦？總不能就這麼白白浪費掉了吧！」

「小瑪麗可以成爲眞正的明星。像烏蘭諾娃，像普莉謝茨卡雅，像阿莉西亞・阿隆索㊴。你要相信我的話。」

舒里克嘆了一口氣，然後相信了：他又能怎麼辦？

八月底蓮娜來了，瑪麗亞第一時間就告訴母親，說她被大劇院的芭蕾藝術學校錄取了。

薇拉本來還要先準備一下再告訴蓮娜，沒想到她不僅不反對，甚至還很高興。學校立刻把瑪麗亞收到一年級去上課，跳過預備班，而且她立刻就用把桿練習芭蕾動作。上課第一個禮拜裡她整個人像受到了莫大的震撼似的——沉默不語，沒跟舒里克也沒跟小薇說上一個字……這完全不是她所期待的芭蕾舞課……

瑪麗亞去年和薇拉一塊把超級芭蕾舞劇碼像是《天鵝湖》、《紅罌粟》，還有《灰姑娘》等看過了……她自己還試過獨舞的部分。對，對……就是這很適合她。那時她已經準備好要穿上白色的芭蕾舞裙在大劇院的舞台上翩翩起舞……可是眞實生活上的她卻是要面對著牆壁，兩隻手扶在把桿上，然後整整一個半小時沒有休息地重複伸腳和腳後跟，還有拉直背脊的無聊動作。

就只有這樣，沒別的動作。沒有任何隨著音樂的自由旋轉，也沒有薇拉說過的什麼肢體的即興發揮。

只有在過了半年以後瑪麗亞才被允許把身體轉過一邊來，轉右邊，轉左邊……就這樣，其餘都跟以前一樣——伸直腳背，伸直腳後跟……肩膀往下，下巴朝上！直線！直線！

上課老師是一位前芭蕾舞女伶，但是她現在已經跳不動了，發胖的身材，一張臉像隻老鬥牛犬。此外她們還有一位教養員，她要大家都叫她爲指導員。她帶領女孩上課，指導所有學校裡的事情。這位指導員也叫做薇拉．亞歷山德羅芙娜，這讓瑪麗亞很是不喜歡，甚至覺得受到侮辱：她已經有了最喜歡的小薇，怎麼可能還有另外一個人也要叫她是薇拉．亞歷山德羅芙娜呢……這位薇拉小姐雖然年輕，但是臉上都是皺紋，走起路來很像芭蕾舞女伶，就是按第一位置，即腳外八的方式走路，頭也照芭蕾舞的姿勢抬，頭頂向後仰。可是說到跳舞卻沒有跳！女孩們私下說，她因爲受傷了只好放棄芭蕾，所以才變得那麼邪惡。因爲大家都知道，這世上再也沒有比失去芭蕾更讓人不幸的……

這位僞薇拉・亞歷山德羅芙娜不管到哪裡都跟著大家，甚至到餐廳吃飯也跟著，催促大家穿衣服、脫衣服，還有她聲音既高又尖。所有的女孩她都不喜歡，而瑪麗亞認爲她尤其不喜歡她。在瑪麗亞看來，她比其他女孩更常受到她的指摘：說她該要好好站的時候卻在那邊轉來轉去，又說她吃飯吃太快，還說她沒有按規定向她行屈膝禮，這是從帝俄時期保留下來的最後一項規矩——對老師要行這種富有彈性又輕巧的半蹲動作。

瑪麗亞覺得非常疲累，而且很無聊。但是她保持沉默——既沒跟薇拉，也沒跟舒里克抱怨過任何一句話。他們早上七點半出門，一路上她都在緩慢甦醒中。直到快到學校前她才蹦蹦跳跳起來，抱住舒里克的肩，在他尚未刮鬍子的臉頰上親吻，然後就跑去上學。而舒里克拖著腳步回家，繼續把覺睡足。

在舞蹈學校裡瑪麗亞沒有交到朋友。其他女孩之前在預備班已經上過一年，彼此成爲朋友。瑪麗亞是新加入者，身材比其他女孩都高，腿也舉得高出其他人。很快的，瑪麗亞就被放到中級把桿的位置上，到那裡的通常都是最好的學生……她還不知道的是，最好的學生——大家都不喜歡。此外，大部分的女孩都比較年長，她們很多都住在學校宿舍，彼此之間已經形成小團體，而且不會接納瑪麗亞。

第一年年底瑪麗亞終於被允許用腳尖站立……然後是——腿部動作、擦地動作、彎曲動作……然後又是——表現比其他女孩都要好……可是瑪麗亞不喜歡自己。全班的身高都屬於小號，所有的女孩子彷彿是特別挑選過似的，全都是淡色頭髮，還有雪白的皮膚，這讓瑪麗亞感到痛苦，因爲她跟別人不一樣，尤其讓她難受的是自己鞋子的尺寸——三十七號。有一次在存衣間女孩子們就她的超大芭蕾舞鞋竊竊私語了好久，甚至還把舞鞋當足球稍微踢來踢去了一會。

隔天她就拒絕去上學：「我再也不想練芭蕾了。我要去沒有芭蕾舞的普通學校去唸。」

薇拉把她留在家裡，和她一起吃早餐，讓舒里克繼續睡。早餐安排在外婆的大房間裡，而不是像往常是在廚房。薇拉拿出漂亮的杯子，然後把最金光閃閃的一只杯子放在瑪麗亞面前。

那一天的前一個星期裡薇拉和舒里克有過討論。舒里克的任務不只是送瑪麗亞上學而已，他還肩負親屬的角色。薇拉有一種隱約的快感：彷彿瑪麗亞是她和舒里克的女兒，然後有兩個小時的時間裡她都沉浸在這樣的想法中。

瑪麗亞班上的老師對她很是稱讚，普通學科課程的老師也對她表示滿意，只有和她同名的指導員對瑪麗亞不懷好感地批評，說她不合群、粗魯、和班上互動很糟糕。

「忌妒，都在忌妒她。」薇拉馬上作出結論。她熟知演員的世界。因此她並不急著詢問瑪麗亞在學校裡出了什麼事情，又爲什麼不想上學。在這一頓外婆房間吃的特別早餐裡薇拉說了一段很重要，但並不完全眞實的話：「我親愛的小瑪麗！當我還是一個小女孩，比妳現在還稍微大一點的時候，我在戲劇學校唸書。儘管我非常喜歡那裡的課程，但是最後我還是離開了。因爲那裡的人對我不好。而現在我才知道，這是因爲那裡的女孩忌妒我。這眞眞是一個很不好的人格特質。可是卻常常發生。要是妳想要當一個芭蕾舞女伶，妳就必須忍耐。等過了一段時間之後，妳就會知道不需要爲這樣的事情而難過。因爲那些對妳不好的女孩，她們之中大部分都不會成爲芭蕾舞女伶：學業結束前她們就會被學校淘汰掉。妳將會跳獨舞的部分，而她們，最好的情況也是跳群舞而已。所以我們來休息個幾天，如果妳想要的話，那我們去滑冰場，去博物館——只要妳想去的話！在這之後我們才去上課。因爲不能夠爲了這點小事就投降的。妳懂我說的嗎？」

這時瑪麗亞像個小女孩似的往薇拉身上靠去，抓住她的手，大哭了起來，她盡情地把委屈都哭了出來，將學校女孩把她的粉紅舞鞋當足球踢的事情說了出來，說那雙舞鞋被弄得髒兮兮……還說她的腳是三十七號，而其他女孩卻是——三十三號……

哭完了之後她們接連休息了三天。薇拉帶著瑪麗亞一起去杜羅夫爺爺動物劇場，觀賞了會說話的烏鴉，然後又去薇拉以前工作過的那家劇院去觀看彩排，這也很棒，還在全俄戲劇協會的商店裡買了新舞鞋，薇拉又送了她一條綁頭髮的髮圈，進口貨，彈性織物，顏色是非常鮮豔的粉紅色，自然界裡看不到的顏色。

之後舒里克又重新帶著瑪麗亞到學校去。她已經收拾好心情，準備回擊，下巴抬得高高的，而且不只有在把桿旁練習時才這樣。她已經準備好接招其他女孩向她發動的攻擊。火紅的髮圈，還有她那在北方隆冬時節綻放南方驕陽晒出的清新膚色的臉龐，在在透露出她已經做好回應的準備。

幾天之後在女子儲衣間裡發生了一場打架事件。指導員衝進來時，只見儲衣間正中央，衣櫃之間，好幾隻纖手細腳糾纏成一團，這一團人球正上方回盪著震耳欲聾的尖叫聲。指導員發出一聲比這震耳欲聾還要厲害上幾倍的尖叫，跟著擠成一團的人球散了開，從人堆裡最後一個站起來的是瑪麗亞，棕膚色的臉上泛著灰白，身上的舞衣都被扯破了。除了舞衣被扯破，她的鼻子和一隻手也受傷了：鼻子被打斷了，而手被咬傷了好幾處。據見證者所言，這場打架是瑪麗亞先動手的。

女孩們異口同聲，幾乎像唱合唱一樣，說瑪麗亞像個瘋子似地往她們這裡衝過來，而她們則完全不清楚到底是爲了什麼原因。至於女孩子們拿走了瑪麗亞的新鞋，然後在儲衣間裡開始把鞋子踢來踢去這件事，瑪麗亞當場並沒有說。指導員把薇拉叫到學校來，大力數落了她一番，彷彿是薇拉本人和女孩子們在儲衣間裡打架似的。薇拉耐著性子聽指導員說完，然後她才從她的立場開口說，是班上女生中傷了瑪麗亞，而從她的角度來看，這是一種種族歧視，不是蘇維埃人民所應爲之事。

「我可能會說這裡在教養方面有些漏洞和疏失。」薇拉奶奶溫和地說完自己的話。

這話讓指導員薇拉突然間嚇到：她腦袋裡渾沒想到對方會對這場衝突有這麼尖銳的解釋。

「什麼都好，就是不要說有種族歧視呀。」指導員薇拉心裡頭可眞是嚇得不輕，於是她馬上變了一張臉，用愛好和平又有點卑賤的表情陪笑說：「您說什麼呢！您只是不知道我們學校的學生有哪些人，蘇加諾⑤⑤的女兒在我們學校上課，還有幾內亞大使的女兒，還有一個從阿爾及利亞來的女孩，一個富翁的女兒，所以您別擔心我們這裡有種族歧視——不會有任何種族歧視的問題。我會去和女孩們說一說的……」

她嘴裡一邊說，可是心裡也思量了起來：的確，文件上什麼也沒說，萬一搞不好這瑪麗亞是盧蒙巴⑤⑥或是蒙博托⑤⑦的孫女也說不定？

指導員和學校上層的關係頗爲複雜，但是戈洛夫金娜本人對她卻是很好，這也就是爲什麼員工裡分成兩派——一派是狂熱的贊成，一派是猛力的反對。由於員工裡指導員薇拉不是唯一一位失意者，還有數十個跟她一樣當不成芭蕾舞女伶的人，每個人都有一番波折的經歷，還要應付不忠實的丈夫，更多的是不忠的情人，因此這裡的狀況相當緊張，要不是她們的頂頭女上司分量夠重，加上學校這塊金字招牌的威信，這才壓制了她們隨時可能被點燃的狂熱情緒。只要有一點小把柄被抓住，這裡可沒有人會手下留情。

接下來事情果眞按照小薇所希望的那樣進行。打架的事情沒有往上呈報，當作是家醜，關起門來自行解決就好。瑪麗亞被數落了幾句，其他女孩也是。

舒里克是自然而然被拉進了芭蕾生活的波折裡，因爲它現在成爲這個家庭的重心。現在每當蓮娜從羅斯托夫來到莫斯科時，舒里克就會把房間讓出來，自己到外婆的大房間去睡，家人還會幫瑪麗亞在薇拉床邊放一張摺疊床，但是床上通常是空的：因爲瑪麗亞都跑去躺在媽媽身邊，享受母親在身旁的感覺。晚上蓮娜會和瑪麗亞一塊去看芭蕾舞劇，蓮娜逐漸了解女兒是芭蕾舞女伶的身分。當她們一塊看《唐・吉訶德》時，瑪麗亞會雙手交疊，像被冰凍了一樣凝神坐著，一直到舞劇結束以後她才跟媽媽說：「妳看，我跳的吉特莉㊽會更好。」

吉特莉這個角色是她最大的夢想。

蓮娜屈服了：女兒在薇拉的掌控之下的確逐漸變成一名芭蕾舞女伶了。

蓮娜不斷陷入絕望中：恩力克的計畫一而再、再而三地遭到了失敗。他已經取得了美國公民身分，他要蓮娜到一個俄羅斯會發旅遊許可證的社會主義國家去跟他見面，可是蓮娜害怕這事情被揭發，這樣她就再也不可能從俄羅斯離開。如果蓮娜不願這樣做，那恩力克自己想來俄羅斯，可是蓮娜比什麼都害怕他這樣做，因爲她深信，只要他一來就會被抓去坐牢：他之前的紀錄太糟糕，更何況他現在還是一個美國人。

透過非常複雜的方式，他們兩個偶爾還有通信並交換照片。恩力克看著照片中的女兒，驚訝她和死去母親的相似。恩力克本人已經是一個完全的大人，而且變得很胖，連娜卻瘦了很多，臉龐僅依稀能想起淺色頭髮的俄羅斯娃娃，那張十年前叫恩力克瘋狂愛上的臉。不過他們兩人的個性有某種相似處，顯然，這也是當年將兩人連在一起的原因：要不是因爲有照片，那他們在街上相遇時，肯定都認不出對方來，但是横格在他倆中間的重重阻礙卻把彼此心中的激情燃燒到最瘋狂的境地。

這一次蓮娜來莫斯科，跟舒里克講她又有新的離開的可能性，只是這一次非常的傷腦筋，而且要等待個幾年，還要利用很卑鄙的欺騙才可能達成。蓮娜正是把這一個卑鄙的欺騙在深夜時分，在廚房裡，當瑪麗亞和薇拉都熟睡以後才講給舒里克聽。

在頓河的羅斯托夫一間農業專科學校裡有一位贊同共產主義的西班牙三年級生，他學的是葡萄栽植，被一陣傻裡傻氣的風給吹到頓河哥薩克人區。他是一群被蘇維埃政權所培育出來的西班牙孩子中的一個，而且通常是要把人移來調去個一兩次，所以他就是這樣被搞得完全糊塗了。這位西班牙人阿爾瓦雷斯是在十二歲的時候從莫斯科回到西班牙，現在他又再次回到他的前故鄉再接受一次教育，事實上在西班牙每位農家子弟也都可以獲得這種教育，而且不需要跟葡萄園分開。他再來的時候已經二十五歲了，意思是他比蓮娜小了幾歲，他人長得非常不好看，愛蓮娜則愛到肚痛腹瀉。這話沒有半點玩笑的成分在裡面，因爲每一次他們兩個在蓮娜朋友家碰面的時候，他眞的就是鬧肚子痛。

「就這樣。」蓮娜一邊憂鬱地解釋，一邊抽完一包菸。「我眼睛一閉就嫁給他好了。兩年後他結束學業。然後兩年半以後我就跟他一塊去西班牙，從那裡就可以把問題全部一次解決！要去哪就去哪。恩力克會來，所有事情就都搞定。」

「妳這樣做，他不會殺了妳嗎？或者是西班牙人殺掉他？」舒里克冷靜地表示關心。

「當然不會。我和恩力克都不是浪漫主義者，我們是狂熱分子。我們兩個只是需要看見對方。把婚給結了，而或許，三天之後我們就離婚了。現在的我什麼也弄不明白。」她的臉變得惡狠狠起來，眼睛沉了下來。

「那麼那個阿爾瓦雷斯要怎麼辦呢？」被蓮娜的話給吸引住的舒里克禁不住問了出來。

「這就是我跟你說的，說我完全不管他這個人的感受。我自己也知道這樣做不好。好像是在騙人。可是也不盡然——我會跟他睡。畢竟他哈這個哈得要死，我也跟你說了，說他愛我愛得肚痛腹瀉。至於我，舒里克，要是沒和恩力克的話，那和誰我都沒差。想要我跟你上嗎？」

「已經很晚，我待會就要起床，要帶小瑪麗上學。」舒里克誠實回答，可是蓮娜卻生氣了：「你想想，這可是一件大事！我自己就可以帶她上學。」

舒里克想，他就是這樣的命。他的房間瑪麗亞在睡。而他睡的外婆房則是和薇拉的房間相鄰。

蓮娜把菸蒂丟到水桶裡去，把氣窗打開，擦了擦本來就乾淨的桌子，然後就走進浴室去。她回頭往舒里克看了一眼，舒里克於是明白，她在邀請他一同入內。

蓮娜早就不像以前，假裝把舒里克和恩力克搞混。她打開水龍頭，當水注入澡盆時，她毫不羞恥就把衣服脫光：緩緩的拉長似的動作，還用完全不像她本人的笑容微笑……接下來的男歡女愛都很棒，只是完全沒有特別之處。不過可以提一下澡盆的水，根本就是多餘，因為當兩人一躺進澡盆裡，水就從角落溢出來，可是當他們一站起來，就又想要躺下來。

帶瑪麗亞上學的還是跟往常一樣，是舒里克，因為蓮娜睡得好熟好沉，舒里克不忍心把她叫醒。

現在，要是蓮娜的計畫真的可行，那意味著還要整整三年的時間，當然冬天、春天和夏天的假期不包括在內，他得要帶瑪麗亞上學，自然還有接她回家。不過有時候是薇拉自己去接的。

瑪麗亞的工作分量一年比一年增多，她要彩排，還要聽音樂會，每一年還有考試，而且是全家一起緊張兮兮地準備應考。瑪麗亞非洲人的氣質再加上嚴格的身體訓練鍛鍊出她非常堅強的個性。薇拉知道，瑪麗亞即使沒成為一名芭蕾舞女伶，那她在幾千個和她一樣大的女孩中也不會張惶失措，而是會矢志達到她想要得到的東西。在芭蕾學校裡師長們都對瑪麗亞寄予厚望，連戈洛夫金娜都知道她了，當小女孩在走廊遇到她，腦袋變得一片空白，忘了向她作出半蹲禮的動作時，她還寬容地點了點頭。

瑪麗亞早上會在親吻薇拉臉頰前，先向她行半蹲禮。每一次薇拉都感動得不得了。不，媽媽的看法不對：男孩子是一種生物，女孩子完全又是另一種——薇拉彷彿在死去母親的面前替自己辯解，為什麼她自己親生的舒里克在童年時她愛得卻比眼前這別人的小孩瑪麗亞要來得少……

譯注：

㊹這幾位都是蘇維埃時期有名的芭蕾舞明星。

㊺指印尼第一任總統蘇加諾（Sukarno, Bung, 1901–1970），即印尼首位女總統梅嘉娃蒂的父親。

㊻盧蒙巴（Lumumba, Patrice Emery, 1925–1961），剛果民族解放運動領導人，結束比利時對該國七十五

年的領導，一九六〇年剛果獨立，出任首位總理，後遭國內分離主義分子推翻政權，遭沖柏集團殺害，比利時與美國中情局皆有參與，甚至籌畫了這次推翻和暗殺行動。一九六一年全非人民大會宣布他為人民英雄。

㊼蒙博托（Mobutu Sese Seko Kuku Ngbendu wa za Banga, 1930-1997），一九六五年至一九九七年任薩伊共和國（現剛果民主共和國）總統達三十二年，他通過政變上台，在第一次剛果戰爭中被推翻。

㊽芭蕾舞劇《唐・吉訶德》的女主角 Kitri。

52

瓦列莉婭日漸發胖的身體越感虛弱，她就越想與之對抗，戰士的精神在她體內越形增強。她已經有好幾年沒有出家門，甚至連家裡二十四坪大的空間——眞是好大好棒的一間房間！——對她來說連移動也是越來越困難。她的雙腳早已認了輸，但是用雙手撐著，她還是可以自己來到用屏風隔間的簡便廁所——那裡有一張扶手椅，座椅中央挖開一個洞，下面擺有一個桶子。這裡還有一只裝了水的瓷壺，以及洗手用的盆子，盆上繪著盛開的藍色花朵——瓦列莉婭盡力維持家裡高尙得體的模樣。

手術之後瓦列莉婭就請了兩位幫手：一個是娜佳，中年婦女，之前是掃庭院的，她負責幫瓦列莉婭帶食物和協助她沐浴等事項；晚上的時候她則是請另外一位叫瑪格莉特的護士幫忙，不過只有在必要的時候她才會被叫來。舒里克，多虧了瓦列莉婭靈敏的指揮調度，他一次也沒有碰見過這兩人：對瓦列莉婭來說，讓舒里克以爲她很獨立是件很重要的事……不只這樣，她還希望他多少要對她負點責任，讓他明白，她是多麼依賴他……

可是事實上——她其實根本不那麼需要他！所謂的獨立條件說端賴她自己賺得的錢上——瓦列莉婭對此深信不疑，並且拚命工作，她動作迅速且樂在其中。當舒里克還在擴張翻譯技巧的領域時，瓦列莉婭則是藉著電話完成和各式各樣的人，從食品商店經理到助理編輯的溝通奇蹟，然後把女性雜誌裡關於流行風尚、化妝品，以及其他婦女美麗生活之類的所有波蘭翻譯文章的部分幾乎全抓在自己手上。

之前她慷慨大方又毫無條理，幾乎散盡家中的遺產，現在她徹底改變了對金錢的態度：以前她認爲金錢等於享樂，是她辦得到的事，而現在她則認爲金錢是她獨立自主的保障。而且首先是從舒里克身上獨立出來。他在她生命中占有非常重要的分量，不過就本質說來並不是占據，而是取代了她理想和幻想中的丈夫，她本來應該會有這麼樣的一個人陪在身邊，可是終其一生卻是沒有出現。

翻譯的天分、擇字的直覺，以及安排字句位置的判斷力，這些對瓦列莉婭來說還只是她一小部分才能而已，她最大的天分就是能夠把自己周遭的生活元素，包括人、事、物等，全部正確無誤地安排在該在的位置上。

瓦列莉婭已經很久都無法做出一般字面意義上的走路，但是她可以靠在扶椅的靠背上或是藉助枴杖，用她強而有力的雙手幫自己站起來，拖著毫無感覺的雙腿慢慢前進，走到幾公尺遠的廁所去。可是一旦她的雙手變得衰弱無力，她就再也無法從床上把自己沉重的軀體拉起來，這時她也只得被迫接受世界改變的事實：於是她又把家裡做了一次全面重新的安排。當然，是藉舒里克的雙手。

現在她躺在三面環桌的床上，右手邊是梳妝台，擺著乳液和指甲油、洗液和藥品；左邊緊靠著床的是一張書桌，上面擺著一台打字機、翻譯稿、字典，在這之外還有一些編織物、占卜用的紙牌和一具電話；至於在床上、她肚子的正上方還擺著第三張桌子——一張輕巧的折疊桌，是瓦列莉婭自己設計、構思，向一位領悟力很好的細木工訂製而來的。梳妝台旁邊擺著一個也是那位細木工做的一個下方有一扇小門的格架，裡頭擺著有的沒的一些生活必需小物件。

生活在這一間封閉的房間裡，時間變成了流動性的不固定型態，白日輕易變成晚上，早飯過後——瞬間來到晚餐，瓦列莉婭努力把沒有型態的時間過出一種節奏來，她儘可能地這樣做：用嚴謹強迫的生活規律、在固定時間接電話、聽收音機報新聞、看電視節目——所有一切都按固定的地方、固定的時間和固定的日子來做。還有朋友也是按分配好的日子來看她。不過爲舒里克，瓦列莉婭開了例外：只有他一個除了星期二以外，可以在任何白天或是晚上的時間來找她……

在漫長的生病歷程中她並沒有失去自己的朋友，相反的，他們的數量還甚至增加。她是到哪裡找來這些朋友的呢？一位朋友的女兒長大了，她帶著一本波蘭雜誌跑來找瓦列莉婭——請她幫忙翻譯一篇介紹當時在俄羅斯還沒沒無聞的達利的文章，或是當季流行的裙子樣式……還有一位命運坎坷的女修指甲師也常來找她，跟她做了朋友，崇拜她，還就近在她家附近落了戶。想和她做朋友的還有她以前的同學和同事、生病時同一個病房的病友，以及她以前還能去療養院休養時路上偶然認識的人，想跟她做朋友的不只這些，還有以前幫她看病的醫生，還有舊情人……

雙腳無礙、可以四處行走，肌肉強勁的女人們爲孤獨所苦，而瓦列莉婭卻是要在記事本裡安排朋友到訪的時間，以免他們撞期、相互尷尬……對許多的女人來說孤獨是一種痛苦的祕密，但是對瓦列莉婭來說卻是可以解開的謎底：隨時隨地要幫人建議，懂得施捨、送禮物，最後當然還要給對方允諾。隨便一盒巧克力、一雙無指手套、一個微笑、一塊餅乾、一聲讚美、一只髮夾，還有不時的友誼聯繫都會有助於交朋友。

她的關懷是發自內心，不是虛僞假裝出來的，但是這裡頭也摻雜了自私的部分，而且擺脫不了：她從小就出類拔萃，所以她喜歡當所有人的最愛。可是隨著年歲漸長，她了解到這意味著是被人需要。於是她努力地傾聽別人訴苦、鼓舞她們、安慰她們、叫她們要勇敢。同時也一直贈送禮物給別人。在她的內心深處，她對自己在女友面前的優勢性感到洋洋得意：她們幾乎所有人都是孤獨寂寞的，要不就是當了媽媽也是寂寞，而要是結了婚的，也一定覺得婚姻沉重又毫無樂趣……可是瓦列莉婭卻擁有一個祕密法寶，這法寶她從不輕易讓它亮相，只偶爾輕輕將它秀個一兩下——總是刷地一下閃過去、不讓人覺察，又半露半藏地：這法寶不是別的，就是舒里克。

只要他一來，訪客接見就取消。昏暗的室內一位濃妝豔抹、身材浮腫的女人從床上含情脈脈瞅著他，她一雙湛藍描過的眼睛、一頭總是打理得很好的濃密秀髮，穿著一件碩果僅存的和服，淡褐色帶粉紫菊花的圖案。室內聞得到很濃的香水味。她從枕頭上朝他盈盈微笑著，把臉頰湊過去讓他親吻。她讓他坐到床上來。幫他倒了一杯茶——濃醇異常。手裡把舒里克帶來的稿子移到一邊的書桌上。她把煙燻鱘魚打開，裡頭葉利謝耶夫斯基商店女店員靈巧的手已經幫忙切了片，她把魚拿近來聞：「好新鮮！」

「知道我還幫妳帶了什麼來了嗎？猜猜看！」

「是甜的還是鹹的？」女方興致勃勃地問。

「鹹的。」舒里克提示。

「什麼字母開頭？」她繼續問。

「M開頭……」

「八目鰻魚？」

他搖搖頭。

「橄欖？」

她答對了，他跟著從公事包裡頭拿出一包用羊皮紙包的東西。

瓦列莉婭算是一個很有原則的女人，唯獨在吃這方面她無法克制自己。針對這一點她曾在上帝面前懺悔過。可是對舒里克——她從不認爲自己有罪過。對於他能夠在此，她只能感到高興和欣慰。而且隨時準備張開雙手歡迎他來。他來她這裡，她只需要放一個小枕頭在她自己的大枕頭旁，並拉開被子一角就好……

她一直都是一個愛乾淨的女生，她愛的不僅是乾淨本身，還有弄成乾淨的過程——清潔洗滌和打掃。當然，還有對自己身體的關愛和照護：清理指甲、除毛、臉部清潔、放黃瓜、泡牛奶……不知道有沒有需要描述她在等舒里克來之前是如何費心地把自己洗得乾乾淨淨的過程。可是仍然有一種味道，幾乎難以聞到、病態的、讓人哀愁而不是討厭的味道，從覆蓋半身的傷口縫線，以及自從臥病在床以後就不曾脫下來的繡花襯裙裡頭散出來。因爲這味道，舒里克每每聞到就感到心裡一陣緊縮，顯然那心的部位正是同情和憐憫聚集的巢穴，而這憐憫向四方蔓延四溢，像膽汁一樣，讓他整個人除了同情以外，沒有半點東西剩下，當他在她那件蓋住她冰冷不能動彈的雙腳的襯裙裡頭流連忘返之時，瓦列莉婭則是動作敏捷地在牆上邊摸邊找開關，然後啪地關掉自己頭上那盞玻璃燈罩的燈……

跟著事情就像是按著壓路機壓出的道路一樣清晰分明：舒里克通常不會留下來過

夜，深更半夜時他起身回家，回到媽媽身邊。在離去之前，憐憫和溫柔之情化做最後一次迸發，他把夜壺拿到瓦列莉婭的床下，然後像一般保母的習慣那樣，從藍花瓷壺裡倒水，把柔軟的舊毛巾弄溼，幫她擦拭乾淨之後才離去。

而瓦列莉婭則是從頭上把天鵝絨髮箍或是柔軟的髮帶或髮夾拿掉，用梳子梳起她解放了的頭髮，然後拿起梳妝鏡，開始卸妝和擦掉眼影，那妝其實已經掉了一半，卸完了妝她再在臉上擦乳液。她這樣做只是爲了不要變成一個發著臭味的肥肉團。就在這一段時間裡她的心情從幸福，甚至有些輕飄飄之中墜落到低處。她把鏡子放回原處，眼睛看也不看地就從梳妝台上拿起她的象牙十字架，就是貝阿塔在她小時候送給她的那個基督受難十字架。她把十字架拿近貼住唇、額，閉上眼睛，然後把手指放在基督人像上那雙纖細的、被釘子穿透的雙腳上。

這一定是一枝很大的釘子，如此才能夠釘穿兩個腳掌。不比那根打入她大腿裡、徹底終結她關節功能的鋼釘要來得短。

「你是多麼的幸運。」她數千次地這樣跟祂說。「你被釘了釘子以後活了不到三小時！就走了。而假如你是壞疽、癱瘓，或是截肢，然後接下來穿著腐爛的臭衣服又活了三十年……你想一想，這樣有比較好嗎？而且我又沒有女兒了……原諒我……畢竟我也原諒了你。讓舒里克留下來跟我到死。好不好？求求你……」

她就這麼一直凝視著救世主纖細的象牙腳睡去，睡著的時候手也不肯放開受難的耶穌。

53

瑪麗亞在芭蕾藝術的涵養中日漸長大，被學校視爲明日之星，薇拉則在春夏秋冬的更迭輪轉中穿插自己學生的間隔表演，一邊握著兒子舒里克的手一日度過一日，心裡頭懷抱著往昔已經埋葬掉，而如今又復活的希望和虛榮心，另一方面瑪麗亞的雙親也努力加快兩人復合的腳程。恩力克又派了一位假未婚夫給蓮娜，但結果又是失敗，於是蓮娜決定採取自己的辦法。在遲遲沒有對農科學校的西班牙人做出回應的兩年後，蓮娜終於嫁給了他。不過母親再嫁這件事瑪麗亞卻是被蒙在鼓裡。然而西班牙人的學業終究還是結束了，於是顧不得薇拉的悲傷，蓮娜還是著手離開俄國的行程。可是薇拉不死心，她仍然認爲只要蓮娜的事情一日未獲得徹底的解決，她就有把握說服蓮娜把小孩留下：「何苦傷害孩子呢？妳也不清楚究竟要花多久的時間去跟恩力克復合，更何況妳也完全不清楚要帶瑪麗亞去的地方的生活條件如何？她能不能在那裡繼續芭蕾課程呢？妳把事情都安排妥當、決定清楚，然後再過來帶女兒不是很好嗎……」

然而這會蓮娜如同頑石一般，任誰也動搖不了她的決心。身爲孩子父親的舒里克也決定讓孩子離開他們家。西班牙人丈夫阿爾瓦雷斯先一步離開了俄羅斯，蓮娜則等最後一份文件下來才能動身。不過兩張經巴黎到馬德里的機票已經先買好。恩力克打算在機場迎接她們母女倆。於是蓮娜告訴阿爾瓦雷斯，說她機票已經買了，但是日期弄錯了——她和瑪麗亞要晚一個禮拜才能到馬德里跟他會合。就在這神不知鬼不覺的一個星期裡必須把所有事情一併解決，而那時決定事情的已經不是蓮娜，而是恩力克了。

瑪麗亞在要離開的前兩天才被告知，接下來兩天她淚水完全沒有停過。她已經快要十二歲了，外貌看起來已經完全是個少女，她比同班女孩子不僅在身高上多出好幾公分，她還比她們快了整整一輪的生命週期：她的初經已經來了，小小的胸部也已經發育，還帶著很大的乳頭。

她遠大的前程很可能在一夕間被摧毀。而她不想要和芭蕾分開，不想要和小薇分開，不想要與之分開的還有舒里克。除此以外，到現在都還沒有人跟她說她和媽媽究竟是要去哪裡。

「我們是要和爸爸會面。」蓮娜說。

瑪麗亞點點頭，繼續哭。離別前夕瑪麗亞出現了一般生病時的前兆：她不斷抽噎啜泣、呆呆坐在椅子上、彎腰駝背，還用手去揉變紅的眼睛。薇拉帶她上床，而在睡前瑪麗亞把舒里克叫來：「給我糖。」她要求。

這是她和舒里克在這兩年間的祕密：瑪麗亞屬於容易發胖的體質，儘管她在課堂上總是消耗大量的體力，但是她一直都要維持節食的習慣，甚至必須處於有點挨餓的狀態。麵包和甜食她都不能碰，在這一方面薇拉可是非常仔細地監督著瑪麗亞。但是瑪麗亞偶爾會要求舒里克帶她「擺脫一下」，於是他們兩個就會跑去「巧克力工人」咖啡館去，然後舒里克把所有瑪麗亞能夠吃得進肚子裡去的甜點統統都買下來。奶油餡餅、巧克力粉奶油泡、熱巧克力，又甜又濃，像甘油一樣濃的熱巧克力。她總是吃光所有的甜點，把盤子掃光，再把湯匙或是叉子也都舔乾淨才罷休，最後還要用她黏呼呼的嘴唇親舒里克才算大功告成。然後兩人再一起到「十月廣場站」坐地鐵，而她在經過了巧克力大戰之後總是覺得想睡，於是她靠在舒里克的肩上，沉入深深的睡鄉，直到「白俄羅斯站」舒里克把她叫醒爲止。

「給我糖。」瑪麗亞要求，舒里克慶幸他書桌抽屜裡還有一塊僅存的長方塊巧克力，是過節時學生媽媽送的。

他把巧克力拿來，拆封，掰下一塊。

「餵我。」瑪麗亞要求，於是他把掰下來的一塊巧克力送進她張開的嘴裡。她嘴內部是奔湧的肉紅色，和她暗色的嘴唇形成強烈的對比。她輕輕捉住舒里克的手指，臉皺了起來，又哭了起來。

「別哭了。」他請求她。

「吻我。」瑪麗亞從床上坐起身，摟住他的脖子。

他吻了一吻她的頭。

「我恨妳。」瑪麗亞說，一把抓起巧克力扔掉。

她們母女要走了，這眞是太好了，否則我遲早也逃不過她的魔掌……舒里克早就知道，瑪麗亞也屬於那一類亟欲從他身上獲得愛慰食糧的女人。他跟她相處了那麼多的時日、教她外語、一塊散步、帶她上下學，他愛這個小女孩，可是心裡十分清楚，隨著小女孩的長大，她很快就要從他身上取得她身爲女人應得的權利，因此她在這關鍵時刻離去，對他而言不是失去一位至親至愛的小妹妹，而是擺脫掉即將面臨的不倫獸性。

薇拉拭去淚水，在瑪麗亞的小包行李裡面放進四雙三十九號的舞鞋、四件芭蕾舞衣、一件長衫，還有一件大劇院工作室做的芭蕾舞裙。

「好強悍的女人哪，終於達到自己的目的……」薇拉心裡想。「我可能一輩子也無法像她那樣……」

她既欽佩又覺得憤怒，還摻雜了哀傷的情緒：這個媽媽一點也不想爲瑪麗亞犧牲……哪像我年輕時爲舒里克犧牲了一切……

她腦袋裡的記憶混淆了，事實上她早就習慣性地以爲自己眞的是爲了兒子才放棄了演員生涯，至於她其實是因爲不專業和不適合而被泰羅夫劇團給解雇的丟臉原因，在她來說卻彷彿不是她當不成女演員的重要原因。她爲她無法說服蓮娜讓女兒多留在俄國幾年好確定她的天分而感到難過，也爲瑪麗亞來不及成爲新的烏蘭諾娃而哀傷。

她有預感，覺得自己這輩子將再也見不到瑪麗亞了，她一生中最幸福的時光結束了，而等著她的是枯燥、沒有活力的未來，還有無盡的漫長失眠。讓人覺得難堪的還有舒里克，一向對她百依百順的舒里克，怎麼這會好像不明白這對她來說是一個多麼重大的損失呢：她可是花費了多大的心力、希望和努力在這孩子身上，現在這一切可能全部喪失！她完全不知到瑪麗亞會在哪裡、和誰一起，以及會到哪個國家去，而且在她重新站在芭蕾舞的把桿前，不知又會浪費多少時間！太慘了！慘絕人寰還不足以形容的慘哪！可是舒里克——他竟然一副置身事外的模樣！

薇拉一整晚都輾轉難眠，最後她從床上起身，想去看看熟睡的瑪麗亞。小女孩蜷曲成一團睡著，手握成拳頭，遮住自己的嘴和下巴。瑪麗亞睡在外婆的床上，而旁邊幫蓮娜有擺上一張折疊床。可是床上沒見到蓮娜。

「難道？」薇拉對自己的猜測感到驚訝……「也或者她只是還沒睡？」

薇拉披上睡袍，來到廚房——那裡的燈亮著，但是一個人也沒有。廁所浴室也是沒有人，但都亮著燈。

「他們是在舒里克房間抽菸吧。」薇拉想，並下意識地把燈都關掉，然後她走近廚房的窗邊，悵然若失看著窗外：她一直認爲大自然以及天氣早就都拋棄了這個城市，只有在鄉間別墅那裡才會有下雨、起風、白晝和黑夜的變換，可是這一刻她才明瞭，原來城市裡也有四季和天氣的變化，現在窗外正上演著一齣眞正的戲碼——三月的融雪時節，強勁的風驅趕著透明的雲朵，從天邊一角到另一邊去，而在明亮、幾近滿月的情況下這風吹雲走的景象更是清晰，於是薇拉覺得自己彷彿身在劇院的大戲當中，被尖銳而張力十足的劇情以及繽紛變化的布景包圍……光禿禿的枝椏彷彿是待在一旁的群舞者，從一方衝向另一方，因爲下方的風往上吹起，帶起一陣狂風怒吼，因之整個天空上頭都爲一張由左到右的綿密風網所包圍，這時月亮緩緩地往東方沉沒下去，只有隔壁鄰居屋頂上兩根死氣沉沉的煙囪是這一幅微力動態的景象中唯一寂靜的說明。

「天哪，好偉大的景象。」薇拉想，整個人沉浸在一種她身在偉大的音樂會和戲劇作品當中的感受……一種輕輕的顧影自憐的情緒裡……

房門發出嘎吱的響聲。她回過頭去看：黑漆漆的走廊裡閃過蓮娜雪白裸背的身影。蓮娜一溜煙地走進浴室去。

「怎麼會……這怎麼可能？」驚駭莫名的薇拉倚在窗台上。「要趕快走，免得他們兩個知道，她是這一幕……這一幕……的見證人。」

水嘩啦嘩啦地流洩出來……薇拉隱身在走廊裡自己的房間裡，而且她和著睡袍就躺到床上去。她被眼前的一幕驚嚇到說不出話來。

我的天，怎麼會有這麼不成體統的事情……這表示她和舒里克之間有不可告人的關係？既然如此，爲什麼她不願意爲了瑪麗亞和我們留在一起？這是什麼意思？作父母的自私心態？不願意爲孩子犧牲？多少年來只爲和最愛的人見上一面，可是這會卻……她努力地想要理解蓮娜的心態，卻是不得其門。愛情——它是悲劇性的崇高情懷，而這一幕走廊上的偷偷摸摸……舒里克，舒里克？這算是什麼假結婚，要是他們兩個……思慮如千思萬縷齊湧向心頭，卻沒一個想得透徹，激憤、難堪、嫌惡、害怕和失去的悲傷之情不斷翻湧，在她心裡面交纏糾葛在一起……她並沒有馬上就哭——只是在有足夠的力氣之後哭了出來，而且直哭到隔日清晨。

國際機場送行一事薇拉不去了，她在電梯旁和瑪麗亞告別。而瑪麗亞熱切地在她耳邊悄聲說：「我沒把最重要的事情說出來：等我長大以後我會回來，而妳叫舒里克不可以結婚，我要自己嫁給他。」

舒里克渾然不知發生什麼事，只是對媽媽不去機場一事感到欣慰：「當然了，小薇，妳最好在家裡待著。對瑪麗亞來說她會承受不了機場的又一次告別。」

事實上他是要保護母親不受傷害。他的確是保護了媽媽：到機場的路上計程車拋錨了，司機在車子的金屬機件裡翻呀挖呀弄了好久。蓮娜一邊咒罵自己的壞運氣，一邊走出車外在路上攔車。可是沒哪一個混帳東西願意停下車來。一切都完了。十年的計畫設想全毀在一輛混帳的破銅爛鐵上。瑪麗亞跟在媽媽身後也下了車，蹦蹦跳跳、揮舞著雙手大叫：「去不成了！我們哪裡也不用去了！」

蓮娜的臉刷地變得慘白，連眼睛也是，她伸手打掉瑪麗亞的帽子，跟著開始往她臉上狂怒地揮打。舒里克嚇到了，走出車外，把瑪麗亞拉回車子上。蓮娜追著他們打。她滿腔的怨懟憤怒都轉到舒里克身上。她抓住他的衣領大喊：「沒用的東西！爛貨！被媽媽寵壞的兒子！你好歹也做些事情呀！」

瑪麗亞掛在舒里克的右手上，他只剩一隻左手能消極抵抗蓮娜的積極進攻。

眞希望這場灑狗血的連續劇惡夢趕快結束……媽媽沒有來，眞是幸好……眞是可怕的女人……瘋婆子……可憐的瑪麗亞……

正當這場打人鬧劇演得不可開交之時，一輛非常破爛的汽車在他們面前停了下來。計程車司機向那輛車的駕駛走去，交換了幾句話。蓮娜意識到，命運對她終於表示了憐憫，這下子她們不會遲了班機。計程車司機幫忙把行李從自己車上的行李座拿到另一車的行李座去。舒里克則是幫忙擦拭瑪麗亞被打出血的鼻子。

二十分鐘後他們就抵達了機場。一路上眾人無語。舒里克把蓮娜的行李拖出來，瑪麗亞拿著小薇幫她收拾好的小包包。舒里克不時還得幫瑪麗亞擦鼻血。蓮娜一路領頭前進，頭也不回，揹著自己的那一個大運動包。眞是太好了，以後再也不需要安慰她了……

舒里克拖著巨大的行李箱，空出來的一隻手牽著瑪麗亞。擴音器已經宣布登機，他們在登機門前停了下來。蓮娜鬆開了之前閉得老緊的嘴：「舒里克，對不起。我失控了。謝謝你所做的一切。」

「算了，別說了。」舒里克揮揮手。

瑪麗亞把嘴湊到舒里克的耳邊：「你跟小薇說我還會再來……等我。好嗎？」

母女往登機道走去，瑪麗亞一路不斷回頭，不斷揮手。

之後舒里克坐了好長時間的公車到機場車站。他的心情是前所未有的惡劣。他想要趕快回家找媽媽。他很滿意地想到自己和媽媽終於又回到兩人時代，他終於不用早上七點起床，拖著睡眼惺忪的瑪麗亞坐無軌電車再轉地鐵了……他感到自己完全被擊垮了，而且疲倦至極。

「應該送媽媽到療養院修養一陣子。」他想，然後在擠成沙丁魚似的公車的後座上沉沉睡去。

瑪麗亞和蓮娜飛去了巴黎。一路上母女兩人親吻個沒完沒了。

瑪麗亞脫下自己身上厚重的冬大衣，可是帽子——絕對不脫。這件大衣和帽子是用黑色的剪毛山羊皮做的，是薇拉和舒里克在「兒童世界」買給她的，瑪麗亞打算要再穿個五年才行。就在那時她寫了最後一封信到莫斯科，告訴薇拉和舒里克說，紐約芭蕾舞劇團把她錄取了。從那時候起瑪麗亞和她雙親的行蹤便永遠地消失了……

54

瑪麗亞的離去讓悲傷呈現出一種立體化的效果，使得原本隱藏在其背後的失去外婆的悲傷更爲加深。就跟十年前收拾母親遺物時一樣，薇拉這會從無聲的角落裡拾起瑪麗亞散落的髮夾、髮帶和舊短襪，這也才注意到外婆的一具黑色墨水盒（事實上這是外公的東西）。這具墨水盒的材質是灰色紋狀大理石，銅質底座已經發黑，它一直都放在桌上，從前這桌前總是高據著外婆龐大的身影，而現在這身影在記憶中卻越發越像凱薩琳女皇；還有那張扶手椅，瑪麗亞在的時候總喜歡把它拿來擺放她的洋娃娃，而以前卻是用來乘載外婆龐大的身軀。這麼一來這屋子裡頭住著的不只是一個，而是兩個幻影了。遭受重大打擊又悲傷過度的薇拉坐在扶手椅上，看著眼前沒開的電視機，熄滅了生命之火的死寂雙眼愣愣地定在螢幕上。

舒里克預想過瑪麗亞的離去對母親會是一次沉痛的打擊，只是他沒料到她的反應竟如此劇烈。她變了很多，甚至是對他的態度：她避開了晚茶時間，不和他聊以前最喜歡聊的米哈伊爾．契訶夫⑲，或是戈登．克雷格。她什麼事都不問他，什麼事也不交代。

最後舒里克終於起了懷疑，媽媽的轉變應該不只跟失去瑪麗亞有關，媽媽對他的冷淡應該還有其他原因。

原因的確有：薇拉始終不能從那一次無意中撞見的深夜奇景的驚駭中恢復過來。她試圖替這一種極不妥當的行爲想出一個合理的解釋，可是卻是越想越疑惑：要是舒里克愛著蓮娜，那她爲什麼要走……要是舒里克不愛她，那爲什麼她會出現在他房間，而且還是一絲不掛……要是她不愛他，爲什麼卻在離開俄羅斯、尋找最愛的前夕跟舒里克發生關係……要是她眞的愛他，那爲什麼他們又要離婚，還不顧瑪麗亞遠大的前程呢……

舒里克在經過了五年送小孩上學的苦役之後又恢復了原先的工作規律，他現在起床的時間恰好是他之前接瑪麗亞放學的時間。

一起來之後他就替自己弄一碗麥片粥吃——按外婆的食譜，水煮開後五分鐘就好——媽媽走了進來，在她通常坐的位子上坐了下來。她把雙手放在面前，然後用非常平靜，但幾乎細不可聞的聲音說：「總之你還是跟我解釋清楚……」

舒里克沒立刻明白薇拉要他解釋什麼，可是當他意會之後，他整個人在麥片粥前愣住不動，一雙圓眼微微睜大。這是他從孩童時起就有的習慣——當他一不明白什麼事情的時候就會把他圓圓的眼睛睜得老大。

「解釋什麼？」

「我搞不懂你和蓮娜之間的關係。要不是因爲瑪麗亞，我也不想問你這個問題。告訴我，你愛蓮娜嗎？」薇拉嚴厲地看著兒子，並等著他回答，舒里克的腦子裡立刻想起蓮娜那個州委員長的家庭。他顫抖了一下——要跟母親解釋這件事眞是非常困難。他連怎麼跟自己解釋都沒辦法。

「小薇，哪有什麼特別的關係呀？沒有任何特別的關係。妳讓瑪麗亞住進家裡，而她，就是蓮娜，是爲了女兒而來我們家。我在妳們這關係裡面沒有任何意義。」舒里克咕噥道。

「不，不對，舒里克。你這樣說，好像是不知道我這個人似的。我還沒那麼老，我一生中也有過很多這樣……你也知道，我和你父親維持了有二十年……」她說不下去，感到難爲情，努力想找一個非常正確的字眼來表達她和列萬多夫之間的關係，終於給她找到了一個正確、但毫無意義的字——二十年……

「媽，妳這是拿什麼跟什麼比呀？」舒里克驚訝不已。「我和蓮娜之間根本沒有像妳和爸爸這樣的關係，連一點相似性都沒有。妳也淸楚整件事情的呀。那時候阿麗婭拜託我幫忙，因爲蓮娜懷孕了，而那個恩力克……總之我跟她是一點關係都沒有……」

在這一瞬間薇拉忽然替自己的兒子感到難堪：他在騙她。她把眼睛定在桌上，陰沉地說：「舒里克，不對。我知道你們之間有什麼……」

「妳說什麼呀，媽嗎？妳說什麼呀？哪有什麼關係？就這樣而已，只有這樣，沒別的其他的關係。」

噢，誤解的深淵！失望的悲哀！錯誤的羞赧！舒里克，親愛的孩子，我親愛的、貼心又細心的孩子！這會是你嗎？薇拉尖叫起來：「舒里克，怎麼會這樣？你在說什麼？難道說愛情的崇高和神祕對你來說沒有半點意義？」

「哎，小薇，我不是在說這個，我說的根本是另一回事……」舒里克像小羊一樣咩咩叫，尖銳地感到自己的臉眞是丟大了……該死的蓮娜！畢竟他其實並不想要做……可是離去前的恐懼和不安讓她害怕、發抖，如果他不那樣做又怎麼讓她能鎮定下來呢……

「這眞是可怕的虛僞呀，舒里克。眞可怕的虛僞。」薇拉俯視著舒里克，俯視這粗俗的物質世界，而她的臉龐是那樣的充滿靈性，那樣的美麗，讓舒里克幾乎就要停止呼吸：他怎麼能用這樣愚蠢的字句來羞辱她呢？他一輩子努力要做到的不就是在他們家裡，在薇拉的身旁不要有這些事情發生的嗎……多麼不可原諒的愚蠢呀！

「肉體的關係只有建立在有心靈關係的基礎上才有意義，否則人無異於動物。難道你不明白這道理嗎，舒里克？」薇拉把手肘置在桌上，手指抓著下巴說。

「我了解，我懂，媽媽。」舒里克搶道。「可是妳要知道，心靈關係、愛情，以及其他這類的東西——這都是稀有之物，不是所有人能擁有，對一般人來說，他們都是以實際的目光來看事情……這不是虛僞，而是單純的生活的面貌。因爲妳不是普通一般人，外婆也不是，而其他大部分的人都過著實際的生活，所以他們不會有妳說的那一種認知……」

「哼，這是什麼幼稚的話呀。」薇拉失望地說，可是戲劇性的情緒起伏已經和緩下來，話題開始往讓人滿意的方向轉去。原本尖銳的氣惱也軟化下來，回歸平靜的心態……薇拉在內心深處認爲自己不算是一般的普通人，而從舒里克的話裡也得到了證實。可是畢竟舒里克也不是完全的普通人，而她要讓他相信這點：「你將來會曉得的。當你遇上了眞愛，你就會曉得……」

母子間的衝突差不多平息了，薇拉心裡只剩下對舒里克的些微失望，不過從另一方面來說，舒里克的軟弱也讓人對他以及他這一代失去崇高情操的孩子們產生了寬恕。在這件風波過後，舒里克對母親的孝心更是乘以三倍，努力讓媽媽過非常舒適的生活——他買了一台新電視機、很棒的新電唱機，還有吹風機。他感覺到自從瑪麗亞走了以後，原先有一種被她這個黑白混血的小女孩所感染而產生的特殊活力也一併消失了，讓薇拉陷入憂鬱的情緒中，逐漸失去對生命的興趣：她越來越常漏掉戲劇的首演，漸漸也不去上劇場小組的課。她失去了靈感和活力，瑪麗亞離去後到學期末了放暑假前，薇拉只到地下室去上過幾次課。下一學年度開始時這堂課也停開了，死去的馬爾美拉德生前最後一次的社會活動就這麼無疾而終。

譯注：

㊾米哈伊爾・契訶夫：俄羅斯演員，著名作家安東・契訶夫的姪子。

55

薇拉預言舒里克會擁有的眞正的愛情，它的確呼嘯而過並且落在不是舒里克，而是他的朋友羅森茨威格的身上。儘管眞愛似乎曾經以小阿菈之名落在他的身上過一次了。不過愛情這種事情沒什麼大道理可言，不能用一般邏輯來看待，也沒有什麼公平不公平的。舒里克早就注意到在羅森茨威格和阿菈、也是雙方不太富裕的家長一起努力共組的小家庭裡，氣氛已經變得讓人覺得不太舒服，太沉默也太緊張了。羅森茨威格論文早就答辯完畢，卻每天在離心機和計算機前工作到很晚才回家，一回到家後又馬上上床睡覺去，無視妻子、女兒，甚至晚餐的存在。這一個年輕的家庭位在離市區很遠的奧特拉德區，沒有電話，舒里克總是在星期六、星期日的晚上到他們家拜訪，但是卻越來越常發現到這個家通常只有憂愁的阿菈和愉快的女兒卡佳在而已。總是不見羅森茨威格的人影。

最後是羅森茨威格自己先行表態：他打電話給舒里克，約他在市中心見面，然後兩人在斯連欽科街上一家骯髒的咖啡館坐著喝東西時，他把尋得眞愛的消息告訴了舒里克，還告訴他女方是直接在他工作地點向他發動了猛烈的求愛攻勢。儘管羅森茨威格的修辭用語和薇拉習慣的用法有些微不同，但是他講給舒里克聽的東西其實也就是媽媽說的那種概念：什麼崇高的感受呀，是建立在心靈的相通和共同的嗜好上。而心靈的相通是無法以言語來表達的，至於共同的嗜好呢，這位第三者屬於亮光漆的領域：羅森茨威格的眞命天女既是亮光漆實驗室的主任，又是他論文的指導人。這一種新款的丙烯顏料生產技術很堅定地跟羅森茨威格確認了一件事，就是他對阿菈的愛情還算不上是眞正的愛。

舒里克同情地傾聽老友的宣言，但仍不能完全明瞭這齣肥皀劇的內容：爲什麼對一個人的愛會影響到他對另一個人的愛呢？阿菈是那麼的可愛又關心別人，而小卡佳更是一個天使……唔，好，就算又跑出來一個搞化學的女人，可是這也只是表示說羅森茨威格得好好規劃一下生活，不要讓一個女人影響到另一個女人不就好了。哪需要這些流不完的眼淚呢？

「你懂嗎，舒里克，她甚至不符合我的品味。」羅森茨威格發表自己的感想。

「誰？」舒里克不懂。「什麼品味？」

「我是說，阿菈根本不符合我的品味。我喜歡的一直都是運動型、高大身材的女生。嗯，就類似蓮娜那一型，而阿菈要不是因爲她那個大屁股和那頭鬈髮……」

「熱尼亞，你在說什麼？」舒里克驚訝道。「你到底是在說什麼品味呀？」

「唔，你知道，每一個人都有他自己特別的性偏好。有人喜歡豐滿的金髮女郎，有人則相反，偏好瘦削的深色頭髮的女人。我們實驗室裡有一個男的，他的第一任妻子是布里雅特人，第二任妻子是韓國人。意思就是說，東方女人特別吸引他。」羅森茨威格跟舒里克解釋這其實不是很複雜的概念。

一向溫和的舒里克忽然發起脾氣來：「熱尼亞！你沒瘋了吧？怎麼儘說些鬼話。你愛上阿菈的時候可沒聽過什麼性偏好的說法吧？你愛上了，結了婚，有了孩子。而這會，拜託喲，忽然跑出個什麼性偏好！嘿，給自己弄了一個女人，還偷偷摸摸地搞，阿菈是哪點有錯？你自己好好想想，和一個女人躺在一張床上，又和另一個女人睡。我為阿菈感到難過，她心情很不好……她是哪裡做錯了才讓你發現了你的什麼性偏好？」

羅森茨威格皺起眉頭，很失望地搖搖頭：「哎，你呀，舒里克，根本完全不了解。我跟她的問題不在睡覺一事上，我連跟她說話都不能。不管她說什麼話都很蠢。根本是一個空心草包。總之我不愛她。我愛別的女人。總之我會跟阿菈離婚。我要和她一起住。我把妮娜·瓦西里耶芙娜介紹給你認識，到時你就會明白。」

羅森茨威格把剩下的紅酒全倒在杯裡。一口氣飲盡。一口氣喝光的還有舒里克。

「要不要再叫一瓶？」羅森茨威格說。

紅酒喝完了，但是話還沒聊得盡興。

老服務生帶著一副酸溜溜的表情又拿來一瓶薩佩拉維葡萄酒㊿。

「你眞好，舒里克。你有一打的情人，而你一個也不愛。對你來說都沒差。這我可眞是做不到。」羅森茨威格如此解釋自己對女人的能耐。

舒里克忽然難過起來：「所以媽媽才會說我虛僞吧。或許我眞的是虛僞又矯情。只是我眞的是替你的阿菈感到難過……」

「那你就去可憐她吧。」羅森茨威格身體發抖了一下。「她最需要的就是有人同情她。臉上一副『世界悲傷』㉛的哀悽悽表情，稍微一怎麼樣眼淚就流下來……你明白嗎，舒里克，妮娜・瓦西里耶芙娜是那種你不能去同情的女人。妮娜，她自己還想找個人來同情咧。」

這話讓舒里克忍不住往往羅森茨威格看了一眼：他很瘦，臉色蒼白還發青。額頭上紅褐色的鬈髮有一部分掉光了，變成所謂的額禿。下巴有一排年輕人才會長的青春痘，通常散布在剛刮過鬍子之後的地方。他的短外套和那一條他習慣打的領帶常會讓人誤以爲他是從外省地方到首都來出差的小公務員。還有他那條淺藍色的領帶上到處都是薩佩拉維葡萄酒濺到的紅褐色汙點……舒里克很想問：她是不是就是同情你呢？不過最後還是忍住沒問……他對羅森茨威格也一樣同情。

他們下一次碰面又過了兩個月，在卡佳五歲生日的時候。這段時間裡羅森茨威格已經從阿菈的住處搬到自己性偏好的家裡，而且離婚文件也已經下來。在拉開的餐桌上卡佳的爺爺和奶奶全都在場，對即將到來的離婚均是一臉哀愁，在座的客人還有阿菈的兩位女友以及舒里克。阿菈是廚房餐桌兩頭跑，而羅森茨威格則陪著客人坐了十五分鐘後人就走掉，鑽進書堆裡去。

小壽星被堆積成山的禮物給嚇到，很擔心到底要怎樣才能一次把所有禮物全都拿在手上。最後舒里克把沙發靠枕的套子取下來，把所有玩具收進套子裡，把套子再塞進卡佳的手裡，然後把卡佳放到自己的肩膀上。小女孩興奮得尖叫不已，不斷用腳踢，無論如何都不肯下到地上來，舒里克只好用肩膀扛著直到她要去睡覺爲止。可是卡佳開始哭了起來，要舒里克帶她去睡，而他只好在小房間裡坐著陪她。

羅森茨威格拿了一堆書後率先離去，跟著其他親戚也逐漸散去。舒里克有好幾次以爲卡佳已經睡著了，可是每當他一起腳往門邊移動，卡佳卻又睜開眼睛，然後很堅定地說：別走……

阿菈來看了女兒兩次。她已經送走了女友、洗淨了碗盤，也換了衣服——她脫下了細高跟鞋和短外套，換上家用拖鞋和淺藍色汗衫。當舒里克終於成功地從熟睡的卡佳身邊溜走時，他剛好落入正等著他的阿菈的下懷。起初兩人並沒有什麼擁抱，只有阿菈苦痛的埋怨以及她熱切地要舒里克解釋，爲什麼生命裡會發生這樣的破滅，還有她現在該怎麼辦。舒里克同情地沉默不語，不過女方似乎也沒有對他有再多的要求。阿菈的要求解釋變成了自言自語的抱怨，眼睛裡滿是淚水，淚水乾了又再流。快要午夜一點了，而這意味著直到隔天早上他都不可能從這麼一個與世隔絕的偏僻地區離開，因爲公車已經沒開了，而攔到計程車的可能性幾乎等於想在這裡看到新劇碼《火鳥》㊷一樣困難。

阿菈越哭越厲害，而且越靠他越近，直到舒里克友誼性地把她抱住。她的喃喃獨語依舊不停，舒里克始終不明白，到底一個哭得梨花帶淚的女人會等著他什麼樣的作爲。主動搶快是沒有意義的事，於是他一派清純地撫摸阿菈被壓扁的髮髻，一邊等候她做出比較清晰的指示。她又繼續抱怨了近二十分鐘，而且不知怎麼越來越紊亂無緒，最後她終於扯掉了舒里克襯衫從上面數來的第二顆釦子。她有一雙滾燙的小手和明確的觸摸動作，還有一張大嘴，滿溢著甜美的唾液，以及一副大肚瓶瓶頸的細腰身……舒里克很早以前就明白，每一個女人身上都有一些不一樣的特點……而從眼前的狀況看來，阿菈還擁有一項非平常女人所能及的特點：就是她從晚上開始到現在沒有一分鐘停止自言自語。當舒里克在隔天清早從阿菈家的大門走出來時，他腦子裡還想著這事……

「眞是可愛的女孩。」舒里克一邊等公車，一邊想。「熱尼亞白白拋棄了她。還有卡佳也那麼可愛。我應該偶爾來拜訪她們才是……」

譯注：

⑥⓪薩佩拉維葡萄酒：一種格魯吉亞葡萄酒名。

⑥①世界悲傷：十八、十九世紀之間歐洲流行的一種悲觀絕望的文藝流派。

⑥②《火鳥》：俄國作曲家史特拉汶斯基根據俄國民間故事改編而來的芭蕾舞劇，和《彼得魯什卡》及《春之祭》並列為作曲家的三大芭蕾舞劇。

56

瓦列莉婭跟舒里克的外婆一樣，有一本珍貴的筆記本，裡頭記滿了她一生當中在各種情況下會派得上用場的人的資料。翻開這本筆記本，第一頁寫上的俄文字母就是「B」——「врачи」，即醫生之意。這一部分就占了好幾頁。最近這些年來瓦列莉婭最重要的一位醫生是心臟科大夫甘納吉・伊凡諾維奇・特羅菲莫夫，他在二十年前瓦列莉婭心臟還很好的時候就認識了。特羅菲莫夫大夫每年有一到兩次會來參加瓦列莉婭的重大節日——其中之一是天主教聖誕節，這天一定有一隻和烤箱一樣大的大火雞；另外一個節日就是瓦列莉婭的生日，她總是把這一天過得很甜蜜——烤一個蛋糕，上面鋪滿打泡的奶油和水果裝飾。這一切都是在她的腳還有用的時候。

烤大火雞過聖誕節的慣例瓦列莉婭從未破例——舒里克按照她的指示把香氣四溢的內餡塞進火雞肚子裡，然後在接下來的六個小時裡不斷在房間和廚房穿梭，往雞身上扎扎洞，或是按照指示蓋住部分的雞身又或是拿掉遮蓋物。至於蛋糕，瓦列莉婭後來習慣向餐廳訂製：她會跟餐廳經理講好久的電話，讓廚師幫她把傑作帶來，然後每一位客人都很驚訝，怎麼足不出戶的她竟然能找到這麼棒的蛋糕。

特羅菲莫夫大夫正好是對餐廳製作的東西不感興趣的人，儘管他會像一位甜食愛好者一樣把自己的那一份蛋糕吃完，但每次這樣就讓他想起瓦列莉婭親手做的蛋糕。

瓦列莉婭最近的一次生日特羅菲莫夫大夫很晚才到，就連蛋糕他也沒碰，只是靜靜坐在賓客之間，待客人都走光以後，他叫瓦列莉婭脫掉上衣並且很仔細地聽起診來。聽完診後，醫生又摸她的雙手和雙腳，跟著皺起眉頭。兩天後他帶著心臟科醫生專用箱來，久久凝視著從一個金屬儀器裡吐出來的淡藍色帶，然後跟瓦列莉婭說，他要安排她在自己的心臟科住院三個星期，因爲她的心臟出現活動吃力的現象，必須對它稍微施加一些外力幫助。

瓦列莉婭從很小的時候起就是在醫院病房躺著過日子，又在最後的那次大手術裡飽嚐驚恐的沉重滋味，這一回她堅決拒絕了醫生的建議。可是特羅菲莫夫大夫的態度卻更堅持。特羅菲莫夫大夫服務的醫院不只是家老字號的醫院，更是祖父級的古董醫院，醫院大廳有一座氣派非凡的豪華樓梯、寬闊巨大的高天花板，以及可以容納二十人的大病房。特羅菲莫夫大夫向瓦列莉婭保證，會把她安置在隔開的個人病房裡。

「我這間病房斯維亞托斯拉夫·李希特⑬有來住過，還有阿爾卡基·雷金⑭也躺過，而妳還挑剔！」

瓦列莉婭只好同意住院：醫生開給她的住院條件非常優渥又氣派，而她的個性正喜歡優渥和氣派。更何況李希特和雷金更不是泛泛之輩，不好的地方他們不會去……

瓦列莉婭光收拾行李就收了三天，好像很久以前到療養院那樣：幫傭的娜佳把急件洗好的和服給她帶來，把毛襪漂白，把鏤空披巾洗乾淨並拉出形狀來。瓦列莉婭的行李中有一只箱子專門裝化妝品，另一只箱子是裝藥，而舒里克則是把一捆一捆的書按照瓦列莉婭深思熟慮後寫下的清單擺好。他甚至還去了一趟外國文學圖書館，借了好幾本美國偵探小說的波蘭文譯本，又拿了幾本瓦列莉婭年輕時就打算翻譯的戰前波蘭詩集。

舒里克在這幾天裡試著請人修理瓦列莉婭的那輛「扎波羅什」牌汽車，它在車庫裡鏽了兩年，但是修理的結果不理想：車子發動了，噗噗噗叫了起來，可就是無法走……

到了星期一，舒里克把那兩只可以爲女主人帶來舒適和華麗的箱子放進計程車裡，接著再把瓦列莉婭安置上車。醫院在一片寂靜當中等待她的到來，她一到之後馬上就被放上輪椅，然後就推到心臟科去，舒里克穿著醫院的拖鞋，鞋子不斷從腳上脫落，兩手提著行李跟在瓦列莉婭身後。所有入院手續很明顯地，甚至是強勢性地被置之不理，因此護士小姐們議論紛紛：她是誰呀？是誰的老婆還是媽媽？可是沒人能回答這問題。唯一清楚的是，特羅菲莫夫大夫親自打電話來關照過，還要求不需要任何住院程序就先送進來……

瓦列莉婭被放到一張很高的病床上，又把身子翻成側邊，讓她的臉對著窗戶：窗外是冬去春來老莊園花開復甦的景象。

「你看，舒里克，窗外的景致多麼漂亮。我都不想離開這裡了……」

舒里克把床頭櫃移到瓦列莉婭的右手邊，再把兩只小箱子放上去，方便瓦列莉婭取用她的瓶瓶罐罐，而且不會搞錯，然後他在她的臉頰上一吻，並答應晚上再來。醫院馬上發給他一張出入證——特羅菲莫夫大夫的大名可不比出入證的效果差。

「欸，拜託一下，我沒交代的東西就不要帶。」瓦列莉婭在舒里克的身後叫。他回過頭來：「那要不要帶果汁或是礦泉水呢？」

「唔，好，就礦泉水。」瓦列莉婭同意道。

醫院固定在星期一開會，議程通常一個半小時以上，因此直到十二點以後會場的門才打開，病房裡面一下子就擠滿了穿著白袍的醫生。不過有幾位還留在走道上。

「同仁們，這位是瓦列莉婭·阿達莫芙娜，我的一位老友。瓦列莉婭·阿達莫芙娜，來認識一下，這是我的同事塔吉雅娜·葉夫根尼耶芙娜·柯樂波娃，我們一起共事二十五年了。她是您的病房大夫……好的，那麼，分析以及完整的檢查……所有這些我們都會做，然後我們再決定能幫上什麼忙……」特羅菲莫夫大夫用很氣派的聲音說，說完後向瓦列莉婭鞠了一個躬並跟她眨了一下眼。原本因爲醫院的形式主義而感到煩悶的瓦列莉婭，因爲醫生這個眨眼的動作而讓她的煩悶一掃而空，跟著那位柯樂波娃大夫也用目光向瓦列莉婭示意，這動作雖然讓人感覺她也不錯，只是沒法跟特羅菲莫夫大夫比……留在走道上的醫生百無聊賴，也沒事好做，不過本來也就沒什麼好討論的。柯樂波娃大夫忙著紀錄點滴的情形。跟著特羅菲莫夫醫生大手一揮，所有醫生馬上就跟在他的身後到下一間病房去了……

醫院對瓦列莉婭的檢查行動立即如火如荼展開：一位檢驗室的女孩從她的手指和血管裡抽了血，然後又給了瓦列莉婭一只瓶子驗尿用。之後又有人把她用推車推到X光室，幫她在髖關節部分照了X光片，還把所有能檢查的器官全都仔細檢查了。瓦列莉婭對醫生們的細心關懷感覺很好。她手裡頭握著一個化妝品袋子，裡面裝了進口巧克力和送人用的化妝品，她把這些小東西一一分送給醫生和護士，獲得他們眞心的喜悅和微笑，這讓瓦列莉婭對自己很是稱讚，早早就先準備好這些紀念品，這會她看起來才像個人，而不是什麼醫生的可憐親戚。此外她還遇上一件令人高興的意外：她在一間診間的門上看一個寫著「I・M・米隆奈伊特」的名牌，詢問之下這位女醫生還眞的是來自維爾紐斯，甚至和死去的繼母貝阿塔有遠房親戚的關係，於是兩個女人便約好，這位米隆奈伊特大夫會過來病房看瓦列莉婭，兩人一塊聊聊年代久遠的回憶……在這間醫院裡一切都很順利，所有人都很親切，而且很關心她……

病房裡有人送來晚餐：是煎魚和馬鈴薯泥。瓦列莉婭吃光了魚，但是沒碰薯泥。這裡的茶很爛，她決定等舒里克來，他會用水壺燒開水，再煮上一壺好茶……

很快地又來了一位護士諾娜，也是一個很親切的女孩，還有一頭梳得很漂亮的秀髮，瓦列莉婭立即決定送她一根很棒的法國髮針。諾娜護士拿來一個支架——吊點滴用。她是一位經驗豐富的護士，很快就找到血管，然後她打開點滴裝置，跟瓦列莉婭說了聲她馬上回來，之後就走了。點滴落得很慢，瓦列莉婭一開始還一滴兩滴的數，跟著就打起瞌睡來。舒里克答應八點到，這會應該很快就要出現。可是礦泉水把他耽擱了——瓦列莉婭只喝「波爾諾」礦泉水，但是「白俄羅斯」地鐵站附近的商店裡沒賣這牌子，因此他只好到市中心去買。八點十五分他才帶著兩瓶「波爾諾」礦泉水大步跨著豪華樓梯的台階上樓，沿著病房跑……

就在這時瓦列莉婭忽然從愜意的半夢半醒狀態中醒過來，她睜開眼睛，不明所以地叫了一聲：「唉呀，我這是神遊到哪去了……」

恰恰在這一刻舒里克打開病房的門，因此他還以為瓦列莉婭在跟他說話。

「嗨，瓦列莉婭！」舒里克活力十足地跟她打招呼，可是瓦列莉婭沒有回答。她用堅定的目光往他的方向看去，而嫩紅色的嘴唇打開成一個不大的「O」字型。他因此永遠也不會知道，究竟在她生命的最後一秒鐘裡她看到了他沒，或者，她看到的是另一個更令人驚奇的東西……

譯注：

⑥3斯維亞托斯拉夫・李希特（Sviatoslav Richter, 1915-1997），二十世紀俄羅斯著名鋼琴家，早年鋼琴全靠自修，一九三七年後進入莫斯科音樂院師事名師涅高茲，其樂風的氣勢磅薄且富含詩意，五〇年代風靡全蘇聯，六〇年代征服紐約與世界，七、八〇年代因健康因素而時常取消音樂演奏。

⑥4阿爾卡基・雷金（Arkady Raikin），蘇聯喜劇演員和雜耍表演藝人，二十世紀蘇聯最受歡迎和尊敬的幽默大師之一。

57

這三個立陶宛人不知是從哪冒出來的——其中兩位女士看不出年紀，但臉上帶著鄉下人特有的紅臉頰，另一位是膚色粉嫩，加上一口塑膠假牙的老先生。

他們到來的時候正巧是瓦列莉婭死後兩天，舒里克一人在她房間裡坐著，呆呆望著那張擺滿指甲油、軟膏和乳液的靠床梳妝台。他一邊茫然地看著桌子，一邊等著瓦列莉婭的一位綽號叫成吉思汗的女友索妮婭到來，好一塊找一份墓園管理文件，這份文件清楚交代瓦列莉婭父親安息的那塊墓地的所有權，如果沒有這份文件的話，葬禮事宜處理起來會更爲麻煩。

結果舒里克等到的不是索妮婭，而是素未謀面的三位立陶宛人，而且根本就是外國人，因爲會講俄語的就只有那位老先生，他輕聲又含糊地報上了自己的名字，然後指著另外兩位女士說：這是菲洛梅娜和約娜。

「您是瓦列莉婭的朋友，我聽她提起過您。」老先生說，不時還嘬一下那副固定得很不穩當的假牙。一聽他這樣說，舒里克這才猜到，這位老先生應該就是瓦列莉婭每次去立陶宛時都會拜訪的那位天主教神父，他住在很遙遠的森林深處，在十年勞改營生涯之後他就一直住在那裡。

「他叫多梅尼克。」舒里克想起神父的名字。他的坐姿很像立陶宛民族解放運動的戰士。瓦列莉婭還有說，他是一位飽學之士，曾在梵蒂岡求過學，還到東方傳過教，行跡差點就到中南半島去了，他會講中文以及馬來西亞文，直到戰爭爆發前不久才回到立陶宛……

「請進……你們是如何得知消息的？」

神父微微一笑：「最困難的事情——是最後那十二公里，用走路到農莊。從莫斯科打電話到維爾紐斯——不過才三分鐘。是我們的一位立陶宛人打來的電話。而她又是另一位住在夏烏梁的人通知她的，那他們又是其他人通知的，就這樣一個通知一個……」

他說話很慢，字斟句酌，一邊說話的同時又把自己身上穿的農夫外套和針織短上衣脫掉，接著幫兩位同行女士脫去外衣，再打開附鎖扣的手提包，從裡面拿出一包用玻璃紙包住的東西。他的動作帶有非常高的自覺性，而且清晰明確，和舒里克拖拖拉拉又漫不經心的動作恰成鮮明的對比。

「我們來此是為了和她告別。這扇門有鎖，是吧？我們要做彌撒和瓦列莉婭告別。是吧？」

「可不可以直接在屋子裡做？」舒里克感到驚訝。

「任何地方都可以。在監獄、囚室、伐木場都可以。在紅色的國界和列寧做一次也可以。」他笑了起來並舉起手掌，然後看著天花板。「會有什麼妨礙到我們嗎？」

這時門鈴又響了起來。

「應該是瓦列莉婭的朋友。」舒里克說，然後走去開門。

原先一直保持沉默的兩位女士，這會在神父耳邊悄悄低語，而神父作出一個不確定的手勢，跟著三人便一起沉默。舒里克帶著索妮婭走進來。

「這是索妮婭，瓦列莉婭的朋友。這位是多梅尼克……」舒里克囁嚅起來……「要怎麼講才對呢，是說多梅尼克神父嗎？」

「最好是說『兄弟』。叫多梅尼克兄弟就好……」他和善地微笑了一下，態度非常友善。

「您是瓦列莉婭的兄弟嗎？」索妮婭高興道。

「從某種意義上來說——是。」

兩位立陶宛女士只是盯著地面瞧，就算是抬起頭來的話，也是彼此對看。舒里克忽然感覺到，這三人就像是一個有機整體，彼此聲息相通，就像在跑步或是跳躍的時候一隻腳會帶動另一隻腳那樣……

「瓦列莉婭是我們的姊妹，可以說，我們是專程來此跟她告別，做一場彌撒。這不會嚇到你們吧？你們可以不用在這，也可以待在這裡。你們自己決定。但是我要請你們不要跟別人說起這件事。」

「我可以待在這裡嗎？要是不妨礙你們的話……只是我不是天主教徒，我是俄國人……」索妮婭甚至緊張到流汗。

「我看不出任何妨礙。」神父點了點頭，然後在那只帶鎖的手提包裡又摸索起來。

「我先來弄茶。食物也都有……瓦列莉婭的冰箱總是滿滿的……」舒里克建議。

「我們晚點吃。先來進行彌撒。」神父從玻璃紙包拿出一件帶帽兜的白色罩衫，在腰際的部分繫上一條細繩，然後在脖子上披上一條金色的窄巾。這是天主教多明我修會的法衣——哈比特和斯托拉。兩位女士則在頭上戴上一頂有翻領的包髮帽。就在這一瞬間，這三人從單純的農人模樣一下子變成特殊而重要的人物，他們的口音也不再給人立陶宛鄉下的土腔，相反的，那是一種來自天上國度的聲音，就連俄語他們說起來也好像是由上而下，要降臨到悲憐的塵世一樣……

「這個床頭櫃正合用。請把裡頭的東西都拿掉。」神父說，舒里克趕忙把櫃子裡所有瓦列莉婭的小東西都拿出來，改放到窗台上。神父往那堆東西迅速瞄了一眼，注意到在那些瓶罐之中有一支象牙製的受難十字架，他把它拿在手上，帶到窗邊瞧：這十字架上有奇怪的粉紅色澤，尤其在救世主的雙腳上顯得特別的粉。他沒有想到的是，這其實是瓦列莉婭印在上面的口紅印……

窗帘放下，關上門，點燃蠟燭。在小床頭櫃上放著那支受難十字架、一只杯子，還有一個玻璃小碟子。

「Salvator mundi, salva nos!」多梅尼克兄弟開始說了起來，而這不是這十幾年來才獲准講的立陶宛語。這是拉丁語——舒里克從它強勁的字根當中馬上辨別出來，正當他爲自己輕易認出拉丁語而高興，同時又有一種奇特的感受，覺得只要再稍微集中注意力一些，那麼所有從頭到尾的辭語就會自行向他揭示本身的意義，就在這時他耳邊傳來一陣祥和平靜的歌聲——非女聲、非男聲，而是天使之聲。是那兩位臉頰紅通通、戴包頭帽、穿長裙，裙子下襬看得到一雙穿在笨重鞋子裡的粗腿的立陶宛女人，就是這兩位不漂亮的中年女子唱出來的聲音：「Libere me Domini de morte efernae...」詞語的意義果眞自行揭示開來——天主解放死亡。只是他不懂，祂是如何將它解放，不過舒里克以一種絕對的直觀來理解歌詞的意義，它說死亡只存在於活著的人裡，對死去的人，跨過了生死門檻那一步的人而言，死亡已經不存在。同樣不存在的還有痛苦、疾病和傷殘。不論瓦列莉婭的靈魂或是精神這最重要的一部分現在是在何處，它都是喜悅而輕盈的，它已經不需要臭皮囊就可以自由移動，更可能是用纖細的雙腳跳舞——不再有傷疤、浮腫，甚至可能飛翔天際或是載浮載沉地漂游，如果眞是那樣就太好了。關於這些其實可以不用去相信——的確，舒里克從來都不會去想死後的事——可是兩位中年婦女平靜祥和的歌聲，加上一位個頭不高、紅臉頰，還有一副做得很差的假牙的男中音老先生卻讓舒里克相信，要是眞有這樣的歌聲以及不能讀出意義的拉丁文的話，那麼瓦列莉婭就眞的能擺脫枴杖、骨頭裡的鋼釘、醜陋的傷疤，還有最後幾年裡讓她處處受限的沉重又萎靡的身軀的束縛了。

索妮婭躲在沙發和食櫃之間的角落裡，靜靜地流著眼淚。

隔天遺體下葬。告別式在雅烏茲卡雅醫院的遺體寄放處舉行。超過上百個人到場致意，不過女性的人數遠比男性要多。鮮花數量也是眾多——初春的鮮花，白中帶著淡紫的報春花，還有人送來一整籃風信子。當舒里克走向棺槨，在堆成小山的鮮花之中認出了死者。朋友當中有人特別留心了死者的容貌，爲她好好上了妝：長長的藍色睫毛，淡藍色眼影，這是她生前最愛的妝，上了護唇膏的嘴唇發出油亮的光澤……而那小小的「O」字型，四天前當舒里克走進她病房時，在她死前最後一秒裡烙印在她唇上的那個字型已經看不見了，現在躺在這具棺材裡的物體，如果不把那活生生、閃亮亮、蓋住額頭的瀏海算在內的話，就像是一具長得跟瓦列莉婭非常相似的洋娃娃，除此之外再沒別的意義。他在棺木前站了一會，輕輕觸摸了一下那瀏海，透過髮絲的活力更讓他感覺到，從生命到死寂的轉瞬間，那具代表瓦列莉婭的物體裡沒有生命的冰冷。

眞是謝謝了多梅尼克兄弟的到來，因爲那一場追悼彌撒確實才是和瓦列莉婭告別的起點，而不是現在這些站在覆滿鮮花的棺槨前的女人所講的那些善感催淚的話語。

舒里克並沒有負責整個出殯過程：哀傷的特羅菲莫夫大夫在醫院裡把所有事情都搞定了——屍體解剖的部分以人道方式進行，沒有做頭骨切開的環鋸術，只確認了死者發生肺部動脈栓塞……在這件事情上沒有人有錯，唯一可能怪罪的對象就是上帝，很顯然的，祂比瓦列莉婭本人還更清楚她的壽限。

醫院是按照特羅菲莫夫大夫的命令讓瓦列莉婭的女友們進到停屍間，讓她們幫死者穿上白上衣，還套上特別爲她訂製的駝色新鞋，事前還先把鞋背剪開來好方便穿套，又幫屍體儘可能地化了妝，然後再在頭四周罩上白色絲緞披巾。而她一雙有點泛黃的大手則放在披巾上，讓無可挑剔的指甲油閃耀其上……

女友們同樣也是先訂好了公車和汽車，並和瓦崗科夫斯基墓園先說好了，讓瓦列莉婭的棺木葬在她父親的墓旁，甚至還向工作室訂製了一支暫時性的十字架，還有葬後宴的東西也都買了，所有該準備的東西都已經準備好了……

舒里克多少認識幾位瓦列莉婭的朋友，而他從旁觀察多梅尼克兄弟和他的姊妹們，陽光下的他們更顯土氣，但舒里克卻更感到驚訝：他現在才眞正知道他們是來自彼世的使徒和見證人，他不禁把這個彼世的概念和立陶宛荒涼森林裡一處被人遺忘的農莊的印象重疊起來，當他一想到這裡忍不住就覺得好笑。

這幾位來自森林的居民也不全是只盯著地面瞧，他們有一兩次往舒里克那方看去，然後多梅尼克兄弟在他耳邊低語：「約娜說，如果你想來拜訪我們，隨時歡迎。」

舒里克明白他們在向他表示誠意，事實上不是約娜，而是多梅尼克本人在邀請他，可是對舒里克而言，所有話題只要一講到離開莫斯科就會談不下去：「謝謝你們的好意。只是我現在哪裡也不會去。以前我丟不下瓦列莉婭，現在則要守護媽媽……」

「這樣好，好。」老先生微微一笑，儘管舒里克的話裡聽不出什麼特別好的地方，只顯示出他多年以來都讓責任給綁得死死的……

棺木一到墓園門口就改用手抬——很勉強才從送葬行列中找到六位男士：舒里克、警察鄰居、兩位女友的輕浮先生，以及兩位瓦列莉婭很久以前的舊情人。多梅尼克神父和瓦列莉婭以前的一位同事都因爲年紀太大而不讓抬棺。同樣被拒絕的還有想幫忙的當地酒鬼，他們甚至都已經抓起了棺木準備要抬。

預定的墓穴已經挖好，一切都準備妥當，連路上都先撒了沙子。從昨天起就開始飄落的毛毛細雨忽然間爲大片穿透的陽光照得發亮，一瞬間彷彿全蒸發掉。凋萎的花朵上閃爍著晶亮的雨滴。眾人將棺木放了下去，撒下一把泥土。跟著墓園的工作人員迅速地揮動鐵鏟，把黃土抖落墓穴中，一個潮溼的土塚很快就弄好了。暫時的十字架也放了上去，上面寫著「瓦列莉婭・柯涅茨卡雅」。跟著女友們上前圍在墳墓周圍，將手中鮮花撒成一張織錦花毯，她們做得又快又漂亮，可能瓦列莉婭本人也無法弄得這樣好——白中帶著淡紫的報春花和花瓣捲曲的風信子，以及非常稀有的紅蕾康乃馨。墳墓於是變成了一個圓形花壇，極目所及也都跟著變成了圓形：女性彎腰的身軀、微微下垂的胸部、淚水浸過的臉龐，還有圍著頭巾、戴貝蕾帽，或是圍巾滑落上方的一顆顆頭顱，這一切交織成一個又一個的圓。就連不知名的、在微微彎曲的枝椏上冒出不明顯細葉子的灌木叢也跟著具有了陰性的色彩……

舒里克這下眞的看見了瓦列莉婭死前最後一息間嘴上烙印的「O」字型，他於是想，死亡本身即具有陰性的特質，就連「死亡」這個字在俄文和法文中也都是陰性……應該要再看看這個字在拉丁文中的意義……可是在德文裡「der Tod」——是陽性，這眞是奇怪……不，這一點也不奇怪，德國人認爲死亡是英勇的象徵，在作戰中——弓矛、槍箭、碗大的傷口、撕裂開的肉……可是瓦爾加拉宮⑮（Valgalla，陰性字的結尾）……這樣也正確——聽起來柔和又平靜……瓦列莉婭……可憐的瓦列莉婭……

當墳墓美化工程完畢之時，天空又飄起雨來，於是大夥紛紛撐起傘來，跟著便聽得一陣一陣沙沙簌簌——是雨滴落在傘面、頭上、髮際、肩上和葉面上的聲音……整幅景象變得完全不眞實，緊挨著舒里克的多梅尼克神父稍微踮起腳來，附在他耳邊說：「眞是什麼事都沒法做。不過本來也就是這樣：靠近死亡的女人之地……陰性的地方……」「眞是如此……有一點雙重意義的味道……不，是多重意義。」舒里克自己贊同起自己的看法。

葬禮後立陶宛人趕著去搭火車，舒里克送他們到「白俄羅斯」火車站。送他們上車以後，他立刻趕回家去陪媽媽——早上的時候她也想去參加葬禮：儘管薇拉和瓦列莉婭沒有私交，可是偶爾有跟她在電話裡聊天，也算一份交情了……

但是舒里克堅決不肯：「不行，小薇，妳不用去……妳會很難過的……」

她似乎感到有些生氣……或者，其實沒有？

舒里克和她一塊喝了茶，然後到麵包店買了一種叫「庫拉比耶」的菊花形狀的果醬奶酥餅，正是薇拉想要的那種，他先把餅乾帶回家，然後再去參加瓦列莉婭的葬後宴，到的時候最悲傷的部分已經結束，而已經喝過前三杯酒的女人們，彼此打斷對方的話，爭先恐後地講著自己認識的瓦列莉婭——說她的善良和愉快的個性，說她的可靠和輕浮。屋子裡的椅子不夠坐：所有的座椅、扶手倚、長沙發和凳子上全都坐滿了人，另外還有十幾個女人或靠在門邊，或擠在可移動式的大桌子和櫃子間的走道上。而昨天多梅尼克神父要求清乾淨並放上紅酒和透明的天主教麵包以作祭拜之用的那個床頭櫃，現在上頭放了一個外頭餐廳借來的、繪有藍色勿忘我花草的盤子，還有好幾隻用麵包蓋住杯口的伏特加小酒杯……

還在不久以前這群女客之中有很多才剛參加過瓦列莉婭的五十歲生日，而一大束乾燥的玫瑰花，特別倒掛在陰暗避光的地方，這會看來非常新鮮，放在已經有裂縫的花瓶裡，剛好合適給乾燥花用……舒里克也在過道上走來走去，大門邊站著那位警察鄰居，對舒里克做出他看不懂的暗示：是要跟他敬酒呢，還是要抽菸……有人向他遞來餐廳的盤子，上頭的食物不是自己人做的，切口的部分弄得很不漂亮，東西太油又太鹹。舒里克喝光了一杯伏特加，然後又喝了一杯……然後一個接一個的女人走到他面前，其中有些他稍微認識，但絕大部分他都是第一次見到，她們每個人都是眼眶含淚，而且幾杯黃湯下肚後膽子也大了些，不過都還算客氣地要以瓦列莉婭之名跟他敬酒，然後她們每一個都跟他表示，說她們知道他在瓦列莉婭生命中的特殊地位，不過有幾位在表現她們對瓦列莉婭深切的不捨上有點超過了尺度，還因此顯得失禮。那個外號叫做成吉思汗的索妮婭尤其嚴重。她醉得很厲害，人也變得很挑釁，她跟舒里克乾完一杯例行的追思伏特加後小聲對他說：「不管如何都是你的錯。要不是因爲你，瓦列莉婭到現在還是活蹦亂跳的……」

舒里克很專心地看著索妮婭，看她那長到鼻樑上的東方眉毛以及又短又翹的小鼻子……她又會知道什麼瓦列莉婭跟他的事情呢？

她俯身向舒里克，一隻手在他臉頰上亂摸，嘴唇輕輕擦過他的額頭，還喃喃自語地說：「可憐，你眞可憐……」

這些來自不同地方的女人，不管舒里克在這屋子裡刻意低調的出席，全部都知道他是誰，而他卻只能在心裡猜測，她們會知道他的什麼事……他注意到她們全都在看他，而要是她們竊竊私語的話，他就會認爲：這是在說他。他覺得很不自在，決定要悄悄地往出口移動。可是才走到半路就被警察鄰居給拉住袖子：「我叫你，叫你咧……知道嗎，明天早上就會有人來查封了。」

「查封什麼？」舒里克不明所以。

「什麼，查封什麼？全部查封！房間要給政府拿去了，懂嗎？沒有繼承人，所以全部查封，了不了？我好心跟你說，要是有什麼東西需要拿走的，你今天就趕快拿。」

說完後他咧嘴笑了起來——這才發現他嘴唇有一點外翻，露出粉紅色沾滿黏液的牙床和缺了很多顆的牙齒……

「那我的字典。」舒里克想起來。「我放在這裡的一堆字典，還有斯拉夫語言字典……還有圖書館借的書……」

這時他忽然想起來，他們在找墓園管理文件時，還找到了一份遺囑，瓦列莉婭總共寫了五張，清楚記載著從銀製茶壺到針織襪子要分送給誰……

「她有留下遺囑……所有東西都有記載……所有都要分送給她的女友……」

「瞧你傻裡傻氣的，老天哪，眞是蠢得沒話說！這間房我自己要拿來用，透過警察局那邊的關係已經跟我保證了。我媽會登記到我這裡來，然後這間房就會分給我，至於她那些個破銅爛鐵沒人會有興趣。你是怎麼，不懂嗎？有人會去註銷。或者到法庭也可以……反正明天就會有人來查封屋子就是了……」

舒里克往書櫃看去。那一排書櫃眞可以成爲一間很棒的小型外文圖書館：多年來瓦列莉婭固定光顧一家只有兩分鐘路程、差不多是莫斯科唯一的一家外文舊書店，她只要經過就會進去瞧瞧，花很少的錢買下非常棒的外文書，像是自然科學、地理、醫學類書籍，還附上珍貴無價的版畫。

舒里克決定留下來，等客人都離開以後再來收拾字典。

大約晚上十點時所有人都散去——留下來的只有幫傭的娜佳和醉倒在凳子上的索妮婭。娜佳在清洗瓷器和水晶玻璃時，舒里克忙著從書架上把自己的字典一本一本拿下。後來他決定把斯拉語字典也都拿走——有誰會需要這些字典呢？更何況這些字典大部分都是波—德語字典，非常古舊的書，屬於瓦列莉婭父親所有。他還拿了一本附有十八世紀彩色版畫的自然歷史書籍。裡頭畫著長相古怪的抹香鯨、狐猴、食蟻獸和蟒蛇，是一位未必眞的看過這些奇珍怪獸的畫家所繪。當然，要是這些插圖都是長單角的獨角獸或是帶翅膀的天使的話……把這些珍貴的書籍留在這裡眞是可惜掉了……

當舒里克想到自己再不會出現在這間房的時候，他忽然覺得這裡很多東西都帶有德奧地方缺乏品味的城市居民的色彩：像是那些玫瑰花、小愛神、貓咪，還有仿塔拿格拉⑯風格的小型精細畫。這些都是死去的貝阿塔偏好的風格，不知怎麼卻也合瓦列莉婭的脾胃，而現在當她不在了以後，這間堆滿過多家具和太多沒意義物件的房間卻讓舒里克覺得很不舒服，想快點走出去好透透氣，擺脫這些庸俗、滿是灰塵的家當的羈絆……只是可惜了那些書籍。

但是好在，以後再也不用回到這裡了，舒里克想。忽然他又驚覺到：怎麼能這麼想呢……可憐的瓦列莉婭……可愛的瓦列莉婭……勇敢的瓦列莉婭……

「都是我的錯，我的錯。」舒里克悲痛不已。「到醫院的前一天晚上她希望我留下來陪她，可是我不能……媽媽有朋友來，要我去買些茶點，還要早一點回家。還有，我也沒有在她被上躺下，讓她很難過，雖然她嘴裡沒說……可是我其實知道她在難過……可是我沒有時間了……」罪過的陰影又籠罩在他的頭上方。「都是我的錯，我的錯……」

幫傭的娜佳離開時把花瓶器皿和玻璃杯盤裝了滿滿一大袋。瓦列莉婭對她的友善具體表現在瓷器方面的慷慨大贈送上。

「畢竟我服侍她多少年了。」娜佳好不容易才勉強把袋子拖離地面，就這樣一路把哥本哈根人物雕塑和其俄羅斯仿冒品、杜留夫斯基瓷器工廠的花瓶和法國藝術家加雷製的玻璃花瓶，以及「素瓷」技術的裝飾掛盤和帶著德國牧羊犬的少年先鋒隊員雕像一併往門口拖去……二十年後這些瓦列莉婭殘餘的善心被娜佳那個吸食海洛因而斷送一生的孫子全數賣光，他本人也在最後一次毒品交易後死去……

娜佳走了，舒里克把醉得不醒人事的索妮婭拖起來，把她拉出房間，鎖上門——至於還有誰會有這間房的鑰匙，他不知道。

索妮婭側身躺著，雙手遮住臉，繼續神遊夢中。舒里克對著她大叫，但是她沒有反應。舒里克花了十五分鐘拉呀扯呀揪的想把她拉起來，讓她用腳站著，但她就是不能，於是整個人便掛在舒里克身上，嘴裡一邊還喃喃咒罵著，一邊仍繼續做她的夢，甚至還做出稍微阻擋的動作出來。舒里克非常疲累了，而且早就想回家。他打電話回去給薇拉，跟她說他遇上難題，一個酒醉的女人睡著了，而他不能把她單獨留下……他在房間裡轉來轉去，忽然發現房裡東西全沒按照原先的位置擺放，椅子、凳子全都移了位……但一會後他就放棄這愚蠢至極的想法：再也沒有誰會認爲這樣的擺設是「不對」的了……而且明天這間房就要被查封，然後房間會空出一個月或是一段時間，而瓦列莉婭的遺囑她的朋友其實都知道，也清楚哪個茶杯是要給誰……可是她們要如何取得這些東西呢？應該要今天都拿走才對，但不可能在葬禮一結束就立即把死者家裡的東西搬得一乾二淨的呀……

唉呀，眞不該讓娜佳把她想要的東西全部都拿走。或許其中一只她帶走的花瓶剛好是要贈給某人的……

忽然間那位舒里克怎麼叫都叫不醒的索妮婭自己跳了起來並大叫一聲：「幫忙呀！幫忙呀！有人要偷東西呀！」

她應該是在醉夢中看到了什麼搶劫的事吧，不過這下子舒里克可高興了，因爲她終於自己站了起來，於是他趕緊幫她把披風拿來，然後說：「趕快走！要不然眞的就有人來搶劫了！」

他幫她套上披風，把她帶到電梯前，再回到房間拿他自己的那兩袋書。他要叫計程車先送索妮婭回家。

「妳住哪裡？」舒里克問。

「你幹嘛想知道？」索妮婭狐疑地皺了一下眉頭。酒醉的她無法控制臉部，所以表情全形於色，一會像沒法控制自己，一會又做起怪模怪樣的鬼臉，像一個新生兒：可以同時把嘴拉得長長的卻又歪過一邊去，眼睛瞪得大大的，額頭卻又皺了起來。

「我要送妳回家。」舒里克解釋。

「那好。」她同意了。「只是不要跟別人說。」

說完後她自顧自地用手遮住嘴地笑了起來，然後踮起腳在舒里克的耳邊小聲說：「扎采帕街，十一樓之三棟……」

兩只大袋子再加上一個連站都站不穩的女人是一項沉重的負擔，更何況索妮婭人還常常往外飄去，不時還得把她拉回來，然後走沒兩步路就跌在袋子上，還要不斷把她拉起來。後來舒里克決定了，他就在站定在這尼基塔城門口不動，讓計程車自己來找他。十分鐘後一輛計程車停了下來，而後又花了二十分鐘在扎采帕街的眾樓群間的公共大院裡轉哪繞地找什麼十一樓之三棟。偏巧這之間索妮婭又睡著了，而且完全叫不醒。司機在空地和建築物間繞來彎去地又轉了二十分鐘後，在某個十一樓建築物旁把舒里克和索妮婭放下，就把車開走。時間已是深夜。舒里克把索妮婭拖到公共大院裡的長椅上，索妮婭立刻側身倒睡，還伸出一隻腳到椅外。舒里克把兩袋書放在索妮婭身旁，人離開去找那個什麼該死的第三棟就在這時迎面來了一位拯救天使——一個老先生帶著一條萎靡不振的大狗。

「是呀，沒錯，這裡就是第三棟，戰前那裡有一個小木頭房子，八年前拆掉了。它以前就是在這裡，在小公園那……」

畫面比較清晰了，可是問題還是沒有變得比較容易。

「索妮婭，索妮婭。」舒里克把呼呼大睡的傢伙拉起來。「從扎采帕的方向過來的話要往哪邊去？忘了嗎？從扎采帕來的話要往哪去？」

索妮婭人沒醒，只用又細又平緩的聲音說：「你不是知道嗎，往別里亞耶沃的方向去呀。」

舒里克調整了一下索妮婭的睡姿，把兩腳並排放好，自己也坐到椅子上，調整鬆脫的鞋子。索妮婭的一隻手仍托著臉頰，讓她看起來像個小嬰兒，又可愛得像個小孩子……

舒里克有兩種選擇：一是把索妮婭再拖回到瓦列莉婭的住處，二是帶她回自己的家去。把她一人留在瓦列莉婭的公寓裡他做不到，而且如果那位「好心的」鄰居警察所言不假的話，明天一大早可能會有人要來查封房間。所以只有把她帶回家一途可走了。

他一路拖著那非常不方便的重擔，一面把世界上所有能咒罵的東西全咒罵光了。那重擔包括滿滿兩袋的書，其中一袋的把手還斷了，至於另一部分的重擔——索妮婭，她跟那兩袋書也差不多重。

深夜三點計程車停在舒里克的家門口，那一瞬間舒里克感覺自己幾乎是幸福的。他用僅存的一點力氣把索妮婭拖進玄關，讓她靠牆。這時薇拉走了出來說：「我的老天！」

索妮婭從椅上往地上爬，爬到門邊後又躺下睡去。

「她根本醉得不醒人事嘛！」薇拉叫。

「對不起，小薇！可是我總不能把她丟在路邊吧？」

後來索妮婭吐了，一身溼地跑進浴室，然後她哭了起來，人也清醒了，還不斷尖叫，給她拿了熱茶、咖啡，還有鎮定用的纈草酊。最後她自己要求給她來一點伏特加，所以舒里克給了她一小杯。她一口飲盡後就沉沉睡去。薇拉對陷入這般倒楣狀況的舒里克感到很同情，建議舒里克去請醫生來，但是他卻拿不定主意：擔心要是醫生來了，決定把她送到醒酒處去怎麼辦？

後來索妮婭自己醒了，又爲瓦列莉婭難過得哭天搶地，又再要求了一杯伏特加……後來她抱住舒里克的脖子，親吻他的雙手，要求他在她身邊躺一會……這樣的混亂持續了兩天兩夜，直到第三天舒里克才成功把這位尚未完全清醒，但是已經喝累了的女人送回到別里亞耶沃的家去。

一位穿著絲綢禮服的漂亮中年婦女非常愼重地把索妮婭接了過去。從這間大公寓的深處走出一位表情陰沉的年輕人，他也擁有家族特有的糾結一氣的眉毛，看來應該是索妮婭的哥哥，他很粗魯地把索妮婭拖走。她則尖叫了些不清不楚的話。跟著那位漂亮的女人很冷淡地跟舒里克點了點頭，用非常有自我風格的方式跟他道謝：「怎麼，您還站著幹嘛？您已經得到您要的，就別再杵在這啦。」

舒里克離開那間公寓，按了電梯，就在等電梯的時候他聽到大門裡面傳來尖叫聲、物體掉落地面聲，還有一個很大的女人說話聲：「別敢打！別敢打她！」

「眞可怕！難道他竟然打起她來了嗎？」這念頭閃過舒里克腦中，於是他跑去按門鈴。大門很快打開：眉毛連成一氣的年輕人舉著拳頭走向舒里克：「你還哪裡不爽？喝也喝夠了，還想要什麼？還不快滾！」

舒里克立即衝下樓去——不是因爲他被嚇到，而是因爲他覺得這都是自己的錯……他衝出大門，往公車站跑去——公車恰好從轉角處出來。他一跳跳上行進中的空車上，啪地一聲坐到椅子上——他覺得想吐……

「幸好不會再有下次了。」他自己安慰自己。

但是他錯了。索妮婭在她哥哥的安排下在戒酒中心待了兩個月，出來後她打電話給舒里克。電話中她感謝舒里克爲她做的一切，然後她想起瓦列莉婭，又哭了起來，跟著請求舒里克跟她見一面。舒里克很清楚自己不該這樣做，但索妮婭很堅持……最後兩人還是見了面。

不知道爲什麼，索妮婭堅信舒里克是瓦列莉婭留給她的遺產。除了連成一氣的眉毛和酗酒的習慣外，她戒酒的成果不甚可靠，此外她還有一雙面積雖小但只要捉住就不會開放的頑強雙手、火辣辣的熱情天性和第一次婚姻帶來的一個兒子。舒里克是她非常需要的人。就她看來，這是攸關她生死的關鍵人物。

譯注：

⑥⑤瓦爾加拉宮：斯堪地納維亞神話中供奉陣亡將士靈魂遊憩的一座豪華宮殿。

⑥⑥塔拿格拉：古希臘城市，在該城遺址挖出大批兩千年前具有高度藝術性的焙燒黏土小塑像。

58

三十歲前的舒里克發現了一個非常不愉快的事實：一天早上他在浴室裡刮鬍子，他看著鏡子以確定鬍子是否有刮乾淨，沒有漏刮而留下多餘的細毛。就在這時他注意到鏡子裡有一個陌生男子在看著他，模樣已不年輕、一張帶肥肉的大臉，還有一個雙下巴跟下垂的皺眼袋。一瞬間他有一種認不出自己的強烈恐懼感，熟悉的自己竟然變得陌生，還有一種荒謬感，似乎鏡子裡的那個是一個獨立個體，而他，正在刮鬍子的舒里克，則是他的倒影。他努力甩掉中魔一般的情緒，但是知道再也回不去以前的自己了。

他就跟女人一樣，對自己容貌的新變化感到焦慮又不安。三十歲了——那又如何？他有一份穩定的工作，內容大同小異，都是技術性的翻譯工作，他要照顧媽媽，還有一大堆不是他自己找來，卻硬按在他身上要他擔負的責任：像瑪蒂爾達……斯薇塔……瓦列莉婭……瑪麗亞……索妮婭……順道一提，瑪麗亞走了，而瓦列莉婭死了……但說實話，少這兩個其實還不夠。可是有一點無庸置疑，就是未來一定會出現需要依賴他的人，而他永遠都不可能擁有自己的私生活，像他朋友熱尼亞・羅森茨威格或是基亞・基克納茲那樣。

可是什麼又是「私生活」呢？就是想要什麼並努力追求……可是他根本不會去努力追求什麼的。那他有沒有想要什麼呢？沒有，什麼也不想要！——他自己回答了自己。熱尼亞・羅森茨威格想要很多——於是他完成了論文答辯，結了婚，離了婚，然後又結了婚。現在有兩個小孩……可是這也沒什麼好的：第一任妻子阿菈不幸福，他自己則是每天早上六點就要起床泡牛奶，還要上班——跟亮光漆和丙烯酸打交道——從早上八點到下午五點，全天聽候第二任老婆的差遣，到了星期天又要跟女兒卡佳會面，被前妻憤怒又痛苦的眼神死死盯著不放。不，這樣的生活沒一點好。

基亞就很棒！他差不多算是世界知名的教練，跟著青年選手的賽事跑遍全蘇聯，甚至連匈牙利都去了。還有一大堆漂亮的女生圍繞在他身邊。基亞的日子過得可算是快活的了。不過他變得很胖，而且酒喝得很凶，儘管他是一名教練……不過他的生活過得真是非常忙碌……後來舒里克想到他很久沒見到基亞了，而熱尼亞差不多一年沒見——可是除了這兩位朋友以外，他也沒再交到新的朋友。女性友人倒真是不少——清一色都是編輯。

這會媽媽問起他三十歲生日打算怎麼過……就把熱尼亞和基亞叫到家裡來慶生吧，還要請斯薇塔——光想到這裡就讓人害怕。還有索妮婭也要來——屆時斯薇塔會把索妮婭的眼睛挖出來，然後自己再跳窗自殺；而索妮婭則是會拚命喝酒，喝到完全失控……像在瓦列莉婭的葬後宴那樣……

所以生日當天最好只請男生。而且不要在家慶祝，到餐廳去比較好。像提供格魯吉亞菜色的「阿拉格維」之類的中亞風味的餐廳……索妮婭不會記得他生不生日的事。可是要如何才能擺脫這個斯薇塔呢？

這個斯薇塔眞是他生命中的災星。想要不讓她知道簡直比登天還難。她無時無刻不滲入他的生活裡，把他的一切都摸得清清楚楚，而且每一步都跟得緊緊的……還三不五時搞自殺。跟她認識三年以來她已經自殺了三次，這還不包括那些規模較小、裝裝樣子的跳窗行爲——像這一類輕生的動作主要目的只是想讓舒里克緊抓住她，不鬆手。

「我就跟她說這是一場男人間的聚會就好。」舒里克決定了，但是腦海裡馬上浮現出一個畫面：當他一走出餐廳，就會看見人行道上斯薇塔那勻稱的身影走過他身旁。她並不會走過來找他，可是會死死盯著他和他的朋友們瞧，然後再把身子轉過一邊，從旁走過……

正當舒里克思考要怎樣過生日的同時，薇拉也替舒里克尋尋覓覓了禮物好些時日，她希望她的禮物是有紀念價值又優雅非凡。她終於在一家古董店裡找到一本金屬鑲框的軟皮封面相簿。顏色是暗藍色，眞是一本可愛的相簿……不過似乎還缺少了點什麼。薇拉想了一想，就跟劇場工作室的女裁縫訂製了一件暗藍色的禮服。樣式非常簡單，完全沒有任何特別之處，只在袖口及衣領的地方都滾上一圈非常細緻的暗藍色皮邊！就和相簿的顏色一模一樣。這麼一來，她整個慶生的概念全都完美無瑕地落實了。有關相簿的事情薇拉當然一句也沒和舒里克提起——她拿走了舒里克所有從出生到現在的照片，趁他不在的時候再一張一張貼到新買的相簿上，不過禮服的事情他知道：他有三次帶媽媽到工作室去，又有兩次到塔干卡劇院去跟道具組的組長拿一小塊藍色的皮革……

在媽媽這樣大費周章準備生日之後有一件事很清楚了，就是生日得先在家裡慶祝——全是爲了媽媽的緣故。舒里克於是去拜託伊琳娜負責張羅食物，邀請固定會參加媽媽生日的兩位老友，還有一對亞美尼亞夫婦，在馬爾美拉德過世之後他們買下他的公寓，並取代了他和薇拉一家結成了新鄰居。還要再請兩位薇拉以前教過的學生，她們在課程結束之後依然和薇拉有緊密的聯繫。當然也可以叫斯薇塔一起來，讓畫面顯得更充實一些……至於索妮婭就不用了，反正她什麼都會忘記。等在家裡慶生完之後，隔天他再和男孩子們到餐廳過第二次生日……

這幾年來伊琳娜的生活方式通常是整個九月都待在莫斯科，等適應了莫斯科的氣候就又回到自己位在小雅羅斯拉韋茨的寒冷住處——她家裡當然也有熱水暖氣管，只是這些暖氣管三不五時就停擺，讓她因此歷經了種種考驗和艱辛，在這之後她對這些暖氣管可是比對恐怖的最後審判還要害怕……

舒里克生日前一星期，伊琳娜幾乎陷於極度的狂喜之中：她窮了一輩子，慷慨的天性因此也被壓抑了一輩子，這次終於在舒里克的生日筵席上獲得大鳴大放的機會。掌管家中經濟的舒里克放手讓伊琳娜自己採買所需，而且沒有上限。這對於習慣用一戈比一戈比爲計算單位，精精簡簡過日子的她來說，錢的使用限度忽然擴張到以一千盧布㊿爲單位來計算：每天早上她都是一大清早就出門，直到傍晚商店都關了門才回家，手裡拖著裝得滿滿的袋子。那幾年並不是豐年，一遇到大拍賣到處都是大排長龍，但技巧熟練的購物獵人都知道該如何避開排隊等候的時間。舒里克在瓦列莉婭死後似乎就不再需要做事先儲糧的動作，但看來伊琳娜也擁有這項「獵人」的天分……當薇拉一看到伊琳娜血拚狂買後的豐碩成果時，也只能柔柔地小聲問了一句：幹嘛需要買這麼多東西？

「三十歲——這可是一個大日子！」伊琳娜驕傲地抬起頭說。舒里克和母親只能相互對望——他們兩個都明白了，舒里克的生日對伊琳娜來說是一個盛大的節日，更何況她還被賦予了一個吃重的角色。

原本應是低調、安靜、一般的家庭聚餐，這下子卻演變成超級豪華的盛宴去了……伊琳娜準備迎接自己星光燦爛的時刻。薇拉卻因此感到自己無足輕重，血壓於是跟著升高，生日宴會前夕她乾脆躲進房裡，把門也關了起來。舒里克在大房間裡把桌子擺好，伊琳娜把外婆過世以後就沒再用過的盤子統統拿了出來：各種大小的盤子一共三疊、裝前菜的特殊盤子、盛湯的器皿、裝辣根用的碟子，以及一個大到可以裝下一隻豬公的巨無霸盤……

「真應該把她送回家鄉去才對。」舒里克對自己的優柔寡斷和不擅長處理家務紛爭的後知後覺感到懊悔。但想這些也於事無補。舒里克已經準備好面對即將到來的考驗……

生日當天前來的客人比預期的要多。阿菈帶著卡佳意外現身。這意味著阿菈和羅森茨威格還有偷偷會面，才會從他那裡知道舒里克生日的消息，另外還顯示她對他的回心轉意尚未失去信心。此外，這並不影響她三不五時從舒里克身上獲得各種方式的「幫助和慰藉」……

胖胖傻傻的卡佳和她那一張掉了門牙的嘴讓薇拉馬上想起了瑪麗亞。於是她把小女孩安排坐自己身邊。小女孩真的很可愛，但和瑪麗亞仍是沒得比：她既沒有瑪麗亞那種光芒四射的愉快感，也沒有特別耀眼之處——唯一勝出的地方就是那身肥嘟嘟的肉。薇拉的另一邊坐著舒里克，而舒里克的旁邊——坐著身穿純白上衣的斯薇塔，在她一臉平靜的表情裡透露出可以隨時發動攻勢的掠奪者模樣。

自從蓮娜和瑪麗亞離去以後，薇拉一直想著舒里克的婚姻大事。如果對像是斯薇塔的話她也不會反對……但奇怪的是，每次一跟舒里克提到這事，他就會抱住她，親吻她的頭頂並小聲在她耳邊說：「小薇！妳想都別想了！我要娶也只娶妳一人。但我不想再有第二次婚姻了！」

筵席像是施了魔法一般，所有食物都像上了一層亮光漆，看起來有一點像模型食物。在一只長長的瓷湯鍋當中躺著一條體積不大的鱘魚，它狀似威嚇地昂起它沒有生命的魚頭。而伊琳娜在一家叫做「自然的贈禮」的商店裡買的雌鵪鶉肉也閃耀著金屬器械的光澤。冷盤裝飾成圓圓的花壇狀，四只盛魚子醬的魚形金屬器皿——其中兩個裝紅魚子醬，另外兩個裝黑魚子醬——眼睛眨也不眨地乾瞪著賓客的臉瞧。還有其他東西也都像這樣散發出金屬的亮光……賓客們紛紛就坐，只是誰沒說話，也沒人動刀叉。只有伊琳娜一個人還在桌上這裡移移那裡動動地瞎忙個不停。終於連她也靜了下來。這時鄰居亞美尼亞人阿里克，以他高加索人特有的敏銳嗅覺注意到了這令人尷尬的冷場，於是手握酒杯，起身說話：「各位，讓我們來舉杯祝賀吧！」

在座男士總共只有兩位——阿里克和壽星本人。

「香檳！香檳！」伊琳娜叫，因爲她覺得有人拿的酒不對。大夥的高腳杯裡都注滿了香檳。湯匙只輕輕碰了一下裝冷盤的圓盤邊緣——怕破壞它的完整性……

站起身的阿里克像一隻毛茸茸又柔軟的大熊，只是胸膛雄壯得有如貨車頭一般硬邦邦的，一只酒杯握在他手裡顯得格外脆弱，而身上的汗毛一路旺盛到手指上，濃密糾結在一起。

「親愛的同志！」他用教堂輔祭的莊嚴聲音說。「讓我們舉杯祝賀我們親愛的舒里克，他今天滿三十歲……」舒里克則用無聲的眼神跟母親交談：要忍耐……沒有誰有錯……這樣的事每次都發生在我們身上……要是只有我們兩個人的話該有多好……對不起，媽媽，我眞是蠢，聽伊琳娜發神經……該怎麼說，我親愛的，都是我的錯，我自己應該制止這一切的……是誰叫這個阿里克來的呢……這都是不小心造成的，完全是偶然的……對不起……

阿里克講了好久，而且驢頭對不上馬嘴，從舒里克開始一直講到構築光明的未來……那眞是一間受到詛咒的公寓：起先住的是猶太裔的布爾什維克，即勇敢的馬爾美拉德，現在住進去的則是亞美尼亞人……

終於大家舉杯互碰，然後坐下來開始進食。

所有人都很努力地吃：卡佳表現良好，沒有弄掉食物，也沒有把叉子弄出聲響；舒里克希望大家用餐愉快，努力把每只盤子都夾上菜；而斯薇塔——占據在舒里克身旁那麼醒目的位子，他倆親密的關係不言而喻。還有，那件純白的上衣也不是隨便穿的，白色——當然，它不僅有清新純潔之效果，亦讓人眼睛爲之一亮，除此以外它還有明顯的暗示性……薇拉把餐巾紙放在膝上，盡量不讓食物弄髒了她的新衣裳。可是她其實一口也沒有動……

「要不要幫妳拿點東西？」舒里克靠著母親小聲問。

「饒了我吧。每道菜都長得一個樣，眞讓我想吐。」薇拉溫柔地微笑。

「妳也眞是太挑了。其實菜都很好吃。要不，來一點冷盤？」舒里克把身體往盤子方向移。

「絕對不要。」薇拉小聲說，然後露出自己最具戲劇效果的微笑：下巴朝下，而眼睛朝上看……

伊琳娜覺得自己眞是幸福，這是她生平第一次實現了自己的心願。她把所有會作的菜，還有在飢荒年代裡夢想的菜全都秀了出來：包括用她阿嬤做法做的塡高麗菜餡的烤鵝、四角大餡餅，還有煎魚排。每一道菜都做得很好……她還打算今天要嚐一嚐黑魚子醬三明治，那是她在童年時因爲年紀太小而沒有嚐到，長大後就又始終無緣看到的神奇美食……

除了伊琳娜之外，賓客們沒有一個覺得幸福的，相反的，他們因爲各自的理由而心生不滿——特別是薇拉的兩位老友，基拉和妮拉。她們最近才剛吵過架，偏偏都以爲不會在生日宴會上遇到對方。可是顯然薇拉不清楚她們的爭吵，所以兩個人都一起邀請了去，還少根筋地把她們安排坐在一起，這下子兩個人一坐下來，各往各的方向看去，既不想說話，也失去了胃口。

亞美尼亞夫婦阿里克和吉拉，這兩人也才剛吵完架，還是出門前才吵的：吉拉穿了一件最好的衣裳要去參加舒里克的生日，可是阿里克用挑剔的眼光看著自己老婆，嘴巴一時忍不住，脫口就說她穿這身衣服最適合去的地方是亞美尼亞的葉里溫的菜市場。吉拉一聽就哭了起來，脫掉衣服並且拒絕出席。阿里克於是又得回頭安慰她、不斷說服她出席，而他自己十分清楚，因為這一時的失言他往後還有罪好受。至於阿菈則是因為沒見到羅森茨威格而感到失望。還有那三位薇拉的前「劇場小組」的女學生也心情不佳，其中一位從五年級起就愛上舒里克，而現在的她已經在唸專科學院了，她就坐在舒里克的正對面，為自己不會有回應的愛而一臉愁苦。第二位女學生，才十五歲，她完全不愛舒里克，但是她愛上了薇拉，而且為她吃盡世間所有的醋。第三位女生則是薇拉很早期的學生，她擔心自己一直沒有出現的月經來臨之前的身體不適，更害怕可能會發生的恐怖後果……她一直想吐，根本沒心情吃東西。

伊琳娜實在高興得太早，覺得自己輕飄飄有如乘風載翼，一回神發現剩下的食物跟吃下肚的東西完全不成比例，於是就跑到廚房裡去暗自流淚。這樣一來舒里克和薇拉又得輪流到廚房裡看她，以免她哭到失去控制。

亞美尼亞人阿里克依舊激昂有勁地發表演說，手持酒杯並一一敬酒：敬媽媽、敬死去的爹、敬外婆、敬所有的祖先、敬天、謝地、敬各民族的友誼，最後再敬一次光明的未來。薇拉那兩位吵架的女友邊聽阿里克講話邊忍不住地發笑，笑得花枝亂顫又笑到岔氣，就在這大笑之間泯去了兩人之前的不快。

前菜之後端上桌的是熱騰騰的主食。這會輪到斯薇塔上場接替演出，因為伊琳娜已經完全失控，她一直等到點心端出來的時候才終於走出廚房，而無精打采的賓客們這段時間裡雙手和舌頭幾乎只有微微在動，好像默片時代的慢動作。大家吃了大餡餅，喝了茶，然後捧著肚子逐漸散去。就在這時斯薇塔才注意到少了一個人：舒里克不見了。他送阿菈和卡佳去搭車，但他只有跟媽媽一人說。沒跟斯薇塔說的一部分原因，是他打算一把阿菈母女送上計程車後就回家，而另一部分的原因是他實在累到沒力氣而失去了警覺心：和斯薇塔認識多年以來他十分清楚，只要一給她機會擔心的話，那後果就不堪設想……

卡佳睡著了，所以舒里克把她抱在手上。當他們順利叫到計程車時，小女孩已經睡得很沉，可是當舒里克想把她交到她母親手上時，她緊抓住他脖子不放，並放聲大哭：「你不會丟下我們吧？媽咪，他也要丟下我們……不要走，舒里克……」

舒里克只好一起坐進計程車裡。卡佳抓著他的肩膀，馬上又睡著了。

「你明白這對一個孩子來說是多麼大的傷害嗎？」阿菈小聲說，然後把另一隻手放在舒里克的肩膀上。

舒里克明白。他還明白傷害到的不只一個，而是兩個。他看了看錶——才十點十五分，所以他完全來得及趕回家招呼客人。不過最重要的是得打一通電話給媽媽，讓她安心。

當他一走進前羅森茨威格夫婦的住家，把卡佳交到阿菈的手上時，他馬上拿起電話：

「媽，我得送阿菈和卡佳回家。我會很快回去。」

薇拉表示了不滿。她小聲地要他盡快回來，因爲伊琳娜已經陷於歇斯底里：剩菜多到連冰箱都擺不進去，還有她現在在整理收據，想搞清楚到底花了多少錢，又剩下多少，還有哪些是要用分期付款的方式來償清……

「我求求你趕快回來吧，我一個人應付不了這些！」薇拉用充滿戲劇性色彩的聲音小聲說。

這時阿菈已經放下了頭髮，穿著一身粉紅色透明的睡衣走進來。卡佳已經脫去外出服睡覺去了。阿菈露出一副很明顯準備讓人安慰的姿態。她走近舒里克，把雙手放在他肩上，帶著探詢的表情看著他：「你覺得他一點都不愛我了嗎？」

舒里克摸了摸自己的鬈髮。他對這問題沒有太多的感覺，儘管多少有一點不滿：對她而言非常有必要將內心的想法一吐而快，可是他急著趕回家。他站起身想走。阿菈馬上哭了起來。於是他轉身向她：「我家裡有客人。」

「爲什麼我這麼不幸……」她吸了一口鼻涕。

於是他只好拉下褲子拉鍊，解開釦子。一聲不吭地幹完自己的事，而阿菈還在繼續哭：「爲什麼？爲什麼是這樣？你這個男人比他好一百倍，卡佳也愛你……爲什麼我要的只有熱尼亞呢？爲什麼？」

這問題沒有答案。

可憐的笨蛋，您需要的只有一個……

客人們連一半的東西都沒吃完就全都散去。斯薇塔穿上圍裙，擺出一副溫馴乖巧的模樣自動自發去洗碗。伊琳娜在薇拉房間裡哭泣，而後者勉力安慰她，一邊等著舒里克趕快回家，好把自己的痛苦轉交出去。

「伊琳娜，我不明白妳在沮喪什麼。今天菜眞是非常棒……」

「那花的錢又怎麼算？妳知道這花了多少錢嗎？眞可怕！我算了一算，」伊琳娜抖動著衣袖在圍裙口袋裡翻找。「看！」

她把一張清單塞給薇拉，那上頭一欄一欄記著歪歪曲曲的數字。

「這是我退休金的四倍呀！可是妳看剩了多少東西下來！我全都沒有先算清楚！我

從來都不會算！所以才會剩下了一半以上的東西……」

「這樣很好呀！我們可以繼續吃這些東西吃一個禮拜呀！」

「我會補償這些花費的！」伊琳娜哭著說。「我會還你們的……」

「伊琳娜，妳靜一靜吧，我求妳……這有什麼意義嗎！舒里克三十歲生日，沒有一家餐廳可以像妳一樣把我們餵得這麼飽呀。」

一陣門鈴響打斷了這激動的一幕，伊琳娜用圍裙一角擦拭眼淚，走去開門。門口站著一位年輕女孩，手裡抱著一大束花。是索妮婭，她費盡千辛萬苦才弄到了舒里克家的地址。

「您好，我找舒里克。」

「小薇！找舒里克！」伊琳娜大叫，高興了起來，因爲又出現一位新客人可以來吃她剩下來的菜。「請進！請進！他馬上回來！」

跟著伊琳娜走進廚房，想把東西再拿出來款待客人。

「斯薇塔！這裡有一位遲到的女客，拿個盤子來！再把餡餅、牛肝醬，還有冷盤菜都拿過來……所有剩下的東西都拿來！」

斯薇塔看了一眼那位走進來的女生，跟著她整個人便歷經了她一生中最恐怖的景象：竟然，竟然有一個舒里克的女人是她沒看過的，而且正是她最害怕的那一型——紅通通的臉頰、深黑的眉毛、大胸脯，俗氣到讓人想吐……

伊琳娜跑去找薇拉，告訴她又有一位客人到了。斯薇塔用她毫不掩飾的恐怖雙眼盯著索妮婭瞧，想滲透進她臉上的白膚色、粉紅雙頰和黑眉毛的俗氣色彩裡。還有那件令人討厭的淡紫色洋裝……

「瞧她一副打算拍結婚照的模樣。不過是大衣裡的一隻蝨子罷了。」索妮婭看著斯薇塔想，然後露出一個放肆又譏諷的微笑。

斯薇塔慢慢脫下圍裙，用毛巾擦乾細手，然後頭也不回地走出舒里克的公寓，沒有和任何人道別。完了，一切都完了。要斷就要斷得徹底。不留任何遲疑……

舒里克回到家時已經深夜十二點半。索妮婭已經走了。她在舒里克家裡只待了十五分鐘。吃了一點冷盤菜，拒絕了紅酒。她不僅沒趕上舒里克在家，還得知舒里克他媽竟然還認得她。索妮婭想，他媽媽應該是在某種情況下看過她才是：就是瓦列莉婭下葬後，她喝酒喝到脫序的那次。當然，索妮婭自己已經完全忘了當時的情景，也不記得有看過薇拉。可是這位頭髮白花、神情冷淡、穿著一襲暗藍色禮服的老太太卻一看到她就叫她索妮婭……唉，真是白來了一趟。完全沒有達到即興驚喜的效果。

舒里克回家以後又安慰了伊琳娜好一番，然後給她服下一種叫做「瓦洛科金」的血管舒張的藥，讓她能好好睡上一覺。

在這之後母親和兒子又在廚房裡坐了一會：他們對彼此都很滿意，很高興兩人之間能毫無窒礙地心意溝通。一開始薇拉還責怪舒理克扔下客人自己跑掉，然後說到索妮婭來，跟著她把纖纖細手伸進舒里克越變越稀少的鬈髮裡，嘆了一口氣：「我至親的孩子！你要想想，你已經三十歲了。而我這把年紀已經記不得你沒出生前的事了。我早就在想，你已經到了適婚的年紀。我會是一個好阿嬤的，不是嗎？」她輕輕跟舒里克撒嬌。「當然，我馬上就要七十歲了，可是呢……我心裡面是很想趕快看看我孫女的模樣。就是孫子也好……斯薇塔是一個可靠又乖巧的女孩……這樣的女孩已經很少見了不是嗎？」

舒里克忍不住全身發起抖來：當然了，媽媽根本不知道什麼是生活。要是外婆還在世的話她一定想得到，這些年來他是如何被迫得和那個瘋子斯薇塔相處。可是聖潔的、除了劇場和藝術以外什麼都看不見的薇拉卻不會知道……他一如往常對媽媽產生一種感動的心，吻了吻她的手，摸了摸她的鬢角。

「算了，去睡吧。我也要睡了……」她按照睡前親吻的方式親了親他。舒里克回到自己的房間，坐在打字機前翻譯。明天他還有三份簡介譯稿要交。

一陣電話響聲打斷了他的翻譯動作。

「一定是斯薇塔，當然，查勤來的。」他習以爲常了，不帶任何憤怒情緒。他接起電話，但話筒傳來另一個聲音——響亮、高亢、足以穿透任何障礙和干擾的叫聲：「舒里克！嗨！」

他馬上認出這聲音。腦子還沒想到耳朵就已經先認出了，同樣認出的還有他的心，他興奮得叫起來：「莉莉雅！是妳嗎？妳記得我？妳還記得我？」

她笑開來——還有笑聲也是一樣：單音節咯咯咯、像哭一樣抽搐的笑聲，中間還帶點抽噎，最後總是因爲氧氣不夠才停下來。

「我還記得你嗎？舒里克，除了你以外，我全部都忘得一乾二淨。我是說眞的，我所有人所有事情全都忘光了，只有你還是活生生的！」

「我的確是活生生的！」他又聽到對方爆出一陣笑聲。

「我聽得出你是活生生的，我只是在說蠢話。知道我爲什麼打電話給你嗎？」

「祝我生日快樂嗎？」

「什麼，我不知道你生日耶！祝你生日快樂！三十歲了嗎？瞧我在問什麼，當然，你三十歲了！明天我會到莫斯科！你想像得到嗎？」

「妳開玩笑嗎！明天？」

「嗯哼！只待一天。我從巴黎飛東京會經過莫斯科！我之前沒打電話給你，因爲想說護照不會下來，我只能在過境旅館待著，結果他們發簽證下來了！所以你明天到機場來跟我碰面。」

「是明天還是今天！」腦袋已經不能思考的舒里克又問了一遍。

「明天，明天……」

她把班機號碼和抵達時間都告訴舒里克，要他到機場接她，然後就掛了電話。

譯注：

⑰戈比和盧布都是俄國錢幣單位。一百戈比等於一盧布。

59

自覺受到侮辱的斯薇塔在走出舒里克家的樓下大門後，原本一心打算回家，洗個澡，然後再吞下四十粒安眠藥。但是後來她改變了心意：她得先搞清楚這個兩條眉毛糾在一起臭女人是誰。於是她在舒里克家大門對面占了一個舒服的位置。她等了沒有很久。索妮婭很快就走出來，往一個電話亭走去，打了一通電話，說了幾分鐘，走出亭外，然後步行走到「白俄羅斯」地鐵站。她並沒有坐地鐵，而是遁入這裡的巷弄裡去了，斯薇塔沒有被發現地送了索妮婭一程：那一條巷子叫做「電力廠」，門牌十一號。然後眼見二樓裡一扇門打開又隨即關上後，斯薇塔便返回自己的住處，她明白在回擊之前得先稍作休息。

斯薇塔走進自己黑漆漆的房間。坐到桌前，摸索著把小燈打開。桌下方有一個暗匣，那是一個帶鎖的小盒子。她的奶奶把一生得來的糧票和收據都存放在一只小盒子裡。現在斯薇塔用那些東西換得一本立陶宛製的彩色硬皮小簿子，不過這簿子實在稱不上是「日記」——因爲裡頭完全沒有任何感性抒情的札記，只是一本觀察紀錄，非常事務性質的記事本：日期、精確的時間、事件，滿篇都是非常小的字跡，以及只有她自己才懂的密碼符號，如果是打上紅色小圈圈，那就表示是她和舒里克發生關係的愛情約會（最近一年以來有四次），如果是藍色的小圈圈——就是和舒里克事務性的普通會面，而如果是畫上兩個黑圈圈——就是不確定、值得懷疑的會面。如果是去找死去的瓦列莉婭的話——按她的想像——就用藍黑雙線來畫。

斯薇塔記這本筆記簿記了有八年，可是她一次也沒有想過要在記完以後去翻閱它，思索一下記下來的東西的意義。

可是這本筆記簿肯定會讓治療她的醫生產生很大的興趣：特別是針對她每一次積極監視的週期來看，意即當她每天花很多個小時在這項技藝高超的工作上，到之後相對說來沒有動靜之間的週期：在這本簿子裡有好幾處空白，沒有記上任何東西，彷彿她一整個禮拜都忘掉舒里克似的。而通常這些空白都緊跟在紅色小圈圈之後。而最後一個她畫上紅色小圈圈是在兩個月以前。

現在斯薇塔仔細看著這些舊紀錄。她做了一些計算和比較：結果她發現，這幾年來她和舒里克之間有過四次關係密切的高潮，意思就是說舒里克會固定一個星期來看她一次，然後持續三到四個月。可是忽然間她像是被火燒著了一樣驚覺到：整本簿子裡記載的都只有舒里克的事，這幾年以來她嘗試過的四次自殺她都沒有記下來。可是要是把它們放進來的話——她用鉛筆畫上四個粗粗的十字架——那麼很明顯的，舒里克會固定來找她的週期都是在她自殺未遂之後。

我的天！怎麼她之前都沒有察覺到呢！他更差勁，比壞蛋格涅茲多夫斯基或是負心漢阿斯拉瑪茲揚還要差勁一百倍，因爲他十分清楚，她的健康和生命都掌握在他的手上！那麼爲什麼他只有在她要自殺的時候才來找她呢？這是什麼樣的鐵石心腸呀！或者，他根本是一個瘋子，必須要她命在旦夕的時候才能感受到他愛她？

不，現在她了解了，這四個用鉛筆畫出來的十字架把一切全都解釋清楚了。她放下簿子，站起身來，走近窗戶，拉開厚重的窗帘，屋裡立刻爲潔白活潑的月光所照亮。一輪滿月對著她的窗，似乎正等著她拉起簾幕。桌上靜靜置著一些金屬物件，在微弱的桌燈下原本都看不見，但在月光映射下卻閃閃發光：那是一枝捲假花瓣用的銀湯匙、一個楦子、一把小彎刀，還有另一把她最喜歡的小刀，它有一個磨得很銳利的三角刃，是用來切割漿過的布匹。

「哼，當然，這就是他，好一個標記。」斯薇塔對自己說，然後把刀放進小包包裡。刀穩穩地躺在底部，尺寸完全貼合，就像在刀鞘裡。至於那本筆記本就留在桌上。

舒里克不知道有那本筆記本的存在，但是他的體內有一種自動機制，可以偵測到斯薇塔講話的語氣、口吻和話裡的意涵，比如說像是忽然放慢速度或是陡然拔高音量，他會依據這些變化然後作出回應……除此之外，他也嗅得出她要進行下一次自殺的準備動作。這一種自動反應機制會告訴他，該去看看斯薇塔了。可是他卻總是磨磨蹭蹭、拖過一天是一天，反正就是不去，一直到她打電話來給他，要他幫忙一些瑣碎的家務事，從她的聲音裡聽得出哀求、威脅和警告的意味，直到這時他才會衝過去找她，然後毫不猶豫地執行自己絲毫不困難的男性職責。不過這一天他會非常忙碌。

第二天一大早斯薇塔站定在自己預先選好的觀察位置。

舒里克走出大門的時間是中午十二點，他的方向像是要去等公車，但是沒等到公車就攔了一部車，坐了進去。

「沒帶公事包。」斯薇塔注意到。「或許是去拿翻譯稿吧。當他要交稿的時候才會帶公事包。這表示他會很快回家。」

她依舊沒有任何深思熟慮的行動計畫。她所擁有的只是一股赤裸裸而強烈的企圖心。

舒里克是到舍列梅捷沃國際機場去。他在機場大廳來來回回走了一個半小時，看著大大的航班時刻表，那裡頭城市的名稱出現了又消失，很難讓人相信，它們是真的存在——開羅、倫敦、日內瓦。終於巴黎出現了。它就跟其他城市一樣非常虛幻，不過有一件事情可以確定，就是外婆曾經住在那裡。所以這個城市確實有存在過。而現在莉莉雅會從那裡出現。從巴黎。爲什麼是從巴黎呢？或許眞的是有一條不很明顯的線索朝他飛越過來，但是他卻沒伸手去拉它：他實在太過激動，而且充滿不確定的期待。後來大廳響起廣播，通知從巴黎來的班機已經著陸，稍後又宣布，要接機的人從指定方向進去迎接乘客，於是他便朝那走去，從那邊的玻璃門走出一群法國旅客。外國觀光客導遊忙著迎接他們，因此玻璃門那裡便擠成一團，中間夾雜著法語的驚嘆聲，這讓他害怕無法在這一群人之中找到莉莉雅。或者是說認不出她來。就在他睜大著眼，把頭轉來轉去地四處看的時候，有一個人拉住他的袖子。他轉過頭來，在他面前是一個身材嬌小的陌生女子，皮膚晒得很黑，留著一頭又長又蓬的非洲爆炸頭。她露出一個俄羅斯套裝娃娃特有的笑容，從這個笑容裡，就像是蝴蝶離開了蛹一般，輕快地飛出了他熟悉的莉莉雅，而那個陌生的女子在這一瞬間裡也消失不見。

莉莉雅跳了好幾下，勾住他的脖子，這眞是人世間最輕靈的女生重量，還有那纖細的骨骼，小巧的雙手。一觸碰到它們馬上讓舒里克回到從前的那一天，那時他們也在這裡，在舍列梅捷沃機場，他們告別了對方，而且是永永遠遠地告別。

「老天哪，我的上帝！我這輩子可能都認不出你來了！」

「而我在幾百萬人當中還是認得出妳。」舒里克喃喃地說。

他們開始聊起天來，話的內容和當下完全無關，但是這些話充盈了他們周圍的空氣，改變了空氣的成分，並創造出一朵朵生動活潑的回憶語雲。

計程車司機停在他們面前，詢問要不要搭車，但是他們都沒有聽見，繼續這段連繫住他們的談話，為彼此高興。

後來舒里克提起莉莉雅的行李和一個非常不好拿的箱子，箱子的把手部分看來很不牢靠，是用膠帶貼上去的，而莉莉雅從旁邊幫忙提，嘴裡嘰嘰喳喳地講到她的一個瘋瘋癲癲的鄰居，叫圖絲卡的，她強迫她把這只愚蠢的箱子從耶路撒冷拖到巴黎，再從巴黎拖到莫斯科，值得慶幸的是，不用把它再拖到東京，真是蠢，怎麼會答應她這樣的要求，可是因為鄰居的兒子在服役的時候死了，是她唯一的兒子，所以她就來莉莉雅家打擾，坐在沙發上，手不停地織著東西，然後又把它拆掉，像潘妮洛普⑱那樣，看著她那模樣真讓人難過，箱子把手在洛特的時候就已經斷掉，在特拉維夫的國際機場時她已經和這只箱子艱苦奮戰了一回合。

他們坐進車裡，但是過程也不順利——莉莉雅跟那只箱子坐後座，而舒里克——坐司機旁邊，所以一路上他都要轉過身子來跟莉莉雅說話，他看著她，覺得她外表上有一點不對勁，可是又無法確定那是什麼。不過反正就是一個不正確的變化。

在車上的時候他們就已經決定，莉莉雅在到「中央飯店」登記住房之前，那裡有幫她預訂一個房間，他們要先到舒里克家拜訪：薇拉想要見見莉莉雅。

莉莉雅點點頭：「當然，當然，只是不能太久。我還想到我們老家看看，到各處的公共大院裡走走，到市中心散散步，還有這只箱子我答應要送到圖絲卡母親那裡。」

車駛到舒里克家了——他們決定不讓車走，行李也不要拿下來。從計程車走出來，兩人手牽手走進大門。舒里克心裡產生一種奇怪的感受：動作要快點，這樣才能在這一天裡把十二年流逝掉的歲月彌補回來。

斯薇塔從對面一棟的四樓裡看到了這一幕，看到舒里克跟一個穿長裙、留非洲爆炸頭的女孩往大門跑去。女孩一面跑，一面像芭蕾舞者那樣跳躍，讓斯薇塔一開始還以為是瑪麗亞回來了，可是她馬上就意識到，瑪麗亞的身材比這個小不點加醜八怪的女生要高。這表示說他身邊又多了一個新女人。又有一個女人出現。

整個世界都崩塌了、毀滅了，這是一個全面性的浩劫悲劇。所以事情的癥結不在昨天那位眉毛塗得很黑的庸俗脂粉女身上。問題是在於這男人根本就在過一種雙面生活嘛，而她所有的努力，這麼多年來她放在他身上的種種努力，全部都泡湯了，就像她毫無意義的一生，緊抓住這幽靈一般的男人不放眞是何其愚蠢哪。

不過斯薇塔的個性就是不會半途而廢。她走下四樓，不疾不徐地往還停在舒里克家門前的計程車司機走去：「可以載我一程嗎……」

司機頭沒從報紙上移開，嘴裡嘟囔道：「不，我有載人了。我從這裡還要到『中央飯店』去……」

斯薇塔對於司機回答了她沒問的問題甚至沒感到驚訝。她在原地站了一會，想了一下，然後就搭車去了「中央飯店」。

譯注：

68潘妮洛普是希臘史詩《奧德賽》裡主角奧德賽的妻子，奧德賽離家二十年，潘妮洛普始終對他忠貞，拒絕其他男子對她的追求。她答應在她織完公公的裹屍布之後就會答應其中一位追求者的求婚，但是她總是在晚上把白天織好的部分全部拉掉，一直到有人拆穿她的騙局為止。

60

舒里克和莉莉雅從高爾基街走到練馬場，經過莫斯科大學舊校區，可是沒進到學校裡面，只在校園裡四處晃晃，在白楊樹的樹蔭下和羅曼諾索夫銅像前走走，還混到學生堆中。莉莉雅抬起頭來望著天空：「天哪，好不可思議的天氣！我偶爾會懷念冬天，可是卻完全忘記了這裡的秋天是這麼迷人。這麼溫暖舒服，跟體溫很接近，對，就像剛擠出來的牛奶，完全不會覺得它的存在，就是恰恰好的溫度。我們那邊不是很熱，就是很冷，像這樣剛剛好的溫度似乎沒有……」

他們走過帕什科夫⑲之家，莉莉雅停下腳步，一臉驚訝：「藥局呢！藥局不見了！這裡所有的房子都沒了！我的一位女老師就住在這裡一棟兩層樓的房子裡，就是在這裡……」

這棟公寓的一部分，它一樓曾經是蘇維埃政治活動家卡利寧的接待室，現在已經變成了一個小公園。因爲從大石橋到練馬場的一段路已經被拓寬了。莉莉雅覺得很想哭——她難過的不是那些房子的消失，而是自己的記憶，一種被剝奪掉的病態感受。那些經記憶確認過的景象原本以一種絕對完美的姿態保存在她腦海裡，可是現在卻被迫得適應新的事實，以更新的姿態進駐在她的腦海裡。

從普希金博物館到「克魯泡特金」地鐵站依舊保存著當年的風貌，只有一些名不見經傳的小房子，曾經是那麼閒逸地錯落在克魯泡特金街和地鐵建設街之間，現在全被一掃而光，而原址上新豎立了一座跟周圍林木既不契合，和城市景致也不搭調的金屬人物銅像。

「這又是誰？」她問。

「恩格斯。」舒里克答。

「好奇怪。如果是克魯泡特金銅像就還沒話說……」

他們手牽手沿著克魯泡特金街漫步，走過「學者之家」，莉莉雅小時候在這裡參加了所有的兒童課程，還包括兒童小劇場，然後兩人又經過消防局。還經過了「丹尼斯．達維多夫⑰之家」……她臉上掛著淡淡的又漫不經心的微笑——離家越近，景致保存就越好……他們走到莉莉雅舊家的拐角，也是清淨巷接到克魯泡特金街的地方。兩人停在莉莉雅家門的對面，然後她凝視著過去曾經是她臥房的窗戶。

「以前我們家裡住著一位很棒的老太太，她叫妮娜．尼古拉耶芙娜。她就住在靠近廚房的一個很小的房間裡。她是這棟公寓的前房東，革命前曾經非常富有。家族裡出了好些工業家和大商人。他們在烏拉山地區有很大的事業，好像是工廠之類的……我有一次看到教會牧首[71]停在我們家前面，他坐兩輛『伏爾加』牌的車子來，一輛是綠色，另一輛是黑色，其中一輛，很顯然的，是保鑣坐的。黑色轎車停了下來，牧首從車裡走出來，她迎上前去，然後她親吻他的手，而他則爲她祝福，將他那隻大手放在她的頭上。然後就又坐上車走了。牧首的宅邸就在這附近。而我當時提著包包從學校回來，還是一個野丫頭，我蹦蹦跳跳到她面前問：妮娜・尼古拉耶芙娜，您怎麼會認識他的？她說：當牧首還是一位非常年輕的教士時，他在我們自家的教堂裡服侍過……她眞的是沒有騙人……那窗帘，看，她房間的窗帘還是一樣的。難道她還活著嗎？」

他們走進大門裡：那味道依舊一樣。她倚在暖氣管旁的牆上。以前他們總是先在這裡接吻，然後她才跑上二樓。舒里克忍不住用雙手抱住了她的頭，拉起她濃密、摸起來有點像毛毯的頭髮，碰了碰她那對招風耳。這些頭髮眞是多餘。

「耳朵。」他喃喃說。「爲什麼妳把耳朵給遮起來呢？爲什麼妳要把頭髮放下來？」

她的耳殼柔軟，幾乎沒有弧度，耳背有一道很深的摺痕，一道窄窄的溝紋。他用手指滑過這道溝紋，驚訝於那觸感依舊沒有任何改變。莉莉雅嘻嘻笑了起來，聳了聳肩膀：

「舒里克，好癢哪！」

她舉起手來，摸了摸他的頭髮——柔柔地，像母親對小孩那般。

「我在懷兒子的時候，不知道爲什麼，我就是認爲他會像你，會跟你有一樣的頭髮，還有眼睛。可是他卻是褐色的頭髮。」

「妳有兒子了？」舒里克驚訝道。

「已經四歲了。叫大衛。他跟我母親住一塊。我現在在日本是見習生……從早工作到深夜。只好把孩子留給媽媽帶……好了，走了吧，走了吧……」

「到公寓裡嗎？」舒里克問。

「不是。這樣就太過了。我的鄰居們都很糟糕，只有妮娜・尼古拉耶芙娜很親切。總之就是──太觸景傷情了。我們去散步就好。我好喜歡散步。可是時間剩的不多，還要把這鬼箱子拿去給人。到莫斯科河南岸市區去逛逛吧！」

他們一塊走出大門──對面就站著斯薇塔，蒼白的臉上神情專注。之前她比舒里克和莉莉雅先一步趕到飯店，然後從那裡就一路跟蹤他們到現在。

舒里克用眼睛瞄到了她。她立刻轉身面對牆壁，就像一個受罰的小孩那樣──鼻子對著角落。眞荒唐、眞恐怖的一種卑賤的行爲呀……她終於被發現了！

舒里克感到自己全身都凍結起來。他早就知道她在跟蹤他，可是他總是裝作他不知道這事，不去揭發它。但現在他忽然間感到憤怒不已：這個賤人，敢作這麼可惡的監視……可是就在他憤怒的同時他轉過身去，又假裝什麼事情都沒有發生，然後牽起莉莉雅的手。

「計程車！計程車！到莫斯科河南岸市區！」

當斯薇塔再轉過身來，舒里克和那個小不點加醜八怪的女生已經不在了。

譯注：

⑲帕什科夫之家：位在青苔街二十號，十八世紀莫斯科新古典主義風格的建築代表。

⑳丹尼斯・達維多夫是著名的俄羅斯軍官，曾參與一八一二年衛國戰爭，領導游擊隊打擊法軍，建有戰功，同時也是一位詩人。

㉑牧首，東正教教會裡職位最高的神職人員。

61

天色暗了下來。舒里克和莉莉雅花了好幾個鐘頭在各樓群間所圍出來的大院子和小院子裡漫步，悄悄穿過有火災痕跡——新近發生或有十二年歷史——的殘垣斷瓦間的通道，然後在一處半圓形的公共庭院裡兩人甚至跳起舞來：因爲從一扇打開的窗戶裡流洩出樂聲來，讓莉莉雅忍不住想跳舞，她拉住舒里克的手，兩人在牛蒡和碎玻璃間旋轉起來。

深夜到黎明時分的莫斯科夜生活依舊濃烈而活躍：在荒僻的院子裡，靠近教堂外牆處有三個披頭散髮的年輕人想搶劫他們，但莉莉雅卻愉悅又詭異地爆出笑聲，反而讓那三個人改變了心意，跟他們作起朋友來，還拿出一瓶伏特加，然後在這院子裡就把那瓶酒給喝光。後來他們又在一處小亭子裡觀賞到一幕談情說愛的場景。嚴格說來，那不是在談情說愛，而是性交，其間伴隨著女子單調的叫聲：「來，謝柳札，來！」

莉莉雅笑得咕咕咯咯地喘不過氣來，可是笑聲還沒停，兩人又目睹到三位警察連手打一名酒醉年輕人的殘忍畫面。他們趕快轉身就走，屏息凝聲地躲在警察把年輕人拖走的對街上。警察走了以後他們才敢現身，又漫步走到戈利科夫斯基巷裡去，在那裡他們看到一棟非常獨特的、應該是一八三〇年代建造的二層樓私家宅邸，它有三角形的門楣和一個屋前小花園。兩株很可能是在屋子落成時就種下的大樹，其濃密的陰影把整個屋頂都遮住了，使得二樓窗子裡一盞巴洛克風格的吊燈發出的光亮愈形蒼白。就在他們欣賞這棟屋子的時候，從那裡頭走出一個身材圓滾滾、留著落腮鬍，還有一雙O型腿的男人，他手裡牽著一頭大型牧羊犬，而牧羊犬開始吠叫起來，準備往莉莉雅和舒里克的方向衝去，那男人用非常有禮貌的態度請他們兩個離遠一點，因爲這狗還很年輕，很不聽話，而他已經醉得很，所以要是牠想把他們咬成碎片的話，他也很難抓得住牠。

男人用酒醉者不疾不徐的速度說話，而狗兒則急著想掙脫他衝去作戰，於是那個落腮鬍男子反而像是被狗拉似的，在牽繩旁左搖右晃，像一顆飄來飄去的氣球。

舒里克和莉莉雅慢慢往後退去，就在這時從門裡走出一位淡金頭髮的美女，用不大的聲音說：「帕米爾，過來！」——那隻凶惡的大狗一聽這聲音，立即忘卻自己肩負的看家職責，幾乎是肚子貼地似的爬著回到女主人的腳邊，一面嗚嗚嗚地撒嬌，這讓落腮鬍用很明顯不悅的聲音說：「卓依卡，這是我和妳住，不是帕米爾，怎麼男人一遇到妳都用爬的呢？帕米爾，你是在她身上發現了什麼呀，不就是兩個眼睛、兩隻耳朵，前凸加後翹的嘛！說你沒用就是沒用！」

「戈沙，你把牽繩放掉！好啦，過來這兒！」

她這麼三兩下子就把自己的兩條公狗都帶進家門裡去，這讓莉莉雅又爆出一陣差點沒斷氣的笑聲：「舒里克！這裡上演的戲真是連費里尼都拍不出來呀……嘿，這裡是一直都是這樣，還是最近才開始流行起來的？」

「開始流行什麼？」舒里克不懂。

「荒謬劇呀，就是剛剛看到的那一幕。」

「早就有了。像這樣的事情一天到晚都有。」舒里克想，可是這一幕並沒有讓他想起法國女人嬌埃里。

後來他們又沿著一個又一個的公共庭院漫步，一直走到一個怪地方，那裡有一棟房子剛被移走，因此形成一個空隙，可以看見莫斯科河岸，連克里姆林的教堂群以及伊凡大公的鐘樓都看得見。他們坐到一張花園長椅上，面前還有一張骨牌客最愛的木板桌，舒里克把莉莉雅抱在手裡，內心翻湧著一股偉大又五味雜陳的溫柔，就像他在照顧薇拉時的感受，也有小瑪麗亞給他的感覺，當她生病時，她緊緊貼住他，要求他對她做那時候她根本還搞不清是禁忌的服務。莉莉雅把鑲金拖鞋從腳上脫下，這雙拖鞋她一路穿著飛到莫斯科，然後她把小小的腳掌放在他大大的左手裡取暖，而他的右手則隔著一件黑色圓領衫輕撫她小小的胸部，那裡沒有被帶鉤或帶釦的愚蠢胸罩給束縛住，而是真實而自由地上下呼吸。

「妳以前都穿迷你裙，我愛死了妳穿它走路的樣子，妳走路的姿態好特別……」

「什麼迷你裙？我在那之後就不再穿了！有這樣的一雙腿哪敢穿！不過我在日本的時候都忘了這件事，日本女人是世界上腿最彎的女人。可是也是最美麗的女人……你喜歡日本女人嗎？」

「莉莉雅，我這輩子還沒看過一個眞實的日本女人。」

「嗯，是，當然。」莉莉雅睏倦地表示同意。

這時空氣中忽然發生了某種變化，吹起了徐徐的微風，也吹走了黑暗，天色已然微明，四周黑暗的樹木變爲深綠色，也不再只是葉片層層堆疊的單調，而是累累多籽的豐饒，還有克里姆林，它在一絲光亮中浮現在眾屋宇間，開始復甦、變化，充盈著各種色彩。光線從左方而來，伴隨著光線的是陰影的產生，從平面變成有容量的立體，舒里克觀察著這一幕色彩的變化，忽然間明瞭，這不是日出，而是因爲莉莉雅的存在才會讓周遭的景物都變成有容量的立體感。

「老天爺，眞是漂亮。」莉莉雅說。

她躺在他的臂彎裡打起瞌睡來。光線臨近了。樹葉傳來沙沙聲響，一些變黃了、萎縮了的葉子落在他們的長椅周圍。連這些葉子也變得立體，像3D電影。整個黑白世界，從灰色變成繽紛的彩色，好像換了底片似的。舒里克坐在椅子上，莉莉雅仍躺在他手裡。

「這是一種幻覺。」他想。

他之前從未有過像今天這樣的感受。每一件東西都強固了它本身存在的意義，每一分鐘就像一顆大大的蘋果那樣——沉重而發育完整。

不，這不是幻覺。這是因爲在這之前所有的生活是殘缺不全、虛假而沒有意義的。愚蠢的忙與盲：從藥局到市場，從洗衣店到出版社，愚蠢的翻譯，還有服侍一堆寂寞女人的愚蠢工作。他眞正要做的事就是不放開她，莉莉雅，永遠把她像這樣握在手中，世界上再也沒有比這更好、更聰明、更正確的事了……

「哎喲！」莉莉雅跳起來。「我們忘了要送箱子的事情了！舒里克！幾點了？」

「沒有幾點。箱子我幫你送去。只是要告訴我地址。」

「唉，可是我答應去探望她母親的。見鬼去！我十二點就得到機場。」

舒里克一點也不想再四處趕忙了。一直以來他都是在匆匆忙忙中過日子，日復一日年復一年，沒有休息地拚命趕，而現在剩下不過幾小時能夠跟莉莉雅分分秒秒在一起，於是他撥開飄落到她肩上的葉子，跟她說：「我們現在到一個市場去，到一家韃靼人開的小酒館，基亞以前帶我去過。他們天一亮就開始營業。那裡有非常棒的羊肉餡餅[72]。還有那裡煮的咖啡非常棒。茶也是。」

「韃靼市場？太好了！我還不知道在莫斯科有這樣的市場。或許跟我們的阿拉伯市場很像？」莉莉雅一跳跳起來，把拖鞋套到光腳上。她準備好迎接新的冒險了。

譯注：

⑫音譯為 cheburek，源自土耳其的 börek。

62

這眞是一個不尋常的九月清晨，微微的輕煙、高高的穹蒼。他們從阿爾金卡街走到皮亞特尼茨卡雅街，趕上了地鐵，然後來到市場旁。在那裡的市場上是眞的有在賣馬肉、馬火腿，以及一切跟韃靼甜食有關的麵皮點心。小酒館早就開張了。兩個韃靼人戴著小圓帽坐在一張很乾淨的桌前喝茶，然後用韃靼語交談。店裡頭聞得到一股濃郁的油脂味和香料味道。櫃檯後方站著一位剃光頭的中年漢子，一副帝王的神氣：「請坐，茶馬上來，可是羊肉餡餅就要等等了。很快就好。」

莉莉雅坐了下來，轉了轉頭，跟舒里克說，她已經習慣，嗯，幾乎已經習慣了世界是每半個小時變化一次，嗯，不是每半個小時，是每半年！而且變化的幅度驚人，而且是每個參數都在變化，因此完全不會有任何舊的東西留下，因爲一切都變新的了。她用手指在空中作出空剪的動作，每個被她剪出來的東西彷彿四散飛開，而剩下的東西，——這部分就可以毫無條件地去相信了。

「就是，你懂嗎，日本！你什麼也不了解——不了解他們待人的禮貌，不了解他們的飲食，更不了解他們思想的獨特之處。所以你一直害怕弄出一個可怕的錯誤出來。就像我們是飯前洗手，而他們是飯後。我們這裡不好意思大剌剌地走去洗手間，總是小心不讓人注意到而溜去，而那邊則是一遇到有人要跟你講話時，習慣一定要面帶微笑。當我在學阿拉伯文的時候，我們那裡有一位很棒的教授，他是巴勒斯坦人，非常有教養，是巴黎第四大學畢業的。可是你不能正面直視著他，更不用說是對他微笑了。而他也不會直視我們。我們這個小組有八個人，當中有六個是女生。當他一聽到我們在笑，臉色馬上就發白：就是這樣，每個民族都有自己的一套標準……」

羊肉餡餅端了上來。餡餅的表面呈現金黃色，其上布滿烤酥的氣泡，不斷冒出煙來，而盤裡散溢出來的煎羊肉味道是那樣的濃郁，彷彿連肉眼都能見得。

莉莉雅抓起一個羊肉餡餅，舒里克趕緊制止她：「要很小心，非常燙。」

她笑起來，並吹了吹餡餅。從酒館後門走出來一位小女孩，大約三歲，還戴著耳環，她走到莉莉雅面前，盯著她的那雙鑲金拖鞋看，彷彿在看一個不可思議的東西。莉莉雅晃了晃腳，小女孩抓住拖鞋。剃光頭的店家用韃靼語叫了一聲，然後一位大約六歲年紀的女孩就跑了過來，用手捉住那個小女孩，小女孩於是哭了起來。莉莉雅把一個在揹帶上晃來晃去的小袋子打開，拿出兩個飾有粉紅色蝴蝶結的夾子，送給兩位小女孩。

比較大的那一個眨了眨她那很像蝴蝶振翅的眼睫毛，小小聲地說了一句：「謝謝」，然後她們就握著這珍貴的禮物，消失在門後。莉莉雅咬了一口羊肉餡餅。一道濃郁的油汁從她的齒間激噴出來，正中舒里克的臉。他趕忙把臉上的油汁給擦掉，然後笑了出來。莉莉雅也跟著爆出小女孩似的笑聲。羊肉餡餅的滋味眞是再美味不過了，而舒里克和莉莉雅又是飢腸轆轆。他們每人吃了兩個餡餅，又喝了兩杯茶。跟著老闆又端來一碟切成小塊狀的蜜糖核桃甜酥餅給他們。

「噢，太讚了！」莉莉雅笑起來，然後把一塊甜酥餅放入口中，她離去前，向老闆揮揮手，並用一種舒里克完全不熟悉的語言跟老闆說話。老闆立即精神一振，不帶一絲微笑地回答莉莉雅的話，正經八百的臉上沒有一點表情。

「妳跟他說了什麼？」舒里克問。

「我用阿拉伯語跟他說了非常漂亮的句子，類似『讓您的良善時時回到您身邊』。」

他們接著往飯店的方向走去，依舊是用步行，而且不疾不徐。舒里克已經是連著兩天沒有睡覺。他的感覺變得很奇怪，周遭一切都有些晃動，而且密度也有些降低。感覺所有東西都變成像是道具。就連身體也變輕盈了，好像潛入水中一樣。

「妳有沒有感覺到不可思議的輕盈？」舒里克問莉莉雅。

「當然有呀！只是你別忘了轉交箱子。」莉莉雅提醒他。

不管再怎麼繞圈圈、東拐西行地他們最後還是走到了飯店。舒里克沒有帶身分證，所以警衛沒讓他進房間。莉莉雅自己一人上樓，而舒里克在大廳等她等了好久一段時間。莉莉雅再出現時已經換了一套衣服：圓領T恤換成紅色，而不是之前的黑色，還有她擦上了紅色口紅。這讓她看起來很像偷拿媽媽化妝品來用的小女孩。搬行李的服務生把行李和箱子提來。計程車也來了。她在服務生的手裡塞了小費。然後舒里克還沒來得及拿起行李，莉莉雅的手輕輕一指，計程車司機就先行把行李連同箱子一塊放進後車廂去了。

「我們先把箱子送到你家，就這樣。地址我直接寫在箱子上面。」

他們一起坐在後座。她的頭髮裡散發出一股不是肥皂，也不是洗髮精的味道，這味道裡還有一點香水味，跟他外婆生前擦的是同一款。一種法國香水，那當然。他深深吸進一口這味道，想要讓它充盈整個肺部，就此不再呼出，然後心裡想——同時又禁止自己去想——現在一切真的要結束了。

計程車停在舒里克家門前。莉莉雅詢問舒里克要不要她跟他一起上去，並和伯母道別。舒里克搖了搖頭，把箱子拿了上去。

這是他們一生中第二次在舍列梅捷沃國際機場告別了。在踏出驗證區後，她踮起腳尖要跟他道別，而他跳過關卡，於是兩人嘴對嘴便親吻在一起。這真是好長好長的一個眞眞切切的吻，而在這之前，他們散步了那麼久，心裡面一直掙扎著，不曉得要不要去碰對方的衣角或是手指。吻一開始還很矜持守分，可是後來卻變成一個漩渦，一個接一個地匯聚在一起，吻個不停，然而這個吻並沒有承諾任何的未來或是宏大的目標，它代表的意義僅僅只是一種大功終於告成，還有結束的尾聲，以及心願的實現……舒里克用舌頭在她的齒間遊走，而舌頭可以清晰感覺到她牙齒明亮的潔白和平整的光滑，於是他明白，以前她有點外暴、讓她看起來像隻可愛的猴子的前排牙齒，她已經去做了矯正。「那時他把她叫做長尾猴。」他忽然想起很久以前的一位同學瓦金·波林科夫斯基。

他們看著對方，又像上次一樣，永永遠遠告別了。

「妳白費工夫去做牙齒矯正。」舒里克最後說。

「既然你有注意到，就不算白費了工夫。」莉莉雅笑起來。

63

沒有任何重獲新生命的感受。舒里克就這麼回到家。薇拉坐在鋼琴前，努力學會蕭邦的練習曲。這首曲子列萬多夫斯基曾經演奏過，而薇拉心血來潮想要彈它。但是手指頭完全不聽她的旨意，所以她只能耐著性子一遍又一遍地反覆練習同一節樂章。薇拉練得太專心了，完全沒有聽到舒里克開門的聲音。舒里克進房間看她，吻了吻她那顆老年人的頭，瞬間又想起莉莉雅的頭髮。

「彈得好不順手。」薇拉抱怨。

「妳會彈得好的。妳總是能彈好的。」舒里克回答，人跟著便出了房間，薇拉感到他語氣裡有一種令人不太舒服的遷就——好像在跟小孩子講話。

舒里克到浴室去，站在蓮蓬頭下。這時一陣電話鈴聲召喚了他。是斯薇塔打來的電話。

「舒里克！我需要你過來找我。」

舒里克站在玄關，身上包著浴巾，一點也不想要去找斯薇塔。他必須去送莉莉雅的箱子。

「斯薇塔，我不能去找妳。我今天有事。」

「難道你不明白嗎，舒里克，要是我有事求你，就表示這眞是很重要的事。」斯薇塔堅決地說。

舒里克很想問她，到底是發生了什麼事，要這麼緊急，可是忽然間他覺得，他其實一點也沒有興趣想知道。

「等我有空的時候我再打電話給妳，好嗎？」

斯薇塔腳下的土地似乎崩落並離她而去：舒里克拒絕了她的要求，這樣的事情還未曾發生過。

「或許，你沒聽懂我的意思吧，舒里克？這是非常重要的事。要是你不來的話，你會後悔的。」斯薇塔語氣完全平靜，但帶著一種溫和威脅的口吻說。

「或許，是妳沒聽懂我的意思吧，斯薇塔？我有事情，而且等我有空的時候再打電話給妳。」舒里克掛掉了電話。

成爲別人生活的意義和中心——這眞是好沉重的一種責任。他原本以爲是她在依賴他，可是今天才曉得，是他在依賴她。而且依賴的程度是相等的。

斯薇塔打開包包。從裡頭拿出小刀來，把它扔到桌上。然後她打開記事本，記下一些東西。跟著從床頭櫃裡拿出一瓶藥丸來，並數清楚裡面總共有六十顆。然後她先分出其中二十顆來，放到一邊去。她有她自己的看法：一九七九年她嘗試自殺時，一次服了六十顆安眠藥，但是結果沒死，因爲劑量實在太多：她因此中毒，然後全吐掉了。所以四十顆才是更正確的劑量。順便一提，一九八一年她就服用了四十顆……但是救護車太快趕到了。

她很謹愼地把藥丸倒回到瓶子裡去。不是。這次她要用別的方式。斯薇塔將一張靠窗的桌上一堆已經做好的和半成品的葬禮用花圈大動作地一股腦全掃到地上，沒有用上的金屬材料落在地上，發出鏘啷的響聲。她把桌子移到屋子正中央，在桌上放上一張椅子，然後人跟著爬上去。正中央天花板上有一個掛吊燈的勾子。但是現在那上面掛的不是吊燈，而是一只用波紋狀玻璃燈罩罩住的燈泡。她伸手去拉那個掛勾。勾子上都是灰塵，但是很穩當地嵌在天花板上。

「誰也不需要我。可我誰也不需要。」她微微一笑，她那總爲妥協而感到痛苦的女性自尊終於展開了絹絲翅膀。「唯一可惜的是，我看不到你在忙完你那堆事情之後來我這裡的表情……」

朱齊林大夫將斯薇塔日記上的紅藍圈圈和她筆記上的日期、黑色鉛筆十字架，以及自己開的處方做了對照，然後他苦苦思索著，是不是效力強大的生化藥物作用可能在某一個環節出了錯，將某種神祕物質傳送到這可憐女孩的腦子裡，強迫她去尋死的吧。

「我治療她多少年了，可是還是沒能制止她。」朱齊林哀傷地說。

64

地址是用黑色的麥克筆寫在箱子上——蕭科爾斯基小巷，N號N棟N樓和收件人姓名——吉拉・索羅門諾芙娜・施姆克。這幾天下來舒里克把錢花得一毛不剩，所以沒錢坐計程車，而向薇拉要錢則是不可能的事。這只箱子沒有一個袋子能放得進去，舒里克只好用繩子把箱子捆起來，然後拖著去搭大眾交通工具，坐地鐵還要轉線，然後再搭兩班公車。從公車下來之後的一段路也不算近。箱子儘管重量很輕，可是那繩子卻非常不中用，在換公車的時候就斷掉了，所以最後的一百公尺路程他是把箱子揹在背上，迎面而來的小男生們看到他那模樣都笑得樂不可支。

照著地址他走上五樓，按了門鈴。裡頭有一個人問他是誰。舒里克答，是送耶路撒冷的包裹來的。跟著門鎖轉動了好久，門鍊也拉了好長一段時間之後，門終於打開了，一位個頭嬌小、彎腰駝背的老太太探出身子來：「請進，圖絲卡有跟我說了，她的女友莉莉雅會來，可是來的人卻是您。難道她就不能親自來看看我嗎？」

「她已經飛去東京了。」舒里克解釋，並把箱子抱到胸前。

「所以我說：難道不能在到東京之前先來拜訪我嗎？您站在那裡幹嘛，進屋裡來，把箱子打開。」

老太太的模樣倒很親切，可是聽她講話的語氣卻像是愛跟人吵架。舒里克把箱子放到一張凳子上去。老太太拿出一把刀來給他：「您是幹嘛杵著不動？來開箱子呀！」

舒里克才把貼在箱蓋上的膠帶割開，老太太說時遲那時快一骨碌地就鑽進那箱子裡去了。她開始把東西一個一個拿出來——舒里克不敢相信自己的眼睛——那是各種顏色的毛線團，就像在已經記不得的古早年代裡，外婆要把兩件舊毛衣重新編織成一件新毛衣時要用的東西。這對窮人家來說確實是一個令人愉快的財富，而老太太帶著一臉滿足的表情撿選著毛線團。

「啊。」她滿意地讚嘆。「那裡的染料眞是漂亮！您看看，一種紅色就要花多少功夫！還有這黃顏色！」

終於她把所有的毛線團全部從箱子裡拿了出來——箱子底部只剩下一些很小的線團跟一些毛線頭。

「咦，在哪呢？」老太太嚴厲地問。

「什麼東西在哪？」舒里克驚訝道。

「嘿，就是，清單哪。包裹一向都有附清單，對吧？」

舒里克不懂她說在什麼，睜著兩隻圓眼睛。

「您幹嘛這樣看？就是郵局登記本，清單，會把所有東西都一一清點。物品的名稱、數量，還有價錢。我看得出，您從未收過國外寄來的包裹。」

「是沒收過。」舒里克同意道。「可是畢竟這箱子並沒有經過郵局呀。莉莉雅・拉斯金娜是坐飛機自己帶過來的。她從耶路撒冷飛到巴黎，再到莫斯科，然後從莫斯科到東京。」

「她是一個什麼樣的人，這位莉莉雅・拉斯金娜？沒有這張清單我為什麼要相信她？像您我看得到。您是一個體面的人——猶太人嗎？可是這位拉斯金娜我眼睛又沒看到過，或者，她自己拿走了一半也說不定？圖絲卡根本就是不識人，所有人都在騙她。不過，算了，把這留下吧，我看得出，您也是什麼都不懂。」

老太太伸手到一個手工盒裡，從裡頭拿出一串鑰匙，然後把一個很大的古董衣櫃的側門的鎖打開。跟著她人就潛入裡頭去，隨後拿出一個用紗布綁起來、看起來像是三個蛋糕被捆在一起的東西。

「就是這個了。」她一派隆慎重地說，然後把上面的紗布結給解開……

原來她從衣櫃裡拿出來的是三件毛衣，全新且一律是條狀花紋的毛衣。

「所以這位莉莉雅是什麼時候再回來呀？」

「她是去那邊工作的。我不知道她什麼時候回來。可是我不認爲她會再停留在莫斯科。」

老太太露出一臉詫異：「這是什麼意思？她把毛線帶過來，結果她不把毛衣帶回去？」

舒里克搖了搖頭。

「年輕人！我是沒聽錯是嗎？所以結論是，她把毛線帶來，很好，雖然沒有清單，但是她總是有把東西帶來，可是毛衣她不要帶回去是嗎？這樣的話我要毛線幹嘛？這樣的話我什麼也不要！您可以把您的毛線都帶回去！」

「不，吉拉・索羅門諾芙娜，我不能把您的毛線帶走。」舒里克堅決地說。

「拿走！」老太太叫了起來，整張臉都漲紅了。

舒里克卻令人詫異地笑了起來：「好好，我帶走！我把毛線拿到附近的汙水坑去丟掉。我不需要您的毛線！」

這樣一來老太太便哭了起來。她坐到小沙發上，哭得涕淚縱橫。他幫她倒了一杯水，可是她沒有喝。她一邊嗚咽，一邊說：「您不懂我們的處境。誰也不能了解我們的處境。誰都不了解誰的處境！」

後來她停止了哭泣，而且停止的速度非常陡急，沒有任何緩衝的動作，馬上便提出一個事務性的要求：「請告訴我，您會到阿爾巴特街去嗎？」

「會。」

「那您知不知道那裡有一家店叫『手工小鋪』？」

「老實說，不知道。」舒里克承認。

「它就在那裡沒錯。您到那裡去，幫我買一個勾子。我告訴您是哪一種。看到沒，我的勾子壞掉了。這是二十四號。二十二號就不合適。您懂嗎？二十四號，一點都不准少！然後再送到我這來。我不出門的，所以您隨時都可以來。」

舒里克走在路上，這路的兩旁種滿了一種枝幹纖細、葉子已經變黃的瘦巴巴樹木，一路上舒里克的臉始終掛著微笑。莉莉雅走了，很可能永遠也不會再回來。可是他的心情很好，就像童年時那樣。他覺得自己是幸福的，而且自由自在。

65

飛機平穩而有力地升空了。莉莉雅閉上眼睛，立刻就打起瞌睡。一直到空姐拿飲料來，她才醒了過來。莉莉雅從包包裡拿出筆記本，將它打開。所有的筆記都是用以色列文記載。跟著她從套筆的皮環裡拿出一枝很細的原子筆，開始用俄文寫了起來：

「來莫斯科一趟，這想法真是太有創意了！這個城市真是很棒！就像我的故鄉。舒里克真是太讓人感動了，感動到讓我沒力，而且他還一直愛我到現在，這真是太讓人驚訝了。可能不會有人像他那樣愛過我，或許，將來也不會有。這人實在溫柔得過度，而且缺乏性慾。真是古早人才有的作風。還有他看起來真是糟糕——老好多，人也變胖了，真難想像他只有三十歲。他和媽媽住在一起。房子好舊又都是灰塵。就她媽媽那年紀的人來說她樣子算是很好的，甚至可說是優雅。招待我吃的食物都很棒，可是一樣都是過氣的東西。最讓我驚訝的事情是，這裡的商店根本沒東西可買，可是餐桌上的食物卻堆得像小山。我很好奇，舒里克有沒有自己的生活。我看是沒有。很難想像他有私生活的樣子。總之這個人有一個很大的特點——他有一點聖人的特質。不過完全是一個蠢蛋。

天哪，我以前是怎麼會愛上他的呢！差一點沒爲了他而留下來。我那時候離開眞是太幸福了。畢竟我很可能會嫁給他的呀！眞是可憐的舒里克。

「我很懷念工作。有可能他們會延長我一年實習的時間。他們希望我能夠年年爲他們帶回一顆金蛋。可是我覺得，這起發生在英國的工業間諜活動的醜聞最終也會波及到我們。畢竟他們也不全是傻瓜。」

莉莉雅闔上記事本，把筆套回筆套裡去，收進包包裡。然後她放下坐椅靠背，在頭下方放上一個小靠枕，再蓋上方格毛毯，就沉沉睡去。飛行時間還很長，而且明天就要開始工作，應該是要好好把覺給睡飽才是。

二〇〇四

國家圖書館出版品預行編目資料

您忠實的舒里克 / 烏利茨卡婭(Ludmila Ulitskaya)著；
熊宗慧譯. -- 初版. --
臺北市 : 大塊文化, 2008.03
576面； 14x20面公分. -- (to ; 56)
譯自：Искренне ваш Шурик
(Sincerely yours, Shurik)
ISBN 978-986-213-044-5 (平裝)

880.57 97002173

LOCUS

LOCUS

LOCUS

LOCUS